CANDACE CAMP
Los Montford

Editado por Harlequin Ibérica.
Una división de HarperCollins Ibérica, S.A.
Núñez de Balboa, 56
28001 Madrid

© 2000 Candace Camp. Todos los derechos reservados.
UN VELO DE MISTERIO, N° 159 - 1.9.13
Título original: A Stolen Heart
Publicada originalmente por Mira Books, Ontario, Canadá.

© 2000 Candace Camp. Todos los derechos reservados.
PROMÉTEME EL MAÑANA, N° 159 - 1.9.13
Título original: Promise Me Tomorrow
Publicada originalmente por Mira Books, Ontario, Canadá.

© 2001 Candace Camp. Todos los derechos reservados.
NINGÚN OTRO AMOR, N° 159 - 1.9.13
Título original: No Other Love
Publicada originalmente por Mira Books, Ontario, Canadá.
Estos títulos fueron publicados originalmente en español en 2001

Todos los derechos están reservados incluidos los de reproducción, total o parcial. Esta edición ha sido publicada con permiso de Harlequin Enterprises II BV.
Todos los personajes de este libro son ficticios. Cualquier parecido con alguna persona, viva o muerta, es pura coincidencia.
™ TOP NOVEL es marca registrada por Harlequin Enterprises Ltd.

® y ™ son marcas registradas por Harlequin Enterprises Limited y sus filiales, utilizadas con licencia. Las marcas que lleven ® están registradas en la Oficina Española de Patentes y Marcas y en otros países.

I.S.B.N.: 978-84-687-3247-3
Depósito legal: M-19176-2013

LOS MONTFORD

Un velo de misterio..7

Prométeme el mañana 215

Ningún otro amor 421

UN VELO DE MISTERIO

PRÓLOGO

París, 1789

Lady Chilton retiró las cortinas de la ventana del dormitorio y se asomó a la oscuridad de la noche. Se estremeció al ver a lo lejos el resplandor de las antorchas. Era el populacho. Estaba segura de ello. Había oído sus alaridos el día anterior, los había visto avanzando por las calles como una enorme y amorfa bestia ávida de sangre.

Se alejó de la ventana, entrelazando las manos nerviosamente. Emerson, su esposo, estaba convencido de que su familia no corría ningún peligro, pero Simone tenía sus dudas. Al fin y al cabo, ella era francesa y pertenecía a la aristocracia que el populacho se había propuesto aniquilar. El hecho de que estuviera casada con un inglés no suponía ninguna garantía.

Simone pensó en los niños. ¿Qué sería de sus pequeños si los *sans-culottes* acudían a la casa?

Por un momento permaneció de pie, indecisa. Era una mujer muy hermosa, con grandes ojos castaños y una lustrosa mata de cabello negro. No obstante, su fina tez se hallaba pálida como la cera y tenía los enormes ojos desorbitados por el miedo.

Finalmente, con un leve sollozo, Simone se acercó a la cómoda y sacó el joyero. A continuación, extrajo rápidamente el contenido y lo guardó en una bolsa de terciopelo.

Su amiga era de fiar; al fin y al cabo, iba a confiarle el bienestar de sus propios hijos. Más tarde, si sobrevivía, Simone se reuniría de nuevo con todos ellos.

Abrió el falso fondo del joyero y sacó tres pequeños objetos. Si bien poseían un valor relativo, para ella eran los más preciados, pues pertenecían a sus hijos. Se trataba de dos medallones con sendos retratos en miniatura de ella y de Emerson. La condesa se los había regalado a las niñas en las Navidades del año anterior. El tercer objeto era un enorme anillo de extraño diseño, sujeto a una cadena de oro. Tenía cientos de años de antigüedad, pues era el anillo de los condes de Exmoor. Únicamente los herederos del título podían llevarlo. Ahora pertenecía a Emerson, aunque este no solía ponérselo. Algún día, pasaría a su hijo.

Simone se dirigió hacia el escritorio, extrajo la pluma del tintero y procedió a escribir una nota. Nunca se le había dado bien redactar cartas, y la nota le quedó deshilvanada y casi ilegible. Aun así, serviría para que el conde y la condesa supieran lo que había sucedido. Una vez terminada, la metió en la bolsa con las joyas.

Simone salió del dormitorio y bajó hasta el cuarto de los niños. Abajo, pudo oír la voz de Emerson, impaciente mientras trataba de explicar a sus suegros por qué debían abandonar París lo antes posible. Simone movió la cabeza. Sus padres aún parecían incapaces de reaccionar ante el cataclismo que había vuelto su mundo del revés. Paralizados por el miedo, se limitaban a mantener una actitud pasiva y a dar negativas. Sin embargo, Simone y Emerson no podían dejarlos atrás. De hecho, por eso no se habían marchado todavía. Pero Simone se negaba a permitir que sus hijos muriesen por culpa de la testarudez de sus padres.

Por eso pretendía enviar a los niños lejos. Confiaría sus vidas a su más querida amiga, que partiría hacia la seguridad de Inglaterra al día siguiente. Las joyas servirían para cubrir los gastos, si era necesario. Más tarde, si ella no conseguía sobrevivir, dichas joyas habrían sido, al menos, el último regalo que pudo hacerles a sus hijos.

Simone se enjugó las lágrimas. No quería que los niños la vieran llorar, de modo que esbozó una sonrisa antes de entrar en el cuarto. La niñera ya estaba acostándolos, pero Simone le indicó que se retirara, anunciando que ella misma se encargaría de meterlos en la cama.

Al contemplarlos, notó que se le formaba un nudo en la garganta. El mayor era John, de siete años, un robusto niño moreno de sonrisa traviesa y encanto natural irresistible. Simone se inclinó para besarle la frente y luego se acercó a Marie Anne, la mediana. Marie Anne poseía los ojos azules e inocentes de su padre y una melena pelirroja que, al principio, sorprendió a sus padres, puesto que Emerson era rubio y Simone tenía el pelo negro. Pero la condesa había explicado que era habitual que entre los Montford naciera alguien pelirrojo de vez en cuando.

Simone tuvo que tragar saliva conforme se acercaba a Alexandra, la pequeña. Con sus dos añitos, era una delicia. Alegre y regordeta, siempre estaba riendo o balbuceando. Era clavada a Simone cuando tenía esa edad, con sus rizos negros, sus vivarachos ojos castaños y sus risitas contagiosas. Simone tomó a Alexandra en brazos y la apretó contra sí. A continuación, se sentó en el suelo con el resto de los niños.

—Vengo a deciros que os vais de viaje —dijo animadamente, esperando no revelar su inquietud—. Iréis a Inglaterra a ver al abuelo y a la abuela.

Les habló de su amiga, a quien ellos conocían y apreciaban, y les explicó que Emerson y ella se reunirían con ellos más tarde. Aunque hablaba con los niños en francés normalmente, esta vez lo hizo en inglés.

—Deberéis hablar solo en inglés —les advirtió—, y no en francés, porque os haréis pasar por hijos suyos. ¿No os parece divertido?

John la miró solemnemente.

—Es por el populacho, ¿verdad?

—Sí —admitió Simone—. Por eso os envío con ella. Es menos peligroso. Cuida de las niñas, John, y procura que no se metan en problemas. No las dejes hablar en francés, ni siquiera cuando estéis solos. ¿Puedo confiar en ti?

—Cuidaré de ellas —asintió el pequeño.

—Bien. Ese es mi hombrecito. Ahora, os daré algunas cosas que tendréis que llevar. No os las quitéis nunca.

Simone le colocó a John la cadena con el anillo, introduciéndola debajo de la camisa para que no se viera. Luego hizo lo propio con las niñas, ocultando los medallones bajo el cuello de sus vestidos. Los pequeños llevaban puestos sus trajes más sencillos, los que solían ponerse para jugar. Era lo mejor que podía hacer, se dijo Simone, para ocultar sus orígenes aristocráticos. Rápidamente, colocó algunas prendas más en sus pequeñas capas y las ató para que formaran hatillos.

—Ahora debemos bajar las escaleras sin hacer ruido —les dijo.

—¿Podemos despedirnos de papá? —preguntó Marie Anne con expresión angustiada.

—No, está hablando con los abuelos. No debemos molestarlos.

Simone sabía que Emerson se pondría furioso con ella, pero era mejor así. Su esposo podría prohibir aquel viaje, pensando que los niños estarían más seguros a su lado.

—Ahora, niños, agarrad los hatillos y no os separéis de mí, pase lo que pase. Seremos silenciosos como ratoncitos.

John y Marie Anne asintieron, aunque Simone percibió la incertidumbre de su expresión. Salieron en silencio del cuarto y bajaron de puntillas las escaleras. Simone los condujo a la puerta lateral de la casa. Una vez allí, hizo una pausa, con la mano en el pomo, y respiró hondo. John y Marie Anne permanecían aferrados a su falda.

Finalmente, Simone abrió la puerta y se internó con sus hijos en la noche.

CAPÍTULO 1

Londres, 1811

Alexandra Ward miró de soslayo al hombre que iba con ella en el coche de caballos. Parecía a punto de sufrir un desmayo. Tenía la cara blanca como la cera y el labio superior perlado de sudor.

—No se preocupe, señor Jones —dijo en tono agradable, intentando aplacar sus temores—. Estoy segura de que su patrón nos recibirá de buen grado.

Lyman Jones cerró los ojos y emitió un leve gemido.

—Usted no conoce a lord Thorpe. Es un hombre muy... muy reservado.

—Como la gran mayoría. Pero no por eso han de ser malos empresarios. No veo por qué no ha de estar interesado en reunirse con alguien que acaba de firmar un excelente contrato para enviar el té de su compañía a América.

En realidad, a Alexandra le sorprendía que Thorpe no hubiese acudido a su oficina para conocerla y firmar el contrato personalmente aquella misma mañana. Thorpe no había asistido a ninguna de las reuniones de Alexandra con Lyman Jones, su agente.

—No... no sé cómo hacen ustedes las cosas en América, señorita Ward —dijo Jones cuidadosamente—. Pero, aquí, los caballeros no suelen participar activamente en asuntos de negocios.

—¿Se refiere a los miembros de la nobleza?

—Sí —a Lyman Jones le había resultado muy difícil tratar con la señorita Ward mientras duraron las negociaciones. Le parecía extraño hablar siquiera de negocios con una mujer... Sobre todo, con una mujer como Alexandra Ward. Talle escultural, espléndida melena negra, expresivos ojos castaños y tez suave como el terciopelo.

—Me temo que no estoy acostumbrada a tales distinciones —admitió Alexandra—. En Estados Unidos, un caballero se mide más por sus actos que por su origen —tras una pausa, añadió con curiosidad—: Ese Thorpe, ¿es un individuo casquivano? Supongo que su fortuna será heredada. Aun así, me pregunto cómo se las habrá arreglado para conservarla.

—Oh, no, señorita —protestó Jones—. Yo no he dicho que el señor no se preocupe por sus negocios. Sencillamente, no está bien visto que un caballero se ocupe del... bueno, del día a día de sus asuntos financieros.

—Entiendo. Se trata de una cuestión de apariencia, entonces.

—Supongo que sí. Pero lord Thorpe es un empresario excelente. De hecho, ganó gran parte de su fortuna él mismo, en la India.

—Ah —los ojos de Alexandra brillaron con interés—. Por eso tengo tanto afán por conocerlo personalmente. Su colección de tesoros hindúes es célebre, y yo soy muy aficionada a la materia. Incluso me he carteado con el señor Thorpe... es decir, con lord Thorpe, sobre ese particular.

Alexandra creyó prudente no mencionar que había solicitado a lord Thorpe permiso para ver su colección cuando estuvo en Inglaterra, aquel mismo año, y él se había negado de plano. En realidad, ese era uno de los motivos que la habían impulsado a decantarse por la Compañía de Té Burchings para negociar el contrato. La compañía tenía una reputación excelente, por supuesto; Alexandra jamás habría tomado una mala decisión financiera simplemente por satisfacer un capricho personal. Sin embargo, descubrir que el propietario de Burchings era el mismo Thorpe cuya colección tanto deseaba ver había constituido un agradable suplemento.

—Tengo entendido que esa colección es impresionante —repuso Jones—. Aunque yo nunca la he visto, desde luego.
—¿Nunca? —Alexandra lo miró, sorprendida.
—No. A veces, he llevado documentos a casa del señor y he visto algunos objetos en el vestíbulo. Pero, normalmente, lord Thorpe prefiere ir a la oficina para hablar de sus negocios.

El coche se detuvo delante de un impresionante edificio de piedra blanca. Lyman Jones se asomó por la ventanilla.
—Ya hemos llegado —dijo con voz ahogada. Luego se volvió hacia Alexandra, dirigiéndole una mirada casi suplicante—. ¿Seguro que quiere seguir adelante con esto, señorita Ward? Lord Thorpe no aprecia las visitas. Es probable que incluso se niegue a recibirnos. O que nos reprenda por la impertinencia.
—Tranquilícese, señor Jones —dijo Alexandra, tratando de infundirle algo de valor—. Le garantizo que he tratado con más de un viejo gruñón. Y, por lo general, suelo manejarlos bastante bien.
—Pero él no es ningún...
—Sea lo que sea, estoy segura de que podré arreglármelas. Si se enfada, le diré que todo ha sido culpa mía.

Con resignación, Jones abrió la puerta y se bajó del coche. Después se giró para ayudar a Alexandra. Respirando hondo, llamó dos veces a la puerta de la casa utilizando el picaporte.

Al cabo de un momento, un criado acudió a abrir. Miró a Jones y luego a Alexandra, antes de apartarse con desgana para dejarlos pasar.
—Vengo a ver a lord Thorpe —anunció Lyman.
—Aguarden aquí —repuso lacónicamente el criado antes de retirarse, dejándolos en el vestíbulo.

Alexandra miró a su alrededor. Bajo sus pies, el suelo de madera estaba cubierto de una gruesa alfombra color vino en la que aparecía representada una escena de caza, donde un hombre con turbante arrojaba una lanza a un tigre. En la pared había colgada una máscara de elefante de plata batida y, debajo, un cofre de madera en cuya tapa aparecía tallada una escena de jardín, con dos doncellas hindúes de pie entre los lánguidos árboles.

Alexandra se agachó para contemplar el cofre de cerca

cuando se oyó un suave sonido de pisadas aproximándose. Alzó la cabeza y apenas pudo reprimir un grito de placer.

El hombre que acompañaba al criado tenía la tez cobriza y enormes ojos negros, y estaba vestido de blanco desde el turbante hasta los zapatos de suela blanda que llevaba puestos. Mientras Alexandra lo observaba fascinada, él juntó las manos a la altura del pecho e hizo una educada reverencia.

—¿Señor Jones? —dijo con un suave acento—. ¿Lord Thorpe le esperaba hoy? Lo lamento mucho. No tenía conocimiento de su visita.

—No, yo... —Lyman Jones había hablado muchas veces con el mayordomo de lord Thorpe, pero la experiencia siempre le resultaba enervante—. Se trata de una visita inesperada. Esperaba presentarle al señor a la señorita Ward. Naturalmente, si venimos en un momento poco propicio, podemos...

Los ojos del mayordomo se desviaron hacia Alexandra. Esta, al ver que Jones lo estropearía todo, tomó las riendas de la situación, como solía hacer siempre.

—Soy Alexandra Ward, señor...

—Me llamo Punwati, señorita.

—Señor Punwati. He hecho ciertos negocios con la Compañía de Té Burchings, y esperaba conocer a lord Thorpe aprovechando mi estancia en Londres. Espero que no sea excesiva molestia.

—Seguro que lord Thorpe estará muy interesado, señorita Ward —respondió el mayordomo, inclinándose levemente—. Le diré que está usted aquí y veré si piensa recibir visitas esta tarde.

—Gracias —Alexandra lo recompensó con una sonrisa que había deslumbrado a más de un hombre.

Cuando Punwati se hubo retirado, tan silenciosamente como había llegado, Jones sonrió un tanto incómodo.

—Ya le dije que lord Thorpe es... diferente. Sus criados son un poco raros. El mayordomo, como ha podido ver, es extranjero. Le pido disculpas si la ha... eh, sorprendido.

Alexandra se quedó mirándolo con desconcierto.

—¿Pero de qué habla? No necesita disculparse. ¡Esto es maravilloso! Nunca había conocido a nadie de la India. Quisiera preguntarle miles de cosas, aunque seguramente sería una descortesía. ¿Y se ha fijado en esa máscara tan magnífica? Y mire la alfombra. ¡Y el cofre!

Los ojos de Alexandra brillaban de entusiasmo. Contemplándola, Jones se dijo que era aún más atractiva de lo que había pensado. Se preguntó si su belleza ablandaría a lord Thorpe, uno de los solteros más codiciados de Londres.

—Ah. Señor Jones. Me dice Punwati que ha traído una visita con usted.

Jones dio un salto.

—¡Lord Thorpe!

Alexandra, que estaba agachada junto al cofre, se incorporó y se giró hacia la voz. La mandíbula estuvo a punto de desencajársele. Había imaginado a lord Thorpe como un viejo cascarrabias, solitario y probablemente excéntrico. Pero el hombre que se hallaba en el extremo opuesto del vestíbulo debía de tener unos treinta y tantos años. Era alto, ancho de hombros, con piernas largas y musculosas. Llevaba una indumentaria elegante, pero sobria. Avanzó hacia ellos, y Alexandra reparó en que lord Thorpe no solo era joven, sino también guapo. Tenía el pelo castaño oscuro, pómulos altos, nariz aquilina y mandíbula cuadrada. La aparente dureza de sus rasgos quedaba mitigada por la sensualidad de sus carnosos labios. Sus ojos eran grandes e inteligentes, rodeados de largas y oscuras pestañas.

—Lo siento, señor —empezó a decir Jones, azorado—. Sé que no deberíamos haber venido sin avisar, pero... pensé que querría conocer a la señorita Ward.

—No imagino por qué —repuso lord Thorpe arrastrando la voz, con tono repleto de sarcasmo.

—Por favor, lord Thorpe, no ha sido culpa del señor Jones, sino mía —terció rápidamente Alexandra—. Él no deseaba traerme a su casa. Pero yo insistí.

—¿En serio? —Thorpe enarcó una ceja, en un gesto de educado desdén que habría intimidado a más de una persona.

Alexandra apenas reparó en ello. Estaba más concentrada en el color de sus ojos, de un gris tan suave, que casi parecían plateados, y en el temblor que de pronto empezó a notar en las rodillas.

—Sí. Verá, me gusta conocer a las personas con las que hago negocios.

—¿Negocios? —Thorpe se mostró sinceramente perplejo, y se giró hacia su empleado—. No comprendo.

—Esta semana he negociado un contrato con la señorita Ward —explicó Jones—. Creo que se lo mencioné. Con Transportes Marítimos Ward, para llevar el té de Burchings a los Estados Unidos.

Thorpe miró a Alexandra con expresión neutra.

—¿Trabaja usted en Transportes Marítimos Ward?

—Umm. La compañía pertenece a mi familia. Y, a diferencia de usted, yo prefiero participar activamente en mis negocios.

—De modo que no aprueba mi forma de llevar los míos.

—Bueno, es su negocio, y puede hacer usted lo que le plazca.

—Muy amable por su parte —Thorpe hizo una leve reverencia satírica.

Alexandra le dirigió una mirada llena de frialdad y prosiguió.

—Sin embargo, siempre he opinado que los negocios van mejor si sus dueños toman parte activa en ellos. A menos, por supuesto, que el propietario no esté capacitado para ello —añadió al tiempo que miraba a Thorpe con gesto de desafío.

Para su sorpresa, lord Thorpe prorrumpió en carcajadas.

—¿Está sugiriendo que yo no estoy capacitado para llevar mis negocios?

Lyman Jones dejó escapar un gemido y cerró los ojos.

—El señor Jones sabe que valoro en extremo mi intimidad —prosiguió Thorpe—. No estoy acostumbrado a que todo aquel que haga negocios con mi compañía se presente en mi casa.

—Umm. Sí, ya veo que se cree usted superior al resto de los humanos.

—Le pido perdón —replicó Thorpe, mirándola fijamente. Cada comentario de aquella mujer era más indignante que el anterior.

—Por lo general, es un rasgo de carácter que me parece odioso —dijo Alexandra sin tapujos—. Pero eso no es de mi incumbencia, desde luego. Lo que me incumbe es saber cómo su actitud influye en su compañía.

—Ah, sí, Burchings. Por un momento, pensé que empezábamos a apartarnos de lo principal. Desde luego, será para mí un honor conocer su opinión sobre mi compañía.

—Veo que está siendo sarcástico —replicó Alexandra—. Pero debo decirle que hay quienes valoran mi opinión en cuestiones de negocios.

—Estados Unidos debe de ser un país muy diferente.

—Sí, lo es. Creo que allí valoramos más la honestidad.

—El descaro, diría yo. O la falta de tacto.

—En mi opinión, el «tacto» no es un elemento valioso a la hora de hacer negocios. Prefiero saber dónde piso. ¿Usted, por el contrario, prefiere permanecer a oscuras?

Por un momento, lord Thorpe se limitó simplemente a mirarla. Luego meneó la cabeza y emitió una risita.

—Me deja usted sin habla, mi querida señorita Ward. ¿Siempre hace negocios así? Me sorprende que tenga clientes.

Alexandra le devolvió la sonrisa.

—No —contestó con sinceridad—. Usted me ha sacado de quicio especialmente. Como mujer dedicada a los negocios, a veces tengo que emplear mucho tiempo en discutir con los hombres para que me acepten en igualdad de condiciones.

—¿En igualdad de condiciones? —los labios de Thorpe se curvaron—. Creo que eso sería poco para usted. Intuyo que prefiere un sometimiento total a su persona.

—Oh, no —se apresuró a responder Alexandra—. Verá, a diferencia de otras personas, no tengo inclinación alguna a la arrogancia.

—Capto la indirecta —murmuró Thorpe. Pensó que el propósito de la visita de aquella extraña americana ya estaba cumplido, y que la entrevista debía terminar. Pero, extrañamente, se resistía a despedirse de ella. No sabía si la señorita Ward lo irritaba más que lo excitaba, pero deseaba seguir disfrutando de su compañía.

—Ahora que nos hemos conocido, señorita Ward, ¿acepta tomar una taza de té conmigo? —luego, girándose hacia el atónito Jones, añadió—: Usted también está invitado, Jones...

a no ser, claro, que tenga asuntos más apremiantes en la oficina.

—Oh, no, señor —contestó Jones, ruborizándose de placer ante la invitación de su jefe—. Quiero decir que tengo mucho que hacer. En la oficina siempre hay trabajo. Pero creo que podrán arreglárselas sin mí durante una hora o dos. Le agradezco mucho este honor. Si está seguro, claro...

—Naturalmente que está seguro —dijo Alexandra firmemente—. Apuesto a que lord Thorpe siempre está seguro de lo que hace —se volvió hacia Thorpe—. Gracias, señor. Me encantará tomar ese té.

Thorpe tocó la campanilla para avisar al mayordomo y pidió que se sirviera el té en la sala azul. A continuación, acompañó a sus huéspedes por un largo pasillo hasta una espaciosa habitación, cuyas paredes estaban decoradas con papel azul y blanco. Alexandra se fue derecha hacia una serie de pequeños y coloridos cuadros colgados en la pared.

—¿Son Rajput? —inquirió, refiriéndose a las ilustraciones manuscritas de epopeyas hindúes que habían florecido en la India en tiempos remotos.

Jones pareció perplejo, y Thorpe enarcó las cejas, sorprendido.

—Pues sí, empecé a coleccionarlos mientras vivía en la India. ¿Conoce usted el arte hindú?

—He visto muy poco —confesó Alexandra—, pero me interesa muchísimo —mientras observaba detenidamente las pinturas, no advirtió la mirada de Thorpe sobre ella. Luego, al girarse y sorprenderlo mirándola, se ruborizó. Había algo en sus ojos que, repentinamente, la llenó de calor por dentro. Alexandra miró hacia otro lado, buscando algo que decir para disimular su reacción.

—He... he comprado algunos objetos. Un pequeño Buda de jade, unas cuantas tallas de marfil y un chal de cachemira, por supuesto. Pero en Estados Unidos no abundan los productos hindúes.

—¿Le apetecería ver mi colección, después del té?

El rostro de Alexandra se iluminó, haciendo que Thorpe contuviera el aliento.

—Oh, sí, me gustaría más que nada en el mundo —Alexandra se sentó mientras el mayordomo entraba con el té y depositaba la bandeja en la mesa, pero siguió hablando con entusiasmo—. Debo confesarle algo. Esa fue una de las razones por las que convencí al señor Jones para que me trajera aquí hoy. Esperaba poder echarle una ojeada a alguno de sus tesoros hindúes. He oído hablar tanto de su colección...

—¿De veras? —Thorpe estudió a Alexandra. Nunca había conocido a ninguna mujer que se mostrara tan entusiasmada con sus objetos hindúes.

—Oh, sí. De hecho, le escribí hace unos cuantos meses, cuando me enteré de que vendría a Londres. Le pedí que me dejara ver su colección, pero usted se negó en redondo.

—¿Sí? Qué desconsiderado por mi parte —Thorpe frunció el ceño—. Pero no recuerdo haber... Un momento, sí, recibí una carta de un tipo de Estados Unidos. Pero ¿no se llamaba Alexander Ward?

—Alexandra. La gente suele cometer ese error. Les extraña que una mujer se interese por los objetos artísticos.

—Y más que escriba cartas a desconocidos con la intención de concertar una cita.

—¿Y qué quería que hiciera? —inquirió Alexandra. Sus ojos castaños desprendían chispas—. ¿Que le pidiera a mi tío o a mi primo que escribieran por mí, como si yo fuese incapaz de redactar una carta con un mínimo de coherencia?

—No se trata de su capacidad, señorita Ward. Una mujer tiene que ir con cuidado. Protegerse.

—¿Protegerse de qué? ¿De la rudeza de una carta como la que me envió, negándose a recibirme? —Alexandra emitió una risita—. Me llevé una decepción, desde luego, pero no corrí al lecho llena de pena y desesperación. Ya me han dado negativas antes, se lo aseguro.

—Eso me resulta difícil de creer —repuso Thorpe, sonriendo—. Por favor, permítame compensar mi rudeza mostrándole todo aquello que desee ver.

Siguieron charlando un rato, mientras tomaban el té acompañado de pastas. Finalmente, Jones regresó a su oficina, tras haberle asegurado Thorpe que él mismo se encargaría de llevar a la señorita Ward a casa en su propio coche.

—¿Sabe? —dijo Thorpe mientras le ofrecía el brazo a Alexandra para mostrarle la colección—. Que se quede y recorra estas habitaciones a solas conmigo no es un comportamiento recomendable para una joven dama.

—¿No? —Alexandra abrió mucho los ojos, en un gesto de fingida inocencia—. ¿Acaso tiene la costumbre de atacar a las jovencitas indefensas que visitan su casa?

—Por supuesto que no. Aunque yo no diría que sea usted una jovencita indefensa.

—Entonces, no tengo nada que temer, ¿verdad? Usted, que es un caballero preocupado por el bienestar de las mujeres, procurará sin duda que no me pase nada malo.

—Tiene usted una lengua de víbora, mi querida señorita Ward.

—Oh, ¿qué es lo que he dicho, señor?

Él le dirigió una mirada cargada de ironía y, a continuación, se giró hacia una de las habitaciones, arrastrándola consigo. Luego, sujetándola por los antebrazos, la miró directamente a los ojos, tan de cerca que su rostro llenó todo el campo de visión de Alexandra. Ella sintió que los brillantes ojos plateados de él perforaban los suyos, notó el calor de su cuerpo, la fuerza de sus manos.

—¿Sabes? —dijo Thorpe, tuteándola—. A veces, incluso un caballero puede perder el control delante de una joven hermosa.

Alexandra tuvo el disparatado presentimiento de que iba a besarla allí mismo y comprendió, sobresaltada, que tal idea le producía más excitación que miedo.

—Pero estoy segura de que usted nunca pierde el control —replicó, molesta por el temblor que percibió en su propia voz.

—No cometas la necedad de creer tal cosa. Si hablaras con las buenas damas de Londres, sabrías que se me considera capaz de hacer cualquier cosa. Yo, mi ingenua señorita Ward, soy la oveja negra de la familia. No se me puede dejar a solas con las damiselas.

—Pues es una suerte que yo no sea una damisela inglesa,

sino una mujer americana que aprendió hace mucho a rechazar las atenciones no deseadas, ¿no le parece?

—Desde luego —Thorpe se acercó más—. Y, dígame, ¿serían no deseadas mis atenciones?

Alexandra respiró hondo, notando que el corazón le martilleaba el pecho. Le resultaba difícil pensar con los ojos de Thorpe fijos en los suyos.

—No —dijo entrecortadamente mientras se apretaba contra él.

CAPÍTULO 2

—¡No! —repitió Alexandra, horrorizada por lo que había estado a punto de hacer. Se retiró de lord Thorpe, adentrándose en la habitación mientras intentaba recobrar el aliento—. ¿Qué... qué tonterías está diciendo?

Él la siguió, pero no volvió a tocarla, como ella había temido. Alexandra se fijó en la estancia. Por el escritorio y las estanterías repletas de libros, la identificó como el estudio de lord Thorpe. En una de las paredes había colgados un rifle y una espada. Más allá, en el rincón, descansaba una extraña armadura de cota de malla con placas metálicas en la pechera y el cuello rodeado de una banda de terciopelo rojo.

—¿Es una armadura hindú? —inquirió Alexandra con sincero interés, acercándose para examinarla. Trató de no pensar en la sensación que le habían producido las manos de lord Thorpe sobre su piel.

—Sí. Perteneció a un oficial del siglo pasado —explicó él con absoluta calma, como si nada hubiese ocurrido—. El rifle me lo regaló un rajá.

—¿De veras?

Lord Thorpe asintió.

—Casualmente lo acompañaba en una cacería y maté a un tigre que estuvo a punto de devorarlo. Me dio el rifle y algunas baratijas en señal de gratitud. En realidad, las baratijas resultaron ser zafiros y rubíes.

—Me toma el pelo.

—En absoluto. Vendí las joyas y compré mi primer terreno.

—¿Una plantación de té?

Thorpe asintió, sorprendido de estar hablándole de sus primeros años en la India. Poca gente sabía de sus experiencias en aquel país.

—Seguí invirtiendo en más terrenos, hasta que, finalmente, adquirí una finca que unía el resto de mi plantación con el mar. Tenía una preciosa playa de arena blanca. Un día, paseando, encontré una piedra redonda. Al recogerla, vi que no era como las demás piedras. Era un rubí en bruto.

—¿Y estaba allí, en la arena? —preguntó Alexandra, estupefacta.

—Sí. Tenía el tamaño de un soberano de oro, más o menos. Fue la mayor sorpresa de mi vida —Thorpe sonrió, recordando el calor del sol sobre sus hombros, el rumor del oleaje, los latidos desbocados de su corazón mientras observaba la piedra—. En la playa había una veta. Procedí a explotarla y, de ese modo, la plantación de té se convirtió en mi segundo negocio.

—¿Así que posee una mina de rubíes?

—Eran zafiros, en su mayoría. Pero la vendí antes de regresar a Inglaterra. Conservé la plantación porque tenía un buen encargado. La mina, en cambio... Bueno, opino, igual que usted, que los negocios no pueden llevarse bien si uno no participa personalmente en ellos.

—Ha llevado una vida muy excitante —con razón, se dijo Alexandra, lo rodeaba aquella aura de peligro.

Thorpe se encogió de hombros.

—En realidad, a mí no me pareció tan excitante en aquel entonces —se acercó a la caja fuerte y, tras abrirla, extrajo dos envoltorios de fina tela. Luego los colocó encima de la mesa y abrió el primero. Sobre el terciopelo descansaba un collar con siete colgantes de oro esmaltado. Cada colgante tenía una cadena de esmeraldas.

—Es precioso. Parece muy antiguo —Alexandra se inclinó para verlo de cerca.

—Sí. Se llama *satratana*. Cada una de las piezas representa un planeta en el sistema astrológico hindú.

—Fascinante —murmuró ella—. Es una obra de arte preciosa.

Thorpe desdobló el otro envoltorio, mostrando un increíble collar de zafiros y diamantes, con un medallón en el centro.

—¿Son de su mina? —inquirió Alexandra.

Thorpe reprimió una sonrisa. Todas las mujeres que habían visto con anterioridad el collar habían reaccionado babeando, prácticamente, y colocándoselo en el cuello. Pero supuso que no debía sorprenderle que una mujer como la señorita Ward mostrara más interés en el origen de las joyas.

—Sí.

—¿Un regalo para su esposa, quizá?

—No estoy casado. Ni pienso regalarle este collar a nadie —contestó él con aspereza—. ¿Cree que, de estar casado, me habría insinuado a usted en mi propia casa? Debe de considerarme un ser muy rastrero.

Alexandra se encogió de hombros.

—No le conozco, señor. Supuse que, si es de esos hombres capaces de aprovecharse de una mujer sola, el hecho de estar casado no le coartaría. No me parece que sea usted así, desde luego, aunque nunca conviene dar nada por supuesto.

Él hizo una mueca.

—Umm —murmuró al tiempo que devolvía las joyas a la caja fuerte—. Nunca se muerde la lengua, ¿eh?

—Intento no hacerlo. ¿Y el rubí original? —preguntó Alexandra, cambiando de tema—. ¿Aún lo conserva?

—Sí. ¿Le gustaría verlo?

—Mucho. Si no le importa mostrármelo, claro.

Thorpe buscó de nuevo en la caja fuerte y sacó una pequeña bolsa. A continuación la abrió para extraer el rubí en bruto.

—Me temo que no es tan impresionante como el collar. No está cortado ni pulido. Lo dejé tal cual estaba.

Ella esbozó una sonrisa de aprobación.

—Yo habría hecho lo mismo.

Thorpe le pasó el rubí, y Alexandra lo sostuvo en la palma de la mano, contemplándolo desde diferentes ángulos. Finalmente, se lo devolvió, y él volvió a guardarlo en la caja. Luego se giró hacia ella. Normalmente, no solía mostrar a las visitas más de lo que ya habían visto, y a veces ni siquiera eso. Pero sintió el súbito deseo de seguir enseñándole más cosas a Alexandra. La tomó del brazo.

—Acompáñeme arriba. Le mostraré la sala hindú.

Subieron por la ancha y sinuosa escalera al piso de arriba. Thorpe la acompañó al interior de una habitación, y ella emitió un jadeo de placer. Toda la sala estaba dedicada a la India. En el suelo se extendía una alfombra color vino de estilo mogol. En las paredes, junto a otra espada, había varios retratos realistas de hombres con indumentaria hindú. Una mesita baja de madera labrada, un cofre de bronce, y varios pedestales y estanterías contenían aún más tesoros. Alexandra vio estatuas de animales diversos talladas en marfil y jade, así como figurillas de dioses, diosas y héroes hindúes.

—Son preciosas —musitó, pasando el dedo por una de las estatuas—. ¿Y qué me dice de este cuchillo? —añadió mientras tomaba un pequeño cuchillo curvo con el puño en forma de tigre—. Resulta extraño que dotaran de tanta belleza a un arma concebida para la destrucción.

Thorpe la observó mientras contemplaba los numerosos objetos. Una luz interior parecía iluminar su rostro, haciéndolo aún más hermoso. Se preguntó si Alexandra brillaría así, con ojos suaves y emocionados, mientras hacía el amor. Pensó, notando un súbito calor en el bajo vientre, que le gustaría descubrirlo.

Alexandra soltó el cuchillo con un suspiro y miró a su alrededor una vez más.

—Todos los objetos son exquisitos —a continuación, añadió sonriendo—: Le agradezco mucho que me haya dejado verlos, lord Thorpe.

—Ha sido un placer.

—Gracias. Debo irme ya. Mi tía y mi madre estarán esperándome.

—¿Ha venido a Londres con ellas? —preguntó Thorpe mientras salían de la sala y bajaban por las escaleras.

—Sí. Mi madre se resistía a venir, pero no podía dejarla atrás. Y tía Hortensia jamás me lo habría perdonado si hubiese venido sin ella. Además, hasta en América tenemos normas acerca de lo que una joven debe o no debe hacer. Normalmente, encuentro más fácil atenerme a dichas normas si viajo en compañía.

—Señorita Ward... —se dirigían ya hacia la puerta principal, y Thorpe se sintió súbitamente embargado por una extraña sensación de soledad—. ¿Querría acompañarme a...? Es decir, para mí sería un honor que me acompañase a un baile esta noche.

—¿Cómo? —Alexandra se quedó mirándolo. Jamás se habría esperado semejante invitación de lord Thorpe.

—Le estoy pidiendo que venga a bailar conmigo.

—Pero yo... —Alexandra se dio cuenta de que le apetecía mucho ir. No tenía un gran interés en la sociedad londinense, pero la idea de bailar con lord Thorpe le producía un cálido cosquilleo en el estómago—. Pero seguramente la anfitriona no verá con buenos ojos que se presente usted en la fiesta con una desconocida.

Una sonrisa cínica asomó a los labios de lord Thorpe.

—Mi querida señorita Ward, ninguna anfitriona pondrá objeciones de ninguna clase, siempre y cuando yo esté presente en su fiesta.

—Cielos —repuso Alexandra en tono burlón—, debe de ser maravilloso ser tan importante.

Él emitió una breve risita.

—Otra vez vuelve a considerarme arrogante. Le aseguro que no lo he dicho por eso. En las fiestas se codicia mi presencia por dos motivos —alzó la mano y extendió un dedo—. Primero, porque no suelo frecuentarlas. Segundo, porque soy un candidato ideal para el matrimonio, por mi título y mi fortuna. El hecho de que las anfitrionas apenas me conozcan o no simpaticen conmigo carece de importancia. De hecho, se me considera una especie de garbanzo negro. Pero ese detalle suele olvidarse por mor de mi fortuna.

—Dios mío. No sé qué es peor, su arrogancia o su visión cínica del mundo —Alexandra dudó un momento, y luego asintió—. Muy bien, acepto.

Alexandra se recostó en el asiento acolchado del coche de lord Thorpe, con una leve sonrisa en los labios. Podía imaginar la cara que pondría su tía cuando le dijera que iba a asistir a un baile londinense con un lord. Tía Hortensia, que había crecido en los años del conflicto de Norteamérica con Inglaterra, recelaba sobremanera de los ingleses. De hecho, había insistido en acompañar a Alexandra a Londres para protegerla y ayudarla, pues, según sus palabras, su sobrina sería como «una oveja en medio de una manada de lobos».

Aunque, naturalmente, la antipatía de tía Hortensia hacia los ingleses no era tan pronunciada como la de su madre, que se había opuesto firmemente al viaje. Alexandra suspiró. No deseaba pensar en su madre en aquellos momentos. Prefería decidir qué traje iba a ponerse esa noche.

Cuando traspasó la puerta de la casa, sin embargo, tales pensamientos agradables se desvanecieron. Una de las criadas estaba en las escaleras, llorando, mientras otra intentaba consolarla. Nancy Turner, la doncella de su madre, permanecía aparte, con las manos en las caderas y expresión de disgusto. En el piso de arriba se oyeron unos golpecitos, seguidos de la voz de tía Hortensia.

—¿Rhea? ¿Rhea? ¡Déjame entrar!

—¡Por el amor de Dios, muchacha, deja de lloriquear! —exclamó Nancy Turner, dirigiéndose a la criada—. Cualquiera diría que nadie te había reñido antes.

La única respuesta de la chica fue llorar aún más fuerte.

—¡Pero nunca le habían tirado una tetera a la cabeza! Ella no tiene la culpa. La culpa es de ustedes y de sus brutos modales americanos.

—¿De qué modales estás hablando, Doris? —inquirió Alexandra fríamente.

Doris emitió un jadeo ahogado y se volvió rápidamente.

—Oh, señorita, le ruego que me perdone. No era mi intención... —agachó la cabeza al ver la expresión inquisitiva de Alexandra—. ¡Es que no estamos acostumbradas a recibir este trato!

—Desde luego que no, si hay teteras volantes de por medio. Tal comportamiento tampoco está bien visto en Estados Unidos —Alexandra se giró hacia la dama de compañía—. ¿Nancy?

—La señora Ward rechazó el té, señorita, y... bueno, lanzó la tetera por los aires. Pero estoy segura de que no era su intención darle a la chica. Ya sabe que la señora Ward tiene muy mala puntería —Nancy miró a la criada con severidad—. Y el té ni siquiera estaba caliente. No sé cómo se te ocurre servirle a la señora...

—Pero no debió arrojarle la tetera —dijo Alexandra con un suspiro—. ¿Mi madre tiene otra racha de mal humor?

Nancy asintió, suspirando.

—Sí. Se ha encerrado en su cuarto y no deja pasar a nadie.

—Está bien. Subiré a hablar con ella. Doris, lleva a Amanda a la cocina y dale una taza de té, a ver si se calma un poco. Estoy segura de que mi madre no deseaba hacerle daño.

La criada asintió, rodeó a la otra chica con el brazo y la condujo hacia la cocina. Alexandra subió las escaleras, acompañada de Nancy.

—Menos mal que has venido —exclamó tía Hortensia al verla—. Rhea se ha encerrado y no quiere salir. No sé cómo se le ocurre comportarse así delante de los ingleses.

—Me temo que eso le importa muy poco, tía Hortensia. ¿Por qué no bajas a la sala de estar? Veré lo que puedo hacer. Ah, Nancy, trae una taza de chocolate caliente. Puede que eso dé resultado.

Alexandra aguardó hasta que las dos mujeres hubieron bajado y, tras un momento de silencio, llamó a la puerta con suavidad.

—¿Madre? Soy yo, Alexandra. ¿Puedo entrar?

—¿Alexandra? ¿De verdad eres tú?

—Claro que sí, madre. ¿Por qué no abres la puerta, para que podamos hablar?

Al cabo de unos segundos, se oyó el sonido del pestillo y la puerta se abrió lo suficiente como para que Rhea asomara la cabeza. Al ver a su hija, su expresión pareció suavizarse.

—¿Dónde te habías metido? —inquirió mientras la dejaba pasar.

—Tenía ciertas gestiones que hacer. Te lo dije esta mañana, ¿no lo recuerdas?

Rhea Ward asintió vagamente.

—¿Por qué tienes puesto el sombrero? —preguntó con perplejidad.

—Aún no he tenido tiempo de quitármelo —Alexandra alzó la mano y se desató el lazo del sombrero—. Llegué hace unos minutos y subí directamente. Tía Hortensia estaba muy preocupada por ti.

Se fijó en el aspecto desaliñado de su madre. Tenía varios botones del vestido desabrochados y el cabello revuelto. Recordó el aspecto elegante e impecable que antaño solía lucir, y notó en la garganta un nudo de lágrimas. ¿Qué había sido de la persona dulce y gentil que ella conoció en la niñez? Aunque seguía siendo una mujer guapa, de mediana edad, su tez había empezado a arrugarse y mostraba una hinchazón poco saludable, patente también en su figura antes delgada. Su deterioro se debía, sin duda alguna, a sus obsesivas preocupaciones y a su dependencia de las botellas de licor.

—¿Qué sucede, madre? ¿Por qué le cerraste la puerta?

Rhea Ward puso cara larga.

—Hortensia siempre ha sido muy autoritaria. Se cree que el mundo no puede funcionar sin ella.

—Pero ¿por qué le cerraste la puerta? No lo entiendo. ¿Fue Amanda grosera contigo?

—¿Amanda? ¿Quién es Amanda?

—La criada que te sirvió el té.

—¡Ella! —Rhea frunció el ceño—. Siempre está entrando a hurtadillas. Espiándome.

—Seguro que Amanda no pretendía espiarte, madre. Solo te había traído el té.

—¡Le dije que no quería té! Y ella me miró como si, de repente, me hubieran salido cuernos en la cabeza. Nancy había ido por mi chocolate, que era lo que me apetecía —los ojos de Rhea empezaron a llenarse de lágrimas.

—Sí, querida, lo sé —Alexandra la rodeó con el brazo—. Te traerá una taza enseguida.

¿Era posible que su madre hubiese estado bebiendo aquella mañana?, se preguntó. Había resultado muy difícil mantener el licor fuera de su alcance desde que llegaron a Londres, donde Rhea siempre podía encontrar algún golfillo o vendedor callejero dispuesto a hacerle llegar una botella a cambio de unos cuantos peniques extra.

Sin mediar palabra, Rhea se levantó, se acercó a la cómoda y abrió un cajón. Extrajo una pequeña caja de madera de cerezo del interior y la acarició. A continuación, volvió a sentarse, con la caja fuertemente apretada en el regazo.

Alexandra reprimió un suspiro. La obsesión de su madre con aquella caja había empeorado en cosa de semanas. Siempre había poseído la caja, desde que Alexandra podía recordar. Jamás la abría y siempre llevaba la llave colgada al cuello en una fina cadena de oro. Nadie, ni siquiera tía Hortensia, sabía qué había dentro, pues Rhea se negaba tajantemente a hablar del asunto.

—¿Qué es lo que te angustia tanto, madre? —preguntó Alexandra, tomando la mano de su madre.

—¡No me gusta estar aquí! —Rhea retiró la mano y volvió a colocarla sobre la pequeña caja de madera—. Hace mucho frío y la gente es muy rara. No me gusta. Nadie del servicio me gusta.

—Simplemente, tienen una forma distinta de hacer las cosas. Y aún nos quedan muchos sitios maravillosos que ver. Stonehenge, Stratford-on-Avon, Escocia... Seguro que te encantarán.

—Ya estoy aquí, señora Rhea —Nancy entró en el cuarto con una pequeña bandeja en las manos—. Le traigo el chocolate.

Con regocijo, Rhea se giró hacia la doncella y alargó la mano hacia la taza de humeante chocolate.

Alexandra decidió dejar a su madre en las capacitadas manos de Nancy y bajó a la sala de estar, donde su tía trabajaba cómodamente en uno de sus bordados.

—Hola, querida. Parece que has tenido éxito.

—Conseguí que me abriera la puerta, si a eso se le puede llamar éxito —Alexandra se sentó al lado de su tía—. Oh, tía, creo que he cometido un terrible error trayendo aquí a mi madre. Quizá debí dejarla en casa.

—Oh, no, querida, se habría sentido muy sola.

—No sé. No quería venir. Pero pensé que estaría mejor conmigo.

—Y así es. Conviene tenerla... vigilada. Imagínate lo preocupada que te habrías sentido de haberla dejado en casa, sin saber nada de ella durante tanto tiempo.

—¡Pero está mucho peor! —Alexandra se levantó y empezó a pasearse—. He sido una egoísta. Quería ver Inglaterra, visitar todos los lugares de los que tanto había oído hablar. Estaba segura de que sería bueno para nuestro negocio.

—Y lo ha sido, ¿no?

—Creo que sí. Y no negaré que lo he pasado muy bien. Pero mi madre se está comportando de una forma tan extraña... ¿Sabes que anoche me miró como si no me reconociera? Y hoy le ha tirado la tetera a esa pobre chica. Da igual que el té estuviera frío o que ella prefiriera chocolate. No deja de ser una conducta rara para una mujer de su edad.

Tía Hortensia dejó escapar un suspiro.

—Sí, tienes razón.

—Además, no es ninguna ignorante que se haya criado en el campo. ¡Estuvo casada con un diplomático, por Dios santo!

—Lo sé. Y desempeñaba su labor de manera excelente. Rhea siempre hizo gala de una habilidad especial para relacionarse con la gente. Tenía sus momentos de melancolía, desde luego, pero normalmente solía ser una persona alegre y despierta.

—¿Y qué le ha pasado? —inquirió Alexandra, abatida.

Su tía meneó la cabeza.

—No lo sé, querida. Ha empeorado en los últimos años. Cuando tú eras niña se encontraba mucho mejor, aunque ya empezaba a experimentar fuertes rachas de melancolía. A menudo pienso que... nunca volvió a ser la misma desde que regresó de París. La muerte de Hiram la afectó mucho. Se querían mucho. Sospecho que, durante la Revolución, Rhea vio cosas que la afectaron para siempre. Al principio, le costaba dormir. Yo la oía pasearse por el dormitorio hasta altas horas de la noche. A veces, lloraba... Oh, cuánto sufría por ella. Pero ¿qué podía hacer? La mejor manera de ayudarla, pensaba yo, era cuidando de vosotros y de la casa como buenamente podía, y ayudándola en el negocio que ella tanto detestaba. Aunque el señor Perkins dirigía la compañía, y tu tío segundo llevaba la tienda, Rhea odiaba tener que escuchar sus informes. No sé, quizá fue un error. Quizá me excedí a la hora de evitarle responsabilidades. Pero Rhea parecía tan desvalida, tan necesitada...

—Lo sé. Estoy segura de que hiciste lo mejor. Mi madre jamás habría conseguido criarme ni llevar la casa por sí sola, y no digamos ya el negocio. No debes echarte la culpa de nada.

—Tú tampoco —replicó tía Hortensia con decisión—. ¿Quién sabe si tu madre no se encontraría ahora peor si la hubieras dejado en Massachusetts, al cuidado de sirvientes y parientes lejanos?

—Eso es cierto. A veces, me... me pregunto si mi madre no se habrá vuelto loca.

—¿Cómo se te ocurre decir semejante bobada? —preguntó tía Hortensia con indignación—. ¡Tu madre no está loca!

—¡Yo también me resisto a creerlo! —exclamó Alexandra con voz desesperada—. Pero ya has visto cómo se comporta. A veces, no puedo evitar pensar que... las cosas que hace y dice no son simples excentricidades.

—Rhea no está loca. Simplemente, es más... frágil que el resto de nosotros.

—Ojalá tengas razón —Alexandra consiguió dirigir una sonrisa a su tía, aunque no pudo desterrar las dudas de su mente. Ni el frío terror que yacía bajo su inquietud. Si su madre era una persona tendente a la locura, ¿llevaría también ella esa mancha en la sangre? ¿Podía acabar volviéndose loca algún día?

CAPÍTULO 3

Alexandra se miró por última vez en el enorme espejo del vestíbulo. Satisfecha con su aspecto, se giró hacia la escalera. Su vestido rosa de satén sería superado, sin duda, por los de muchas de las damas presentes en el baile. Sin embargo, Alexandra sabía que era lo bastante apropiado como para no suscitar comentarios. Además, el color rosa le sentaba de maravilla, pues acentuaba el rosado natural de sus mejillas y contrastaba con el negro de su cabello.

Se había dejado el pelo suelto y se había puesto una rosa como único adorno. En la mano llevaba, aparte del abanico, un ramillete de rosas enviado una hora antes por lord Thorpe. Alexandra estaba segura de que lo había mandado él, aunque la tarjeta no contenía ningún mensaje.

Los ojos le brillaron de entusiasmo conforme entraba en el salón. Con disgusto, vio que Thorpe ya estaba allí sentado junto a su tía. Alexandra había bajado en cuanto la criada la avisó de la llegada de lord Thorpe, precisamente porque no había deseado hacerlo esperar. Por la seriedad de su expresión, no obstante, era obvio que llevaba varios minutos en la casa. Alexandra tuvo la sospecha de que su tía había ordenado deliberadamente a los sirvientes que demoraran el aviso.

—Le aseguro, señora, que es una fiesta respetable —estaba diciendo lord Thorpe mientras ella entraba—, organizada por uno de los principales pares del reino.

—Sea como sea, lord Thorpe, no conozco a ninguno de esos «pares del reino», de modo que ignoro su grado de respetabilidad. He oído hablar de las fechorías de los llamados «nobles», y no son algo que en América consideremos decoroso. Me refiero a cosas como el Club Hellfire, antros de juego, casas de...

—¡Señora Ward! —lord Thorpe parecía escandalizado—. ¿No creerá que voy a llevar a su sobrina a alguno de esos sitios?

—Pues qué lástima —terció Alexandra alegremente—. Debo decir que a mí me parecen fascinantes.

—Señorita Ward —Thorpe se levantó de un salto, con una expresión de visible alivio.

—Buenas noches.

—Está usted... increíblemente hermosa —los ojos grises de Thorpe brillaron a la luz de las velas mientras recorrían el cuerpo de Alexandra—. Me temo que todas las bellezas de Londres van a palidecer a su lado.

Ella dejó escapar una risita.

—Un cumplido precioso, señor mío, aunque no soy tan ingenua como para creérmelo —se giró hacia Hortensia—. Buenas noches, tía. Voy a arrebatarte a tu víctima.

—¡Víctima! —tía Hortensia puso expresión ofendida—. Simplemente estaba velando por los intereses de mi sobrina.

—Su tía es una mujer muy cuidadosa —comentó Thorpe educadamente—. Solo hace lo adecuado.

Alexandra esbozó una sonrisa burlona.

—Ya ves, tía Hortensia, lo cortés que es el caballero.

Una criada le llevó su chal de cachemira, que Thorpe le echó por los hombros con absoluta corrección. El tacto de sus dedos en los brazos desnudos le produjo a Alexandra un súbito hormigueo, que se acentuó cuando él se inclinó para murmurarle en el oído:

—Me parece una lástima tapar tanta belleza.

—Sí, es un vestido bonito.

—No me refería al vestido —los ojos de Thorpe descendieron hasta la generosa curva de sus senos.

Alexandra se tapó ciñéndose aún más el chal.

—Creo que ya es hora de irnos —dijo forzadamente—. Buenas noches, tía.

Lord Thorpe se inclinó para saludar a Hortensia, y ambos salieron de la sala.

Una vez en la calle, Thorpe ayudó a Alexandra a subir en el mismo coche que la había llevado a casa aquella tarde.

—Empezaba a temer que su tía me interrogase sobre mis intenciones con respecto a usted.

—Y lo habría hecho de tener el tiempo necesario. Aunque lo que más le preocupaba era la reputación del lugar al que piensa llevarme. Tía Hortensia conoce muchas historias sobre chicas inocentes perdidas en la Babilonia de Londres.

—No lo dudo. Lo que me extrañó fue que estuviera tan dispuesta a creerme capaz de llevarla a semejantes sitios.

—Eso tiene fácil explicación —repuso Alexandra con un rictus travieso—. Para ella, los ingleses tienen inclinación a la perversidad. Sobre todo, los nobles ingleses, quienes, por lo visto, dedican gran parte de su tiempo a secuestrar o seducir a doncellas inocentes.

—¿De veras? Sospecho que secuestrarla a usted sería una experiencia agotadora, de modo que me conformaré con seducirla —la sensual boca de Thorpe se arqueó en una sonrisa que hizo que a Alexandra se le acelerase el pulso.

—¿Ah, sí? Me temo que esa experiencia podría resultarle igual de agotadora.

—Oh, no —los ojos de él brillaron en la penumbra del coche—. Costosa, quizá, pero nunca agotadora, se lo garantizo.

Alexandra se notó la boca seca y tuvo que apartar la mirada. Miró por la ventanilla mientras trataba de organizar sus pensamientos. ¿Por qué aquel hombre ejercía un efecto tan extraño sobre ella?

El coche se detuvo por fin delante de una casa resplandecientemente iluminada. Thorpe y Alexandra se apearon del coche y recorrieron la alfombra roja de los escalones de la entrada, hasta las enormes puertas dobles custodiadas por dos criados. A continuación, entraron en un vestíbulo que era, en todos los aspectos, grandioso. El suelo era de losas de mármol negras y blancas. En el fondo, se alzaba una escalera doble con balaustradas de caoba decoradas con ramos de flores blancas. En el techo relucían dos enormes lámparas de araña.

—¿Dónde estamos? —inquirió Alexandra mientras contemplaba la habitación con una desacostumbrada sensación de asombro.

—La casa pertenece al duque de Moncourt —Thorpe señaló un enorme cuadro que ocupaba un lugar preferente en una de las paredes—. Ese es el caballo favorito del duque. Por lo visto, ordenó al artista que el retrato del caballo fuese dos veces mayor que el de su esposa.

—Qué hombre tan extraño —Alexandra se fijó en los invitados que subían por la lujosa escalera para ser recibidos por una elegante pareja situada en la parte superior. La mujer iba vestida de negro, con diamantes alrededor del cuello y en las muñecas.

Alexandra comprendió que había tenido razón al suponer que las demás damas irían vestidas con más elegancia que ella. Abundaban los vestidos de satén, encaje y terciopelo, confeccionados por los modistos más renombrados de Londres.

Por esa misma razón se sorprendió al comprobar, mientras entraban en la inmensa sala de baile, que casi todas las miradas se centraban en ella. Al principio, estaba demasiado distraída, observando las paredes llenas de espejos y dorados, como para reparar en los cuchicheos y las miradas sesgadas. Pero, finalmente, se dio cuenta.

—Lord Thorpe —susurró—. ¿Qué sucede?

—¿A qué se refiere? —él la miró con educada curiosidad.

—No me diga que no se ha dado cuenta. Todo el mundo nos mira. Y están cuchicheando.

—Me extraña que no esté acostumbrada a eso. Suele ser el sino de las jóvenes hermosas.

—No sea obtuso. Tengo el mismo aspecto de siempre y, normalmente, no suelo llamar tanto la atención.

Él sonrió.

—Aunque no lo crea, señorita Ward, es usted extraordinariamente atractiva —miró su suave tez, sus brillantes ojos castaños, la lustrosa mata de cabello negro que caía en forma de rizos sobre su esbelto cuello.

—Pero aquí hay muchas mujeres más guapas que yo.

—Sí, pero ninguna tan... llamativa.

—Bobadas —replicó Alexandra con brusquedad—. En realidad, creo que lo miran a usted.

—No suelo asistir a este tipo de fiestas —admitió Thorpe—. La sociedad londinense es una charca tan estancada, que hasta un hecho tan insignificante como es mi aparición en público agita sus aguas. Y más si aparezco en compañía de una atractiva desconocida.

—Ah. Ya entiendo.

—¡Sebastian! —llamó una profunda voz masculina. Se giraron y vio a un corpulento caballero que se dirigía hacia ellos, con una frágil belleza del brazo—. ¿Qué demonios estás haciendo aquí? Oh, les ruego me perdonen, señorita, Nicola —saludó a Alexandra inclinando la cabeza y luego miró a su acompañante, quien sonrió con gracilidad, obviamente acostumbrada al desenfreno verbal del caballero.

—Hola, Bucky —contestó Thorpe—. Recibí una invitación, así que se me ocurrió venir.

—No es muy propio de ti, viejo amigo —respondió Bucky animadamente—. Todo el mundo se está preguntando qué te ha impulsado a salir esta noche. Y quién es tu hermosa acompañante.

—Nunca deja de sorprenderme lo mucho que interesan a los demás mis idas y venidas, sobre todo teniendo en cuenta que no conozco a la mitad de los presentes.

—Suele ocurrir cuando se es un soltero codiciado —Bucky se encogió de hombros—. A mí llevan años intentando echarme el lazo, y eso que solo soy barón.

—Ah —la rubia que lo acompañaba sonrió, dirigiendo a Thorpe una mirada cargada de intención—. Pero eres un hombre encantador, Buckminster, y eso te da ventaja sobre los demás.

—Me hieres en el corazón, Nicola —dijo Thorpe con expresión dolida—. Lo siento. Me gustaría presentaros a la señorita Alexandra Ward. Es de Estados Unidos y está de visita en Londres. Señorita Ward, le presento a lord Buckminster y a su prima, la señorita Nicola Falcourt.

—¿Qué tal está? —saludó Nicola a Alexandra, sonriendo.

—Así que americana, ¿eh? —dijo lord Buckminster con afable asombro—. Encantado de conocerla. ¿Cómo es que conoce a Thorpe?

—Es una amiga de la familia —respondió Thorpe tranquilamente antes de que Alexandra pudiera explicar la relación existente entre ambos. Lo miró con extrañeza, pero no dijo nada.

Al cabo de unos minutos, cuando la pareja se hubo alejado, Alexandra se giró hacia él con las cejas enarcadas.

—¿Una amiga de la familia? ¿Teme que lo rechacen por relacionarse con una mujer de negocios?

—Dado que rara vez busco la compañía de nadie, la idea de que me rechacen apenas me preocupa —repuso Thorpe—. Solo trataba de protegerla de posibles habladurías.

—Oh. Lo siento mucho.

—¿Una disculpa? Me asombra usted —Thorpe le ofreció el brazo—. ¿Damos una vuelta para que todos tengan la oportunidad de vernos bien?

Alexandra sonrió.

—De acuerdo.

Apenas habían avanzado unos cuantos pasos cuando un hombre se separó de un grupo y se dirigió hacia ellos, casi a la carrera. Se detuvo bruscamente y se quedó mirando a Alexandra. Por un instante, pareció ponerse pálido. Siguió mirándola unos segundos, luego respiró hondo y recuperó el color.

—Lord Thorpe —dijo con voz tensa—. Lo siento. Me ha... sorprendido verlo.

—Lord Exmoor —Thorpe inclinó levemente la cabeza, su rostro vacío de expresión. Alexandra, al notar la tensión de su brazo, lo miró de soslayo. A Thorpe no le caía bien aquel hombre, intuyó.

Extrañada ante su repentino cambio de actitud, se fijó con interés en el desconocido. Era alto y esbelto, con los ojos color avellana y el pelo castaño claro, con las sienes plateadas. Sus facciones eran largas y angulosas.

—Señorita Ward, permítame presentarle al conde de Exmoor —siguió diciendo Thorpe con resignación—. Lord Exmoor, Alexandra Ward.

—¿Cómo está? —Alexandra asintió educadamente.

—¿Es usted americana? —inquirió Exmoor.

—Sí.

—Qué interesante. Me ha parecido notarlo en su acento. ¿Ha venido a visitar a algún pariente?

—No. No tengo familia en Inglaterra —contestó Alexandra, descubriendo que no tenía ningún deseo de hablarle de sí misma—. Viajo con mi madre y con mi tía.

—Ah, comprendo. Espero que esté disfrutando de su estancia aquí.

—Sí, mucho. Gracias.

—No sabía que conociera usted a nadie de Estados Unidos, Thorpe —prosiguió Exmoor.

—Tengo muchos conocidos de los que usted no tiene constancia, lord Exmoor.

—Sí, sin duda —Exmoor se inclinó para saludarlos—. Buenas noches. Ha sido un placer conocerla, señorita Ward. Espero que volvamos a coincidir —dicho esto, se dio media vuelta y se alejó.

Alexandra se giró hacia su acompañante.

—¿Por qué no le cae bien ese hombre?

Thorpe la miró fríamente.

—¿Exmoor? ¿Por qué lo dice?

—Soy una ignorante con respecto a la conducta de la nobleza inglesa, pero he advertido la frialdad con que lo ha tratado.

Thorpe se encogió de hombros.

—No somos amigos —dijo cuidadosamente—. Ni tampoco enemigos. Simplemente, no nos interesa fomentar nuestra relación. Bueno, ¿le apetece bailar?

Alexandra sabía que debía de haber algo más, pero se dejó llevar hasta la pista de baile sin protestar. El vals dio comienzo y empezaron a bailar. A Alexandra le resultó muy excitante estar tan cerca de él, contemplando fijamente sus ojos, a pocos centímetros de los suyos, sentir el calor de su mano en la cintura, como si en cualquier momento Thorpe fuese a apretarla fuertemente contra sí.

Se preguntó qué sentiría con respecto a ella. No era un detalle que le preocupase normalmente. Era consciente de su propia valía y, aunque los hombres solían sentirse atraídos por su belleza física, a Alexandra no le molestaba que se sintieran igualmente disgustados con su inteligencia y su desparpajo.

Después del vals, Thorpe la llevó al piso de abajo, donde se servía una cena informal. Alexandra se sentó en una silla, junto a la pared, mientras él iba en busca de los platos de comida, como era costumbre en la etiqueta inglesa, por mucho que a ella le pareciera una estupidez.

Mientras permanecía sentada, contemplando distraídamente a la gente de la enorme sala, reparó en una mujer que la observaba desde lejos. Era menuda, delicada, y tal imagen resultaba acentuada por el vaporoso vestido de gasa que llevaba. También era muy hermosa, de tez clara y cabello rubio dorado. Alexandra se preguntó quién sería y por qué estaría tan interesada en ella.

La mujer dirigió una rápida mirada hacia las mesas del bufé, donde permanecía Thorpe, y después se acercó a Alexandra. Esta vio, mientras se aproximaba, que era mayor de lo que había supuesto.

—Veo que Thorpe la ha engatusado —dijo la mujer sin preámbulos.

—Perdón, ¿cómo dice? —Alexandra la miró, sorprendida.

—Dicen que es usted americana —prosiguió la mujer, sin prestarle atención.

—Sí, lo soy. ¿Por qué lo...?

—Entonces, obviamente, no conoce usted su reputación.

—¿Se refiere a lord Thorpe?

—Naturalmente —respondió la mujer con impaciencia—. Las madres siempre vigilan a sus hijas cuando Sebastian anda cerca.

Debía de conocerlo bien si lo llamaba por su nombre de pila, dedujo Alexandra. Los británicos eran asombrosamente estrictos con tales detalles.

—Y sus motivos tienen —prosiguió la mujer,. Sus ojos azules eran fríos como la nieve.

—¿Y qué motivos son esos? —inquirió Alexandra, igualando el tono gélido de su interlocutora.

—Ah, ya veo que la ha hechizado con sus encantos —respondió la mujer con una sonrisa sesgada—. Créame, es célebre por sus conquistas.

—En ese caso, me sorprende que sea tan bien recibido en sociedad.

—El dinero y un título suelen bastar para compensar todos los pecados.

—Lady Pencross.

Ambas se giraron hacia la voz masculina que se oyó a pocos pasos de ellas. Era lord Thorpe, y tenía los ojos fijos en la interlocutora de Alexandra. Su semblante no dejaba traslucir emoción alguna, pero su tono era inflexible como el acero. Alexandra notó un escalofrío en la espina dorsal.

—Sebastian —lady Pencross abrió los ojos afectadamente y su boca se arqueó hacia abajo—. No pareces muy contento de verme.

—Dudo que eso te sorprenda —replicó Thorpe con sarcasmo—. Estoy seguro de que tienes asuntos en otra parte, ¿me equivoco?

Alexandra contuvo la respiración ante aquella abierta muestra de descortesía. Los ojos de la rubia centellearon con rabia y, por un instante, Alexandra temió que replicase con algún comentario viperino, pero simplemente sonrió y se marchó.

—¿Otra persona cuya amistad no le interesa cultivar? —inquirió Alexandra con desenfado.

Thorpe, que se había girado para ver cómo la rubia se marchaba, miró de nuevo a Alexandra. Sus ojos parecían sombríos, su semblante surcado de amargas arrugas. Finalmente, se relajó y emitió una breve risita.

—Sí. Lady Pencross y yo ya hemos «cultivado» demasiado nuestra amistad.

Alexandra sintió curiosidad por saber a qué se debía aquella enemistad entre Thorpe y la mujer, pero él no abundó en el asunto. Simplemente, se sentó junto a Alexandra y le pasó su plato.

—Espero no haberla hecho esperar mucho.

—No, me han amenizado bien la espera.

Thorpe la miró con seriedad.

—¿La ha molestado lady Pencross?

—No. Solo parecía preocupada por el peligro que corre mi honra en su compañía.

Él emitió una risotada carente de humor.

—Créame, a esa mujer no le preocupa la honra de nadie, y menos la suya propia. Yo no le daría demasiada importancia a lo que diga lady Pencross.

—No se la daré. Pero soy capaz de decidir ese tipo de cosas por mí misma.

Thorpe la miró con ojos risueños.

—Por supuesto. ¿Cómo he podido olvidarlo?

Mientras comían, se entretuvieron hablando de la diversa gente que los rodeaba. Thorpe conocía a la mayoría, y los describió con un ácido sarcasmo que arrancó más de una risa a Alexandra.

—¡Qué duro es con sus semejantes!

Él se encogió de hombros.

—Soy un simple novato comparado con muchos de ellos. La perversidad y la ironía son lo que les mueve —dejó a un lado los platos—. ¿Preparada para seguir bailando?

—Desde luego. Será mucho más divertido observar a la gente ahora que conozco todos sus secretos.

—Apenas hemos arañado la superficie, mi querida muchachita.

Cuando hubieron subido las escaleras, lord Thorpe la condujo súbitamente hacia un rincón envuelto en sombras. Alexandra lo miró, buscando sus ojos, y se quedó sin respiración. ¿Acaso pretendía besarla?

Él sonrió levemente mientras le acariciaba la mejilla con los nudillos.

—Me intriga usted, señorita Ward.

—¿De veras? —Alexandra luchó para mantener un tono desenfadado, a pesar de que su caricia había hecho que se le acelerara el pulso—. ¿Y siempre hace esto con las mujeres que le intrigan, lord Thorpe? ¿Las lleva a rincones oscuros situados en pasillos desiertos?

—Es usted libre de irse cuando le plazca. Yo no la estoy reteniendo aquí.

Ella notó que las mejillas le ardían. Pero no se movió de donde estaba.

Una sonrisa asomó a los labios de Thorpe. Le deslizó una

mano hasta la nuca. Alexandra observó, con el corazón desbocado, cómo se inclinaba hacia ella. Sus labios eran cálidos y suaves, y ella tembló un poco al experimentar aquella sensación nueva, hasta entonces desconocida. Las rodillas se le aflojaron, de modo que tuvo que agarrarse a las solapas de Thorpe para tenerse en pie. Él le exploró la boca con la lengua, arrancándole un jadeo, y bajó las manos hasta sus prietas nalgas, alzándola para apretarla contra sí. Alexandra notó el contacto de su deseo, duro e insistente, y se sintió aún más excitada.

Finalmente, Thorpe alzó la cabeza para mirarla, sus ojos resplandeciendo en la penumbra.

—¡Dios santo! No fue mi intención...

Alexandra se quedó mirándolo, momentáneamente sin habla. Sus pensamientos giraban en un torbellino de sensaciones.

—Aquí no tenemos intimidad —prosiguió él, mirando por encima del hombro—. No quiero que seamos pasto de murmuraciones.

—¿Y qué es lo que quieres? —inquirió Alexandra, tuteándolo.

La sensual sonrisa de Thorpe fue una respuesta más que elocuente.

—Tú ya debes de saber lo que quiero.

—Tengo cierta idea —Alexandra pugnó por recobrar el dominio de sí misma. Sí, sabía lo que él deseaba. Ese mismo deseo latía en sus propias venas. Conservar la virginidad nunca le había planteado dificultades anteriormente. De hecho, jamás se había sentido tentada de entregarla. Pero, ahora, por primera vez, tuvo que esforzarse para hacer lo correcto—. E intuyo que tus intenciones no son honorables.

Thorpe sonrió sardónicamente.

—Mis intenciones, querida, pocas veces suelen ser honorables.

—He oído que tienes... mala reputación.

—Dicho de forma suave —Thorpe cruzó los brazos—. En realidad, se me tiene por un sinvergüenza mujeriego.

—¿Tienes por costumbre seducir a las jovencitas? —inquirió Alexandra, poniéndose rígida. ¿Era posible que fuera un vil depredador de doncellas inocentes? ¿Que sedujera a muchachas vulnerables, encandilándolas con su apostura y su fortuna?

—No, en absoluto. Por lo general, las primerizas me aburren. A muchas madres les encanta creer que codicio la virginidad de sus hijas, pero dicha virginidad no suele interesarme. Tampoco me interesa valerme de engaños para meter a una mujer en mi lecho.

—Entonces, ¿qué es lo que buscas, si puedo preguntarlo?

—Una noche de placer con una mujer que sabe lo que quiere.

—Ya veo. Y supongo que el amor no entra en tus planes.

Los labios de él se arquearon levemente.

—Solo los jóvenes y los necios creen en el amor, y yo ya he dejado de ser ambas cosas.

—Comprendo —dijo Alexandra. Sus palabras reflejaban amargura, no indiferencia. Eran las palabras de un hombre que había sufrido un desengaño en el terreno amoroso—. ¿De modo que me ofreces una breve aventura sin amor? Debo decir que la oferta parece difícil de rechazar.

—Tienes facilidad de palabra. Pero yo no lo definiría así —Thorpe le tomó la mano—. Llamémosle, mejor, un momento de pasión. Un intercambio de placeres entre personas adultas, que, con suerte, no tiene por qué ser breve.

Alexandra agachó la mirada y se alisó la falda del vestido.

—Me temo que te has equivocado conmigo.

—¿Vas a decirme que eres una tímida doncella al uso? —preguntó él con cierto deje de humor—. Querida, acabo de besarte. Me temo que debo discrepar.

Ella alzó la vista para mirarlo con su habitual franqueza.

—Sería una tonta si negara lo que he sentido. Y me doy cuenta de que soy una mujer atípica en muchos aspectos. Tampoco soy ninguna cría. Tengo veinticuatro años y estoy acostumbrada a tomar decisiones.

—Eso me consta.

—Sin embargo, creo que lo que tú buscas es una mujer con experiencia.

Los ojos de él parecieron inflamarse de pronto.

—¿Y tú no la tienes?

—No la clase de experiencia que tú necesitas.

—Perdóname. Había pensado... cuando te besé...

Alexandra se ruborizó.

—Lamento haberte decepcionado.

Él esbozó una sonrisa lenta.

—Oh, no, no me has decepcionado. Pero ahora comprendo que me precipité —le tomó la mano y se la acercó formalmente a los labios—. Querida señorita Ward, perdone mis impertinencias. Veo que tendremos que tomarnos nuestro tiempo.

—¿De modo que te has propuesto seducirme? —inquirió Alexandra con curiosidad.

—Si te refieres a valerme de engaños para llevarte a mi lecho, no —Thorpe le besó la yema de cada dedo mientras seguía hablando—. Pero sí estoy dispuesto a proporcionarte la información que necesitas para tomar una decisión. Estoy seguro de que, como mujer de negocios, apreciarás la diferencia.

Alexandra emitió una carcajada.

—Es usted astuto, señor mío. Pero me temo que vivimos en mundos diferentes. Verás, yo creo en el amor. Sin él, la pasión es un placer vacío.

—Creo que tendremos tiempo de sobra para discutir sobre eso —dijo Thorpe con una sensual sonrisa—. Entretanto, quizá sea mejor que regresemos a la fiesta —le ofreció el brazo y ambos recorrieron el pasillo hasta la sala de baile. Nada más entrar, los ojos de Thorpe se iluminaron al ver a un grupo de gente—. Ah, ahí está —dijo, sonriendo con satisfacción.

—¿Quién? —Alexandra siguió con curiosidad la dirección de su mirada.

—Ven, quiero que conozcas a la condesa. Es una buena amiga mía. Su nieto y yo fuimos compañeros en el colegio. Solía ir a su casa con asiduidad. La condesa siempre fue para mí como... una madre. O como una abuela.

—¡Thorpe! —dijo la condesa, vestida con un elegante vestido gris y plata, al verlo acercarse—. Cuánto me alegro de verte —extendió las manos hacia él—. No esperaba verte aquí.

Thorpe se aproximó a ella, tomando sus manos para besarlas.

—Señora. Yo, en cambio, sí había esperado encontrarla en la fiesta. Hay alguien a quien me gustaría presentarle —se apartó y alargó una mano hacia Alexandra. Esta dio un paso adelante—. Condesa, permítame que le presente a...

La condesa miró a Alexandra y, repentinamente, el color abandonó sus mejillas.

—¡Simone! —exclamó antes de desplomarse en el suelo.

CAPÍTULO 4

Por un instante, el grupo se quedó petrificado de horror al ver cómo la condesa se caía redonda al suelo. Thorpe fue el primero en reaccionar.

—¡Condesa! —se arrodilló junto a ella y la incorporó, rodeándola con el brazo.

—¡Madre! —lady Ursula, hija de la condesa, gritó sorprendida—. Dios bendito, ¿por qué se habrá...? ¿Se encuentra bien?

Thorpe comprobó el pulso de la anciana.

—Creo que solo ha sido un desmayo. Hay que sacarla de aquí —dijo mientras la tomaba en brazos, alzándola con facilidad.

Ursula miró a su alrededor nerviosamente.

—¿Por qué habrá dicho ese nombre? Es muy extraño... —al ver a Alexandra, se detuvo en mitad de la frase—. ¡Dios mío!

Ursula se giró para seguir apresuradamente a Thorpe.

—Espera aquí —pidió Thorpe a Alexandra mientras Ursula, su marido y su hija corrían tras él como una bandada de gallinas inquietas.

Alexandra miró desconcertada a Nicola, que acababa de unirse al grupo.

—Qué raro —dijo Nicola—. Conozco a la condesa desde siempre, y jamás la había visto desmayarse. Es una mujer muy fuerte.

—Parece que se... alteró mucho al verme.

—Estoy segura de que no ha sido por eso —la tranquilizó Nicola.

Alexandra, sin embargo, no estaba tan segura. Lady Ursula también había reaccionado de forma extraña al verla.

—¿Por qué diría ese nombre? ¿Simone?

—No lo sé. No conozco a nadie que se llame así. Parece un nombre francés, ¿verdad?

—Sí.

Alexandra miró de soslayo y vio que un hombre avanzaba resueltamente hacia ellas. Era el conde de Exmoor, a quien Thorpe la había presentado un rato antes. Nicola emitió entre dientes algo muy parecido a una maldición.

—Espero que lo de la condesa no sea nada grave —dijo el conde al acercarse.

—Seguro que se pondrá bien —respondió Nicola fríamente—. Sin duda, habrá sido por el calor sofocante de la sala.

—Umm. Estoy seguro de que tienes razón. La condesa quizá sea ya un poco mayor para asistir a estas fiestas.

—Lo dices como si estuviera senil, Richard. Es una mujer robusta y llena de vida.

—Querida hermana, no era mi intención insultar a la señora. Es una mujer extraordinaria y yo la admiro muchísimo.

—Yo no soy tu hermana.

Alexandra miró de reojo a Nicola, percibiendo el tono acerado de su voz. Su antipatía hacia el conde era evidente.

—Vamos, vamos, Nicola, nuestra visitante puede llevarse una impresión errónea.

—Si tiene la impresión de que me caes mal, habrá acertado.

Alexandra no salía de su asombro. Nicola parecía frágil como una flor, pero su temperamento era sólido como el acero.

Exmoor puso expresión cínica y miró a Alexandra.

—Lo siento, señorita Ward. La señorita Falcourt y yo tenemos el problema de estar, quizá, excesivamente relacionados.

Sus palabras eran deliberadamente sugerentes, y la mirada que lanzó a Nicola estaba cargada de desafío.

Nicola respondió frunciendo los labios con desprecio.

—No te engañes, Exmoor —luego se giró hacia Alexandra—. Haga el favor de dispensarme, señorita Ward.

—Faltaría más —Alexandra observó cómo la otra mujer se

alejaba. Después se volvió hacia el conde. Desde luego, no parecía una persona muy apreciada.

Él se encogió de hombros y sonrió.

—Nicola y yo siempre hemos tenido nuestras diferencias. A pesar de que somos familia.

—¿Ah, sí?

—Sí. Estoy casado con su hermana.

—Oh —Alexandra se sorprendió. No parecía haber mucho cariño entre los cuñados.

—Quizá eso explique su antipatía hacia mí. Deborah y ella estaban muy unidas. A menudo, las hermanas pequeñas suelen sentirse celosas cuando las mayores se casan.

—Sí, supongo que puede ocurrir —contestó Alexandra.

—¿Qué le ha pasado a la condesa? —inquirió él, cambiando bruscamente de tema—. Parece haberse caído.

—Creo que se desmayó.

—Espero que no esté enferma —el conde frunció el ceño al tiempo que miraba hacia la puerta—. Quizá debería ir a ver cómo se encuentra.

—Lord Thorpe y su hija están con ella. Seguro que la atenderán debidamente.

—¿Conoce usted a la condesa? —inquirió él.

—No. Mejor dicho, acabo de conocerla.

—Ya veo. Una mujer extraordinaria. Tengo entendido que fue una belleza en sus tiempos.

—Sí, seguro que lo fue.

Siguieron charlando educadamente unos minutos y, en cuanto tuvo ocasión, Alexandra dejó al conde y fue en busca del grupo, preguntándose cómo estaría la condesa y cuánto tardarían en regresar. No obstante, uno de los criados la informó de que lord Thorpe había salido de la casa con la condesa y los demás. Al principio, Alexandra se sintió dolida, pero luego recordó que Thorpe le había pedido que esperase, de modo que seguramente tenía pensado volver. Suspiró. No tenía ningún interés en quedarse en la fiesta, aburriéndose, hasta que él regresara.

Seguramente, se dijo, podía volver a casa dando un paseo, puesto que no estaba tan lejos. Decidida, pidió a uno de los criados que le devolviera su chal de cachemira y luego salió por la puerta principal, haciendo caso omiso de la expresión horrorizada del criado.

Fue un paseo agradable. La brisa de mayo aún era un poco fría, pero ella apenas lo notó gracias al chal. Cruzó la última calle y se encaminó hacia su casa cuando, repentinamente, oyó pisadas a su espalda. Con cierta inquietud, Alexandra apretó el paso. Las pisadas cesaron. Ella se giró sorprendida y, de pronto, una figura surgió de la oscuridad y se lanzó sobre ella. Ambos cayeron sobre el pavimento.

Alexandra emitió un grito antes de que el individuo le tapara la boca con la mano, sujetándola fuertemente con el otro brazo. Luego se levantó, arrastrándola consigo.

—¡Maldita arpía! —susurró él, inmovilizándola por detrás—. Vuélvete a tu país. ¿Lo has comprendido? —añadió, zarandeándola.

Alexandra pataleó, golpeándole la espinilla con el talón. El individuo emitió un alarido de sorpresa y dolor, soltándola. Ella corrió hacia la casa, gritando, mientras la puerta se abría y dos criados asomaban la cabeza, extrañados. Tía Hortensia los apartó rápidamente y salió por la puerta.

—¡Alexandra! —corrió hacia su sobrina, alzando el candil para poder verla. Los dos sirvientes también acudieron, presurosos.

Alexandra oyó cómo, tras ella, su agresor corría en la dirección opuesta. Los criados fueron tras él, pero se rindieron al llegar al extremo de la calle.

—¡Alexandra! ¡Niña! ¿Qué ha pasado? —tía Hortensia le echó un brazo por los hombros y la acompañó al interior de la casa—. Tienes un arañazo en la mejilla.

—No me extraña. Alguien me atacó —Alexandra se estremeció. Tenía los nervios deshechos y se sentía aturdida.

—¡Te atacó! ¿Y dónde está ese hombre con el que te marchaste? Tendría que haberte acompañado de vuelta a casa, en lugar de dejarte a merced de los maleantes callejeros —tía Hortensia la condujo al sofá de la sala.

—No me abandonó —repuso Alexandra, irritada—. Tuvo que irse, empecé a aburrirme y decidí volver por mi cuenta.

—¿Qué clase de hombre deja a una muchacha sola en una fiesta? En fin, eso ahora no importa —añadió Hortensia al ver que su sobrina hacía ademán de protestar—. Siéntate en el sofá. Lo que necesitas es una copa de coñac —miró a los criados, que las observaban desde la puerta—. ¿Se puede saber qué hacéis ahí embobados? Traedle a la señora una copa de coñac.

Los criados se dispersaron rápidamente. De pronto, se oyó un jadeo ahogado en la puerta de la sala, y ambas se giraron. La madre de Alexandra permanecía en el umbral, mirando horrorizada a su hija.

—¡Mi niña! —gimió—. ¿Qué ha pasado? ¿Te han hecho algo? ¿Nos están atacando? —corrió hacia Alexandra y se arrodilló frente a ella—. Oh, cielos, oh, cielos —repitió una y otra vez.

—Todo va bien, madre. Nadie nos está atacando —dijo Alexandra, tratando de sosegarla—. Solo ha sido un accidente. Me caí.

—No. No. Vienen por nosotras. Lo sé. Tenemos que huir.

Alexandra contuvo la respiración. El brillo que iluminaba los ojos de su madre era alarmante. Parecía haber enloquecido.

—No ocurre nada, madre. Nadie vendrá por nosotras. Estamos a salvo, rodeadas de sirvientes.

—¡Tú no sabes nada! —Rhea alzó la voz, llena de pánico—. ¡Los criados se volverán contra nosotras! ¡Estamos indefensas!

—¡Mamá! —Alexandra la agarró fuertemente por los brazos—. ¡Tranquilízate!

Nancy, la doncella de Rhea, entró presurosa en la sala, en camisón y con los pies descalzos.

—¡Señora Rhea! ¡Está usted aquí! —Nancy dirigió una mirada de disculpa a Alexandra y tía Hortensia—. Lo siento. No sabía que se había levantado —se inclinó sobre Rhea Ward y la puso en pie, rodeándola con el brazo para consolarla—. Ya, ya. No va a ocurrirnos nada malo a ninguna.

—¿No? —Rhea se giró hacia la doncella, el pánico de su voz desvaneciéndose—. ¿De verdad?

—Se lo prometo. Yo nunca dejaría que nadie le hiciera daño.

—Pero el populacho... —Rhea miró nerviosamente hacia la ventana.

—En la calle no hay ningún populacho, señora. Escuche atentamente. ¿Oye algo?

Rhea ladeó la cabeza para escuchar.

—No —una sonrisa trémula se dibujó en su rostro—. Tienes razón.

—Quizá deberías dormir esta noche en la habitación de la señora Ward, Nancy —sugirió tía Hortensia.

—Eso pensaba hacer, señorita Hortensia. Pediré que me preparen una cama.

Alexandra observó cómo su madre se alejaba con la doncella, y los ojos se le inundaron de lágrimas.

—Oh, madre —miró a su tía—. ¿Qué es lo que le pasa? ¿Qué deberíamos hacer?

—Estará perfectamente por la mañana, ya lo verás —respondió Hortensia—. Se despertó con el ruido y se asustó, eso es todo.

—Pero ¿de qué hablaba? ¿Por qué pensó que había una multitud de gente en la calle?

—Ah, eso. Solía ocurrirle a menudo cuando tú eras pequeña. Se despertaba, en medio de terribles pesadillas, asustada y hablando de una multitud que os perseguía a ella y a ti. Creo que la experiencia que vivió en Francia, durante la Revolución, la traumatizó, aunque Rhea siempre se negó a hablar de ello.

—Pero ¿por qué iba a acordarse de eso ahora?

—Oh, seguramente se sintió desorientada al despertarse y ver a los sirvientes asustados. Probablemente te oyó gritar. Ah, ya llega el coñac —Hortensia se giró mientras el mayordomo entraba en la sala, con una bandeja de plata con una botella de coñac y dos copas.

Alexandra agarró una de las copas con ambas manos y tomó un generoso sorbo. El licor le quemó en la garganta e hizo que los ojos le lagrimearan. Tosió e intentó devolverle la copa a su tía, pero esta cruzó los brazos y le ordenó que apurase el resto.

—El coñac es el mejor remedio para aplacar los nervios —aseguró.

—Está bien —Alexandra tomó otro trago y se estremeció, notando que el estómago le ardía, aunque por fin empezó a sentirse algo más relajada.

—¡Por Dios santo, suélteme, estúpido! —rugió una voz masculina en el vestíbulo—. ¿Qué diablos pasa aquí?

—¡Thorpe! —Alexandra se levantó justo en el momento en que lord Thorpe entraba en la sala, zafándose de uno de los criados. El movimiento brusco hizo que se sintiera algo mareada, y se tambaleó.

—¡Alexandra! —exclamó él al tiempo que cruzaba la sala de dos zancadas para sostenerla entre sus brazos—. Dios mío, ¿qué te ha pasado? ¿Por qué está la puerta de la casa abierta? ¿Y qué hacen los criados merodeando en la calle con candiles?

Alexandra se apoyó en su pecho.

—Oh, Thorpe. Apareció un hombre y... me atacó...

—¿Qué? —él pareció atónito, y luego indignado.

—Yo... yo... —de repente, Alexandra prorrumpió en llanto.

—¡Alexandra! Querida mía —lord Thorpe la estrechó entre sus brazos, apretándola contra sí, al tiempo que inclinaba la cabeza sobre la de ella. Le acarició el cabello tiernamente, murmurándole palabras suaves.

Tía Hortensia, que había reparado en la expresión de dicha de su sobrina al ver a aquel hombre, los observó pensativamente durante unos segundos y luego salió de puntillas de la sala, cerrando la puerta tras de sí.

Alexandra alzó el rostro empapado de lágrimas hacia Thorpe.

—Lo siento.

Él sonrió.

—No necesitas disculparte —sacó su pañuelo y procedió a enjugarle las lágrimas. Luego se inclinó para besarla, lenta y profundamente, bebiendo de la dulzura de su boca, presa del mismo deseo arrebatador que había sentido en aquel rincón en sombras.

Ella se ciñó a él ansiosamente, rodeándole el cuello con los brazos. Thorpe exhaló un jadeo, notando cómo la pasión palpitaba en su interior. Bajó las manos hasta los senos de Alexandra y palpó la tierna carne. Sintió cómo los pezones se endurecían con sus caricias. Un gemido brotó de los labios de ella. Movió las caderas contra él instintivamente, buscando satisfacción, notando cómo su miembro latía contra su cuerpo, cálido y rígido. Alexandra emitió un jadeo ahogado al experimentar aquella sensación nueva, conforme su ansiedad aumentaba.

En el vestíbulo se oyeron pasos y la voz de un hombre que decía:

—Nada, señorita Ward.

—¿No habéis hallado ni rastro de él? —vociferó tía Hortensia, irritada.

Alexandra se retiró rápidamente de Thorpe, emergiendo de las brumas de la pasión al oír los ruidos. Se llevó una mano a la boca y miró a Thorpe con los ojos muy abiertos.

Él sintió una punzada de furia, y deseó enviar a tía Hortensia y los criados al infierno por haberlos interrumpido. Irritado consigo mismo, se giró y dijo con voz áspera:

—Perdóname. No he debido...

Alexandra se abrazó a sí misma, sintiéndose repentinamente muy sola y vacía.

—No hace falta que te disculpes. No era yo misma. Las circunstancias...

—¿Qué ha pasado? —inquirió él, volviéndose.

—No estoy muy segura —Alexandra arrugó la frente—. Ese hombre se abalanzó de pronto sobre mí. Creo que me había seguido. Me agarró por detrás y dijo algo que me resultó muy extraño. «¡Vuélvete a tu país!».

—¿Estás segura de que dijo eso? Quizá no lo oíste bien.

—Lo oí perfectamente. Eso fue lo que dijo.

Thorpe se quedó mirándola un momento. Estaba seguro de que aquel individuo no la había agredido simplemente para decirle que se fuera del país. Era absurdo. Sin duda, había tenido la intención de violarla, aunque Alexandra era demasiado ingenua como para darse cuenta. Aquel pensamiento hizo que le hirviera la sangre.

—¿Y qué diablos hacías sola en la calle? —espetó, furioso—. ¿Es que no tienes sentido común?

—Volvía a casa —repuso Alexandra, molesta—. No sé si lo recordarás, pero me dejaste sola en el baile.

—Te dije que esperaras.

—No me apetecía esperar. Estaba cansada y no conocía a

nadie. El criado me dijo que te habías ido con la condesa, y yo no sabía cuándo volverías... o si volverías.

—¿Crees que habría sido capaz de dejarte allí?

—Eso fue lo que hiciste.

—Pero pensaba volver. Llevé a la condesa a su casa, porque quería asegurarme de que se encontraba bien. Si me hubieras hecho caso, en vez de irte de la fiesta por tu cuenta, nada de esto habría ocurrido.

—¡Oh! —Alexandra lo miró con rabia—. ¿Me estás echando la culpa de que ese individuo me agrediera?

—No. Simplemente digo que fue una imprudencia por tu parte volver a casa sola.

—Te recuerdo que soy perfectamente capaz de cuidar de mí misma.

—¿Sí? —Thorpe enarcó una desdeñosa ceja—. Pues no lo parece.

—¿Qué estás insinuando? —Alexandra crispó los puños e irguió el mentón—. Lo resolví perfectamente. Le di una patada, escapé y corrí hacia la casa. ¡Nadie tuvo que ayudarme!

—El hecho es que ese hombre jamás te habría agredido si hubieras ido acompañada. Probablemente te consideró...

—¿Me consideró qué? —Alexandra puso los brazos en jarras. Sus ojos echaban chispas.

—Una presa fácil —contestó Thorpe—. Y lo eras, maldita sea.

—Creo que debes marcharte ya —dijo ella con frialdad.

—Sí, tienes razón. Debo irme —Thorpe se encaminó hacia la puerta. Pero, antes de salir, se giró y dijo—: Vendré a recogerte mañana por la tarde. Le prometí a la condesa que te llevaría a su casa. Tiene muchas ganas de conocerte —hizo una cortés reverencia, y añadió—: Buenas noches. Asegúrate de que todas las ventanas estén bien cerradas.

Alexandra se quedó boquiabierta. ¿Cómo se atrevía a hacer planes por ella con semejante ligereza? Se giró y descargó su frustración dando una patada a un taburete, que rodó hasta el otro extremo de la sala.

—¡Ay! —se lastimó el dedo gordo del pie y tuvo que sentarse en el sofá para darse un masaje—. ¡Maldito sea ese hombre!

Lord Thorpe, decidió, era el hombre más arrogante, atrevido y presuntuoso que había conocido nunca. Pero lo peor era que, pese a su descaro y su arrogancia, Alexandra seguía estremeciéndose al recordar sus besos.

—¿Se ha ido? —preguntó tía Hortensia, entrando por la puerta. Observó detenidamente la expresión de Alexandra.

—Sí. ¿Por qué me miras de ese modo?

—Es solo que... nunca te había visto mirar a nadie así.

—¿Cómo?

—Del modo en que mirabas al señor Thorpe.

—Lord Thorpe.

—Sí, claro. Lord Thorpe —tía Hortensia puso los ojos en blanco—. Esos ingleses y su infernal apego a los títulos —hizo una pausa—. Alexandra, ¿sientes... sientes algo por ese hombre?

—¿Si siento algo? —Alexandra notó que se le inflamaban las mejillas—. No seas ridícula. Es egoísta, presuntuoso... —chasqueó la lengua con frustración—. Si siento algo por él, es antipatía.

—Oh.

—Y deja de mirarme así. Voy a acostarme ya —añadió Alexandra malhumoradamente.

—Creo será mejor que nos acostemos todos —convino su tía.

Ya en la cama, Alexandra no consiguió dejar de pensar en Thorpe. No comprendía sus sentimientos hacia él, ni la ansiedad que la embargaba al acordarse de sus besos y sus caricias. Tampoco conseguía desterrar de su mente su encuentro con el desconocido agresor, ni la extraña reacción que tuvo la condesa, a quien no conocía de nada, al verla en la fiesta. Y, lo que era aún más inquietante, ¿por qué la había llamado «Simone»?

Un escalofrío recorrió a Alexandra. Por primera vez desde que había llegado a Londres, se levantó de la cama y cerró con llave la puerta de su dormitorio.

CAPÍTULO 5

Al día siguiente, Alexandra se despertó sintiéndose mucho mejor. Se levantó, abrió la puerta y recogió la bandeja con té y pastas que la criada había dejado junto a la puerta al encontrarla cerrada.

En un principio, se había planteado no ir con lord Thorpe a casa de la condesa. No obstante, su curiosidad acabó pesando más que su justificada indignación. Tenía que conocer a la condesa y descubrir qué la había impulsado a llamarla por aquel extraño nombre la noche anterior. Así pues, se hallaba lista cuando lord Thorpe acudió a recogerla aquella tarde. La casa de la condesa era más pequeña que la que había visitado el día anterior, pero mucho más cálida y acogedora. El mayordomo los acompañó hasta la sala de estar, una elegante habitación decorada en tonos azules, y seguidamente fue a avisar a la señora de su llegada.

Alexandra paseó la vista por la sala. Había pensado que estaba vacía, pero, al girarse hacia el sofá, una mujer asomó la cabeza por el respaldo. Tenía el pelo castaño, veteado de gris, y era algo regordeta. Llevaba puesto un sencillo vestido de color marrón y sostenía en la mano una madeja de hilo.

—Dispense, solo estaba... —se detuvo en mitad de la frase, mirando a Alexandra, boquiabierta—. Dios santo —se llevó una mano al pecho—. La condesa me dijo que era usted clavada, pero jamás imaginé que...

—¿Disculpe? —dijo Alexandra educadamente. ¿Qué le pasaba a todo el mundo? Obviamente, debía de recordarles a alguien, pero ¿por qué se mostraban tan sorprendidos?

—Lo siento. Debe usted disculparme. Soy una tonta... No debería ser la primera en hablar con usted. Esta es la casa de la condesa, naturalmente. Yo vivo aquí porque ella es una mujer muy caritativa y bondadosa, pero no debería recibirla a usted en su lugar. Es que, verá, recordé que la madeja se me había caído aquí ayer y vine a buscarla. Pero no pensé que fuese a venir nadie. Mejor dicho, sabía que iban a venir ustedes, pero...

—No se preocupe, señorita Everhart —terció Thorpe, interrumpiéndola—. Seguro que a nadie le molestará que haya venido a la sala para recoger la madeja, y menos a la condesa.

—Oh, desde luego —la mujer sonrió de oreja a oreja—. Es tan buena...

—Señorita Everhart, permítame que le presente a Alexandra Ward. Señorita Ward, esta es Willa Everhart, prima de la condesa.

—Prima segunda —añadió la señorita Everhart. Por sus palabras y sus modales, Alexandra dedujo que debía de ser una pariente pobre que vivía en la casa gracias a la caridad de la condesa.

Se oyeron pasos en el vestíbulo y la voz de una mujer mayor que decía:

—De verdad, Ursula, no necesito apoyarme en ti. Por amor de Dios, todavía no tengo un pie en la tumba.

—Por supuesto que no, madre. Pero no debes esforzarte tanto. Después de lo de anoche...

La condesa entró en la sala. Alta y esbelta, tenía el porte regio de una condesa... e incluso de una reina, se dijo Alexandra.

—Señorita Ward, ha sido usted muy amable al venir —dijo, ofreciéndole la mano. Alexandra se la tomó, y la condesa permaneció unos segundos mirándole fijamente la cara, con expresión triste, casi de añoranza. Por fin, esbozó una sonrisa trémula y le soltó la mano—. Soy la condesa de Exmoor, señorita Ward.

—¿Exmoor? —repitió Alexandra. ¿No se llamaba así el hombre al que conoció en la fiesta, y al que Thorpe y Nicola parecían detestar?—. Lo siento, esto de los títulos me desconcierta un poco. ¿Está emparentada con el conde de Exmoor?

—Es un primo lejano —respondió la condesa fríamente—. Heredó el título de mi difunto esposo.

—Entiendo —contestó Alexandra, aunque en realidad no entendía nada, salvo que la condesa parecía sentir tanta antipatía hacia el conde como los demás.

—Veo que ya ha conocido a mi prima, la señorita Everhart —siguió diciendo la condesa.

La señorita Everhart comenzó a disculparse atropelladamente, pero lady Ursula la interrumpió con brusquedad.

—Oh, por Dios, Willa, cállate. A nadie le molesta que estés aquí y lo sabes perfectamente. Entiendo que te interesara ver a la señorita Ward. Como a todos.

La condesa miró a su hija, enarcando una ceja.

—Mi hija, lady Ursula —le dijo a Alexandra. A continuación, señaló hacia una jovencita de aspecto tímido situada junto a Ursula—. Y su hija, Penelope, mi nieta.

Penelope saludó a Alexandra educadamente.

Una vez hechas las presentaciones pertinentes, todos se sentaron a tomar el té. Mientras removía su taza con una cucharilla, la condesa sonrió a Alexandra.

—Me dice Sebastian que es americana y que está en Londres de visita, señorita Ward.

—Sí, ya llevamos aquí unas dos semanas.

—Ah, ¿viaja usted en compañía de su familia?

—Sí, con mi madre y mi tía.

—Ojalá hubiesen venido ellas también —dijo la condesa—. Tendrías que habérmelo dicho, Sebastian. Me gustaría conocerlas.

—Mi madre no sale mucho. Inglaterra no parece... sentarle muy bien.

—Será por la humedad, sin duda. Aun así, quisiera conocerla. Quizá cuando se encuentre mejor...

—Cómo no —respondió Alexandra educadamente.

La condesa sonrió.

—Seguramente se preguntará por qué he solicitado su visita. Quería disculparme por mi comportamiento de anoche.

—No tiene por qué disculparse —se apresuró a decir Alexandra.

—Debí de parecerle una mujer muy extraña. Por eso deseaba darle una explicación. Y verla otra vez, para asegurarme de que mis ojos no me habían engañado.

—Madre, no es necesario que entres en deta...

—Ursula, por favor —la modulada voz de la condesa se endureció, acallando a su hija—. Deseo explicárselo todo a la señorita Ward —se giró hacia Alexandra—. Como habrá supuesto, la tomé por otra persona cuando la vi anoche. A la luz de las velas, parecía idéntica a ella. Incluso ahora, el parecido es asombroso. Naturalmente, es imposible que sea usted la mujer a la que me refiero, pues ella tendría ahora la edad de Ursula. Pero tenía usted el mismo aspecto que tenía ella la última vez que la vi, hace unos veinte años —la condesa hizo una pausa antes de proseguir—: Se parece usted a mi nuera, Simone, la esposa de mi hijo. Murió hace veintidós años. Y mi hijo y mis tres nietos.

—¡Oh, señora! Lo siento mucho.

—Gracias —la condesa suspiró—. Fue una época terrible. Emerson, mi hijo, y su familia habían ido a visitar a los padres de Simone. Mi esposo enfermó y murió mientras ellos estaban fuera, de modo que les mandamos un aviso, pero entonces estallaron las revueltas. Ignoro si llegaron a recibir el mensaje. El populacho los asesinó. No les importó que Emerson fuese inglés. Se hospedaban con los padres de Simone. Aristócratas, evidentemente.

Un escalofrío recorrió a Alexandra.

—¿Ha dicho el «populacho», señora? ¿Dónde estaban?

—Se encontraban en París cuando estalló la Revolución. El populacho asaltó su casa y los ejecutaron a todos, incluidos los niños.

—¿En París? —repitió Alexandra con voz ahogada—. Pero ahí fue donde...

—¿Qué, querida?

—Ahí fue donde yo nací.

La condesa se puso rígida y se llevó una mano a la garganta.

—¿Ha... ha vivido usted en París?

Alexandra asintió.

—Sí. Mi padre era un diplomático americano en la corte francesa.

—¿Cuándo fue eso? —preguntó la condesa con ansiedad—. ¿Cuándo estuvieron sus padres en París?

—En la época de la Revolución. Nací un año y medio antes de que estallara. Mis padres se marcharon al iniciarse las revueltas y volvieron a Estados Unidos. O, mejor dicho, mi madre. Mi padre enfermó de fiebre y murió en el viaje.

—Lo lamento —la condesa hizo una pausa—. ¿Es posible que... estuviera usted emparentada con la familia de Simone? ¿Los De Vipont?

—No. Tanto mi padre como mi madre eran americanos. Rhea e Hiram Ward.

—Todo esto es muy extraño —murmuró la condesa, muy pálida.

Thorpe frunció el ceño, preocupado, y se arrodilló a su lado, tomándole la mano.

—Por favor, no se acongoje. Comprendo que el parecido pueda ser asombroso. Pero solo se trata de una extraña coincidencia. Que Alexandra naciera en la misma ciudad donde murieron su hijo, lord Chilton, y su familia no significa que...

Lady Ursula exhaló un jadeo ahogado.

—¿Qué? —la condesa se puso blanca como el mármol—. ¿Cómo la has llamado? —se giró hacia Alexandra—. ¿Cuál es su nombre de pila?

—Alexandra, señora —Alexandra miró a la anciana con preocupación—. Por favor, no se aflija.

—¡Pero así se llamaba una de mis nietas! Eran John, Marie Anne y Alexandra, la menor.

Hubo un prolongado momento de silencio mientras todos los presentes en la sala miraban a Alexandra y a la condesa.

—Es absurdo, madre —dijo Ursula por fin—. Es prácticamente imposible. Ella no puede ser hija de Chilton.

La condesa se volvió para mirarla con ferocidad.

—¿Acaso no recuerdas cómo era la pequeña Allie? ¿Sus mejillas sonrosadas, sus grandes ojos castaños? ¡Su cabello negro y rizado! Era idéntico al de su madre.

—¡Señora! —exclamó Alexandra—. ¿Está sugiriendo que yo soy su nieta?

—Tienes la edad correcta. Te pareces a Simone. Estuviste en París en aquella misma época.

—Es imposible —insistió lady Ursula tajantemente, dirigiendo a Alexandra una mirada sombría—. Díselo, Thorpe. Es completamente absurdo.

—Sus nietos fueron asesinados por el populacho, señora —dijo Thorpe, mirando preocupado a la condesa, cuyas mejillas estaban impregnadas de color—. Eso es lo que siempre he oído.

—Pero ¿cómo podemos estar seguros? —repuso la condesa—. ¡Nunca llegamos a recibir los restos de ninguno de ellos!

—Pues claro que no. Quemaron la casa —explicó Ursula con brutal franqueza—. Pero varios testigos vieron cómo los ejecutaban. Bertram Chesterfield lo declaró en el juzgado, ¿no lo recuerdas?

—Desde luego. Aún no estoy senil —replicó su madre—. Pero también sé que Bertram Chesterfield es un estúpido.

—Quizá, pero es un caballero. No mentiría sobre una cosa así.

—Tal vez no, pero sí podría haber exagerado. O haberse equivocado.

—Un momento —terció Alexandra—. Yo no puedo ser su nieta, señora. Es imposible. Soy hija de Hiram y Rhea Ward. Hija única.

—Por favor, acompáñeme —pidió la condesa, levantándose—. Y tú también, Sebastian. Quiero que veáis una cosa.

Pese a las protestas de Ursula, su madre salió de la sala seguida de Thorpe y Alexandra. La condesa los condujo al piso superior y, a continuación, abrió la puerta de uno de los dormitorios.

—Ese es un retrato de Chilton con su esposa. Fue hecho poco después de que se casaran. Fijaos bien en ella.

Obedientemente, Thorpe y Alexandra se acercaron al retrato. Salvo por el peinado, la mujer guardaba un parecido increíble con Alexandra.

—¡Dios bendito! —exclamó Thorpe.

Ella notó un escalofrío en la espina dorsal. Resultaba enervante contemplar un rostro tan semejante al suyo, como si se estuviera viendo en un espejo. Había diferencias, por supuesto. Aquella mujer parecía un poco más baja y tenía las mejillas más carnosas. Pese a todo, dichas diferencias eran nimias.

—¿Lo veis? —dijo la condesa en tono triunfante—. Semejante parecido solo puede darse entre parientes —dicho esto, salió del dormitorio.

Alexandra echó un último vistazo al retrato, y luego Thorpe y ella siguieron a la condesa de vuelta a la sala.

—Dile que es ridículo, Thorpe —ordenó Ursula al verlos entrar—. Que es un disparate.

—No es ningún disparate —insistió la condesa fríamente—. Alexandra pudo haber escapado. Apenas era una niñita. Pudo huir sin que nadie se diera cuenta. O quizá alguno de los amotinados se compadeció de ella y la dejó marchar. Bertie Chesterfield nunca dijo haber visto cómo mataban a la niña.

—Supongo que podría ser posible —convino Thorpe—. Pero ¿no cree que, de haber sucedido tal cosa, habría usted tenido noticia de ello mucho antes?

—No, si la niña escapó. ¿Quién la habría reconocido? ¿Quién habría sabido a qué familia pertenecía?

—Pero ¿cómo llegó hasta América? —inquirió Ursula en tono triunfante.

—No lo sé. No tengo todas las respuestas —respondió su madre con cierta hosquedad. A continuación, se giró hacia Alexandra ansiosamente—. Quizá su madre lo sepa.

Alexandra se removió, incómoda. No podía hablarles de las condiciones en las que se hallaba su madre.

—Puedo preguntárselo. Pero, señora, no creo que sea posible lo que usted sugiere. Es decir, sé quiénes son mis padres.

—A veces —empezó a decir la condesa con mucho tacto—, en las familias se guardan secretos.

—¿En qué fecha naciste, Alexandra? —terció Thorpe—. ¿Qué edad tenías cuando estalló la Revolución?

—Nací el 20 de enero de 1787. Así que debía de tener un año y medio en aquel verano.

—¡Ya está! ¿Lo ves? —exclamó lady Ursula en tono victorioso—. Muy inteligente, Thorpe. La hija de Chilton tenía dos años en aquella época. Nació en el verano del 86.

—El 18 de junio —murmuró la condesa con un deje de tristeza. Miró a Alexandra—. Lo siento. Supongo que es imposible que seas tú, ¿verdad?

Sin embargo, por la expresión de la condesa, Alexandra comprendió que no estaba convencida.

—Me temo que sí —respondió, tomando la mano de la anciana—. Lo siento mucho. Espero que, al menos, me permita ser su amiga.

La condesa sonrió y le dio una palmadita en la mano.

—Ya lo creo que seremos amigas.

—Madre, creo que ya es hora de que descanses —terció Ursula, mirando a Alexandra con dureza—. Thorpe acompañará a la señorita Ward a su casa.

—Sí, me gustaría echarme un rato —la condesa, que se había mostrado rebosante de energía minutos antes, parecía cansada. Dirigió una sonrisa a Alexandra—. Gracias, querida, por haber venido a verme. Espero que vuelvas a visitarnos pronto.

—Cómo no, señora. Para mí ha sido un placer conocerla.

Mientras la condesa se dirigía hacia la puerta, lady Ursula se giró hacia Alexandra.

—Le agradecemos mucho su visita, señorita Ward —dijo con el mismo tono que emplearía con un criado—. A veces, mi madre tiene extrañas ocurrencias. Pero, como ha podido ver, no es una mujer fácil de engañar. Y tiene familia que vela por que nadie se aproveche de ella.

Parecía una amenaza oculta, se dijo Alexandra, aunque ignoraba qué motivos podía tener aquella mujer para amenazarla. Sin mediar más palabras, Ursula salió por la puerta.

—Ah, esta lady Ursula... siempre tan diplomática —comentó Thorpe sarcásticamente. Acompañados por el mayordomo, salieron de la casa y se subieron en el coche de caballos—. Espero que no estés disgustada.

—¿Por lo que dijo la condesa? No... Bueno, debo confesar que sentí un escalofrío al ver a la mujer del retrato. Se parecía mucho a mí, ¿verdad?

—Sí, el parecido es asombroso —admitió Thorpe—. Comprendo que la condesa se desmayase al verte anoche. Jamás llegó a superar la pérdida de su hijo y de su familia. No suele hablar de ellos, pero siempre hay tristeza en sus ojos.

—Lo siento mucho por ella. Debió de ser horrible. Ojalá pudiese ayudarla de algún modo. ¡Pero no puedo ser su nieta, como ella creía!

—Tiene que haber una explicación lógica. Podrías ser una pariente lejana de los DeVipont. Es posible que algún miembro de la familia se trasladase a Estados Unidos.

—Supongo que sí —convino Alexandra con cierta reserva—. Aunque nunca había oído hablar de ellos. Ni me consta que haya alguien francés en nuestro árbol genealógico.

Thorpe detuvo el carruaje delante de la casa de Alexandra y la ayudó a bajar. Ella se adelantó hacia los escalones de la entrada. Conforme avanzaba, distinguió una forma marrón en el escalón superior. Llena de curiosidad, se acercó más. Entonces lo vio claramente, y emitió un leve grito antes de llevarse una mano enguantada a la boca.

¡Era una enorme rata muerta!

CAPÍTULO 6

—¡Alexandra! —Thorpe acudió rápidamente a su lado. Sus ojos se desviaron hacia el animal—. ¡Santo cielo! ¿Qué hace eso ahí?

—No tengo ni idea. Qué asco —exclamó Alexandra, estremeciéndose.

—¿Será un regalo de vuestro perro o vuestro gato? —aventuró él.

—No tenemos perro ni gato.

—Puede que el ama de llaves sí. En casi todas las cocinas hay un gato para espantar a los ratones.

—Es posible. No estoy segura. Pero tendría que ser un gato monstruosamente grande para traer una rata como esa.

—Cierto —las esperanzas de Thorpe de calmarla con una mentira agradable se desvanecieron.

—La ha traído una persona.

—Eso parece —asintió Thorpe con desgana. Se acercó a la puerta y llamó con los nudillos. Un criado abrió al instante.

—¡Demonios! —exclamó al ver el animal muerto—. Oh, discúlpeme, señorita...

—¿Presumo que no lo habías visto antes? —le preguntó Thorpe.

—¡En absoluto, señor! Les pido disculpas. No puedo imaginar cómo habrá llegado hasta aquí.

—Avisa al mayordomo. Quiero hacerle unas cuantas preguntas. Y retira eso cuanto antes.

—Entremos por la puerta del servicio —sugirió Alexandra—. Así no tendremos que esperar a que lo retiren. No estoy dispuesta a pasar por encima de esa cosa.

Cuando entraron en la cocina, todos los presentes se giraron para mirarlos con asombro.

—Necesito hablar con todos vosotros —empezó a decir Alexandra, y los criados se alinearon obedientemente delante de ella—. Hay una rata muerta en los escalones de la entrada —añadió sin más preámbulos.

Todos se quedaron mirándola con estupefacción.

—¿Cómo dice, señorita? —inquirió el mayordomo, creyendo no haberla oído bien.

—Lord Thorpe y yo encontramos una rata muerta delante de la puerta de entrada. Y quiero saber si alguno de vosotros la puso ahí.

—¡Señorita Ward! —el mayordomo pareció verdaderamente horrorizado, como el resto del servicio—. ¡A ninguno de nosotros se le ocurriría hacer algo semejante!

—¿Habéis visto u oído algo sospechoso? —siguió preguntando Alexandra.

Todos los miembros del servicio corearon un enfático «no».

Finalmente, sin sacar nada en claro, Alexandra y Thorpe salieron de la cocina. Ella suspiró mientras entraban en la sala de estar.

—Otro motivo para que cuchicheen de lo locos que estamos los americanos —dijo con un suspiro.

Thorpe sonrió.

—Dudo que te tomen por loca.

—Anoche llegué a casa corriendo y gritando, y hoy encuentro una rata muerta en la entrada.

Él emitió una risita.

—Debo admitir que uno nunca se aburre contigo.

—Te aseguro que, normalmente, mi vida suele ser más aburrida —replicó Alexandra—. Nunca me habían pasado estas cosas. Solo desde que llegué a Inglaterra. Concretamente, desde que te conocí.

Thorpe arqueó las cejas perezosamente.

—¿Estás sugiriendo que yo tengo la culpa?

Alexandra se echó a reír.

—No. Solo digo que han empezado a sucederme cosas extrañas desde que me relaciono con la alta sociedad londinense.

Él se quedó mirándola.

—¿Crees que algún asistente a la fiesta de la duquesa te está haciendo todo esto?

Ella titubeó.

—No sé qué decir. Resulta absurdo, pero... Bueno, alguien parece desear que abandone Inglaterra. No se me ocurre quién puede ser... excepción hecha de lady Ursula, claro está —añadió sarcásticamente.

Thorpe emitió una carcajada.

—No creo que Ursula haya dejado esa rata muerta. Aunque bien pudo espolear al honorable Augusto para que lo hiciera, como lady Macbeth.

Alexandra no pudo menos de reírse al imaginar al orondo y pusilánime marido de Ursula cometiendo tal fechoría.

—No, tienes razón. Supongo que podemos descartarlos a ambos.

—Tampoco sabemos si el incidente de anoche está relacionado con lo que ha ocurrido hoy.

Alexandra lo miró con incredulidad.

—¿Más coincidencias? No me parece probable. Mi agresor me dijo que me marchara del país, y hoy me ha dejado un recordatorio —irguió el mentón—. Confieso que siento cada vez más curiosidad. Puede que incluso prolongue mi estancia en Londres.

—Ya lo suponía.

Alexandra enarcó una ceja.

—¿Acaso preferirías que me marchase?

—No —Thorpe sonrió—. En absoluto. Pero sí quiero que tomes precauciones.

—Las tomaré. A partir de hoy, todas las puertas y ventanas se cerrarán por la noche. Y quizá ponga a un sirviente a custodiar la puerta.

—Te enviaré a mi ayuda de cámara.

—¿Para qué? ¿Qué voy a hacer yo con tu ayuda de cámara?

—No es un ayuda de cámara corriente —le aseguró Thorpe—. Fue asistente de un oficial del ejército en la India.

Es completamente leal y un excelente luchador. Aunque quizá prefieras a Punwati. Es algo más afable que Murdock.

—No necesito a ninguno de los dos —dijo Alexandra con firmeza—. Mi tía y yo podremos manejar perfectamente la situación. Además, no quisiera tener a tu ayuda de cámara pegado a mí constantemente y aterrorizando a los criados.

—¿Has oído hablar de Murdock?

—Bueno, el señor Jones me dijo que es un hombre un tanto peculiar.

Thorpe dejó escapar una carcajada.

—Se ha visto metido en muchas reyertas. Por eso, precisamente, es la persona ideal para brindarte protección.

—Insisto en que no será necesario. Además, no quiero privarte de tu ayuda de cámara.

Thorpe hizo una mueca.

—Eres una mujer exasperante. Supongo que ya te lo habrán dicho.

—Unas cuantas veces —Alexandra sonrió.

—¿Por qué eres tan testaruda?

—Yo no soy testaruda. Sencillamente, no necesito ni quiero que tu ayuda de cámara me proteja.

Thorpe la miró con dureza, pero ella le sostuvo la mirada sin arredrarse. Finalmente, él la agarró por los hombros para darle un beso breve e intenso.

—Si se produce algún otro incidente, enviaré a Murdock para que proteja tu casa, aunque tenga que hacerlo apostado en la calle. ¿Está claro?

—Perfectamente —Alexandra se pasó la lengua por el labio superior—. ¿Siempre haces valer tus opiniones de esta manera?

Thorpe se fijó en su boca, y una súbita oleada de calor lo recorrió por dentro.

—Solo cuando es necesario.

Se inclinó para besarla de nuevo, esta vez más lentamente. Los recuerdos de la noche anterior inundaban su mente y hacían que la piel le ardiera.

Deseó seguir besándola hasta que ninguno de los dos fuese capaz de parar, pero se retiró de ella con desgana.

—Debo irme ya.

Por mucho que deseara quedarse, tenía cosas que hacer.

Murdock, su ayuda de cámara, tenía contactos con ciertos elementos criminales de Londres, aunque Thorpe siempre había creído prudente no pensar demasiado en el cómo y el porqué de dichos contactos. Le pediría que husmeara por ahí, para ver si oía de alguien que hubiese agredido recientemente a una hermosa americana.

Alexandra quizá se negara a aceptar su protección, pero eso no significaba que él no pensara protegerla de un modo u otro.

Una vez que Thorpe se hubo marchado, Alexandra subió al dormitorio de su madre.

—Ah, señorita Alexandra —Nancy alzó la vista de la costura que tenía en la falda y sonrió—. Me disponía a bajar para prepararle a su madre una taza de chocolate.

Tía Hortensia, Alexandra y Nancy habían acordado tácitamente no dejar sola a Rhea desde el incidente de la tetera. Nancy se levantó y, dejando a un lado la costura, salió del cuarto.

Rhea se inclinó hacia su hija y susurró:

—Menos mal que se ha ido. No sé qué mosca le ha picado a Nancy. Apenas ha salido de la habitación en todo el día. Creo que tiene miedo de los criados.

—¿En serio?

Rhea hizo un gesto de asentimiento.

—Son... diferentes, ya sabes. A veces, me exasperan. No critico a Nancy por no simpatizar con ellos.

—Aun así, supongo que este país es más parecido al nuestro que ningún otro. Es decir, hablamos el mismo idioma y procedemos de un tronco común —Alexandra hizo una pausa y luego añadió—: No como los franceses, por ejemplo.

Su madre la miró recelosamente.

—¿Los franceses? ¿De qué estás hablando?

—Quería decir que los franceses son más ajenos a nosotros, ¿no te parece? Tienen otro idioma, otras costumbres.

—Sí —asintió Rhea con cierta cautela.

—Nunca has hablado mucho de la época que papá y tú pasasteis en Francia. Cuando él trabajaba con el embajador.

Rhea parpadeó.

—Yo... bueno, tampoco hay mucho que contar.

—¿Cómo era París? Dicen que es una ciudad muy bella.

—Supongo... supongo que sí —Rhea apartó la mirada, frotándose la frente—. No me gusta hablar de eso.

—¿De qué?

—De esa época. De París.

—Pero me interesa mucho. A fin de cuentas, nací allí —ante el silencio de su madre, Alexandra agregó—: ¿O no?

—¿Cómo? Sí, por supuesto. ¿Por qué me haces unas preguntas tan tontas? —Rhea introdujo la mano en el espacioso bolsillo de su falda, y Alexandra pudo ver a través de la tela que acariciaba algo. Aquella estúpida caja, se dijo irritada. ¿Qué contenía? ¿Por qué su madre le tenía tanto apego?

—Madre... ¿te importaría hablarme del día en que yo nací?

—¿Cómo dices? —la agitación de Rhea pareció aumentar. Paseó la mirada por la habitación, en todas direcciones, evitando los ojos de Alexandra—. ¡Qué pregunta más extraña!

—Fue en París, ¿verdad?

—Sí, desde luego.

—¿Dónde?

—¿Dónde? Pues en nuestra casa.

—¿Te asistió una comadrona?

—Sí. Esta conversación me resulta muy extraña.

—No tan extraña. A todo el mundo le gusta saber los detalles de su nacimiento. ¿Cómo se llamaba la comadrona?

—No lo sé. ¿Cómo voy a acordarme de algo que sucedió hace tanto tiempo?

—¿Cómo era?

—¿A qué viene este interrogatorio? —Rhea se levantó y caminó hasta la ventana, alejándose de Alexandra. Pese al calor estival, se abrazó a sí misma como si tuviera frío.

—Deseo saberlo, madre. Es importante —Alexandra hizo una pausa y seguidamente inquirió con suavidad—: ¿Qué edad tenía yo cuando se iniciaron las revueltas?

Rhea se dio media vuelta y la miró duramente.

—¿Qué edad tenías? ¿Y eso qué importa?
—Importa mucho. Seguramente tú debes de saberlo.
—Naturalmente que lo sé. Apenas habías empezado a dar los primeros pasos. Siempre estabas correteando de un lado para otro. Tenía que estar siempre pendiente de ti. Me asusté muchísimo cuando esa pandilla de gañanes detuvo nuestro carruaje cuando nos dirigíamos a Calais. Temí que escaparas del coche y salieras a explorar, como habías hecho aquella misma mañana en la posada. Aquel hombre tan rudo abrió la portezuela y se asomó dentro... —Rhea tembló, su rostro contrayéndose de miedo con el recuerdo—. Hiram ya estaba enfermo. Y el... —se interrumpió de golpe y miró hacia la ventana.
—¿Qué, madre?
—Nada —respondió Rhea bruscamente—. Fue horrible. Tu pobre padre estaba muy enfermo, y yo temía que te contagiara la enfermedad... Pero te portaste muy bien en la posada de Southhampton mientras yo estaba muerta de preocupación por Hiram. Estuviste sentada a mi lado en todo momento, sin moverte, e incluso me diste palmaditas en la mano... como si supieras lo triste y asustada que me sentía en aquellos momentos —los ojos se le llenaron de lágrimas y se llevó una trémula mano a la cara—. Por favor, Alexandra, no me preguntes más. No quiero hablar de ello.
—Lo siento, madre —Alexandra se acercó a ella para abrazarla, sintiéndose como un monstruo por haberla alterado tanto—. No he debido preguntarte. No quería ponerte triste.
Rhea se apoyó en ella durante unos instantes, murmurando:
—Mi pequeña. Todo va a ir bien.
—Claro que sí. Todo va a ir bien.
Rhea se retiró de su hija y regresó a la cama.
—Creo que me echaré un rato. Dile a Nancy que no quiero el chocolate. Estaré acostada hasta la hora de la cena.
—Está bien. Lo siento, madre...
Rhea asintió mientras se tumbaba en la cama y se envolvía en su chal. Luego cerró los ojos. Con un suspiro, Alexandra se sentó y aguardó a que Nancy volviera. Las respuestas de su madre, lejos de disipar su inquietud, solo habían contribuido a aumentarla. ¿Por qué se negaba a hablar del día de su naci-

miento? Un día feliz, sin duda, que su madre tendría que haber atesorado en el recuerdo. ¿Y cómo era posible que no se acordase del nombre o del aspecto de la comadrona? ¿Por qué obviaba el detalle, como si careciese de importancia?

Alexandra salió presurosa del dormitorio y bajó a la sala, donde halló a tía Hortensia enfrascada en su costura. Hortensia alzó la vista y sonrió.

—Hola, querida, ¿cómo te ha ido la tarde?

—He conocido a una mujer encantadora, pero algo trastornada.

—Vaya, es una lástima. ¿Qué le...?

—Tía Hortensia —la interrumpió Alexandra, sin ser consciente de su rudeza al hallarse tan preocupada—. ¿De qué color tenía mi madre el pelo cuando era joven?

Tía Hortensia se quedó mirándola.

—¿De qué color tenía el pelo? Me extraña la pregunta. Pues moreno, desde luego.

—¿Moreno oscuro? ¿Cómo el mío?

—Oh, no, querida. Bastante más claro. Castaño.

—Igual que mi padre, ¿verdad?

—Sí —tía Hortensia clavó la aguja en el fragmento de tela del bordador y lo dejó a un lado—. Algo te preocupa. ¿De qué se trata?

—¿Ha habido alguien en la familia que se pareciera a mí? —inquirió Alexandra casi desesperadamente.

Su tía enarcó la ceja, sopesando la pregunta cuidadosamente.

—Mi tía Rosemary fue una mujer muy atractiva, también —dijo al fin—. Aunque era rubia y tenía los ojos azules. ¿Por qué lo preguntas, niña? ¿Qué sucede?

—Porque me extraña que no haya nadie en la familia que se parezca a mí. ¡Y hoy he visto el retrato de una mujer que podría ser mi hermana gemela!

Tía Hortensia la miró detenidamente.

—¿De qué estás hablando?

Alexandra le explicó lo sucedido con la condesa, cómo esta se había desmayado al verla.

—Me mostró un retrato de su nuera, pintado hace muchos años, y era idéntica a mí.

Tía Hortensia abrió los ojos como platos.

—Pero ¿quién...? ¿Cómo...?

—Es una simple coincidencia. Al menos, eso dijimos Thorpe, la hija de la condesa y yo. Solo la condesa se aferró tercamente a la esperanza de que yo fuese...

—¿De que fueses qué? No entiendo nada.

—Pensaba que yo podía ser su nieta, a la que creía muerta desde hacía veintidós años.

Hortensia parpadeó.

—¡Pero eso es absurdo! ¿Cómo ibas a estar emparentada con una condesa de Inglaterra?

—¡No lo sé! La condesa sugirió que su nieta pudo haber escapado del populacho o que quizá algún alma piadosa se compadeció de ella y la salvó.

—¿Escapado de qué populacho?

—Del mismo populacho que tanto aterrorizaba a mi madre. Sucedió en París, durante la Revolución.

—¡En París! —tía Hortensia pareció atónita.

—Sí. El hijo de la condesa y su familia fueron asesinados por los revolucionarios en París. Su hija pequeña se llamaba Alexandra.

—¡Alexandra! ¿Qué estás sugiriendo? —las palabras de Hortensia eran de indignación, pero su voz tenía un deje extraño.

—No estoy segura. Lo único que sé es que soy idéntica a una francesa que murió hace veintidós años —Alexandra se paseó por la sala, demasiado agitada para sentarse—. ¿Alguna vez te ha contado mi madre los detalles de mi nacimiento? ¿Cuánto pesé al nacer o cómo se llamaba la comadrona que asistió el parto? Le he preguntado, pero dice que no se acuerda.

—Ha pasado mucho tiempo.

—Pero no había pasado tanto tiempo cuando regresó a casa desde París. ¿Te contó algo en aquel entonces?

—Bueno, sí. Me habló del miedo que había pasado, de cómo la habías ayudado a superar la odisea. También habló de la muerte de Hiram, de lo triste y sola que se había sentido.

—Pero no te dijo nada del parto.

—Debes tener presente que yo no llegué a casarme nunca,

Alexandra —Hortensia se ruborizó, sorprendiendo a su sobrina—. Probablemente, tu madre no quiso herir mi sensibilidad. Hay cosas de las que las mujeres casadas no hablan con las solteras. Aunque hay un detalle que... —titubeó.

Alexandra se giró hacia ella con ansiedad.

—¿Qué detalle?

Tía Hortensia suspiró antes de proseguir.

—Bueno, siempre me pareció extraño que Rhea no nos escribiera para darnos noticia de tu nacimiento. Un día recibimos una carta suya, de Inglaterra, comunicándonos que se había embarcado hacia América, que Hiram había muerto y que ella regresaba a casa con su hija. Fue la primera noticia que tuvimos de ti.

Alexandra la miró, estupefacta. Finalmente, recuperó la voz lo suficiente como para preguntar:

—¿No os escribió para daros noticia de mi nacimiento?

Tía Hortensia se encogió de hombros.

—Rhea afirmó haber enviado una carta, pero yo nunca la recibí. Dijo que debía de haberse perdido en el camino. Pero ¿por qué no te mencionó en ninguna de sus otras cartas? Me pareció decididamente extraño, sobre todo porque Hiram y ella llevaban muchos años deseando tener hijos, sin conseguirlo —se mordió el labio y añadió—: Siempre tuve la sensación de que... había algo raro en todo aquello.

—¿Algo raro? ¿A qué te refieres?

Tía Hortensia la miró de soslayo, azorada.

—A veces me pregunté si... serías hija de otro hombre, y no de Hiram. Rhea amaba a su esposo. Pero deseaba tanto tener hijos que... Bueno, se me pasó por la cabeza la posibilidad de que lo hubiera intentado con otro hombre, quizá creyendo que Hiram era estéril. Pero enseguida descarté la idea —Hortensia alargó la mano para tomar la de su sobrina—. ¿Te encuentras bien, querida? No quisiera entristecerte. Como digo, todo eso no son más que conjeturas. Sea cual sea la verdad, sigues siendo mi sobrina y te quiero muchísimo.

—Eres muy buena. Yo también te quiero. No, no estoy triste. Pero ha sido un día tan extraño, que... no sé lo que pensar.

—Quizá deberías echarte un rato antes de la cena —sugirió

tía Hortensia—. Ponte lavanda en las sienes y descansa. Luego te sentirás mejor, estoy segura de ello.

—Quizá tengas razón —Alexandra tuvo que reconocer que se encontraba algo cansada.

Dejó que su tía la acompañara hasta su cuarto y la acostara. A continuación, Hortensia corrió todas las cortinas para dejar la habitación en penumbra. Alexandra se quedó dormida en cuanto hubo cerrado los ojos. No se despertó hasta una hora más tarde. Abrió los ojos y se incorporó dando un respingo, con el presentimiento de que algo le había sucedido a su madre. Mientras corría hacia el dormitorio de Rhea, el grito frenético de una doncella confirmó sus temores.

Al entrar, vio a una de las criadas arrodillada en el suelo junto a un cuerpo inmóvil. Una gélida sensación de miedo acometió a Alexandra, pero enseguida comprobó que aquella mujer no era su madre, sino Nancy.

—¿Qué ha pasado? —preguntó, arrodillándose rápidamente junto a ella. Tenía sangre en el pelo. Alexandra respiró hondo y se acercó para examinarla mejor. Bien. Al menos, respiraba. Se giró hacia la criada y volvió a preguntar—: ¿Qué ha pasado aquí?

—¡No lo sé, señorita! —la chica parecía aterrada—. Entré para limpiar el polvo y la encontré así. Me asusté mucho, por eso grité.

—Lo imagino. Bueno, es obvio que se ha golpeado la cabeza con algo —Alexandra oyó pasos en el pasillo. Sin duda, tía Hortensia y los demás criados habían oído también el grito. Paseó la mirada por el dormitorio—. ¿Dónde está mi madre?

—No lo sé, señorita. Se ha ido.

—No puede haberse ido —replicó Alexandra.

—Quizá se escapó, y... —la criada miró la figura inmóvil de la doncella de Rhea—. Creo que fue la señora Ward quien la golpeó. Y después se escapó...

CAPÍTULO 7

Alexandra ordenó a los criados que buscaran a su madre y que colocaran a Nancy en la cama, para que tía Hortensia pudiera atenderla adecuadamente.

Los sirvientes no tardaron en informar que no había ni rastro de la señora Rhea en la casa o sus aledaños.

—¿Adónde puede haber ido? —inquirió Alexandra con preocupación—. ¿Por qué se habrá marchado?

Tía Hortensia, que se hallaba ocupada limpiando la sangre de la frente de Nancy, no respondió.

Una vez limpia la herida, comprobaron que no era tan grave como había parecido en un principio, sino un simple arañazo que había sangrado copiosamente.

—Gracias a Dios. Con suerte, solo sufrirá un fuerte dolor de cabeza.

Nancy gimió y agitó la cabeza sobre la almohada antes de abrir los ojos. Miró a su alrededor y volvió a cerrarlos.

—Ay. Mi cabeza.

—¿Nan? Soy Hortensia. ¿Recuerdas lo que ha sucedido?

Nancy frunció el ceño antes de incorporarse de golpe en la cama.

—¡Señora Rhea! —emitió un quejido y volvió a echarse.

—Tranquila. No intentes levantarte. Solo conseguirías sentirte peor —le aconsejó tía Hortensia.

—Pero dinos qué ha sucedido —apremió Alexandra—. ¿Dónde está mi madre?

—No lo sé, señorita. Se comportaba de forma muy extraña.

Repetía una y otra vez que debía salir para «verlos». Le pregunté a quiénes se refería, pero la señora solo respondió que a «ellos». Estaba muy alterada —los ojos se le llenaron de lágrimas—. No la vigilé con la suficiente atención. No creí que fuese capaz de golpearme.

Alexandra notó un nudo en el estómago.

—Lo siento mucho, Nan. Yo tampoco la hubiese creído capaz de algo así. ¿Por qué lo hizo?

—Porque yo no la dejaba salir. Debí haberlas avisado a usted y a Hortensia, pero temía dejarla sola.

—¿No dijo adónde quería ir?

—No. Se comportaba como si no me reconociera. Se levantó, de pronto, y se puso la capa, el sombrero y los guantes. Luego se dirigió hacia la puerta y yo la detuve. Fue entonces cuando me dijo que tenía que ir a «verlos». Añadió algo parecido a: «Debo enmendar la situación».

—¿Enmendar qué situación?

—No lo sé, señorita. No quiso decírmelo. Nada de lo que decía tenía sentido. Yo me situé delante de la puerta para impedir que saliera, y ella agarró ese sujetalibros y me golpeó con él.

Tía Hortensia miró el sujetalibros de mármol labrado.

—Menos mal que Rhea tiene poca fuerza. Podría haberte aplastado el cráneo.

—No quiso hacerme daño, solo apartarme de su camino.

Alexandra corrió hacia la cocina y ordenó a todos los criados que registraran la zona en busca de su madre. Estaba muerta de preocupación. Ella misma se echó a la calle y estuvo buscando durante más de una hora, sin resultado. Descorazonada, regresó a casa. Justo cuando se disponía a subir los escalones de la entrada, vio que un criado se acercaba corriendo desde la dirección opuesta.

—¡Señorita! —el hombre se detuvo para recobrar el resuello.

—¿Qué sucede? ¿La has encontrado?

—No... pero he hablado con un criado de los Anderson. Regresaba a casa, después de llevar los perros al parque, cuando vio a una mujer de las características de la señora Ward. Parecía confusa y le preguntó si podía ayudarla en algo. Ella respondió que debía llegar hasta la casa de los Exmoor. De modo que él paró un carruaje, instaló en él a la señora y la envió hacia la casa en cuestión.

—¡La casa de los Exmoor! —Alexandra se quedó mirándolo, atónita. Exmoor era el apellido de la condesa. ¿Acaso había ido su madre a verla? ¿De qué la conocía? ¿Habría escuchado, desde la puerta de su dormitorio, la conversación que había mantenido con tía Hortensia?

Alexandra sintió que se le helaba la sangre. Si su madre había oído sus dudas acerca de la identidad de sus verdaderos padres, quizá había acabado desquiciándose del todo. ¿Por qué, si no, había salido con tanta prisa para ver a la condesa?

—¿Dónde puedo conseguir un carruaje? —inquirió al criado—. Debo ir tras ella.

—Yo se lo conseguiré, señorita —el criado corrió calle abajo, y Alexandra lo siguió. Cuando logró alcanzarlo, él ya había alquilado un coche y le mantenía la portezuela abierta—. Le he dicho al cochero que se dirija a la casa de los Exmoor, señorita.

—Gracias, Deavers. Vuelve a casa y dile a mi tía adónde he ido. Regresaré lo antes posible.

—Sí, señorita.

Una vez que ella se hubo subido, el criado cerró la portezuela y el coche emprendió la marcha. Avanzaba a paso lento y solemne, y Alexandra sintió el impulso de gritarle al cochero que fuese más deprisa. Pensó en su madre hablando con la condesa y cerró los puños. La condesa podía tomarla por una loca.

Al cabo de un rato, el coche se detuvo por fin y Alexandra hizo ademán de bajarse. Solo entonces vio que no estaban frente a la casa de la condesa. Aquella era una mansión mayor y más impresionante. Casi ocupaba una manzana entera, rodeada de una verja de hierro pintada de color negro.

—¡Se ha equivocado! —le dijo al cochero hoscamente.

—No. Esta es la casa de los Exmoor —aseguró él.

Alexandra frunció el ceño, mirando a su alrededor. Entonces, vio a una figura situada junto a la verja, mirando hacia la casa. Era una mujer de aspecto desamparado, envuelta en un chal. Rhea. Alexandra suspiró, aliviada.

—Sí, tiene razón. Lo siento. Espere aquí, por favor. No tardaré ni un minuto.

Alexandra corrió hacia su madre, que seguía inclinada contra la verja, con las manos fuertemente cerradas en torno a los barrotes de hierro.

—¿Madre? —la llamó suavemente.

Rhea apenas la miró.

—¡No lo entiendo! ¡No quieren dejarme entrar! No sé qué hacer. Se lo prometí a ella. Sí, se lo prometí. Oh, me he portado mal. Muy mal.

—Mamá —volvió a llamarla Alexandra, con el corazón encogido—. Vuelve a casa conmigo. No puedes quedarte aquí toda la noche. Ya veremos lo que se puede hacer por la mañana —añadió mientras la tomaba del brazo con delicadeza.

Rhea se volvió hacia ella y la miró con ojos vacíos. Tenía las mejillas bañadas de lágrimas.

—Lo siento mucho. Por favor, perdóname, Simone.

Lord Thorpe alzó la vista, sorprendido, cuando su mayordomo le anunció la llegada de lady Castlereigh.

—¿Ursula? —exclamó con asombro—. ¿A qué demonios habrá venido?

—He venido a pedirte ayuda —declaró lady Ursula, pasando junto al mayordomo—. Y no me agrada que un infiel me haga esperar en el recibidor.

—Punwati tiene sus órdenes, Ursula —contestó Thorpe, levantándose—. Y debes recordar que, para Punwati, tú eres la infiel.

Lady Ursula sorbió por la nariz para evidenciar su desdén hacia lo que pudiera pensar el sirviente.

—Sinceramente, Thorpe, no es momento para tus tonterías. Quisiera tomar una taza de té.

Thorpe hizo un gesto de asentimiento a Punwati, que se retiró de la habitación y cerró la puerta.

—Está bien, Ursula. Debe de ser algo urgente para que vengas a mi estudio a interrumpirme cuando solo hace unas horas que nos hemos visto.

—Quiero saber qué intenciones tienes con respecto a esa muchacha.

—¿Qué muchacha?

—No te hagas el inocente conmigo, Thorpe. Sabes exactamente a quién me refiero. A esa aventurera americana con la que fuiste a ver a mi madre.

Las facciones de Thorpe formaron una fría máscara.

—Ursula, eres mayor que yo, y una mujer, así que no quisiera mostrarme irrespetuoso contigo. Pero, como vuelvas a utilizar apelativos indignos para referirte a la señorita Ward, tendré que pedirte que te marches.

Ursula emitió un gruñido.

—Qué estúpidos sois los hombres. ¿Cómo se te ocurrió llevarla allí?

—La llevé porque la condesa me lo pidió. Quería disculparse con la señorita Ward. Naturalmente, jamás se me habría ocurrido presentársela de haber sabido que reaccionaría así. Yo no sabía cómo era lady Chilton. No tenía idea de que la señorita Ward y ella se pareciesen tanto.

—Supongo que no tenías forma de saberlo —admitió Ursula a regañadientes—. Pero ya está hecho, así que debes ayudarme.

—¿Ayudarte a qué?

—¡A impedir que esa mujer embauque a mi madre, desde luego!

—¿De qué demonios estás hablando? La señorita Ward no tiene intenciones de embaucar a la condesa. ¿Cómo iba a hacerlo?

—Haciendo creer a mi madre que ella es la hija de Chilton. ¿Por qué soy la única que parece darse cuenta de sus propósitos?

—Supongo que los demás no tenemos una mente tan retorcida —contestó Thorpe con sarcasmo.

—Pasaré por alto tu tono porque mi madre necesita tu ayuda —dijo Ursula con magnanimidad.

—La condesa está alterada porque la señorita Ward se parece a su nuera fallecida. Es comprensible que quiera creer que Alexandra es su nieta, pero pronto comprenderá que se trata de una falsa esperanza.

—¿De veras? Esa mujer se ha propuesto engañar a mi madre. La convencerá de que ella es nuestra Alexandra, y mi madre la colmará de regalos y dinero. Incluso se la llevará a vivir con ella y la tratará como a...

—¿Como a una nieta querida? —sugirió Thorpe—. Vamos, Ursula, no te sulfures.

—¡Te comportas como si nada de esto te importara! Siempre he dicho que eres un hombre cínico y egoísta, pero no te creía capaz de quedarte cruzado de brazos mientras embaucan a mi madre.

—Jamás me cruzaría de brazos si ocurriera, pero nadie está embaucando a tu madre.

—Sí, esa mujer. ¿Por qué, si no, se ha hecho pasar por Alexandra?

—Se llama Alexandra —señaló Thorpe—. Pero eso no significa que sea la misma Alexandra que le gustaría a la condesa. Ni significa, desde luego, que la señorita Ward esté intentando convencer a la condesa de que lo es. ¡Pero si incluso lo negó! Le dijo a la condesa que ella no podía ser su nieta.

—Sí, muy astuto por su parte —comentó Ursula ácidamente—. Fingir que no sabía quién era Simone, ni conocía su extraordinario parecido con ella.

—¿Cómo iba a saberlo? —inquirió Thorpe—. Es americana.

—Umm. Eso dice ella.

Thorpe dejó escapar un suspiro.

—¿Insinúas que está haciéndose pasar por americana? ¿Y por qué iba a hacer tal cosa si deseara hacernos creer que es hija de Chilton? ¿No hubiera sido más lógico, en tal caso, que fuese inglesa... o incluso francesa?

—¿Y yo cómo voy a saberlo? Desconozco cómo funcionan las mentes de los criminales —gruñó Ursula.

—Solo dices insensateces, Ursula. Alexandra negó ser la nieta de la condesa.

—Para quedar bien. Para parecer inocente. Recuerda bien lo que te digo, volverá con alguna otra prueba que convencerá a mi madre.

—Meras suposiciones. No tienes pruebas que respalden tu

teoría. Alexandra no hizo por conocer a la condesa. Fui yo quien decidió presentársela. Puede decirse, incluso, que se conocieron por casualidad.

—¿De veras? —Ursula arqueó una ceja—. ¿Así que una americana viene a Londres y, casualmente, conoce a un hombre muy cercano a la condesa? Qué oportuno. ¿Cómo la conociste, a todo esto?

Thorpe titubeó.

—Bueno, tenía interés en ver mi colección de arte hindú.

Ursula le dirigió una mirada cargada de intención.

—Claro. Los hombres siempre os dejáis encandilar por una cara bonita. Así que la americana aparece de pronto, solicitando ver tus tonterías hindúes, ¿y tú no ves nada sospechoso en ello?

Thorpe notó cómo sus mejillas enrojecían.

—Hay personas que saben apreciar el arte de otras culturas. Y Alexandra no apareció de pronto. Acudió a mí con mi agente porque estaba interesada en mi colección. Además, es propietaria de una compañía de transportes marítimos. Importan nuestro té.

—Qué cosas. Una mujer que posee su propia empresa —comentó Ursula en tono desdeñoso.

—Presumo que la heredó de su padre. O puede que la propietaria sea su madre, y ella se limite a dirigirla —al ver la mirada de Ursula, Thorpe añadió a la defensiva—: Los americanos son diferentes.

—No tan diferentes. Los negocios los llevan los hombres.

—Pero las mujeres heredan propiedades, negocios incluidos.

—Naturalmente que sí, pero los dejan en manos de otras personas. Oh, Thorpe, ¿es que no te das cuenta? Ella planeó el encuentro contigo para poder conocer a mi madre.

—Creo que tienes una mente excesivamente retorcida. Alexandra no es capaz de tramar algo semejante. De hecho, es la mujer más sincera y honesta que he conocido nunca. No le van esos juegos.

—Esa mujer no está jugando. Actúa completamente en serio. Pretende sacarle a mi madre todo el dinero que pueda. ¿No lo ves? Trató de ganarse su confianza fingiendo no ser la misma Alexandra mientras se aseguraba de que mi madre creyese que sí lo era.

—Pero ¿cómo iba ella a tener la certeza de que yo le presentaría a la condesa? —protestó Thorpe—. Podría no haberla llevado a aquella fiesta. O tu madre podría no haber asistido.

—Contaba con su atractivo físico para captar tu interés. Si no la hubieses llevado a la fiesta de la duquesa, habría buscado alguna otra manera de llegar hasta la condesa.

—No tienes pruebas.

—¡Pruebas! Ni que estuviéramos en un tribunal. Estamos hablando de impedir que esa impostora esquilme a mi madre, no de enviarla a la cárcel.

—Comprendo. De modo que no necesitas pruebas para vilipendiar a una persona.

—¡Cualquiera que no haya perdido la cabeza por esa mujer vería que lo que digo tiene sentido! —Ursula chasqueó la lengua con exasperación—. Sinceramente, Thorpe, te creía más listo. Ya has hecho el ridículo por cuestiones de faldas en más de una ocasión. Tendrías que haber aprendido.

Thorpe entornó los ojos.

—Si crees que así me convencerás, estás muy equivocada. La señorita Ward no ha hecho nada salvo negar ser nieta de la condesa.

—¿Y prefieres esperar hasta que haya estafado a mi madre? ¡Y lo peor es el dolor que le ocasionará! —Ursula se levantó—. Bien, ya veo que es inútil hablar contigo. Solo espero que no acabes lamentando tu actitud.

—No me estoy negando a ayudar a la condesa —contestó Thorpe, poniéndose también de pie—. Pero tampoco acusaré a la señorita Ward sin pruebas —titubeó, y después añadió—: No obstante, haré que alguien investigue el asunto.

Ya había ordenado a su ayuda de cámara que indagase sobre la agresión que Alexandra había sufrido la noche anterior. De paso, también podría averiguar todo lo que pudiese acerca de la propia Alexandra.

—¿Lo dices de veras?

—No te sorprendas tanto. Estoy seguro de que mi agente ya ha comprobado sus credenciales. Si es realmente propietaria de una compañía de transportes de Estados Unidos, ¿te convencerá eso de su inocencia?

Ursula lo miró con ojos perspicaces.

—De modo que esperas convencerme de que estoy en un error.

—Me parece la forma más fácil de averiguar la verdad. Así se disipará cualquier duda.

—En fin, supongo que tendré que conformarme.

—Mi agente es un hombre muy riguroso, te lo aseguro.

Lady Ursula se marchó poco convencida, y Lord Thorpe dejó escapar un suspiro. Por si las cosas no fueran ya suficientemente complicadas, Ursula se había propuesto sembrar cizaña. Tenía la habilidad de hacer que los actos de cualquier persona resultaran sospechosos.

Thorpe se sentó tras su mesa, pero apenas logró concentrarse para trabajar. Las acusaciones de Ursula no dejaban de darle vueltas en la cabeza. No conseguía recordar exactamente cómo se las había ingeniado Alexandra para conocerlo. Le había escrito una carta y, al rechazar su proposición, había hallado otra manera de llegar hasta él. Su ansiedad por ver sus tesoros hindúes resultaba ciertamente atípica.

Pero Alexandra era una mujer atípica, se dijo Thorpe. De hecho, su peculiar personalidad le fascinaba, al tiempo que le irritaba. ¿Había previsto que él reaccionaría así ante una mujer de sus características?

Apretando los dientes, se levantó de la silla y empezó a pasearse por el estudio. Era absurdo pensar que Alexandra no fuese en realidad lo que aparentaba. Thorpe jamás había conocido a una mujer tan natural como ella.

Pero, por otra parte, recordó amargamente, ya lo habían engañado otras veces. Maldijo a lady Ursula por haber plantado en él la semilla de la duda.

Finalmente, lleno de incertidumbre, pidió que prepararan su carruaje y subió a sus aposentos para vestirse adecuadamente. Media hora más tarde, se dirigía hacia la casa de las Ward. Al aproximarse, vio la figura de una mujer que caminaba enérgicamente hacia la puerta. Con gran asombro, comprobó que se trataba de Alexandra. ¿No había aprendido la lección tras lo sucedido la noche anterior? Entonces, Thorpe vio que un criado se acercaba a ella, corriendo. Ambos hablaron durante unos instantes y, a continuación, el criado echó a correr de nuevo en la dirección opuesta, seguido de Alexandra.

Thorpe frunció el ceño mientras la veía alejarse calle abajo. No llevaba sombrero ni capa, ni iba vestida con un traje apropiado para salir de noche. Movido por la curiosidad, Thorpe indicó al cochero que la siguiera... a un paso discreto.

Vio que el criado le había alquilado un carruaje. Alexandra se subió rápidamente, y el vehículo emprendió la marcha, seguido desde lejos por el coche de Thorpe. Al cabo de breves minutos, el carruaje de Alexandra se detuvo delante de la casa de los Exmoor.

Thorpe sintió un frío y tenso nudo en el estómago.

¿Qué motivos tenía Alexandra para ir a casa del conde de Exmoor si, aparentemente, no conocía de antes a la condesa ni a Richard, el actual conde?

Segundos después, vio que Alexandra se acercaba a una mujer vestida de negro y envuelta en un chal. Después de intercambiar unas palabras con ella, la tomó del brazo y la condujo hasta el carruaje.

Thorpe notó una feroz y abrasadora puñalada en el pecho. De repente, le resultaba difícil respirar. No podía explicarse qué motivos tendría Alexandra para reunirse en secreto con alguien delante de la casa del conde. A no ser, desde luego, que estuviese recabando información a través de alguna doncella o de alguien que trabajase en la casa. Alguien que pudiese hablarle de la familia y de su historia.

¡Dios santo! ¿Podía tener razón Ursula? ¿Lo había engañado Alexandra? ¿Había caído como un pobre ingenuo en su trampa... arrastrando consigo también a la condesa?

CAPÍTULO 8

Alexandra ayudó a su madre a bajar del carruaje y a entrar en la casa. Se sentía muerta de cansancio. Durante el trayecto, intentó que su madre le dijera por qué la había llamado «Simone», pero Rhea se negó a contestar.

—¡Gracias a Dios! —exclamó tía Hortensia al verlas llegar. Luego miró a Alexandra—. He ordenado a los criados que se retiren.

—Bien —Alexandra sabía que tía Hortensia había querido evitar que los sirvientes presenciaran el regreso de Rhea, pues ignoraba en qué condiciones estaría o lo que podría decir.

—¡Hortensia! —Rhea se lanzó a los brazos de su cuñada—. ¡Cuánto me alegra verte! Alexandra no ha dejado de hacerme preguntas sobre cosas que yo no comprendo.

Alexandra hizo una mueca.

—Lo siento, madre. Es que estaba... disgustada.

Rhea se puso muy recta, y dijo con tono de gran dignidad:

—Jovencita, no sé por qué me llamas así continuamente. Yo no tengo hijos.

Tía Hortensia y Alexandra se quedaron mirándola, sin habla. Rhea se giró hacia las escaleras.

—Vamos, Hortensia. Ya es hora de acostarse.

—Sí, voy enseguida —Hortensia miró a Alexandra—. Lo siento mucho, cariño.

Alexandra meneó la cabeza.

—No te preocupes. Sé que está fuera de sí. Ha estado bebiendo. Olí su aliento. ¿Dónde habrá vuelto a conseguir licor?

—No lo sé. Mañana interrogaremos a los criados —tía Hortensia exhaló un suspiro—. Será mejor que vaya con ella —con expresión sombría, añadió—: Me temo que, a partir de ahora, tendremos que cerrar con llave su dormitorio. Si vuelve a escaparse, podría ocurrirle cualquier cosa.

Tía Hortensia hizo ademán de subir las escaleras cuando, de pronto, se oyeron unos fuertes golpes en la puerta. Alexandra se volvió rápidamente y, a continuación, dado que todos los sirvientes se habían retirado, acudió a abrir.

—¡Lord Thorpe! —exclamó, notando una súbita sensación de alegría. No obstante, advirtió que la expresión de Thorpe era de frialdad y que sus ojos grises parecían de granito. Dio un paso atrás.

—¿Qué hacías en la casa de los Exmoor? —la interpeló él bruscamente, entrando en el recibidor sin aguardar la invitación.

Alexandra emitió un jadeo ahogado.

—¿Cómo lo has sa...?

—Lord Thorpe —los interrumpió tía Hortensia con aspereza—. Creo que, incluso en Londres, es algo tarde para visitar a una dama.

—Lo siento, señora Ward. Pero creo que el asunto que me trae aquí justifica lo tardío de la hora.

—¿De veras? —tía Hortensia atravesó el vestíbulo—. Quizá debería hablarme de ese asunto.

—No pasa nada, tía Hortensia —le dijo Alexandra, sin apartar los ojos de la impersonal expresión de Thorpe—. Ve a atender a mi madre. Yo me ocuparé del problema de lord Thorpe.

A regañadientes, Hortensia se alejó hacia las escaleras. Alexandra señaló hacia la sala de estar.

—¿Quieres sentarte? —luego se dirigió hacia la sala sin aguardar la respuesta. Se sentó en el sofá, pero Thorpe permaneció en pie.

—Te hice una pregunta —le recordó sin ambages.

—Sí, y de forma muy descortés —replicó Alexandra—. No veo ningún motivo para contestarle, lord Thorpe —añadió, abandonando el habitual tuteo.

Él hizo lo propio.

—¿Tiene usted algo que ocultar?

Alexandra vaciló. En realidad, sí tenía algo que ocultar. No estaba dispuesta a decirle que había perseguido a su madre hasta la casa de los Exmoor, a donde se había dirigido tras golpear en la cabeza a su doncella.

Thorpe percibió su vacilación.

—Es evidente que sí.

—Yo creía, lord Thorpe, que los amigos no se dedicaban a espiarse los unos a los otros.

—¡Yo no la estaba espiando!

—Entonces, quizá quiera explicarme cómo sabe dónde he estado.

—Venía hacia aquí para tratar de... cierto asunto. Al aproximarse mi carruaje, vi que usted se alejaba corriendo de la casa. De modo que la seguí.

—¿Y acaso eso dista mucho de espiarme?

Él titubeó.

—Estaba preocupado.

—¿Por mí? En ese caso, ¿por qué no me llamó? ¿Por qué permaneció escondido en su coche y me siguió furtivamente?

—Estaba preocupado por la condesa.

—¡La condesa! ¿Y eso qué relación tiene conmigo?

—Debo protegerla de aquellas personas que deseen aprovecharse de ella —replicó Thorpe con voz tensa.

Alexandra tardó unos instantes en desentrañar el sentido de sus palabras. Una oleada de ira la recorrió por dentro, y sus mejillas se inflamaron.

—¿Está diciendo que yo deseo aprovecharme de la condesa?

—Es una posibilidad que debo tener en cuenta —respondió él entrecortadamente—. Actuó usted como si nunca hubiese oído hablar de los Exmoor con anterioridad. Como si no conociera a la condesa ni a su familia.

—Porque no los conocía.

—Entonces, ¿a qué ha ido a casa de los Exmoor?

—¡Ni siquiera sé cuál es la casa de los Exmoor! ¿Quién vive allí? No es la casa de la condesa.

Thorpe hizo una mueca.

—Sabe perfectamente que pertenece al conde de Exmoor.

—¿El caballero al que conocí anoche? ¿El que tan mal le caía a Nicola? ¿Qué tiene que ver eso con la condesa?

—Esa casa es la residencia principal de la familia. La condesa vivía en ella antes de la muerte de su esposo, el anterior conde. Y allí, precisamente, pudo usted encontrar a alguien que le revelara detalles sobre la familia, sobre Chilton, su mujer y sus hijos. Los detalles que necesitaba para convencer a la condesa de que es usted su nieta.

—¡Cómo! —Alexandra se estremeció de dolor y de ira—. ¿Osa acusarme de... de hacerme pasar por la nieta de la condesa? ¿Para qué iba a hacerlo? ¿Con qué intención?

—Por dinero. ¿No es el motivo más habitual? —la boca de Thorpe se torció ligeramente.

—¡Por dinero!

—Sí. La condesa es una mujer muy rica. Su nieta heredaría gran parte de su hacienda a su muerte.

—Pero yo no necesito el dinero de la condesa. Ya tengo dinero en abundancia.

—Eso dice usted.

—Ah, naturalmente. No cree en nada de lo que digo. ¿Por qué? ¿Porque no soy británica? ¿O porque, debido a un extraño capricho del destino, me parezco a la nuera de la condesa? Creerá también que he conseguido convertirme en una réplica perfecta de la tal Simone.

—Ha podido teñirse y rizarse el pelo. Para que el parecido sea mayor.

—¿Cree que tal parecido se conseguiría tan fácilmente? ¡Si podríamos ser gemelas!

Thorpe guardó silencio un momento.

—¿Ahora afirma tener una relación de parentesco con Simone? —su boca se curvó—. Y pensar que fui tan tonto como para confiar en usted y creer que estaba interesada en mí y en mi colección cuando solo buscaba la oportunidad de conocer a la condesa.

—Yo ni siquiera sabía de su existencia —gritó Alexandra—. Además, fue usted el que me la presentó, el que insistió en llevarme a la fiesta.

—Ah, pero todo eso formaba parte de su plan, ¿verdad?

Alexandra se quedó mirándolo durante un largo momento, casi muda a causa del dolor que le producían sus afirmaciones.

—Detestaría ser como usted —dijo al fin—. Ver el mundo como usted lo ve. Yo pensaba que me conocía, que se sentía atraído por mí.

—¡Y era verdad, maldita sea! Un error por mi parte, obviamente.

—Se me revuelve el estómago al recordar cómo le he besado, cómo permití que me abrazara...

—¡Hizo mucho más que eso! —repuso Thorpe acaloradamente, sorprendido por el dolor que sentía en las entrañas al oírla hablar.

—Salga de mi casa —dijo Alexandra con frialdad.

—Si es inocente, dígame a qué ha ido a casa de los Exmoor esta noche. ¡Dígame quién era esa mujer!

—No tengo por qué dar cuenta de mis actos a nadie. Haga el favor de marcharse, o tendré que llamar a un criado.

—Me iré gustosamente —dijo Thorpe antes de salir de la sala dando grandes zancadas. Una vez en la puerta, se giró para añadir—: No se acerque a la condesa. Haré lo que sea necesario para impedir que le haga daño.

Dicho esto, salió y cerró la puerta con estrépito. Alexandra agarró el objeto más cercano, un libro, y lo arrojó contra la puerta cerrada.

¿Cómo se atrevía? ¿Cómo osaba acusarla de ser una criminal? ¡Una embaucadora! ¡Una aventurera dispuesta a quedarse con el dinero de una anciana! ¿Cómo podía haberla besado con tanta pasión, y luego pensar semejante abominación de ella?

—¡Lo odio!

—¿Qué es lo que sucede, niña?

Alexandra alzó la mirada y vio a su tía, que permanecía en la puerta, mirándola con fijeza.

—Lo siento, tía. He tenido un arrebato de genio. ¿Te he molestado?

—Decidí dejar a Rhea al cuidado de Nan y bajar para ver cómo estabas.

—Estoy bien.
—¿De verdad?
Alexandra se encogió de hombros.
—He sido una tonta.
—Umm. ¿Lo dices por ese inglés?
Alexandra asintió con la cabeza.
—Pensé que...
—¿Que sentía algo por ti? —preguntó tía Hortensia con delicadeza.
—Sí. Pero acaba de acusarme de ser una impostora.
—¿Una impostora? ¿Qué quieres decir con eso?
—Dijo que había fingido sentirme interesada en su colección de arte indio para llegar hasta la condesa por mediación suya. Dijo que voy tras su dinero.
—¡Dios bendito! —exclamó tía Hortensia—. ¿Y qué le hace pensar semejante cosa?
—Me siguió hasta la casa de los Exmoor. Al parecer, la condesa solía residir allí con su familia. Lord Thorpe me vio con mi madre delante de la casa, y supuso que yo estaba sobornando a una criada para conseguir información y convencer a la condesa de que yo soy su nieta.
—¿Por qué no le dijiste que esa mujer era Rhea?
—¿Para qué? ¿Para luego tener que explicarle qué hacía allí mi madre? ¿Qué habría podido decirle? —Alexandra suspiró—. No quiero que piense que mi madre está loca. Además, no tengo por qué darle ningún tipo de explicaciones a ese hombre.
—Desde luego que no, querida.
Unas lágrimas inesperadas afloraron a los ojos de Alexandra.
—Creo que finalizaré mis negocios aquí lo antes posible. Y luego volveremos a Massachusetts. Que Thorpe se quede con su preciada condesa. A mí no me interesa en absoluto —tras exhalar un suspiro, añadió—: No, eso no es cierto. La condesa me cae bien. Me pareció una mujer magnífica. Incluso tenía pensado volver a visitarla para explicarle lo que tú y yo hablamos esta tarde, pero ya no será posible. Thorpe creerá que intento engatusarla.
—¿Y qué más da lo que él crea? —inquirió tía Hortensia—. Con que tú sepas la verdad, es suficiente.

—Sé que no debería importarme, pero... —Alexandra arrugó la frente—. Tía Hortensia, mi madre me dijo algo muy extraño cuando la encontré delante de esa casa. Me miró, se echó a llorar y dijo: «Lo siento, Simone».

—¿Cómo? —tía Hortensia emitió un jadeo ahogado.

Alexandra asintió.

—Sí, el mismo nombre que pronunció la condesa al verme. No puede ser una coincidencia.

—No, supongo que no —convino Hortensia a su pesar.

—¿Es posible que mi madre conociera a esa mujer? Estuvieron en París en la misma época. ¿Es posible que mi padre y esa mujer...?

—¡No! No lo sé —su tía frunció el ceño—. Tengo un mal presentimiento acerca de todo esto. Ojalá no hubiéramos venido nunca a Londres.

—Opino igual que tú —Alexandra se encogió de hombros—. De todos modos, nos marcharemos pronto —hizo una pausa y luego estalló—: ¡Maldito sea ese hombre! Odio tener que irme y que piense que me ha hecho huir asustada. ¡Que me marcho porque ha descubierto mi plan! No obstante, puede que visite a la condesa antes de irnos para saludarla y despedirme de ella —sus ojos oscuros centellearon—. Así Thorpe sufrirá un poco.

Al cabo de unos días, que Alexandra había dedicado a dejar zanjados todos sus negocios en Londres, Rhea se hallaba pacíficamente dormida en su habitación, vigilada por Nancy.

—Señorita Ward —dijo la doncella, levantándose al ver entrar a Alexandra—. Si pudiera usted sentarse un rato con su madre, yo podría ir a comer algo —miró a Rhea de soslayo—. Está muy tranquila —dijo, tocándose la venda de la cabeza inconscientemente.

Alexandra asintió.

—Me quedaré con ella. Tómate el tiempo que quieras.

Al marcharse Nancy, Alexandra se fijó en su madre. Estaba plácidamente dormida, de lado. Junto a ella estaba la caja de la que no se separaba nunca.

Alexandra siempre había sentido curiosidad por saber qué

contenía aquella caja. ¿Qué había ocultado su madre en ella durante tantos años? ¿Un diario, acaso? ¿Cartas de amor de algún amante... del padre de su hija, quizá?

Alexandra tenía el presentimiento de que dentro de aquella caja de madera podía estar la clave de su propio pasado.

Con sigilo, se acercó a la cama y agarró la caja. Se abrió con suma facilidad, pues no tenía echada la llave. Dentro, sobre un fondo de satén púrpura, había un medallón de oro prendido de una cadena. En el centro, Alexandra vio grabada la letra A. El estómago le dio un vuelco y un gélido frío se propagó por su pecho, dificultándole la respiración.

Alzó el medallón y, cuidadosamente, introdujo el dedo en la abertura existente entre las dos mitades. Una vez que lo hubo abierto, lo contempló detenidamente.

En cada mitad del medallón había un retrato en miniatura, pintado con infinito cuidado y detalle.

Alexandra dio un paso atrás. Se sintió ligeramente mareada. Eran Chilton y Simone. Idénticos a como habían figurado en el retrato que le mostró la condesa.

Alexandra salió de la habitación, aturdida. Su tía, que en ese momento salía de su cuarto, la vio y preguntó preocupada:

—¿Alexandra? ¿Sucede algo?

—Tengo que irme. Cuida de mi madre por mí —Alexandra señaló hacia el dormitorio y luego bajó apresuradamente las escaleras. Momentos más tarde, se hallaba en un carruaje, con rumbo a casa de la condesa de Exmoor.

El mayordomo anunció su llegada y la condujo hasta la sala de estar. La condesa alzó la mirada y sonrió.

—Alexandra. Qué agradable es verte de nuevo —su sonrisa se esfumó—. Querida, ¿te encuentras bien?

—¿Qué? Oh, sí, estoy bien —Alexandra miró a su alrededor, algo consternada al comprobar que había otras personas en la sala. Lady Ursula le lanzaba dagas con la mirada, mientras la señorita Everhart le sonreía tímidamente. Pero lo peor de todo era que el mismísimo lord Thorpe se hallaba sentado cerca de la condesa, mirando a Alexandra con frialdad.

—Señorita Ward —Thorpe se levantó y añadió en tono gélido—: Me sorprende verla aquí.

—¿De verdad? ¿Y eso por qué? —inquirió Alexandra, recuperando parte de su aplomo.

La condesa miró a Thorpe, extrañada.

—Ven y siéntate a mi lado —pidió a Alexandra, señalando la silla más próxima a ella.

—Traigo una cosa que quisiera enseñarle, señora —dijo Alexandra con la mano fuertemente cerrada en torno al medallón mientras se acercaba a la condesa—. Encontré esto entre las cosas de mi madre... y no sabía a quién más recurrir. ¿Puede decirme usted lo que es? ¿Qué significa?

La condesa, con cierta curiosidad, desvió la mirada hacia la mano de Alexandra. Al instante, se puso muy rígida y se llevó lentamente una mano al pecho. Su rostro palideció.

—Dios mío —alargó una mano temblorosa y tocó el medallón casi reverentemente, como temiendo que fuese a desaparecer—. El medallón —lo tomó para verlo de cerca, sus ojos llenándose de lágrimas—. Es el medallón de Alexandra.

La condesa miró a Alexandra, llorando, y extendió las manos hacia ella.

—Querida mía. Bienvenida a casa. Oh, gracias a Dios. Bienvenida a casa.

—¡Madre! Pero ¿qué estás diciendo? —exclamó lady Ursula, horrorizada—. ¡Thorpe! No te quedes ahí, haz algo.

—¿Y qué quieres que haga? —inquirió él sarcásticamente, aunque tenía una expresión de furia contenida—. Parece que la señorita Ward es más lista de lo que pensábamos.

Haciendo caso omiso de ambos, Alexandra tomó las manos de la condesa. La anciana se levantó, apretándole las manos, mirándola, estudiando cariñosamente cada uno de sus rasgos.

—Me di cuenta el otro día, pero dejé que me disuadieran —avanzó para abrazarla con fuerza—. Apenas puedo creerlo.

—Yo tampoco —terció Ursula cínicamente—. ¿De qué estáis hablando? ¿Qué es eso?

—Es el medallón de la pequeña —explicó la condesa, volviéndose hacia Thorpe y su hija, con el medallón de oro en la mano—. ¿No te acuerdas, Ursula? Les regalé los medallones a las niñas en Navidad, antes de que partieran hacia Francia. Dos medallones gemelos con los retratos de Emerson y Simone.

Cada uno tenía grabada una inicial en el centro, M el de Marie y A el de Alexandra. Está clarísimo —dijo, sonriendo a Alexandra—. Esta muchacha es tu sobrina, Ursula. Mi nieta.

Thorpe tomó el medallón para estudiarlo y contempló los retratos del interior.

—Esto no prueba nada —dijo hoscamente—. Ha podido encontrarlo en cualquier parte. En alguna tienda, en la calle... Al fin y al cabo, los asesinos de Chilton y su familia les arrebataron seguramente todas las joyas para venderlas. Es posible, incluso, que ese medallón le inspirara todo el plan.

Alexandra se obligó a sostener la glacial mirada de Thorpe. Su ira se había desvanecido, y ya solo sentía dolor por el evidente odio que le dispensaba.

—No había visto ese medallón antes de hoy, señor.

Ursula dejó escapar un gruñido de incredulidad.

La condesa se giró hacia su hija y hacia Thorpe.

—Vaya, es la primera vez que os veo coincidir en algo —emitió un suspiro—. Creí que tú te alegrarías por mí, Sebastian.

Thorpe pareció dolido.

—Jamás podría alegrarme viendo cómo se aprovechan de usted. Deseo que sea feliz, pero no que la engañe una impostora.

La condesa se mostró perpleja.

—No lo entiendo. Creí que la señorita Ward y tú... Es decir, tú me la presentaste.

—Sí, cosa de la que me arrepiento. Yo no sabía nada. Nunca había visto a Simone. No se me ocurrió que pudiera ocurrir algo así. Ingenuamente, tomé a la señorita Ward por lo que parecía ser. Yo soy el responsable de haberla introducido en su vida, señora, y jamás me lo perdonaré. ¿No se da cuenta, condesa? Todo es demasiado fortuito.

—¿Acaso no crees en la Divina Providencia? A veces, el destino dicta que las cosas sucedan de determinada manera. Uno pierde algo y, al cabo de los años, el día menos pensado, vuelve a recuperarlo.

—Solo deseo que sea usted feliz —dijo Thorpe con voz tensa, evitando mirar a Alexandra.

—Entonces, tu deseo está cumplido —la condesa sonrió a Alexandra—. He recuperado a mi nieta.

—Madre, ese medallón no demuestra que ella sea Alexandra.

—Soy Alexandra —dijo Alexandra a Ursula con firmeza. Luego se giró hacia la condesa—. Sin embargo, señora, no estoy segura de ser su Alexandra. Ese medallón no demuestra que yo sea su nieta. Puedo haber sido resultado de alguna... relación entre mi madre y algún pariente de Simone, un tío o un hermano. O, si no soy hija de mi madre, y ella solo se limitó a rescatarme, podría ser sobrina o prima de la esposa de su hijo. O incluso alguien de origen más bajo, hija natural de algún De Vipont.

La condesa frunció el ceño.

—No lo entiendo. ¿No te dijo nada tu madre cuando te dio el medallón?

—Ella no me lo dio. Lo encontré. Intenté hablar con ella del asunto después de mi conversación con usted, pero... no pudo responderme. Está enferma.

—Muy oportuno —dijo Ursula.

—La enfermedad de mi madre dista de ser oportuna. Señora, yo no tengo nada contra usted, ni deseo desplazarla en los afectos de la condesa. De hecho, no podría. Usted es su hija, y a mí acaba de conocerme. No veo motivo alguno para que seamos enemigas.

—A mí no me engañarás tan fácilmente. Se te dan muy bien las palabras, ya lo veo. Pero eso no basta para convencerme.

—No deseo convencerla de nada. Ni a usted ni a nadie. Solo quiero descubrir la verdad.

—Estoy segura de que es lo que queremos todos —asintió la condesa—. Yo ya sé la verdad, pero convendría buscar alguna prueba que los demás puedan aceptar. Lo mejor, en mi opinión, será hablar con Bertie Chesterfield.

—¿El hombre que la informó de que la familia de su hijo había sido asesinada?

—Sí. Quizá él pueda arrojar algo de luz sobre el asunto.

Thorpe chasqueó la lengua con desdén.

—Bertie Chesterfield jamás ha arrojado luz sobre nada, y menos sobre su propio cerebro.

—Es una persona superficial y torpe —convino la condesa—. Pero es el único testigo que tenemos. Yo no le pregunté nada en aquel entonces. El dolor me lo impidió. Y, más tarde, no quise conocer los detalles sobre la matanza de mi familia. Pero quizá dichos detalles nos ayuden a aclararlo todo. Sebastian... —la condesa miró suplicante a Thorpe—. ¿Querrás ir con Alexandra a visitar a Bertie para averiguar cuanto sea posible?

Thorpe pareció titubear.

—Está bien —dijo al fin, inclinándose—. Iré con la señorita Ward a casa de Chesterfield. Ya hablaremos para fijar el día y la hora, señorita Ward. Entretanto, condesa, debo marcharme. Ciertos asuntos urgentes requieren mi atención.

—Naturalmente, querido —la condesa asintió grácilmente. Luego se giró hacia Alexandra—. Ven, siéntate y háblame de ti. Quiero saberlo todo acerca de tu vida, tu hogar, cómo eras de niña... Oh, todo lo que me he perdido.

—Madre, debo oponerme a este disparate.

—Ursula, eres mi hija y te quiero muchísimo, pero, como sigas hablando en ese tono, tendré que pedirte que te vayas —dijo la condesa con voz amable pero firme.

Ursula se tragó su ira y entrelazó las manos en el regazo, dirigiendo a Alexandra una mirada venenosa.

—Está bien, madre. Si eso es lo que quieres...

No se marchó, sino que se recostó en el sofá, con los labios apretados, para observar.

Alexandra se giró hacia la condesa.

—Pero, señora, ¿y si resulta que yo no soy su nieta?

La condesa sonrió.

—Entonces, habré disfrutado conociendo a una mujer interesante.

Alexandra se sentó a su lado con una sonrisa, y ambas empezaron a charlar.

Al cabo de algo más de una hora, Alexandra salió de la casa y se sorprendió al ver a lord Thorpe de pie junto a su carruaje, con los brazos cruzados sobre el pecho y una evidente expresión de furia. Aun así, ella no pudo sino experimentar un asomo de emoción al verlo.

¿Qué diablos le pasaba? Aquel hombre era un canalla, se dijo Alexandra. Su mera presencia debería repugnarle.

—Señor —inclinó la cabeza levemente al pasar por su lado.

Él la detuvo, agarrándole la muñeca.

—La estaba esperando. Usted y yo vamos a tener una pequeña charla.

—Creo que ya nos hemos dicho todo lo que había que decir.

Sebastian no dijo nada, simplemente se limitó a tirar de ella hacia su carruaje. Alexandra trató de soltarse.

—¿Ahora pretende secuestrarme?

—En absoluto. No la retendré más de lo preciso. Deje de resistirse, por favor. Será inútil.

Observando su expresión, ella comprendió que era cierto, de modo que optó por subirse en el coche voluntariamente.

Sebastian la siguió, cerró la portezuela tras de sí y el carruaje emprendió la marcha.

—¿Cómo puede engañar así a una frágil anciana? —le preguntó al cabo de unos segundos—. ¿Tiene idea de lo triste que se ha sentido durante todos estos años?

—Solo lo imagino —respondió Alexandra con sinceridad—. Lo siento mucho por ella.

Él chasqueó la lengua con disgusto.

—Dudo que sea capaz de sentir nada por alguien, salvo por sí misma.

—Oh, en eso se equivoca. Siento una gran antipatía por usted.

Los ojos de Thorpe centellearon.

—Aún tenía cierta esperanza. Creí que podía existir la posibilidad, aunque remota, de que Ursula estuviese equivocada. Pero hoy ha actuado tal como ella predijo. Buscó una prueba para convencer a la condesa y luego se presentó ante ella con aire de inocencia. «¿Qué significa esto, condesa?». ¡Como si usted no lo supiera ya!

—Jamás había visto el medallón antes de hoy —protestó Alexandra—. Aunque, naturalmente, no espero que usted me crea. Está demasiado interesado en la historia que se ha inventado como para considerar los hechos.

—No hay ningún hecho que considerar —Thorpe se inclinó hacia ella, abrasándola con la mirada—. Es usted una embaucadora barata, y su única intención ha sido siempre ganarse la confianza de la condesa. Se inventó una excusa para conocerme. Coqueteó conmigo y...

—¿Está tan enojado porque he engañado a la condesa? —inquirió Alexandra astutamente—. ¿O porque le he engañado a usted?

Los ojos de Thorpe brillaron de ira, y su boca se tensó. De pronto, la agarró por el brazo y, bruscamente, la sentó encima de sí. Alexandra empujó contra su pecho, tratando de liberarse, pero fue inútil. Él la sujetó fácilmente mientras reclamaba su boca con la ferocidad de un depredador.

Ella se quedó rígida, sabiendo que de nada le serviría resistirse. Sin embargo, acorralada por su olor, su fuerza y su calor, empezó a ablandarse. Exhalando un suspiro, se relajó contra su cuerpo, aturdida por la súbita oleada de deseo provocada por la caricia de sus labios.

Thorpe le subió la falda e introdujo la mano, ascendiendo poco a poco. Aquel osado movimiento sacó a Alexandra de las brumas del deseo. Sobresaltada, comprendió lo que él estaba haciendo, las libertades que pretendía tomarse.

Alexandra se retiró de él rápidamente, tropezando y cayendo al suelo. Por un instante, se miraron el uno al otro. Thorpe comprendió, avergonzado, que había estado a punto de forzarla, algo que jamás haría nunca con ninguna mujer. Alargó la mano hacia ella en silencio, las disculpas enredándose en su lengua, súbitamente paralizada.

Alexandra lo miró con rabia y, un segundo después, abrió la portezuela del carruaje. Con horror, Thorpe se dio cuenta de que pretendía saltar del vehículo en marcha, y golpeó frenéticamente el techo del carruaje para indicar al cochero que parara. Una vez que se hubieron detenido, Alexandra se bajó en un instante. Thorpe observó cómo, a continuación, se alejaba corriendo por la calle, poniéndose bien el sombrero. En ese momento, no supo a quién detestar más, a ella o a sí mismo.

Alexandra subió al cuarto de su madre nada más entrar en la casa. Rhea estaba atravesando uno de sus momentos de ansiedad, y Nancy intentaba en vano aplacarla. La doncella se giró hacia Alexandra con una expresión de alivio.

—Oh, señorita, cuánto me alegra que haya venido. Está muy disgustada porque falta uno de los objetos de la caja.

—¡Quiero que me lo devuelvan! —gritó Rhea—. Se lo han llevado... lo sé. Siempre han querido llevárselo.

—No. Yo me lo llevé, madre —Alexandra le ofreció el medallón. Rhea emitió un grito y se lo arrebató de la mano.

—¡Te lo llevaste! ¡Eres una niña mala! ¡Muy mala!

—¿Por qué no quieres que nadie vea ese medallón, madre? ¿Por qué lo escondes?

Rhea, que se había vuelto para devolver el medallón a la caja, se giró hacia Alexandra con el rostro contraído de ira y le dio una bofetada.

—¿Cómo te atreves? ¿Cómo te atreves?

Alexandra emitió un jadeo ahogado. Nancy profirió un grito y corrió hacia Rhea, pero esta ya se estaba retirando de su hija, abrazando la caja.

—¡Alexandra! —tía Hortensia entró en el cuarto en ese preciso momento—. ¿Dónde has estado? ¿Por qué te fuiste con tanta prisa? ¿Te llevaste algo de la caja de Rhea? Ha estado muy agitada desde que se despertó.

—Sí. Acabo de devolvérselo —confesó Alexandra—. Me ha abofeteado.

—¿Abofeteado? ¿Rhea? —tía Hortensia miró a su sobrina con los ojos redondos como platos—. Nunca ha sido capaz de lastimar ni a una mosca. ¿Qué sucede?

—En ese medallón hay un retrato... Mejor dicho, dos retratos. De las mismas personas que vi en el cuadro de la casa de la condesa.

—¿Qué? —tía Hortensia palideció—. Oh, Dios mío.

—Sí. Además, tiene grabada una inicial. A de Alexandra. Se lo llevé a la condesa para ver si ella podía identificarlo. Afirmó haber regalado ese medallón, y otro similar con la letra M, a sus nietas, antes de que fuesen asesinadas.

—Dios mío —repitió tía Hortensia, derrumbándose en la silla más cercana.

—Madre, ¿por qué tienes ese medallón? —preguntó Alexandra con la mayor delicadeza—. ¿Qué relación tenía esa mujer contigo? ¿Conmigo?

—Vete —espetó Rhea, inclinándose sobre la caja protectoramente—. ¡Tú me lo robaste! Que se vaya, Nan. No la quiero aquí.

—¿Por qué te niegas a contestar? —exclamó Alexandra, frustrada—. ¡Solo deseo saber quién soy!

—¡No! ¡No! —chilló Rhea, alejándose de ella.

—Así no conseguirás nada, Alexandra —dijo tía Hortensia prudentemente—. Ven conmigo. Ya podréis hablar mañana cuando ambas estéis más calmadas. Nan, intenta tranquilizar a Rhea.

Alexandra salió del dormitorio.

—¡No era mi intención disgustarla tanto! —dijo a su tía tras cerrar la puerta—. Pero ¿por qué se niega a decir nada?

—No lo sé, querida. Quizá ni siquiera sepa ya por qué no puede decirlo. Está empeorando. Pero sabes que se pondrá aún peor si te enfadas con ella.

—No estoy enfadada con ella —protestó Alexandra. Luego suspiró—. De acuerdo, sí, estoy enfadada. ¿Qué es lo que me ha ocultado durante todo este tiempo? Es horrible saber que ella tiene la clave de todo este asunto y se niega a hablar.

—Lo sé, querida. Para tratar con tu madre se necesita la paciencia de Job. A veces, yo también me enojo con ella, y eso que a mí no me ha ocultado nada —tía Hortensia la tomó del brazo y la condujo hasta su cuarto—. Desearía poder ayudarte, saber lo que sucede. Debe de ser horrible para ti.

—No sé si ella es realmente mi madre —dijo Alexandra—. La condesa está convencida de que soy su nieta, pero... Vosotros sois mi familia. Tú, mi madre, el primo Nathan y los demás. ¡La condesa es una mujer maravillosa, pero apenas la conozco!

—Cariño, pase lo que pase, nosotros siempre seremos tu familia. No lo olvides. Aunque fueses nieta del mismísimo rey, seguirías siendo mi sobrina.

A Alexandra se le saltaron las lágrimas al oír las palabras de su tía. Se giró hacia ella para darle un abrazo.

—Gracias, tía Hortensia. Te quiero.

—Bien, asunto arreglado. Ahora, bajemos a la cocina y te

prepararé un té. En eso coincidí con los ingleses. Nada sienta mejor que una buena taza de té.

Alexandra abrió los ojos. Se hallaba en la cama y la habitación estaba a oscuras. Tardó un momento en orientarse. ¿Qué la había despertado?

Un golpe sonó en el otro lado de la pared. Alexandra salió de la cama y corrió hacia la puerta, sin detenerse siquiera a ponerse la bata. Aquella pared separaba su dormitorio del de su madre.

Al abrir la puerta del cuarto de Rhea, Alexandra se quedó petrificada. Una figura enorme y oscura tenía las manos cerradas en torno al cuello de su madre, que se debatía frenéticamente, clavándole las uñas. Nancy yacía tumbada en el suelo.

Alexandra profirió un alarido, y el corpulento individuo se giró, aflojando su presa. Alexandra agarró el objeto más cercano, un candelabro, y corrió hacia él, golpeándolo con toda la fuerza de su brazo derecho. Con un rugido, el agresor soltó a Rhea, que cayó al suelo. Luego se lanzó hacia Alexandra para quitarle el candelabro.

Ella se abalanzó sobre él, dándole patadas y puñetazos. Pero el hombre le plantó una enorme mano en el pecho y la empujó. Alexandra retrocedió tambaleándose, tropezó con el cuerpo inerte de Nancy y cayó al suelo, perdiendo el conocimiento al golpearse la cabeza con el duro suelo de madera.

El intruso se acercó a ella para verla de cerca. Contempló detenidamente su cara y sus piernas, desnudas bajo el camisón. Luego se dirigió de nuevo hacia Rhea.

—¿Alexandra? ¿Qué sucede? —gritó una voz de mujer desde el pasillo.

El hombre se volvió rápidamente y agarró a Alexandra. Tras echársela al hombro como si no pesara nada, corrió hacia la ventana y procedió a bajar por la escalera de mano que había dejado previamente, mientras tía Hortensia entraba en el dormitorio.

Hortensia emitió un jadeo ahogado al ver cómo el hombre bajaba por la escalera, con Alexandra a cuestas. Emitió un grito y corrió hacia la ventana.

—¡Auxilio! ¡Que alguien lo detenga! —chilló asomándose, pero el individuo ya había llegado al suelo—. ¡Auxilio!

Un criado, el mayordomo y dos doncellas entraron presurosos en el cuarto y se detuvieron en seco al ver los dos cuerpos tendidos en el suelo y a Hortensia asomada a la ventana.

Tía Hortensia se giró para mirarlos.

—¡Detenedlo, estúpidos! ¡Tiene a Alexandra! —se volvió a tiempo para ver cómo el hombre desaparecía rodeando la casa, con Alexandra al hombro.

CAPÍTULO 9

Mientras el criado y el mayordomo bajaban las escaleras precipitadamente, tía Hortensia se arrodilló junto a Rhea.

—Aún respira, gracias a Dios. No os quedéis ahí, muchachas, ayudadme a ponerla en la cama.

Las criadas así lo hicieron. A continuación, Hortensia se inclinó sobre Nancy.

Era evidente que la habían dejado inconsciente de un golpe. Ya empezaba a formársele un cardenal en un lado de la cara. También respiraba, y su pulso era regular. Las tres mujeres la colocaron en la cama más pequeña.

Seguidamente, tía Hortensia humedeció un paño en la jofaina y frotó el rostro de Rhea, esperando reanimarla, pero Rhea no volvió en sí.

—¡Ese bruto debió de intentar estrangularla! —exclamó mientras examinaba las marcas rojas que su cuñada tenía en el cuello—. ¡Este país es de locos! Nunca había visto nada igual.

¿Y qué había sido de Alexandra?

El criado entró en el dormitorio, seguido de los demás sirvientes.

—Ha desaparecido, señorita. Miramos en ambos lados de la calle, pero no vimos a nadie.

—¡Maldición! —gritó tía Hortensia—. ¡El mundo se ha vuelto loco! ¿Qué voy a hacer ahora?

—¿Quiere que avise a un alguacil? —sugirió el mayordomo.

—Sí. Llama también a un médico. Y... —Hortensia titubeó—. Y ve en busca de lord Thorpe.

Sebastian siguió al criado hasta la casa de Alexandra, con el ceño fruncido. Apenas había entendido bien la historia del sirviente. No obstante, había decidido acompañarlo dado su evidente estado de ansiedad.

Lo primero que vio, al entrar en la casa, fue a la tía de Alexandra, paseándose nerviosamente por el desierto vestíbulo.

—¡Lord Thorpe! Gracias a Dios que ha venido. ¿Por qué ha tardado tanto?

—Estaba durmiendo —respondió él cínicamente—. Y mi ayuda de cámara era reticente a despertarme por los desvaríos de un criado. ¿Qué diablos sucede? Si se trata de alguna argucia de Alexandra para...

—Oh, cállese —lo interrumpió tía Hortensia—. Hay en juego algo mucho más grave que su pérdida de sueño. Alguien se ha llevado a Alexandra.

Thorpe notó como si, de repente, le clavaran una daga de hielo en el pecho.

—¿Qué? No puedo creerlo. ¿Quién? ¿Por qué?

—Si lo supiera, habría ido tras ella. No sabía a quién acudir ni a quién pedir ayuda, aparte de a usted.

—¿Qué ha pasado?

—Venga conmigo, se lo mostraré —Hortensia lo condujo hasta el dormitorio de Rhea. Esta, pálida como un cadáver, seguía tumbada en la cama, inconsciente. Nancy apenas empezaba a volver en sí.

—Las encontré a las dos inconscientes, en el suelo —explicó Hortensia a Thorpe—. Y vi a un hombre saliendo por la ventana, con Alexandra al hombro.

—¿Qué? —Thorpe corrió hacia la ventana y se asomó—. ¿De dónde ha salido esta escalera?

—No lo sé.

—Es una de las que se suelen dejar en la parte trasera de la casa, señorita —informó una criada—. Los criados las usan para limpiar las ventanas.

—¡Esto no tiene sentido! —exclamó Thorpe—. ¿Por qué iban a querer secuestrar a Alexandra?

—Nada de lo que he visto en este país tiene sentido —replicó tía Hortensia—. Ojalá no hubiéramos venido. Primero, agreden a Alexandra, luego dejan esa rata, y ahora...

—¿De quién es esta habitación?

—De Rhea —tía Hortensia señaló a la mujer postrada en la enorme cama—. La madre de Alexandra. Es obvio que ese individuo intentó asesinarla. Mírele el cuello.

Thorpe se acercó a la cama y examinó el cuello de Rhea.

—¿No ha vuelto en sí desde entonces?

—No, señor —contestó la criada.

—¿Por qué se habrá llevado a Alexandra? —Thorpe se giró hacia Hortensia.

—No lo sé. Solamente llegó a entrar en esta habitación. Golpeó a Nancy, según parece, aunque no intentó estrangularla. Imagino que Alexandra oyó el ruido y acudió para ayudar a su madre. La oí gritar y, cuando llegué aquí, ese hombre ya la había sacado por la ventana.

Thorpe luchó contra el pánico que empezaba a atenazarle el pecho.

—¿Quién podría tener interés en lastimar a la madre de Alexandra?

—¡Nadie! Esto no tiene sentido. Rhea no conoce a nadie en Londres. Apenas sale de la casa.

Sebastian se pasó una mano por la cara, tratando de pensar.

—Quizá su objetivo fue, en todo momento, Alexandra, pero se equivocó de ventana.

—Pero ¿por qué? ¿Qué puede querer de ella?

Thorpe apretó los labios. Para él, era obvio lo que un criminal podía querer, probablemente, de una mujer hermosa como Alexandra, pero prefirió no preocupar aún más a Hortensia.

Ella, no obstante, leyó la verdad en sus ojos y dio un paso atrás.

—Oh, no... no.

—Yo la encontraré —prometió Thorpe gravemente, apretando los puños—. Pondré a mis hombres a investigar inmediatamente. Si alguien puede enterarse de algo, es Murdock —miró con fijeza a Hortensia—. ¿En qué otras intrigas anda envuelta su sobrina?

—¿Intrigas? —tía Hortensia se quedó mirándolo, perpleja—. ¿De qué está hablando? —a continuación, su expresión se aclaró—. Ah, ya recuerdo. Alexandra me dijo que la consideraba usted una estafadora.

—Quizá la haya secuestrado algún ex cómplice enemistado con ella... o alguna víctima de sus estafas —Thorpe titubeó ante la mirada furibunda que le dirigió Hortensia.

—Si pretende llevar la investigación por ese cauce, de nada me ha servido llamarle. No encontrará a nadie que tenga esa clase de relación con Alexandra, porque no lo hay. Perderá el tiempo —tía Hortensia se giró y empezó a pasearse por el cuarto—. Tiene que haber alguien más que pueda ayudarme.

—Señorita Ward, yo podré ayudarla mejor que nadie. Sin embargo, todo será mucho más fácil si no persiste usted en ocultarme la verdad. Soy consciente de que seguramente estará involucrada en las actividades de Alexandra, y por eso se niega a hablar. Pero, llegados a este punto, creo que el bienestar de Alexandra excluye las demás consideraciones.

—Desde luego. Pero no puedo hablarle de víctimas o cómplices porque no existen. Alexandra nunca se había metido en líos... hasta que llegó aquí y los conoció a usted y a los suyos. No ha habido más que problemas desde el momento en que entró usted por esa puerta.

Thorpe suspiró.

—Es evidente que no voy a conseguir nada —se giró hacia la puerta y, antes de salir, añadió—: La avisaré en cuanto sepa algo.

Alexandra sentía un fuerte dolor en la cabeza. Apenas era consciente de lo que la rodeaba.

—Es muy, muy guapa, Peggoddy —dijo una mujer con una voz nasal—. Debo decir que tu gusto ha mejorado. ¿Dónde la encontraste?

Le respondió una voz estropajosa y profunda, pero Alexandra apenas entendió algunas palabras.

—No sé. Me pareció un desperdicio dejarla allí.

—Has hecho bien en traérmela —dijo la mujer con una risita—. Esta vez, te pagaré el doble.

—¡Qué bien! —dijo el hombre con evidente satisfacción.

Alexandra se removió. Intentó darse la vuelta, pero no pudo. Parecía tener las manos atadas sobre la cabeza.

—Parece que ya se despierta —dijo la mujer—. Sujétala, Peggoddy.

Alexandra notó que algo agarraba sus tobillos. Segundos después, se oyó el chasquido de unas tijeras. El sonido fue oyéndose cada vez más cerca y, al mismo tiempo, Alexandra sintió el roce metálico de las tijeras en la piel. De pronto, las dos mitades de su camisón se separaron, dejando su cuerpo al descubierto. Al notarlo, Alexandra abrió bruscamente los ojos.

Encontró que la estaba mirando una de las mujeres más extrañas que había visto nunca. Tenía la cara surcada de arrugas, como la de una anciana, pero su cabello era de un tono imposiblemente pelirrojo. Llevaba oro y diamantes en el cuello y en las orejas, una espesa capa de maquillaje y un vestido indecentemente escotado que dejaba al descubierto gran parte de sus arrugados senos.

La mujer contempló el cuerpo desnudo de Alexandra.

—Es perfecta —dijo, tomando uno de sus senos con la mano—. Oh, sí, creo que sacaremos una buena suma con ella. Lástima que tuvieras que golpearla, Peggoddy. Tendremos que esperar un día o dos, hasta que ese cardenal de su mejilla desaparezca.

—¿De qué está hablando? —gimió Alexandra—. ¿Quiénes son ustedes? ¿Se puede saber qué están haciendo? —de repente, los recuerdos afluyeron a su mente—. ¿Qué le han hecho a mi madre?

—Yo soy Magdalena —dijo la mujer—. No te preocupes, estás en buenas manos. Magdalena sabe hacer buen uso de las muchachas hermosas como tú.

Alexandra se quedó mirándola, sin comprender. Intentó incorporarse, pero comprobó asombrada que tenía las manos atadas a la pared.

—¿Qué...? ¿Por qué...?

—Te ha traído Peggoddy —Magdalena señaló hacia el corpulento hombre situado al pie de la cama—. Él sabe que yo soy la mejor. ¿No es cierto, Peggoddy? Sepárale las piernas, para ver lo que tenemos.

—¡Alto! —gritó Alexandra indignada mientras Peggoddy le separaba las piernas obedientemente—. ¿Qué están haciendo?

La mujer no respondió. Simplemente, colocó la mano entre los muslos de Alexandra e introdujo un dedo. Alexandra emitió un jadeo ahogado.

—Ah, mejor que mejor —la mujer sonrió—. Es virgen. Le pondré un buen precio a tu primera vez.

—No sé de lo que está hablando —dijo Alexandra, furiosa—. Pero será mejor que me suelten ahora mismo.

—Oh, es de las peleonas. Bueno, a algunos hombres les gusta que las mujeres se resistan, sobre todo cuando son vírgenes. Conozco a algunos que se interesarán mucho por ti.

Un escalofrío recorrió a Alexandra.

—Mire —empezó a decir—, no sé cómo he llegado aquí, ni por qué me trajo Peggoddy, pero seguramente se trata de un error. Me doy cuenta de que lo que le interesa es el dinero. Y yo tengo mucho. Si me suelta, puedo pagarle mucho más que cualquiera de esos hombres de los que habla.

—No soy tan estúpida, señorita importante. Aun creyéndome eso de que eres rica, ¿cómo sé que me pagarás cuando te haya soltado?

—Envíe una nota a mi tía. Ella le pagará.

La mujer puso los ojos en blanco.

—Podré sacar mucho dinero sin necesidad de arriesgar el pescuezo enviando notas a ningún pariente.

—¡No! Por favor, escúcheme. Tiene que creerme. Le pagaré.

En ese momento, una chica entró por la puerta con una pequeña bandeja.

—Siéntate —ordenó Magdalena—. Ahora debes comer.

—No. No quiero comer.

—¿No? Si está muy rico —Magdalena le acercó un vaso—. Al menos, bebe un poco.

—¡No!
—Peggoddy, sujétala.

Peggoddy le rodeó la cabeza con el brazo, apretando para obligarla a abrir la boca. Magdalena le acercó el vaso a los labios y Alexandra, resignada, tomó un sorbo.

—Está amargo —musitó, arrugando la nariz.

Magdalena sonrió.

—Toma otro trago.

Esta vez, a Alexandra no le supo tan mal. De unos cuantos tragos más, apuró el vaso. Luego, fue tomándose la comida que Magdalena le acercaba a la boca. Cuando hubo terminado, se dio cuenta de que se sentía mareada.

—Tengo sueño —murmuró.

—Naturalmente. Te espera un largo y agradable sueño —Magdalena le hizo un gesto a Peggoddy para que la soltara. Alexandra cerró los ojos, durmiéndose de inmediato. Magdalena la miró, satisfecha—. Bueno, eso la mantendrá tranquila durante el resto del día. Le daremos otra dosis con la cena.

A Sebastian se le habían hecho eternos los dos días transcurridos desde su conversación con Hortensia. Pese a sus sentimientos ambivalentes hacia Alexandra, la preocupación lo estaba matando. Permanecía derrumbado en la silla de su estudio, con los ojos cerrados pero sin dormir, sin apenas haber probado bocado en todo el día. Parecía haber envejecido varios años de golpe.

Murdock se presentó repentinamente en el estudio, y Thorpe se levantó de un salto.

—¿Y bien? ¿Alguna noticia?

—Hemos encontrado a cierto individuo. Realiza «trabajos» que requieren agallas, pero no cerebro. Hoy ha estado gastando mucho dinero y alardeando de haber cobrado dos veces, una por la vieja y otra por la chica.

Sebastian notó que se le aceleraba el pulso.

—¿Dónde está?

—En una taberna. He dejado a algunos hombres vigilándolo. No se escapará. Pero pensé que querría usted hablar con él personalmente.

—No te equivocabas —Sebastian se puso la chaqueta—. Trae mis pistolas.

—Están en el vestíbulo, señor —Murdock ya llevaba su propia pistola encajada en la cintura de los pantalones, oculta bajo la chaqueta.

Tardaron pocos minutos en llegar a una mugrienta taberna situada en el lado este de Londres. Una vez dentro del local, Murdock miró a su alrededor hasta dar con el hombre al que buscaban. Se acercaron a él.

—¿Qué quieren? —preguntó el hombre con voz estropajosa.

—Solo charlar con usted, señor...

—Peggoddy —el hombre hizo una mueca—. ¿Quién lo pregunta?

Thorpe pasó por alto la pregunta.

—Tengo entendido que acaba de ganar mucho dinero.

Peggoddy lo miró recelosamente.

—¿Y? ¿Eso a usted qué le importa?

Thorpe arqueó los labios en algo parecido a una sonrisa, pero tan escalofriante, que hizo que Peggoddy retrocediera un poco en su asiento.

—Le han pagado por secuestrar a una joven.

—No —respondió Peggoddy, muy satisfecho de sí mismo—. Él solo me pidió que me encargara de la vieja. Lo de la furcia se me ocurrió a mí. En cuanto la vi, me dije: «Madame pagará una buena cantidad por ella». Era muy guapa, usted ya me entiende. De primera calidad.

Thorpe apretó los puños, pero mantuvo un tono de voz sereno.

—¿Cómo era? —preguntó al tiempo que se sacaba del bolsillo una moneda de plata.

Peggoddy tomó la moneda y respondió:

—Tenía el pelo negro y rizado. La piel clara. Una belleza, ya digo.

Sebastian sintió deseos de retorcerle el cuello, pero se obligó a conservar la calma.

—¿Le hiciste daño?

—¿A la chica? Ni siquiera la toqué. Madame me habría arrancado el pellejo. Si incluso se enfadó por ese pequeño cardenal que tenía en la mejilla... ¡como si yo hubiera podido evitarlo! Se abalanzó sobre mí y tuve que defenderme.

—¿Adónde la llevaste? ¿Quién es esa «madame»?

Peggoddy esbozó una sonrisa ladina.

—Ah, no, no pienso decírselo. A ella no le gustaría.

Thorpe depositó una moneda de oro encima de la mesa. Peggoddy tragó saliva, mirando la moneda.

—¿Me lo dirás ahora?

Peggoddy pareció pensárselo, pero finalmente negó con la cabeza.

—Usted no conoce a Madame.

—¿Le tienes miedo? —Thorpe sacó la pistola y le apuntó directamente—. Si no me lo dices, no habrá nada que me impida matarte. Y, créeme, lo haré con sumo placer.

Peggoddy se lamió los labios y miró con desesperación a Murdock, que le sostuvo la mirada impasiblemente.

—Está bien, está bien. Se lo diré.

—O, mejor aún, nos llevarás hasta allí.

Peggoddy se quedó mirándolo con los ojos abiertos como platos. Luego, al ver que Sebastian se levantaba, tragó saliva e hizo lo propio. Murdock lo agarró del brazo y lo condujo hasta la puerta, seguido de Thorpe.

Peggoddy los dirigió hacia una zona algo mejor de la ciudad, mirando nerviosamente de vez en cuando hacia las pistolas que le apuntaban.

—Ahí es —anunció por fin, al llegar a la altura de cierto edificio.

Thorpe ordenó al cochero que se detuviese.

—¿Dónde?

—El edificio del centro, con la puerta verde. Al lado hay un callejón que lleva a la parte trasera. Madame tiene escaleras en la parte de atrás. Yo entro siempre por ahí.

—Voy a entrar —dijo Sebastian a Murdock, guardándose la pistola en el bolsillo—. Quédate aquí y procura que no se escape. Como nos haya engañado, volveré y lo mataré lentamente.

—Harrison puede vigilarlo, señor —protestó Murdock—. Es posible que necesite usted mi ayuda.

—En ese caso, me convendrá que estés fuera para rescatarnos. Además, quiero que, entretanto, lo interrogues acerca del trabajo que le encargaron realizar. Averigua quién le pagó y para qué.

Thorpe lanzó una mirada gélida a Peggoddy y, a continuación, salió del carruaje.

CAPÍTULO 10

Sacándose la pistola del bolsillo, Sebastian avanzó con cautela por el angosto camino de entrada, hasta la puerta. Justo cuando se aproximaba, la puerta se abrió de pronto, y una franja de pálida luz amarillenta disipó parte de la oscuridad. Sebastian retrocedió sorprendido mientras una joven salía con un gran balde de agua y lo vaciaba en la calle. Después se dio media vuelta para regresar a la casa, y Thorpe, con la pistola de nuevo en el bolsillo, entró rápidamente detrás de ella, agarrándola por la cintura e inmovilizándola. Con la otra mano le tapó la boca para impedir que gritara.

—No te haré daño si guardas silencio. Solo busco información —le susurró—. ¿Lo has comprendido?

La chica asintió con la cabeza, con los ojos desorbitados por el pánico.

—A cambio de esa información, te daré dinero... Más dinero del que puedas ganar aquí en un mes. ¿Te interesa?

Ella asintió de nuevo, esta vez con menos miedo y más interés.

—De acuerdo. Voy a quitarte la mano de la boca. No grites, o tendré que hacerte daño.

Al ver que ella asentía con firmeza, retiró la mano.

—Me ha dado un susto de muerte, señor. ¿Qué es lo que quiere saber?

—El paradero de cierta joven. La trajo aquí un hombre llamado Peggoddy. Es morena y muy guapa.

—¿Tiene el pelo negro? —inquirió la chica—. ¿Y habla con acento raro?

Sebastian sintió un intenso alivio.

—Sí, es americana.

—Sí, la he visto. Peggoddy la trajo el otro día. Es una chica muy terca.

Sebastian no pudo reprimir una sonrisa.

—Es ella, sin duda.

—Está aquí. Madame la ha estado reservando para esta noche. Hay tres caballeros dispuestos a pagar bien por ella.

—¿Esta noche? —inquirió él—. ¿Cuándo?

—Dentro de una media hora o así. Está ahí dentro, preparándose.

—¿Puedes llevarme hasta ella?

—¿Piensa robarla? —preguntó ella con ojos llenos de curiosidad.

Sebastian asintió.

—Me la robaron a mí. ¿Querrás indicarme dónde está?

—Si la vieja Mags se entera, me arrancará la piel a tiras.

—¿Te refieres a la madama? —Sebastian le entregó una moneda y se sacó otra del bolsillo—. No tienes por qué seguir trabajando aquí. Si me llevas hasta ella, te daré esta otra moneda. Luego podrás buscar empleo en algún otro sitio.

—Está bien. Sígame sin hacer ruido.

Sebastian la siguió por una puerta y luego por un estrecho pasillo poco iluminado. Tras subir unas escaleras, la chica inspeccionó los alrededores y le hizo una señal.

Entraron en una habitación pequeña, pero lujosamente amueblada. Estaba desierta.

—¿Dónde está? —inquirió él.

—Chist —la chica se llevó un dedo a los labios y señaló hacia la pared opuesta—. Puede que aún estén con ella —lo tomó del brazo y lo condujo hasta la pared. Seguidamente, hizo girar un pequeño pomo y en la pared se abrieron dos pequeños agujeros. La chica le indicó que mirara por ellos.

Sebastian casi emitió un jadeo ahogado al ver la escena. Un hombre, una mujer y una extraña anciana permanecían junto a la cama, observando a la chica sentada en ella. Estaba vestida de blanco y tenía la negra melena suelta sobre los hombros.

¡Alexandra!

La chica cerró las aberturas y susurró:

—En cuanto se hayan ido, puede usted entrar por la puerta del pasillo —señaló hacia el corredor por el que habían entrado—. Procure que no le vean. Bueno, tengo que irme ya.

—Gracias —Sebastian le colocó la otra moneda en la palma de la mano.

A continuación, una vez que la chica se hubo marchado, pegó el oído a la puerta hasta que oyó los pasos del grupo en el pasillo. Cuando el ruido hubo cesado, entreabrió la puerta para echar una ojeada. No vio a nadie, de modo que se apresuró hasta la puerta contigua. Hizo girar el pomo, temiendo por un momento que estuviera cerrada con llave, pero la puerta se abrió con facilidad.

Sebastian entró en la habitación y se giró hacia la cama.

—¡Alexandra!

Sí, era ella. Tenía las mejillas sonrojadas, los ojos oscuros muy abiertos. La habían vestido con un sencillo traje blanco que se ceñía a las curvas de su cuerpo. A través de la fina tela se adivinaba la suave prominencia de sus senos, la forma de sus pezones e incluso el triángulo de vello oscuro entre sus piernas. Tenía una de las medias bajadas hasta la rodilla.

Sebastian sintió una súbita oleada de deseo, intenso y abrasador, y de inmediato se sintió culpable y avergonzado. Tragó saliva, apretando los puños.

Alexandra lo miró, parpadeando. Una suave sonrisa se formó en sus labios, y sus ojos brillaron.

—¡Thorpe! Gracias a Dios.

Él atravesó rápidamente la habitación, acercándose a ella.

—¿Te encuentras bien? —preguntó mientras procedía a desatar el pañuelo que la sujetaba al poste de la cama.

—Me siento... rara —susurró Alexandra—. Tengo calor y siento un extraño hormigueo.

—Probablemente habrás pillado un catarro con ese vestido —comentó Sebastian sardónicamente—. Ya está. Puedes levantarte.

Alexandra se incorporó y, al instante, se derrumbó contra él. Sebastian la rodeó con los brazos para sostenerla.

—Estoy mareada —dijo ella con una leve risita, abrazándolo.

Apretó los senos contra su pecho y su cálido aliento le acarició la piel a través del cuello abierto de la camisa, produciéndole un súbito cosquilleo en la entrepierna.

Sebastian respiró hondo.

—¡Maldita sea, Alexandra! ¿Se puede saber qué estás haciendo?

—No lo sé —murmuró ella con una risita ronca—. Pero ¿a que te gusta?

—¡Dios santo! —exclamó él, horrorizado—. ¡Te han hecho algo! ¡Te han drogado!

—Sí, lo sé. No he hecho nada salvo dormir y dormir. Pero las últimas horas las he pasado despierta. Me siento tan... lánguida —los ojos de Alexandra se llenaron de lágrimas súbitamente—. Lo siento, Thorpe. Apenas me tengo en pie. Y no puedo pensar con claridad.

—No te preocupes. Te sacaré en brazos si es necesario.

—Mi madre —Alexandra le agarró con ansiedad las solapas de la camisa—. Lo había olvidado. ¿Se encuentra bien?

—Sí, no te preocupes por ella. Ahora, lo que importa es salir de aquí. Te llevaré a casa y te prepararé café. Eso te ayudará.

—Eso espero. Me siento muy rara.

Sebastian se acercó rápidamente a la puerta y se asomó al pasillo.

—No hay nadie. Vamos.

Alexandra caminó hasta él lentamente. Luego lo abrazó por detrás, pasándole las manos por el pecho.

—¡Alexandra! ¿Qué estás haciendo? —exclamó Sebastian, volviendo a cerrar la puerta—. Ya basta.

—Lo siento. Simplemente... me apetecía tocarte.

—Dios —las palabras de Alexandra casi lo perdieron más que sus caricias. La apartó de sí, abrió la puerta de nuevo y, agarrándola por la muñeca, la sacó de la habitación. Oyeron un repentino ruido de voces procedente del otro extremo del pasillo.

—Chist. Alguien se acerca. Huir sería inútil, pues levantaremos más sospechas si nos ven correr. De modo que finge que soy un cliente —susurró Sebastian a Alexandra.

—¿Un cliente?

—Ajá —dicho esto, él inclinó la cabeza sobre ella, frotándole la oreja con la nariz.

Alexandra dejó escapar un jadeo ahogado. El roce de sus labios en su sensible piel, unido al calor de su aliento, casi era más de lo que podía soportar. Se estremeció, notando una sensación de humedad entre las piernas.

—Sigue andando —susurró Sebastian mientras tensaba el brazo alrededor de los hombros de Alexandra. Las escaleras parecían hallarse a kilómetros de distancia.

Cuando casi habían llegado, se oyó el crujido de una puerta al abrirse, seguido de una voz femenina. Thorpe no se detuvo para mirar atrás. Estaba seguro de que los habían descubierto. Bajando el brazo hasta la cintura de Alexandra, se apresuró hacia las escaleras, arrastrándola consigo.

—¡Detenedlos! —vociferó una estridente voz de mujer—. ¡Se la lleva! ¡Detenedlos!

Corrieron escaleras abajo, hasta el vestíbulo, donde dos o tres criados observaban la escena con asombro. Thorpe los apartó de su camino y, tomando en brazos a Alexandra, salió por la puerta y se dirigió raudo hacia el carruaje.

Al verlo acercarse, Murdock abrió la portezuela y se apeó de un salto para ayudarlo. Desgraciadamente, Peggoddy aprovechó la oportunidad para salir por el otro lado del coche y escapar. Murdock profirió una maldición.

—¡No te preocupes por él! —gritó Thorpe mientras introducía a Alexandra en el carruaje. Luego se subió rápidamente, justo cuando uno de los criados lo alcanzaba. Murdock le propinó un puñetazo en el mentón, derribándolo. Finalmente, el carruaje emprendió la marcha.

Después de entrar en su casa con Alexandra, Thorpe miró a Murdock por encima del hombro.

—Envía un mensaje a su tía. Hazle saber que está bien y que la llevaré mañana por la mañana. Y dile a Punwati que me suba café y comida al dormitorio.

No podía llevar a Alexandra a su casa mientras se hallara en tales condiciones, se dijo mientras la subía al dormitorio. Alexandra se giró para contemplar la estancia, exhalando un suspiro de placer.

—Sebastian... es preciosa —dijo, fijándose en los diferentes adornos y objetos hindúes que decoraban la habitación. Luego se acercó a la cama y pasó las manos por la colcha de terciopelo azul, antes de tumbarse sobre ella.

Mientras la observaba, Thorpe tuvo que esforzarse para mantener a raya el deseo.

—Debes quitarte esa ropa —dijo, acercándose al guardarropa y sacando una gruesa bata de brocado. Era suya, desde luego, y demasiado grande para Alexandra, pero bastaría para cubrirla. Se giró para entregársela y se detuvo, sin respiración.

Alexandra se había desvestido y permanecía de pie junto a la cama, completamente desnuda, con el fino vestido blanco hecho un ovillo a sus pies.

Sebastian intentó hablar, pero la voz no le salió del cuerpo. Se aclaró la garganta y probó de nuevo.

—Habría sido mejor que te hubieras desnudado detrás del biombo.

—¿Por qué?

—No importa. Ponte esto —dijo él, lanzando la bata sobre la cama.

—Pero es muy gruesa —Alexandra la recogió e hizo una mueca—. No quiero ponérmela. Tengo demasiado calor.

—¡Póntela!

Encogiéndose de hombros, ella se la puso, pero no se la abrochó. Parte de su cuerpo seguía viéndose a través de la bata abierta, lo que resultaba, quizá, más provocativo aún que su desnudez total.

Thorpe apretó los dientes y avanzó hacia ella para anudarle la bata con movimientos rápidos y bruscos. En ese momento, llamaron a la puerta del cuarto, y Sebastian abrió a su mayordomo. Punwati, con su acostumbrada expresión imperturbable, dejó la bandeja en la mesita de noche y salió de la habitación, sin mirar siquiera a Alexandra.

Sebastian sirvió una taza de café y se la ofreció a Alexandra.

—No quiero café.

—Bébetelo. Te sentará bien.

—No me apetece.

—Ya veo que esas drogas no han acabado con tu testarudez. Tómatelo.

Alexandra irguió el mentón.

—Tengo calor y no me apetece tomar nada caliente. Tampoco me gusta esta bata. Me estoy asfixiando.

Él apretó los dientes y musitó unas cuantas maldiciones.

—Oh, está bien —accedió Alexandra a regañadientes—. Me lo beberé —agarró la taza y dio un sorbo—. Pero tú también tendrás que hacer algo —añadió, acercándose a Sebastian.

—De acuerdo —él se aclaró la garganta, titubeando—. ¿Qué quieres que haga?

—Bésame.

Sebastian se quedó mirándola. De repente, notó como si todo el aire hubiese escapado de sus pulmones.

—No, Alexandra. No sabes lo que dices.

—Sí, lo sé.

—Alexandra, esto es una locura.

—¿Por qué? —ella se puso de puntillas, acercando los labios a los suyos.

Sebastian era consciente de que debía alejarse de ella. Pero, en vez de eso, la besó.

Los labios de ambos se fundieron y, con un estremecimiento, Sebastian atrajo a Alexandra hacia sí mientras ella hundía los dedos en su cabello, moviéndose eróticamente contra su cuerpo. A continuación, le desabrochó los botones de la camisa.

—Tócame —pidió tras quitarse la bata con un solo movimiento—. Por favor, tócame.

Él no pudo resistirse a su súplica. Le deslizó las manos por el vientre y ascendió hasta sus senos, apretándolos. Alexandra emitió un jadeo y se estremeció.

—Sí, por favor.

Notaba como si estuviera ardiendo por dentro. Sus senos ansiaban las caricias de Sebastian, y entre las piernas sentía una suerte de intensa palpitación, un ansia irreprimible que solamente él podía satisfacer.

Sebastian la tomó en brazos y la llevó hasta la cama. Una

vez allí, la soltó con suma ternura. Luego se tumbó a su lado y comenzó a lamerle un pezón, deslizando la lengua en círculos, chupándolo con movimientos perezosos. A continuación, trazó un sendero de besos hasta el otro pezón. Con una mano recorrió su cuerpo, acariciando la parte interior de sus muslos, acercándose cada vez más al ardiente núcleo de su deseo, hasta que, por fin, sus dedos se deslizaron hacia el interior de los húmedos pliegues de carne.

Alexandra gimió y empezó a temblar, jadeando su nombre, mientras Sebastian seguía frotando y acariciando. Finalmente, ella emitió un leve grito al notar que su ansiedad se convertía en una sensación intensa de placer que jamás había experimentado con anterioridad. Se estremeció entre leves sollozos, y Sebastian cubrió la boca de Alexandra con la suya, bebiéndose sus gemidos.

Solo deseaba poseerla, alcanzar aquel glorioso éxtasis que sabía que los aguardaba a ambos.

No obstante, algo le hizo titubear. Alexandra seguía bajo el efecto de las drogas, se dijo, cerrando los ojos y luchando por calmar el ritmo de su respiración. Ella bajó la mano hasta su pantalón y acarició la dura hinchazón de su entrepierna. Sebastian apenas pudo reprimir un jadeo.

—Maldita sea, mujer, ¿es que pretendes volverme loco?

—¿Acaso no deseas...?

—¡Por supuesto que lo deseo! —la interrumpió él bruscamente—. ¿Crees que soy de piedra?

—Entonces, ¿por qué te has detenido? —inquirió Alexandra mientras empezaba a desabrocharle los botones del pantalón.

—Porque no estás en condiciones de decidir lo que... —Sebastian se quedó paralizado al notar cómo ella introducía los dedos en el pantalón y acariciaba la piel de su sexo.

—¿De decidir qué? —inquirió Alexandra mientras cerraba la mano alrededor de su miembro y empezaba a moverla hacia arriba y hacia abajo.

—No —susurró él, cerrando los ojos, concentrado en la sensación de placer que le producía la mano de Alexandra—. No hagas eso.

—¿Que no haga qué? —ella le mordisqueó el lóbulo de la oreja.

Musitando una maldición, Sebastian se separó de ella y salió de la cama.

—No —dijo con expresión pétrea, como si su rostro estuviese esculpido en granito—. Esto no está bien —se inclinó para recoger la camisa y seguidamente se dirigió hacia la puerta, sin mirarla—. Enviaré a una doncella para que te ayude.

—No te molestes —contestó Alexandra ácidamente. Habría querido decirle muchas más cosas, pero su cerebro, afectado por las drogas y por la reciente pasión, no estaba en condiciones de volcar en palabras su dolor y su rabia. Sebastian salió por la puerta antes de que ella pudiera decir nada más.

Alexandra arrojó todos los almohadones de la cama contra la puerta. Luego se tumbó boca abajo sobre la colcha de terciopelo y dio rienda suelta a las lágrimas.

Alexandra se despertó muy tarde al día siguiente. La cabeza le dolía tremendamente y tenía la boca seca como el esparto. Con un leve gemido, se incorporó en la cama y se frotó la cara.

Oyó que llamaban a la puerta, y comprendió que debía de haber sido eso lo que la había despertado.

—¿Sí?

Una doncella abrió la puerta y asomó la cabeza.

—Bien, está despierta. El señor me ha pedido que le traiga esta ropa y la ayude a vestirse. Yo no la habría despertado, pero él dice que su tía estará empezando a preocuparse.

—Sí, desde luego —Alexandra recordó su conducta de la noche anterior y se cubrió el rostro con las manos. ¡Había sido una estúpida! ¿Cómo podría volver a mirar a lord Thorpe a la cara? ¿Qué pensaría ahora de ella?

—¿Se encuentra bien, señorita? —preguntó la doncella, preocupada.

—Sí. Bueno, me he sentido mejor, pero seguro que me recuperaré.

Dejó que la doncella la ayudara a vestirse, pero luego le pidió que se retirara, afirmando que podría cepillarse el cabello sola. Justo cuando hubo terminado de peinarse, volvieron a llamar a la puerta. Esta vez era Thorpe.

—Buenos días. Me he tomado la libertad de traerte té y tostadas —dijo rígidamente mientras dejaba una bandeja en la mesita de noche.

—Gracias. Es usted muy amable —Alexandra entrelazó las manos, incapaz de mirarlo a la cara—. Soy consciente, señor, de que le debo mi gratitud por haberme rescatado. Sé que no tiene obligación alguna conmigo. Fue muy generoso al ir en mi busca y traerme a su casa.

—No podía quedarme de brazos cruzados sabiendo que estabas secuestrada.

—Aun así, debo agradecérselo. Y... y quisiera disculparme por mi comportamiento de anoche. Fue inexcusable.

—No tienes por qué disculparte en absoluto —Thorpe alzó la mano—. No eras tú misma. Soy yo quien debe disculparse por no haber llevado mejor la situación. Fue imperdonable por mi parte tomarme las... libertades que me tomé. Lo lamento sinceramente, y te prometo que no volverá a suceder.

A Alexandra se le saltaron las lágrimas al oír sus palabras. Obviamente, Thorpe estaba horrorizado de lo que había hecho. Sin duda, se alegraba de haber podido zafarse de ella al final. Alexandra se tragó las lágrimas y se obligó a hablar con calma.

—Por favor, no hablemos más de eso. Dígame, ¿cómo está mi madre?

—Está viva, y no parece sufrir ningún dolor —explicó él con voz llena de alivio—. Sin embargo, lleva inconsciente desde que la atacaron la otra noche. Me tomé la libertad de enviar a mi médico para que la viese, pero poco ha podido decirnos. No se sabe cuándo volverá en sí.

—No entiendo por qué ese hombre la atacó —Alexandra frunció el ceño—. Pensé que probablemente era un ladrón que había entrado para robar, pero es demasiada coincidencia que nos hayan agredido a dos miembros de la familia en tan poco tiempo.

—Ese hombre entró con la intención expresa de hacerle daño a tu madre.

Alexandra lo miró fijamente.

—¿Cómo lo sabe?

—Hablé con el hombre que te secuestró. Fue así como te encontré. Se llama Peggoddy, y mi ayudante, Murdock, consiguió dar con él. Peggoddy afirmó que lo habían contratado para que se encargase de tu madre.

—¡Contratado! Pero ¿quién...?

Thorpe se encogió de hombros.

—No lo sé. Logró escapar antes de hacer una confesión completa. Murdock lo estuvo interrogando, pero apenas pudo sacarle información de provecho. Peggoddy desconocía a la persona interesada en perjudicar a tu madre. Por lo visto, fue contratado por un intermediario al que llamó Red Bill.

—¿Y quién es el tal Red Bill? Quizá podamos localizarlo y hablar con él.

—Murdock ya lo está buscando. Y también tengo contratado a un detective.

—Ese detective... ¿me está investigando a mí también? —Alexandra enarcó una ceja y cruzó los brazos sobre el pecho.

—La verdad es que sí —asintió Thorpe fríamente—. He hecho averiguaciones sobre ti.

—Y, dígame, ¿ha descubierto algo que apoye su teoría? ¿Ha encontrado a alguien a quien yo haya estafado?

Thorpe meneó la cabeza.

—No —admitió lentamente.

—Pero es obvio que sigue teniendo sus dudas —dijo Alexandra con desdén.

—Eres una mujer cuidadosa e inteligente. Seguro que tus manejos no son fáciles de descubrir.

—Ah, comprendo. La falta de pruebas simplemente demuestra mi habilidad como estafadora, no mi inocencia. Y seguramente tendrá usted alguna explicación ingeniosa para el ataque que sufrió mi madre. Una explicación relacionada con mi maldad.

Thorpe titubeó, y luego dijo:

—Pudo ser alguien que deseaba vengarse de ti, por algo que le hiciste en el pasado.

—Desde luego —dijo Alexandra con una suerte de sombría satisfacción—. Debí haberlo imaginado. Ya ha decidido que soy una criminal, de modo que, ocurra lo que ocurra, hallará la manera de justificar su opinión. ¿Qué importan los hechos? ¿Por qué tener en cuenta que, durante este tiempo, quienes más hemos sufrido hemos sido mi familia y yo? ¿Por qué está tan convencido de que soy malvada? ¿Por qué me odia tanto?

—¡Yo no te odio! —exclamó Thorpe—. Simplemente, no soy un ingenuo. Ni me gusta que se aprovechen de mi amistad para conseguir otros fines. Si no, dime, ¿por qué planeaste un encuentro conmigo?

—¡Ojalá no lo hubiera hecho, bien lo sabe Dios! —replicó Alexandra—. La verdad es, sin duda, demasiado simple para usted. Sencillamente, me encontraba en Londres y me interesaba ver su colección.

—Si no sabías apenas nada de la condesa, ¿para qué fuiste a reunirte con esa persona delante de la casa de los Exmoor, en plena noche? ¿Por qué no quieres decir lo que hacías allí?

—¿Quieres saberlo? —gritó Alexandra, tuteándolo—. Muy bien, te lo diré. Fui allí porque mi madre dejó inconsciente a su doncella, golpeándola en la cabeza, y luego tomó un carruaje a casa de los Exmoor. ¡Ya está! Ya lo sabes. Mi madre no está en su sano juicio. Bebe a escondidas y está obsesionada con una pequeña caja de la que nunca se separa... La caja donde encontré el medallón que le mostré a la condesa. Mi madre se niega a responder a mis preguntas. Esa noche, cuando se escapó de la casa y yo la seguí hasta la mansión de los Exmoor, ni siquiera me reconoció. Me llamó «Simone», igual que la condesa. Desde entonces, no ha dicho nada coherente. Por eso no quise decirte a qué había ido a la casa de los Exmoor. No deseaba que pensaras mal de mi madre. ¡Que creyeras que su locura también corre por mis venas!

Alexandra se detuvo, resollando con furia. Durante largos instantes, Thorpe y ella se miraron en silencio. Finalmente, Alexandra apartó la mirada y dijo:

—Creo que ya es hora de que me lleves a mi casa.

CAPÍTULO 11

Thorpe y Alexandra apenas hablaron más de lo preciso durante el trayecto.

A ella solo le apetecía llorar, e ignoraba lo que él podía sentir. Cuando llegaron a la casa, experimentó un inmenso alivio. Thorpe la acompañó hasta la puerta, pese a que Alexandra le aseguró que no era necesario.

—Le prometí a tu tía que te traería, y pienso cumplir mi promesa —repuso él lacónicamente, de modo que ella prefirió no insistir.

No bien hubieron entrado en la casa cuando tía Hortensia apareció en la escalera. Corrió hacia su sobrina, con los brazos abiertos.

—¡Alexandra! ¡Oh, querida mía! ¡Hemos estado muertos de preocupación!

Alexandra se refugió agradecida entre los brazos de su tía.

—Lo sé. Y lo siento. ¿Cómo está mi madre?

Tía Hortensia se retiró de ella, meneando la cabeza.

—Viva, pero aún en coma. ¡Temo que pueda quedarse así para siempre!

—No digas eso. Estoy segura de que se recuperará.

—Ahora es Nancy la que se comporta como una histérica —prosiguió tía Hortensia—. Dice que quiere irse de este país de salvajes. En fin, supongo que no se le puede reprochar su actitud.

—No podemos volver a América todavía mientras mi madre se encuentre así. Tendremos que esperar a que se recobre. Si Nancy quiere irse, podemos pagarle un pasaje.

Tía Hortensia sorbió por la nariz.

—Creí que era una mujer más fuerte.

Alexandra se encogió de hombros.

—Imagino que recibir dos golpes en la cabeza basta para desanimar a cualquiera.

Tía Hortensia se giró hacia Sebastian.

—Lo siento, lord Thorpe. Debe usted disculpar mis modales. Ni siquiera le he dado las gracias por habernos devuelto a Alexandra. Le estaré eternamente agradecida. Ha hecho usted mucho por nosotras —miró a Alexandra—. Espero que le hayas dado las gracias apropiadamente.

—Naturalmente —Alexandra evitó mirar a Thorpe.

—Solo celebro haber podido ayudarlas —contestó él en tono algo tenso.

—Venga con nosotras a la sala de estar —siguió diciendo tía Hortensia—. Debe contarme todo lo que ha sucedido. ¿Cómo encontró a Alexandra? ¿Dónde estaba?

Alexandra y Thorpe intercambiaron una rápida mirada y, a continuación, siguieron a tía Hortensia hasta la sala de estar.

Cuando se hubieron sentado, Thorpe contó una versión cuidadosamente velada de lo sucedido, desde su charla con Peggoddy hasta el rescate de Alexandra.

—¡Debió de ser horrible para ti, querida! —exclamó tía Hortensia, tomando la mano de su sobrina—. Pero hay algo que no entiendo... ¿Dónde estuviste anoche? ¿Después de que el criado de lord Thorpe nos hiciera llegar el mensaje? Dijo que te encontrabas bien, de modo que ya debían de haberte rescatado para entonces —dirigió una mirada perpleja a Thorpe.

Él se removió incómodo en la silla. Alexandra notó que las mejillas se le acaloraban.

Sebastian se aclaró la garganta, y dijo:

—La señorita Ward estaba algo... trastornada, y yo creí preferible que usted no la viese hasta que estuviera recuperada del todo.

—Me drogaron, tía Hortensia —dijo Alexandra sin rodeos—. Seguramente, lord Thorpe pensó que te horrorizaría verme en ese estado.

—Desde luego que me habría horrorizado —admitió tía Hortensia—. Pero también es cierto que he visto cosas peores. Al fin y al cabo, he vivido una guerra —miró con severidad a Thorpe—. ¡Qué situación tan terrible! ¡Sin duda, comprenderá usted el daño que sufriría la reputación de Alexandra si se supiera que ha pasado una noche en su casa, sin acompañante!

—Tía Hortensia, por favor... Era lo mejor. Además, te aseguro que no ocurrió nada.

—Pero ¿y tu reputación?

—¿Qué más da eso? —respondió Alexandra—. Nadie va a enterarse. Además, pronto volveremos a casa —comprendió, asombrada, que la idea de regresar a Estados Unidos le entristecía.

—¿Es que piensan marcharse? —inquirió Thorpe, sorprendido.

Tía Hortensia lo miró con extrañeza.

—Sí, por supuesto —respondió Alexandra—. Jamás tuvimos la intención de quedarnos a vivir en Inglaterra.

—No, claro que no. ¿Y cuándo se marchan?

—Teníamos pensado zarpar la semana que viene.

—¡La semana que viene! —Thorpe pareció atónito.

—Pero, con mi madre en ese estado, será muy improbable. Supongo que nos iremos en cuanto mejore.

—Comprendo. ¿Por qué no me lo dijiste?

Alexandra se quedó mirándolo.

—Fuiste tú mismo quien sugirió que debía marcharme. ¿Por qué te muestras ahora tan sorprendido?

Sebastian pareció decididamente incómodo.

—Sí, desde luego... Pero supuse que te quedarías hasta que se resolviera todo este asunto.

—¿Cómo? —inquirió Alexandra—. No veo el modo de desentrañar la verdad. Mi madre es la única que podría darnos alguna información acerca de mi nacimiento, pero no puede hablar. Y, aun en el caso de que volviera en sí, ya te he hablado de su estado mental. Hasta ahora, se ha negado a responder a mis preguntas.

—Pero ¿y la condesa?

—¿Qué pasa con ella? —replicó Alexandra—. Me cae muy

bien, y lamentaré no poder disfrutar más de su compañía. Pero mi familia siempre han sido tía Hortensia, mi madre y mis primos de Boston. Allí está mi hogar.

Thorpe la miró por unos instantes, sin decir nada.

—Comprendo. Pero, antes de que te marches, quizá podamos hacer algo para aclarar la situación. No hemos visitado a Bertie Chesterfield, como le prometimos a la condesa. Creo que deberíamos hacerlo.

—De acuerdo, cuando quieras. Aunque no parece que ese hombre sepa mucho sobre lo sucedido.

—Solo sabe lo que vio. Lo cual, conociendo a Bertie, no significa mucho.

Convinieron en concertar un encuentro con Bertie Chesterfield. Seguidamente, deseando la pronta recuperación de Rhea, Thorpe se marchó. Alexandra lo observó mientras se iba, diciéndose que jamás se había sentido tan sola como en aquel momento. ¿Acaso era eso lo que se sentía al estar enamorada?

Rechazó el pensamiento de inmediato.

—Vamos —dijo a su tía, levantándose vigorosamente de la silla—. Quiero ver a mi madre.

Llamaron a la puerta de la habitación de Rhea, y una criada entró tímidamente.

—Señorita —hizo una leve reverencia a Alexandra—. La señorita Ward solicita su presencia abajo. Me ha encargado cuidar de la señora Ward por usted.

Alexandra había estado turnándose con tía Hortensia para vigilar a su madre, pues Nancy seguía en cama, con la frente vendada y quejándose continuamente de un atroz dolor de cabeza.

Alexandra bajó las escaleras y entró en la sala de estar, donde encontró a su tía acompañada de dos visitas: Nicola Falcourt y Penelope, la tímida hija de lady Ursula. Alexandra temió que lord Thorpe hubiese contado lo de su secuestro y que las dos jóvenes hubiesen acudido simplemente para satisfacer su curiosidad.

Sin embargo, bastaron unos instantes de conversación para disipar tales temores.

—Mi abuela nos envía para que la invitemos a venir con nosotros a la ópera esta noche. Por favor, diga que vendrá. Sería maravilloso. Nicola y lord Buckminster nos acompañarán también —la joven se sonrojó un poco, pero siguió diciendo—: Lo pasaremos muy bien. Mi madre no vendrá —se interrumpió y emitió un leve jadeo ahogado—. ¡Oh! No era mi intención insinuar que...

—Claro que no. Entiendo perfectamente lo que querías decir. Me sentiré más cómoda si lady Ursula no se encuentra en el grupo.

—Sí, exacto —Penelope miró a Alexandra, agradecida.

—Y también Bucky —añadió Nicola con cierta picardía—. Lady Ursula no simpatiza mucho con él. Lo considera un hombre frívolo...Y, desde luego, lo es.

—Lord Buckminster no es frívolo —protestó Penelope—. Simplemente, le gusta divertirse.

Alexandra empezaba a sospechar que la jovencita estaba algo prendada de lord Buckminster.

—Por supuesto —respondió Nicola con desenfado—. Solo estaba bromeando. Bucky es un encanto. Después de que mi padre muriese, su madre y él nos acogieron a mi madre, a Deborah y a mí con toda la generosidad del mundo —girándose hacia Alexandra, se apresuró a añadir—: No es que mi padre nos dejase sin nada, naturalmente. Pero tuvimos que dejar la mansión Falcourt. La propiedad pasó al pariente varón más cercano, pues mi padre no tuvo hijos.

—¿O sea, que tuvieron que dejar la casa? —Alexandra recordó lo que Thorpe había explicado acerca de la casa familiar de la condesa. Ella había vivido allí, pero ahora pertenecía al conde de Exmoor. A Alexandra el sistema le pareció cruel.

Nicola asintió.

—Sí, fue muy doloroso, sobre todo para mi madre. Herbert, el primo de mi padre, heredó la mansión, y mi madre y su esposa jamás se llevaron bien. Pero nos estamos apartando del asunto que nos trae aquí —declaró—. Lady Exmoor se disgustará mucho si no acepta usted venir con nosotros a la ópera.

Alexandra sonrió.

—Me encantaría ir, pero me temo que debo a ayudar a tía

Hortensia. Verán, mi madre está muy enferma y necesita cuidados constantes.

—No seas tonta, querida —dijo tía Hortensia—. Tú ve a la ópera. Soy perfectamente capaz de cuidar de Rhea sola.

—Oh, pero mi abuela también la ha invitado a usted, señorita Ward —aseguró Penelope—. Bueno, no pasa nada. Sebastian le habló a la condesa de la indisposición de su madre, y... Willa Everhart se ha ofrecido para venir a cuidar de ella.

—Muy amable por su parte. Pero no debe tomarse esa molestia.

—Lady Exmoor dice que no debe usted privar a Willa del placer de sentirse útil —dijo Penelope—. En realidad, le hará un favor si acepta su ayuda.

—La verdad es que me gustaría ir —reconoció Alexandra.

—Pues ve, querida —insistió tía Hortensia—. Yo me quedaré para ayudar a la señorita Everhart. Ya sabes que el canto no me gusta mucho, de todos modos.

—Todo arreglado —dijo Nicola en tono triunfante—. Debe usted venir. Lord Thorpe estará allí también —añadió esto último como si la presencia de Sebastian fuese el detalle preciso para terminar de convencer a Alexandra.

Alexandra dudó.

—Entonces, quizá sea mejor que no vaya. Lord Thorpe no querría... Es decir, no somos muy amigos.

—No, yo no lo llamaría amistad —convino Nicola—. Sinceramente, jamás había visto a Sebastian tan cautivado por una mujer.

—¿Cautivado? —repitió Alexandra con incredulidad—. Oh, no, estoy segura de que se equivoca usted.

Nicola emitió una risita.

—En absoluto. Créame, hace muchos años que conozco a Sebastian.

—Entonces, ¿lo dice de veras?

—Sí. Es un hueso duro de roer. Muchísimas mujeres lo han intentado con él, en vano.

Penelope asintió.

—Mi madre dice que Sebastian no tiene corazón, y que por eso ninguna mujer ha podido conquistarlo.

—Es por culpa de lady Pencross, desde luego —explicó Nicola—. Le rompió el corazón y, desde entonces, Sebastian no ha permitido que nadie se acerque demasiado a él.

—¿Lady Pencross? —inquirió Alexandra con interés.

—Sí, ¿no ha oído hablar de ella?

El nombre de Pencross le resultaba vagamente familiar. De pronto, Alexandra recordó a la mujer que se había acercado a ella en la fiesta y le había hecho comentarios extraños acerca de Sebastian. Recordó el laconismo y la tirantez con que él se había dirigido a ella.

—Cuando Sebastian tenía unos dieciocho años, se enamoró perdidamente de Barbara, la esposa de lord Pencross. Ella tenía unos diez años más que él, pero era muy hermosa. Y lo sigue siendo, desde luego. Como iba diciendo, Sebastian la conoció y se enamoró de ella. Tuvieron una breve y apasionada aventura. Fue un auténtico escándalo que llegó a oídos de todo el mundo. Y Sebastian quiso huir con ella a la India.

—Cometió un error —añadió Penelope—. Creyó que lady Pencross lo amaba tanto como él a ella. Pero esa mujer solo deseaba divertirse con un hombre más joven. Según se rumoreó, lady Pencross se rio en la cara de Sebastian cuando él sugirió que abandonase su posición como esposa de lord Pencross para irse a la India.

—¿De modo que lo rechazó?

Nicola asintió.

—Sebastian sufrió un desengaño terrible. Se fue solo a la India y allí ganó una fortuna. Creo que, si volvió, fue únicamente porque su padre falleció y él tuvo que heredar el título.

—Comprendo —dijo Alexandra con sinceridad. De repente, comprendía por qué Thorpe había estado tan dispuesto a pensar lo peor de ella. A raíz de aquel desengaño de su juventud, debía de resultarle muy difícil confiar en las mujeres.

—Desde entonces, no ha amado a ninguna mujer —añadió Penelope—. La historia resulta muy romántica, pero también muy triste, ¿no le parece?

—Sí —Alexandra hizo una pausa, pensativa—. ¿Y qué fue de lady Pencross?

—El escándalo acabó olvidándose. En la actualidad, sigue

siendo aceptada en casi todos los círculos de la alta sociedad. Su marido es mucho mayor que ella y pasa por una mala situación financiera. Ha vuelto a la finca de su familia y ella sigue aquí, haciendo vida social.

—Parece tratarse de una mujer sin entrañas.

—Lo es, créame. Yo la veo muy de vez en cuando, en alguna que otra fiesta.

—O en la ópera y en el teatro —añadió Penelope.

—De hecho, puede que la veamos esta noche.

Alexandra se sintió verdaderamente interesada. Estaba deseando ver de nuevo a aquella mujer, ahora que sabía quién era.

De modo que aceptó ir.

El carruaje de la condesa era enorme, de aspecto tradicional y sumamente elegante. Lord Buckminster, que iba a lomos de un caballo, junto al carruaje, desmontó y se acercó para ayudar a Alexandra a subir.

—Señorita Ward —dijo, sonriendo con jovialidad—. Celebro mucho volver a verla. Debo decir que está bellísima esta noche.

Alexandra había procurado cuidar mucho su aspecto. Había elegido un vestido azul oscuro que realzaba la blancura natural de su piel, y se había recogido el cabello, dejando sueltos unos cuantos mechones rizados. Deseaba resultar atractiva a ojos de lord Thorpe.

Willa Everhart había llegado a la casa una hora antes. Alexandra la había dejado sentada junto a su madre, y tía Hortensia se hallaba en su propio cuarto, lista para acudir si surgía alguna crisis.

Alexandra se subió en el carruaje y, de inmediato, la condesa le indicó que se sentara a su lado. Parecía muy animada. Su cabello blanco contrastaba elegantemente con el tono púrpura de su vestido de satén, adornado con encajes negros. Nicola permanecía sentada al lado de Penelope, con la belleza y la elegancia que la caracterizaban.

Una vez en el teatro, se dirigieron hacia el lujoso palco de la condesa, quien se detenía de vez en cuando para saludar con solemnidad a los conocidos. Alexandra la contemplaba con admiración. Era, sin duda, una auténtica dama.

Antes de llegar al palco, Nicola se inclinó hacia Alexandra y le murmuró:

—Esa es lady Pencross. La que está junto a la maceta.

Alexandra siguió rápidamente la dirección de su mirada. Sí, era la atractiva mujer que la había abordado en la fiesta. Estaba sonriéndole al hombre que tenía delante, con los labios arqueados de un modo sutil y misterioso. Alexandra experimentó una amarga punzada de celos. ¡Aquella era la mujer a la que Sebastian había amado!

La mirada de lady Pencross se desvió hacia Alexandra y Nicola. Saludó a la segunda con un leve gesto, y luego miró de nuevo a Alexandra, sin que su expresión se alterara ni un ápice mientras volvía a girarse hacia el caballero que la acompañaba.

—Qué mujer tan vanidosa —dijo Nicola con desprecio—. Debo admitir que parece mucho más joven de lo que es. Será porque apenas sonríe ni arruga la frente. Es bien sabido que las emociones favorecen las arrugas.

Alexandra sonrió.

—Presumo que no te cae bien —dijo Alexandra a Nicola, tuteándola.

Nicola arqueó el labio.

—El amor no suele darse con frecuencia. Aborrezco a las personas capaces de despreciarlo, como hizo ella —una sombra pareció oscurecer sus ojos azules—. Muchas mujeres darían cualquier cosa por ser amadas del modo en que Sebastian la amó. Es un buen hombre, pese a su indudable misantropía. Creo que, en realidad, es un romántico desengañado, de ahí su cinismo. Pero su naturaleza romántica aflorará de nuevo —miró de soslayo a Alexandra con evidente curiosidad.

Fue entonces cuando Alexandra vio a Sebastian. Estaba en el otro extremo del espacioso pasillo, apoyado en la pared. Había visto a la condesa y miraba a su alrededor, buscando. Al ver a Alexandra se enderezó, retirándose de la pared. Luego avanzó hacia ella.

CAPÍTULO 12

Alexandra se ruborizó y retiró la mirada de Sebastian. Se encontró con los ojos especulativos de Nicola.

—Te gusta, ¿verdad?

—No seas absurda —replicó Alexandra con firmeza—. Me parece una persona odiosa, y creo que él opina lo mismo de mí.

—Que yo recuerde, eres la primera mujer que Sebastian presenta a la condesa —dijo Nicola—. ¿Y por qué crees que acudió corriendo a tu casa cuando agredieron a tu madre? —añadió, recordando lo que le había contado el propio Sebastian.

—Mi tía lo mandó llamar —contestó Alexandra—. No sabía a quién más recurrir.

—Es posible, pero debo señalar que Sebastian no se caracteriza por acudir corriendo en ayuda de nadie.

Alexandra meneó la cabeza, mirando de nuevo a Thorpe, que casi había llegado a donde ellas estaban. La condesa apareció detrás de Nicola, y él hizo una educada reverencia y se dirigió a ella en primer lugar. Luego se volvió hacia Alexandra y Nicola, saludándolas cortésmente.

—Señorita Ward —sus ojos grises miraron inquisitivamente los de Alexandra—. Espero que se encuentre bien.

—Sí, gracias, señor —ella esperó que no reparase en el rubor de sus mejillas ni en el ritmo acelerado de su respiración.

—Acompáñanos —dijo la condesa a Sebastian—. Si no tienes otro compromiso, claro está.

—No. Estoy completamente libre.

—Excelente —la condesa le sonrió, y Thorpe fue con el grupo hasta el palco. La puerta, observó Alexandra, era la misma junto a la cual había estado apoyado Sebastian cuando lo vio. ¿Acaso había estado esperándolas?

Se ordenó a sí misma rechazar tales pensamientos. Thorpe había dejado perfectamente claro que no estaba interesado en ella. Y, ahora que conocía la verdad sobre su madre, sin duda la evitaría aún más.

Una vez instalados en el palco, Alexandra no pudo sino fijarse en él subrepticiamente. Estaba impecablemente vestido con un traje de noche. Un discreto rubí resplandecía en el gemelo de cada una de sus mangas.

—Comprenderás ahora, Sebastian, que yo tenía razón —dijo repentinamente la condesa—. Alexandra debe de ser mi nieta. Para mí, está claro que la señora Ward sabe la verdad de sus orígenes y que, por ese motivo, alguien intentó hacerle daño.

—Eso no lo sabemos, señora —le recordó Alexandra suavemente—. Pudo tratarse de una simple casualidad.

—Yo no creo en las casualidades —afirmó la condesa tajantemente—. Gracias a Dios que no te pasó nada. Me asusté mucho cuando Ursula me dijo que tenía noticia de que habías desaparecido. Sentí un inmenso alivio cuando Sebastian me comunicó que te hallabas sana y salva, en tu casa.

—Gracias.

—He estado pensando —prosiguió la condesa—. Aún estás en peligro, tanto tú como la señora Ward. Esa persona podría intentarlo de nuevo. De modo que se me ha ocurrido una idea. Nos iremos a la mansión Dower... mi casa en la hacienda Exmoor. Tu tía, la señora Ward, todos nosotros. Allí estaremos a salvo. Ordenaré a mis criados más robustos que nos acompañen. Y te ruego, Sebastian, que vengas tú también, para garantizar nuestra protección.

Sebastian asintió cortésmente.

—Siempre a su servicio, señora.

La condesa sonrió.

—Muy bien. Así estaremos mucho más seguras.

—Gracias —dijo Alexandra—, pero la verdad es que no será necesario. Estaremos bien. No creo que sea prudente trasladar a mi madre, en el estado en que se encuentra. Además, no me gusta huir. Prefiero hacer frente al peligro y luchar.

La condesa frunció el ceño con preocupación.

—Pero, querida mía... ¡el peligro es demasiado grande! Admiro tu valentía, pero tres mujeres solas...

Alexandra sonrió.

—Mi tía y yo sabemos cuidarnos perfectamente, señora. Antes nos pillaron desprevenidas, porque no esperábamos ningún ataque. Pero, después de lo sucedido, estamos alerta. Y bien armadas.

—¡Armadas! —exclamó Penelope con gran asombro.

—Sí. Tenemos pistolas y sabemos utilizarlas.

—¡No lo dirás en serio! —dijo la condesa—. ¿Tu tía y tú tenéis pistolas?

Alexandra hizo un gesto afirmativo.

—Ahora mismo llevo una encima —rebuscó en su bolso y sacó una pequeña pistola—. Tengo una mayor en casa, junto a la cama. Desgraciadamente, no me traje el rifle de América. No pensé que fuese a necesitarlo.

Nicola reprimió una risita, y la condesa miró horrorizada la pistola de Alexandra.

—¡Cielo santo! No tenía ni idea. ¡Pensé que vivíais en un país civilizado!

Alexandra se rio.

—Y así es. Pero debe recordar que mi tía vivió una guerra. Tuvo que proteger su casa mientras su padre y su hermano luchaban en el frente. Ella me enseñó a cargar un arma y a disparar.

La condesa se giró hacia Sebastian, estupefacta. Él se encogió de hombros, con expresión divertida, y dijo:

—He podido comprobar que la señorita Ward es una mujer atípica, señora —luego, volviéndose hacia Alexandra, añadió—: Sin embargo, señorita Ward, no creo que necesite esa pistola aquí, en la ópera.

—Oh —Alexandra se quedó mirando el arma y volvió a guardarla en el bolso—. Lo siento mucho —miró a la condesa—. No era mi intención disgustarla. Pero, sinceramente, podemos cuidarnos solas. Y, si es necesario, contrataré a algunos hombres para que nos protejan.

—Yo tengo una idea mejor —sugirió Thorpe—. Les cederé a Murdock, mi ayuda de cámara. Es mejor que cinco hombres corrientes en una pelea.

Alexandra lo miró fríamente.

—No será necesario, señor.

—Pero así estaré más tranquilo... igual que la condesa. No querrá negarnos eso.

Alexandra se vio entre la espada y la pared.

—Está bien —aceptó a regañadientes.

Sebastian le dirigió una sonrisita irónica.

—Gracias, señorita Ward.

Alexandra miró hacia el escenario, agradeciendo que la ópera empezase por fin, pues así podría desviar su atención de Sebastian.

Pensó en la sugerencia de la condesa. La idea de pasar unos días, o semanas, con Sebastian en la casa de campo de la condesa era peligrosamente tentadora. Pero sería un completo disparate, se dijo. Había hecho bien en negarse.

—¿Señorita Ward? —dijo lord Thorpe.

Alexandra se giró sorprendida, reparando en que había llegado el intermedio y las luces habían vuelto a encenderse. Perdida en sus cavilaciones, no había sido consciente del paso del tiempo.

—Quería sugerirle que demos un paseo, mientras dure el intermedio, y tomemos algún refresco.

—Oh. Sí, gracias —Alexandra se levantó y aceptó su brazo, pensando que sería poco educado por su parte declinar la invitación.

Recorrieron el amplio pasillo en silencio mientras Thorpe saludaba a los conocidos, aunque sin detenerse a hablar con ninguno.

—He hablado con Bertie Chesterfield hoy —dijo por fin—. Ha aceptado gustosamente hablar con nosotros sobre la familia de lord Chilton y lo sucedido en París. Le sugerí que podíamos vernos mañana por la tarde, si te va bien —añadió, tuteándola.

—Sí, desde luego —contestó ella educadamente.

Sebastian la condujo hacia un rincón apartado, junto a una enorme palmera, y se detuvo.

—Alexandra... Con respecto a lo que me contaste sobre tu madre...

Ella se enderezó, ruborizándose súbitamente.

—¿Lo de su locura? Sinceramente, no creo que tengamos nada que hablar sobre ese particular.

Él la miró con expresión frustrada.

—Yo no sabía que...

—Pues claro que no. ¿Cómo ibas a saberlo? Por favor, prefiero que no...

—Ah, Thorpe, ahí estás —los interrumpió una refinada voz masculina. Alexandra se giró y vio al conde de Exmoor, situado a unos pasos de ellos—. Y la señorita... Ward, ¿verdad?

—Sí. Buenas noches, señor.

—Exmoor —Sebastian no intentó siquiera ocultar su irritación—. ¿Qué es lo que quieres?

—Thorpe, mi querido amigo, ni siquiera tú sueles hacer gala de unos modales tan toscos. ¿Acaso no puede uno saludar a un...? Bueno, iba a decir «amigo», pero dejémoslo en «conocido».

—Jamás te he visto mostrarte amigable... a menos que tengas una razón.

El conde sonrió levemente. Alexandra, que lo observaba, se preguntó por qué sentiría aquella antipatía instintiva hacia él. Era un hombre apuesto, alto y de facciones atractivas. Quizá era por la estrechez de sus labios, o por el hecho de que su sonrisa jamás se contagiaba a sus ojos. Fuera cual fuese el motivo, el conde le recordaba a un depredador.

—Me ofendes —dijo Exmoor con sorna—. Pero tienes razón, desde luego. Quería tratar contigo de cierto asunto. He oído unos rumores alarmantes sobre nuestra común amiga, la condesa.

Sebastian no dijo nada, simplemente enarcó las cejas.

—Según he oído, la condesa cree que la señorita Ward es su nieta, que ha regresado de la tumba.

—No creo que eso te incumba en absoluto —replicó Sebastian.

—¿No me incumbe el rumor de que la hija de mi primo ha vuelto repentinamente de entre los muertos? —dijo Exmoor en tono divertido.

—Lo que la condesa crea o deje de creer no es asunto tuyo.

—Yo soy el cabeza de familia. Debo preocuparme si la condesa se está volviendo senil.

—La condesa está en su sano juicio —replicó Thorpe fríamente, sosteniendo la mirada del conde—. Si alguien sugiere lo contrario, lo tomaré como una grave ofensa.

—Mi querido Thorpe, ¿no estarás insinuando que pretendes retarme a un duelo?

—No estoy insinuando nada. Sencillamente, no tolero que nadie hable mal de la condesa en mi presencia. Ella tiene sobradas razones para sospechar que la señorita Ward es hija de lord Chilton.

Exmoor lo miró desdeñosamente.

—No me digas que también tú te has tragado ese cuento de hadas.

—Si nos disculpas, creo que la función está a punto de reanudarse —Sebastian alejó a Alexandra de Exmoor y se encaminó hacia el palco de la condesa. Ella lo miró de soslayo. Tenía una expresión tensa y furiosa.

—¡Cabeza de la familia! La condesa sufre cada vez que lo ve, sabiendo que ocupa el lugar que debería ocupar su hijo.

—No esperarás que me crea que no hay mala sangre entre vosotros dos —dijo Alexandra.

—Nicola lo desprecia —respondió él—. Bucky no sabe toda la historia, solo que Richard rompió el corazón de Nicola.

—¿Cómo? —Alexandra lo miró, sorprendida—. ¿Nicola estuvo enamorada de él?

Sebastian negó con la cabeza.

—No. Nicola y su madre se instalaron en la hacienda Buckminster tras la muerte de su padre. Bucky y ella son primos, ya sabes. Buckminster está cerca de Tidings, donde vivía Richard. Al parecer, Richard se enamoró de Nicola, pero ella lo rechazó. Según se rumoreó, amaba a otro.

—¿A quién?

Sebastian se encogió de hombros.

—Bucky no lo sabe, y Nicola se niega a hablar de ello. Siempre lo mantuvo en secreto. Lo único que se sabe es que, de repente, pasó de ser feliz a mostrarse desdichada. Se negaba a comer, a hablar con los demás, y recorría los pasillos en silencio, como un fantasma. Además, rehusaba acercarse al conde. Siempre que él acudía a visitarla, ella se marchaba. Poco tiempo después, Nicola se fue a vivir a Londres con su abuela. El resto de la familia se quedó y, al cabo de un año, Richard se casó con su hermana, Deborah. Nicola apenas la ve. Se niega a poner el pie en Tidings, según dice Bucky.

—¡Pobre Nicola! —Alexandra hizo una pausa y miró a Sebastian—. ¿De ahí viene la enemistad existente entre el conde y tú?

—No, mi antipatía por el conde se remonta mucho más atrás en el tiempo. Él se... Bueno, digamos que formó parte de un episodio que destruyó dolorosamente mis ilusiones de juventud —Thorpe hizo una mueca—. De un pasado que quisiera olvidar.

—Comprendo —respondió Alexandra. De algún modo, el conde debió de estar implicado en el escándalo del que le hablaron Nicola y Penelope. Movida por un impulso, posó la mano en el brazo de Sebastian—. Lo siento.

Él la miró a los ojos, sorprendido, y sonrió.

—Sucedió hace mucho tiempo, y ya no me causa dolor.

—¿De veras?

Sebastian emitió una risita.

—Sí. Ahora, cuando pienso en ello, solo me parece un error propio de la juventud. Ya no lo veo como la tragedia que me pareció entonces.

Alexandra sonrió, su curiosidad satisfecha por la respuesta de Thorpe.

Al día siguiente, Sebastian llevó a Alexandra a casa del honorable Bertram Chesterfield, como había acordado. Ella no pudo sino sentirse algo nerviosa. No había estado a solas con él desde la mañana en que la llevó a su casa, y ahora se hallaba a su lado, en el reducido e íntimo espacio del carruaje.

—Alexandra...

—¿Crees que lograremos descubrir algo útil? —preguntó ella, interrumpiéndolo deliberadamente, temiendo lo que pudiera decirle.

Él suspiró.

—Me atrevo a aventurar que no. Jamás he oído a Bertie Chesterfield decir nada de provecho.

No obstante, Chesterfield, un anciano bajo y regordete, los recibió en su sala de estar con suma cordialidad.

—Thorpe, querido amigo —dijo alegremente al tiempo que estrechaba la mano de Sebastian—. Hacía siglos que no nos veíamos. La última vez fue en la carrera de Crimshaw, ¿no?

—Lo dudo. No soy muy aficionado a las carreras.

—¿De veras? —Chesterfield pareció asombrado—. Bueno, siempre has sido un tipo extraño. Será por los años que pasaste en el Caribe, imagino.

—En la India.

—¿Sí? ¿Estás seguro? Vaya, ¿no es increíble? Yo habría jurado que estuviste en una de esas islas. Ah, en fin. Me alegra verte, de todos modos —miró de soslayo a Alexandra y frunció el ceño.

Thorpe se la presentó educadamente como una amiga de la condesa de Exmoor.

—Hemos venido para preguntarte sobre lo ocurrido en París durante la Revolución.

—Vaya —Chesterfield pareció sorprendido—. Eso fue hace un siglo. No sé qué interés puede tener para unas personas jóvenes como vosotros. El mundo ha cambiado desde entonces.

—Venimos a preguntártelo en nombre de la condesa. Verás, han surgido ciertos interrogantes relacionados con sus nietos.

—¡Sus nietos! ¿Te refieres a... los que fueron asesinados?

—Exacto —terció Alexandra—. Puede que haya motivos para dudar que todos ellos murieran realmente.

—Pues claro que murieron —respondió Chesterfield—. Lo vi con mis propios ojos.

—¿Podrías decirnos exactamente qué fue lo que viste ese día? —pidió Sebastian—. Es muy importante.

Pese a su resistencia inicial, a todas luces fingida, Chesterfield inició el relato de los hechos con suma facilidad.

—Recuerdo que era de noche y el populacho avanzaba en tropel por la calle, hacia donde vivíamos nosotros. Yo me hospedaba con lord y lady Brookstone. Habían alquilado una casa allí... sin sospechar que ocurriría algo semejante, desde luego.

—Desde luego.

—Era un barrio agradable, de casas de alquiler principalmente. Por eso Chilton se encontraba allí. Había alquilado la casa para que su esposa, lady Chilton, estuviera cerca de su madre —Chesterfield hizo una pausa, observando a Alexandra—. Oiga, usted se parece mucho a lady Chilton. Ya decía yo que su cara me sonaba.

—Puede que sea pariente suya —respondió Alexandra—. Por eso es tan importante que sepamos con exactitud lo que ocurrió ese día.

—Por Júpiter —Chesterfield se quedó mirándola, asombrado.

—Decía usted que lord Chilton había alquilado la casa.

—Sí. Bueno, el populacho avanzó por la calle con antorchas, gritando. Buscaban sangre. Trataron de derribar la puerta de nuestra casa, pero la habíamos fortificado con la ayuda de nuestros criados ingleses. En la casa de enfrente, sin embargo, sucedió algo muy distinto. El pobre Chilton salió e intentó explicarles que era inglés, pero entonces sus suegros dijeron algo en francés, de modo que los revolucionarios se dieron cuenta de que eran franceses. Empezaron a gritar, diciendo que los aristócratas debían morir. Arrastraron a Chilton y a su esposa hasta la calle y los ejecutaron. Y a los padres de ella también. Luego saquearon la casa y, cuando hubieron terminado, le prendieron fuego.

—¿De modo que viste cómo lord y lady Chilton eran asesinados?

—Cielos, sí... Fue un espectáculo espantoso.

—¿Y los niños? —inquirió Alexandra—. ¿Vio cómo los mataban?

—No. Solo presencié la ejecución de Chilton y su esposa. Pero, como digo, la multitud entró luego en la casa. Seguramente asesinaron también a los niños. Al fin y al cabo, la residencia ardió hasta los cimientos. Es imposible que los pequeños sobrevivieran a eso.

—¿Viste sus cuerpos, quizá? ¿Después del incendio?

—¡No, por Dios! —Chesterfield pareció horrorizado—. No nos atrevimos a salir de la casa. Existía el peligro de que volvieran.

—Entonces, no puedes estar absolutamente seguro de que los niños perecieran —insistió Thorpe.

—Pero es prácticamente imposible que escaparan de la casa —dijo Chesterfield con cierta razón—. Pobres angelitos. Me temo que todos murieron —miró a Alexandra, empezando por fin a comprender—. ¿Acaso insinúan que es usted una de las niñas?

—No —se apresuró a responder ella—. Simplemente, pensábamos en la posibilidad de que alguno de ellos lograra sobrevivir.

—No lo creo —dijo Chesterfield, meneando la cabeza—. No lo creo.

—Bueno, muchas gracias, Chesterfield —dijo Thorpe, levantándose para estrecharle de nuevo la mano. Tras despedirse, Alexandra y él se encaminaron hacia la puerta. Pero, antes de salir, ella se giró, movida por un súbito impulso, y dijo:

—Señor Chesterfield, me preguntaba si... conoció usted a ciertas personas mientras estaba en París. Se llamaban Hiram y Rhea Ward.

Él frunció el ceño, sopesando la pregunta.

—¿Se refiere a los americanos?

—Sí —respondió ansiosamente Alexandra—. ¿Los conoció?

—De vista, sí. Pero, ahora que lo pienso, creo recordar que lady Chilton era muy amiga de la señora Ward.

Alexandra miró con excitación a Sebastian, pero se limitó a decir con admirable calma:

—Gracias, señor Chesterfield. Nos ha ayudado usted mucho.

—¿De verdad? —Chesterfield pareció sorprendido—. Celebro haberles sido útil, desde luego.

Alexandra consiguió reprimir su excitación hasta que salió de la casa con Sebastian. Una vez fuera, se giró rápidamente hacia él.

—¿Lo has oído? ¡Mi madre conocía a Simone!

Thorpe estaba algo pálido.

—Sí, lo he oído. Desde luego, esto... cambia las cosas.

—¡Podría ser la explicación de todo! Podría... podría significar que yo soy realmente nieta de la condesa.

Sebastian asintió.

—Es posible que, por algún motivo, Alexandra estuviera con la señora Ward cuando el populacho atacó la casa, de manera que la niña se salvó.

—O quizá mi madre acudió a la casa, después del ataque, y la encontró milagrosamente.

Se miraron en silencio durante unos segundos.

—No... no sé qué pensar —dijo Sebastian lentamente.

En su fuero interno, sabía que no deseaba aceptar la posibilidad que se abría ante ellos. Porque, si Alexandra era realmente nieta de la condesa, él había cometido un lamentable error. Le había lanzado acusaciones imperdonables. La había tratado de forma muy injusta. En suma, había estropeado las cosas con la única mujer a la que había amado después de Barbara.

Aquel pensamiento hizo que Sebastian se detuviera en seco. ¿Amaba a Alexandra? Muy a su pesar, hubo de admitir que estaba locamente enamorado de ella.

—Dios santo —musitó, aturdido.

Alexandra lo miró con extrañeza. Parecía que acabara de recibir un golpe en la cabeza.

—No debes preocuparte —le dijo rápidamente—. Aunque yo sea nieta de la condesa, no me quedaré a vivir con ella. Regresaré a Estados Unidos, donde está la única familia que he conocido siempre —dicho esto, se dirigió hacia el carruaje y se subió sin aguardar a que Sebastian la ayudase. Él la siguió, presuroso.

—Entonces, ¿sigues pensando en marcharte? —le preguntó mientras se sentaba frente a ella y el carruaje emprendía la marcha.

—Sí, en cuanto mi madre esté en condiciones de viajar. Nada me retiene aquí.

—Estoy seguro de que la condesa desea que te quedes —empezó a decir Sebastian cautelosamente, preguntándose cómo podría persuadirla para que se quedara—. No querrás partirle el corazón marchándote. Ya ha perdido mucho.

Alexandra lo miró recelosamente.

—¿Ahora quieres que me quede con la condesa? Creí que estabas deseando verme marchar.

—Yo no sabía que... —repuso él, incómodo—. Maldita sea, mujer, no quiero que la condesa sufra. Si eres su nieta, quedará descorazonada si te vas.

—La visitaría a menudo, desde luego, si ella quiere.

—Estoy seguro de que querrá mucho más que eso.

«¿Y tú?», se dijo Alexandra. «¿Qué quieres tú?». Sebastian solo hablaba de los sentimientos de la condesa, cuando a ella únicamente le interesaba saber cómo se sentiría él si se marchaba. Pero comprendió que sería muy osado por su parte preguntárselo.

De modo que no dijo nada, y ambos prosiguieron el viaje en silencio, absortos en sus sombríos pensamientos.

CAPÍTULO 13

Alexandra enderezó la sombrilla para protegerse del sol y se fijó en las hileras de coches y carruajes que bordeaban el campo abierto donde se hallaban los globos.

Obviamente, en Inglaterra la ascensión de los globos era un auténtico acontecimiento social. Se fijó en el campo, cubierto de enormes cestos, o barquillas, unidos con cuerdas a coloridos globos que yacían desinflados sobre la hierba.

Al principio, Alexandra se había resistido a asistir al evento, pero finalmente Nicola y Penelope acabaron convenciéndola. Ahora, reconoció sentir un creciente interés mientras observaba los procedimientos.

—¡Mira! —le dijo Nicola en voz queda pero enérgica.

—¿Qué? —Alexandra paseó la vista por el campo, esperando ver algo relacionado con los globos. Al girarse hacia su amiga, comprobó que Nicola no miraba hacia el campo, sino hacia un elegante coche de caballos que acababa de llegar.

Un hombre fornido conducía el coche, acompañado de una mujer vestida de rosa, con un atrevido sombrero de paja y una sombrilla en la mano. La mujer sonrió lánguidamente a su acompañante, colocándole una mano en el brazo, y se inclinó para murmurarle algo.

—¡Lady Pencross! —murmuró Alexandra.

—Mi madre dice que esa mujer es una vergüenza para su sexo y su posición —dijo Penelope—. Aunque, claro, mi madre dice eso de mucha gente.

—No se equivoca con respecto a lady Pencross. Al verla, nadie diría que su marido está muriéndose en Yorkshire.

—¡Mirad! —Penelope apretó el brazo de Alexandra—. Ahí está Bucky. Sabía que vendría. Y ha venido con Sebastian. Oh, cielos, espero que no vea a lady Pencross.

Alexandra siguió la mirada de Penelope, con el pulso repentinamente acelerado. Lord Buckminster acababa de llegar en su coche de caballos. Sebastian se bajó del coche y divisó a Alexandra. Una radiante sonrisa surcó su rostro. Dijo algo a su acompañante, y ambos hombres avanzaron hacia el grupo.

—Nicola. Penelope —Sebastian se inclinó para saludar a las mujeres. Luego, sus ojos se clavaron en Alexandra—. Alexandra. Es un placer para mí verte aquí.

Ella se sonrojó, preguntándose si sería una necedad ver en sus palabras algo más que un simple cumplido.

Después de unos minutos de charla insustancial sobre el tiempo o los globos, Sebastian, que había conseguido situarse junto a Alexandra, se inclinó hacia ella y murmuró:

—¿Te gustaría dar un paseo y ver cómo se llenan los globos? —señaló hacia los inmensos artefactos, que ya empezaban a inflarse.

Alexandra asintió con una sonrisa.

—Me parece una estupenda idea.

Sebastian le ofreció el brazo y ambos se separaron del grupo, acercándose a los globos para verlos de cerca.

—Alexandra...

—¿Sí? —ella se cambió la sombrilla de hombro para mirar a Sebastian. Tenía el ceño fruncido y la miraba de forma extraña.

—Debo pedirte disculpas.

—¿Qué? —Alexandra se quedó boquiabierta. Era lo último que había esperado oírle decir.

Una sonrisa curvó los labios de Sebastian.

—No hace falta que te sorprendas tanto. Cuando cometo un error, lo admito.

—¿De veras? —inquirió Alexandra con desenfado, y la sonrisa de él se ensanchó aún más.

—De veras. Quisiera poder decir que se debió únicamente

a mi preocupación por la condesa, pero, en realidad, permití que ciertos errores de mi pasado nublaran mi juicio. Creí con demasiada ligereza a lady Ursula cuando cuestionó tus motivos para entablar amistad conmigo. Cuando te vi en la casa de los Exmoor, mis sospechas no hicieron sino aumentar. No te concedí el beneficio de la duda y, cuando te negaste a explicarme a qué habías ido allí, pensé lo peor. Ahora veo que te he agraviado. No puedo esperar que me perdones, pues te lancé acusaciones imperdonables, pero...

Alexandra notó que el corazón se le subía a la garganta. Sus pensamientos eran un confuso torbellino. Sin embargo, no tuvo ocasión de responder.

—Hola, Thorpe —los interrumpió una melodiosa voz femenina—. ¡Qué sorpresa verte aquí!

Sebastian se puso rígido y se giró lentamente. Alexandra también se volvió, irritada. Lady Pencross permanecía a pocos centímetros de ellos.

—Lady Pencross —dijo Sebastian con voz inexpresiva—. Debo decir que más me sorprende a mí verla en un evento como este. No creí que le interesaran los avances científicos.

Barbara se encogió de hombros con desdén.

—Duncan me aseguró que sería una experiencia fascinante. Tendré que reprenderle por ello luego.

—No me cabe duda —respondió Sebastian cínicamente. Tras hacerle una pequeña reverencia, añadió—: Si nos disculpa, nos dirigíamos hacia...

—Qué afortunada casualidad —lo interrumpió lady Pencross—. Yo también pensaba dar un paseo —se cambió de hombro la sombrilla y se acercó a Sebastian.

Alexandra suspiró interiormente.

—Yo no le he pedido que nos acompañe —repuso él abiertamente.

Lady Pencross se puso rígida al oír el evidente insulto, y sus ojos centellearon. Sin embargo, mudó rápidamente de expresión y dijo en tono sedoso:

—¿Sigues enfadado conmigo, Sebastian? —esbozó una sonrisa lenta y sensual—. Catorce años es demasiado tiempo como para mantener vivas esas emociones.

—Señora —respondió Sebastian con sequedad—, lo único que siento por usted es una profunda indiferencia —dicho esto, se giró e hizo ademán de alejarse, pero lady Pencross agarró a Alexandra del brazo.

—¿Crees que conseguirás echarle el lazo? No seas ingenua. Simplemente está jugando contigo, como ha jugado con todas las mujeres desde que estuvo conmigo. Yo soy la única a la que Sebastian ha amado y amará siempre. Si quisiera recuperarlo, lo recuperaría... ¡así, sin más dificultad! —chasqueó los dedos desdeñosamente.

Sebastian emitió un gruñido de furia y avanzó hacia lady Pencross, pero Alexandra lo detuvo.

—En su lugar, señora, no me jactaría de haber rechazado al hombre que la amaba simplemente porque prefirió usted el dinero. Hizo su elección hace muchos años y ya no puede recuperar lo que despreció entonces. Si cree que lord Thorpe volvería con usted después de lo que le hizo, es que jamás llegó a conocerlo, por mucho que frecuentara su lecho. Y ahora, señora, le deseo un buen día y le sugiero que no se humille aún más siguiéndonos.

—Vas a lamentar esto —siseó lady Pencross al tiempo que se retiraba hacia su coche.

—Parece que acabo de ganarme una enemiga —dijo Alexandra con desenfado, girándose hacia Sebastian. Reanudaron el paseo.

—Presumo que alguien te ha hablado de mis amoríos de juventud con Barbara —comentó Sebastian, clavando la mirada en uno de los globos.

—Sí, algo.

—Es curioso cómo a veces nos engañamos, estúpidamente, creyendo que las personas son como nosotros deseamos que sean. No supe ver su mezquindad hasta el final. Cuando le conté mi plan de fugarnos a la India, para huir de su marido, mi familia y la sociedad, ella repuso que el amor no podría comprarle joyas ni vestidos caros. Que prefería morir antes que renunciar a la vida social de Londres. Me dijo que solo había estado divirtiéndose conmigo, como había hecho con tantos otros. Y que ya se había cansado de mí. Al parecer, había encontrado a otro amante.

—¡Sebastian! ¡Oh, no!

Él asintió y se giró hacia Alexandra, sonriendo cínicamente.

—El hombre que me reemplazó fue el conde de Exmoor.

Alexandra emitió un jadeo ahogado.

—¡Por eso lo desprecias tanto!

—Sí. Aunque bien sabe Dios que pudo haber sido cualquier otro. A Barbara no le gusta estar sola. Lo sucedido me destrozó el corazón... Pero, en realidad, no lloré por Barbara, sino por mis ilusiones rotas.

—Lo siento —dijo Alexandra torpemente. Deseó rodearlo con sus brazos y atraerlo hacia sí, acariciarle el cabello y asegurarle que ella le haría olvidar completamente a Barbara y su traición.

Él se encogió de hombros.

—Sucedió hace mucho tiempo. Ya está superado —miró de soslayo hacia el carruaje—. Será mejor que regresemos o las malas lenguas empezarán a murmurar.

Regresaron al carruaje, donde los criados ya habían sacado el almuerzo de las cestas. Todos comieron mientras, poco a poco, los globos acababan de inflarse y se elevaban del suelo.

Thorpe se alejó con lord Buckminster para charlar con un amigo, mientras una conocida de lady Ursula se acercaba para conversar con Penelope. Alexandra no tardó en aburrirse con la insustancial charla sobre gente a la que no conocía, de modo que decidió aproximarse a los globos para verlos de cerca.

Se separó del grupo de mujeres y se situó junto al globo blanco y azul que Sebastian y ella habían estado viendo poco antes. Absorta en el funcionamiento del vehículo, no oyó el súbito ruido de pisadas tras ella, hasta que, de pronto, un brazo le rodeó la cintura y una mano le tapó la boca. Antes de que Alexandra pudiera reaccionar, su atacante la levantó en vilo y empezó a arrastrarla hacia atrás, sin que nadie de los presentes se diera cuenta.

Alexandra forcejeó y se debatió, golpeando con los pies. Uno de sus talones fue a dar en la pantorrilla del hombre, que profirió una maldición y le retiró la mano de la boca. Alexandra aprovechó para emitir un fuerte grito.

—¡Sebastian!

El hombre volvió a taparle la boca rápidamente, pero Alexandra había conseguido atraer la atención de la gente que los rodeaba.

—¡Oiga! ¿Qué está haciendo con esa mujer? —empezaron a oírse voces por doquier. Con un profundo alivio, Alexandra vio que Sebastian corría hacia ellos.

—¡Alexandra!

De repente, el hombre le quitó la mano de la boca y le apretó algo duro y redondo contra la sien. ¡Era el cañón de una pistola! Los gritos de Alexandra murieron en su garganta.

—¡Quieto ahí! —vociferó el hombre—. ¡Si se acerca, le volaré la cabeza!

—No sea estúpido —le dijo Sebastian, fijando en él sus duros ojos grises—. No tiene ninguna esperanza de escapar. Está rodeado —señaló hacia el público que le cerraba la huida—. Suéltela.

—¿Cree que soy un maldito idiota? —repuso el hombre—. No moverán ni un solo dedo para detenerme, a menos que quieran cargar con una muerte en sus conciencias. ¡He dicho que no se acerque!

Sebastian se detuvo, alzando las manos en son de paz.

—Nadie quiere hacerle daño. Suéltela y será libre de marcharse. Pero, si se la lleva, medio Londres le seguirá la pista. No podrá escapar.

—Tiene razón, ¿sabe? —convino Alexandra.

—¡Usted cierre el pico!

Ella podía notar el miedo de su captor, el ritmo acelerado de su respiración, de modo que obedeció.

El hombre titubeó, y luego empezó a arrastrarla hacia uno de los globos. Tras apartar a los encargados del vehículo, empujó a Alexandra al interior de la barquilla y subió tras ella.

—¡Oiga, no puede hacer eso! —protestó el piloto del globo—. Está a punto de despegar.

—Pues es una suerte para mí, ¿no cree? —dijo el captor de Alexandra, apuntándole con la pistola—. Desaten las cuerdas.

—¡No lo dirá en serio!

—¡Que las desaten, he dicho! —volvió a acercar el cañón

de la pistola a la sien de Alexandra—. ¿Me harán caso o tendré que ponerme duro?

—Sí, sí, desde luego —los encargados del globo procedieron a desatar las cuerdas que anclaban el vehículo al suelo. Cuando solo quedaban dos cuerdas, el globo se inclinó bruscamente, haciendo retroceder a Alexandra y a su captor. Este le retiró el brazo de la cintura para sujetarse, y ella aprovechó la oportunidad para lanzarse sobre él, haciendo que apartara la pistola. El arma se disparó, rompiendo una de las dos cuerdas que quedaban. El globo se elevó un poco más, ansiando volar.

Mientras tanto, Sebastian corrió hacia la barquilla y se subió en ella de un salto, abalanzándose sobre el captor de Alexandra. La última cuerda se rompió y el globo empezó a ascender por fin, en el mismo momento en que Sebastian propinaba a su oponente un derechazo en la mandíbula. El hombre se tambaleó y cayó por la puerta abierta de la barquilla. Se encontraban ya a unos cuantos metros sobre el suelo.

—Oh, cielos —exclamó Alexandra, conteniendo el aliento mientras veía cómo la tierra y los árboles se alejaban poco a poco. A su alrededor, los demás globos empezaban también a elevarse, brillando a la luz del sol—. ¡Es precioso!

Jamás había experimentado algo semejante con anterioridad, una sensación de libertad tan exquisita. Saludó a sus amigos con la mano y luego se volvió hacia Sebastian. Se le había caído el sombrero y el viento revolvía su cabello. Sus ojos grises brillaban con la misma excitación que sentía Alexandra.

Ella se echó a reír.

—¿No te parece glorioso?

Sebastian dejó escapar una carcajada.

—¡Dios! Eres una entre un millón.

Entonces, la atrajo hacia sus brazos y la besó. Alexandra se aferró a él casi mareada a causa de la emoción del viaje y de la pasión de sus labios. Todo el deseo contenido durante aquellos días estalló entre ambos, consumiéndolos. Sebastian musitó su nombre mientras retiraba los labios de su boca y le trazaba un sendero de besos en el cuello.

De pronto, notaron un brusco golpe que los devolvió a la realidad. Se separaron rápidamente para asomarse. La barquilla estaba rozando peligrosamente las copas de algunos árboles e iba directa hacia otros más altos.

—¡Oh, Dios mío, nos vamos a estrellar!

—¿Qué diablos hay que hacer para que este trasto suba? —gruñó Sebastian.

—¡Hay que soltar lastre! —gritó Alexandra, asomándose y señalando las bolsas de arena sujetas con cuerdas a la barquilla. Empezó a desatar los nudos, pero Sebastian rebuscó en el interior de una de sus mangas y extrajo un pequeño cuchillo. Seguidamente, procedió a cortar las cuerdas. El globo se elevó por encima de los árboles, cuyas ramas apenas rozaron el fondo de la barquilla.

Alexandra dejó escapar un suspiro de alivio y observó cómo Sebastian volvía a guardarse el cuchillo.

—No creía que los caballeros de Londres llevaran cuchillos escondidos.

—Me parece prudente ir armado cuando te tengo cerca —explicó él sarcásticamente.

Alexandra enarcó una ceja.

—Yo no tengo la culpa.

—No. Pero está claro que alguien quiere quitarte de en medio. La pregunta es, ¿por qué?

—¡Me trae sin cuidado el porqué! —exclamó Alexandra—. Solo quisiera saber quién está detrás de todo esto.

—Sí, pero el móvil podría ayudarnos a dar con el culpable.

—Ahora mismo, lo que más me preocupa es cómo vamos a bajarnos de este cacharro —comentó Alexandra.

—Aquí arriba se está muy bien, aunque me gustaría saber cómo se maneja el globo. Tiene que haber alguna forma de hacerlo bajar —Sebastian miró a su alrededor—. Parece que nos hemos separado de los demás.

—Creo que volamos a merced del viento —observó Alexandra.

—Son globos de aire caliente, ¿verdad? Los llenan de aire caliente para que vuelen. Así pues, cabe suponer que bajan cuando ese aire empieza a enfriarse —Sebastian pareció satisfecho de su razonamiento.

—Imagino que sí. ¿Sabes? Creo que hay una válvula que se

utiliza para soltar el aire. Vi cómo la utilizaban tirando de una cuerda.

Sebastian miró escépticamente la multitud de cuerdas que colgaban del globo. La mayoría unía la barquilla a la red que cubría el globo.

—Creo que no debemos arriesgarnos a tirar de ninguna cuerda sin estar seguros de lo que puede pasar.

—Probablemente tienes razón.

Sebastian se acercó al brasero situado por encima de sus cabezas, en el centro de la barquilla.

—No sé cómo apagar ese fuego, pero, si no le echamos carbón, acabará extinguiéndose solo. Entonces bajaremos.

—Ojalá no sea sobre una casa.

Sebastian contempló el paisaje que se extendía debajo.

—Yo diría que nos dirigimos hacia el sudoeste.

—No nos llevará hasta el océano, ¿verdad? —preguntó Alexandra con preocupación.

—Esperemos que el fuego se apague antes.

—Empieza a hacer frío.

—Creo que es porque estamos ascendiendo.

Sebastian se quitó la chaqueta y se la echó por encima de los hombros. Ella le sonrió, agradecida. Luego se giraron para mirar el paisaje. Parecía que se hallaran solos en el mundo, flotando en libertad, rodeados por la majestuosa belleza del cielo. Inconscientemente, Sebastian rodeó la cintura de Alexandra con el brazo, y ella se apoyó en él.

Empezaron a hablar, no de los recientes sucesos, sino de otras cosas... como la infancia de ambos, su forma de ver la vida, el valor de la amistad, la tierra que se extendía debajo, etc. Fue un rato agradable y especial, que, más tarde, Alexandra recordaría como uno de los mejores que había vivido en Londres.

Poco a poco, se dieron cuenta de que el globo empezaba a bajar.

—¿Crees que aterrizaremos pronto? —preguntó ella.

—Eso espero. Fíjate en el horizonte. Falta poco para que el sol se ponga. Nos veremos en un apuro si seguimos en el aire cuando oscurezca.

Pero el globo siguió bajando, cada vez con más lentitud.

Pasó junto a una gran extensión de árboles y, de pronto, una zona de verdes pastizales apareció ante ellos.

—Parece un lugar idóneo para tomar tierra.

—Sí, ojalá el globo quiera aterrizar.

Ambos aguardaron, conteniendo la respiración mientras seguían descendiendo y sobrevolaban un ancho riachuelo.

Justo enfrente se alzaba otra hilera de árboles.

CAPÍTULO 14

Sebastian miró hacia los árboles, se aclaró la garganta y dijo:
—Creo que deberíamos probar esa válvula.
Alexandra asintió, aunque con el corazón en la garganta.
Aunque estaban mucho más cerca del suelo, una caída podía resultar fatal.
—Estarás más segura si te sientas —sugirió Sebastian.
—¿Y tú?
—Debo localizar esa maldita cuerda. Pero no hace falta que estemos de pie los dos.
—Pero...
—Por favor, no protestes. Me niego a permitir que permanezcas de pie.
Al ver su expresión, Alexandra se dio por vencida y se sentó en el suelo de la barquilla.
Él tiró de una de las cuerdas, sin resultados. Luego probó otra. Por fin, al tirar de la tercera, se oyó un siseo de aire. Alexandra miró el globo. Parecía haber empezado a desinflarse lentamente.
—¡Ya está! —dijo, levantándose de un salto.
—Ojalá lo hayamos hecho a tiempo.
Ella siguió su mirada y vio la hilera de árboles, acercándose a una velocidad alarmante. Sebastian sentó a Alexandra a su lado y la envolvió con sus brazos, cubriéndola protectoramente. Ambos esperaron, aguantando la respiración, a que se produjera el impacto.
Pero no fue tan fuerte como habían supuesto. Las ramas de

los árboles frenaron el globo, que acabó deteniéndose bruscamente en el suelo. Ellos rodaron por el fondo de la barquilla. Luego permanecieron inmóviles un momento, esperando algún otro golpe, pero este no se produjo.

—Levántate con cuidado —indicó Sebastian a Alexandra. A continuación, se acercó a la puerta de la barquilla y la abrió—. Bueno, parece que hemos salido ilesos.

Echaron a andar por el verde pastizal, bajo el escrutinio de las indiferentes ovejas que pastaban aquí y allá. Los zapatos de Alexandra no estaban hechos para tal menester y ella pensó, suspirando para sí, que acabarían completamente estropeados antes de que llegaran a cualquier lugar habitado.

Se recogió la falda de muselina, para caminar con mayor comodidad, y observó cómo Sebastian le miraba las piernas de reojo y luego apartaba rápidamente la mirada.

Continuaron caminando durante un buen rato, siguiendo el curso de un arroyo hasta que divisaron una cerca y un estrecho camino bordeado de rododendros.

Mientras andaban, empezaron a charlar.

—Es obvio —empezó a decir Sebastian, extendiendo la mano para ayudarla a salvar una pequeña zanja— que alguien quiere hacerte daño. Este último ataque no tuvo nada que ver con tu madre, solo contigo.

—Lo sé. He estado dándole vueltas, pero no se me ocurre quién puede ser. No conozco a nadie en Inglaterra, salvo a ti y a la condesa.

—Debe de estar relacionado con... bueno, con el misterio de tus orígenes.

—Pero, suponiendo que yo sea nieta de la condesa, ¿quién podría tener interés en perjudicarme? Solo se me ocurre el nombre de lady Ursula, pero me parece absurdo considerarla una asesina.

—No obstante, alguien intentó asesinar a tu madre. Además, te han atacado dos veces e intentaron secuestrarte.

—¿Qué me dices de lord Exmoor... el que tiene el título?

Sebastian emitió una risita.

—Créeme, para mí Richard encaja mejor que nadie en el papel de villano. Pero ¿por qué iba a hacer algo así?

—Dijiste que había heredado la hacienda porque el hijo de la condesa y su familia habían muerto. Si una de sus nietas sigue viva...

Sebastian negó con la cabeza.

—No. La hacienda y el título los heredan solo los varones. Tu aparición no afectaría a Richard en absoluto. Conservaría todo lo que ha heredado. De haber sobrevivido el niño, tu hermano, las cosas serían muy distintas. Lo máximo que podrás heredar tú será parte de la fortuna de la condesa, cuando esta muera. Dicha fortuna no es inmensa, pero bastaría para vivir con desahogo. El problema es que únicamente Ursula se vería perjudicada de revisarse el testamento. La condesa desprecia a Richard y no le dejaría ni un céntimo de su dinero. Estoy seguro de que él lo sabe perfectamente.

Siguieron caminando en silencio durante unos minutos. Finalmente, Sebastian dijo:

—Quizá estemos abordando el asunto erróneamente. ¿Qué hay de la familia Ward?

Alexandra lo miró, perpleja.

—¿Mi familia? ¿Por qué lo dices? ¿Qué tienen que ver ellos en todo esto?

—Si realmente eres nieta de la condesa, entonces no eres hija de la señora Ward. Quizá haya quienes se opongan a que una extraña herede las posesiones del señor Ward.

—En realidad, no las he heredado. Son de mi madre.

—Pero serán tuyas cuando ella muera.

—¿Y por qué iban a atacar a mi madre, entonces? —señaló Alexandra—. Matándola solo conseguirían que yo me hiciera con la herencia antes.

Él frunció el ceño.

—Tienes razón. No sería lógico.

—Además, mi pariente más cercana es tía Hortensia. Y no creo que ella intentase deshacerse así de mí. Me crio como una madre.

—Lo cual nos deja sin sospechosos.

—Pero alguien lo hizo. Alguien contrató a ese rufián para

que matase a mi madre. La misma persona, imagino, que envió al hombre de hoy.

—Tiene que haber algún detalle que se nos escapa.

Alexandra suspiró.

—Así no llegaremos a ninguna parte.

—¿Te refieres a la conversación o a la caminata?

—A ambas cosas. Todavía no he visto ni una sola casa —Alexandra miró a su alrededor. El sol ya casi se había puesto—. Oh, cielos, está anocheciendo.

—Sí. Ojalá encontremos algo pronto.

Estaban agotados, pero la creciente oscuridad hizo que apretaran el paso.

Finalmente, al llegar hasta un recodo, Sebastian se detuvo y alzó la mano.

—Escucha.

Alexandra guardó silencio y aguzó el oído.

—¿Un caballo? —musitó.

Se oyó una tos y, a continuación, un leve repiquetear de cascos de caballo en el camino.

—¡Gracias al cielo! —exclamó Alexandra al tiempo que echaba a correr agitando los brazos—. ¡Oigan! ¡Necesitamos ayuda!

—¡No, espera! —Sebastian la siguió rápidamente—. ¡Alexandra! —la agarró del brazo—. Chist. No sabemos quién puede ser.

—Pero seguro que querrán ayudarnos —respondió ella confiadamente.

—Pueden no ser amistosos.

Los caballos doblaron el recodo y avanzaron hacia ellos. Se trataba de un reducido grupo de hombres, cuatro a lo sumo, y llevaban consigo un caballo sin jinete. Al ver a Alexandra y Sebastian, se detuvieron, y luego se acercaron a ellos lentamente. Resultaba difícil verlos. Iban vestidos con ropas oscuras y todos los caballos eran negros.

Alexandra emitió un jadeo ahogado al ver que el primero de ellos llevaba una máscara que le tapaba los ojos y la nariz.

—¡Maldición! —musitó Sebastian—. Salteadores de caminos.

Alexandra vio que se ponía tenso y que cruzaba los brazos. Se acordó del cuchillo que llevaba oculto debajo de la manga de la chaqueta. Un escalofrío la recorrió al imaginar a Sebastian enfrentándose a cuatro hombres solo, armado únicamente con un cuchillo.

—¡Cielos! ¿Qué tenemos aquí? —dijo el hombre con desenfado. A pesar de su apariencia, hablaba como un caballero—. ¿Han salido a dar un paseo nocturno?

—Nos hemos perdido y necesitamos ayuda —repuso Alexandra.

El desconocido la miró, y luego se fijó en Sebastian.

—Ah. Usted será su marido, imagino.

Ella abrió la boca para negarlo, pero Sebastian se le adelantó.

—Sí, es mi esposa. Yo soy lord Thorpe.

—¿Un lord? —el jinete se llevó una mano al pecho, en un gesto de asombro. Sus labios se arquearon burlonamente—. Estoy... abrumado.

—Eso lo dudo mucho —repuso Sebastian en tono cínico.

—Perderse puede resultar muy tedioso —prosiguió el desconocido—. Quizá nosotros podamos ayudarlos.

—¡Sí! —se apresuró a decir Alexandra—. Sería muy amable por su parte.

—¿Cómo han llegado hasta aquí?

—En globo.

—Disculpe, no comprendo —dijo el jinete con perplejidad.

—Hemos venido en globo —explicó Sebastian—. Ya sabe... por el aire.

—Sí, desde luego. Pero ¿dónde está el globo?

—Todo fue un accidente —contestó Alexandra—. No queríamos despegar en el globo, pero un hombre me atacó e hizo cortar las cuerdas. Naturalmente, Sebastian lo echó de la barquilla...

—Naturalmente —la sonrisa del hombre se ensanchó.

—Pero ya era demasiado tarde. El globo se elevó y no sabíamos manejarlo, así que vinimos a parar aquí. Pero debemos regresar a Londres cuanto antes, porque todos estarán muy preocupados por nosotros. Si tiene la bondad de indicarnos dónde está el pueblo más cercano, podremos alquilar un coche de caballos o tomar la diligencia...

El desconocido se inclinó hacia ella.

—Por usted, señora, lo que sea —luego miró cínicamente a Sebastian—. No se ponga tan serio, señor. Mi intención no era mala. Su esposa es demasiado hermosa como para que un hombre se resista a coquetear con ella.

—Gracias —dijo Alexandra—. Es usted muy amable.

El jinete desmontó del caballo. Era alto y esbelto, y sus anchos hombros destacaban bajo su camisa negra.

Alexandra advirtió que llevaba una pistola en el cinto. Era un hombre peligroso, sospechó. Sin embargo, hacía gala de unos modales encantadores y una sonrisa contagiosa.

La saludó con una elegante reverencia.

—Jack Moore, señora, para servirla.

Alexandra no pudo sino sonreír mientras le devolvía el saludo.

—Yo soy Alexandra...

—Lady Thorpe —la interrumpió Sebastian, situándose entre el desconocido y ella.

—Mañana los llevaré hasta Evansford. La diligencia de Londres pasa a eso de las diez. Esta noche contarán con mi hospitalidad. Mi casa no está lejos, y en ella podrán descansar y asearse.

—No queremos causarle molestias, señor —aseguró Sebastian con firmeza—. Díganos dónde está el pueblo y nos pondremos en camino esta misma noche.

—Me temo que debo insistir. El trayecto es demasiado largo para que una encantadora mujer como su esposa lo recorra a pie. En mi casa hay sitio de sobra. Además, disfrutaré mucho con su compañía.

—Es usted demasiado bondadoso —empezó a decir Sebastian.

—Me parece una estupenda idea —terció Alexandra—. Una buena comida y una noche de sueño son justo lo que necesitamos. Es usted muy amable, señor Moore.

—Gracias, señora —Moore le sonrió—. Por fortuna, llevamos un caballo de más esta noche. Lo... eh, encontramos en el camino.

—Sí, una casualidad muy afortunada —comentó Sebastian sarcásticamente.

—Usted puede montar el caballo, señor. Yo llevaré a la señora en el mío con sumo placer —los ojos de Moore brillaron aviesamente.

—Alexandra cabalgará conmigo —dijo Sebastian en tono tajante. A continuación, se dirigió hacia el caballo. Pero, antes de que pudiera montar, Moore lo detuvo, colocándole una mano en el brazo.

—Lo siento, pero antes he de vendarles los ojos. Sería... incómodo para ustedes ver el camino que vamos a seguir. Ya sé que es de noche, pero aun así...

Con cierta sorpresa, Alexandra vio que Sebastian se avenía a la idea sin protestar, permitiendo que Moore le vendara los ojos con un pañuelo negro. Luego hizo lo propio con ella.

—Ya está. ¿Se encuentra cómoda?

—Sí, bien.

—Estupendo. Yo guiaré al caballo, no se preocupen.

Dicho esto, el grupo emprendió la marcha. El trayecto duró varios minutos. Una vez que los caballos se hubieron detenido, Alexandra notó que alguien la agarraba por la cintura para desmontarla del caballo y luego la conducía al interior de una casa, las pisadas del grupo repiqueteando en el suelo de madera. Cuando la puerta se hubo cerrado, le retiraron la venda de los ojos.

Alexandra parpadeó mientras sus ojos se acostumbraban a la penumbra de la habitación. Miró a su alrededor, buscando a Sebastian, y vio que se encontraba detrás de ella. Moore le estaba quitando la venda. A continuación, se quitó su propia máscara, dejando al descubierto un atractivo rostro rodeado de rizos negros. Sonrió a sus huéspedes, con la expresión de un niño travieso.

—Cuando hayamos comido algo, les enseñaré su cuarto. Seguro que están muy cansados.

Una criada ya anciana empezó a entrar y salir de la habitación, con platos y cuencos de comida. El grupo se sentó a la mesa para disfrutar de una cena sorprendentemente exquisita, acompañada de un vino excelente.

Mientras cenaban, Moore les preguntó por Londres y se interesó por los detalles de su aventura. Sentía curiosidad por saber quién había atacado a Alexandra y por qué. Ella, no obstante, comprendió que no podía contarle todos los hechos sin revelar que Sebastian no era en realidad su marido.

—No... sabemos por qué me atacó. Debió de ser por algo relacionado con la condesa.

—¿La condesa?

—De Exmoor. Es posible que yo sea pariente suya.

Moore la miró durante largos instantes.

—¿Está usted emparentada con el conde de Exmoor?

—No... bueno, es posible —Alexandra lo miró detenidamente—. ¿Por qué? ¿Acaso conoce al conde?

Moore enarcó las cejas y sonrió aviesamente.

—Puede que haya coincidido alguna vez con ese caballero —admitió. Por su tono, era evidente que el conde había sido víctima de una de sus correrías.

—No es un hombre muy agradable —dijo Alexandra en confianza. Comprendió que el vino le estaba soltando la lengua.

Moore emitió una risita.

—No, a mí tampoco me lo pareció. Pero, dígame, ¿cómo es posible que usted, obviamente americana por su acento, esté emparentada con el conde de Exmoor? O casada con lord Thorpe, para el caso.

—Los caprichos del destino —comentó Sebastian.

—Umm —los ojos negros de Moore se pasearon entre ambos pensativamente.

Alexandra tuvo la impresión de que no acababa de creerse que estuvieran casados.

Después del último plato, Alexandra dio las gracias y se retiró al cuarto que Moore había ordenado preparar para ellos. Estaba exhausta y algo mareada a causa del vino.

Tras desvestirse y asearse un poco, se acostó en la cama con la combinación y las enaguas, dado que no disponía de ningún camisón.

Se preguntó si Sebastian subiría pronto o si, por el contrario, preferiría pasarse toda la noche bebiendo con los demás hombres para no tener que estar a solas con ella.

Alexandra se acurrucó encima de las sábanas y esperó.

Sebastian la encontró profundamente dormida cuando subió al cuarto dos horas más tarde. Cerró la puerta y echó la llave. Luego se acercó a la cama, tambaleándose ligeramente por efecto del coñac, para contemplar a Alexandra.

Estaba acostada de lado, y sus senos se adivinaban a través de la fina tela de la combinación. Sebastian le recorrió la pierna con la yema del dedo, pero se detuvo al llegar a la altura del muslo. Deseó levantarle las enaguas y buscar el centro de su feminidad, pero se reprimió. Sabía que el hecho de perder la virginidad antes del matrimonio era la ruina de cualquier mujer, que la reputación de Alexandra quedaría afectada para siempre.

Sebastian se detuvo, asaltado por un nuevo pensamiento. Se preguntó cómo era posible que no se le hubiera ocurrido antes. Una lenta sonrisa afloró a sus labios.

Se sentó en la cama, junto a Alexandra, y le acarició uno de los pezones con el dedo índice, observando cómo se endurecía poco a poco. Luego se inclinó sobre ella para despertarla con un beso.

Alexandra se despertó lentamente, en medio de una intensa sensación de placer. ¿Acaso se trataba de un sueño? Todo le parecía tan irreal...

—Sebastian —murmuró, incapaz de decir nada más.

—Estás tan hermosa —dijo él con voz ronca, deslizando la mano para desatar el lazo de su combinación y dejar sus senos al descubierto. Le pasó la yema de los dedos por un pezón, y ella se arqueó contra él, respirando entrecortadamente. Luego alzó la mano para enterrarla en el cabello de Sebastian, atrayéndolo hacia sí.

Los labios de ambos se fundieron mientras él le recorría el cuerpo con las manos, acariciándole las piernas y los glúteos, volviendo una y otra vez a sus senos.

A continuación, mientras él le quitaba la combinación, Alexandra le desabotonó la camisa y exploró su pecho con las palmas de las manos, inclinándose para apresar con los labios sus masculinos pezones.

Sebastian emitió un jadeo de placer antes de tumbarse encima de ella. No podía esperar más. Se desabrochó con dedos frenéticos los botones del pantalón, y Alexandra tomó con la mano su miembro erecto para acariciarlo.

—Poséeme —le murmuró en el oído, volviéndolo loco de deseo.

Sebastian se situó entre sus piernas y la penetró, moviéndose lentamente a pesar de la necesidad que rugía en su interior. Alexandra, experimentando una súbita punzada de dolor, le clavó los dientes en el hombro. Él empezó a empujar lenta y rítmicamente, hasta que ella gritó al notar cómo el placer crecía y se desbordaba en su interior, semejante a una ola gigantesca. Sebastian jadeó conforme ambos alcanzaban el éxtasis juntos y sus almas se fundían al mismo tiempo que sus cuerpos.

A continuación, permanecieron aferrados el uno al otro, como si fueran supervivientes de una tempestad. Mientras Alexandra se deslizaba hacia el sueño, Sebastian creyó oírla murmurar algo parecido a «amor».

CAPÍTULO **15**

Alexandra abrió los ojos perezosamente y se encontró en una habitación extraña. Los recuerdos volvieron de golpe a su mente. ¡Sebastian y ella habían hecho el amor la noche anterior!

Paseó la mirada por el cuarto, pero no vio señal alguna de él. Su ropa y sus botas habían desaparecido. Eso hizo que se sintiera extrañamente vacía. Por un instante, se preguntó si lo sucedido habría sido simplemente un sueño.

Alexandra se sobresaltó al oír que llamaban a la puerta.

—¿Alexandra? ¿Estás levantada? —inquirió Sebastian.

—Sí, adelante —respondió ella, cubriéndose los senos con la sábana.

Sebastian abrió la puerta y se asomó cautelosamente. Después entró con una bandeja.

—Te traigo el desayuno. Nuestro anfitrión dice que debemos darnos prisa o perderemos la diligencia a Londres.

Le colocó la bandeja en el regazo y luego retrocedió incómodamente. Alexandra clavó la vista en la comida, incapaz de mirarlo a los ojos.

—Bueno... eh..., bajaré para vigilar a nuestro amigo. No acabo de fiarme de él.

—De acuerdo —Alexandra se sintió descorazonada. Percibía el nerviosismo de Sebastian. Lamentaba lo sucedido la noche anterior, estaba segura de ello—. Yo iré enseguida —dijo, luchando para contener las lágrimas que amenazaban con afluir a sus ojos.

El viaje hasta el pueblo transcurrió con suma tranquilidad, interrumpido únicamente por los comentarios ocasionales de

Jack Moore. Al final del trayecto, Moore detuvo su caballo y procedió a quitarles las vendas de los ojos.

—El pueblo queda a menos de una milla. Prefiero que... no me vean en las inmediaciones, de modo que tendré que privarles de las monturas.

—Por supuesto —Sebastian se bajó del caballo y se giró para ayudar a Alexandra, pero ella ya se había apeado de su montura y permanecía en el suelo, inmóvil como una estatua.

Moore los observó con curiosidad.

—Caminen en esa dirección —dijo, señalando—. No tardarán en llegar al pueblo. El coche del correo pasará dentro de una hora, más o menos. Les deseo suerte. He disfrutado mucho con su compañía. Puede que volvamos a vernos.

—Tenga —Sebastian introdujo la mano en el bolsillo de su chaqueta—. Quisiera compensarle por las molestias —no obstante, descubrió que su bolsillo estaba vacío.

Una sonrisa burlona surcó la bronceada faz de Moore.

—No se preocupe —dijo al tiempo que rebuscaba en el bolsillo interior de su chaqueta y sacaba una pequeña bolsa de cuero—. Ya es mía.

Dicho esto, dio media vuelta con el caballo y se alejó, llevándose consigo las otras dos monturas. Sebastian se quedó mirándolo, boquiabierto.

Alexandra emitió una risita, y él la miró con severidad.

—¡Será canalla!

—Bueno, nunca fingió ser otra cosa que un ladrón.

—Eso, ríete —dijo Sebastian, irritado—. Me gustaría saber cómo vamos a viajar ahora a Londres.

—Oh, por eso no te preocupes —contestó Alexandra al tiempo que se inclinaba y alzaba el dobladillo de su falda, sacando un billete que llevaba prendido en las enaguas con un alfiler—. Siempre llevo algo de dinero encima, por si surge alguna emergencia.

Luego entregó el billete a Sebastian. Este lo miró y dijo:

—En fin, por lo menos nos permitirá viajar hasta Londres.

Cuando por fin llegaron a Londres, a Alexandra solo le apetecía subir a su cuarto, meterse en la cama y dormir durante el resto del día. De modo que se sintió tremendamente contrariada cuando entraron en su casa y vio que no solo los estaba esperando tía Hortensia, sino también la condesa, Penelope y la temible lady Ursula. Emitió un leve quejido al ver al grupo en la sala de estar.

—¡Alexandra! —tía Hortensia se levantó con una sonrisa de felicidad en el rostro—. ¡Querida mía! —corrió hacia ella para abrazarla—. ¡Estaba muerta de preocupación!

—Todas lo estábamos —convino la condesa, acercándose a Alexandra más lentamente. Cuando tía Hortensia soltó a su sobrina por fin, la condesa le tomó la mano y acercó su mejilla a la de ella—. Es un alivio ver que te encuentras bien.

—Gracias. Yo también me alegro de haber vuelto, se lo aseguro.

La condesa se volvió hacia Sebastian.

—Menos mal que tú estabas con ella. Solo eso impidió que me preocupara todavía más —con una sonrisa, añadió—: Celebro verte, Sebastian. Parece que habéis vivido toda una aventura. Debéis contárnoslo todo.

—Sí —tía Hortensia se mostró de acuerdo—. Pediré que nos traigan el té.

Alexandra se sentó junto a Penelope con resignación.

—Antes, quiero saber qué fue del hombre que me atacó.

—Oh, Bucky y los demás se ocuparon de él —aseguró Penelope—. Lord Buckminster le arreó un puñetazo tan fuerte, que lo hizo caer al suelo patas arriba.

—¡Penelope, qué lenguaje! —la reprendió su madre con el ceño fruncido—. Una señorita no debe expresarse así delante de los demás.

—Sí, mamá —se disculpó Penelope.

—Parece que lord Buckminster se portó como un héroe —dijo Alexandra, esperando animar a Penelope, pero esta se limitó a sonreír tímidamente.

—Yo creo que ese individuo te atacó por ser quien eres —dijo la condesa, desviando el cauce de la conversación—. Era la última prueba que necesitaba para convencerme de que eres mi nieta.

—Eso es absurdo, madre. Que alguien intentara robarle el

bolso o algo parecido no significa que ella sea nuestra Alexandra.

—Ese hombre no pretendía robarle simplemente, Ursula —repuso la condesa—. Los ladrones no secuestran a sus víctimas.

Por una vez, lady Ursula pareció levemente intimidada y guardó silencio. Tía Hortensia aprovechó la ocasión para hacer una pregunta.

—¿Y qué os sucedió? Temí que el viento os hubiese arrastrado hasta el mar o algo peor. Pero supongo que aterrizasteis más o menos bien.

—Sí, aunque muy lejos de aquí —contestó Sebastian—. Hemos tardado un día entero en volver a Londres en el coche del correo.

—¡El coche del correo! —lady Ursula se mostró escandalizada—. ¿Lo dices en serio?

—Y pasamos la noche en la guarida de un salteador de caminos —añadió Alexandra, sin poder resistir el impulso de escandalizarla todavía más.

—¡Cómo! —exclamó Ursula con los ojos desorbitados.

Alexandra reprimió una sonrisa.

—Sí, un salteador de caminos. Tuvo la bondad de darnos comida y lecho. Bueno, lechos —dijo, ruborizándose por el desliz cometido.

—Exacto. Y se quedó con mi bolsa a cambio del favor —añadió Sebastian, reparando en la expresión azorada de Alexandra.

—¡Dios misericordioso! —exclamó tía Hortensia.

Lady Ursula enarcó las cejas.

—Si yo fuera vosotros, no lo contaría por ahí. Ya ha habido bastante escándalo con lo de vuestro viajecito.

—El problema, desde luego, es que Sebastian y tú habéis pasado dos días y una noche juntos, sin acompañantes —dijo la condesa, girándose hacia Alexandra.

—No tuvimos más remedio —protestó Alexandra.

—Eso no cambia lo sucedido —dijo lady Ursula tajantemente—. Me temo que tu reputación ha sufrido un serio menoscabo —añadió con evidente satisfacción.

—¡No seas absurda, Ursula! —dijo Sebastian con acritud—. La señorita Ward y yo vamos a casarnos, por supuesto.

Alexandra se giró hacia él, boquiabierta.

—¿Cómo has dicho?

Sebastian apretó los dientes. ¡Maldita fuera Ursula por haber sacado a colación el asunto! Había sido incapaz de hablarle a Alexandra de matrimonio durante el viaje de regreso, pues no habían tenido ni un solo momento de intimidad.

Y ahora, por culpa de Ursula, tendría que hacerlo delante de todos.

—He dicho que vamos a casarnos —contestó, sosteniendo la mirada de Alexandra.

—Creo que te estás precipitando —repuso ella ácidamente—. Para que un hombre se case con una mujer, primero debe pedírselo. ¿O acaso no se sigue esa costumbre en Inglaterra?

—Desde luego que sí. Pero, maldita sea, no he tenido ocasión de hablarte de ello a solas.

—Aun así, es un atrevimiento por tu parte afirmar con tanta ligereza que vamos a casarnos.

—Pero, Alexandra, querida, debéis casaros —terció la condesa, frunciendo el ceño—. Ursula y Sebastian tienen razón. Tu nombre quedará manchado para siempre.

—Dado que no vivo aquí, no creo que eso tenga importancia.

—Pero piensa en el pobre Sebastian. Será considerado un canalla libertino si no se casa contigo después de lo sucedido.

Alexandra dirigió a Sebastian una mirada fulminante.

—Dudo que eso le perjudique. No pienso casarme con él —dicho esto, se puso de pie.

Sebastian se levantó con tal brusquedad que estuvo a punto de volcar la silla.

—¡Sí que te casarás conmigo!

Alexandra lo miró con ojos centelleantes de ira. Notaba como si el corazón acabara de rompérsele en mil pedazos. ¿Cómo se atrevía a obligarla a casarse con él, por miedo a un estúpido escándalo?

—¡No me casaría contigo ni aunque fuese lo único que me salvara de la horca!

Dicho esto, se dio media vuelta y salió de la sala, mientras los demás la miraban con consternación.

Aquella noche, Alexandra lloró desconsoladamente. Por la mañana, se levantó con jaqueca y los ojos hinchados. Se dijo que, probablemente, había tirado su vida por la borda la noche anterior. Pero ¿qué otra cosa habría podido hacer? Sebastian le había pedido que se casara con él por razones que nada tenían que ver con el amor. Por mucho que ella deseara estar a su lado, sabía que sería un infierno vivir con él siendo consciente de que no la amaba.

Alexandra avisó a la doncella y se vistió con apatía. Luego fue a ver a su madre. Willa Everhart permanecía sentada al lado de Rhea, haciendo punto.

—Buenos días, señorita Ward —saludó a Alexandra al verla entrar.

—Buenos, días. Pero, por favor, llámeme Alexandra.

Willa sonrió.

—Muy bien, Alexandra. Y tú llámame Willa.

—¿Cómo está mi madre? —Alexandra se acercó a la cama y contempló a Rhea, que yacía inmóvil, con los ojos cerrados.

—Físicamente, evoluciona tan bien como cabe esperarse —dijo Willa—. Aunque está perdiendo algo de peso, como es lógico.

—¿Cree que volverá en sí alguna vez? ¿O pasará así el resto de su vida?

—No lo sé. El médico tampoco parece saberlo. Dice que solo podemos esperar y ver lo que ocurre.

—No es un pronóstico muy halagüeño, ¿verdad? —Alexandra colocó una silla al lado de la de Willa y se sentó—. No sé si le he dado las gracias por venir a ayudarnos. Jamás podré agradecérselo lo suficiente.

Las pálidas mejillas de Willa se sonrojaron.

—No tienes por qué darme las gracias. Me alegra poder hacer algo útil.

—Aprecia usted mucho a la condesa, ¿verdad?

—Sí, mucho. Ella me acogió cuando yo no tenía adónde ir.

Es la mujer más bondadosa que he conocido nunca. Me ha mantenido durante estos últimos veinticinco años y jamás ha tenido un mal gesto conmigo —sus ojos se anegaron de lágrimas—. Haría cualquier cosa por ella.

—Debía de ser muy joven cuando entró en casa de la condesa.

—Sí, tenía veinticuatro años. Fue en 1789.

—De modo que ya estaba usted con ella cuando asesinaron a su hijo y a la familia de este.

Willa hizo un gesto afirmativo.

—Fue una época terrible para ella. Primero, su marido murió de repente... Del corazón, según dijeron. La condesa envió llamar a lord Chilton, pero París enloqueció a causa de la Revolución. Toda la familia fue asesinada. Toda —miró rápidamente a Alexandra, azorada—. Lo siento. Al menos, eso creímos en aquel entonces.

—No pasa nada —Alexandra le sonrió—. Yo misma sigo sin estar convencida de ser nieta de la condesa.

—Para ella fue un golpe tremendo. Perdió a toda su familia —Willa meneó la cabeza—. Menos a Ursula, claro. Estoy segura de que la condesa quiere mucho a su hija, pero... bueno, sospecho que siempre quiso más a Chilton, la verdad sea dicha. Cuando se enteró de la muerte de su hijo, pasó varios días en cama. No quería hablar con nadie. Yo apenas conseguía que comiera. Algunas noches, se paseaba por el cuarto durante horas. Solía sentarme a su lado mientras ella hablaba de Chilton... Oh, fueron unos días terribles. Menos mal que al final logró recuperarse.

—Seguro que, en buena parte, gracias a sus cuidados, Willa.

—Eres muy amable.

—Solo digo la verdad.

Alexandra insistió en que Willa bajara a desayunar y descansara un rato mientras ella cuidaba de su madre. Cuando Willa se hubo marchado, acercó la silla a la cama y tomó la mano de Rhea. A continuación, empezó a hablarle de su aventura en el globo y de su experiencia con los salteadores de caminos. Se preguntó si su madre podría oírla. El médico parecía dudarlo, pero Alexandra suponía que nada se perdía asumiendo lo contrario. Siguió hablándole lo máximo posible, con la esperanza de llegar hasta su mente y sacarla de aquel profundo sueño.

Cuando Willa regresó, media hora después, Alexandra bajó a desayunar. Al entrar en la sala, se detuvo en seco. Sentado a la mesa junto a su tía, dando tranquila cuenta de un plato de huevos con tocino, estaba Sebastian.

—¿Qué estás haciendo aquí? —preguntó Alexandra bruscamente—. ¿Pretendes mortificarnos también por la mañana?

Él sonrió.

—Más que eso, querida. Acabo de instalarme en vuestra casa.

—¿Qué? —Alexandra se quedó mirándolo—. ¿Te has vuelto loco? ¡No puedes venirte a vivir aquí!

—No veo por qué no. Tu tía me ha invitado a hacerlo.

—¡Tía Hortensia! —Alexandra se giró hacia su tía, que seguía comiendo tranquilamente sus huevos revueltos, acostumbrada a los arranques de genio de su sobrina—. ¿Cómo has podido?

—Es muy sencillo, querida. La condesa, Sebastian y yo estuvimos hablando anoche, después de que tú te marcharas. Decidimos que era lo mejor.

—Es obvio que la presencia de Murdock no basta para garantizar vuestra protección. Me he traído también a dos o tres de mis criados, incluido Punwati.

—¡Punwati! Pero ¿para qué?

—Es muy diestro en las artes orientales del combate cuerpo a cuerpo.

—¿Acaso piensas convertir nuestra casa en un campamento militar?

—Sí, si eso es necesario para manteneros a salvo. A partir de ahora, uno de nosotros te acompañará cuando salgas. Punwati, Murdock o yo.

—¿Así que estaré prisionera en mi propia casa?

—Prisionera no, querida —dijo tía Hortensia, meneando la cabeza—. Es solo para que estés protegida.

—¡No soportaré tener siempre detrás de mí a Punwati, Murdock y Dios sabe quién más!

—Apenas repararás en su presencia —le aseguró Sebastian—. Murdock y mis dos criados vigilarán el exterior de la casa, principalmente. Punwati custodiará el interior. Y yo, desde luego, seré quien estará contigo la mayor parte del tiempo.

—Tu compañía es la que menos deseo —dijo Alexandra sin rodeos—. ¡Y te preocupaba un posible escándalo! Después de nuestra aventura en el globo, imagínate lo que dirán las malas lenguas cuando se sepa que estás viviendo aquí.

—Dado que pienso casarme contigo, el escándalo no durará mucho.

—Pues te has hecho falsas ilusiones, porque yo no estoy dispuesta a casarme contigo.

—Al final, comprenderás que es lo mejor —contestó Sebastian sin inmutarse—. Además, no habrá motivo alguno de escándalo. Estaremos en la casa con tu tía, tu madre y la señorita Everhart. La misma condesa aprobó la idea, y ella conoce perfectamente los entresijos de la alta sociedad.

—¡Me importa un rábano la alta sociedad! —respondió Alexandra—. ¡Sencillamente, no te quiero aquí!

—Ten cuidado, querida, que puedes herir mis sentimientos.

—Tú no tienes sentimientos —contestó Alexandra con desprecio—. Si los tuvieras, no me harías esto.

—¿No te haría qué?

—Sé perfectamente cuál es tu plan, no creas que no.

—Mi único plan consiste en garantizar tu seguridad.

—Crees que, estando a mi lado en todo momento, conseguirás cansarme y convencerme de que me case contigo. Bien, pues no será así.

—En ese caso, mi presencia aquí no debe preocuparte en absoluto.

—¡Oh! ¡Eres el hombre más irritante que he conocido jamás!

—Siéntate, querida, y tómate el desayuno. Así te calmarás un poco.

—No me calmaré hasta que te hayas marchado.

—Lamento oírlo. Supongo que, en ese caso, tendremos que soportar tu mal humor durante bastante tiempo.

Alexandra le hizo una mueca y se sentó en la silla. Cuando se había despertado, esa misma mañana, pensó que las cosas no podían ponerse peor, pero era evidente que estaba equivocada.

Mientras removía la comida en el plato, pensativa, el mayordomo entró en la sala. Alexandra lo miró inquisitivamente. Parecía incómodo.

—Cierta... persona desea hablar con usted, señorita.

Alexandra sintió curiosidad.

—Muy bien. Hazlo pasar.

—Es una mujer, señorita, y... bueno, no creo que quiera usted recibirla aquí.

—¿Por qué?

—Está algo... desaseada, señorita. Intenté echarla, pero insiste en hablar con usted. Afirma poseer cierta información de su interés. Sobre el ataque que sufrió usted el otro día.

—¿Qué diablos...? —Sebastian se levantó rápidamente, y lo mismo hizo Alexandra.

—Llévame hasta ella —dijo con calma.

CAPÍTULO 16

Sebastian y Alexandra siguieron al mayordomo hasta la cocina, donde los esperaba una mujer baja y delgada, vestida con desaliño. Tenía el pelo anudado con un pañuelo e iba calzada con unas alpargatas cubiertas de barro.

—Hola —la saludó Alexandra, obligándose a hablar con afable tranquilidad—. Yo soy la señorita Ward. Tengo entendido que desea hablar conmigo.

—Sí, tengo una información que puede interesarle —respondió la mujer.

—¿Sí? ¿De qué se trata? —inquirió Sebastian en tono indiferente, casi aburrido.

La mujer emitió un gruñido.

—¿Creen que voy a contárselo así como así? —dijo desdeñosamente—. Es una información importante. Y vale lo suyo.

—Eso no lo sabremos hasta que oigamos de qué se trata —respondió Sebastian.

—Oiga, que yo no he venido a hablar con usted, sino con la señorita.

—Eso es cierto —terció Alexandra, mirando ceñuda a Sebastian—. Y me interesa mucho oír lo que tiene que decirme. ¿De qué se trata?

—Tiene que ver con mi novio, al que han metido en la cárcel.

Sebastian la miró detenidamente.

—¿Su novio es el hombre que atacó a Alexandra el otro día?

La mujer asintió vigorosamente, con visible orgullo.

—El mismo. Red Bill Trimble. No me parece bien que se pudra en la cárcel mientras el tipo que lo contrató sigue libre.

—Desde luego —convino Alexandra, con el pulso acelerado—. ¿Sabe usted quién lo contrató?

Una expresión astuta se dibujó en el semblante de la mujer.

—Quizá lo sepa. ¿Qué están dispuestos a dar a cambio?

—Nos limitaremos a no enviarla a la cárcel —dijo Sebastian—. Si sabe quién contrató a su novio y no lo dice, eso la convierte en cómplice. Además, no permitiré que extorsione a la señorita Ward.

—¡Eh, oiga! —la mujer retrocedió—. ¡Yo no les estoy pidiendo dinero!

—Claro que no —la tranquilizó Alexandra. Luego avanzó hacia ella, extendiéndole la mano—. ¿Por qué no se sienta y acepta una taza de té? Hablaremos del asunto como personas civilizadas.

—Se ve que es usted una verdadera dama —dijo la mujer mientras se aproximaba a la mesa, mirando a Sebastian con recelo.

—Gracias. Señora Huffines —dijo Alexandra, dirigiéndose a la cocinera, que observaba la escena desde un rincón—, sírvanos el té, por favor. Y ahora, señorita...

—Maisy. Me llamo Maisy Goodall.

—Muy bien, Maisy —dijo Alexandra—. Si no desea dinero, ¿qué es lo que quiere?

—Usted podría sacar a Bill de la cárcel.

—Dudo que esté en mi mano hacer tal cosa —contestó Alexandra—. Naturalmente, si Bill confiesa quién lo contrató, seguro que el juez será más benévolo con él.

—Bill no dirá nada. No es de los que se van de la lengua. Además, tampoco conocemos la identidad de esa mujer.

—¿Es una mujer? —Alexandra se inclinó hacia ella.

—Sí, no sé cómo se llama. Solamente la he visto. Fue a nuestra casa hace un par de semanas diciendo que quería que Bill se encargase de la vieja.

—¿De mi madre?

Maisy asintió.

—Supongo que sí. Le dijo a Bill dónde encontrarla y todo eso. Así que Bill contrató a Peggoddy para que lo hiciera. ¡Pero el muy estúpido metió la pata! —añadió con desprecio—. De manera que esa mujer se presentó otra vez para hablar con Bill. Estaba hecha una furia. Dijo que lo había fastidiado todo y que solo le pagaría si acababa el trabajo. Le pidió que se deshiciera también de la entrometida zorra americana.

Sebastian chasqueó la lengua con disgusto, pero Alexandra lo miró para tranquilizarlo.

—¿En serio?

—Sí. Esta vez, Bill decidió encargarse personalmente —Maisy suspiró—. Tuvo mala suerte.

—¿Y cómo entró esa mujer en contacto con Red Bill?

Maisy se encogió de hombros.

—A Bill lo conoce todo el mundo.

—¿Cómo era esa mujer? ¿Qué aspecto tenía?

—No pude verla muy bien —respondió Maisy, pensativa—. Llevaba una capa y tenía puesta la capucha para taparse la cara. También llevaba una máscara.

—¿Pero era joven o vieja? ¿Alta o baja?

—No era muy alta. Al menos, no tanto como usted. Pero tampoco era baja. No sé qué edad tendría.

—¿Y su voz? —terció Sebastian—. ¿Cómo era?

—No sé —Maisy lo miró, algo perpleja—. Hablaba en tono arrogante, como usted —se giró hacia Alexandra—. Pero no tenía el acento de usted, señorita.

—De modo que es inglesa, no americana.

Maisy asintió. Sin embargo, no parecía tener más información que ofrecer. Alexandra le entregó una moneda y prometió interceder por Red Bill ante las autoridades. Finalmente, Maisy se levantó de la mesa y se escabulló por la puerta trasera de la cocina.

—¿Y bien? —preguntó Sebastian a Alexandra, mirándola con expresión inquisitiva.

—¿Y bien, qué? ¿Crees que ha dicho la verdad? —Alexandra se levantó y salió de la cocina.

—No lo sé —respondió él, siguiéndola—. No nos ha dado una verdadera descripción de la persona. Cualquiera podría haberse inventado una historia así. Al fin y al cabo, se ha ganado una moneda y quizá nuestra promesa de ayudar a Red Bill.

Entraron en la sala de estar, pero ninguno de los dos se sentó. Alexandra se acercó a la ventana, y Sebastian permaneció junto a la puerta, observándola.

—No creo que se lo haya inventado —dijo ella por fin—. Dijo que se trataba de una mujer. ¿No te parece eso extraño? No creo que Maisy tenga la imaginación necesaria para inventarse un detalle tan atípico y significativo.

—Puede que tengas razón.

—¿Quién crees que sería esa mujer?

—No podía ser lady Ursula.

—La única respuesta obvia es que se trata de una inglesa que se vería perjudicada si yo fuese nieta de la condesa. ¿Qué mujer puede ser, aparte de lady Ursula?

Sebastian meneó la cabeza.

—Conozco a Ursula desde siempre. Es autoritaria, mojigata e insufrible. Pero no la creo capaz de asesinar a nadie.

—Entonces, ¿quién puede ser? ¿Penelope?

—No seas ridícula.

—¿Quién, entonces?

—Debe de ser alguien a quien desconocemos. Por algún motivo, desea silenciar a tu madre y quitarte a ti de en medio.

—Quizá deberíamos irnos a Estados Unidos. Pero temo hacerlo mientras mi madre siga...

—Imposible. No puedes trasladarla ahora, y lo sabes perfectamente. Además, yo...

Alexandra se giró hacia él, notando un nudo en el pecho.

—¿Tú, qué?

—No quiero que te vayas.

—Es la única solución —Alexandra trató de mantener un tono de voz firme—. Así se acabará el escándalo.

—También se acabará si te casas conmigo.

—Sería un sacrificio demasiado grande para ambos, ¿no te parece? Simplemente por habernos visto obligados a pasar una noche juntos, a raíz de un absurdo accidente.

Él se acercó a ella, taladrándola con la mirada.

—Sucedió mucho más que eso. Lo que se rumorea es cierto. Compartiste el lecho conmigo. Hicimos el amor.

A Alexandra se le hizo difícil respirar. Notó que, de repente, las rodillas le temblaban.

—No soy ninguna ingenua —dijo con voz trémula—. Sabía perfectamente lo que estaba haciendo —sus ojos se desviaron hacia los labios de Sebastian, y recordó su sabor. La verdad era que deseaba volver a sentirlos sobre los suyos.

—¡Maldición! Quizá no seas ingenua, pero eras virgen. ¿Por qué eres tan terca? ¿Por qué no quieres casarte conmigo?

«Porque no me has dicho que me amas», deseó gritar Alexandra, pero se contuvo.

—Eres un lord británico. No puedes casarte con una don nadie americana.

—Puedo hacer lo que me plazca. De hecho, siempre lo hago.

—Ya te he contado lo de mi madre —le recordó Alexandra en tono tenso.

—Sí. ¿Y qué?

—¿Crees que los tuyos querrían que te casaras con alguien con antecedentes de locura en la familia?

—Tu madre no está más loca que muchos nobles que conozco. Además, la opinión de los demás me trae sin cuidado.

—Pero tienes que pensar en el futuro... en tus herederos.

—Ya estoy pensando en el futuro —la expresión de los ojos de Sebastian hizo que Alexandra experimentara una súbita sensación de calor en el bajo vientre—. Tú eres la mujer con la que quiero tener esos herederos. Te conozco, Alexandra, y sé que nuestros hijos serán tan cuerdos como su madre.

Alexandra se giró, disipando el hechizo al que la habían sometido sus ojos.

—No. Por favor, no sigas.

—Sí, seguiré —contestó él—. Además, puede que el motivo que aduces no sea válido. Tal y como está la situación, es posible que no seas hija de la señora Ward, de modo que poco importa si está cuerda o no.

—¡Pero no lo sabemos con seguridad!

—Hay muchas cosas que no sabemos. No podemos predecir el futuro. Pero tampoco podemos vivir temiendo constantemente lo que ese futuro puede depararnos.

Hizo ademán de acercarse a ella, pero en ese momento tía Hortensia entró en la sala, y Alexandra, con gran alivio, aprovechó la ocasión para huir.

CAPÍTULO 17

Dos días después, Alexandra se hallaba sentada junto a su madre, hablándole de su indecisión con respecto a Sebastian, cuando notó que la mano de Rhea se cerraba sobre la suya.

—¡Madre! —Alexandra se levantó al instante, inclinándose sobre ella—. ¿Puedes oírme? Me has apretado la mano. ¿Estás despierta? ¿Entiendes lo que digo?

Pero el rostro de Rhea permaneció tan inexpresivo como siempre, y su mano volvió a tornarse flácida.

—¡Willa! ¡Tía Hortensia! —Alexandra corrió hacia la puerta y salió al pasillo.

Al cabo de un momento, Willa y Hortensia acudieron presurosas.

—¡Me ha apretado la mano! —anunció Alexandra.

—¿Qué? —Willa pareció estupefacta—. ¿Estás segura?

—Sí, segurísima. Le estaba hablando y, de pronto, me apretó la mano.

—El médico dice que, a veces, algunos músculos se contraen involuntariamente.

—No fue eso. Estoy segura de que me oyó. Aún no ha vuelto en sí, pero lo hará.

Tía Hortensia sonrió.

—Sí, seguro que debe de ser eso. Debemos estar muy pendientes, por si muestra otros signos de mejoría.

Las tres se situaron alrededor de la cama y observaron a la silenciosa Rhea. Pero esta no se movió lo más mínimo. Alexandra, sin embargo, no se desanimó. Siguió vigilando a su madre, sin apartarse de su lado hasta que llegó la hora de la cena y una doncella acudió para sustituirla.

Tenía pensado regresar con su madre después de cenar, pero estaba tremendamente cansada y muerta de sueño, de modo que se digirió hacia su dormitorio, deteniéndose solo para dar a Rhea las buenas noches.

Alexandra se detuvo a pocos pasos de la puerta de su cuarto cuando vio a Sebastian junto a ella, apoyado en la pared.

—¿Qué estás haciendo aquí? —preguntó, enojada, al tiempo que abría la puerta.

—Te estaba esperando —contestó él, alargando la mano para agarrarle la muñeca. Luego se inclinó sobre ella—. Tengo dificultades para conciliar el sueño, Alexandra.

—No sé qué tiene que ver eso conmigo —repuso Alexandra.

—Es por ti. Antes era feliz estando solo. Pero he descubierto que ya no lo soy —Sebastian inclinó la cabeza y le pasó los labios por el cabello—. Quiero tenerte otra vez en mi lecho.

—Si es otra argucia para convencerme de que me case contigo...

—No, es simplemente la súplica de un hombre desesperado. No dejo de acordarme de esa noche en la guarida del salteador de caminos... —le alzó el brazo y le besó la muñeca—. Ven a mi cuarto, conmigo.

—¿Te has vuelto loco? ¿Con mi tía y mi madre en la casa? Por no mencionar a Willa.

—Entonces, cásate conmigo y podremos vivir en nuestra propia casa.

Alexandra hizo una mueca.

—No vas a convencerme tan fácilmente. Además, me caigo de sueño.

—Yo tengo un remedio para eso.

Su voz ronca produjo un hormigueo en el bajo vientre de Alexandra, aunque ella se cuidó mucho de decirlo.

—Basta ya —meneó la cabeza en un gesto de exasperación y, seguidamente, se puso de puntillas para posarle los labios en la mejilla—. Buenas noches, Sebastian.

—¿Eso es para ti un beso de buenas noches? —Sebastian

rodeó a Alexandra con el brazo y reclamó su boca con un beso largo y apasionado.

Cuando la soltó por fin, ella se quedó mirándolo, aturdida, con los labios ligeramente entreabiertos. Él emitió un gemido.

—Como sigas mirándome así, te aseguró que no te dejaré ir —se inclinó sobre ella para besarle la frente—. Sueña conmigo esta noche.

Dicho esto, se dio media vuelta y se alejó por el pasillo, en dirección a su cuarto. Con un trémulo suspiro, ella entró en su dormitorio. Una de las doncellas estaba esperándola para ayudarla a desvestirse.

Lánguidamente, Alexandra dejó que la muchacha le pusiera el camisón y le cepillara el pelo. Luego, cuando la criada se hubo retirado, se metió en la cama y, bostezando, sopló para apagar el quinqué situado en la mesita de noche. Se quedó dormida en cuanto su cabeza tocó la almohada.

Soñó que estaba sentada delante de la chimenea. Hacía demasiado calor, e intentó retirarse del hogar, pero no pudo. La chimenea debía de estar atascada, pues toda la habitación se había llenado de sofocante humo. Luego, la condesa apareció en la habitación y empezó a zarandearla, diciéndole que debía levantarse de la silla.

Alexandra meneó la cabeza, y dijo:

—No, estoy demasiado cansada.

Pero la condesa insistía. Siguió zarandeándola y diciendo su nombre. Entonces, Alexandra reparó en que no era la condesa, sino su madre.

Abrió los ojos rápidamente. Su madre estaba situada junto a ella, en medio de la oscuridad. Salvo que no era oscuridad, exactamente. El aire estaba saturado de humo y, en lo alto, danzaban las llamas, propagándose rápidamente por el dosel de la cama.

—¿Madre? —dijo Alexandra, tosiendo conforme el humo alcanzaba sus pulmones.

Su madre estaba tirando de ella, y Alexandra vio con asombro que tenía las mejillas empapadas de lágrimas. Todo parecía extraño e irreal.

—¡Alexandra! ¡Levántate! ¿Qué es lo que te pasa? —gritó Rhea mientras apartaba con las manos algunas de las chispas que caían del dosel sobre su hija. Luego la agarró por los hombros y la zarandeó.

Alexandra consiguió reaccionar por fin y salió de la cama. Ambas se tambalearon hacia la puerta. Pero el humo era tan denso, que apenas podían ver nada. Rhea tropezó y cayó de rodillas, y Alexandra se agachó para intentar ayudarla.

Le resultaba imposible respirar. De pronto, la habitación empezó a darle vueltas. Tosiendo, se desplomó en el suelo junto a Rhea.

CAPÍTULO 18

Sebastian permanecía despierto, con la mirada fija en el dosel de la cama. No conseguía dormirse. Cada vez que cerraba los ojos, veía a Alexandra. Solo podía pensar en besarla, en abrazarla, en hacerle el amor de nuevo.

No eran imágenes que favorecieran el sueño, precisamente. Suspirando, se incorporó y sacó las piernas de la cama.

Decidió vestirse y bajar a la biblioteca para buscar algo que leer. Con suerte, se dijo, encontraría alguna lectura aburrida que lo adormilase.

Se había puesto los pantalones y había empezado a abotonarse la camisa cuando, de pronto, se detuvo y alzó la cabeza. Percibía un extraño olor a humo.

Con un nudo de terror en el pecho, Sebastian corrió hacia la puerta del cuarto y la abrió. No vio nada extraño, pero el olor a humo era más intenso afuera.

Echó a andar por el pasillo, sin detenerse a encender un candil, orientándose gracias al resplandor de la luna que se filtraba por los grandes ventanales. Al acercarse al dormitorio de Alexandra, vio que salía humo por debajo de la puerta.

—¡Alexandra! —gritó, corriendo hacia la habitación.

Abrió la puerta y una espesa vaharada de humo salió al pasillo. De soslayo, Sebastian vio que la cama de Alexandra estaba ardiendo. El dosel estaba envuelto en llamas, y el fuego ya había empezado a propagarse por las sábanas y la colcha.

Sebastian miró frenéticamente a su alrededor y reparó en los dos cuerpos tendidos en el suelo, a pocos metros de la cama.

Corrió hacia Alexandra y, tomándola en brazos, la sacó de la sofocante habitación. Luego entró por la otra mujer. Sorprendido, comprobó que no se trataba de tía Hortensia o de una doncella, como había supuesto, sino de la madre de Alexandra.

Moviéndose rápidamente, la llevó hasta el pasillo, donde Willa y tía Hortensia ya se hallaban agachadas al lado de Alexandra. Varios criados aparecieron por las escaleras y se detuvieron, contemplando embobados la escena.

—¡No os quedéis ahí parados, estúpidos! —rugió Sebastian—. ¿No veis que el dormitorio está ardiendo? ¡Traed agua... deprisa!

Los criados obedecieron mientras él se inclinaba para apartar a Alexandra de la puerta. Pocos segundos después, los sirvientes entraron presurosos en el dormitorio con cubos de agua.

Mientras tía Hortensia y Willa atendían a Rhea, Sebastian se arrodilló junto a Alexandra, alzándole la cabeza y acunándola contra su pecho.

—Oh, Dios, no te mueras ahora, amor mío —susurró al tiempo que le palpaba el cuello para buscarle el pulso. No la oía respirar, de modo que la incorporó y le palmeó repetidamente la espalda, hasta que Alexandra empezó a toser por fin.

Los ojos de Sebastian se iluminaron.

—Gracias a Dios. Así, eso es. Buena chica —Sebastian la atrajo hacia sí, pasándole las manos por el cabello y posándole una lluvia de besos en la cabeza y el rostro—. Quédate conmigo. No podría soportar perderte ahora.

Alexandra tosió de nuevo y abrió lentamente los ojos.

—¿Sebastian?

—Gracias al cielo que estás viva —murmuró él contra su cabello—. Temía haberte perdido, amor mío. No sé lo que habría hecho sin ti.

—¿Cómo has dicho? —preguntó ella, incorporándose para mirarlo al captar el significado de sus palabras.

Él la miró con extrañeza.

—He dicho que temía haberte perdido.

—No, me refiero a lo otro. ¿Me has llamado «amor mío»?

—Sí —Sebastian pareció algo confuso—. Alexandra... ¿te encuentras bien?

—¿Lo... lo has dicho de verdad? ¿Me has llamado «amor mío» de corazón?

—Sí, por supuesto. ¿Acaso no te has dado aún cuenta de que te amo?

—No. No lo sabía. Nunca me lo habías dicho.

—Pero, cariño... ¿por qué, si no, iba a querer casarme contigo? ¿Crees que me casaría con cualquiera?

—Supuse que era por lo del escándalo.

—Ya he sido centro de otros escándalos antes —Sebastian enarcó una ceja—. Estuve dispuesto a enfrentarme a toda la sociedad de bien para fugarme con una mujer casada. ¿Crees, pues, que las simples habladurías me obligarían a casarme con una mujer a la que no amo?

—Ya que lo dices así, no —admitió Alexandra—. Pero jamás me hablaste de amor. Solo hablabas del escándalo y de mi reputación.

—Tú no parecías corresponder a mis sentimientos, de modo que preferí aducir razones prácticas.

—¡Que no parecía corresponderte! —Alexandra se quedó mirándolo, asombrada—. ¿Cómo has podido ser tan obtuso?

Sebastian la miró durante un largo momento.

—¿Estás... estás insinuando que me...?

—¡Pues claro que sí! ¡Te quiero!

—Alexandra... —él la atrajo hacia sí, estrechándola entre sus brazos, y la besó. Luego se retiró para mirarla, acariciándole la tiznada mejilla—. Entonces, ¿querrás casarte conmigo?

Alexandra frunció el ceño, notando un escalofrío que empañaba su dicha.

—Pero aún está el problema de... ¡Oh! —se incorporó rápidamente, retirándose de él—. ¿Cómo he podido olvidarme? ¡Mi madre! Estaba conmigo en la habitación.

—Sí, también la saqué a ella —Sebastian señaló con la barbilla hacia Rhea, que permanecía tendida en el suelo a pocos metros, con Willa y tía Hortensia.

Alexandra se giró y avanzó a gatas hacia su madre.

—¿Mamá? ¿Cómo está?

Tía Hortensia meneó la cabeza.

—Respira, pero está inconsciente. Tiene quemaduras en las manos. No me explico qué hacía en tu cuarto.

—Volvió en sí. Fue ella quien me despertó —explicó Alexandra—. Intentó sacarme de la cama y apartó de mí las chispas, por eso tiene las manos quemadas —los ojos se le llenaron de lágrimas.

—Debemos llevarla a la cama —dijo Sebastian—. Yo la llevaré, y la señorita Everhart podrá limpiarle y vendarle las manos.

—Sí. Sí, desde luego —las mujeres retrocedieron mientras Sebastian se agachaba para tomar en brazos a Rhea.

A continuación, Alexandra lo siguió por el pasillo hasta el cuarto de su madre.

—¿Qué ha sucedido? —inquirió mientras él soltaba a Rhea en la cama.

—¿Qué quieres decir? —preguntó tía Hortensia mientras llenaba de agua la jofaina.

—¿Por qué ardió mi cama? ¿Qué hacia mi madre en mi habitación?

—No lo sé —tía Hortensia humedeció un paño y procedió a lavar con sumo cuidado la cara y los brazos de Rhea—. Lo único que se me ocurre es que, de algún modo, Rhea consiguió salir por fin del coma. Quizá la despertó el olor a quemado y fue hasta tu habitación, siguiendo el humo.

—Así fue como yo os encontré —añadió Sebastian—. Olí el humo y, al salir al pasillo, vi que salía por debajo de tu puerta.

—Pero ¿qué pasó? ¿Por qué ardió mi cama?

Sebastian se encogió de hombros.

—Quizá dejaste alguna vela encendida. Tenías mucho sueño antes de acostarte, recuérdalo.

—No había encendido ninguna vela. Tenía un quinqué, y estoy segura de que lo apagué.

—¿Insinúas... que pudo tratarse de otro ataque deliberado? —los ojos de Sebastian brillaron como la plata en la penumbra. Se giró y avanzó hacia la puerta con grandes zancadas—. ¡Murdock! ¡Murdock! Maldita sea, ¿dónde estás?

Murdock apareció al cabo de unos segundos, despeinado y respirando sin resuello.

—El fuego está apagado, señor —informó—. La cama ha quedado inservible, pero no ha habido desperfectos mayores —miró en dirección a Alexandra—. ¿Se encuentra bien la señorita Ward?

—Estoy bien, Murdock —le aseguró ella, acercándose a la puerta.

—Celebro saberlo, señorita —dijo Murdock asintiendo.

—Murdock, ¿ha podido entrar alguien en la casa esta noche? —inquirió Sebastian—. La señorita Ward está segura de no haber dejado ninguna vela encendida. Eso podría significar que alguien entró a hurtadillas en su cuarto y prendió fuego al dosel de la cama.

—No, señor. Nadie ha podido entrar en la casa —Murdock se giró hacia Alexandra con expresión de disculpa—. Lo siento, señorita. Estoy seguro de que usted no se equivoca con respecto a la vela, pero es imposible que alguien haya entrado. Mis hombres patrullan el exterior de la casa por turnos. Se relevan cada tres horas, de modo que no existe el riesgo de que se queden dormidos.

—No —convino Alexandra—. Seguro que Punwati y tú estáis haciendo perfectamente vuestro trabajo —frunció el ceño—. Pero sé que apagué el quinqué.

Se acordó de la presencia de su madre en la habitación. Le parecía una extraña coincidencia que Rhea hubiese vuelto en sí justo cuando la cama empezó a arder.

Alexandra pensó en los relatos que había oído acerca de personas trastornadas que prendían fuego a las cosas.

¡No! ¿En qué estaba pensando? Por muy trastornada que estuviese, su madre jamás intentaría hacerle daño. Además, dijo, Rhea había intentado salvarla del fuego.

La había despertado y la había sacado de la cama. Incluso había apartado de ella las chispas con las manos desnudas.

Alexandra se sintió avergonzada por haber sospechado de su madre, aunque hubiese sido por un segundo.

—Quizá la señora Ward volvió en sí —dijo Willa de repente, sorprendiéndolos a todos. Se giraron para mirarla—. Y, lógicamente, sintió deseos de ir a ver a su hija. De modo que encendió una vela y fue hasta el cuarto de Alexandra. Quizá, mientras se inclinaba para mirarla, la vela prendió el dosel. Las llamas se propagaron con rapidez, seguramente. Por eso ella despertó a Alexandra.

Alexandra experimentó una inmensa sensación de alivio. ¡Pues claro! Tenía sentido.

—Sí, eso lo explica todo —dijo tía Hortensia, igualmente aliviada—. Solo ha sido un accidente.

—Fue culpa mía —dijo Willa con voz contrita—. Debí haber estado más pendiente de la señora Ward.

—No puede usted permanecer despierta vigilándola toda la noche —dijo Alexandra—. Ya hace bastante durmiendo en su habitación para atenderla si es necesario.

—Sí, pero me dormí tan profundamente... —contestó Willa—. Por lo general, no suelo dormirme tan temprano. Pero hoy apenas podía mantener los ojos abiertos. Caí en un sueño tan profundo, que no oí nada. Debí haberme despertado.

—Tonterías —dijo tía Hortensia tajantemente—. No tenías forma de saber que Rhea volvería en sí esta noche. A partir de hoy, nos turnaremos para dormir en su habitación.

—Sí —convino Alexandra, aunque solo escuchaba a medias las palabras de su tía. Había sentido un escalofrío al oír lo que decía Willa. Se había sentido particularmente somnolienta esa noche, igual que ella. ¿Y si alguien las había... drogado? ¿Y si alguien había querido asegurarse de que tanto ella como Willa durmieran profundamente aquella noche?

Alexandra rechazó la idea. Resultaba demasiado escalofriante. Porque si les habían puesto droga en la comida o la bebida, tenía que haber sido alguien de dentro de la casa, un sirviente sobornado o... Sus ojos se desviaron hacia tía Hortensia y luego hacia su madre. No, era una locura pensarlo siquiera. ¡Aquellas personas eran su familia, los seres que más la querían en el mundo! Tía Hortensia jamás le haría daño.

—No es necesario que sigamos dándole vueltas al asunto —dijo Sebastian en tono perentorio—. Señorita Ward, señorita Everhart, sugiero que hagan traer otra cama y ambas pasen la noche con la señora Ward. Murdock montará guardia en la puerta. Alexandra, tú te vienes conmigo.

—¡Sebastian! —Alexandra protestó al ver que la agarraba del brazo y la sacaba de la habitación prácticamente a rastras—.

¿Qué estás haciendo? ¿Adónde vamos? Quiero quedarme con mi madre.

—Tonterías. No te tienes en pie. Necesitas descansar —mientras pasaban junto al cuarto de Alexandra, Sebastian volvió a llamar a Murdock y le indicó que vigilara la habitación de Rhea durante el resto de la noche.

Alexandra contempló su cuarto.

—¿Dónde voy a dormir? Puedo utilizar la habitación de tía Hortensia, puesto que ella pasará la noche con mi madre.

—Dormirás conmigo —repuso Sebastian.

—¿Qué? —ella se quedó mirándolo, espantada—. ¡No lo dirás en serio!

—¿Ah, no? —él empezó a arrastrarla hacia su dormitorio.

—¡Sebastian, no! No podemos... los criados... sería un escándalo.

—Ya te lo dije antes, los escándalos no me afectan. De todos modos, si los criados cometen la estupidez de hablar, las habladurías durarán poco, dado que estamos comprometidos para casarnos.

—No lo estamos.

Sebastian se detuvo y la miró con furia.

—¿Acaso pretendes jugar conmigo?

—No seas ridículo, Sebastian. Pero tú sabes perfectamente por qué no podemos casarnos.

—Solo sé las ridículas razones que has aducido. Y ninguna de ellas me parece válida —Sebastian abrió la puerta del dormitorio y empujó a Alexandra al interior.

—Sebastian, no deberíamos... —ella emitió una última y débil protesta. Pero él hizo caso omiso y la tumbó junto a sí en la cama, atrayendo su espalda hacia sí—. Tus sábanas —objetó Alexandra, bostezando—. Estoy toda llena de tizne.

—Ya las lavarán —Sebastian le dio un beso en la mejilla y le echó un brazo por encima.

Ella cerró los ojos, sintiéndose felizmente bien y a salvo. Apenas tardó unos segundos en quedarse dormida.

Cuando Alexandra se despertó, a la mañana siguiente, ya era tarde, y el sol se filtraba por entre las cortinas.

Sebastian se había ido. Alexandra llamó a una doncella y ordenó que le preparasen el baño. A continuación, tras quitarse todo el tizne de la noche anterior, se vistió y bajó a la sala de estar.

Tía Hortensia era la única ocupante de la habitación.

—¡Alexandra! Debo decir que esta mañana tienes mucho mejor aspecto.

—Gracias. Es que me siento mucho mejor —Alexandra se sentó, y una de las criadas le sirvió una taza de café—. ¿Y Sebastian?

—Está muy ocupado con los preparativos —tía Hortensia se inclinó hacia ella y esbozó una cálida sonrisa—. Dice que, cuanto antes os caséis, más segura estarás. Pero para mí que solo está impaciente.

—Pero yo no he...

—Qué contenta me puse cuando por fin aceptaste casarte con él.

—Yo no he aceptado todavía.

—Pues él parece pensar que sí.

—A ese hombre le gusta dar por sentadas demasiadas cosas —dijo Alexandra mientras untaba mantequilla en una tostada.

—Yo creo, querida, que deberías dejar de mostrarte tan terca.

—¿Qué? ¿Tú también te has vuelto contra mí?

—Contra ti no, cariño, sino contra tu terquedad. Hasta un tonto se daría cuenta de que estás perdidamente enamorada de él.

Alexandra exhaló un hondo suspiro.

—¿Tan evidente es, tía?

—Umm, me temo que sí. ¿Sabes? No es nada malo enamorarse de un hombre y desear ser su esposa.

—Lo sé. Pero creo que haría mal en aceptar mientras no sepa quiénes fueron en realidad mis padres.

—Si a lord Thorpe no le importa, no veo por qué tiene que preocuparte a ti —tía Hortensia la miró con firmeza—. Ya sea Rhea tu madre biológica o no, tú nunca te has comportado como ella. Y no veo razones para que eso vaya a cambiar. Admito que actúa de forma extraña en ocasiones, pero no está loca. Si no, recuerda cómo intentó salvarte anoche.

—No, claro que no está loca —convino Alexandra, sintiéndose algo más animada que en los días anteriores. Por extrañas que fuesen las cosas que estaban ocurriendo, no podía evitar sentirse feliz. Sebastian la amaba, y ella lo amaba a él. ¿Por qué se empeñaba en rechazarlo? ¿Por qué se negaba a sí misma aquello que más deseaba?

Se oyó un ruido tras ellas. Alexandra se volvió y vio a Willa de pie junto a la puerta.

—Hola. Espero no molestar —dijo Willa con una tímida sonrisa—. Una doncella tuvo la amabilidad de quedarse con la señora Ward para que yo bajase a comer.

—Cómo no. Debe tomarse libre toda la mañana —asintió Alexandra, sonriendo—. Yo vigilaré a mi madre. Usted ya ha hecho bastante.

—Para mí ha sido un placer. Hay muy poco que hacer en casa de la condesa —Willa rodeó la mesa y se sentó.

Alexandra terminó su desayuno y se excusó para subir al cuarto de su madre.

Rhea seguía tumbada en la cama, acompañada por Rose, una de las doncellas, que permanecía sentada en una silla con los ojos cerrados.

Al oír entrar a Alexandra, Rose abrió rápidamente los ojos y se levantó.

—¡Oh, señorita! ¡Qué susto me ha dado! —exclamó, llevándose una mano al pecho.

—Lo siento. Gracias por haberla vigilado. Parece que está muy tranquila.

—Sí, señorita, ni siquiera se ha movido —Rose miró a Alexandra y suspiró—. Pobrecilla. Es horrible que se recuperara solo para volver a perder el conocimiento de esa manera.

—Sí. Aunque esperamos que esta vez tarde menos en volver en sí.

Tras hacer una cortés reverencia, la doncella salió del cuarto, y Alexandra se sentó junto a la cama de su madre.

Acarició cuidadosamente sus manos vendadas, llenándosele los ojos de lágrimas al recordar cómo había apartado las chispas de la cama para salvarla. Pese al hecho de que le hubiese ocultado muchas cosas a lo largo de aquellos años, Alexandra sabía que Rhea la amaba.

La mañana transcurrió lentamente. Mientras Alexandra se distraía trabajando en uno de los bordados de tía Hortensia, Rhea emitió un gemido de repente. Alexandra se sobresaltó hasta el punto de pincharse un dedo con la aguja. Luego miró a su madre.

Rhea aún tenía los ojos cerrados, pero agitaba inquietamente la cabeza sobre la almohada. Alzó una mano y gimió por el dolor que tal movimiento le había provocado.

—¿Madre? —Alexandra se inclinó sobre ella—. ¿Madre? Soy yo, Alexandra. ¿Puedes oírme?

—Allie —Rhea musitó el diminutivo con el que solía llamarla de niña.

Alexandra notó una oleada de esperanza en el pecho.

—Sí, soy Allie. ¿Puedes despertar? ¿Puedes hablarme?

Rhea emitió otro gemido suave. Sus ojos se abrieron lentamente y se centraron en Alexandra.

—¿Simone?

La esperanza de Alexandra se desvaneció de golpe.

—Lo siento. Lo siento mucho —los ojos de Rhea empezaron a inundarse de lágrimas—. Lo intenté. Pero no pude. Lo siento.

—Oh, mamá —Alexandra también rompió a llorar. Se inclinó sobre la cama, apoyando la cabeza en el colchón—. ¿Por qué no me reconoces? ¿No volverás a reconocerme nunca?

Sintió algo en el cabello y, sorprendida, comprobó que su madre la acariciaba torpemente con su mano vendada.

—Pues claro que te reconozco, Alexandra.

Ella alzó la cabeza rápidamente. Su madre la estaba mirando con una expresión de infinita tristeza.

—¿Cómo no iba a reconocerte? —dijo—. Eres mi hija.

—¡Mamá! —Alexandra sonrió, tomando cuidadosamente la mano vendada de Rhea entre las suyas—. Has vuelto. ¡Cuánto me alegra verte!

—Yo también me alegro de verte a ti —respondió Rhea con una débil sonrisa—. Oh, Alexandra, he sido una madre horrible para ti.

—No digas eso. No es cierto.
—Sí, lo es —Rhea meneó la cabeza, las lágrimas deslizándose por sus mejillas—. Me he portado muy mal.
—No.
—Tú no sabes nada —gimió Rhea suavemente—. Yo no quería hacerle daño a nadie. ¡Pero me odiarías si supieras la verdad!

Alexandra notó que el corazón se le aceleraba. Tragó saliva, intentando conservar la serenidad.

—No te odiaría, lo juro. Yo jamás podría odiarte.
—No sabes lo que hice —Rhea se enjugó las lágrimas con la mano libre.
—Da igual. No podría odiarte. Tú eres mi madre. Me criaste. Cuidaste de mí y me diste tu cariño.
—¡Pero te equivocas! —Rhea estalló en sollozos—. ¡En realidad, no soy tu madre! ¡Oh, Dios! ¡Yo no quería hacerle daño a nadie! Pero me sentía tan sola...
—Sé que no deseabas hacerle daño a nadie —la consoló Alexandra, acercándose más a ella—. Y juro que no te odiaré. Por favor, dímelo. Cuéntame lo que sucedió en París.

Rhea emitió un suspiro.

—Está bien —dijo—. Te lo contaré.

CAPÍTULO 19

—Simone acudió a mí aquella noche —empezó a decir Rhea con voz apagada—. El populacho se había echado a la calle —se estremeció al recordarlo—. Era horrible. Parecían animales salvajes. Nosotros teníamos previsto marcharnos al día siguiente. Hiram ya padecía la tos y no deseaba irse. Decía que, al ser americanos, no nos harían daño. Pero yo estaba tan asustada, que al final aceptó llevarme a Inglaterra. La situación me resultaba insoportable.

—Desde luego. Seguro que debió de ser espantoso.

Rhea asintió, tomando la mano de Alexandra.

—Simone fue a vernos con los niños. John tendría unos siete años en aquel entonces. Marie Anne debía de tener uno o dos años menos. Permanecía agarrada a la mano de Simone, llorando. Y, por último, estaba la pequeña... Alexandra. Tú.

Rhea le dirigió una sonrisa trémula.

—Eras tan guapa, con aquella mata de pelo negro. Yo siempre había deseado tener una hija como tú. Sabía que era un pecado, pero no podía evitarlo. Hiram y yo no podíamos tener hijos.

Al ver que Rhea se quedaba callada, Alexandra preguntó:

—¿Por qué Simone fue con los niños a vuestra casa?

—Habían hecho el trayecto a pie —explicó Rhea, suspirando—. Simone estaba aterrorizada. Llevaba puesta una capa, con la capucha alzada, y había vestido a los niños con ropas sencillas. Me pidió... —Rhea inhaló aire temblorosamente—. Me pidió que me llevara a los niños conmigo. Temía por ellos.

Dijo que su marido y ella estaban intentando convencer a sus padres para que salieran del país y los acompañaran de vuelta a Inglaterra. Pero ellos se negaban a dejar su casa y sus bienes. Chilton, naturalmente, estaba convencido de que no les pasaría nada porque él era británico, pero Simone no estaba tan segura. Temía que el populacho asesinara a sus hijos. Así que me pidió que nos los lleváramos a Inglaterra con nosotros, por si Chilton y ella no lograban escapar. Me dijo que debía llevarlos con los condes de Exmoor, los padres de Chilton. Simone me entregó una carta dirigida a ellos, además de una pequeña bolsa llena de joyas, por si necesitábamos dinero. Las dos niñas llevaban los medallones, y John el anillo de los Exmoor, muy valioso para la familia, según explicó, porque era el anillo del heredero. Simone sabía que Chilton y ella iban a morir. Yo pude leerlo en sus ojos.

—¡Oh, mamá, qué triste! —dijo Alexandra con la visión empañada por las lágrimas.

Rhea asintió.

—Sí. Simone les dio un beso y los abrazó, y los niños se aferraron a ella, llorando. Finalmente, Simone consiguió apartarlos de sí y se marchó. Yo llevé a los pequeños al piso de arriba y me asomé a la calle. Vivíamos a poca distancia de Chilton y Simone. Vi cómo el populacho avanzaba hacia su casa como un mar furioso. Fue horrible. Oí gritos, y luego prendieron fuego a la casa. En ese momento, comprendí que habían muerto todos.

Rhea rompió a llorar y tardó un momento en recobrar la compostura para proseguir con más calma.

—Cuando el populacho llegó a nuestra casa, Hiram abrió la ventana del segundo piso para hablar con ellos. Al ver que éramos americanos, nos dejaron en paz. Luego, al día siguiente, los vecinos nos dijeron que todos los ocupantes de la casa de los Chilton habían muerto... Chilton, Simone, los padres de esta y los niños. Naturalmente, nosotros sabíamos que los niños habían sobrevivido, pero no estábamos dispuestos a revelar su paradero. Nos fuimos aquella misma tarde. Jamás había pasado tanto miedo en toda mi vida —Rhea se estremeció, recordando.

Alexandra le dio una palmadita en la espalda.

—Debió de ser una experiencia horrible. Fuiste muy valiente.

—No —Rhea sonrió débilmente—. Hiram fue el valiente, aunque ya estaba muy enfermo. En realidad, creo que su estado empeoró por mi culpa. Insistí en abandonar París. De habernos quedado, quizá se habría repuesto de su enfermedad.

—¡No! —protestó Alexandra—. Tú no podías saberlo. Además, la fiebre habría acabado con él de todos modos, aunque hubierais permanecido en París.

Rhea le sonrió tristemente.

—Eres muy amable al intentar consolarme. Quizá tengas razón. Aunque jamás lo sabré. Hiram murió poco después de nuestra llegada a Inglaterra. Permanecimos en Dover dos semanas. Hiram había empeorado y vosotros, los niños, también os habíais contagiado de fiebre. Por suerte, Marie Anne y tú os curasteis rápidamente. John era el que peor estaba. Cuando Hiram murió, finalmente, me sentí perdida sin él. No sabía qué hacer. Tú fuiste lo único que me dio fuerzas para seguir adelante. Eras una niña tan guapa, graciosa y dulce... Siempre me animabas con alguna palabra o gesto, o te sentabas en mi regazo para abrazarme. Yo te quería tanto...

Rhea miró a Alexandra con desesperación. Luego se incorporó en la cama y se aferró a sus hombros.

—Fui egoísta. No tenía ningún derecho a quedarme contigo. Legalmente, pertenecías a la condesa. Pero... no pude renunciar a ti.

—No lo entiendo, mamá. ¿Qué hiciste?

Rhea volvió a recostarse en la almohada, con aire de resignación.

—Les dije que habías muerto. Que la pequeña había contraído la fiebre durante el viaje y no había logrado sobrevivir. Fue fácil que me creyeran. Al fin y al cabo, John seguía muy enfermo. Luego te llevé a casa conmigo. Te crié yo sola. Mentí a todo el mundo, incluso a ti. Te separé de tu verdadera familia —las lágrimas empezaron a deslizarse por sus mejillas, y giró la cabeza hacia otro lado.

Alexandra ya había intuido lo que Rhea acababa de contarle, pero aun así se sentía aturdida. Se levantó y miró a su madre, con el semblante pálido.

—Que Dios me perdone. Te separé de tu familia —Rhea se llevó una mano a los labios—. Sé que debes de odiarme.

—¡No! No. ¡Yo jamás podría odiarte! —gritó Alexandra—. Tú eres mi madre. Me criaste. Me amaste. He sido tu hija durante toda mi vida. ¿Cómo puedo reprocharte que me hayas querido tanto?

—¿Lo dices de verdad? —Rhea se giró hacia ella con expresión esperanzada—. ¿No me desprecias?

—Claro que no. Te quiero. Viviste una experiencia horrible. Lo que hiciste estuvo mal, pero lo justificaban las circunstancias. He disfrutado de una vida maravillosa, de una familia estupenda. ¿Cómo voy a despreciarte, después de todo lo que me has dado? Y ahora... me has devuelto a mi otra familia.

—¡Oh, Alexandra! —Rhea la abrazó—. Siempre has sido la mejor hija del mundo.

Siguieron así durante largos instantes, abrazadas, derramando lágrimas de felicidad. Finalmente, Alexandra retiró a su madre de sí y la miró a los ojos.

—Pero, mamá —empezó a decir con vacilación—. Hay algo que no comprendo. ¿Qué fue de los otros dos niños? ¿Qué sucedió con mi hermano y mi hermana?

Rhea se quedó mirándola, confusa.

—¿A qué te refieres? No les pasó nada. John estaba muy enfermo, pero... sobrevivió, ¿verdad? No me digas que murió.

—Madre, la condesa no sabe nada acerca de nosotros. Ella creía que los tres niños habían muerto junto con sus padres, en París.

—¿Qué? Pero si yo los dejé con ella. Traje a Marie Anne y John a Londres y se los entregué a los Exmoor.

—¿Se los entregaste directamente a la condesa?

—No, directamente no. Ella estaba en cama, según me dijeron, postrada por el dolor tras lo sucedido con su familia. Creo recordar que su esposo también había muerto recientemente, pobre mujer. Se negaba a recibir a nadie. Cuando le dije a esa mujer quién era yo, y quiénes eran los niños, ella dijo que la condesa no podía bajar a recibirme. Así que dejé a los niños con ella.

—¿Con quién?

—Pues con aquella joven. No era una criada, sino prima o algo de la condesa. Una pariente pobre que vivía con la familia. Es esa mujer... ¡la que ha estado aquí, vigilándome!

—¡Cómo! —exclamó Alexandra, levantándose—. ¿Te refieres a Willa? ¿Dejaste a los niños con Willa?

—Sí, señorita Ward, eso es lo que quiere decir exactamente —dijo una voz de mujer.

Sobresaltada, Alexandra se dio media vuelta. Allí estaba Willa, de pie en la puerta, tan serena y compuesta como siempre. Entró en la habitación, cerrando la puerta tras de sí, y se situó al otro lado de la cama.

—Temí que me hubiese reconocido —le dijo a Rhea—. De hecho, sospeché que solo fingía estar inconsciente estos últimos dos días. ¿Me siguió anoche?

Rhea apartó los ojos de ella, sin responder.

Alexandra se quedó mirándola, incapaz de dar crédito a lo que oía.

—¿Quiere decir hasta mi cuarto? ¿Fue usted quien...? —se detuvo, demasiado aturdida para completar la pregunta.

—Sí, fui yo. Era evidente que no pensabas darte por vencida. Al principio, creí que bastaría con eliminar a la señora Ward, pero tú seguiste husmeando y haciendo preguntas. ¡Incluso conseguiste poner a lord Thorpe de tu parte! Comprendí que, aunque tu madre muriese, tú no descansarías hasta descubrir la verdad —Willa hizo una mueca de exasperación.

—¿Estaba dispuesta a matarme solo para que no se supiera que mi madre había dejado a mis hermanos con usted? —inquirió Alexandra—. ¿Por qué?

Willa la miró como si fuera una completa estúpida.

—¿Qué habría sido de mí si la condesa lo descubría? Me habría echado de su casa. ¿Y qué hubiera hecho yo entonces? ¡Me habría quedado sin nada! ¡Sin nadie!

—Pero ¿qué fue de John y Marie Anne? ¿Qué hizo usted con ellos? —impulsada por una creciente sensación de ira, Alexandra empezó a avanzar hacia Willa.

Pero Willa reaccionó con la presteza de una serpiente, sacándose del bolsillo un cuchillo afilado y reluciente. Con la otra mano, agarró a Rhea por el cabello y le acercó el cuchillo a la garganta. Alexandra se detuvo bruscamente, con los ojos clavados en la mortífera hoja.

—Espere —dijo trémulamente—. No tiene por qué actuar así. Quizá si le cuenta lo sucedido a la condesa... Tiene que haber una explicación.

Willa emitió una risotada ronca.

—Pues claro que la hay. ¡Y se llama Richard! Seguro que no es del agrado de la condesa.

—¿Richard? ¿Se refiere al conde de Exmoor?

—Sí, al conde —asintió Willa con acritud—. ¡Yo estaba locamente enamorada de él! ¡Habría hecho cualquier cosa que me pidiera! Arriesgué mi posición por estar con Richard. La condesa me habría echado de saber que por las noches me escabullía para ir a su alcoba. Y cuando esa americana apareció con los dos niños, comprendí lo que eso significaría para él. Richard ya era conde, o lo sería cuando John y su padre fuesen declarados muertos oficialmente. Al haber muerto el viejo conde, el título era suyo, así como la hacienda. Yo no podía permitir que se lo arrebataran. ¡No podía!

—Así que, después de recibir a mi madre, no le habló a la condesa de su visita. Jamás le dijo que sus nietos se habían salvado —los ojos de Alexandra centelleaban de rabia, y sus dedos ansiaban arrebatarle a Willa el cuchillo. No obstante, sabía que era demasiado arriesgado.

—Quise ayudar a Richard. Pensé que... me amaría para siempre si le entregaba a los niños. Creí que incluso se casaría conmigo. ¡Ja! Debí imaginar que ese canalla me daría de lado. Sabía perfectamente que yo jamás contaría la verdad, ni revelaría lo que él había hecho, puesto que significaría también mi ruina.

Mientras hablaba, Willa soltó el cabello de Rhea y apartó ligeramente la temblorosa mano con la que sostenía el cuchillo. Sus ojos estaban fijos en Alexandra, de modo que no vio cómo Rhea empezaba a deslizar la mano hacia arriba muy lentamente. Pero Alexandra sí se dio cuenta, y notó un tenso nudo en el estómago.

Para seguir atrayendo la atención de Willa, se apresuró a decir:

—Entonces, el culpable es Richard, no usted. Fue Richard

quien alejó a los niños de la condesa. Ella lo comprenderá. Se dará cuenta de que...

Willa emitió una carcajada histérica.

—¿Que lo comprenderá? ¡Nadie podría comprender ni perdonar algo así! ¿Me tomas por tonta?

—No, claro que no —Alexandra miró nerviosamente el cuchillo que temblaba en la mano de Willa—. Normalmente, nadie perdonaría un hecho semejante. Pero, dadas las circunstancias... Es decir, la condesa se alegrará tanto al saber que soy realmente su nieta, que se mostrará compasiva. ¿No lo comprende? Y los otros dos niños, John y Marie Anne... Si pudiera usted decirle qué fue de ellos y dónde están...

—Con eso no me ganaré el favor de la condesa —repuso Willa bruscamente, y Alexandra se sintió descorazonada. ¿Significaba eso que su hermano y su hermana habían muerto?

—¿Por qué? ¿Qué les sucedió? —inquirió, palideciendo—. ¿Dónde están?

—¿Y por qué voy a decírtelo? —replicó Willa con desdén al tiempo que alargaba el brazo sin darse cuenta.

De repente, moviéndose con una velocidad que asombró a Alexandra, Rhea la agarró por la muñeca. Willa profirió un grito y dio un tirón para soltarse. Pero la maniobra de Rhea dio a Alexandra los segundos que necesitaba para rodear la cama y lanzarse sobre Willa, justo cuando esta atacaba a su madre con el cuchillo. Había apuntado a la garganta, pero Alexandra la empujó y la hoja solamente alcanzó el brazo de Rhea, haciéndole un corte.

Alexandra arrastró a Willa hacia atrás rápidamente y ambas empezaron a forcejear por toda la habitación, derribando la jofaina de porcelana y la pequeña caja que había sobre la cómoda. Mientras ambas luchaban, Rhea salió de la cama y se tambaleó hasta la puerta, pidiendo socorro a gritos.

Tía Hortensia tardó apenas unos segundos en aparecer. Al contemplar la escena, emitió un alarido de horror. Pero, un segundo después, fue bruscamente apartada de la puerta por Sebastian.

Willa, al ver que empezaban a llegar refuerzos, profirió un grito de furia y cargó contra su adversaria con todas sus fuerzas.

derribándola. Pero Thorpe avanzó rápidamente hacia ella y, agarrándola por los hombros, la apartó de Alexandra. Al ver que esta tenía el vestido manchado de sangre, se puso pálido.

—¡Alexandra! —soltó a Willa y se arrodilló junto a Alexandra. En ese momento, Willa se desplomó en el suelo. Sebastian comprendió que el cuchillo se había clavado en su pecho, y no en el de Alexandra.

Thorpe rodeó a Alexandra con sus brazos y ella se aferró a él, llorando. Pero, al cabo de unos segundos, se retiró bruscamente.

—¡Willa!

—No te preocupes. Ya no puede hacerte daño.

—¡No! ¡No es eso! —Alexandra avanzó a gatas hasta donde Willa yacía tendida.

Tenía el cuchillo hundido en el pecho, pero aún vivía y tenía los ojos abiertos. Su vestido estaba cubierto de sangre. Respiraba con dificultad y producía un extraño borboteo con la garganta.

—¡Dígame qué fue de ellos! —suplicó Alexandra, inclinándose sobre ella—. Por favor... ¡dígame qué fue de mis hermanos!

Oyó la exclamación de sorpresa que emitió Sebastian tras ella, pero no le prestó atención. Se acercó aún más a Willa para oír sus palabras.

Willa la miró con odio.

—¿Por qué voy a decírtelo? Tú has causado mi ruina.

—Por el bien de su alma —rogó Alexandra—. ¿Acaso quiere reunirse con el Creador con semejante mancha en su alma? Dígame qué les ocurrió. ¿Qué hizo Richard con ellos?

—El niño tenía fiebre —dijo Willa ahogadamente, sanguinolentas burbujas surgiendo de su boca mientras hablaba—. Murió. La niña... fue internada... en un orfanato. Sin nombre.

Empezó a toser, y la sangre brotó copiosamente de entre sus labios. Por fin, la luz del odio que brillaba en sus ojos se apagó. Willa había muerto.

Alexandra se quedó mirándola. Un único gemido de dolor escapó de sus labios.

—Alexandra, cariño mío —Sebastian la tomó entre sus brazos y la puso en pie. Ella recostó la mejilla en su pecho, sollozando.

Finalmente, cuando se hubo calmado, alzó la cabeza.

—¡Madre! —se separó de Sebastian y paseó la mirada por la habitación. Su madre estaba sentada en una silla y tía Hortensia, arrodillada a su lado, le vendaba el brazo con un jirón de sábana—. ¿Te encuentras bien, mamá? —preguntó Alexandra, corriendo hacia Rhea.

Su madre le sonrió.

—Sí, cariño. Estoy bien. Tía Hortensia me está vendando la herida. Solo es un corte.

—Alexandra —terció Sebastian con cierta frustración—. ¿Qué ha pasado aquí? ¿Acaso era Willa la persona que estaba detrás de todos los ataques?

—Sí... Al menos, de los ataques perpetrados por rufianes contratados. No creo que ella tuviera nada que ver con el individuo que me atacó cuando volvía de la fiesta... ¡Oh! —Alexandra abrió de par en par los ojos—. ¡Aquel hombre debía de ser el conde! Acababa de conocerme aquella noche y debió de imaginar quién era yo.

—¿El conde? —inquirió Sebastian—. ¿Te refieres a Richard? ¿Está involucrado en todo esto? Pero ¿por qué?

—¿Willa? —lo interrumpió tía Hortensia, horrorizada—. ¡Oh, Dios mío, y durante todos estos días permitimos que se quedara a solas con Rhea!

—Lo sé. Al parecer, no pensaba hacerle nada mientras no volviera en sí. Afortunadamente, mi madre lo presintió y fingió seguir en coma. Estabas despierta la otra noche, cuando me apretaste la mano, ¿verdad?

—Sí, pero aún me sentía muy confusa. Estaba segura de haber visto antes a esa mujer, y me daba miedo. No sabía bien por qué, pero no quería que ella supiera que estaba consciente.

—Pero ¿por qué? —inquirió Sebastian, frustrado—. ¿Por qué querían Willa o el Conde deshacerse de vosotras?

Alexandra respiró hondo.

—Mi madre me lo contó todo esta noche. Simone le confió a sus hijos para que se los trajera a la condesa. Mi madre fingió que yo había muerto, para poder quedarse conmigo y criarme como si fuera hija suya. Pero entregó a los otros dos niños a la condesa.

—¿Qué? —inquirió Sebastian, perplejo.

—Bueno, no a la condesa. En realidad, los dejó con Willa, porque la condesa se encontraba postrada en cama. Willa estaba teniendo una aventura con Richard, el nuevo conde, y comprendió que a este podía perjudicarle la aparición de mi hermano.

—Desde luego. Hubiese dejado de ser conde.

—Exacto. De modo que Willa entregó a los niños a Richard, en lugar de a la condesa, y mantuvo el asunto en secreto.

—Pero Willa ha dicho que... ¿el niño murió?

Alexandra asintió, mientras sus ojos volvían a llenarse de lágrimas por el recuerdo del hermano al que nunca había llegado a conocer.

—Sí, murió de la misma fiebre que mi pa... que el señor Ward. En cuanto a la niña, Marie Anne... Bueno, ese hombre tan horrible la internó en un orfanato. Seguramente habrá crecido sola y en la pobreza, y... no sabemos quién puede ser ahora ni dónde puede estar.

—Pobrecito John —Rhea empezó a llorar—. Pobre Marie Anne. Simone me los confió, y yo le fallé. ¡De haber sabido lo que ocurriría, jamás los hubiera dejado con esa mujer!

—Claro que no, madre. Pero tú no lo sabías —Alexandra se inclinó para abrazar a su madre—. Además, me salvaste. ¿No lo comprendes? Durante todo este tiempo, has sufrido a solas, atormentada por el recuerdo de lo que hiciste. ¡Cuando, en realidad, evitaste que compartiera el triste destino de mi hermana!

—Oh, cariño —entre lágrimas, Rhea la abrazó.

Tía Hortensia aguardó unos segundos antes de intervenir.

—Creo que es hora de que vuelvas a acostarte —le dijo—. Ya has perdido mucha sangre —añadió mientras la llevaba hasta la cama.

Alexandra se volvió hacia Sebastian, que le tomó la mano.

—¿De modo que Willa intentó deshacerse de vosotras... para que nadie supiera lo que sucedió con los niños?

Ella asintió.

—Si mi madre le contaba la verdad a la condesa, esta habría

acabado descubriendo que Richard y Willa se habían deshecho de sus otros nietos. Hubiera sido un terrible escándalo, por decirlo de forma suave, y Willa sabía que la condesa no la habría perdonado nunca.

Sebastian la rodeó con el brazo, y ella recostó la cabeza en su hombro. Luego él la condujo al pasillo, lejos de Rhea, tía Hortensia y los criados.

—Ya he mandado llamar al médico y al alguacil.

Alexandra asintió, emitiendo un suspiro.

—¡Oh, Sebastian, qué historia tan terrible! ¿Cómo vamos a decírselo a la condesa?

—La condesa es una mujer fuerte. Y ahora te tendrá a ti a su lado para superar la pena —Sebastian le apretó la mano—. Encontraremos a tu hermana. Pienso contratar a un detective enseguida. Registraremos todos los orfanatos de Londres si es preciso.

—¿Crees que conseguiremos dar con ella? —inquirió Alexandra, sintiendo cierta esperanza—. Quizá podamos investigar por nuestra cuenta.

—Ah, no —Sebastian meneó la cabeza, atrayéndola hacia sí—. No quiero verme envuelto en más misterios contigo. Vamos a casarnos, así que serás una esposa como Dios manda. Olvídate de ser secuestrada, agredida o encerrada en más burdeles.

Ella emitió una risita.

—Está bien. Prometo no ser secuestrada nunca más.

—Te quiero —dijo Sebastian—. Prométeme que no te irás nunca.

—No me iré nunca —afirmó Alexandra—. ¿Por qué voy a irme si mi amor está aquí?

Con una sonrisa, Sebastian la llevó hasta el dormitorio.

EPÍLOGO

La torre de piedra de la iglesia se alzó a lo lejos. El carruaje no tardaría en alcanzarla. Alexandra, que tenía la cara pegada a la ventanilla, se enderezó y se recostó en el lujoso asiento.

La condesa le sonrió benévolamente.

—Me hace muy feliz que os caséis en la iglesia de la familia —dijo con satisfacción. Luego, su expresión radiante se ensombreció—. Richard estará presente. No he podido impedir que asista, hallándose su hacienda a dos pasos de la iglesia. Esa serpiente. Jamás podré volver a mirarlo a la cara, sabiendo lo que les hizo a mis nietos.

—Lo sé. Ojalá tuviéramos alguna prueba contra él. Pero habiendo muerto Willa... —Alexandra meneó la cabeza—. Si las joyas que Simone le entregó a mi madre estuvieran en su poder y lográramos dar con ellas...

—Richard podría culpar fácilmente a Willa y decir que ella le dio las joyas después de asegurarle que los niños habían muerto —los ojos azules de la condesa centellearon—. A veces creo que sería capaz de arrancarle el corazón con mis manos desnudas.

Alexandra asintió.

—Al menos, aún nos queda la esperanza de poder encontrar a mi hermana algún día.

—¡Oh! —la condesa se irguió en el asiento—. ¿Cómo he podido olvidarlo? Con el ajetreo de los preparativos, se me pasó decírtelo. Me ha llegado una carta del detective.

—¿Sí? —preguntó Alexandra con ansiedad—. ¿Hay alguna noticia?

—Sí. Apenas averiguó nada concreto en los orfanatos de Londres, de modo que amplió la búsqueda a los pueblos cercanos a la ciudad. Y ha encontrado uno, el orfanato de San Anselmo, en Sevenoaks, donde ingresó una niña pequeña, de unos cinco o seis años, a finales del verano de 1789. La niña dio el nombre de Mary Chilton.

Alexandra contuvo el aliento.

—Chilton. Igual que...

—Sí, es el título de mi hijo. Así lo llamaba todo el mundo. Si le preguntaron a la pequeña por el apellido de su padre, seguramente respondió dando el título por el que era conocido.

Alexandra asintió.

—Sí, tiene sentido. Y Mary es la forma inglesa de Marie. Parece muy posible.

—A mí también me lo pareció. De modo que respondí al detective de inmediato, pidiéndole que lo investigara a fondo —los ojos de la condesa chispearon—. ¡Oh, Alexandra, pensar que es posible que algún día vuelva a teneros a ambas a mi lado! Entonces sí que moriría feliz.

—¡Pues eso no nos gustaría nada! —protestó Alexandra con una risita—. Debes prometerme que vivirás feliz, abuela.

La condesa se inclinó hacia ella.

—Si Sebastian y tú me dais bisnietos, mi felicidad será absoluta. Por cierto, ¿cómo está Rhea? ¿Hortensia y ella siguen pensando volver a América?

Alexandra asintió.

—Piensan marcharse después de la boda. Mi madre se encuentra mucho mejor desde que me lo confesó todo. Creo que para ella supuso un alivio descargar semejante peso de su conciencia. Aun así, será más feliz en casa, entre las personas a las que conoce. Sebastian me ha prometido que la visitaremos el año que viene.

El carruaje se detuvo por fin delante de la iglesia, y un criado las ayudó a ambas a bajarse. A continuación, subieron las escaleras de piedra. La condesa traspasó las puertas dobles del templo y, al cabo de unos segundos, Alexandra la siguió. Caminó lentamente por el pasillo de la iglesia y se fijó en las caras de las personas que ahora formaban parte de su vida, como Nicola y Penelope. Incluso lady Ursula, que había acabado reconociéndola como sobrina suya, estaba presente.

Alexandra también vio los rostros de su antigua vida. Su madre lloraba desenfrenadamente mientras tía Hortensia contemplaba a su sobrina con los ojos brillantes por las lágrimas.

Alexandra les sonrió antes de avanzar hasta el altar, donde la esperaba Sebastian. Ella notó que el corazón le daba un vuelco, como siempre que lo veía. Él era el pilar principal, el corazón y el alma de su nueva vida. Siempre estarían juntos, en lo bueno y en lo malo.

Alexandra sonrió a Sebastian, con los ojos llenos de amor, y se acercó a él para darle la mano.

PRÓMETEME EL MAÑANA

PRÓLOGO

Marie Anne irguió la cabeza y miró somnolienta al hombre que permanecía sentado delante de ella en el carruaje. Parpadeó y después frunció el ceño.

—Es usted un hombre malvado.

Él miró de reojo a la niña y suspiró.

—Silencio. Ya casi hemos llegado.

Su cara quedaba oculta en la penumbra. Era muy delgado, casi escuálido, y no dejaba de moverse, inquieto.

—Quiero irme a mi casa —dijo ella quejumbrosamente.

Todo era muy confuso. Echaba de menos a John y a la pequeña. Y, sobre todo, añoraba a sus padres. Recordaba la noche en que su madre los había sacado apresuradamente de la casa, guiándolos por la oscura calle. Recordaba el aroma familiar del perfume de su madre mientras esta la apretaba contra su pecho y le susurraba:

—Cuídate, *ma chérie*.

Su madre lloraba y Marie Anne sabía que era por la gente horrible que acechaba en las calles.

—¡Quiero quedarme contigo! —había gemido Marie Anne, aferrándose a su madre. La pequeña también rompió a llorar e intentó zafarse de los brazos de la señora Ward. Solamente John había permanecido estoicamente callado y sereno.

—Oh, *chérie*... ojalá pudieras, pero es demasiado peligroso —su madre, la mujer más bella del mundo, le enjugó las lágrimas de las mejillas e intentó sonreír—. Debéis volver a Inglaterra con los abuelos. La señora Ward os llevará. Ella es amiga de mamá y cuidará de vosotros. Papá y yo debemos quedarnos hasta que los abuelos acepten marcharse. Luego nos reuniremos con vosotros.

—¿Lo prometes?

—Sí, cariño, lo prometo —había respondido su madre.

—¿Dónde está mi madre? —preguntó Marie Anne a su acompañante—. Dijo que íbamos a verla —había llorado y pataleado cuando la sacó de la cama un rato antes, hasta que finalmente él tuvo que pedirle que guardara silencio, que la llevaría con su madre.

—Ya casi hemos llegado —repitió el hombre asomándose por la ventanilla.

Marie Anne vio que se aproximaban a un enorme edificio. Pero no era su casa, ni la casa de su abuela. Se trataba de una inmensa estructura cuadrada de piedra gris. Demasiado fea, comprendió, para que en ella se encontrara su madre. Los ojos se le llenaron de lágrimas.

—Esa no es la casa de mi abuela —durante un tiempo muy corto, su hermano John y ella habían estado en la casa de su abuela en Londres. La señora Ward, la amiga de su madre, los había llevado allí y, al principio, Marie Anne se había alegrado al pensar que vería a su querida abuela. Pero una mujer los había llevado a otra casa, donde se hallaba aquel hombre horrible. Marie Anne ya lo había visto antes, aunque no sabía con seguridad quién era.

Esa mujer le dio de comer e intentó que John también comiera algo, pero estaba muy enfermo. Se retorcía en la cama, sudando y tiritando. Marie Anne se sintió aterrada al verlo así. Pero aún la aterrorizaba más estar lejos de su hermano mayor, viajando de noche con aquel desconocido.

¿Por qué los había dejado la señora Ward con aquella mujer? ¿Por qué se había llevado a la pequeña, pero no a ellos dos? ¿Dónde estaba su abuela?

Rompió a llorar delante de aquel hombre extraño y nervioso al que no conocía de nada.

—Quiero ir con mi abuela —dijo con voz trémula—. ¡Quiero ver a mi madre!

—Luego, luego —dijo él con voz impaciente. En cuanto el

coche se detuvo, abrió la portezuela y se apeó de un salto. Después alargó los brazos hacia ella y la arrastró fuera del carruaje.

—¡No, no! —Marie Anne chilló, forcejeando—. ¡Mamá! ¡Papá!

El hombre la llevó inexorablemente hasta la puerta y llamó con la pesada aldaba. Transcurridos unos segundos, una ceñuda criada les abrió y, minutos después, apareció en el vestíbulo una mujer corpulenta de aspecto severo, vestida con un camisón y un gorro de dormir.

Al verla, los sollozos de Marie Anne cesaron. Era alta y fornida, con los ojos pálidos y fríos como el metal. Miró a Marie Anne como si conociera todas las travesuras que la pequeña había cometido en su vida.

—La encontré junto al camino. Es obvio que la abandonaron —dijo el hombre—. No sabía a qué otro sitio llevarla.

—¡Eso es mentira! —gritó Marie Anne con indignación—. ¡No me encontró junto al camino!

La mujer dio una palmada con tal fuerza, que tanto Marie Anne como el hombre se sobresaltaron.

—¡Ya basta! —su voz chasqueó como un látigo—. Aquí pronto aprenderás a hablar solamente cuando te hablen y a no contradecir a los adultos.

Su tono hizo que a Marie Anne se le acelerara el corazón, pero la niña enderezó los hombros e irguió la barbilla.

—No me encontró junto al camino —insistió.

Los ojos de la mujer se entrecerraron.

—Ya veo que vas a ser testaruda. Las pelirrojas siempre dan problemas.

—Estoy seguro de que se adaptará en cuanto lleve aquí un poco de tiempo —dijo el hombre con una nota de pánico en la voz.

—No se preocupe, señor —respondió la mujer con una sonrisa sardónica—. La admitiremos. No tardará en aprender disciplina —sus ojos chispearon.

El hombre emitió un suspiro de alivio y soltó a Marie Anne.

—Gracias —se giró y se apresuró hacia la puerta.

—¡No! ¡Espere! —gritó Marie Anne volviéndose para correr tras él, pero la mujer la detuvo.

—¡Basta! ¡Se acabó ese comportamiento ahora mismo! —ordenó dándole un fuerte azote en las piernas, por debajo de la falda.

Marie Anne, que jamás había recibido un golpe en su vida, se giró y miró boquiabierta a la mujer. El hombre salió presuroso y cerró la puerta tras de sí.

—Eso está mejor —la mujer asintió aprobadoramente—. Los niños de San Anselmo no se comportan así, como muy pronto descubrirás. Los niños de San Anselmo son callados y obedientes. Bueno... —añadió mirándola con detenimiento—. ¿Qué edad tienes?

—Cinco años —se apresuró a responder la niña, orgullosa de su edad.

—¿Y cómo te llamas?

—Marie Anne.

—Un nombre poco adecuado para una niña de tu condición. Te llamaremos simplemente Mary. ¿Tienes apellido?

Marie Anne se quedó mirándola.

—No... no estoy segura. Solo sé que me llamo Marie Anne.

—¿Tienes padre?

—¡Pues claro que sí! —respondió, indignada—. ¡Y vendrá por mí!

—Seguro —dijo la mujer cínicamente—. Muchos de nuestros niños esperan que vengan sus padres. Pero, mientras tanto, habrá que darte un apellido. ¿Cómo llama la gente a tu padre?

—Chilton.

—Muy bien. Mary Chilton. Así te llamarás. Yo soy la señora Brown, directora de San Anselmo.

—Pero ese no es mi nombre —protestó Marie Anne con indignación.

—Lo será a partir de ahora. Y no me repliques. Ya te he dicho que no tolero semejante conducta.

—¡Pero usted se equivoca!

La señora Brown alargó la mano y le dio una fuerte bofetada en la mejilla.

—No me hables en ese tono. ¿Entendido?

Marie Anne asintió, aturdida, llevándose la mano a la mejilla. Jamás la habían tratado así. Se le saltaron las lágrimas y, por unos instantes, estuvo al borde del llanto.

—Respóndeme cuando te hable —ordenó la señora Brown.

—Sí, señora Brown —contestó Marie Anne diligentemente, aunque su tono era helado y orgulloso como el de una duquesa.

—Sígueme —la mujer la condujo por unas escaleras y un pasillo escasamente iluminado con candelabros. La luz de las velas titilaba y parpadeaba, proyectando extrañas sombras. Marie Anne intentó reprimir el miedo, recordando las palabras que su abuela le había dicho una vez cuando acudió a ella llorando porque John y otros chicos la habían asustado con historias de terror: «Mantén la cabeza alta, pequeña mía. Que no sepan que tienes miedo. Eso les daría mucha más satisfacción».

La señora Brown se detuvo delante de un armario y sacó una manta y un vestido marrón. Encima colocó unas enaguas blancas, unas calcetas con varios zurcidos y una camisa de dormir excesivamente grande. Le entregó el montón a Marie Anne.

—Tu ropa y una manta para la cama.

Marie Anne miró dubitativa el feo vestido marrón.

—Pero si ya tengo ropa. Me gusta más mi vestido.

—Tu ropa es inadecuada. Excesiva para tu condición. Ahora estás en San Anselmo y llevarás el vestido que te he dado.

Recordando la dolorosa bofetada, Marie Anne prefirió no discutir. Siguió a la señora Brown hasta el dormitorio situado más allá del armario.

Era un dormitorio enorme, con hileras de camas a ambos lados. Al lado de cada cama había una pequeña cómoda con tres cajones. Y en cada cama dormía una niña. Marie Anne jamás había visto a tantas personas durmiendo en una misma habitación.

La señora Brown se giró hacia ella.

—Ahora quiero que te desvistas y te acuestes. Mañana te presentaré a las demás niñas y te asignaré tus tareas.

—¿Tareas?

—Por supuesto. Aquí todo el mundo ha de trabajar para ganarse la comida —la mujer se volvió y empezó a alejarse.

—Pero ¿y la luz? —inquirió Marie Anne, incapaz de disimular el temblor de su voz—. ¿Cómo voy a desvestirme a oscuras?

—Entra bastante luz por las ventanas —respondió la directora, señalando las altas ventanas sin cortinas—. No permito que las niñas malgastéis velas.

Dicho esto, salió de la habitación. Marie Anne vio cómo se desvanecía la parpadeante luz de la vela. Jamás se había sentido tan sola en toda su vida, ni siquiera la noche en que su madre la dejó a ella y a sus hermanos con la señora Ward.

Una manita tomó la suya y una voz suave susurró:

—Vamos, no llores. Mañana te sentirás mejor, ya lo verás.

Marie Anne se giró y vio a una niña de su estatura, aunque su cara aparentaba más edad. La miró con curiosidad mientras sus lágrimas remitían lentamente.

—Hola. ¿Quién eres?

—Me llamo Winny —respondió la niña con una tímida sonrisa—. Tengo ocho años. ¿Y tú cómo te llamas?

—Marie Anne. Aunque esa mujer dice que ahora me llamo Mary.

La pequeña asintió.

—Le gustan los nombres sencillos. ¿Cuántos años tienes? ¿Te gustaría ser mi amiga?

—Eh, no seas tonta, Winny —dijo una voz áspera desde la cama situada enfrente. Una niña de más edad se dio la vuelta para sentarse en el borde de la cama, mirándolas. Tenía el cabello negro y rizado, recogido en desaliñadas coletas, y la redonda cara salpicada de pecas—. ¿Quién querría ser amiga de alguien como tú?

—Yo —dijo Marie Anne firmemente—. Winny parece muy simpática.

—«Winny parece muy simpática» —la remedó la otra niña, alzando la voz para imitar la dicción precisa de Marie Anne—. ¿Qué eres, una maldita princesa?

Marie Anne irguió el mentón.

—No, pero algún día seré duquesa si quiero. Eso dice mi abuela.

—¡Duquesa! —la otra niña se dio una palmada en la pierna y estalló en carcajadas—. Eh, oídme todas, tenemos a una maldita duquesa entre nosotras. La duquesa de San Anselmo.

—No le hagas caso —susurró Winny—. A Betty le cae mal

todo el mundo. Yo sí creo que pareces una duquesa —tocó la manga del vestido de Marie Anne con admiración—. Pero será mejor que te pongas el camisón. La señorita Patman viene a vernos cada hora y te castigará si ve que no estás acostada.

Marie Anne suspiró. Con la ayuda de Winny, se desabrochó el vestido y desdobló el camisón para ponérselo.

—¡Anda! ¿Qué es eso? —Betty, que seguía observándola, se inclinó y echó mano al medallón que Marie Anne llevaba al cuello.

Marie Anne retrocedió rápidamente, cerrando la mano en torno al preciado medallón. Su abuela se lo había regalado las últimas navidades. Era de oro y contenía dos retratos en miniatura de su padre y de su madre. Tenía grabada la letra M, de Marie. Su abuela le había regalado uno similar a la pequeña, con la letra A de Alexandra. Naturalmente, Alexandra era demasiado pequeña para llevarlo, pero Marie Anne se había puesto el suyo y jamás se lo había quitado.

—Dámelo —exigió Betty avanzando hacia ella.

—¡No! ¡Es mío! ¡Me lo regaló mi abuela!

—Ahora es mío —Betty agarró el medallón y empezó a tirar, pero Marie Anne emitió un grito feroz y le clavó los dientes. Betty retiró la mano, dejando escapar un alarido de dolor.

Riéndose, la niña de más edad que había en el cuarto se acercó para separarlas.

—Creo que has encontrado la horma de tu zapato, Bet —dijo con voz divertida la joven de catorce años. Hizo una reverencia burlona a Marie Anne, que seguía rígida por la ira—. Encantada de conocerla, duquesa. Soy Sally Gravers.

—Gracias. Yo también me alegro de conocerte —Marie Anne se inclinó levemente, como le habían enseñado a hacer.

La joven sonrió. Luego se giró hacia Betty y frunció el ceño.

—Déjala en paz, ¿me oyes? Ese medallón es suyo.

—Está bien, Sally —contestó Betty hoscamente, al tiempo que dirigía a Marie Anne una mirada venenosa.

—Y ahora, vamos a dormir —prosiguió Sally—. Yo, por lo menos, no tengo ninguna gana de levantarme a las cinco y ponerme a fregar suelos sin haber pegado ojo.

Marie Anne la miró boquiabierta, sin dar crédito a lo que

oía. ¿Acaso había acabado convirtiéndose en una especie de sirvienta?

—Betty no te lo robará —susurró Winny, que seguía a su lado—, porque teme a Sally. Pero la directora te lo quitará si te lo ve puesto. Yo tengo un escondite. Te lo enseñaré y podrás guardarlo allí.

Marie Anne asintió agradecida mientras, con la ayuda de Winny, extendía la manta sobre el estrecho colchón. Luego se metió en la cama. Recordó cómo su madre solía darle siempre un beso de buenas noches y los ojos se le llenaron de lágrimas. ¿Por qué no había acudido su madre a buscarla? Prometió que su padre y ella se reunirían con ellos en cuanto pudieran.

Una horrible sensación de soledad se abatió sobre Marie Anne mientras en su interior una voz malévola le susurraba que sus padres ya no la querían.

¡Pero eso no era cierto! Marie luchó contra el horror que amenazaba con engullirla. Sabía que su padre y su madre la amaban. Irían a buscarla, y también encontrarían a la pequeña, y John... John se pondría bien. Solo tenía que esperar, se dijo, y algún día su familia la encontraría y sería feliz de nuevo...

CAPÍTULO 1

Marianne respiró hondo mientras observaba a la radiante multitud. Jamás había asistido a una fiesta tan grande, con tantas personas de la nobleza. Se preguntó qué pensarían si supieran que era en realidad la humilde Mary Chilton, del orfanato de San Anselmo, y no la refinada viuda Marianne Cotterwood.

Sonrió interiormente. Lo que más le gustaba de aquella farsa era la idea de engañar a la aristocracia, de conversar con gente que se habría sentido horrorizada al saber que estaban hablando de igual a igual con una antigua sirvienta.

Marianne consideraba enemigos naturales a todos los miembros de la clase alta. Aún recordaba sus tiempos en el orfanato, cuando las grandes señoras acudían para hacer sus «obras de caridad». Vestidas con sus elegantes trajes, miraban a las huérfanas con lastimoso desprecio. Luego se iban, sintiéndose inmensamente superiores y santas por su caridad. Marianne solía mirarlas con el corazón lleno de una abrasadora furia. Sus experiencias tras abandonar el orfanato no habían disminuido el desprecio que sentía hacia ellas. Había entrado a servir en casa de lady Quartermaine cuando tenía catorce años, y allí había trabajado como doncella, con una sola tarde libre a la semana y un sueldo de un chelín diario.

—Una fiesta maravillosa —dijo la acompañante de Marianne, interrumpiendo sus pensamientos.

La señora Willoughby estaba tan orgullosa de haber sido invitada a la fiesta de lady Batterslee, que invitó a Marianne a acompañarla para que presenciara tal esplendor. Marianne se alegró de haber estado con la señora Willoughby el día en que esta recibió la invitación.

Una fiesta en la elegante mansión Batterslee era una oportunidad que no se daba todos los días, y Marianne la aprovechó, aunque ello entrañase soportar la estúpida charla de la señora Willoughby durante toda la velada.

Marianne miró a su alrededor y vio a un hombre apoyado en una de las esbeltas columnas de la sala de baile, a pocos metros de ella. La estaba mirando y, cuando Marianne se dio cuenta, él no retiró la mirada avergonzado, como habría hecho la mayoría. Siguió observándola fijamente, de un modo que resultaba casi indecente.

Era alto y esbelto, con los hombros anchos y las piernas musculosas propias de un hombre que había pasado gran parte de su vida montando a caballo. Su cabello, corto y ligeramente despeinado, era castaño claro. Sus ojos también eran castaños y a Marianne le recordaron los de un halcón. Tenía los pómulos altos, la nariz fina y recta; su rostro era aristocrático, atractivo y orgulloso, y parecía ligeramente aburrido, como si el mundo no ofreciera lo suficiente para captar su interés.

Su mirada la desasosegó. A Marianne le resultaba casi imposible retirar los ojos de aquel hombre. Él le sonrió, una sonrisa lenta y sensual que le provocó un extraño hormigueo en el bajo vientre. Marianne hizo ademán de devolverle la sonrisa, pero se contuvo a tiempo, recordando lo que era aquel hombre y lo que ella sentía por los individuos de su clase. Además, una viuda refinada no sonreía a los desconocidos. De modo que enarcó una ceja desdeñosamente y, a continuación, le dio la espalda.

La anfitriona se acercó a ellas para saludarlas. Saludó a la señora Willoughby, sin dar señal alguna de reconocerla, y después hizo lo propio con Marianne.

Había tanta gente en la sala que resultaba difícil abrirse paso. Finalmente, lograron encontrar un par de sillas vacías. La señora Willoughby se desplomó en una de ellas, abanicándose el rostro congestionado, y miró a su alrededor con el entusiasmo de una arribista.

—Ahí está lady Bulwen. Me sorprende que haya venido.

Dicen que está a un solo paso de ir a la cárcel por morosa, ¿sabe usted? —meneó la cabeza, chasqueando la lengua, antes de proseguir—. Ese de ahí es Harold Upsmith. ¿Lo conoce? Un auténtico caballero... y no como su hermano James, que es un gandul.

—Desde luego —murmuró Marianne, siguiendo sin esfuerzo la conversación. Para ella era una suerte que la señora Willoughby fuese una chismosa empedernida. Antes de que acabase la noche, lo sabría todo acerca de la aristocracia.

Al cabo de unos instantes, sin embargo, le llamó la atención el tono imperioso de una mujer sentada a su derecha.

—Ponte recta, Penelope. E intenta aparentar que te estás divirtiendo. Es una fiesta, ¿sabes?, no un velatorio.

Marianne las miró con curiosidad. La voz pertenecía a una mujer alta, vestida con un traje color púrpura. También ella miraba a la multitud como un ave de presa, haciendo comentarios sobre los solteros presentes y dirigiéndose a su joven acompañante en tono autoritario.

La joven en cuestión estaba sentada entre Marianne y la mujer de más edad, lucía un sencillo vestido blanco. El blanco, según sabía Marianne, era el color que debían llevar las chicas solteras en las fiestas.

—Sí, mamá —murmuró Penelope con voz inexpresiva al tiempo que apretaba los puños en el regazo. Alzó la mano para ponerse bien los anteojos y el abanico se le cayó al suelo, aterrizando sobre el pie de Marianne.

—Penelope, intenta ser menos patosa. No hay nada menos atractivo para un hombre que una mujer torpe.

—Lo siento, mamá —dijo Penelope ruborizándose y se agachó para recuperar el abanico, pero Marianne ya lo había recogido.

Se lo devolvió a Penelope con una sonrisa compadecida.

—Gracias —murmuró la joven sonriendo tímidamente.

—No hay de qué. Una fiesta muy concurrida, ¿eh?

Penelope asintió enfáticamente.

—Sí, las odio cuando hay tanta gente.

—Soy la señora Cotterwood. Marianne Cotterwood —se presentó Marianne.

—Yo me llamo Penelope Castlereigh. Es un placer conocerla.

—El placer es enteramente mío. Le habrá parecido un atrevimiento por mi parte que me presente, pero, la verdad, considero ridículo estar aquí sentadas sin hablar simplemente porque no haya nadie cerca que nos conozca a ambas para presentarnos.

—Tiene toda la razón —convino Penelope—. Yo me habría presentado si tuviera más valor. Pero me temo que soy una cobarde.

En ese momento, la madre de Penelope reparó en que su hija no la estaba escuchando y miró para ver qué era lo que la había distraído. Observó desaprobadoramente a Marianne y frunció el ceño.

—¡Penelope! ¿Qué estás haciendo?

—Solo estaba hablando con la señora Cotterwood. La conocí la semana pasada, en casa de Nicola.

Rápidamente, antes de que su madre indagara más en el asunto, le presentó a Marianne. La madre de Penelope, descubrió Marianne, era lady Ursula Castlereigh.

De inmediato, la señora Willoughby se inclinó hacia delante.

—Oh, ¿conoce usted a lady Castlereigh, señora Cotterwood? —dijo, encantada—. Soy la señora Willoughby, lady Castlereigh. No sé si lo recuerda, pero nos conocimos en la fiesta de la señora Blackwood, el verano pasado.

—¿De veras? —contestó lady Ursula en un tono que habría desalentado a una mujer menos decidida que la señora Willoughby.

—Pues sí. Me encantó el vestido que llevaba aquel día —la señora Willoughby procedió a dar una descripción detallada del vestido mientras se levantaba para sentarse al lado de lady Ursula.

Marianne aprovechó la oportunidad para escapar de ambas.

—¿Le apetece dar una vuelta por la sala, señorita Castlereigh?

El semblante de Penelope se iluminó.

—Me parece una idea estupenda.

La joven se relajó visiblemente cuando se hubieron alejado

de lady Ursula. Marianne miró a su alrededor mientras paseaban, inspeccionando la sala. En la enorme habitación había pocos de los objetos valiosos que buscaba. Condujo a Penelope hacia los grandes ventanales, abiertos para airear el ambiente.

—Ah, aquí se está mucho mejor.

—Oh, sí —convino Penelope, siguiéndola—. El aire fresco sienta bien.

Marianne se asomó al exterior. Estaban en la segunda planta, que dominaba un pequeño jardín situado en la parte trasera de la casa. No había ningún árbol o enrejado oportuno cerca. Aun así, Marianne estudió con ojo profesional el ventanal y la cerradura antes de acompañar a Penelope a otra parte de la sala.

Mientras caminaban, sintió un extraño hormigueo en la nuca, que le dijo que alguien la estaba observando. Girándose, vio al mismo hombre que se había estado fijando en ella un rato antes. Mientras Marianne lo miraba, él le hizo una breve reverencia. Se sintió invadida por una súbita sensación de calor a la que no estaba acostumbrada. Se dijo que era azoramiento.

—Penelope... —Marianne tomó a su acompañante del brazo—. ¿Quién es ese hombre?

Penelope se ajustó los anteojos y siguió la dirección de su mirada.

—¿Se refiere a lord Lambeth?

—A ese tan guapo con la sonrisa de superioridad.

Penelope sonrió levemente al oír la descripción.

—Sí. Es Justin. El marqués de Lambeth.

—No deja de mirarme. Me resulta desconcertante.

—Debería estar acostumbrada a que la miren los hombres —respondió Penelope, haciendo una obvia referencia a su belleza.

—Gracias por el cumplido —Marianne le sonrió—. Pero es la segunda vez que lo sorprendo mirándome indecorosamente. Y no parece importarle que me haya dado cuenta. Se queda ahí con ese aire de...

—¿De arrogancia? —dijo Penelope—. No me extraña. Lambeth es muy arrogante. Naturalmente, tiene motivos para serlo. Todo el mundo lo adula, sobre todo las jovencitas casaderas.

—¿Es que es un buen partido?

Penelope emitió una risita.

—Yo diría que sí —la miró con curiosidad—. ¿Insinúa que nunca había oído hablar de él?

—Me temo que no. He pasado estos últimos años en Bath. Llevo una vida tranquila desde que mi marido murió.

—Claro. Lo siento. Con razón no ha oído hablar de él. Bath no es el tipo de sitio que Lambeth suele frecuentar. No es lo bastante excitante.

—¿Es un juerguista, entonces?

Penelope se encogió de hombros.

—Detesta el aburrimiento. Bucky dice que es capaz de cualquier cosa con tal de no aburrirse. El mes pasado, sir Charles Pellingham y él hicieron apuestas sobre lo rápidamente que una araña podía tejer su tela en una ventana de White's.

Marianne hizo una mueca.

—Me parece una soberana tontería.

—Sir Charles es tonto —reconoció Penelope—, pero Bucky dice que Lambeth se las sabe todas.

—¿Quién es Bucky? —inquirió Marianne.

Penelope se ruborizó ligeramente.

—Lord Buckminster. Es primo de mi buena amiga Nicola Falcourt —apresuradamente añadió—: Se le considera un excelente partido.

—¿A lord Buckminster o a lord Lambeth?

Penelope se sonrojó aún más.

—A ambos, supongo, pero me refería a lord Lambeth. Dicen que es inmensamente rico y su padre es el duque de Storbridge, así que todas las madres casamenteras tienen los ojos puestos en él.

—Comprendo.

—Aunque imagino que es en vano. Mi madre dice que existe un acuerdo tácito entre Cecilia Winborne y él y que acabarán casándose algún día. Sería un matrimonio perfecto. El linaje de ella es tan elevado como el de él... y jamás ha habido un escándalo en la familia. Son terriblemente mojigatos —añadió Penelope en tono de confidencia.

Marianne se echó a reír.

Penelope pareció levemente avergonzada.

—Lo siento. No he debido decir eso. Debe de considerarme una joven terrible. Mi madre dice que siempre me voy de la lengua.

—Tonterías —le aseguró Marianne—. Disfruto mucho con su compañía... y esa lengua inquieta es una de las principales razones.

—¿De veras? —Penelope pareció complacida—. Siempre tengo miedo de decir algo indebido. Y luego, cuando los demás esperan que hable, la lengua parece trabársele.

—A mí también me ocurre a menudo —mintió Marianne amablemente. En realidad, jamás había tenido problemas de timidez. Sus palabras, no obstante, parecieron animar a Penelope, que siguió hablando.

—A Bucky le cae bien lord Lambeth. Dice que es un «buen tipo». Pero a mí me da un poco de miedo. Es tan frío y orgulloso... igual que el resto de su familia. Su madre impone aún más respeto que él.

—Pues debe de ser terrible, entonces.

—Lo es. Personalmente, creo que Cecilia Winborne y ella son del mismo paño. Pero, dado que lord Lambeth desprecia el amor, supongo que no le importa.

—Umm, parece que forman una pareja encantadora.

Penelope dejó escapar una risita.

—Vaya... ¡Penelope! —dijo una voz masculina tras ellas. Al volverse, vieron que se acercaba un hombre alto y rubio, de expresión amable, que miraba sonriente a Penelope—. ¡Qué suerte encontrarte lejos de lady Ursula!

Penelope se ruborizó y sus claros ojos castaños se iluminaron.

—¡Bucky! No sabía si ibas a venir esta noche.

—Salí de la ópera antes de tiempo. Seguro que la madre de Nicola me despellejará la próxima vez que me vea, pero... ¡por favor! —hizo una pausa, mostrando su indignación—. ¡Un hombre solo puede aguantar esos aullidos hasta cierto punto!

Penelope sonrió.

—Estoy segura de que lady Falcourt lo comprenderá.

—No, pero... —Buckminster se giró hacia Marianne y

dijo—: Disculpe, he sido tremendamente descortés al... —se quedó mudo cuando miró la cara de Marianne, y se puso muy pálido—. Yo, eh... vaya.

Marianne apenas pudo contener una risita. Lord Buckminster tenía todo el aspecto de haber recibido un mazazo en la cabeza.

—Señora Cotterwood, permítame presentarle a lord Buckminster —dijo Penelope.

—¿Qué tal está? —Marianne le tendió la mano.

—Es... es un placer conocerla —consiguió decir él, avanzando para tomar su mano. Tras saludarla, siguió mirándola fijamente con una sonrisita tonta en los labios.

Marianne suspiró para sí. Estaba claro que Penelope sentía debilidad por «Bucky», pero él no parecía advertirlo. También era evidente que se había encandilado con Marianne. Muchos hombres solían reaccionar así al verla.

—Encantada de haberlo conocido —le dijo en tono amable—, pero me temo que no puedo quedarme a charlar. Debo regresar con la señora Willoughby o empezará a echarme en falta.

—Permita que la acompañe —sugirió Buckminster con ansiedad mientras se alisaba el puño de la chaqueta. Uno de sus gemelos de oro cayó al suelo y salió rodando—. Oh, vaya... —miró consternado el gemelo y se agachó para recogerlo.

—Oh, no —protestó Marianne—. Debe quedarse haciéndole compañía a Penelope. Seguro que tienen mucho de que hablar —dicho eso, se escabulló rápidamente, mientras Buckminster seguía concentrado en el gemelo.

A continuación, se abrió paso por entre la multitud hasta llegar a la puerta. Abriendo el abanico, para simular que era el calor lo que la impulsaba a abandonar la sala, avanzó por el largo pasillo. Miró a su alrededor fingiendo un aire despistado, memorizando la posición de las puertas, las ventanas y las escaleras. Después se detuvo e hizo como que contemplaba un retrato. Mientras, echó un vistazo a la ventana para comprobar su accesibilidad desde la calle. Tras cerciorarse de que no había sirvientes ni otros invitados a la vista, caminó hacia el vestíbulo, asomándose a todas las habitaciones por las que pasaba. Todas estaban llenas de objetos valiosos, desde cuadros a finas piezas de mobiliario, pero a Marianne solo le interesaban aquellos objetos que pudiera transportar y vender con facilidad, como la plata y los adornos. Su intención era localizar el despacho, pues sabía que allí estaría probablemente la caja fuerte. Lo encontró al abrir la segunda puerta. Aunque, más que un despacho, parecía un estudio. Con una sonrisa de satisfacción, Marianne entró en la habitación, agarró un candelabro de la mesa y lo encendió con uno de los candelabros de pared del pasillo. Luego cerró la puerta tras de sí. Aquella era la parte más peligrosa de su trabajo, así como la más excitante. Debía proceder con rapidez.

Con el corazón martilleándole el pecho, Marianne dejó el candelabro en la mesa e inspeccionó el estudio, retirando levemente los cuadros de escenas de caza para mirar detrás. El tercer cuadro ocultaba el premio: una caja fuerte empotrada en la pared. Se acercó para examinar la cerradura, que se abría con llave y no con combinación.

—Disculpe, pero no puedo permitir que abra la caja fuerte de mi anfitriona —dijo una voz masculina tras ella.

Sobresaltada, Marianne se giró rápidamente, con el corazón en la garganta. Apoyado en el marco de la puerta, con una ceja socarronamente enarcada, estaba lord Lambeth.

CAPÍTULO 2

Durante un largo momento, Marianne no pudo sino quedarse mirándolo, su mente girando frenéticamente.
Por fin, consiguió esbozar una sonrisa trémula y dijo:
—¡Milord! ¡Me ha dado un buen susto!
—¿Sí? —él sonrió, mostrando sus blancos dientes. Marianne tuvo la súbita e intensa impresión de estar viendo a un lobo—. Pensé que tendría unos nervios más templados... dada su profesión.
Marianne se enderezó y puso una expresión arrogante que había aprendido de lady Quartermaine.
—¿Cómo ha dicho? ¿Mi profesión? Me temo que no sé de lo que está hablando.
—Bravo —Lambeth entró en la habitación y cerró la puerta—. Casi podría creerla... de no haberla sorprendido con las manos en la masa.
Marianne notó un nudo de terror en el estómago.
—¿Qué está haciendo? Debo insistir en que abra esa puerta. Esto es sumamente indecoroso.
Él arqueó una ceja.
—Pensé que le gustaría hablar del asunto en privado. Pero si prefiere que abra la puerta para que todo el mundo nos oiga...
Lambeth se dirigió hacia la puerta, pero Marianne dio un paso adelante.
—¡No! No, aguarde. Tiene razón. Será mejor que lo aclaremos en privado.

Él esbozó una sonrisa presuntuosa y cruzó los brazos.

—¿Tiene usted una explicación? Adelante, por favor. Me encantaría oírla.

—No veo por qué he de explicarle nada —repuso Marianne acaloradamente. Superado su arrebato inicial de miedo, volvía a tener la entereza de siempre. Aquel hombre personificaba todo lo que ella detestaba de la aristocracia: la altanería, la arrogancia, el desdén hacia las personas de clase inferior—. Además, solo estaba echando un vistazo. Eso no tiene nada de malo.

—¿Y qué me dice de la caja fuerte? —Lambeth señaló el cuadro, aún descolocado—. Estaba intentando abrirla.

—¡Yo no estaba haciendo tal cosa! —Marianne puso gesto de absoluta indignación—. El cuadro estaba torcido y lo puse derecho.

Él emitió una carcajada.

—Es usted atrevida, hay que reconocerlo. Pero la tengo en mis manos y lo sabe perfectamente —avanzó hacia ella—. La fiesta era aburridísima, pero se animó mucho al llegar usted.

—¿Se supone que eso es un cumplido? —Marianne retrocedió un paso. La proximidad de Lambeth le resultaba desconcertante. Lo detestaba. Era su enemigo. Pero su sonrisa le provocaba una sensación extraña en la boca del estómago. Y, cuando se acercó, vio que tenía los ojos claros, del color del coñac, oscurecidos bajo sus espesas pestañas. Marianne se dio cuenta de que no podía dejar de mirarlos.

—Sí, lo es. Las jovencitas suelen aburrirme.

—Yo no soy una jovencita —señaló ella—. Soy viuda.

—¿En serio?

—Por supuesto. ¿Cómo se le ocurre dudar de mis palabras?

Lambeth estaba tan cerca, que ella podía sentir el calor de su cuerpo. Marianne retrocedió hasta que se vio arrinconada.

—Es usted un maleducado.

—Eso suelen decirme. Sin embargo, no soy ningún ingenuo, así que le sugiero que deje de fingir. Llevo observándola toda la noche.

—Lo sé. Me di cuenta. Fue entonces cuando comprendí lo grosero que es usted.

—Al principio, me fijé en usted porque es sumamente atractiva —Lambeth sonrió y alzó la mano para acariciarle la mejilla.

Marianne sintió un escalofrío, extraño y delicioso, y se apartó de él, irritada consigo misma.

—Me estaba preguntando cómo podría ingeniármelas para conocerla cuando la vi con la señorita Castlereigh y lord Buckminster. Sabía que ellos nos presentarían, pero, cuando llegué, usted ya se había ido. Así que la seguí por el pasillo y fue entonces cuando reparé en su extraña conducta.

—¿Me estaba espiando? Me sorprende, milord.

—Usted tiene ventaja sobre mí. Parece saber quién soy... pues es la segunda vez que me llama «milord». Yo, en cambio, no sé su nombre.

—No creo que sea de su incumbencia.

—Más vale que me lo diga. De todos modos, acabaré sabiéndolo por Bucky.

Marianne frunció el ceño.

—Soy Marianne Cotterwood. La señora Cotterwood.

—Ah, sí. Olvidaba que es viuda.

—Desearía que dejara de utilizar ese tono desdeñoso. ¿Por qué iba a hacerme pasar por viuda si no lo fuese realmente?

—No lo sé. Quizá lo sea. Aunque también podría formar parte de su engaño.

—Yo no estoy engañando a nadie. Esta conversación es absurda, así que me voy.

Marianne hizo ademán de marcharse, pero Lambeth alargó ambos brazos y la detuvo.

—Antes dígame qué hacía husmeando por el pasillo y asomándose a todas las habitaciones. Y por qué entró en esta y retiró los cuadros hasta que encontró la caja fuerte.

Marianne se notó la garganta seca. El cuerpo de Lambeth estaba a escasos centímetros de distancia; sus ojos parecían taladrar los suyos. Le resultaba difícil respirar y, extrañamente, sentía frío y calor al mismo tiempo.

—Es usted una ladrona, señora Cotterwood —dijo él en voz queda—. No se me ocurre otra explicación.

—No —susurró ella, lamiéndose los labios para humedecerlos.

Los ojos de Lambeth se oscurecieron. Alzó la mano para recorrerle el labio con el pulgar.

—Es usted la mujer más hermosa que he conocido jamás, pero no puedo permitir que robe a mis amigos —hizo una pausa, y una sonrisa afloró a sus labios—. Por otra parte, lord Batterslee no es lo que yo llamaría un «amigo», sino más bien un conocido.

Se inclinó sobre ella, envolviéndola en su calor y su aroma. Marianne cerró los ojos, casi mareada por su proximidad. Notó el contacto de sus labios en los suyos y se sobresaltó ligeramente, pero no se retiró. La sensación que experimentaba era demasiado dulce y extraña. Se relajó, sucumbiendo al placer. Lambeth la rodeó con los brazos, atrayéndola hacia sí al tiempo que reclamaba su boca ansiosamente.

Marianne notó como si estuviera fundiéndose por dentro. Ningún hombre había hecho que se sintiera así jamás. De hecho, rara vez había permitido que un hombre la tocara, desde lo de Daniel. Los besos de Daniel también habían sido dulces al principio...

Marianne se puso rígida al acordarse de Daniel Quartermaine. Otro aristócrata de besos y palabras amables, pero sin ningún pensamiento en mente salvo el de utilizarla y abandonarla. De repente, comprendió las intenciones de Lambeth y se apartó de él, dándole una bofetada en la mejilla.

Él se quedó mirándola, sorprendido.

—¡Sé lo que intenta hacer! —gritó Marianne.

—Sí, está muy claro —respondió él sardónicamente.

—¡Cree que me acostaré con usted para que no le diga a nadie que soy una ladrona!

Lambeth enarcó las cejas.

—Yo no he dicho en ningún momento que...

—No hacía falta. Como acaba de decir, todo estaba muy claro. Me acusó de ser una ladrona y luego empezó a besarme. ¿Qué otra cosa quiere que piense?

—Que su belleza me ha apartado de mi deber, por ejemplo.

—Por favor. No soy estúpida. Ni tampoco una fulana. Está perdiendo el tiempo. No me acostaré con usted, aunque vaya por ahí difamándome.

—En otras palabras, es una ladrona con principios.

Marianne abrió la boca para replicar airadamente, pero en ese momento se abrió la puerta y un hombre de mediana edad entró en la habitación. Al verlos, se detuvo boquiabierto.

—Oh, vaya.

—Lord Batterslee —Lambeth lo saludó inclinando la cabeza.

Marianne notó una sensación helada en el estómago. Lambeth diría al dueño de la casa que la había encontrado husmeando en su estudio para robar. Y la palabra del hijo de un duque bastaría para que se avisara a un alguacil.

—Lambeth, ¿qué demonios está pasando aquí?

Lambeth esbozó una sugerente sonrisa.

—Pues exactamente lo que parece, me temo. Estaba... buscando un lugar privado para, eh, convencer a la dama del afecto que siento por ella.

Marianne se ruborizó. No sabía si sentirse aliviada o humillada al haber manchado Lambeth su reputación de aquella forma.

—¿Una cita? ¿En mi estudio? Francamente, Lambeth...

Lambeth se encogió de hombros, llevándose la mano a la mejilla enrojecida.

—No era una cita, exactamente. Como puede usted ver, la señora Cotterwood se mostró algo contraria a mis sugerencias —se giró hacia Marianne—. No hacía falta que me pegase, ¿sabe? Con un simple «no» hubiera bastado.

—¡No se atreva a hablarme! —la emoción de la ahogada voz de Marianne era sincera. Se sentía al borde del llanto a causa de las emociones contradictorias que la desgarraban por dentro. Pero, aun así, conservó la serenidad suficiente para aprovechar la oportunidad—. ¡Canalla! —le espetó a lord Lambeth y, seguidamente, echó a correr hacia la puerta. Intentando no llamar la atención de los presentes, salió de la casa y tomó un carruaje de inmediato.

Para su alivio, el carruaje emprendió un paso ligero. Marianne se giró y se asomó por la ventanilla. No vio señal alguna de lord Lambeth.

Con suerte, habría regresado a la sala de baile, pensando que ella había vuelto también a la fiesta. O quizá ni siquiera se hubiera tomado la molestia de buscarla.

Pero ¿por qué le había mentido a lord Batterslee? Quizá había esperado poder chantajearla con lo que sabía de ella.

Marianne sonrió para sí. En ese caso, le iba a resultar muy difícil encontrarla. Nadie, ni siquiera la señora Willoughby, sabía dónde vivía. Siempre había procurado mantener su vida privada al margen del mundo de los que Piers denominaba «los palurdos». Por añadidura, aquella había sido su primera incursión en la alta sociedad londinense. En los años anteriores, se habían centrado en las clases medias de Londres y otras ciudades, hasta recalar en las zonas de balnearios de Brighton y Bath, donde Marianne se había mezclado con los ricachones que veraneaban allí. Solo hacía un par de meses que habían decidido probar suerte con la aristocracia de Londres.

Había dedicado algún tiempo a establecerse en la ciudad, visitando a damas como la señora Willoughby, a quien había conocido en Bath y Brighton. La señora Willoughby la había animado a visitarla si alguna vez iba a Londres. Marianne había esperado introducirse poco a poco en los círculos de la alta sociedad. Fue una suerte que se encontrara visitando a la señora Willoughby cuando esta recibió la codiciada invitación a la fiesta de lady Batterslee. Jubilosa y deseando que alguien compartiera su triunfo, la señora Willoughby había invitado impulsivamente a Marianne a que la acompañara, brindándole una oportunidad con la que ella apenas había soñado.

Pero en esos momentos, pensó sombríamente, todo se había ido abajo. Recostada en el asiento, Marianne cerró los ojos. Todo el trabajo, el tiempo y el esfuerzo que habían invertido para sacar suficiente dinero en Londres y retirarse del «negocio»... habían sido en balde.

Cuando el carruaje se detuvo delante de su pequeña y acogedora casa, situada en las afueras de Mayfair, Marianne se sentía completamente abatida.

Tras apearse y pagar al cochero, caminó lentamente hacia la casa. Pero antes de que llegara a tocar el pomo de la puerta, esta se abrió de repente. Winny apareció dentro de la casa, sonriéndole.

—Te vi llegar —dijo.

Winny había sido su amiga desde que Marianne podía recordar. Mayor que ella, había abandonado el orfanato de San Anselmo dos años antes que Marianne y había entrado a servir en casa de los Quartermaine, situada cerca del orfanato. En sus pocos días libres, había visitado a Marianne y, cuando esta cumplió catorce años y salió del orfanato, Winny la recomendó al ama de llaves de los Quartermaine. Habían estado siempre juntas desde entonces, excepción hecha de los dos años siguientes a que echaran a Marianne de la casa. No obstante, cuando Marianne se hubo establecido en su nueva vida, buscó a Winny, quien se unió a su nueva «familia». Winny carecía de las habilidades con las que el resto de la familia se ganaba la vida, así que se encargaba de la casa, tarea con la que estaba más que familiarizada.

—Todos te esperan en la sala de estar —siguió diciendo Winny.

Marianne asintió, aún más descorazonada que antes. Sabía que todos aguardaban con entusiasmo los resultados de su primera incursión en la alta sociedad y detestaba tener que comunicarles su fracaso. Ellos lo aceptarían bondadosamente, desde luego. Siempre lo hacían. Solo entre aquellos marginados había encontrado Marianne bondad.

Entró en la sala de estar, seguida de Winny. En efecto, todos estaban allí. Rory Kiernan, a quien llamaban afectuosamente «Papá» porque era el más viejo de todos. A su lado estaba sentada Betsy, su mujer. Betsy era una experta con las cartas y Papá era uno de los mejores carteristas de Londres, aunque ambos llevaban ya algún tiempo retirados. Tenían una hija, Della, una mujer morena de mediana edad que se levantó de un salto al verla entrar.

—¡Marianne! —Della sonrió de oreja a oreja y abrió los brazos para abrazarla. Era lo más parecido a una madre que Marianne había tenido jamás. Habían sido ella y su marido, Harrison, quienes la habían rescatado cuando llegó a Londres unos nueve años antes.

En aquel entonces Marianne era Mary Chilton, una jovencita de diecinueve años asustada, sola... y embarazada. Mientras trabajaba en casa de los Quartermaine, había atraído la atención de Daniel, el hijo mayor, quien trató de seducirla con palabras dulces y amables. Ella, ingenuamente, había pensado que la amaba y, durante un tiempo, fue feliz. No obstante, al no lograr convencerla de que se acostara con él, Daniel la poseyó a la fuerza. Afligida y descorazonada, Marianne acudió al ama de llaves, quien le recomendó que guardara silencio sobre lo ocurrido. Daniel pronto se iría a Oxford, le recordó el ama de llaves y, mientras tanto, la pondría a trabajar en la cocina, para que no tuviera que encontrarse con él.

Marianne no tardó en descubrir que estaba embarazada. Le escribió una carta a Daniel, tragándose el orgullo por el bien de su futuro hijo y pidiéndole ayuda, pero él jamás le contestó. Cuando su embarazo empezó a notarse, lady Quartermaine ordenó al ama de llaves que la despidiera. Marianne no pudo encontrar trabajo en ninguna otra casa de la zona. Nadie deseaba admitir a una criada licenciosa. Finalmente, se trasladó a Londres, esperando encontrar un empleo en aquella ciudad impersonal, donde su embarazo no constituyese una traba. Winny le dio hasta el último penique que tenía ahorrado, pero Marianne no encontró trabajo y los escasos ahorros de Winny no tardaron en esfumarse.

Desesperada y hambrienta, Marianne robó fruta de un puesto ambulante. Pero el vendedor la vio y corrió tras ella. Della y Harrison, que habían contemplado la escena, la salvaron. Mientras Harrison distraía al vendedor, Della la agarró del brazo y la llevó a su casa para darle de comer. Marianne, abrumada por su bondad, estalló en sollozos y le relató a Della su historia.

Así fue como la acogieron en la familia.

Della y Harrison no eran ladrones corrientes. Harrison era especialista en forzar cerraduras, abrir cajas fuertes e irrumpir en las casas sin que los ocupantes lo advirtieran. Una de las razones de su éxito era el trabajo de Della, su socia. Della hablaba y se comportaba como una auténtica dama. Su madre, Betsy, había regentado un salón de juego y había enseñado a su hija a hablar y actuar correctamente, preparándola para la vida que había de llevar posteriormente.

Marianne había permanecido con la pareja mientras duró su embarazo y durante varios meses después de que la niña, Rosalind, hubiese nacido. Con el tiempo, Harrison le propuso que hiciese el mismo trabajo que Della. Al fin y al cabo, ya hablaba mucho mejor que la mayoría de sus semejantes y se desenvolvía con una gracia natural. Della y él, señaló Harrison, podían enseñarla a pulir sus modales y a comportarse como una verdadera dama, lo cual le resultó asombrosamente fácil.

Para cuando Rosalind hubo cumplido un año, Marianne ya había adoptado el nombre de Marianne Cotterwood, haciéndose pasar por una viuda respetable, y había empezado a visitar casas con Della.

Era un trabajo fácil, siempre que se poseyera agudeza y nervios firmes, cualidades que tenía Marianne. Poseía buen ojo y una memoria excelente, y era capaz de localizar, sin que nadie se diera cuenta, las entradas y salidas de una casa, así como los objetos más valiosos y fáciles de transportar. Tras memorizar la información, se la pasaba a Harrison. Della pronto admitió que Marianne lo hacía mucho mejor que ella, así que acabó en un feliz semirretiro, acompañando a Marianne en visitas sociales solo cuando les parecía imprescindible.

La «familia» creció durante los siguientes ocho años. Primero, Papá y Betsy, ya demasiado mayores para el negocio, se trasladaron a vivir con ellos. Luego, Harrison y Della acogieron a un adolescente descarriado que hasta entonces se había ganado la vida robando carteras. Piers ya había cumplido veintidós años y Harrison lo había convertido en un ladrón profesional de primera fila.

—Siéntate y cuéntanoslo todo —dijo Della a Marianne—. ¿Había mucho lujo?

—Ha sido la fiesta más lujosa que he visto jamás —contestó Marianne sinceramente.

—¡Lo sabía! —Betsy profirió una risotada—. El padre de ese tipo solía acudir a mi salón y siempre tenía los bolsillos llenos. Por lo menos, al entrar.

—Bueno, parece que el hijo también está forrado. Lo malo es que... —Marianne titubeó—. ¡Ah, qué demonios! La verdad es que lo estropeé todo.

—No seas tonta —dijo Piers—. Tú siempre tienes la impresión de haberlo hecho mal.

—Es cierto. Seguro que lo hiciste estupendamente —convino Della.

—No —inesperadamente, los ojos de Marianne se llenaron de lágrimas—. Me descubrieron.

La habitación quedó en silencio. Marianne agachó los ojos, incapaz de mirar a los demás.

Finalmente, Harrison carraspeó para aclararse la garganta.

—¿Cómo pudieron descubrirte? Estás aquí, ¿no? Seguramente te habrían...

—Ese hombre no me denunció. Pero me pilló con las manos en la masa. Oh, ¿cómo pude ser tan descuidada? ¡No lo vi en ningún momento!

—¿Quién te descubrió? —inquirió Harrison.

—Lord Lambeth. Se había estado fijando en mí. Luego me siguió por el pasillo, sin que yo me diera cuenta, y entró en el estudio justo cuando yo examinaba la caja fuerte.

—¡Oh, no! —Della respiró hondo—. ¿Y qué te dijo?

—Pensó que yo trataba de abrir la caja. Por supuesto, le dije que había malinterpretado la escena, que simplemente estaba poniendo derecho el cuadro, pero él no me creyó. Estaba convencido de que era una ladrona —Marianne les relató el resto, incluida la llegada de lord Batterslee y la mentira improvisada de Lambeth.

—¡Gracias a Dios! —exclamó Della.

—¿Por qué haría ese hombre algo así? —inquirió Harrison.

—Vamos, muchacho —Papá habló por primera vez—. No me digas que mi hija se ha casado con un mendrugo. Fíjate en la chica —le hizo un guiño a Marianne—. Cualquier hombre que merezca llamarse así perdonaría a semejante belleza un robo de nada. Por eso la madre de Della tuvo siempre tanto éxito —le dio a Betsy una palmadita en la mano—. Era tan agradable a la vista, que los pobres incautos no veían cómo el dinero desaparecía de sus bolsillos.

—¿Crees que fue por eso? —preguntó Harrison a Marianne.

Ella notó cómo sus mejillas se sonrojaban.

—Bueno, creo que esperaba que llegáramos a cierto... acuerdo a cambio de su silencio.

—¡El muy chantajista! —rugió Piers, levantándose con el rostro congestionado de ira—. Debería ir a darle su merecido.

—Oh, Piers, vuelve a sentarte. No merece la pena que te metas en algo así. En realidad, él no me propuso nada. Fue un... presentimiento que tuve. Aunque tal vez me equivoqué. A pesar de mi negativa, no le dijo nada a lord Batterslee.

Piers emitió un gruñido.

—Conozco a los de su calaña. Ese tipo no quiso renunciar al poder que tiene sobre ti. Tan solo pretende acostarse contigo.

—Yo también lo pensé. Pero descubrirá que sus amenazas son inútiles. Aunque, entonces, quizá se lo contará todo a lord Batterslee. Estoy muy preocupada, Harrison. Lo he estropeado todo. ¿Y si nos denuncian a las autoridades?

—¿Qué podrán demostrar? —señaló Harrison—. No robaste nada. Solo te sorprendieron paseándote por la casa y echando un vistazo. Eso no constituye ninguna prueba.

—No siempre se necesitan pruebas —terció Papá—. Una palabra de un lord, y... —se pasó el dedo índice por la garganta, en un macabro gesto.

—Y aunque no lo denuncien a las autoridades —dijo Betsy—, puede correrse la voz de que Marianne es una ladrona y el negocio se vendrá abajo.

—Es cierto —Harrison se frotó el mentón pensativamente—. Pero estábamos tan cerca... Detesto dar por perdida esta oportunidad así como así. Sugiero que esperemos a ver lo que pasa. Además, ese hombre no sabe dónde vives, ¿verdad?

—No. Estoy segura de que no me siguió —Marianne suspiró—. Lo siento. No comprendo cómo pude ser tan descuidada.

—Nos pasa a todos —le aseguró Harrison con amabilidad—. Lo principal es que no te ha pasado nada.

—Gracias. Pero es una lástima. Tenían tantos objetos de valor...

—Seguro que la pérdida no ha sido completa. Conociste a gente, ¿verdad?

Marianne asintió con la cabeza.

—Sí, a alguna. Por ejemplo, a lady Ursula Castlereigh y su hija. Estuve un rato hablando con la joven.

—¿Lo ves? Eso te dará acceso a otras casas, ya lo verás. Y si no... —Harrison se encogió de hombros—. Bueno, probaremos en el continente, o volveremos a Bath.

Piers dejó escapar un bufido.

—¡A Bath, ni hablar! Allí no hay más que viejas.

Harrison enarcó una ceja.

—No estamos en esto para que te diviertas.

—Lo sé, lo sé —Piers suspiró, dándose por vencido.

—En fin —Della miró a su alrededor—. De momento, poco más podemos hacer. Habrá que esperar a ver lo que sucede. Seguro que a Marianne le apetece comer algo e irse a dormir.

Marianne le sonrió agradecida.

—Gracias. La verdad es que no tengo mucha hambre. Pero dormir me sentará bien. Con suerte, mañana las cosas tendrán mejor aspecto.

El grupo se separó y cada cual se dirigió a su habitación. Marianne también se encaminó hacia la puerta, pero Winny la detuvo.

—Quédate un momento, Mary.

Marianne se giró y la miró inquisitivamente.

—Hay... algo que quiero decirte.

—¿Qué? —a Marianne le dio un vuelco el corazón—. ¿Se trata de Rosalind? No estará enferma, ¿verdad?

—No, no es nada de eso. Es que... verás, acabo de recibir una carta de Ruth Applegate. Te acuerdas de ella, ¿no? Era criada de los Quartermaine.

Marianne frunció el ceño. La expresión de su amiga le inquietaba.

—Sí, claro que me acuerdo. Erais muy amigas. ¿Qué sucede? ¿Le ha ocurrido algo?

—No. Ella sabe que me vine a vivir contigo. Ha escrito para avisarte. Por lo visto, un tipo ha estado en la casa preguntando por ti. Ruth cree que un detective te está siguiendo la pista.

CAPÍTULO 3

—¡Un detective! —Marianne exhaló un jadeo ahogado—. Dios santo, creí que las cosas no podían ser peores.

Winny se rebuscó en el bolsillo y sacó la carta, escrita a lápiz.

—La letra de Ruth no es muy buena. Pero, por lo que he podido entender, afirma que un hombre estuvo en la casa preguntando por una tal Mary C. Bueno, en realidad parece que fueron dos hombres, en días distintos. Nadie dio información sobre ella y Ruth tampoco dijo nada, pero pensó que debía avisarte. Cree que eran detectives.

—¿Nos habrán descubierto? ¿Ha podido alguien...? No, es imposible. En los últimos años jamás le he dicho a nadie que mi nombre era Mary Chilton o que trabajé en casa de los Quartermaine.

Winny asintió.

—Lo sé. Debe de ser alguien del pasado.

—Pero ¿quién? ¿Y por qué?

—¿Crees que... podría ser tu familia? —inquirió Winny, expresando en voz alta el sueño de todo huérfano—. Quizá fueron a San Anselmo y allí les hablaron de los Quartermaine.

—¿Después de tanto tiempo? —Mary reprimió el leve brote de esperanza inspirado por el comentario de Winny—. No tengo familia. Si la tuviera, me habrían buscado hace muchos años. Ya han pasado más de veinte.

—De todos modos, lo de ese detective me preocupa —Winny se mordisqueó el labio inferior.

—Dios santo, como si la situación no fuese ya lo bastante

complicada —Marianne suspiró—. Por suerte, no averiguaron nada en casa de los Quartermaine, así que no podrán dar conmigo. Gracias, Winny. No sé lo que haría sin ti.

—No seas tonta. Soy yo quien habría estado perdida sin tu ayuda. Bueno, vete ya a la cama. Necesitas dormir.

Marianne asintió y subió a su cuarto. No obstante, antes de entrar, se detuvo en la pequeña habitación contigua a la suya y entró de puntillas. Las cortinas estaban descorridas, como a Rosalind le gustaba, y la luna proyectaba un resplandor pálido en el dormitorio.

Marianne se situó junto a la cama y contempló a su hijita un momento. Tenía el negro cabello extendido sobre la almohada y la boquita entreabierta. Se inclinó para posar un beso en su frente. A pesar de que despreciaba al padre, Marianne siempre había sentido un inmenso amor por su hija. Rosalind era lo más importante de su vida y siempre había hecho lo posible por protegerla.

Tras salir del cuarto, Marianne entró en su habitación y se desvistió rápidamente. Luego se puso un camisón y procedió a cepillarse el cabello. Antes de acostarse, abrió el pequeño joyero de la cómoda y extrajo un medallón. Era un medallón de oro que la había acompañado desde que podía recordar. Su único nexo de unión con el pasado.

Tenía grabada una vistosa M y se abría para mostrar dos retratos en miniatura. Marianne se sentó delante de la cómoda y contempló al hombre y a la mujer de los retratos. Estaba segura de que eran sus padres, aunque no sabía si se acordaba de ellos verdaderamente o solo tenía esa impresión a raíz de haber mirado los retratos tantas veces.

Aquel medallón había sido su talismán durante los tiempos oscuros y terribles del orfanato. Siempre lo había llevado puesto, e incluso dormía con él. Marianne recorrió con el dedo su delicada superficie y recordó las fantasías que había tenido de niña.

Había imaginado a sus padres nobles, ricos y cariñosos. Un hombre malvado la había separado de ellos y la había llevado a San Anselmo, pero ella sabía que sus padres seguían buscándola. Nunca se darían por vencidos.

Marianne esbozó una sonrisa triste y volvió a depositar el medallón en el joyero. Fantasías propias de una niña, solo se trataba de eso. Nadie la estaba buscando para devolverla con su familia. Su única familia estaba allí: su hija, Rosalind, Winny y los demás.

Sin embargo, mientras se metía en la cama, Marianne no pudo evitar sentir una punzada de dolor en su corazón por la familia a la que nunca había conocido.

Lord Lambeth fijó la mirada en la copa de coñac, que agitó perezosamente con la mano, observando cómo el licor giraba en el recipiente de cristal. Marianne Cotterwood. ¿Quién diablos era aquella mujer?

Le irritó sobremanera que se le hubiera escapado. Justin no estaba acostumbrado a que nadie contrariase su voluntad, y menos una mujer. Las mujeres solían acudir a él como las moscas a la miel, atraídas por su atractivo y su fortuna. En realidad, a Justin lo aburrían mortalmente. La sola idea de atarse a una de ellas durante el resto de su existencia le provocaba escalofríos. Suponía que, llegado el momento, acabaría casándose con Cecilia Winborne, como esperaban sus padres. Al fin y al cabo, un futuro duque debía engendrar herederos. Luego, naturalmente, llevarían vidas independientes, y él se buscaría amantes que contrarrestaran la frialdad de su esposa.

En realidad, Justin jamás había conocido a una mujer que no acabara aburriéndolo al cabo de cierto tiempo. Y si había algo que lord Lambeth detestaba era el aburrimiento. De hecho, aquella noche había estado a punto de abandonar la fiesta de lady Batterslee, encontrándola terriblemente tediosa, pero entonces había visto a la pelirroja.

No tenía ni idea de quién era. Nunca la había visto antes. Pero era la mujer más hermosa que había contemplado jamás.

El solo hecho de verla, desde el extremo opuesto de la sala, había despertado en él una oleada de deseo puramente sexual. Pero ella lo había mirado con arrogancia, elevando la barbilla, y le había vuelto la espalda, desairándolo. Nada de lo que sucedió a continuación, incluido el hecho de que aparentemente era una ladrona, había conseguido que disminuyera su interés por ella.

Lambeth sonrió para sí, sus labios se suavizaron sensualmente mientras recordaba el beso que habían compartido. Pasó la yema del dedo por la lisa superficie de la copa, deseando que fuese la piel de ella.

Luego se llevó la mano a la mejilla que ella le había abofeteado. El dolor había merecido la pena, teniendo en cuenta el beso que lo había precedido. Lo había dejado con ganas de más, de mucho más.

El único problema, naturalmente, era que no tenía ni idea de cómo encontrarla. Solo sabía su nombre, y eso suponiendo que no le hubiese mentido al respecto. Los ladrones, según sabía por experiencia, nunca tenían reparos a la hora de mentir. Sin embargo, aquella mujer no era una ladrona corriente. Hablaba y se comportaba como una dama.

¡Maldito fuera el tonto de Batterslee por haberlos interrumpido en aquel preciso momento! De haber pasado algunos minutos más con ella, Justin podría haber obtenido algo más de información. Y la habría convencido de que no pretendía aprovecharse del conocimiento de sus actividades ilegales para llevársela a la cama. Pero ella lo había tomado por el más vil de los hombres y había huido sin dejar rastro.

Lambeth no carecía de recursos, por otra parte. La había visto con Penelope Castlereigh y lord Buckminster. Quizá ellos supieran quién era y dónde vivía. Decidió visitar a Buckminster al día siguiente para sonsacarle algo de información.

Por mucho que le costase, estaba decidido a encontrar a aquella mujer.

Richard Montford, sexto conde de Exmoor, se reclinó en la silla y contempló al hombre que tenía delante.

—Vaya, vaya... hacía mucho tiempo que no hablábamos, ¿eh? Siéntate, siéntate. No te quedes ahí como un pasmarote.

El hombre negó con la cabeza, ceñudo. Era algo más joven que el conde y de facciones atractivas, aunque no memorables.

—¿A qué viene todo esto, Montford? —preguntó con voz

irritada y cierto deje de aprensión—. Ya no somos lo que se dice amigos.

—No. Ya apenas queda nada en ti del extravagante joven al que conocí en otra época.

—¿Extravagante? Embotado por el opio y el alcohol, más bien. Pero ambos sabemos que dejé atrás esa vida. ¿Por qué deseas hablar conmigo?

—Es más por necesidad que por deseo, querido amigo. Supongo que habrás oído hablar de esa heredera americana que se ha casado con lord Thorpe. Alexandra Ward.

—Desde luego. La nieta de la condesa, a la que todos creían muerta. ¿Y qué diablos tiene que ver eso conmigo? Es prima tuya, no mía.

—Ah, pero tu pasado está ligado al suyo...

—Al suyo, no. Yo nunca llegué a ver a la niña. Tú me dijiste que había muerto.

—Así lo creía —los ojos castaños de Exmoor se endurecieron—. ¡Esa maldita mujer me mintió!

—No sé por qué te preocupas. Tú no tuviste nada que ver con su desaparición. Por lo que he oído, fue su madre, su supuesta madre, quien hizo creer que había muerto.

—Sí, pero el regreso de Alexandra ha sacado a relucir el hecho de que los otros dos niños tampoco murieron en París. La condesa sabe que la tal Ward los llevó a la casa Exmoor.

—Pero tú no estuviste implicado. Yo pensaba que se culpó de su desaparición a la prima de la condesa, que confesó antes de morir.

—La condesa sospecha de mí. Sabe que soy el único al que habría beneficiado la muerte del niño. Por lo que sé, la estúpida de la señorita Everhart dijo que yo estaba implicado.

—Pero la condesa no puede demostrarlo. En caso contrario, ya lo habría hecho.

—Exacto, y no quiero que pueda demostrar nada en el futuro. No arrastrará el nombre de los Exmoor por el fango sin motivo, pero, si descubre mi participación en los hechos, ni siquiera el miedo al escándalo la detendrá.

—Pero ¿cómo podría demostrarlo? La señorita Everhart ha

muerto y yo no pienso decir nada, desde luego. Tengo tanto que perder como tú.

Los labios del conde se curvaron en una cruel sonrisa.

—Lo sé. Por eso te he llamado. La condesa está buscando a la otra niña, Marie Anne.

Su interlocutor se puso tenso. Al cabo de un momento, carraspeó nerviosamente.

—No podrá dar con ella.

—Ha contratado a un detective. Tengo entendido que ya han conseguido seguirle la pista hasta el orfanato.

—¿San Anselmo? —el labio superior del otro hombre se perló de sudor.

—Me sorprende que recuerdes el nombre.

—¿Cómo iba a olvidarlo? No todos hemos sido agraciados con tu falta de conciencia.

Richard arqueó una ceja.

—No estoy cuestionando tu aburrida moralidad. La verdad, me ha extrañado que recuerdes algo de aquella época.

El otro hombre apretó los labios.

—Fue una experiencia difícil de olvidar.

—¿A raíz de eso dejaste atrás tu antigua vida? —inquirió Richard en tono ligeramente divertido.

—Sí. Cuando me vi solo en mi habitación, con el cañón de una pistola apretado contra la sien.

—¡Qué dramático!

—Estoy seguro de que te habría divertido mucho la escena. Pero entonces comprendí que o moría o cambiaba de vida. No podía seguir así. Decidí dejar los vicios. Bien sabe Dios que, en las semanas siguientes, hubo muchos momentos en los que deseé haber apretado el gatillo.

—Yo, al menos, me alegro de que no lo hicieras. Tengo una tarea que encomendarte.

—¿Una tarea? —el hombre se quedó atónito—. ¿Crees que estoy dispuesto a trabajar para ti? Ya quedé en paz contigo cuando me llevé a aquellos niños. No volveré a mover un solo dedo por ti.

—¿Y por ti mismo tampoco?

—¿De qué estás hablando?

—Yo no soy el único que se verá perjudicado si ciertas cosas del pasado salen a la luz.

—¿Cómo? El mayor, el niño, ni siquiera sobrevivió, ¿verdad? Estaba prácticamente muerto cuando yo lo dejé.

—El chico murió —contestó Richard lacónicamente—. El problema es la chica.

—No tendría más de cinco o seis años en aquel entonces. No puede acordarse de nada.

—Quizá no. Pero si viera cierta cara, la cara del hombre que la separó de su hermano y la llevó al infierno del orfanato, ¿quién sabe si eso no estimularía su memoria?

—No... no estarás sugiriendo que la han encontrado.

Richard se encogió de hombros.

—Lo dudo. Aún es pronto. Pero yo también envié a un hombre a San Anselmo cuando supe que la condesa estaba buscando a la joven. Y allí nos dijeron a dónde fue tras abandonar el orfanato. Por lo visto, entró a servir en una casa de aristócratas locales, los Quartermaine.

—¡Dios bendito! —el otro hombre palideció—. La descendiente de una familia de condes trabajando como doncella.

—Umm. Muy irónico, ¿verdad?

—Trágico, más bien.

—La echaron de la casa de los Quartermaine... embarazada.

El hombre cerró los ojos.

—Que Dios me perdone.

—Quizá Dios sí, pero dudo que la alta sociedad lo haga.

—¡Yo no quería hacerlo! —espetó el hombre—. Sabes que intenté disuadirte. Jesús bendito, cuando dejé a la pequeña con aquella arpía del orfanato, llorando y pataleando... —apretó los puños con fuerza en los costados.

—Pero lo hiciste.

—¡Porque tú me obligaste! Fue la única manera de poder pagarte lo que te debía.

—No te obligué. Tú me habías suplicado ese dinero, temblando y pálido como un cadáver. Según recuerdo, en aquel entonces elogiaste mi generosidad.

—¡Porque no conocía tus intenciones! —añadió el hombre, asqueado de sí mismo—: Y fui débil.

Richard no dijo nada. Podía haberle señalado que seguía siendo débil o, de lo contrario, no habría acudido a su llamada.

—¿Crees que eso te salvará si se descubre que separaste a la hija de Chilton de su familia y la llevaste a un orfanato porque necesitabas dinero para opio?, ¿para beber, jugar e ir de fulanas? ¿Crees que se compadecerán de ti? —inquirió Richard—. No. Ambos sabemos lo que pasará si se descubre lo que hiciste.

—¿Acaso me estás amenazando con decirle a todo el mundo lo que hice? ¡Tú también te verías implicado!

—Oh, no, no diré nada... a menos que me vea obligado. Pero si el detective de la condesa encuentra a la chica... Si ella cuenta lo ocurrido y eso causa mi ruina, te prometo que no caeré solo. Tú caerás conmigo.

—Eres repugnante.

—¿Y eso qué tiene que ver con el asunto? Piénsalo. ¿Y si la chica te reconoce? Tú fuiste el que la llevó allí, ¿sabes? El último hombre al que vio. Si se acuerda de alguien, será de ti.

—¡Te aseguro que no puede acordarse! Uno siempre olvida las cosas que le sucedieron de niño.

—¿Incluso algo que cambió su vida para siempre? No sé. Yo creo que sí puede acordarse. ¿Y si se encuentra contigo, casualmente, y al ver tu cara sus recuerdos salen a la superficie? Ahora bien, si estás dispuesto a correr el riesgo... —Richard se encogió de hombros.

—¡Maldito seas! ¿Qué es lo que quieres de mí? ¿Qué te propones?

—Quiero que te asegures de que el detective de la condesa no la encuentre.

—¿Y cómo se supone que voy a dar con ella?

—Eso no será tan difícil. Todos los criados de los Quartermaine afirmaron desconocer su paradero. Pero un mozo de cuadra se llevó aparte a mi enviado y le contó algo muy interesante. Por un precio, claro. Al parecer, la pequeña Mary Chilton, que así se llamaba, tenía una amiga muy especial entre las demás doncellas, una tal Winny Thompson. Dos años después de que Mary dejara la casa, la tal Winny recibió una carta, dejó su trabajo y se trasladó a Londres. Se rumoreó que Mary había hallado un medio de ganarse la vida e invitó a su amiga a que viviera con ella. Mi enviado siguió la pista de Winny Thompson hasta Londres. Por lo visto, una de las doncellas recibe cartas suyas con regularidad, y el ama de llaves vio las direcciones más recientes.

—Así que tu enviado... encontró a Mary.

—Creo que sí. En cualquier caso, localizó a Winny Thompson. Trabaja como ama de llaves para una familia que cuenta entre sus miembros con una «viuda», madre de una niña de nueve años. La supuesta viuda se llama Marianne Cotterwood. Tiene veintitantos años y es pelirroja.

El otro hombre dejó escapar un bufido.

—Sí, parece tratarse de la chica que estamos buscando.

—Si tu enviado ha logrado averiguar tanto, ¿por qué no le ordenas que se ocupe personalmente? Parece muy eficaz.

—Sí, lo es. Pero hay dos problemas. Primero, me gustaría asegurarme de que la señora Cotterwood es realmente la mujer que estamos buscando. Segundo, no quiero pagar a nadie para que realice una operación tan delicada como esta. La persona en cuestión podría volverse atrevida y exigir más dinero a cambio de permanecer callada. Tú, por otra parte, no podrás extorsionarme con la amenaza de romper tu silencio. Por eso comprendí en seguida que eras el hombre perfecto para este trabajo.

—¿Qué quieres que haga? ¿Que le ofrezca dinero por marcharse de Londres antes de que el detective de la condesa la encuentre?

—Una solución fácil, desde luego, pero poco segura. La gente no suele cumplir su palabra.

—Entonces, ¿qué se supone que debo hacer? —inquirió el hombre con evidente impaciencia.

—Es muy sencillo. Esa mujer parece una dama, no una antigua doncella. Se mueve en los mismos círculos que tú. Te resultará fácil conocerla y asegurarte de que, efectivamente, es la que buscamos. Y luego... —Richard hizo una pausa, clavando sus acerados ojos en el otro hombre—. Luego la matarás.

CAPÍTULO 4

Marianne miró a su hija. Uno de sus pasatiempos favoritos era enseñar a Rosalind, una niña despierta e inteligente. Se hallaban en la cocina, con la mesa llena de libros y cuadernos, concentradas en una lección de vocabulario y caligrafía. Sentada frente a ellas, Betsy tomaba una taza de té, mientras Winny y Della preparaban la comida. Rosalind, con la lengua entre los dientes, escribía cuidadosamente utilizando un lápiz.

—Perfecto —la animó Marianne—. Bueno, ¿qué palabra es esa?

—E-s-p-e-c-u-l-a-r. Especular.

—Muy bien. ¿Sabes lo que significa?

Rosalind la miró con sus enormes ojos azules, tan parecidos a los de su madre.

—Umm. ¿Es lo mismo que «especulación»?

—Sí. «Especulación» es el nombre. «Especular» es el verbo. ¿Sabes lo que es la especulación?

Rosalind asintió, satisfecha de saber la respuesta.

—Sí, la abuela me lo explicó ayer, mientras tú estabas fuera.

—¿La abuela? —Marianne se giró hacia Betsy, la única abuela que Rosalind había conocido. Betsy, cuya educación era muy rudimentaria, no parecía la persona más adecuada para impartir lecciones de vocabulario—. Está bien, Ros. ¿Qué es la especulación, exactamente?

—Bueno, es cuando uno apuesta una cantidad de dinero. La abuela y yo estuvimos practicando. El que reparte dobla la apuesta y luego entrega tres cartas a los demás, y...

—¿Un juego de cartas? —Marianne se giró hacia Betsy—. ¿Le enseñaste un juego de cartas?

Betsy se encogió de hombros.

—Uno sencillito, para pasar el rato.

—¡Fue muy divertido, mamá! ¡Y gané! —aseguró Rosalind entusiasmada—. La abuela dice que otro día me enseñará más juegos.

—Ya te he dicho que no quiero que la niña aprenda a jugar a las cartas, Betsy.

—Tiene un talento natural —protestó Betsy—. Es una lástima que lo desperdicie. Jamás había visto a nadie que aprendiera tan deprisa.

—Rosalind no se va a dedicar a eso.

—Claro que no. Pero nunca viene mal aprender a ganar un poco de dinero, por si hace falta.

Marianne emitió un bufido y cerró los ojos. Oyó unas risitas amortiguadas y se giró hacia Winny y Della. Estaban conteniendo la risa.

—Adelante, reíos si os apetece —gruñó Marianne.

—Lo siento, Marianne —se disculpó Winny, aún sonriendo—. Es que... estaba tan mona, ahí sentada, con tres cartas en la mano y jugando como una profesional.

Marianne pudo imaginarse perfectamente la escena y sus propios labios se curvaron en una sonrisa.

—Por Dios, Betsy —dijo, tratando de permanecer firme—. Solo tiene nueve años.

—Lo sé. Por eso resulta todavía más increíble. Jugaba como si fuera mucho mayor.

Marianne sonrió.

—Bueno, en el futuro, ¿podrías enseñarle algo que no sean juegos de cartas? Ni ninguno de tus otros trucos.

Betsy abrió los ojos inocentemente.

—¿Trucos? ¿Y por qué iba a enseñarle a la niña ningún truco?

—Me enseñaste uno la semana pasada —señaló Rosalind—. ¿Sabes? Si pinchas el as con un alfiler, lo notas con la mano mientras juegas, pero no se ve, y...

—¡Betsy! A eso exactamente me refería.

Betsy se encogió de hombros.

—Está bien. Si eso es lo que quieres... Pero, en mi opinión, el saber nunca está de más.

Meneando la cabeza, Marianne prosiguió con la lección. Sabía que era imposible hacer entender a Betsy su deseo de que Rosalind llevara una vida normal. Ignoraba cómo iba a conseguirlo, pero estaba decidida a que su hija creciera sin conocer la pobreza... o el miedo de vivir al margen de la ley.

La lección continuó sin incidentes. Piers había prometido llevar a Rosalind a volar cometas y, poco después del almuerzo, ambos se marcharon. Marianne, que tenía la tarde libre, decidió visitar la biblioteca pública.

Era una de sus actividades favoritas. Le encantaba leer, un hábito que los demás ocupantes de la casa encontraban ciertamente extraño. Tal actitud no le era desconocida. A las niñas del orfanato también solía chocarles su afición y, más tarde, en casa de los Quartermaine, Marianne sacaba libros de la biblioteca para leerlos a escondidas de los demás.

Cuando estaba a algunos metros de la biblioteca pública, vio que una joven dama avanzaba hacia ella, seguida de su doncella. Al aproximarse, la reconoció de inmediato.

—¡Señorita Castlereigh! —a Marianne le sorprendió el placer que experimentó al ver a la joven que había conocido la noche anterior.

Penelope, que caminaba con la cabeza gacha, alzó la mirada y una sonrisa iluminó su semblante.

—¡Señora Cotterwood! Qué agradable sorpresa.

—Sí que lo es. Me dirigía a la biblioteca pública —Marianne se fijó en el libro que llevaba Penelope—. Parece que usted también.

—En efecto —la sonrisa de Penelope se ensanchó—. ¿Le gusta leer, como a mí?

—Oh, sí —confesó Marianne—. Es mi pasatiempo favorito.

—¿De verdad? También el mío —Penelope parecía encantada de haber encontrado a alguien con su misma afición a los libros—. Mi madre siempre dice que soy un ratón de biblioteca. Pero los libros son mucho más... excitantes que la realidad, ¿no le parece? —añadió con ojos brillantes—. Me he hecho adicta a las novelas de terror. Ya sabe, con monjes locos, castillos encantados y condes malignos. Esas cosas no se ven en la vida real.

—No —Marianne sonrió—. Aunque seguramente no disfrutaríamos tanto si nos sucediera en realidad.

—Tiene usted razón —estuvieron un rato charlando de sus libros favoritos. Finalmente, Penelope alargó la mano impulsivamente y la posó en su brazo—. Venga a visitarme, ¿quiere? Podremos hablar de libros y otras cosas. Me encantaría presentarle a mi amiga Nicola. Seguro que le caerá bien —titubeó, insegura—. Espero... espero no estar precipitándome.

—Cielos, no. Para mí será un placer ir —era una oportunidad que Marianne no estaba dispuesta a dejar pasar, aunque sabía que habría aceptado aunque no le hubiese convenido. Le caía bien aquella muchachita tímida y suponía un placer poco habitual poder hablar de literatura con alguien.

—Magnífico —Penelope le dijo dónde vivía. La dirección, en el elegante barrio de Mayfair, confirmó la impresión inicial de Marianne acerca de la posición social de la familia.

Detrás de Penelope, la doncella se removió incómoda y dijo amablemente:

—Señorita...

—Sí, Millie, lo sé —Penelope dirigió a Marianne una sonrisa de disculpa—. Desearía poder quedarme a charlar más tiempo, pero debo reunirme con mi madre en casa de mi abuela y no quiero llegar tarde.

—En ese caso, no la entretendré más.

—Pero ¿irá a visitarme?

—Lo prometo —tras despedirse, Marianne reanudó su camino hacia la biblioteca pública.

Penelope se dirigió presurosa a casa de su abuela. Sabía que su madre no vería bien que hiciese amistad con alguien a quien apenas conocía y no deseaba empeorar las cosas llegando tarde.

Al entrar en la sala de estar, encontró a su madre de muy buen humor.

—Ah, por fin llegas, querida —dijo lady Ursula sonriéndole—. Cielo santo, pareces muy acalorada. Estas jovencitas... —dirigió una recatada sonrisa a los dos hombres que se habían levantado al entrar Penelope—. Siempre andan con prisas.

Penelope comprendió enseguida el motivo de la actitud melosa de su madre. Lord Lambeth y lord Buckminster habían acudido a visitar a su abuela, la condesa de Exmoor. Si bien lady Ursula menospreciaba a Buckminster, por «frívolo», se sentía deslumbrada por lord Lambeth, como casi todas las mujeres de la alta sociedad.

Penelope gruñó para sí. Lord Lambeth la hacía sentirse algo incómoda y estaba segura de que él no tenía interés ninguno en ella, pese a las esperanzas de su madre. Si estaba allí de visita, se debía únicamente a su amistad con Bucky.

—Había ido a la biblioteca pública a sacar un libro —dijo Penelope.

Lady Ursula frunció el ceño.

—Vamos, querida, no querrás que los caballeros piensen que eres una intelectual, ¿verdad?

—No sé por qué eso ha de preocuparlo —habló la condesa por primera vez—. Cualquier hombre digno admiraría a una mujer con cerebro. ¿No es cierto, lord Lambeth?

—Desde luego que sí, señora —contestó Justin afablemente—. Al fin y al cabo, no hay más que ver lo admirada que es usted.

La condesa se echó a reír. Era una mujer alta, de porte regio, a quien la edad había encorvado solo levemente, y se notaba que de joven había sido muy hermosa.

—Es usted un adulador, lord Lambeth —la condesa se giró hacia su nieta—. Ven, hija, dame un beso y enséñame ese libro.

Penelope así lo hizo y después tomó asiento junto a su abuela. A continuación, mientras la condesa examinaba el libro, decidió dar la noticia aprovechando el buen humor de su madre.

—Me he tropezado con la señora Cotterwood en la calle —empezó a decir.

Tanto Buckminster como Lambeth se enderezaron al oírlo.

—¿De veras? —dijo Buckminster en tono admirativo—.

Por Júpiter, debí suponer que serías tú quien sabría cómo dar con ella. Siempre has sido muy lista.

Al oír sus palabras, Lambeth se giró para mirarlo.

—¿Así que la estabas buscando?

—Bueno, yo... —las mejillas de Buckminster se tiñeron de color—. Pensé que Nicola querría invitarla a la fiesta del viernes. He de mandarle una invitación, ya sabes.

—Ah, comprendo —sí, Justin creyó entenderlo. No era habitual que su amigo mostrara tanto interés en una mujer. Sin duda, aquello complicaba un tanto las cosas. Miró de reojo a Penelope, que también estaba observando a Bucky, y vio cierta aflicción en su semblante.

—¿Quién es esa tal señora Cotterwood? —preguntó lady Ursula.

—Ya lo sabes, mamá, la mujer que conocimos en la fiesta de anoche. Nos presentó la señora Willoughby.

—Yo apenas conozco a la señora Willoughby. ¡Es una advenediza! No creo que me apetezca conocer a ninguna amiga suya.

—Quizá la señora Cotterwood no sea más amiga suya que tú —sugirió Penelope.

—Tienes razón —terció lord Buckminster seriamente—. Estoy seguro de que la señora Cotterwood es una dama perfectamente respetable.

Lady Ursula frunció los labios para mostrar su opinión con respecto al criterio de Buckminster. Se giró hacia lord Lambeth.

—¿Conoce su familia a esa mujer, lord Lambeth?

—Oh, sí —contestó Justin con calma—. Conozco a la señora Cotterwood desde hace algún tiempo.

Penelope lo miró agradecida mientras Ursula comentaba con cierta reserva:

—Entonces, supongo que será respetable.

—La he invitado a que nos haga una visita —siguió diciendo Penelope.

—¿Sin consultarlo antes conmigo?

—Bueno, es que no estabas allí —respondió Penelope razonablemente—, y lo cierto es que me cae muy bien.

—¿Piensas visitarla, Pen? —inquirió Buckminster—. Me encantaría acompañarte.

—Me temo que no es posible. Aún no sé dónde vive —confesó Penelope—. No se me ocurrió preguntárselo.

Buckminster pareció tan desilusionado que Lambeth hubo de reprimir una risita.

—¿Quién es esa señora? —preguntó la condesa—. ¿La conozco?

—No lo creo, abuela. Es muy agradable... y muy guapa.

—Ah, extraña combinación —lady Exmoor sonrió a su nieta.

—Sí, pero no es eso lo mejor. Resulta que también es aficionada a la lectura. Pasamos un agradable rato hablando de libros. De hecho, me tropecé con ella cerca de la biblioteca.

—Espero poder conocerla —la condesa miró a lord Buckminster, que seguía muy serio, y a lord Lambeth, que aparentemente estaba distraído quitándose un hilo del pantalón—. Pero me temo que estamos aburriendo a nuestros visitantes. Lord Buckminster ha venido para ver si tengo noticias de lord Thorpe y Alexandra.

—¡Ah! ¿Y las tienes? —inquirió Penelope con interés.

—Sí. Esta mañana recibí una carta de Alexandra. Aún siguen de luna de miel en Italia. Al parecer, piensan volver pronto.

—Bien. Tengo muchas ganas de verla.

—Sí. Será estupendo —convino Buckminster—. Thorpe es un buen tipo —hizo una pausa—. Y lady Thorpe también, claro... Bueno, ella no es un «tipo», desde luego... Quería decir que...

—Sí, Bucky —terció lady Ursula ácidamente—. Todos sabemos lo que querías decir.

—Eh... Sí, claro —Buckminster se quedó callado.

—Seguro que todos celebran mucho el regreso de lady Thorpe, lady Castlereigh —dijo lord Lambeth a Ursula, observándola con las pestañas medio entornadas.

Lady Ursula se sonrojó. Todo el mundo sabía lo que había opinado de Alexandra al principio. Finalmente, cuando se demostró que Alexandra era sobrina suya, Ursula la aceptó de mala gana.

—Desde luego que sí —le dijo a lord Lambeth—. Ahora que sé que Alexandra es realmente hija de Chilton, la aprecio tanto como a cualquier miembro de mi familia.

—Por supuesto —Lambeth no conocía todos los detalles del caso, dado que no era amigo íntimo de la familia ni de lord Thorpe. Sin embargo, en los círculos de la alta sociedad se había rumoreado ampliamente acerca de lo sucedido. Por lo visto, lord Chilton, el hijo de la condesa, y su esposa francesa se hallaban de visita en Francia cuando estalló la Revolución, veintidós años atrás. Tanto ellos como sus tres hijos fueron declarados muertos, asesinados por el populacho. Sin embargo, una americana llegada a Londres la primavera anterior demostró ser en realidad la hija menor de Chilton y acabó casándose con lord Thorpe. La historia, en opinión de Justin, parecía sacada de una de aquellas espeluznantes novelas que tanto gustaban a Penelope.

Lambeth había cumplido su objetivo de convencer a Buckminster de ir a visitar a Penelope y su familia. No había descubierto el paradero de la escurridiza señora Cotterwood, pero la información aportada por Penelope tampoco era nada desdeñable. Si era aficionada a los libros, repetiría su visita a la biblioteca pública. Justin solo tenía que enviar a un criado para que vigilara el lugar y descubriera dónde vivía.

Al cabo de un rato, cuando lord Lambeth y lord Buckminster se hubieron marchado, la condesa se giró hacia Penelope.

—He recibido noticias del detective que contraté para buscar a Marie Anne.

—¿Ha habido suerte? —preguntó Penelope ansiosamente.

Lady Exmoor exhaló un suspiro.

—En parte, sí. Ya te dije que el detective había localizado un orfanato, fuera de Londres, donde fue acogida una niña llamada Mary Chilton por aquellas mismas fechas. Al parecer, la directora ya se ha retirado, pero una de sus ayudantes sigue en activo y dijo acordarse de la niña. El detective consiguió sacarle adónde fue la joven tras abandonar el orfanato —la condesa hizo una pausa y tragó saliva antes de continuar—. Entró a servir en una casa de la localidad.

—¡Oh, no! —exclamó Penelope tomando la mano de su

abuela—. ¡Es horrible! Pensar que mi prima tuvo que trabajar como criada...

—Sí. Y para unos don nadie como esos Quartermaine —añadió lady Ursula con indignación—. Nunca había oído hablar de ellos.

—Son unos nobles de la localidad —explicó lady Exmoor—. Aunque supongo que eso apenas tiene importancia. El problema es que la joven abandonó la casa algunos años después y nadie sabe adónde fue. El rastro desaparece ahí.

—¿Y no se puede hacer nada más? —inquirió Penelope desilusionada.

—El ama de llaves le dijo al detective que la joven era muy amiga de otra criada. Pero esa chica tampoco trabaja ya en la casa. Tanto los criados como la familia parecían muy reticentes a hablar del asunto. El detective sospecha que quizá hubo un escándalo relacionado con su marcha.

Penelope abrió los ojos de par en par.

—Eso es terrible.

La condesa suspiró.

—En fin, al menos el otro individuo no pudo tener más suerte. Eso es lo único positivo.

—¿Qué otro individuo?

—Otro hombre estuvo en la casa haciendo preguntas sobre Mary Chilton. El ama de llaves lo comentó, extrañada de que tanta gente estuviera de pronto tan interesada en ella.

—¿Y crees que ese otro hombre es un enviado del... conde?

La boca de lady Exmoor se tensó.

—Estoy convencida de ello. ¿Quién, aparte de él, tendría motivos para buscarla? Richard conoce mis sospechas de que fue él quien se deshizo de Marie Anne y Johnny... ¡Oh, ojalá esa malvada mujer aún viviera!

Penelope sabía que se refería a Willa Everhart, prima y antigua dama de compañía de su abuela. Antes de morir, la señorita Everhart confesó que veintidós años atrás había conspirado para separar a la condesa de sus nietos. Durante los oscuros días vividos en París, tras la toma de la Bastilla, el hijo de la condesa, lord Chilton, y su esposa habían sido asesinados por el populacho, que los había confundido con aristócratas franceses. Los informes llegados a Londres aseguraban que los tres hijos de Chilton también habían muerto. Pero, en realidad, habían salido de Francia con Rhea Ward, una amiga americana de lady Chilton. La señora Ward, sola e incapaz de tener hijos, se había quedado con Alexandra, la pequeña, y la había criado en Estados Unidos como si fuera su propia hija. A los dos mayores, en cambio, los había llevado a casa de la condesa.

La condesa, postrada en cama por el dolor, se había negado a recibir visitas, de modo que fue la señorita Everhart quien atendió a la señora Ward. Locamente enamorada de Richard Montford, un primo lejano nombrado conde de Exmoor tras la muerte de Chilton y el supuesto fallecimiento de su hijo John, el legítimo heredero, Willa había llevado a los niños con el conde, sin decir nada a la condesa. Sabía que la existencia del niño, John, ocasionaría que su amante perdiese el título y las propiedades, y Willa esperaba ganarse la gratitud del conde, que lo ataría a ella de por vida. El niño, según había contado Willa mientras yacía moribunda, estaba muy enfermo y falleció. Marie, sin embargo, había ingresado en un orfanato.

La condesa había contratado de inmediato a un detective para que investigase el paradero de Marie, pero comprendió que poco podía hacer con respecto al acto de traición de Richard. Muerta Willa, no existían testigos ni pruebas materiales que lo inculparan y, naturalmente, él lo había negado todo, asegurando que Willa estaba loca y que había actuado por su cuenta.

—Pero ¿para qué iba Richard a buscarla? —preguntó lady Ursula, desconcertada—. A él no le importa nada Marie Anne. De hecho, seguro que preferiría que siguiera desaparecida.

—Seguro que sí —dijo la condesa—. Creo que la está buscando precisamente para eso, para asegurarse de que siga desaparecida.

Penelope emitió un gemido ahogado.

—¿Crees que... pretende asesinarla?

—No me extrañaría. Seguramente está desesperado por perpetuar la mentira que ha estado viviendo durante todos estos años. Como mínimo, la enviará fuera del país para que yo no pueda localizarla. Después de todo, Marie tenía cinco años cuando ocurrieron los hechos. Existe la posibilidad de que recuerde lo que le sucedió... o quién la llevó al orfanato. Quizá incluso recuerde qué fue de su hermano.

—Oh, cielos. Sinceramente espero que Richard no la encuentre. ¿No podemos hacer nada más?

—El señor Garner, el detective, dice que intentará seguirle la pista a la amiga de Mary Chilton, Winny o algo así. El ama de llaves sabía que se había trasladado a Londres, aunque nadie tenía idea de dónde vive. Una de las doncellas es muy amiga de Winny, pero afirmó desconocer su paradero, aun cuando Garner le ofreció una buena suma. De todos modos, aunque consigamos dar con ella, no hay garantías de que esa chica sepa dónde está Mary Chilton.

Penelope le dio una palmadita en la mano.

—No te preocupes, abuela. Estoy segura de que Marie Anne acabará apareciendo, igual que Alexandra.

Lady Exmoor le sonrió.

—Gracias, querida. Seguro que tienes razón. La encontraremos.

—Esperemos que Richard no la encuentre antes —lady Ursula, como de costumbre, tuvo que decir la última palabra.

Marianne soltó las cartas con un suspiro.

—Tú ganas, Betsy. Como siempre.

—Umm —la anciana entrecerró los ojos—. Ha sido demasiado fácil. ¿Qué es lo que te pasa, hija? Has jugado aún peor de lo que acostumbras.

Marianne sonrió con cierta tristeza.

—Nada. Es solo ansiedad. Aún no sé si lord Lambeth se habrá olvidado de mí o habrá acudido a las autoridades. Esta inactividad me pone nerviosa.

En realidad, se trataba de algo más, aunque no deseaba inquietar a Betsy con sus dudas. La carta de la amiga de Winny le preocupaba más de lo que estaba dispuesta a admitir. ¿Quiénes serían aquellos individuos que andaban buscándola?, se preguntaba Marianne una y otra vez.

Tampoco podía dejar de pensar en lord Lambeth. Recordaba cómo se había sentido cuando él la besó. Fue como si, de repente, la sangre le hirviese en las venas y sus entrañas se convirtieran en cera derretida...

—Señora Cotterwood —una de las dos criadas apareció en la puerta—. Ha venido cierta persona que desea verla. Está en el recibidor.

Marianne la miró sorprendida. Nadie acudía nunca a visitarla.

—Gracias, Nettie —se levantó y miró a Betsy, que parecía tan perpleja como ella.

¿La habría encontrado el hombre que estuvo en casa de los Quartermaine preguntando por ella?

Superando sus temores, Marianne salió al vestíbulo. Se detuvo en seco al ver al hombre que se hallaba en el recibidor, con el sombrero en la mano, sonriendo a su hija.

Lord Lambeth la había encontrado.

CAPÍTULO 5

—Milord —dijo Marianne débilmente.
Lambeth alzó la mirada hacia Marianne y sonrió.
—Señora Cotterwood.
—Rosalind, ¿qué estás haciendo aquí? Creía que estabas en la cocina con Winny, haciendo tus tareas.
—Salí para ver quién había venido, mamá —contestó Rosalind en tono práctico—. Nettie entró en la cocina y dijo: «Dios, ahí fuera hay un tipo guapísimo», de modo que vine a echar un vistazo.
Lambeth emitió una risita.
—Y sí que es guapo.
—Gracias por el cumplido, pequeña —Lambeth sonrió—. Solo por eso, te llevaré a dar un paseo en mi carruaje un día de estos.
—¿En serio? —Rosalind lo miró con ojos chispeantes—. ¿Y todo el mundo nos verá?
—Claro. ¿Por qué no iban a vernos?
Una radiante sonrisa se extendió en la carita de la niña.
—Me gustaría muchísimo.
—Rosalind, creo que ya va siendo hora de que sigas con tus tareas.
—Sí, mamá —la niña se dio media vuelta para marcharse, pero antes se giró y le dijo a Lambeth—: No se olvidará, ¿verdad?
—Juro que no —respondió él llevándose la mano al corazón teatralmente.

Con una sonrisa, Rosalind desapareció. Marianne se giró hacia Lambeth, irritada por la facilidad con que se había ganado a su hija.

—¿Cómo me ha encontrado? —le preguntó sin ambages.

Los ojos de él se iluminaron con un brillo risueño.

—¿Acaso estaba usted ocultándose de mí?

—Desde luego que no. Pero no le he dado permiso para que me visite.

—Lo sé. Soy atrevido en exceso. Ya me lo han dicho otras veces. Sin embargo, estoy seguro de que, si no nos hubieran interrumpido tan bruscamente, me habría dado usted su dirección.

—Supone usted mucho.

—Pensé que podía confiar en su bondad —Lambeth volvió a mirarla con ojos risueños.

—Bueno, ¿quiere usted pasar? —dijo Marianne señalando la puerta del salón, que era la habitación más formal de la casa. Miró de reojo hacia la sala de estar, de donde acababa de salir, y vio que Betsy los observaba con curiosidad desde detrás de la puerta.

Cuando hubieron entrado en el salón, Marianne cerró la puerta tras ella.

—Y ahora, ¿quiere decirme a qué ha venido?

—Pues a verla, ¿a qué si no?

—No lo sé. Por eso se lo pregunto. Pensé que quizá había venido con la intención de repetir sus absurdas acusaciones.

—Querida mía —Lambeth puso expresión dolida mientras le tomaba la mano para acercársela a los labios—. Vengo a disculparme por haberla ofendido.

Sus labios le acariciaron la piel con la suavidad del terciopelo y Marianne tuvo que esforzarse para respirar con normalidad.

—Con una nota habría bastado.

—Ah, pero entonces no habría tenido el gran placer de verla de nuevo mientras apelo a su misericordia.

—No diga tonterías. No creo que lo sienta en absoluto.

—Pues sí, lo siento. Lamento mucho que se me escapara usted antes de que finalizáramos nuestra conversación.

—No había nada más que decir. Usted se llevó una impresión equivocada de mí y, la verdad, no sé qué hacer para que cambie de opinión.

—No me opongo a que lo intente.

—Lord Lambeth, es usted un hombre muy presuntuoso —él aún le sostenía la mano, como si le costara trabajo soltarla. Marianne la retiró y tomó asiento en una silla, señalando el sofá situado enfrente.

—Umm. Sin duda. He descubierto que normalmente suele darme buen resultado —Lambeth se sentó en la silla de al lado, desdeñando el sofá.

—¿Me estuvo usted siguiendo ayer? —inquirió ella sin rodeos.

—Le aseguro que no —él sonrió—. Envié a uno de mis criados para que lo hiciera. Y debió de hacer un trabajo muy torpe si usted lo vio.

—No lo vi. Solo presentí que me observaban.

—Le pido disculpas si eso la alarmó —la voz de Lambeth parecía sincera y Marianne se sintió involuntariamente conmovida—. Deseaba muchísimo volver a verla. Es mi única excusa para tal comportamiento. Ha dicho que me llevé una impresión equivocada de usted la otra noche, en casa de lord Batterslee. Me temo que usted también se llevó una impresión errónea de mí.

Había empezado a acercarse, sus ojos de negras pestañas clavados en los de ella. Marianne notó que le faltaba la respiración y sus ojos se desviaron involuntariamente hacia la boca de Lambeth. Él lo advirtió y sus ojos se oscurecieron. Luego alzó la mano para tomarle la barbilla.

—Es usted una mujer muy atractiva y confieso abiertamente que la deseo. Pero jamás me la llevaría a la cama valiéndome de amenazas.

Su rostro siguió acercándose y Marianne comprendió que iba a besarla. También comprendió que debía apartarlo de sí, pero le resultaba tremendamente difícil moverse. Cerró los ojos.

En ese momento, la puerta del salón se abrió de golpe. Ambos se separaron, girándose rápidamente. A Marianne le dio un vuelco el corazón.

—Piers. Cuánto me alegro de verte —dijo con una voz que sonó falsa.

—Marianne —Piers miró fijamente a Lambeth.

—Lo siento. Lord Lambeth, le presento a Piers Robertson.

Lambeth se levantó educadamente y estrechó la mano que se le ofrecía.

—¿Es hermano de la señora Cotterwood?

—No —respondió Marianne.

—Sí —contestó Piers al mismo tiempo.

Lambeth arqueó las cejas.

Marianne miró de reojo a Piers y luego se giró de nuevo hacia Lambeth, sonriendo inexpresivamente.

—En realidad, Piers es primo mío, pero siempre hemos tenido una relación de hermanos. Yo... esto... me criaron sus padres. Los míos murieron cuando yo era muy joven.

—Lo lamento.

—Sucedió hace mucho tiempo. Ni siquiera me acuerdo de ellos —eso, al menos, era cierto.

Los ojos de Lambeth fueron de Marianne a Piers.

—¿Vive usted en Londres, señor Robertson?

—Vivo aquí —Piers permanecía con las piernas separadas y la mandíbula erguida, como si estuviera listo para iniciar una pelea.

—Ah. Comprendo.

—Toda mi familia vive aquí —terció Marianne rápidamente—. ¿Por qué no te sientas, Piers?

Piers aceptó acercarse al sofá, aunque no dejó de mirar a Lambeth con hostilidad.

—Creo que no lo vi en la fiesta de los Batterslee —prosiguió Lambeth con absoluta calma—. ¿No fue usted con su... prima?

—No. Piers no asiste a esa clase de fiestas —explicó Marianne antes de que Piers pudiera responder—. Lo aburren muchísimo, ¿verdad, Piers?

—Sí. Aunque quizá debería asistir en el futuro para que ciertos tipos no intenten aprovecharse de ti —dirigió a Lambeth una mirada cargada de intención.

—¡Piers!

Una leve sonrisa curvó los labios of Lambeth, aunque sus ojos permanecían fríos como el metal.

—Sí. Quizá debería hacerlo. No conviene dejar desamparada a una dama.

—Soy perfectamente capaz de cuidarme sola —replicó Marianne bruscamente, impidiendo la respuesta de Piers con una mirada fulminante.

—Desde luego. Sospecho que son los caballeros quienes deben cuidarse de usted —contestó Lambeth con un brillo de diversión en los ojos.

—¿Qué diablos significa eso? —inquirió Piers, haciendo ademán de levantarse.

Lambeth lo miró con expresión afable.

—Pues que la señora Cotterwood es tan hermosa, que los caballeros corremos el peligro de perder nuestros corazones por ella.

—Sería un cumplido precioso si tuviera usted algún corazón que perder —dijo Marianne ácidamente.

Justin dejó escapar una risotada.

—*Touché*, querida mía.

En ese momento, Betsy entró en el salón, seguida de su marido. Marianne comprobó que había aprovechado los minutos anteriores para maquillarse un poco y pintarse los labios.

—¡Oh, vaya! —exclamó la anciana con voz jovial—. No sabíamos que tenías compañía, Marianne.

—Sí, abuela —dijo Marianne con énfasis—. Lord Lambeth nos ha honrado con el favor de una visita.

No tuvo más remedio que presentarle a la pareja, explicándole que eran sus abuelos.

—Lástima que Harrison y Della no estén aquí para conocerlo —dijo Betsy sonriendo a Lambeth.

—Mis padres —explicó Marianne—. Mejor dicho, los padres de Piers. Las personas que me criaron.

—Claro.

Marianne había pensado que la situación no podía empeorar, pero estaba equivocada, porque en ese momento la criada apareció en la puerta y anunció nerviosamente:

—Lord Buckminster, señora.

Marianne se levantó rápidamente. Incluso lord Lambeth parecía sorprendido. También él se puso en pie y se dirigió hacia la puerta, donde lord Buckminster apareció tras la criada.

—¡Bucky!
—Lambeth. Vaya —Buckminster sonrió—. No esperaba encontrarte aquí.
—Lo mismo digo —Lambeth miró a su amigo pensativamente—. No sabía que conocieras la dirección de la señora Cotterwood.
—Y, en efecto, no la sabía. Pero mi ayuda de cámara solucionó el problema. Un tipo listo, Wiggins. Siempre sabe lo que hay que hacer. Cuando le hablé del encuentro de Penny con la señora Cotterwood cerca de la biblioteca, se echó a la calle y volvió con la dirección.
—Umm. Sí, ya entiendo.
Lord Buckminster avanzó hacia Marianne, pero se le enganchó el pie en el filo de la alfombra y tropezó. Consiguió detenerse antes de chocar con la silla de Lambeth.
—Vaya. Normalmente no soy tan patoso. Pero mis pies parecen enredarse cuando estoy cerca de usted, señora Cotterwood.
—Claro, claro —dijo Papá dándole ánimos mientras se acercaba para estrecharle la mano—. No es tan extraño. Mi nieta suele tener ese efecto en los hombres. Permítame presentarme. Soy Rory Kiernan, y esta es Betsy, mi esposa.
—¿Cómo está, señor Kiernan? ¿Es usted de Irlanda? Tengo tierras allí, ¿sabe?
—¿Cómo se ha dado cuenta? —los ojos de Papá chispearon mientras invitaba a Bucky a sentarse en el sofá.
—En realidad, venía a invitar a la señora Cotterwood a la fiesta de mi prima —Bucky rebuscó en sus bolsillos y frunció el ceño—. Qué raro, juraría que había traído la invitación.
—¿Es esto lo que busca? —preguntó Papá, alargando la mano tras la espalda de Bucky y sacando un sobre blanco.
—Vaya, pues sí.
—Debió de caérsele al sentarse —sugirió Papá.
Buckminster se levantó para entregarle la invitación a Marianne.
—Nicola espera de todo corazón que asista.
—¿Nicola?
—Nicola Falcourt, mi prima. En realidad, la fiesta es de su

madre, pero Nicola se ha encargado de organizarla. Le hablé de usted y está deseando conocerla. Es el viernes. Espero que no tenga ya algún compromiso para ese día.

—Pues no, no lo tengo. Pero me da cierto apuro ir. No conozco a su prima.

—Oh, Nicola no es amiga de formalidades —le aseguró Buckminster.

—Gracias. Acepto gustosa la invitación.

—Espléndido. Seguro que se lo pasará mejor que en la fiesta de los Batterslee.

—Seguro que sí —Marianne miró sin querer a Lambeth y descubrió que la estaba observando enigmáticamente.

—Quizá le apetezca visitarnos una tarde, lord Buckminster —dijo Betsy—. De vez en cuando, echamos una partidita de cartas.

Marianne abrió los ojos de par en par, alarmada.

—Estoy segura de que a lord Buckminster no le interesa jugar con apuestas tan bajas como las nuestras.

—Claro que sí —se apresuró a decir Bucky—. Será delicioso pasar una tarde jugando a las cartas.

—Estupendo. ¿El martes que viene, entonces?

—Me temo que esa tarde tendré cosas que hacer —dijo Marianne rápidamente—. ¿Por qué no hablamos de ello luego, abuela? —miró severamente a Betsy, que se encogió de hombros, dándose por vencida.

Lord Lambeth, que había estado observándolo todo con interés, hizo ademán de hablar, pero Buckminster se le adelantó.

—Señora Cotterwood, disculpe mi atrevimiento, pero... He invitado a unos amigos a pasar unos días en mi casa de campo. Para mí sería un placer tenerla con nosotros.

Lambeth miró a su amigo fijamente. Marianne se quedó atónita.

—Pues, no sé qué decir...

—Nicola y Penelope estarán allí. Seguro que Nicola le caerá muy bien.

—No... no lo dudo.

—Bueno, no tiene por qué responderme ahora. Pero prométame que se lo pensará.

—Sí, cómo no.

—¡Espléndido! —Buckminster sonrió de oreja a oreja—. Bueno, supongo que debo irme ya —echó mano al bolsillo de su chaleco para consultar el reloj y se detuvo, asombrado, al alzar la cadena sin nada en el extremo—. Vaya, supongo que también se me habrá caído el reloj.

—Qué extraño —observó Lambeth.

Marianne se puso rígida.

—Sí, lo es. Le ayudaremos a buscarlo. Papá... —dirigió una fría mirada al anciano.

—¿Qué? Oh, sí. Un reloj. Veamos —Papá empezó a rebuscar por el sofá, luego se levantó y rodeó las sillas—. ¡Ajá! —se agachó y, al incorporarse, tenía un reloj de oro en la mano—. Estaba ahí, detrás de esa silla.

El rostro de Buckminster se relajó.

—Sí, ese es. Celebro que lo haya encontrado.

—Qué extraño que se haya caído ahí —comentó Justin sarcásticamente.

—Sí, ¿verdad? —contestó Rory Kiernan con afabilidad—. Probablemente salió rodando.

—Sin duda —Lambeth consultó su propio reloj—. Tienes razón, Bucky. Se está haciendo tarde. Saldré contigo.

Ambos se levantaron y se despidieron educadamente. Marianne los acompañó hasta la puerta y la cerró cuando hubieron salido, aliviada. Los demás salieron en tropel del salón, sonrientes.

—Lo tuyo es asombroso, jovencita —dijo Papá—. Dos lores vienen a visitarte y te colman de invitaciones.

—Piensa en lo que podrás hacer en la finca de Buckminster —añadió Piers ansiosamente.

—Oh, sí. Ese pájaro está listo para que lo desplumen —convino Papá, frotándose las manos con regocijo.

—¡No! —la idea de robar a lord Buckminster horrorizaba a Marianne. Era un hombre amable, bonancible y sencillo. No deseaba mentirle y aprovecharse de su hospitalidad para luego esquilmarlo.

Los demás la miraron extrañados.

—Quiero decir que... bueno, sería demasiado peligroso. Yo estaría allí, y si los alguaciles fuesen a interrogarnos...

—Por Dios, Marianne, ten un poco de sentido común. No lo haríamos mientras tú estuvieses allí. Harrison y yo esperaríamos semanas, o incluso meses, antes de actuar. El caso es que dispondrías de varios días para memorizar el plano de la casa y localizar la caja fuerte y los demás objetos de valor.

—Sí, y ese tipo es rico. ¿Visteis el alfiler de diamantes que llevaba en el pañuelo? —añadió Betsy.

—Pero lord Lambeth estará allí también y no es tonto. Ya sospecha que soy una ladrona. Y apuesto a que tú tampoco lo engañaste con ese truco del reloj, Papá. Lo noté en su expresión. Se dio cuenta de que le robaste el reloj a lord Buckminster. ¡Y la invitación! ¿Cómo se te ocurrió?

—Solo quería ver si aún conservo mi habilidad —contestó Rory alegremente.

—Si Lambeth sospecha que eres una ladrona y no ha dicho nada ya, no es probable que lo haga —señaló Betsy.

—Exacto. Lo único que hará será vigilarte para asegurarse de que no robas nada. Y, como tú no vas a hacer tal cosa, no habrá ningún problema —agregó Piers.

—Además —siguió diciendo Papá—, el tal Lambeth se ha encaprichado de ti.

Marianne se ruborizó.

—Yo no lo llamaría así, exactamente.

—¿Y cómo lo llamarías? —terció Betsy—. Ha venido a visitarte, ¿no? Se tomó toda clase de molestias para averiguar dónde vivías. Simplemente, lo disimula mejor que lord Buckminster.

—Puede que esté interesado en mí —admitió Marianne—, pero no del mismo modo que lord Buckminster.

—Es posible. Pero mientras crea que puede persuadirte para ganar tus favores, no te delatará.

—¡Betsy! ¿Eso crees que debo hacer? ¿Incitarlo a pensar que soy capaz de... de venderme para que mantenga la boca cerrada?

Piers arrugó la frente.

—De ningún modo. No lo permitiré. Ni Harrison tampoco.

—No estoy sugiriendo que hagas nada —protestó Betsy—.

Solo que no lo rechaces por completo. Un poco de coqueteo nunca ha hecho mal a nadie.

Marianne pensó en los besos de lord Lambeth y comprendió que eso sería una tarea demasiado fácil; por eso, entre otras razones, se oponía al plan.

En ese momento entraron Della y Harrison, que de inmediato fueron puestos al corriente de los últimos acontecimientos. Finalmente, después de mucho discutirlo, ambos se pusieron de parte del resto de la familia.

—Ve a la fiesta de la señorita Falcourt. Y al campo —dijo Harrison, frotándose el mentón pensativamente—. Memoriza el plano de ambas residencias, como hiciste el otro día con la de los Batterslee, pero no haremos nada. Más adelante, cuando las sospechas de ese joven lord se hayan aplacado, daremos el golpe y sacaremos dinero para mucho tiempo. Nos iremos al continente y jamás nos atraparán.

Marianne acabó claudicando. No podía dejarlos en la estacada por culpa de sus propias dudas, que los demás seguramente habrían considerado ridículas. Aquellas personas eran su familia, las únicas a las que debía lealtad. Lord Buckminster podía ser un hombre agradable, pero seguía perteneciendo a la clase alta, a la que Marianne detestaba. En cuanto a lord Lambeth... en fin, Marianne procuraría mantener sus emociones a salvo de las garras de aquel hombre arrogante.

Lord Lambeth miró de soslayo a su acompañante mientras caminaban. Lord Buckminster tarareaba una melodía con una sonrisa en los labios. Justin titubeó un poco antes de hablar.

—Pareces muy prendado de la señora Cotterwood.

Bucky lo miró sonriendo de oreja a oreja.

—Sí. ¿Sabes, Lambeth? Creo que estoy enamorado. Nunca me había ocurrido antes. Y lo encuentro delicioso.

—No sé qué decirte. ¿No crees que quizá te estás precipitando un poco? Apenas la conoces.

El comportamiento de su amigo le preocupaba. Justin nunca lo había visto perder la cabeza por una mujer.

Por añadidura, Buckminster sería presa fácil para cualquiera que albergase malas intenciones. Ni siquiera se había dado cuenta de que la «familia» de la señora Cotterwood era una pandilla de maleantes. Su abuelo incluso le había quitado el reloj de oro y la invitación directamente del bolsillo.

—La conozco lo suficiente —dijo Bucky sonriendo—. ¿Acaso intentas ahuyentar a un rival? Conmigo no te será tan fácil, viejo amigo.

—Piénsalo, Bucky. No sabes nada de ella... quién es, de dónde procede o qué está haciendo aquí. ¿Cómo sabes que no es una aventurera?

Bucky dejó escapar una risita.

—No seas absurdo. Además, tú mismo respondiste por ella.

Justin emitió un bufido.

—Sí, ante lady Ursula, pero lo hice simplemente porque no soporto a esa mujer. No conozco a la señora Cotterwood mejor que tú. ¿Por qué ha aparecido de repente en Londres? ¿Por qué nunca habíamos oído hablar de ella?

—No se puede conocer a todo el mundo —señaló Bucky—. Penelope me comentó que había estado viviendo en Bath. Quizá dejó de cultivar la vida social tras la muerte de su esposo.

—Eso es otra cosa. ¿Quién, exactamente, era el señor Cotterwood? ¿Cuándo murió y de qué?

—Francamente, Justin, estás yendo demasiado lejos. A una viuda no se le pueden preguntar tales cosas.

—Y en eso confía ella, sin duda.

Buckminster se quedó mirando a su amigo.

—¿Qué estás insinuando?

—Que puede no ser lo que aparenta.

—Tonterías. Solo hay que hablar con ella para comprender que es una verdadera dama. Es hermosa tanto por fuera como por dentro.

Justin frunció el ceño. No podía permitir que la señora Cotterwood embaucara a su amigo. Sabía que debía confiarle a Bucky lo que sospechaba de ella, pero, por alguna razón, las palabras se le atascaban en la garganta. De todos modos, Bucky probablemente tampoco lo habría creído.

—¿Y cuándo empezaste a planear esa fiesta en tu finca?

Buckminster se rio.

—Unos diez minutos antes de invitar a la señora Cotterwood —miró a su amigo y reparó en la expresión sombría de su semblante—. Oye ¿no estarás enfadado porque me gusta la señora Cotterwood, verdad? No es la primera vez que competimos por una mujer. Acuérdate de Frances Wallesford.

—Oh, Dios. Menos mal que Ferdy nos ganó a los dos en esa ocasión.

—Sí. Y también estuvo aquella preciosidad, ¿cómo se llamaba? Ya sabes, aquella con el pelo negro...

—Lizzy. Sí, me acuerdo. Pero creo que esta vez no es lo mismo.

Buckminster lo miró algo sorprendido.

—¿Insinúas que tus sentimientos hacia a la señora Cotterwood son serios?

—¿Serios? No —Justin meneó la cabeza—. Creo que jamás me he tomado en serio a ninguna mujer.

—Bien. Entonces, no hay ningún problema. Querrás asistir a la fiesta en el campo, ¿verdad?

—Oh, sí —prometió Justin—. No faltaré, créeme —de algún modo, hallaría la manera de mantener a Bucky lejos de las redes de la bella señora Cotterwood.

CAPÍTULO 6

El viernes por la tarde, llegó a casa de Marianne un ramillete de flores, cortesía de lord Buckminster. Una hora más tarde, Marianne recibió un segundo ramillete, acompañado de una nota en la que lord Lambeth solicitaba el privilegio de acompañarla al baile de Nicola Falcourt aquella misma noche. Marianne no pudo sino esbozar una sonrisa al tiempo que inhalaba el aroma de las rosas. Aquel detalle no significaba nada, se dijo, pero de inmediato escribió una nota a Lambeth, dándole permiso para que acudiera a recogerla.

Mientras volvía a guardar las rosas en la caja, la puerta principal se abrió y Rosalind entró seguida de Nettie.

—¡Mamá! ¡Hemos visto a un hombre en el parque!

Marianne se giró hacia su hija. En ese momento, Della y Winny se acercaron para ver lo que pasaba.

—¿Cómo que habéis visto un hombre? ¿A quién?

—No lo sé. Pero nos hizo preguntas sobre ti —explicó la niña situándose delante de Marianne.

—¿Qué? —un escalofrío recorrió a Marianne—. ¿Nettie?

La doncella asintió.

—Sí, señora. Nos preguntó si vivíamos en esta casa.

—¿Qué le dijisteis?

—Nada. Le reproché su descaro, pero él me preguntó si conocía a Mary Chilton, y yo le respondí que no conocía a nadie con ese nombre. Dijo que había sido doncella y que tenía el cabello pelirrojo.

—Así que yo le dije que mi madre era pelirroja —explicó Rosalind.

—Oh.

—Lo siento, señora —se disculpó Nettie—. Le aseguré que usted no era Mary Chilton, que debía de estar equivocado.

—¿Y él qué respondió?

—No mucho, señora. Me preguntó el nombre de usted y yo le dije que no era cosa de su incumbencia —Nettie hizo una pausa, antes de añadir—: Pero supongo que le resultará fácil averiguarlo preguntando por ahí.

—Sí, sin duda —Marianne miró a Winny, que le devolvió la mirada con consternación. Della miró a una y a otra, confusa.

—¿Qué ocurre, querida? ¿Quién es ese hombre? ¿Por qué te busca?

—¡No lo sé! —Marianne bajó la vista hacia su hijita, que la miraba preocupada.

—¿He hecho algo malo, mamá? —inquirió.

—Bueno, nunca debes hablar con desconocidos en el parque, aunque estés con Nettie. Pero no, no has hecho nada malo —sonrió a Rosalind cariñosamente—. ¿Por qué no subes a lavarte las manos? Luego me ayudarás a decidir qué flores debo llevar.

Rosalind sonrió y echó a correr escaleras arriba mientras Nettie la seguía más lentamente. Marianne se giró hacia Winny.

—¿Crees que se trata del mismo hombre? —inquirió Winny arrugando la frente.

—¿De qué estáis hablando? —quiso saber Della, cada vez más preocupada.

Marianne le habló de la carta que había recibido Winny y de los hombres que habían estado preguntando por ella.

—Pero ¿no afirma esa chica que no les dijo nada de ti ni de Winny?

—Sí. Pero me figuro que ese hombre pudo descubrir algo por mediación de otro criado o de alguien del pueblo. Todo el mundo sabe que Winny y yo éramos amigas, así que quizá la ha buscado a ella. Pero ¿quién podría saber la dirección de Winny, aparte de su amiga?

—No lo sé, pero seguramente nos ha encontrado. Y es el mismo hombre. No creo que haya dos grupos de personas distintas buscándote.

—Yo tampoco lo creo. ¡No sé lo que pueden querer, y me asusta!

—A mí también —dijo Della—. Sé que no deseas ir a esa fiesta en el campo la semana que viene. Pero, dadas las circunstancias, convendría que pasaras fuera unos días.

—Probablemente tienes razón —Marianne seguía detestando la idea de pasar una semana en la finca de lord Buckminster, pero comprendía perfectamente la sugerencia de Della. Nadie la encontraría en la hacienda de un lord, en pleno campo.

—Y si viene por aquí haciendo preguntas, lo mandaremos a paseo de inmediato. Mientras tanto, cúbrete la cabeza siempre que salgas de casa.

—Lo haré.

Naturalmente, no se cubriría el cabello con ningún sombrero aquella noche, pues lo llevaría recogido en un elegante moño con un lazo a juego con el vestido. Marianne contaba con que aquel hombre no le viera la cara en la oscuridad, y con el carruaje de lord Lambeth bloqueando la puerta, si estaba vigilando la casa.

Marianne se puso un vestido azul de satén que realzaba el color de sus ojos y eligió llevar el ramillete de Buckminster, aunque le gustara más el de Lambeth. Al fin y al cabo, Lambeth no debía pensar que había triunfado en todo. Por ese mismo motivo, Marianne lo tuvo cinco minutos esperando cuando acudió a recogerla, pese a hallarse lista para salir.

Al verla bajar, lord Lambeth la miró con ojos redondos de asombro y le dirigió un cumplido. A continuación, su mirada se posó en el ramillete de flores que llevaba en la muñeca y su boca se tensó.

—¿Son de Bucky? —inquirió ofreciéndole el brazo.

—Sí. Iban mejor con el vestido —explicó Marianne.

—Ah. Comprendo. Espero que, al menos, me conceda usted el primer vals de la noche.

Ella asintió grácilmente, tomando su brazo, y ambos salieron por la puerta. Marianne se sentía nerviosa, feliz y un poco excitada. Quizá los demás tuvieran razón, se dijo, y todo saldría bien. Alzó la mirada hacia Lambeth y, al ver que tenía los ojos clavados en ella, notó un revuelo de mariposas en el estómago. Quizá lord Lambeth sí sintiera algo por ella, después de todo.

Justin la ayudó a subir en el carruaje y después se sentó frente a ella mientras el vehículo se ponía en marcha.

Marianne sintió cierta timidez al hallarse tan cerca de él en aquel espacio reducido. Recordó cómo la había mirado momentos antes, con ojos ardientes y ansiosos; recordó el tacto suave de sus labios, la fuerza de sus brazos mientras la rodeaban, el calor mareante que le había provocado su beso.

—Quiero que deje a Buckminster en paz —dijo Lambeth de pronto, interrumpiendo los pensamientos de Marianne.

Ella se limitó a mirarlo, demasiado sorprendida para hablar.

—Es un buen hombre, demasiado ingenuo para una mujer como usted, y no quiero que le haga daño —prosiguió él, haciendo añicos las agradables emociones que habían envuelto a Marianne momentos antes.

Ella tragó saliva, luchando por contener las lágrimas. Mientras fantaseaba con sus besos, él solo había estado pensando en mantenerla alejada de su amigo.

—No creo que mis sentimientos y los de lord Buckminster sean asunto suyo, milord.

—Bucky ha sido amigo mío desde siempre. No permitiré que le destroce el corazón una aventurera sin escrúpulos.

Sus palabras la apuñalaron como un cuchillo. Lambeth no tenía ningún interés en ella, comprendió Marianne. De hecho, su voz solamente reflejaba desprecio.

—¿Cree que me he propuesto hacerle daño? —Marianne fue incapaz de disimular por completo el temblor de su voz, aunque él no pareció notarlo.

—¿Qué otra cosa voy a pensar? Es un hombre muy rico y está obviamente enamorado de usted. Usted, por otra parte, es una ladrona.

—¿Cómo puede decir eso? ¡No he robado nada!

—No la vi robar nada con mis propios ojos —admitió Lambeth—, pero era evidente que tramaba algo. Y, si necesitaba alguna confirmación, su «familia» me la ha proporcionado.

—¡Cómo se atreve!

—¿Cómo me atrevo a qué? ¿A decir la verdad? Su «abuelo»

le quitó el reloj a Bucky con facilidad y su abuela parecía muy ansiosa por invitarlo a jugar a las cartas. Ciertamente, no dejará usted pasar una oportunidad como la que representa Buckminster. Le sacará hasta el último céntimo y lo dejará con el corazón destrozado.

—En ese caso, me extraña que se rebaje usted buscando mi compañía. Visitándome y enviándome flores. Lo lógico sería que no quisiera saber nada de mí.

—Existe un mundo de diferencia entre Bucky y yo —contestó él tajantemente—. Bucky es ingenuo y confiado, presa fácil para una embaucadora. Yo, en cambio, sé lo que es usted y puedo manejarla sin acabar con el corazón roto.

—¡Como si tuviera algún corazón que se pudiera romper!

—A eso precisamente me refiero —dijo Lambeth, sonriendo en la penumbra—. Puedo disfrutar de sus encantos sin perderme. Buckminster, no.

Marianne se sintió invadida por la furia. ¿Cómo podía haber sido tan estúpida? ¿Cómo podía haber pensado, aunque fuese por un instante, que Lambeth sentía algo por ella? Era igual que Daniel Quartermaine. Solo le interesaba el placer personal.

—Haré lo que desee con Buckminster y usted no podrá impedirlo.

Los ojos de Lambeth centellearon y su mandíbula se tensó.

—Le diré la verdad sobre usted.

—Adelante —dijo Marianne con desprecio—. Dígale lo perversa que soy. No lo creerá. Pensará que le tiene envidia y que me desea para usted solo. Y le odiará por haber sido la persona que destrozó sus sueños. Así que, como ve, también lo tengo a usted en mi poder.

Al llegar a la casa de los Falcourt, el carruaje se detuvo y Marianne se apeó rápidamente, ignorando la orden de Lambeth de que se detuviera. Oyó cómo maldecía a su espalda, pero no miró atrás, sino que se apresuró hacia el grupo de invitados que esperaban en la puerta principal. Al verla entrar, Bucky se acercó a ella de inmediato.

—¡Señora Cotterwood! ¡Celebro mucho verla!

Marianne, segura de que Lambeth estaba detrás de ellos observando el saludo, dirigió a Buckminster una sonrisa deslumbrante.

—Me alegro mucho de que esté aquí —dijo tomando su brazo—. Me siento un poco sola. No conozco a nadie.

Él le palmeó la mano para tranquilizarla.

—Yo le presentaré a todo el mundo.

Y así lo hizo. Le presentó a su prima, Nicola, que en ese momento recibía a los invitados junto a su madre, una mujer de mediana edad.

—Me alegra mucho conocerla —dijo Nicola en tono cordial—. Bucky me ha hablado tanto de usted, que es como si ya la conociera.

Marianne sonrió, sintiendo una punzada de culpabilidad.

—Gracias. Para mí también es un verdadero placer.

—Oh, ahí está Penelope —anunció Buckminster—. ¿Quiere que vayamos a verla? Parece que su madre está distraída.

Y así era, en efecto. Lady Ursula estaba algo aparte, hablando encendidamente con un caballero de aspecto serio y expresión hastiada.

—Hola, Pen —saludó Bucky amistosamente a la hija, que permanecía apartada de la conversación de su madre.

El rostro de Penelope se iluminó con una sonrisa.

—¡Bucky! Y señora Cotterwood. Celebro mucho volver a verla.

—Gracias. Pero, por favor, llámame Marianne —dijo Marianne tuteándola.

—De acuerdo. Y tú llámame Penelope.

Lady Ursula interrumpió su perorata para comprobar con quién estaba hablando su hija. No se alegró al ver a lord Buckminster y a la pelirroja que lo acompañaba, pero no tuvo más remedio que permitir que las presentaran. La conversación no tardó en derivar hacia la fiesta en la finca de lord Buckminster.

Lady Ursula pareció disgustarse al oír hablar de la fiesta, y el motivo pronto se hizo evidente.

—Lo siento, lord Buckminster, pero me temo que no podré ir. Había prometido a mi hijo que lo visitaría. Partiré el lunes a primera hora de la mañana.

—Lamento saberlo —contestó Buckminster—. Pero no se preocupe por Penelope. Cuidaremos bien de ella.

Lady Ursula pareció horrorizada.

—¡Pero Penelope no podrá ir sola, sin acompañante!

En ese momento, se acercó Nicola del brazo de lord Lambeth. Marianne lo miró y los ojos de ambos se encontraron durante un instante que le pareció eterno.

Su expresión, advirtió Marianne, era inexpresiva y fría como el mármol.

—¿Cómo? —dijo Nicola girándose hacia lady Ursula—. ¿No dejará que Penelope vaya a la fiesta de Bucky? Yo estaré allí. Puede dormir en mi habitación y prometo estar pendiente de ella.

—Una chica soltera, de la misma edad de Penelope, no es lo que yo considero una acompañante adecuada —repuso lady Ursula—. Y lo sabes perfectamente, Nicola. La verdad, no sé cómo tu madre te permite asistir sola.

—Mi tía, la madre de Bucky, estará allí —señaló Nicola—. Seguramente ella sí puede considerarse una compañía apropiada.

—¿Lady Buckminster? —dijo lady Ursula con desdén—. Lejos de mi intención criticar a su madre, lord Buckminster, pero todo el mundo sabe que Adelaida está más interesada en los caballos que en sus huéspedes. Además, una anfitriona no puede vigilar como es debido a una jovencita. Hace falta alguien que la acompañe en todo momento.

—Pero Penelope no necesita que la vigilen a todas horas —protestó Nicola—. Nunca he conocido a nadie que se comporte mejor que Penny.

—Naturalmente que Penelope sabría comportarse —dijo lady Ursula, como si pensar lo contrario resultara ridículo—. Pero son las apariencias lo que cuenta. Sencillamente, una chica soltera no puede asistir a una fiesta sin acompañante.

—¡Pero la fiesta no será lo mismo sin Penelope! —protestó Bucky.

Penelope le dirigió una arrobada mirada de agradecimiento, reforzando las sospechas de Marianne de que sentía algo por él. Y eso debió de influir para que se encontrara diciendo:

—Milady, sería para mí un placer hacer de acompañante de la señorita Castlereigh.

—¡Sí! —exclamó Penelope—. Sería maravilloso. Oh, gracias, señora Cotterwood. Ha sido un detalle por su parte.

—Pero si usted también es una jovencita —objetó lady Ursula.

—Gracias por decirlo, milady, pero no es ese el caso. Soy viuda y madre de una niña.

—¿Lo ves, madre? Eso zanja la cuestión, ¿verdad? —preguntó Penelope ansiosamente, e incluso el implacable rostro de lady Ursula se suavizó al ver el placer reflejado en los ojos de su hija.

—Pero apenas conocemos a la señora Cotterwood, aunque el ofrecimiento la honra.

—Ya hablamos de eso el otro día —le recordó Buckminster—. ¿No lo recuerda? Lambeth dijo conocer a su familia. Y yo ya los he tratado. Son una gente muy agradable.

Lady Ursula miró a lord Lambeth inquisitivamente.

—Oh, sí —dijo Lambeth con afabilidad—. Conozco a la familia de la señora Cotterwood. No debe usted preocuparse por Penelope.

—Bien... supongo que entonces no habrá problema, Penelope. Puedes ir.

Penelope emitió un chillido de placer, llena de felicidad.

—Gracias, madre. Oh, gracias.

La orquesta, situada en el extremo opuesto de la sala, empezó a tocar, y lord Lambeth se giró hacia Marianne, haciéndole una leve reverencia.

—Creo que prometió concederme el primer vals de la noche, señora Cotterwood.

Marianne sintió deseos de negarse a bailar con él, pero habría resultado poco educado por su parte. Esbozó una sonrisa tensa.

—Sí, creo que sí.

Tomó su brazo y se dejó llevar hasta la pista de baile.

—Me sorprende, milord —dijo Marianne cuando empezaron a bailar—, que quiera compartir un vals conmigo. Y aún me sorprende más que haya recomendado a mi familia a lady

Castlereigh, teniendo en cuenta su opinión acerca de mis parientes.

—Yo no los he recomendado, exactamente. Solo afirmé conocerlos, lo cual es cierto. De mis sospechas sobre ellos prefiero no hablar. Si animé a lady Ursula fue estrictamente por Penelope. A esa pobre chica le sentará bien alejarse de su madre unos días. Además, sé que es una mujer muy responsable y que, por lo tanto, no necesita acompañante alguna. No hará nada imprudente ni indebido. Por eso no tuve reparos a la hora de recomendarla a usted.

—Ah, ya comprendo. Insinúa que Penelope es una persona tan maravillosa que cualquiera, incluso una delincuente de la calle, puede hacer de acompañante suya —Marianne no pudo ocultar el furioso temblor de su voz.

Lambeth se limitó a mirarla de soslayo, sin contestar.

Sabía que había cometido una equivocación un rato antes. No había sido su intención hablar de Bucky. Su plan había consistido simplemente en seducir a Marianne. La había deseado desde el mismo momento en que la había visto por primera vez. Una aventura con ella habría satisfecho sus deseos y, al mismo tiempo, habría impedido que embaucara a Bucky. Su amigo se hubiera llevado un gran desengaño, pero habría acabado superándolo a la larga.

A Lambeth no se le había pasado por la cabeza que Marianne no estuviera dispuesta a vivir un romance con él. El beso que compartieron había demostrado que se trataba de una mujer apasionada. Y era madre de una hija, de modo que tenía experiencia. Una mujer así, se dijo Justin, estaría más que dispuesta a entablar una relación mutuamente satisfactoria.

Sin embargo, al llegar a su casa y ver que llevaba el ramillete de Bucky, en lugar del suyo, Lambeth se había sentido tan furioso que olvidó sus objetivos y le espetó lo primero que se le pasó por la cabeza.

—Debo disculparme por los comentarios que le hice antes —dijo con idea de rectificar la situación. Se irritó consigo mismo al percibir el tono rígido de su propia voz—. No me comporté como un caballero.

Marianne enarcó una ceja.

—No, no lo hizo.

Aquello tampoco había salido como Justin esperaba. Maldiciendo entre dientes, sacó a Marianne de la pista de baile y la condujo hasta los grandes ventanales que daban a un pequeño jardín. Los ventanales llegaban prácticamente hasta el suelo, de modo que les resultó fácil acceder a la terraza.

—¿Se puede saber qué está haciendo? —inquirió Marianne—. Esto no está bien.

—Nadie nos ha visto —se limitó a decir él mientras cruzaba la terraza y bajaba las escaleras hacia el oscuro jardín—. Quiero hablar con usted en privado.

—¿Y si yo no quiero? Es usted un hombre de una arrogancia insoportable, lord Lambeth.

—Sin duda alguna. Aun así, tengo la intención de conversar en privado con usted.

—Si quiere que continuemos la discusión de antes, debo decirle que...

—No —dijo Justin con impaciencia, enfilando un estrecho camino de grava que llevaba hasta una pequeña fuente. Se giró hacia Marianne—. Lamento lo que le dije antes. Me sentía preocupado por mi amigo y eso me llevó a hablar con precipitación.

Marianne lo miró con curiosidad. Su semblante parecía inmóvil, casi rígido, bajo el pálido resplandor de la luna. Sus ojos quedaban ocultos entre las sombras, de modo que ella no podía ver su expresión. Sintió una sensación extraña en el pecho, algo parecido a una trémula esperanza.

—Lo que quería decirle es que... Bueno, deseo hacerle una propuesta. Quisiera ofrecerle mi protección.

—¿Su protección? —repitió ella débilmente, sin saber si lo había oído bien—. ¿Quiere decir que...?

—Sí. Le estoy pidiendo que sea mi querida.

CAPÍTULO 7

Marianne se puso pálida.
—¿Cómo... cómo dice?
—Será lo mejor para usted —Lambeth comprendió enseguida que había hablado con excesivo descaro y torpeza, de modo que se apresuró a dar una explicación—. Le pondré una casa, desde luego, y le daré toda la libertad que quiera. No seguiría corriendo el peligro inherente a su actual ocupación. Y tampoco haría falta que fingiese estar enamorada de mí, como sin duda debería hacer en el caso de Bucky, así que le resultaría más fácil. Y creo que podríamos disfrutar el uno del otro —mientras decía esto último, su rostro se suavizó levemente y su voz se tornó ronca. Le acarició el brazo con suavidad.

Marianne retrocedió. Se sentía como si acabaran de darle un puñetazo en el estómago. ¡Así que para él no era más que una fulana!

—¡No me toque! —exclamó en voz baja, trémula por la ira—. ¿Cómo puede pensar que le permitiría siquiera acercarse a mí? ¡No me sería difícil amar a Bucky, pero me sentiría enferma si tuviera que soportar las caricias de alguien como usted!

La expresión de Justin se endureció.

—¿Qué le hace pensar que me conformaría con ser la querida de alguien... suya o de lord Buckminster? Él cree que soy una mujer de noble cuna, así que no veo qué me impide aspirar a convertirme en lady Buckminster.

Los ojos de Justin parecieron desprender chispas y su rostro se congestionó de rabia. Dio un rápido paso hacia ella. Marianne retrocedió apresuradamente, creyendo que pretendía pegarle. Se agachó y se alzó el vestido para desenfundar la pequeña daga que llevaba sujeta a la pantorrilla.

Lambeth abrió los ojos de par en par mientras miraba el cuchillo y luego la cara de Marianne.

—Yo no soy como esos hombres con los que estás acostumbrada a tratar, querida —dijo tuteándola.

Alargó la mano rápidamente y le agarró con fuerza la muñeca, cortándole la circulación. Marianne trató de zafarse, pero él la sujetó al tiempo que utilizaba la mano libre para quitarle la daga.

—¡Suélteme! —jadeó ella, tirando y retorciéndose. Tenía las mejillas congestionadas y los ojos le ardían de furia. La mirada de Justin descendió hasta sus senos, que subían y bajaban con cada uno de sus movimientos. Permaneció inmóvil un instante, mirándola. Luego dio un tirón para atraerla hasta su pecho. Los cuerpos de ambos se unieron y Marianne abrió los ojos al sentir su abrasador deseo.

Justin reclamó su boca ansiosamente, consumiéndola. Ella sintió un estremecimiento y se derrumbó sobre él, rodeándole la cintura con los brazos. Justin dejó escapar un jadeo. Luego la abrazó para apretarla más contra su cuerpo. La pequeña daga cayó al suelo, olvidada.

Marianne se aferró a él, temblorosa. Jamás se había sentido así con anterioridad, tan excitada y fuera de control. Justin siguió besándola una y otra vez, como si no consiguiera saciarse de la dulzura de su boca. Su lengua se entrelazó con la de ella, mientras con las manos le recorría la espalda y le oprimía los glúteos para atraerla hacia sí.

Marianne se retorcía contra su cuerpo, con el bajo vientre inflamado por el deseo. Lambeth musitó algo que ella no consiguió entender y, a continuación, al tiempo que le trazaba un sendero de besos por el cuello, alzó la mano para abarcar uno de sus senos por encima de la tela del vestido. Marianne emitió un jadeo semejante a un sollozo, enterrando los dedos en el cabello de Justin.

Él se separó repentinamente de ella, profiriendo una sentida maldición.

—No podemos hacerlo... aquí —resolló. Sus ojos emitían un brillo casi feroz mientras su pecho subía y bajaba en una rápida oscilación—. Yo... mi casa está cerca...

Marianne estuvo a punto de gritar al dejar de sentir la caricia de sus manos y de su boca. Se quedó mirándolo fijamente, tratando de dar sentido a sus palabras. Le llevó un momento entender su significado. Justin estaba sugiriendo que se retiraran a su casa, donde podrían culminar aquel momento de pasión. Era lo que el cuerpo de Marianne deseaba, pero su mente por fin volvió a reaccionar, cobrando verdadera conciencia de lo sucedido. Justin le había propuesto que fuera su querida y luego, al rechazar ella su oferta, la había acariciado y besado haciendo caso omiso de sus palabras.

—¡No! —gritó Marianne asqueada, con él y consigo misma—. Yo no soy la propiedad de nadie. No puedes comprarme.

Justin emitió un rosario de obscenas maldiciones.

—Maldita sea, mujer, no quiero comprarte, sino hacerte el amor.

—¿El amor? —repitió ella con desprecio—. Dudo que conozcas el significado de esa palabra. Esto no es más que un vil intento por tu parte de «salvar» a lord Buckminster. O de vencerle. No sé bien cuáles son tus propósitos.

—Mi propósito es mantenerlo alejado de las garras de una provocadora sin entrañas como tú —repuso él, la ira, el deseo y la frustración mezclándose en un rugiente torbellino en su interior.

—¿Provocadora? ¿Me besas a la fuerza y luego tienes la desfachatez de llamarme «provocadora»?

—Aquí no ha habido fuerza que valga —los labios de Justin se curvaron—. Tú me deseabas tanto como yo a ti.

Los ojos de Marianne se llenaron de lágrimas. Tuvo que tragar saliva para no prorrumpir en sollozos. El desdén de la voz de Justin reflejaba el desprecio que sentía hacia sí misma. Se giró y se alejó presurosa.

Justin fue tras ella, extendiendo la mano. Creyó haber visto un brillo de lágrimas en sus ojos mientras se giraba y lo acometió una repentina sensación de culpa. Se detuvo al oír la voz de Bucky, que llamaba a Marianne desde la terraza.

—Estoy... estoy aquí, milord —contestó ella, obligándose a mantener un tono sereno, e incluso alegre, mientras se alisaba rápidamente el cabello y la ropa.

Bucky bajó hasta el jardín para reunirse con ella, frunciendo el ceño preocupado.

—No debería estar aquí sola, señora Cotterwood.

—Oh, no creo que haya ningún peligro —Marianne sonrió—. Me... mareé un poco, así que decidí salir a tomar el aire. ¿Cree que... podría llevarme a mi casa, lord Buckminster?

Él accedió encantado, aunque expresó su preocupación por la salud de Marianne. Solo cuando estuvieron en el carruaje, de camino hacia su casa, recordó ella que no había hecho el menor intento de estudiar la disposición de la residencia de la fiesta o los objetos de valor que pudiera contener. Cerró los ojos, dejando que la charla insustancial de lord Buckminster cayera en oídos sordos.

Todo había sido culpa de lord Lambeth, naturalmente. De algún modo, había conseguido traspasar sus defensas y despertar en ella emociones y sentimientos que había creído extinguidos desde hacía mucho tiempo. Había sido una estúpida, se dijo, al dejarse arrastrar a la pasión por otro noble. Lambeth era igual que los demás. La deseaba carnalmente, pero sentía desprecio por ella. Creyó poder comprarla igual que se compraba un objeto en una tienda, para luego usarla y tirarla con la misma facilidad.

El odio embargó a Marianne. Deseó hacerle daño, humillarlo como él acababa de humillarla a ella. Le habría reportado una gran satisfacción conseguir que se enamorase de ella para después rechazarlo y aplastar su corazón con la punta del pie. Por desgracia, pensó, tal cosa no sería posible. Lambeth era incapaz de enamorarse de nadie, pues carecía de sentimientos.

Podía hacerle daño a través de Buckminster, desde luego. Marianne miró de reojo la afable cara de Bucky. Lambeth montaría en cólera si ella incitaba a Bucky a que la amara. Sin embargo, Marianne se sabía incapaz de hacer semejante cosa. Buckminster era un hombre demasiado bueno. Además, estaba claro que Penelope lo amaba y le partiría el corazón verlo enamorado de otra mujer. No, Marianne no podía hacerle algo así a Penelope.

La única idea viable que podía ocurrírsele era robarle a Lambeth algún objeto de valor. Quizá en la fiesta pudiera descubrir qué cosas eran las que más apreciaba, para que luego Piers y Harrison se las robaran. Lo malo era que Lambeth sospecharía de ella y, seguramente, no tendría reparo alguno en denunciarla a las autoridades. Si no lo había hecho ya, era porque aún tenía esperanzas de llevársela a la cama.

Al llegar a su casa, Marianne vio que estaban todas las luces encendidas. Descorazonada, supuso que todos estarían esperándola para oír su informe acerca de la mansión de la fiesta. ¿Cómo iba a explicarles que tal informe no existía?

Sintió cierto alivio cuando al entrar, después de despedirse de Bucky, vio que había una gran agitación en la casa y que nadie le preguntaba siquiera por la fiesta.

Se hallaban todos en la cocina, alrededor de una joven que permanecía sentada a la mesa, con una copa de coñac delante. Era una chica muy hermosa, con la tez clara y una larga melena de pelo rubio oscuro, casi rojizo. Había estado llorando, porque tenía las mejillas húmedas y los ojos enrojecidos. Piers se encontraba a su lado y tenía aspecto de estar furioso y todos hablaban a la vez, sin escucharse los unos a los otros.

—¿Qué sucede? —inquirió Marianne alzando la voz.

Della se giró hacia ella.

—¡Marianne! ¡Es terrible!

—¿Qué ha pasado? ¿Quién es esa chica?

—Oh, señorita, lo siento mucho —dijo la joven alzando los ojos para mirarla. Hizo ademán de levantarse, pero Marianne la detuvo con un gesto.

—¿Qué es lo que ocurre?

—Esta es Iris —explicó Winny—. Vive al final de la calle. Trabaja de doncella en casa de los Cunningham. ¡Alguien la agredió en la calle!

—¿Quieres decir que alguien intentó...?

—Intentó estrangularme, señorita —exclamó la joven—. Justo ahí enfrente.

—¿Delante de nuestra casa?

La chica asintió enfáticamente.

—Acababa de salir de aquí cuando ese hombre saltó sobre

mí y me rodeó el cuello con las manos. ¡Estaba muerta de miedo, se lo aseguro!

—No me extraña. ¿Y qué pasó?

Iris se giró hacia Piers, con los ojos brillantes.

—Piers me salvó.

—Debí haberte acompañado a tu casa —dijo Piers con evidente aire de culpabilidad.

Iris le tomó la mano y se la acercó a la mejilla.

—No, tú no tienes la culpa. Yo no quería que me llevaras a casa. A mis señores no les hubiese gustado.

—De modo que estabas aquí, en esta casa.

—Sí, estuvo... hablando conmigo en el jardín un rato —repuso Piers, ruborizándose.

O coqueteando más bien, pensó Marianne, aunque no dijo nada.

—La oí gritar unos segundos después de que saliera —prosiguió Piers—, así que corrí a la calle y los vi. Le di un puñetazo a ese canalla, desde luego, y él la soltó y salió corriendo —frunció el ceño—. Ojalá hubiese podido pescarlo, pero no quise dejar a Iris allí tirada para perseguirlo.

—Claro que no —convino Della.

—¡Qué horrible! —un escalofrío recorrió a Marianne. Primero un hombre interrogaba a la doncella y a Rosalind, y luego ocurría aquello. Su casa ya no le parecía un refugio seguro.

—¿Crees que pudo tratarse del mismo hombre? —preguntó Marianne a Winny al día siguiente, mientras tomaban el té en la cocina.

—¿Y por qué iba a atacar a Iris? —señaló Winny—. Es a ti a quien busca, ¿no?

—Quizá solo quería interrogarla, pero ella se asustó y empezó a gritar, así que él intentó silenciarla. O quizá... —Marianne titubeó—. Bueno, quizá te parezca un poco rebuscado, pero ¿te has fijado en el color de pelo de Iris? ¿Y si, en la oscuridad, a ese hombre le pareció más pelirrojo que rubio? ¿Y si iba tras alguien con el cabello pelirrojo y conocía sus señas pero no su aspecto?

—¿Crees que confundió a Iris contigo?

—Es posible, ¿no te parece?

Winny la miró preocupada.

—Pero ¿por qué? ¿Por qué iba a intentar matarte alguien que ni siquiera te conoce?

—¡No lo sé! Sé que parece poco probable, pero...

—¡Mamá! ¡Mamá! —en ese momento, Rosalind entró en la cocina, con las mejillas sonrosadas de excitación—. ¡Lo he visto!

—¿A quién?

—¡Al hombre que preguntó por ti ayer! Ven —Rosalind se dirigió hacia la puerta, gesticulando con impaciencia—. Ven conmigo.

Marianne siguió a su hija escaleras arriba, acompañada por Winny. Rosalind las condujo hasta el dormitorio de Della y Harrison, situado en la parte frontal de la casa. Della estaba asomada a la ventana. Se giró al oírlas llegar.

—Todavía sigue ahí —dijo con el ceño fruncido—. ¿Quién será?

—Estaba aquí con tía Della —explicó Rosalind—, y me asomé a la ventana. ¡Entonces lo vi!

Marianne se acercó a la ventana y Della se apartó para dejarle sitio. Al otro lado de la calle, apoyado en la verja de la casa de enfrente, había un hombre bajo y más bien corpulento.

—¿Qué quiere, mamá? ¿Es un hombre malo?

—Sí, me temo que quizá lo sea, cariño. Hasta que lo sepamos con seguridad, mantente alejada de él, ¿de acuerdo? No quiero que salgas de la casa sin que Harrison o Piers te acompañen. Ni siquiera con Nettie.

—Está bien, mamá, no lo haré —Rosalind asintió solemnemente.

Marianne observó al hombre. Nunca lo había visto con anterioridad. En ese momento, la puerta de la casa de enfrente se abrió y un mayordomo salió y se acercó al hombre. Tras una breve conversación, el individuo se alejó a regañadientes.

Marianne emitió una risita.

—Quizá los vecinos se ocupen de él por nosotros.

—Qué bien que te vayas a esa fiesta dentro de unos días —dijo Winny—. Si alguien te está buscando, no dará contigo allí.

Marianne se giró para mirarla.

—¡No puedo irme ahora! ¿Cómo voy a dejaros solos... sabiendo que podéis correr peligro?

—No corremos peligro —señaló Winny—. Si estás en lo cierto, atacó a Iris únicamente por su color de pelo. No creo que nos confunda a ninguno de nosotros contigo. Es más, estaremos más seguros si te vas, porque así no existirá el riesgo de que nos haga daño intentando atacarte.

—Bueno —los comentarios de Winny tenían su lógica, pensó Marianne—. Está bien. Pero no salgáis nunca solas. Salid siempre acompañadas, preferiblemente por Harrison o Piers.

Winny asintió.

—Así lo haremos. Y si ese tipo tiene el descaro de venir preguntando por ti, le diremos que ya no vives aquí —hizo una pausa y luego sonrió burlona—. Pero antes le preguntaré para qué te busca.

Marianne también sonrió.

—De acuerdo. Así me sentiré más tranquila en la fiesta de Buckminster.

Aunque, desde luego, le sería imposible sentirse totalmente tranquila con Lambeth allí. Pero Marianne estaba decidida a dejar de lado aquellos sentimientos tan ridículos. Iría a la fiesta para hacer su trabajo, simplemente, y evitaría a lord Lambeth en la medida de lo posible. Después de aquello, probablemente no volvería a ver a aquel hombre detestable nunca más.

El carruaje del conde de Exmoor se detuvo lentamente y un hombre se subió en él. Se quitó el sombrero y se sentó frente a Exmoor.

—Fallaste —dijo el conde sin preámbulos, con gesto impasible—. No solo no conseguiste acabar el trabajo, sino que te equivocaste de persona.

—Ya te dije que deberías haber contratado a un profesional —señaló el otro hombre con irritación, desviando la mirada—. Yo no estoy acostumbrado a asesinar.

—Tendrás que intentarlo de nuevo.

—¡No puedo seguir rondando la casa, en espera de que una pelirroja salga por la puerta! —estalló el hombre.

—Por suerte, me he enterado de que nuestra amiga, la señora Cotterwood, piensa asistir a la fiesta que lord Buckminster da en el campo, la semana que viene. Ese estúpido cabeza hueca vino esta mañana para invitarnos a visitarlos. Nuestra casa de campo está cerca de la de Buckminster, y lady Exmoor es prima suya. Supongo que tendremos que ir.

—En ese caso, podrás hacer el trabajo tú mismo —sugirió su acompañante.

—Ni pensarlo. No deben relacionarme con el asunto en modo alguno. Lo que debes hacer es conseguir que te inviten a la fiesta de Buckminster. No será difícil, puesto que conoces al tipo, ¿verdad? Bucky es una persona patéticamente amistosa, de modo que apenas te costará trabajo sacarle una invitación.

—Es absurdo. Ni siquiera sabemos si esa mujer es la que buscamos.

—Oh, sí que lo es. La similitud de los nombres, su edad, el cabello pelirrojo... Todo encaja. Sin embargo, procuraré conocerla personalmente para cerciorarme.

—Yo no soy un asesino —protestó el hombre—. No puedo hacerlo. Anoche estuve temblando durante horas, y eso que ni siquiera maté a esa chica. Es del todo imposible.

—Por supuesto que podrás hacerlo. Eres capaz de los actos más execrables cuando te sientes amenazado. Y, créeme, ahora lo estás.

—Disfrutas con todo esto, ¿verdad? ¡Te gusta destruir a los demás! Te complaces viéndolos sufrir.

—Me ayuda a aliviar el aburrimiento. Bueno, ¿qué contestas? ¿Harás el trabajo... o prefieres que ciertas personas reciban información sobre tus antiguas actividades?

—¡Está bien! ¡Lo haré, maldita sea!

—Excelente. Estaba seguro de que verías la luz —Richard golpeó con el bastón el techo del carruaje y este se detuvo.

Con un leve gruñido, el otro hombre salió por la portezuela y el carruaje volvió a ponerse en marcha.

CAPÍTULO 8

Una semana más tarde, Marianne partió hacia Buckminster Hall en un carruaje con Penelope y Nicola. Buckminster y lord Lambeth las acompañaban a caballo.

—Bucky parece muy enamorado de ti —dijo Penelope, y Marianne le dirigió una rápida mirada.

Se preguntó si Penelope estaría furiosa con ella, pero ver el rostro afable de la joven le bastó para descartar tal idea. Trataba valientemente de mostrarse complacida, aunque la delataba el temblor de su sonrisa.

—Los hombres siempre andan a la caza de nuevas conquistas. Pero suele ser algo pasajero. No me interesa lord Buckminster.

—¿No? —preguntó Nicola arrastrando la voz—. Me ha parecido que te muestras muy amable con él.

—Sí —Marianne hizo un gesto para restarle importancia—. Y seguiré mostrándome amable, de momento. Veréis, forma parte de mi plan.

—¿Qué plan? —inquirió Penelope.

—Pues mi plan de acabar con el enamoramiento de su señoría —explicó Marianne.

Nicola enarcó las cejas y Penelope pareció asombrada.

—¿Qué... qué quieres decir? —preguntó.

—Al principio no sabía muy bien qué hacer —empezó a decir Marianne—. Es evidente que lord Buckminster no me ama realmente. Apenas me conoce. Lo suyo no es más que uno de esos encaprichamientos que tienen los hombres de vez en cuando. Y creo que Penelope es la mujer perfecta para él. Pero Bucky aún no se ha dado cuenta.

Penelope se ruborizó.

—Oh, no... Bucky no me quiere. Es decir, sí me quiere, pero del mismo modo que a Nicola o a... una hermana. Es muy amable conmigo.

—Creo que es algo más que simple amabilidad. ¿O no recuerdas cómo se disgustó el otro día cuando tu madre no quiso que asistieras a la fiesta?

—¿Tú crees? —Penelope no pudo disimular la nota de esperanza que se filtró en su voz. Nicola observaba a Marianne pensativamente.

—Sí, creo que te quiere mucho. Pero, como digo, aún no se ha dado cuenta. Tendremos que ayudarlo nosotras.

—¿Y cómo sugieres que lo hagamos? —quiso saber Nicola.

—Habrá que conseguir que se desenamore de mí. De ese modo, no sufrirá tanto como con un rechazo y quedará con el corazón intacto y listo para enamorarse de Penelope.

—Pero ¿cómo pretendes conseguir tal cosa? —inquirió Penelope con los ojos muy abiertos—. Nunca había visto a Bucky así de enamorado.

—Me mostraré cruel, exigente y autoritaria. Protestaré y me quejaré continuamente. Exigiré que me dedique toda su atención y deje de lado las demás actividades, por mucho que le seduzcan.

—Como la caza —dijo Nicola—. Los hombres siempre van de caza en este tipo de ocasiones.

Marianne le dirigió una sonrisa de complicidad.

—Sospecho que, de ese modo, lord Buckminster no tardará en cansarse de mí.

—¡Magnífico! —Nicola sonrió—. Para mí será un placer ayudarte en lo que pueda.

—Bien. Puedes ponerte a charlar conmigo cuando él esté cerca, para que descubra lo superficial que soy. Incluso podemos planear de antemano las conversaciones.

—Sí. Y si conseguimos que Penelope, en cambio, parezca apasionada, amable e inteligente...

—Exacto.

—Es una idea absolutamente maravillosa —dijo Nicola.
—Gracias.
—Todo eso me parece muy bien —terció Penelope, insegura—. Pero ¿creéis que así acabará enamorándose de mí?
—Tú estarás ahí cuando Bucky te necesite. Cuando desee hablar con alguien, estarás ahí para escucharlo y darle un cariñoso apoyo.
—Pero fíjate en mí. No soy hermosa ni tengo encanto. Nicola me ha prestado vestidos y ha intentado enseñarme a coquetear, pero no se me da bien. Siempre me he esforzado para nada.
—No tienes por qué esforzarte —dijo Marianne con firmeza—. Ese ha sido tu primer error. Verás, a Bucky ya le gustas tal como eres. Tan solo debe darse cuenta de que es a ti a quien ama. Yo me mostraré cruel y despiadada, tú amable y comprensiva. Yo seré superficial, tú inteligente y bondadosa. Nicola y yo procuraremos que podáis estar juntos para que él comprenda lo distintas que somos.
Penelope sonrió.
—Bueno, si crees que así...
—Estoy convencida. En cuanto a tu aspecto... otro peinado ayudaría.
—De eso me encargo yo —dijo Nicola confiadamente—. Y no sabes cómo mejoras de aspecto cuando estás lejos de tu madre, Pen. Pareces mucho más radiante.
—Y yo puedo dejarte algunos de mis vestidos —sugirió Marianne.
Pasaron el resto del viaje conversando animadamente y haciendo planes. En un determinado momento, el nombre de lord Lambeth salió a colación.
—Ese sí que es guapo —dijo Nicola.
—Sí, guapísimo —convino Penelope antes de sonreír malévolamente a Marianne—. Yo diría que también te ha echado el ojo.
—Cierto —asintió Nicola, aunque añadió en tono de advertencia—: Pero dicen que va a casarse con Cecilia, y para mí que es verdad. La gente de esa familia nunca se casa por amor. Ese hombre puede destrozarte el corazón.

—Lo sé. No tengo ninguna intención de caer en su trampa.

—¡Pero, ay, esos ojos! —Penelope suspiró afectadamente y las otras dos mujeres se echaron a reír.

—Sí. Malditos sean esos ojos.

Cuando el carruaje se detuvo en una posada unas horas más tarde, las tres se bajaron ya como amigas íntimas. Fiel a su palabra, Marianne ignoró a Bucky y coqueteó descaradamente con lord Lambeth. Al principio, este pareció levemente sorprendido ante la mirada lánguida que ella le dirigió mientras la ayudaba a bajar del carruaje, pero luego correspondió a sus coqueteos. La halagó y le dedicó encendidos elogios mientras caminaban hacia la posada y se sentaban para tomar un ligero refrigerio, mirándola con un indolente cinismo que dejaba claro que no la tomaba en serio ni por un momento.

—Lo estás haciendo a la perfección, ¿eh? —le dijo Lambeth entre dientes mientras la acompañaba de vuelta al carruaje.

Marianne lo miró con desdén.

—No sé de qué está hablando.

—De tu intento de poner celoso a Bucky coqueteando conmigo.

—Jamás se me ocurriría tal cosa.

—Umm. Seguro que no. Pero parece que está dando resultado. Bucky está verde de celos.

—Personalmente, nunca me han gustado los hombres verdes.

Él enarcó las cejas.

—¡Señora Cotterwood! Estoy escandalizado. ¿Lo ha dicho con un doble sentido?

—¿Qué? No. ¿A qué se refiere? —inquirió Marianne, sorprendida. Luego, al comprender las connotaciones sexuales que podían aplicarse a su comentario, se ruborizó—. ¡No! No era esa mi intención.

El cálido brillo risueño de sus ojos hizo que se ruborizara aún más. Marianne le frunció el ceño.

—Es usted un hombre grosero y maleducado, y no sé por qué pierdo mi tiempo hablando con usted —se separó de él y avanzó hacia el carruaje por su cuenta. Bucky se acercó presuroso para ayudarla a subir y Marianne le sonrió.

—Gracias, milord. Algunos hombres sí son unos caballeros —miró sombríamente a lord Lambeth, que permanecía a unos cuantos pasos de distancia, sonriéndole de forma irritante.

Pasaron la noche en una posada, donde Nicola, Penelope y Marianne tuvieron que compartir una habitación. El comedor de la posada estaba lleno y no disponía de reservados, de modo que las tres mujeres cenaron también en su cuarto. Marianne sintió alivio al no tener que pasar la velada con Lambeth o Buckminster, que permanecieron en el comedor. Al día siguiente, el carruaje reemprendió el viaje hacia Dartmoor.

Llegaron a la finca de Buckminster por la tarde. Mientras los mozos de cuadra acudían de inmediato para hacerse cargo de los caballos de Bucky y lord Lambeth, la puerta principal de la casa, un enorme edificio de piedra amarillenta, se abrió y un solemne mayordomo salió para dar la bienvenida a lord Buckminster. Lo seguía una mujer, mayor y regordeta, que saludó a Bucky con mucha menos formalidad. Abrazó al joven y le dio sendos besos en las mejillas, entre exclamaciones de alegría.

Nicola sonrió al ver la escena.

—Ah, veo que el aya sigue aquí. Siempre que Bucky vuelve a casa, chilla de alegría como si acabara de verlo regresar de la guerra.

Lord Lambeth se acercó para ayudarlas a bajar del carruaje, puesto que Bucky seguía ocupado saludando a la servidumbre.

—¡Bucky! Entrad, hijo, haz pasar a tus invitados. No los tengas ahí al sol.

Marianne alzó la mirada para ver a una mujer de mediana edad situada en la puerta. Lady Buckminster era una mujer muy alta, con una constitución parecida a la de su hijo y, obviamente, no era esclava de la moda. Iba vestida con unas botas y un traje de montar marrón visiblemente anticuado. Llevaba el pelo gris recogido en un sencillo moño y su tez no era del suave tono pálido propio de la mayoría de las damas, sino bronceada y curtida por el viento.

Le dio a Buckminster un beso en la mejilla y luego avanzó para tomar la mano de lord Lambeth.

—Celebro mucho volver a verte, Lambeth. Carter me ha prometido una cacería decente. Aún no es temporada, desde luego, pero procuraremos hacer lo posible —se giró hacia las mujeres—. Nicola, querida. Hacía mucho tiempo que no te veía. Estás muy delgada, jovencita. Tendremos que engordarla un poco, ¿verdad, señora Waterhouse? —añadió mirando por encima del hombro al ama de llaves—. Y Penny, hija mía, me alegra que hayas venido.

—Gracias. Siento que mi madre no haya podido venir, pero tenía que...

Lady Buckminster la interrumpió con un gesto.

—Lo pasarás mucho mejor sin ella —declaró sin ambages—. Siempre le digo a Ursula que te tiene demasiado controlada —se giró hacia Marianne—. Usted debe de ser la señora Cotterwood. Bucky me habló mucho de usted en su nota. Vaya, es guapísima. Comprendo que mi hijo se haya fijado en usted. Bienvenida a nuestra casa. ¿Monta a caballo?

—Siempre que puedo —mintió Marianne. Había tomado lecciones algunos años antes y sabía montar decentemente, pero apenas tenía ocasiones para practicar—. Pero me temo que no tengo caballos.

—Es difícil en la ciudad —dijo lady Buckminster comprensivamente—. Un lugar horrible. Yo nunca voy. Pero no se preocupe. Le daremos un buen caballo. Acabará montando tan bien como Penelope en un santiamén —sonrió a la jovencita situada al lado de Marianne—. Penny cabalga como una verdadera amazona —se dio media vuelta y entró en la casa—. Adelante, tomaremos unas tazas de té.

El grupo entró tras ella. Penelope tomó el brazo de Marianne y le dijo en voz baja:

—Tranquila, no te obligará a montar si no quieres. Lady Buckminster está loca por los caballos, como ya habrás adivinado, pero es muy bondadosa.

—No me importará tener que montar, aunque confieso que no tengo mucha experiencia.

—Tía Adelaida es un encanto —dijo Nicola afectuosamente—. Se ha portado muy bien conmigo. Cuando murió mi padre, mi madre y yo nos vinimos a vivir aquí. Nuestra casa pasó a manos de mi primo, que heredó el título al no tener yo hermanos varones, y mi madre no se llevaba bien con su esposa. Más tarde, mi madre compró una casa en Londres, pero yo me quedé aquí con tía Adelaida y Bucky. Era feliz viviendo con ellos —sonrió al recordar, pero Marianne creyó percibir también cierta tristeza en sus ojos.

Una vez dentro, vieron que ya habían llegado otros dos huéspedes. Lady Buckminster los presentó como sir George Merridale y Sophronia, su esposa. George era un hombre sencillo y discreto, de unos cuarenta y pocos años, cuyo rostro anguloso delataba su antigua herencia normanda. Su esposa, igual de sencilla, era baja y regordeta, y hablaba sin parar.

Marianne se fijó en que lady Merridale iba cargada de joyas. Llevaba tres anillos en cada mano, uno de ellos con un resplandeciente diamante. En su muñeca brillaba un brazalete de esmeraldas, a juego con los pendientes que pendían de sus orejas.

Marianne notó movimiento a su lado y una voz masculina le susurró en el oído:

—¿Estás pensando en quitarle a lady Merridale algunas de sus joyas?

Marianne alzó la mirada hacia los chispeantes ojos dorados de lord Lambeth. No pudo evitar sonreír.

—Creo que le haríamos un favor, ¿no le parece?

—Oh, desde luego. Quizá podríamos planear el golpe conjuntamente.

Marianne tuvo que recordarse a sí misma la antipatía que sentía por aquel hombre. ¿Cómo podía ser tan encantador en unas ocasiones y tan despreciable en otras?

—Esperaba que me permitiera el honor de enseñarle los terrenos —siguió diciendo Lambeth, con una sonrisa que produjo a Marianne extrañas sensaciones—. Son muy hermosos.

—De acuerdo —aceptó Marianne—. Me irá bien estirar las piernas.

—¡Qué idea tan espléndida! —exclamó lady Merridale, oyéndolo—. ¿Por qué no vamos todos? George, querido...

Marianne se fijó de reojo en Lambeth, quien miraba a lady Merridale con desconcierto. Luego miró a Marianne, que tuvo que disimular una sonrisa.

—Creo que yo me quedaré charlando con tía Adelaida —dijo Nicola, que ni siquiera se molestó en ocultar su traviesa sonrisa.

Los demás salieron al jardín. Marianne tomó el brazo de Lambeth, dejando que Penelope acompañase a lord Buckminster.

—Me temo que estoy acostumbrada a caminar deprisa, milord —dijo Marianne en voz alta cuando hubieron salido—. He comprobado que es bueno para la salud.

—Procuraré mantener su ritmo —le aseguró Lambeth seriamente.

Marianne apretó el paso, dejando a Sophronia y los demás atrás. Rodearon unos setos altos, perdiendo de vista al resto del grupo, y Lambeth la condujo fuera del sendero.

—Por aquí —dijo tomándole la mano y echando prácticamente a correr por la extensión de hierba.

Cuando se detuvieron para recuperar el aliento, Lambeth bajó la mirada para contemplarla y el comentario provocador que se disponía a hacer se extinguió en su garganta. Alzó la mano para acariciarle la mejilla con los nudillos.

—Qué hermosa eres.

Marianne retrocedió rápidamente.

—¡Señor! Está muy equivocado. No he salido al jardín para estar a solas con usted. Lo que le dije la otra noche iba en serio. Si pretende acosarme...

—No. Le aseguro que no —como si deseara mostrar sus buenas intenciones, Justin le ofreció el brazo y la condujo hasta el pequeño jardín de rosas que se extendía a unos cuantos metros.

Lambeth no era ningún estúpido en lo referente a las mujeres. Sabía que la mejor manera de impedir que Marianne clavara sus garras en Bucky era ganarse él mismo sus favores, una meta que también satisfacía sus propios deseos. Pero, para conseguirlo, tendría que hacer las paces con ella.

—Señora Cotterwood, debo pedirle disculpas por mi conducta de la otra noche —dijo hablándole otra vez de usted—. Obviamente, me equivoqué con respecto a sus intenciones.

—Obviamente —Marianne lo miró de soslayo, dando poco crédito a su afirmación.

—Dije cosas que no debí decir. Sin duda, pensará que soy un necio o un canalla.

—O ambas cosas —añadió Marianne en tono amable.

Él la miró sorprendido y luego esbozó una sonrisa burlona.

—Veo que no tiene intención de ponérmelo fácil.

—No sé por qué habría de tenerla.

—Lo comprendo —Justin suspiró—. Le ruego que acepte mis sinceras disculpas, señora Cotterwood. Hablé precipitadamente. Ahora me doy cuenta de mi error.

—¿De veras? —inquirió Marianne cínicamente—. ¿Y qué es lo que ha motivado ese considerable cambio de opinión?

Él no había esperado semejante pregunta y, por un momento, permaneció indeciso.

—Pues... fue la rabia con la que me rechazó. Comprendí que había juzgado mal su carácter. Obviamente, sus principios son mucho más elevados de lo que yo había creído.

Marianne se detuvo y se giró para mirarlo.

—Lord Lambeth, está claro que sigue usted tomándome por tonta. ¿Espera que me crea que ha cambiado de opinión en tan poco tiempo? Me acusó de robar. De intentar estafar a su amigo Bucky. A continuación, intentó comprar mis favores, como si mi virtud estuviera en venta. ¿Y ahora ha decidido que nada de eso es cierto?

—¡Estabas robando! —exclamó Justin a la defensiva—. ¡Te sorprendí mirando la caja fuerte!

—¿Tomé algo?

—Claro que no. Te pillé antes de que pudieras hacerlo.

—Francamente, lord Lambeth, ¿qué creyó usted que iba a hacer? ¿Guardarme la plata de la familia debajo de la falda? ¿O meterla en un saco y echármela a la espalda? Es absurdo.

—Podrías haberte guardado algunas joyas fácilmente. O quizá simplemente estabas examinando la casa para tus compinches. Nada más conocer al joven Piers y los demás, comprendí que probablemente actuabas como parte de un grupo de ladrones. ¿Qué haces, te sirves de tu belleza y tu porte refinado para introducirte en las casas de los ricos? ¿Localizas los objetos de valor y la caja fuerte para que luego tus amigos acudan a robarlos más tarde? Un buen plan, no lo niego. Lo que no sé es si aprendiste los modales y la forma de hablar de una dama para ese fin, o si te criaste como tal y luego te echaste a perder.

—Lo que usted crea me trae sin cuidado. Pero le agradecería que dejara de verme como alguien capaz de vender su propio cuerpo. ¡Como si los nobles fueran los únicos con principios morales!

—Sé que hay muchas personas buenas y honradas que no son nobles ni ricas. ¡Pero no pondría entre ellas a los ladrones, tahúres y carteristas!

—Al menos, está siendo sincero. Ahora sé lo que piensa de mí. No trate de hacerme creer otra cosa. Lo único que le interesa es impedir que perjudique a Buckminster y está dispuesto a hacer cualquier cosa con tal de lograrlo. Incluso seducirme. Pero sus trucos no darán resultado, señor. Ahora, si me dispensa, volveré a la casa y pediré que me lleven a mi habitación.

Marianne se dio media vuelta y se alejó de él.

CAPÍTULO 9

Mientras Marianne bajaba por las escaleras para asistir a la cena, sus ojos se desviaron hacia Lambeth, que en ese momento conversaba con otro caballero. Él se giró para mirarla. Marianne volvió la cabeza rápidamente y sintió que un rubor revelador se extendía por su cuello. Esperó que Lambeth estuviera demasiado lejos como para notarlo.

Luego paseó la mirada por el salón, en busca de Penelope y Nicola. Las vio charlando con Buckminster y otras personas. Penelope, comprobó Marianne con satisfacción, tenía mucho mejor aspecto aquella noche. Nicola y ella la habían ayudado a peinarse y a ataviarse con un vestido verde claro que favorecía a su color de piel.

Marianne avanzó hacia el grupo, mirando de reojo a lord Lambeth. Buckminster acudió a su encuentro sonriente y Marianne, consciente de la mirada de Lambeth, le devolvió la sonrisa y le tendió la mano.

—Lord Buckminster —dijo alegremente, como si llevara siglos sin verlo mientras él se inclinaba para besarle la mano—. ¿Damos un paseo?

Buckminster, naturalmente, aceptó gustoso, y ambos emprendieron un lento paseo por el enorme salón.

Marianne le sonrió.

—Estoy segura de que la señorita Castlereigh estará echando chispas.

Bucky pareció sorprendido.

—¿Penelope? ¿Por qué?

—Pues porque lo he separado de ella.

—¿Penelope? Oh, no. Es una buena muchacha, amiga mía desde hace años.

Marianne emitió una risita y le dirigió una mirada compasiva.

—Oh, vamos, lord Buckminster. Esa chica está enamorada de usted.

Él se quedó mirándola con estupefacción.

—No, está usted equivocada —se giró para mirar a Penelope, como si la viera con otros ojos—. No puede ser.

Marianne se encogió de hombros con indiferencia.

—Ella intenta disimularlo, desde luego. Sabe que no tiene ninguna posibilidad. Pobrecilla, qué mal debe de sentirse siendo tan insulsa.

—¡Penelope no es insulsa! —protestó lord Buckminster en tono ofendido. Luego miró a Marianne con dolida sorpresa—. Creí que Penelope era amiga suya.

Marianne emitió una risita.

—Pero, lord Buckminster, ¿no comprende que una mujer insulsa es la mejor amiga que otra mujer puede desear? Así no hay peligro de que le arrebate el novio.

Buckminster exhaló un jadeo de sorpresa, su agradable faz contraída de horror. Marianne suspiró interiormente. Detestaba tener que caerle antipática.

—Estoy seguro de que no lo ha dicho en serio, señora Cotterwood.

—Cielos, no. Solo era una pequeña broma —contestó Marianne. No había esperado que los sentimientos de Bucky cambiaran en un solo instante, pero sabía que su cruel comentario sembraría en él la semilla de la duda. Empezó a coquetear con Buckminster de nuevo. Se estaban acercando a lord Lambeth.

Lambeth y su acompañante se inclinaron al verlos llegar, y Buckminster se detuvo para presentar a Marianne al otro hombre. Era sir William Verst, uno de los amigos de Bucky y Lambeth. Su tema favorito de conversación parecían ser los caballos, pues no hablaba de otra cosa.

Al cabo de un rato, a la hora de la cena, Marianne ya había sido presentada al resto de los invitados. Alan Thurston y su esposa, Elizabeth, estaban allí. Ella los había conocido en la fiesta de Nicola. Él era un miembro del parlamento. Se había llevado a su secretario, Reginald Fuquay, tal vez para dar la impresión de ser un hombre muy ocupado. Fuquay, alto y delgado, tenía un aspecto más distinguido que Thurston, que era bajito y tenía poco pelo. Además de sir William, había otros dos caballeros sin pareja, amigos de lord Buckminster. Lesley Westerton era bajo y ligeramente regordete. Hablaba mucho y con gran ingenio. Lord Chesfield, en cambio, era moreno, alto, delgado y desconcertantemente callado. Ambos, había asegurado lord Buckminster, eran «tipos excelentes», aunque hubo de admitir con cierto apuro que Westerton no montaba bien a caballo. Aquello, comprendió Marianne, era un defecto muy importante para él.

Para terminar, estaban Edward Minton y su esposa, una pareja de edad avanzada a los que, al parecer, había invitado la madre de Bucky, y la pareja con la que ya se habían encontrado antes, sir George y Sophronia Merridale.

Bucky condujo a Marianne hacia Penelope, que en aquel momento conversaba con Chesfield y Westerton. Marianne, en cuanto hubo sido presentada al grupo, procedió a coquetear con ambos hombres. Pudo percibir la creciente consternación de Bucky, pero se obligó a seguir adelante. Al cabo de un momento, expresó su interés en contemplar un cuadro situado en el extremo opuesto del salón y Westerton se ofreció a acompañarla. Chesfield, naturalmente, fue con ellos. Marianne dejó a Bucky en las comprensivas manos of Penelope, sin mirarlo siquiera.

Descubrió que Westerton era extraordinariamente dado a los chismorreos. Sir George Merridale, según le informó, se había casado con la voluble Sophronia por su dinero.

—¿En serio? —Marianne miró especulativamente a la pareja—. ¿Y qué hay del señor Thurston y su mujer?

Westerton se encogió de hombros.

—Por lo que yo sé, es un tipo normal en todos los sentidos. Familia decente y dinero decente. He oído que se corrió algunas juergas cuando era joven, pero ¿quién no? Su secretario proviene de una antigua familia, pero no tiene dinero. Es un hombre inteligente, he hablado con él. Y luego está Verst, un buen tipo si uno no le habla de caballos.

Marianne dejó escapar una risita.

—Está usted siendo algo duro con todos los invitados, ¿no cree?

—No diría nada malo de lord Lambeth, desde luego. No me atrevería. Es muy bueno con los puños.

—Bueno, yo creo que es más orgulloso de lo que le conviene —Marianne miró al otro lado de la sala, donde Lambeth permanecía hablando con lady Buckminster. La contemplaba con evidente afecto y se reía ocasionalmente con sus comentarios. Marianne experimentó una súbita punzada de dolor en el pecho. ¿Cómo sería sentirse mirada así por lord Lambeth?

Westerton enarcó una ceja.

—Vaya, vaya, ¿qué tenemos aquí? ¿Acaso el futuro duque de Storbridge ha tenido algún tropiezo con usted? Normalmente suele ser muy admirado por las mujeres.

—Por mí, no. Lo encuentro grosero y arrogante.

—¿Qué le ha hecho? Estoy desconcertado.

Marianne hizo un gesto con la mano para restar importancia al asunto. Ya había revelado demasiado con su afirmación.

—Es muy orgulloso, sí —terció Chesfield de repente, sorprendiéndolos a ambos—. Toda su familia lo es. Suele ocurrir con los duques.

En ese momento, lord Lambeth se giró y fijó la vista en el grupo, mirándolos con ojos fríos como el mármol.

—Oh, cielos —murmuró Westerton—. Parece que esta noche me he ganado la enemistad de dos lores. Buckminster no me preocupa, pero no sé si me gustaría incurrir en la ira de Lambeth, aun por unos ojos tan hermosos como los de usted.

—No se preocupe —Marianne miró a Lambeth con acritud—. Dudo que sea usted el blanco de su ira. Lord Lambeth y yo hemos tenido algunos... roces.

—Umm —Westerton alzó la mano para saludar a Lambeth—. Por favor, mi querida señora Cotterwood, dígame qué ha hecho Lambeth para inspirarle tal rencor. Confieso que me embarga la curiosidad. ¿Debo retarle por usted?

Marianne emitió una carcajada.

—No, no creo que sea necesario.

Lambeth le dijo algo a lady Buckminster y después hizo

ademán de avanzar hacia ellos. Pero en ese momento el mayordomo anunció que la cena estaba servida. Justin frunció el ceño, se detuvo y regresó con lady Buckminster para cumplir con su deber de acompañarla hasta la mesa. Marianne tomó el brazo de Westerton, aliviada, y juntos salieron de la sala.

Marianne se levantó temprano al día siguiente. La noche anterior, después de la cena, lady Buckminster anunció que había planeado hacer una pequeña excursión a caballo a las cataratas Lady aquella mañana.

—Parece un camino demasiado largo para hacerlo a caballo —se quejó Marianne cuando llevaban un rato de marcha—. ¿No podríamos haberlo hecho en carruaje?

—Hay que viajar a campo traviesa —explicó Buckminster con una sonrisa—. Ni siquiera el coche que transporta la comida podrá llegar hasta las cataratas. Tendrán que llevarla a pie durante la última etapa del trayecto.

—¡Qué horrible! —protestó ella con intencionada petulancia—. ¿De verdad merece la pena tanta molestia?

—Oh, las cataratas constituyen una vista preciosa —le aseguró lord Buckminster—. Sé que, cuando las vea, habrá dado por bueno el viaje.

Marianne frunció los labios.

—Ojalá. Hace demasiado calor. Espero no tostarme —se palpó la pálida mejilla con preocupación.

Vio una efímera expresión de duda en los ojos de lord Buckminster. Pero apenas duró un instante.

—Está usted muy hermosa —le aseguró Bucky con una sonrisa.

Al cabo de unas cuantas millas, vieron que otros tres jinetes se aproximaban a ellos. Dos hombres y una mujer, a lomos de excelentes caballos. Lady Buckminster los saludó con un efusivo gesto.

—¿Quién es ese caballero? —inquirió Marianne con curiosidad.

—Oh, es el conde de Exmoor. Él y sus huéspedes nos acompañarán en la excursión de hoy. Son la señorita Cecilia

Winborne y Fanshaw, su hermano —explicó Buckminster en tono inexpresivo, y Marianne tuvo la sospecha de que no simpatizaba con ninguno de los recién llegados.

—La señorita Winborne... es la que va a casarse con lord Lambeth, ¿verdad? —inquirió en tono fingidamente casual.

—No están comprometidos —respondió Buckminster casi con brusquedad—. La gente lo da por sentado, pero Lambeth jamás le ha propuesto matrimonio.

—Me da la impresión de que no aprecia a la señorita Winborne.

El rígido semblante de Bucky se relajó.

—Es usted muy perspicaz, señora Cotterwood —dijo sonriendo—. Los Winborne son, en mi opinión, una gente muy fría. Es una buena familia, desde luego, pero yo personalmente jamás me casaría con Cecilia.

—Estoy segura de que a lord Lambeth no le importará —repuso Marianne fríamente.

—Lady Buckminster —dijo el conde de Exmoor al llegar hasta ellos, quitándose el sombrero y haciendo una reverencia—. Es para mí un placer acompañarlos en esta excursión.

—Hace un día precioso, ¿eh? —contestó lady Buckminster con jovialidad—. Hola, Cecilia. Fanshaw, celebro mucho que hayáis venido.

Cecilia respondió educadamente al saludo, pero Marianne advirtió que sus ojos se desviaban hacia lord Lambeth. Él hizo un leve gesto de asentimiento, aunque Marianne no vio señal alguna de afecto en su mirada.

—¿Dónde está Deborah? —preguntó Nicola adelantándose con su caballo. Marianne advirtió, sorprendida, que tenía expresión de enojo.

—Tu hermana no ha podido venir —respondió el conde con calma, lo que sorprendió aún más a Marianne. Nicola no había dicho nada de que su hermana viviese cerca—. Me temo que está indispuesta. Ya sabes lo frágil que es.

—No lo era antes de casarse contigo —repuso Nicola. El aire pareció cargarse de tensión. Todo el grupo miraba a ambos con interés.

—Oh, cielos —musitó Bucky entre dientes, acercándose a

Nicola y el conde—. Buenos días, Exmoor. Lamento que Deborah no haya podido venir. Nicola tenía muchas ganas de verla. ¿No es así, Nicky?

—Sí —respondió Nicola sin mirar a Exmoor.

—Por favor, dale a Deborah recuerdos de nuestra parte —añadió Buckminster dirigiéndose al conde, quien asintió.

—Será mejor que volvamos a ponernos en marcha —dijo lady Buckminster—. Ya hemos perdido bastante tiempo.

Bucky arreó su caballo, situándose entre Nicola y Exmoor. Empezó a hablar tranquilamente con Nicola a medida que se adelantaban, acompañados por Penelope. El conde se quedó algo atrás, junto a Alan Thurston, mientras Cecilia y su hermano cabalgaban al lado de lord Lambeth, Verst y los demás jóvenes. Cecilia se giró y posó la mirada en Marianne. La miró durante unos segundos, sin expresión, y seguidamente volvió a darse la vuelta. Lambeth, por su parte, se hizo a un lado y esperó pacientemente a que Marianne y el señor Westerton se acercaran. Quitándose el sombrero, les hizo una reverencia.

—Señora Cotterwood, señor Westerton —dijo mientras dirigía a este último una mirada cargada de intención—. Me extraña que no esté cabalgando junto a su amigo Chesfield y los demás.

—Ya sabe lo mal que se me da montar a caballo, Lambeth. Sinceramente, no habría venido de no ser por la insistencia de la señora.

—Umm. Lástima. La señorita Winborne ha preguntado por usted.

Westerton enarcó las cejas con incredulidad.

—¿Cecilia Winborne? Me considera un necio impertinente, y usted lo sabe muy bien.

—Aun así, sería poco educado por su parte no saludarla, ¿no le parece? Y creo que cabalgaría más a gusto con su grupo —Lambeth lo miró con una ceja arqueada, hasta que el otro suspiró al fin.

—Está bien, le dejaré el campo libre, Lambeth. Si me disculpa, señora Cotterwood —hizo una reverencia y arreó su caballo.

Marianne miró a lord Lambeth con resentimiento.

—Desde luego, sabe cómo deshacerse de los demás.
—Sí —contestó él sin inmutarse—. Es uno de mis muchos encantos.

Cabalgaron en silencio durante un momento y luego Lambeth señaló a Buckminster, que cabalgaba junto a Nicola y Penelope.

—Parece que has perdido a uno de tus admiradores.
—A dos, en realidad... gracias a usted —señaló Marianne sarcásticamente. Luego optó por cambiar de tema—. ¿Qué le pasa a Nicola?

Lambeth se encogió de hombros.
—No lo sé. Incluso dudo que el propio Bucky lo sepa. Pero todo el mundo sabe que Nicola desprecia al conde de Exmoor —Lambeth frunció un poco los labios al pronunciar el nombre.
—Deduzco que a usted tampoco le cae muy bien.
—No es la clase de hombre que quisiera tener como amigo, aunque tampoco lo considero un enemigo. Simplemente, hay algo en él que... —Justin dejó la frase en suspenso.
—¿Pero la hermana de Nicola es su esposa?
—Sí. Ya llevan varios años casados. Supongo que la enemistad entre Nicola y Richard tiene algo que ver con eso, aunque ignoro exactamente de qué se trata. Imagino que el conde no es lo que se dice un marido ideal. Ya apenas ve a Deborah. Ella siempre se queda aquí, en el campo, y no va nunca a Londres. Su salud es muy frágil. Tengo entendido que se han truncado varios de sus intentos de tener descendencia.

Marianne comprendió que era una forma educada de decir que había tenido algunos abortos.

—Oh. Ya entiendo. Pobre mujer.

Cecilia Winborne se giró de nuevo para mirar a Marianne. En su cara no se reflejó expresión cuando vio a lord Lambeth cabalgando junto a ella, pero Marianne intuyó que la señorita Winborne no estaba destinada a ser amiga suya.

Confirmando su sospecha, Lambeth dijo:
—Creo que la señorita Winborne ha venido para proteger su inversión.
—¿Su inversión?

Lambeth esbozó una sonrisa sardónica.

—No me digas que no has oído los rumores de que ella y yo tenemos un acuerdo.

—Sí. ¿Son ciertos?

Él se encogió de hombros.

—Es lo que nuestras familias desean. Lo que Cecilia desea.

—¿Y usted?

—Es tan adecuada como otra joven cualquiera. Y, al menos, no espera que le sea fiel ni le susurre bellas palabras de amor. Ve el matrimonio de la misma forma que yo.

—¿Como un simple acuerdo? ¿Sin amor?

—Eso suele ser el matrimonio. Una simple alianza con otra familia. El amor no está incluido en él.

—Quizá sea así para un futuro duque —admitió Marianne—. Pero no lo es para todo el mundo.

—Sin duda, tu marido y tú os casasteis por amor —repuso Lambeth en tono cínico.

Marianne se puso rígida. Por un momento, había olvidado por completo su papel de viuda.

—Eso no es asunto suyo, milord —contestó Marianne, negándose a corresponder a su tuteo.

—Desde luego que no. Pero eso no impide que sienta curiosidad por tu esposo.

—Me temo que no podrá satisfacerla. Prefiero no hablar de mi difunto marido.

—Umm. ¿Ni siquiera querrás decirme si está realmente muerto o no?

—¿Qué? ¿Cómo se atreve? —dijo Marianne con las mejillas inflamadas, aunque no sabía si se debía al enojo o a la vergüenza.

—Vamos, vamos, conmigo no tienes que fingir. Soy el único que sabe que eres una farsante. Y, la verdad, no me importa, aunque espero que tus amigos y tú dejéis en paz a Bucky. Lady Buckminster se disgustaría mucho si perdiera sus tesoros.

—Mientras no fueran sus caballos, no creo que le importara mucho —contestó Marianne con franqueza.

—Sí, acaso tengas razón —convino Justin sonriendo—. Pero nos estamos apartando de lo que interesa. Me gustaría saber más de la persona que eres en realidad. La madre de Rosalind. Una mujer bella y apasionada. Pero ¿qué más hay? Ni siquiera sé si Cotterwood es tu auténtico apellido. Por algún motivo, lo dudo.

—Esta conversación es absurda. Si yo fuese la mujer que afirmas —dijo Marianne tuteándolo por fin—, ¿por qué iba a confesártelo?

—¿Quizá porque podría resultarte placentero tener una relación honesta con alguien?

—Sé la clase de relación que buscas —dijo Marianne con una nota de amargura en la voz—. Y no creo que sea precisamente «honesta».

—¿No? Yo creo que, en ocasiones, es mucho más honesta y auténtica que la mayoría de los matrimonios. Al menos, se basa en una pasión genuina.

Marianne lo miró con desprecio.

—Por parte del hombre, quizá. Al fin y al cabo, él es el que paga. La mujer, en cambio, se vende. Y, como todo vendedor, solo le dice al cliente lo que este desea oír.

—Ay. Un golpe directo —Lambeth dejó escapar una risita—. Pero yo sé que sientes algo por mí. Percibí tu pasión. No puedes negarlo, por mucho que quieras. No te pido palabras de amor. Solo te pido el calor que sentí en ti. Esa es la honestidad, la verdad que busco.

Marianne notó cómo los ojos de él taladraban los suyos mientras le sostenía la mirada, en espera de una contestación. Ella titubeó. Jamás había deseado a un hombre como deseaba a Justin, con una ansiedad que no era solamente física.

—¿Honestidad? —dijo al fin—. Dudo que conozcas el significado de esa palabra. Lo que «buscas» es alejarme de lord Buckminster. Ya me has dicho que esa es la razón de que quieras convertirme en tu querida.

—¡Buckminster! —en realidad, Lambeth se había olvidado por completo de Bucky, comprendió sintiéndose culpable. Marianne siempre conseguía expulsar todo pensamiento racional de su cerebro—. No quiero hablar de Buckminster —dijo con impaciencia—, sino de nosotros.

—No tenemos nada que hablar —precisó Marianne fríamente—. Entre nosotros no hay nada.

—Lo habría si quisieras... —Justin se detuvo bruscamente, comprendiendo que estaba discutiendo con ella. Esa no era la mejor forma de ganarse el corazón de una mujer—. Lo siento. Prometí que no te presionaría.

Siguieron cabalgando en silencio durante unos minutos. Más adelante, Marianne vio una extraña estructura de vigas de madera, aparentemente construida en el interior de una colina.

—¿Qué es eso? —preguntó con curiosidad, señalando la oscura abertura.

Lambeth siguió la dirección de su mano.

—Oh, es Wheal Sarah, una vieja mina abandonada. Hay bastantes en Dartmoor. Casi todas ellas siguen funcionando, pero esa se cerró hace años.

—¿Por qué se llama así?

—El nombre procede de una antigua palabra del córnico, *hweal*, que significa «mina». Y Sarah... Bueno, a todas las minas les ponen nombres de mujer.

—¿Por qué?

Él se encogió de hombros y la miró con un rictus burlón.

—Probablemente por el atractivo y el peligro que encierran.

—Claro. Una respuesta típica de un hombre.

Lambeth dejó escapar una risotada. Siguieron charlando mientras cabalgaban, hasta que llegaron a las cataratas White Lady, donde las aguas del río Lyd caían en una rugiente y blanca cascada.

Allí, junto a las cataratas, los criados extendieron varias mantas y sirvieron la comida.

—¿Sabían ustedes que vuelve a haber forajidos por aquí, como antaño? —comentó lady Buckminster mientras el grupo almorzaba. Al ver que todos la miraban sorprendidos, emitió una risita y prosiguió—: Nadie sabe dónde se ocultan ni quiénes son. Se trata de una banda de salteadores de caminos. Su jefe es un hombre muy bien hablado. La gente lo llama «El Caballero».

—¡Demonios! —exclamó el señor Thurston—. ¡Qué descaro! Un vulgar ladrón que se las da de caballero.

—No creo que se las dé de nada, Alan. Simplemente, lo llaman así por sus modales. Por lo visto, es muy cortés con las damas. Afirman que no quiso quitarle a una el collar que llevaba para que siguiera adornando su hermoso cuello.

Verst emitió un bufido.

—Lo dudo. Los ladrones no renuncian al botín por cuestiones tan baladíes.

—¿Qué opina usted, señora Cotterwood? —preguntó Lambeth a Marianne, mirándola con ojos chispeantes.

—¿Sobre qué, lord Lambeth? —replicó ella fríamente.

—¿Cree usted que los ladrones educados existen?

—Estoy segura de que hay ladrones que se comportan tan noblemente como muchos caballeros que conozco —respondió Marianne ásperamente, espoleada por el brillo de sus ojos.

El comentario suscitó un burlón clamor de protesta por parte de los varones presentes. Cecilia Winborne, que se las había ingeniado para sentarse al lado de lord Lambeth, le colocó una mano en el brazo en un gesto de premonitoria familiaridad.

—No deberías provocar así a la señora Cotterwood, Justin. Apenas te conoce. No sabrá cómo tomarse tus bromas.

—Oh —contestó Marianne sonriendo y mirando a Lambeth directamente—, sé muy bien cómo tomarme las bromas de lord Lambeth.

Justin esbozó una relampagueante sonrisa, sin apartar los ojos de los de Marianne. Por un momento, ambos compartieron un momento de intimidad, aislados del resto del grupo.

Cecilia se puso en pie.

—Bueno, dejen ya de hablar de salteadores de caminos o me asustaré. Quisiera dar un paseo. Justin...

Los hombres se levantaron de inmediato, y Lambeth se giró hacia ella.

—¿Sí?

—Pensé que querrías acompañarme.

—Oh. Desde luego, cómo no.

Marianne tuvo que morderse el labio inferior para disimular una sonrisa. No creía que la señorita Winborne conociera la verdadera naturaleza de lord Lambeth, pese a la familiaridad que parecía existir entre ambos.

Justin ofreció el brazo a Cecilia educadamente.

—Me parece una idea estupenda —dijo él al grupo en general—. Deberíamos ir todos a explorar un poco. ¿Qué me dicen?

La mayoría de los jóvenes presentes aceptó de inmediato y no tardaron en ponerse en camino. Avanzaron en grupo por el accidentado suelo, cubierto de vegetación silvestre y piedras llenas de musgo.

Marianne agachó la mirada hacia el suelo mientras cruzaba un saliente de roca situado junto al río. Al levantar el pie para esquivar un arbusto, notó un fuerte empujón en la espalda y, de repente, cayó hacia las rápidas aguas salpicadas de rocas.

CAPÍTULO 10

Marianne emitió un jadeo ahogado y zarandeó los brazos al notar que se caía. Al extender una mano, palpó el arbusto y se agarró a él con todas sus fuerzas. Una mujer chilló y se oyeron más gritos. Marianne notó que su asidero se debilitaba, pero, antes de que la caída se consumara, un fuerte brazo la rodeó por la cintura y la puso a salvo. Todo ocurrió en un instante.

Lord Lambeth la estaba mirando con una expresión tensa y llena de furia.

—¿Se puede saber que estabas haciendo? —bufó—. ¡Mira bien por dónde vas! Podías haberte matado.

Marianne se disponía a decir que alguien la había empujado, pero se detuvo al ver cómo, detrás de Lambeth, todos la miraban con distintos grados de sorpresa e interés. Comprendió que tal acusación resultaría ridícula. ¿Cuál de aquellas personas habría intentado tirarla al agua? ¿Y por qué?

La caída no la habría lastimado, pues era una buena nadadora y había muchas rocas en la orilla a las que habría podido agarrarse. No obstante, aquella zambullida en el río la hubiese puesto en ridículo delante de todos.

Marianne se fijó en un par de maliciosos ojos grises y se sintió razonablemente segura de quién lo había hecho. Cecilia Winborne la detestaba. Probablemente había pretendido avergonzar a Marianne y alejarla de lord Lambeth durante lo que quedaba de día.

—Resbalé —dijo en voz baja, apoyándose en lord Lambeth

al tiempo que exhalaba un suspiro. Él la tomó en brazos y la llevó de vuelta a donde estaba la gente de más edad. Marianne se permitió recostar la cabeza en su hombro, absorbiendo su calor y su aroma, imaginando por un momento que Lambeth la amaba, que se pertenecían el uno al otro.

Oyó cómo lady Buckminster gritaba alarmada al verlos llegar.

Justin soltó a Marianne encima de una de las mantas y ella abrió los ojos y lo miró. Su expresión era tensa y dura, y tenía el ceño fruncido.

—¿Te encuentras bien?

Marianne asintió, sonriéndole.

—Sí. Solo estoy un poco asustada.

El rostro de Justin se relajó. A continuación, lady Buckminster, Nicola y Penelope se acercaron corriendo para darle sales y ordenar a Justin y a los demás hombres que se retiraran.

Marianne se incorporó, rechazando el bote de sales que Sophronia le había acercado a la nariz.

—Estoy bien, de veras.

—¿Qué ha pasado? —quiso saber lady Buckminster.

—Una tontería —dijo Marianne—. Resbalé al pisar una piedra cubierta de musgo. No fue nada, de verdad.

—¡Podías haberte matado! —exclamó Penelope con preocupación.

—Oh, no. Sé nadar muy bien y...

—Pero las corrientes son muy fuertes y rápidas. ¡Te habrían arrastrado contra las rocas! Como mínimo, te habrías roto algo.

Nicola, que hasta aquel momento había guardado silencio, estaba muy pálida y se abrazaba a sí misma con fuerza.

—Penelope tiene razón. Ese lugar es muy peligroso —dijo sintiendo un escalofrío.

—Será mejor que volvamos —terció lady Buckminster—. Seguramente no te apetecerá continuar con la excursión.

—Oh, no —se apresuró a contestar Marianne—. Por favor, de ninguna manera quisiera estropearles la tarde.

—No sea ridícula —dijo Lambeth, hablándole nuevamente de usted—. Debería volver a la casa.

Marianne se giró hacia él y vio que la miraba con el ceño fruncido.

—Estoy bien —dijo tajantemente—. No ha pasado nada. Ni siquiera me mojé —en realidad, seguía teniendo los nervios deshechos.

Justo cuando Justin hizo ademán de hablar otra vez Nicola dijo con calma:

—Yo acompañaré a la señora Cotterwood de vuelta a la casa. Los demás pueden quedarse aquí, como habíamos planeado.

—Oh, no —protestó Sophronia—. Dos jóvenes como vosotras no pueden recorrer solas un trecho tan largo.

—Yo las llevaré —sugirió Lambeth.

—No, están bajo mi responsabilidad —se apresuró a añadir Buckminster.

Nicola suspiró.

—No necesitamos que nos acompañen. Aun así, para que todos estéis más tranquilos, la señora Cotterwood y yo volveremos con el coche de los criados. Será protección suficiente.

Todos se mostraron de acuerdo. Una vez en camino, Nicola emitió un bufido y se giró hacia Marianne.

—¿No te dan ganas de gritar cuando todo el mundo intenta protegerte de esa manera?

Marianne asintió. No era algo a lo que estuviera acostumbrada, pero empezaba a ver los inconvenientes de crecer como una joven dama.

—Resulta más fácil ser viuda que una jovencita soltera. Lamento haberte estropeado la tarde. Has sido muy amable al ofrecerte voluntaria para acompañarme.

Nicola meneó la cabeza.

—Tranquila. Si te digo la verdad, ha sido un alivio. No debí venir.

Marianne la miró sorprendida y reparó en la expresión ausente de sus ojos y la tensión de su rostro. Recordó lo pálida y temblorosa que la había visto mientras Lambeth la soltaba a ella en la manta.

—¿Te encuentras bien? —le preguntó preocupada.

—Ese río me trae muy malos recuerdos. Debí haber hecho caso a mis instintos y decirle a tía Adelaida que no podía ir a la excursión.

Marianne, pese a la enorme curiosidad que sentía, prefirió

guardar un educado silencio. Cuando llegaron hasta donde se hallaba el coche de los criados, estos saludaron a Nicola con afecto y ella les devolvió el saludo. Finalmente, se pusieron en camino hacia la residencia de los Buckminster.

Abatida y exhausta, Marianne pasó el resto del día en su habitación y pidió que le llevaran la cena en una bandeja. Pese a lo bien que le caía Nicola, no era probable que pudieran seguir siendo amigas. Al fin y al cabo, las amigas intercambiaban visitas y Nicola vería enseguida, al contrario que su primo Bucky, lo rara e inverosímil que era su «familia». Marianne comprendió que no podía permitirse hacer amistades entre las personas que eran sus víctimas.

Ya por la noche, Penelope llamó a la puerta del cuarto, pero Marianne fingió estar dormida y no respondió. Siguió tumbada en la cama, sopesando sus escasas opciones, hasta que al fin la reclamó el sueño.

Se encontraba de mejor ánimo por la mañana cuando se levantó y bajó al salón. Solo encontró allí a dos mujeres tomando el desayuno, Sophronia y la señora Thurston. Lady Buckminster, explicó Sophronia, había ido con Nicola y Penelope a visitar a los arrendatarios de sus terrenos. Casi todos los hombres, incluidos el marido de Sophronia y lord Buckminster, pasarían el día pescando en el río Teign, cerca de Fingle Bridge.

Marianne, previendo un largo y aburrido día en compañía de Sophronia Merridale y la señora Thurston, acabó de desayunar rápidamente y salió a dar un paseo por los jardines.

Apenas había avanzado por el estrecho sendero cuando se encontró con el secretario del señor Thurston. Estaba sentado en uno de los bancos, disfrutando del panorama del lago.

—¡Señora Cotterwood! Qué agradable verla. Por favor, siéntese.

A Marianne no se le ocurrió una manera educada de rechazar la propuesta, de modo que se sentó en el banco, a su lado.

—¿No ha ido a pescar con los demás, señor Fuquay?

—No. Me temo que no soy muy aficionado a la pesca —

Fuquay esbozó una sonrisa que iluminó su serio semblante—. Ni a la caza tampoco. De todos modos, tengo ciertos deberes que despachar. Correspondencia y cosas por el estilo.

—El señor Thurston debe de estar muy ocupado, desde luego, para necesitar la presencia de su secretario en una ocasión como esta.

—Había ciertos asuntos de trabajo pendientes, dado que el señor Thurston no decidió venir hasta el último momento. Sin embargo, creo que me invitó a acompañarlo por pura amabilidad. Para mí, esto es un descanso, ¿sabe?

—Parece una buena persona —comentó Marianne.

—Oh, sí, lo es. Y la señora Thurston, por supuesto. ¿Le apetecería dar una vuelta por los jardines, señora Cotterwood? Hace una mañana idónea para pasear.

Marianne aceptó. La compañía de Fuquay resultaba mucho más agradable que la de Sophronia Merridale. No habían llegado muy lejos, sin embargo, cuando se oyó un ruido de pisadas en el camino de grava, tras ellos, y ambos se giraron. Lord Lambeth se acercaba a ellos.

—Hola. Vi que estaban paseando y se me ocurrió unirme a ustedes —dijo alegremente, y Fuquay no tuvo más remedio que invitarlo a acompañarlos.

Marianne lo miró con acritud.

—Creí que se habría ido con los demás hombres.

Justin se encogió de hombros.

—Tenía otros planes.

—¿En serio?

—Sí —Lambeth le dirigió una sonrisa enigmática y luego se volvió hacia el otro hombre—. ¿Disfrutó con la excursión de ayer, señor Fuquay?

—Sí. Me temo que he tenido pocas ocasiones de visitar Dartmoor.

Siguieron paseando por el jardín, charlando sobre las cataratas, el río y otras cuestiones insustanciales, hasta que el señor Fuquay se excusó y volvió a la casa, asegurando que tenía trabajo que hacer.

—Vaya —comentó Lambeth con aire inocente—, ¿lo he ahuyentado?

—Parece que no le interesaba su conversación.

—Umm. Yo sospecho, más bien, que deseaba disfrutar de tu compañía a solas.

—Si insinúa que el señor Fuquay está interesado en mí, se equivoca —repuso Marianne, molesta con sus palabras.

—Querida mía, seguramente te habrás dado cuenta de que casi todos los hombres del grupo están interesados en ti. Habría que ser de piedra para no estarlo.

—Gracias por el halago, milord, pero...

—¿No puedes llamarme simplemente Justin? Me estoy cansando de tanto «milord» esto, «milord» lo otro. Ya nos hemos tuteado antes cuando estamos a solas —sin aguardar una contestación, añadió—: Quería hablar contigo.

—¿De qué?

—Le he pedido a la cocinera que prepare un almuerzo. Pensé que podríamos cruzar el lago en barca e ir al cenador que hay al otro lado. ¿Lo has visto?

Marianne negó con la cabeza.

—Es un sitio precioso. Y hoy apenas hay nadie en los alrededores. Es el lugar perfecto para una escapada.

Marianne tensó los labios.

—Perfecto para seducirme, querrás decir.

Él sonrió.

—Eres una mujer muy recelosa. ¿Y si prometo no hacer nada que tú no quieras? —se llevó la mano al pecho en un gesto tan teatral, que Marianne no pudo sino sonreír. Sin embargo, titubeó ante su propuesta —¿O acaso temes no lo que pueda hacer yo, sino lo que puedas hacer tú?

—¡No seas absurdo! —exclamó Marianne, irritada—. En ese sentido, no corro ningún peligro, te lo aseguro.

—Entonces, ¿por qué tienes miedo de ir al cenador conmigo?

—No tengo ningún miedo. ¿Cuándo piensas ir?

—En cuanto recoja el almuerzo. Podemos tomar una de las barcas del embarcadero que hay al pie del jardín.

—Allí estaré.

Marianne pasó la mano por el agua lánguidamente, mirando la plácida superficie del lago por encima del costado de la barca. Justin había tardado muy poco en recoger la cesta con la comida y reunirse con ella en el embarcadero.

Marianne se giró para mirarlo. Permanecía sentado en el extremo opuesto de la pequeña barca, con los botones superiores de la camisa desabrochados y las mangas enrolladas para poder remar. Marianne no pudo sino fijarse en su fuerte cuello y en los bronceados músculos de sus brazos, notando una sensación de calor en el bajo vientre. Le bastaba mirarlo para que se excitaran todos sus sentidos.

Esperó que Justin no pudiera leer su mente, pero él le dirigió una lenta sonrisa que indicó a Marianne que sus esperanzas eran vanas. Nerviosa, ella abordó un tema de conversación que la ayudase a distraerse de sus traicioneros pensamientos.

—No parece un lugar muy adecuado para un cenador —dijo por fin—, si hay que cruzar el lago para llegar hasta él.

—Hay un camino por tierra, pero es más largo. Creo que su aislamiento forma parte de su atractivo. El lord Buckminster que lo construyó lo hizo, al parecer, para escapar de su esposa.

—¿Quieres decir que lo utilizaba para sus citas? —Marianne lo miró con recelo—. ¿Para eso sirve el cenador?

—No. No creo que fuese un hombre licencioso. Según Bucky, su esposa era una fiera con una voz estridente capaz de romper el cristal y todos en la finca la temían. El cuarto conde solía venir aquí para leer con tranquilidad, igual que su hijo. Ahora bien, el abuelo de Bucky, el sexto conde, era harina de otro costal. A saber para qué utilizó el cenador ese viejo libertino. La familia prefiere ignorar su pasado.

Marianne sonrió.

—Eso está mejor —dijo Justin.

—¿Qué?

—Tu sonrisa. Es mucho más agradable que esa expresión tuya de recelo.

—No era de recelo.

Él no dijo nada. Se limitó a enarcar las cejas mientras continuaba con el rítmico batir de los remos. Los ojos de Marianne se posaron en sus manos, grandes y poderosas. No llevaba guantes. Marianne recordó que tampoco los había llevado el día anterior, mientras cabalgaban. Se preguntó si tendría las palmas encallecidas de tales actividades y cómo sería el tacto de esa rugosa piel deslizándose sobre la suya propia. De nuevo, sintió un ardor de deseo entre los muslos y sus mejillas se sonrojaron.

¿A qué se debía aquella súbita lascivia?

Tardaron pocos minutos en llegar a la orilla, frente al cenador. Lambeth se bajó de la barca y, girándose, tomó a Marianne en brazos.

Ella emitió un chillido de sorpresa.

—¿Qué estás haciendo? Suéltame.

Sintió cómo el calor de Justin la envolvía. Podía notar los latidos de su corazón contra su propio pecho.

—No te preocupes —él le sonrió, burlón—. No voy a comerte. Es que el suelo aquí es muy fangoso.

La soltó unos metros más adelante y ella se retiró rápidamente, alisándose la falda y sintiéndose como una estúpida. Justin regresó a la barca para recoger la cesta de la comida y luego se encaminó hacia la pequeña estructura blanca. Marianne lo siguió.

Desde el cenador se contemplaba un hermoso panorama del lago y de la exuberante pradera que se extendía más allá. Junto a él crecían macizos de rosas cuyo aroma endulzaba el aire.

—Es precioso —admitió Marianne contemplando las vistas, mientras le llegaba el intenso perfume de las rosas en flor.

—Y muy cómodo —Justin señaló el asiento acolchado situado junto a la pared, debajo de los ventanales de cristal.

—Sí —Marianne se acomodó en el borde del asiento, doblando las manos sobre sus rodillas.

En aquel momento no sentía otra cosa que incomodidad. Temía que, pese a sus afirmaciones, Justin intentara besarla. Y, por mucho que ansiara sentir el contacto de sus labios, simplemente no podía permitirlo.

—Déjame que te quite el sombrero —dijo él acercando la mano al lazo anudado bajo su barbilla. Marianne se sobresaltó y lo miró con recelo—. Aquí dentro no lo necesitas —explicó Justin suavemente, y añadió—: No te quitaré más prendas de ropa.

Ella sonrió, sintiéndose un poco estúpida, y alzó ambas manos para desatar el lazo. A continuación le pasó el sombrero a Justin, que lo depositó en la mesa, junto a la cesta de la comida.

—No es necesario que estés tan recelosa —dijo él—. Solo quiero disfrutar del panorama y charlar contigo —se sentó a su lado, girándose a medias para poder mirarla al tiempo que contemplaba el lago.

—¿De qué quieres hablar? —inquirió ella con cierto recato.

—De lo que surja. No tenía pensado nada concreto.

—Entonces, háblame de ti. Sabes más de mí que yo de ti.

—De acuerdo. Pero te advierto que mi vida ha sido más bien aburrida. Crecí en Kent, sin destacar especialmente cuando era niño, me temo, y estudié en Eton y Oxford. Estos últimos años los he dedicado a divertirme en Londres. Mi madre dice que no cumplo con mis obligaciones. Se refiere, imagino, a que debería casarme y engendrar herederos. Pero yo no tengo ninguna prisa.

—Seguramente debe de haber algo más. Has descrito a la mitad de los caballeros que hay en Londres.

—Probablemente.

—Pero tú no eres como ellos. No eres como Bucky, el señor Westerton o lord Chesfield.

—¿No? —Justin sonrió burlón—. ¿Y cuál es la diferencia?

Marianne titubeó.

—Posees una... fuerza que no percibo en los demás —empezó a decir lentamente—. Te rodea un aura de... no sé, de peligro, tal vez.

—¿De peligro? —Justin emitió una risita—. Creo que te equivocas.

—Nadie más en aquella fiesta reparó en mis acciones. Nadie más me siguió.

Él la miró durante un instante y luego dijo:

—Quizá nadie se sintió tan cautivado por ti como yo.

—Creo que había algo más —dijo Marianne entrecortadamente. El brillo de sus ojos la dejaba sin aliento.

—Es posible. Detesto el aburrimiento y la curiosidad siempre ha sido uno de mis pecados dominantes. Cuando veo a una mujer hermosa actuando como tú actuaste, me da qué pensar.

—¿Por qué no diste la voz de alarma cuando llegaste a la conclusión de que yo era una ladrona?

Lambeth se inclinó hacia ella.

—Francamente, me sentía más fascinado por ti que preocupado por los bienes de lord Betterslee.

—¿Por qué? —inquirió Marianne abiertamente.

—Porque eres diferente y me gustan las personas y las cosas que son atípicas. No parecías saber quién era yo... ni te importaba. Me desafiaste. Para mí eras un... reto.

—Ah, ya comprendo. Lo malo de los retos es que, una vez superados, dejan de fascinar —Marianne se levantó, retirándose de él.

Justin se puso de pie y, colocando las manos en sus hombros, la obligó a volverse.

—No creo que ningún hombre pueda superar jamás el reto que tú constituyes.

Marianne alzó los ojos para mirarlo, notando que el corazón le latía desenfrenadamente en el pecho. Comprendió que se disponía a besarla.

—No —dijo débilmente—. Prometiste que no lo harías.

—Dije que no te obligaría. Que no haría nada que tú no quisieras. Te he deseado desde el primer momento en que te vi. Me importa un bledo a qué os dedicáis tú y tu «familia». Y, francamente, ahora mismo me trae sin cuidado lo que pienses hacerle a Bucky —los ojos de Justin resplandecían con un intenso brillo y su voz era ronca y llena de deseo—. Lo único que quiero es besarte. Pasar mis manos por tu cabello. Acariciar tu piel.

Le acercó el dedo índice a la mejilla y recorrió suavemente la línea de la mandíbula. Marianne respiró hondo, presa de las sensaciones que aquellas caricias suscitaban en su interior. Aquello era lo que tanto había temido. Aquella ansiedad que Justin provocaba en ella con tanta facilidad.

—Lord Lambeth... —empezó a decir trémulamente, apretando los puños para evitar la tentación de acariciar la ancha superficie de su pecho.

—Justin —dijo él con voz ronca, inclinando la cabeza hacia la de ella—. Llámame Justin. Quiero oír mi nombre en tus labios.

—Justin —obedeció Marianne, alzando la cabeza para mirarlo directamente a los ojos. Comprendió que había sido un error. Sus ojos dorados, oscurecidos por el deseo, se clavaron en los de ella, seduciéndola sin esfuerzo.

Justin emitió un jadeo y tomó el rostro de Marianne entre sus manos para besarla.

Ella sintió un súbito escalofrío. Gimió y se apretó contra él, respondiendo al beso con labios igualmente ávidos.

CAPÍTULO 11

Justin rodeó a Marianne con sus brazos, atrayéndola hacia sí. Se unieron en un beso tórrido e intenso, cada uno atizando el fuego de la pasión que ardía en el otro. Finalmente, él la tomó en brazos y la llevó hasta el asiento acolchado.

Tras tumbarla en él, se arrodilló para besarla, deslizando la mano por debajo del talle del vestido para acariciar su piel desnuda, hasta que sus dedos encontraron un endurecido pezón. Con impaciencia, tiró de la tela y dejó al descubierto el blanco seno. Por un momento, Justin se limitó a contemplarlo. Luego se agachó para acariciarlo con la punta de la lengua hasta que Marianne jadeó y arqueó la espalda. Luego respiró hondo al sentir cómo le introducía la mano entre los muslos, separándolos cuidadosamente, subiendo con lentitud hasta que encontró el húmedo centro de su deseo. Lo acarició por encima de la tela de la prenda interior mientras, involuntariamente, Marianne empezaba a mover circularmente las caderas. Desabrochó torpemente los dos botones superiores de la camisa de Justin e introdujo la mano, recorriendo la piel desnuda de su pecho, palpando su vello rizado, notando la rigidez de sus masculinos pezones.

Mientras seguía besándola, él desanudó el lazo de su prenda interior y deslizó la mano por debajo de la tela, enterrándola entre los muslos. Marianne jadeó y se estremeció al notar cómo sus dedos recorrían expertamente la delicada carne, hallando la protuberancia oculta que era el núcleo de su placer. Sus caricias prosiguieron hasta que ella gritó y tensó las piernas, sacudida por una cegadora explosión de placer que la recorrió en oleadas.

Justin le frotó el cuello con la nariz y murmuró satisfecho:

—Bucky jamás te haría sentir algo así, te lo garantizo.

Sus palabras tardaron un momento en traspasar la neblina de placer en la que Marianne flotaba.

—¿Qué? —un puñal de hielo hizo añicos su satisfacción. ¡Otra vez Buckminster! ¡Siempre Buckminster!—. ¿Para eso has hecho esto? ¿Para que me olvide de Bucky?

Justin se quedó mirándola, comprendiendo el error que acababa de cometer.

—¡No! ¡No quise decir eso en absoluto!

—¿No? ¿Qué quisiste decir, entonces?

Nublada su mente por el ansia que lo embargaba, Justin luchó para encontrar las palabras adecuadas que expresaran la satisfacción masculina que había sentido al oírla gritar de placer. Era una mezcla de celos, orgullo y necesidad sexual que él mismo apenas acertaba a comprender.

—Pues que... que eres mía. Que ni Buckminster ni ningún otro hombre te tendrán.

—¿Así que soy propiedad tuya? —dijo Marianne—. Qué amable por tu parte —se incorporó, sintiendo la opresión de las lágrimas en la garganta, y empezó a arreglarse el vestido.

¡Cómo había podido ser tan estúpida! ¡Tan ingenua! Había sabido que su intención era seducirla para alejarla de Bucky, pero había caído en sus brazos fácilmente.

—Hoy has salido victorioso, sin duda —prosiguió Marianne furiosa—. Nos has ganado tanto a Bucky como a mí.

—No estaba intentando «ganarte» —protestó Justin—. ¿Qué hay de malo en que disfrute dándote placer?

—¡Qué bondadoso! Y supongo que en ningún momento tuviste intenciones de alejar a Bucky de mis garras... o de demostrar lo fácilmente que puedes dominarme.

—No trataba de dominarte —repuso él acalorado—. ¡Maldita sea, mujer! ¿Cómo puedes acusarme así cuando te he dado placer y yo, en cambio, sigo insatisfecho?

—¡Pobrecillo! —contestó sarcásticamente Marianne —. Quizá la próxima vez te lo pensarás dos veces antes de iniciar tus estúpidos juegos —se dio media vuelta y salió del cenador. Justin hizo ademán de seguirla, pero se detuvo y maldijo entre dientes.

En realidad, había planeado seducirla en el cenador para alejarla de Buckminster. No obstante, en la pasión del momento, Justin había olvidado por completo su plan. Tan solo había podido pensar en hacerle el amor, y su comentario sobre Bucky había obedecido más a los celos que a sus intenciones de ayudar a su amigo.

No obstante, estaba claro que Bucky y las posibilidades que este ofrecía ocupaban un lugar preferente en el ánimo de Marianne, se dijo Justin con amargura.

De acuerdo. Si ella no estaba interesada, la dejaría en paz. Abandonaría aquella estúpida persecución. Se olvidaría de Marianne Cotterwood y buscaría a otra mujer más complaciente. Buckminster no necesitaba su ayuda; era un hombre adulto y muy capaz de cuidarse solo.

Con tales pensamientos pragmáticos en la cabeza, Justin recogió la cesta de la comida y regresó a la barca, volviéndose tan solo una vez para mirar el sendero por el que Marianne había emprendido el camino de vuelta a la casa.

Al llegar a la casa, Marianne subió directamente a su habitación. Una taza de té y una hora de reflexión la ayudaron a calmarse, aunque siguiera igual de enojada con lord Lambeth. Tras ponerse su mejor vestido de diario y peinarse, bajó cuando hubo regresado la partida de pesca. Coqueteó de manera escandalosa con lord Buckminster... al menos, cuando Lambeth se hallaba presente.

Justin se marchó al poco rato y Marianne retomó una vez más su papel de muñequita irritante y malcriada. Trató a Penelope como a una sirvienta, enviándola a buscar un abanico que se había dejado en otra habitación y, más tarde, un chal. Cuando Bucky protestó, ella se limitó a mirarlo fríamente y dijo:

—Tonterías. Penelope lo hace con mucho gusto. Así se siente útil.

Se quejó sobre todo lo que pudo ocurrírsele, desde la crueldad de Bucky al dejarla sola aquella mañana hasta la temperatura de la habitación, que era, alternativamente, demasiado calurosa o demasiado fría para su delicado cutis. Mientras Bucky iba en busca de un escabel, a petición de Marianne, Penelope y Nicola se acercaron a ella.

—¡Querida, lo estás haciendo de maravilla! Jamás había visto a Bucky tan indignado como cuando mandaste a Penelope a buscar ese chal.

—Espero que esté dando resultado. Ya no se me ocurre de qué más quejarme —contestó Marianne. Luego, girándose hacia Penelope, añadió—: Espero no haber herido tus sentimientos.

—Oh, no. Sé que lo estás haciendo todo por mí. Aunque... —Penelope puso expresión triste—. Odio ver a Bucky tan disgustado.

—Ten valor, Pen —le dijo Nicola con firmeza—. Todo saldrá a la perfección.

—Ya vuelve —Marianne, que estaba de cara a la puerta, abandonó de inmediato su talante amistoso y, cuando Bucky se hubo sentado junto a ellas, empezó a hablar de sus temas predilectos: de sí misma y de las fiestas. Cada vez que Penelope hacía un intento de participar en la conversación, Marianne la dejaba callada. La decepción de Bucky era cada vez más patente.

Aquella noche, después de la cena, los invitados se reunieron en la sala de música para escuchar, sin excesivo entusiasmo, un concierto de piano ofrecido por lady Merridale. Algunos de los hombres se habían retirado para jugar a las cartas, pero el señor Thurston y su secretario, Fuquay, se habían quedado, así como lord Buckminster y lord Lambeth. Lady Buckminster animó a Penelope a interpretar algunas canciones populares.

Estaba muy guapa, se dijo Marianne, con un vestido azul celeste de su propio guardarropa. Marianne miró de reojo a lord Buckminster, que contemplaba a Penelope con una leve sonrisa en el rostro. Esperó un rato y, finalmente, abrió el abanico y se inclinó hacia él para decirle:

—No soporto ni un segundo más este insípido recital.

Bucky la miró de soslayo, sorprendido, y Marianne le sonrió con afectación.

—¿Le apetece hacer una escapada?

Él abrió de par en par los ojos ante la audacia de la sugerencia. Luego miró a su alrededor rápidamente.

—Vamos, vamos, lord Buckminster. No me diga que es usted un hombre cauto —Marianne imprimió a la palabra un deje de desdén.

—Es que... —Bucky miró de soslayo hacia el piano, donde seguía sentada Penelope—. Bueno, podría parecer una descortesía, ¿no cree?

—A Penelope no le importará —dijo Marianne encogiéndose de hombros. Luego le dirigió una deslumbrante sonrisa y él se levantó con desgana para seguirla hacia la puerta. Casi ninguno de los presentes se fijó en que salían, pero Marianne vio que lord Lambeth los seguía con la mirada.

—¿Con qué piensa obsequiarnos mañana, lord Buckminster? —dijo tomando el brazo de Bucky cuando hubieron salido.

—Había planeado organizar una cacería. Aún no es la estación, desde luego, pero me pareció una lástima desaprovechar la oportunidad.

—¡Una cacería! —Marianne frunció los labios—. Oh, no, es horrible. ¡No me diga que piensa irse a cazar liebres y dejarme sola otra vez!

—Usted vendrá también.

Marianne emitió un bufido.

—¿Otra cabalgata? Con la de ayer tuve más que suficiente. ¿Por qué no hacemos otra cosa? ¿Algo divertido?

Buckminster se quedó mirándola consternado.

—Pero... pero... ya no puedo suspender la cacería, señora Cotterwood. Todo el mundo la espera.

—Pero usted no tiene por qué ir —señaló Marianne—. Podría quedarse aquí, conmigo —le dirigió una radiante sonrisa—. ¿No le parece más divertido?

—¿Quedarme aquí? —repitió él débilmente. Marianne tuvo que morderse el labio inferior para no reírse ante la consternación que se reflejaba en su cara.

—Sí. Así podremos tener nuestro *tête-à-tête* particular.

—Pero no puedo faltar a mi propia cacería —protestó Bucky—. No... no estaría bien.

—¿No basta con que vaya lady Buckminster?

—Pero Marianne...

—¡Así que prefiere ir antes que estar conmigo! —exclamó Marianne, con los ojos echando chispas—. ¿Tan poco me estima? Ya veo lo que valen todas sus palabras de afecto y respeto. ¡No siente usted ningún aprecio por mí!

—¡No! ¡No, eso no es cierto! —le aseguró Buckminster—. El aprecio que siento por usted no podría ser mayor.

—¡Umm! —Marianne se dio media vuelta y se digirió de vuelta hacia la sala de música. Bucky la siguió compungido.

—Por favor, señora Cotterwood, escúcheme. Le aseguro que...

Marianne se giró bruscamente.

—Sus afirmaciones no significan nada. Está claro que no le importo en absoluto.

—¡No, por favor, no debe pensar así!

—¿Qué otra cosa puedo pensar? Prefiere la compañía de los caballos y los sabuesos antes que la mía.

—¡Eso jamás!

Marianne siguió protestando, quejándose y haciendo pucheros hasta que, al fin, Bucky aceptó quedarse con ella en vez de ir a la cacería. Marianne, sin embargo, no regresó con él a la sala de música. Pretextando un dolor de cabeza, se retiró a su habitación.

Al cabo de un rato, oyó que llamaban a la puerta. Eran Penelope y Nicola. Penelope parecía angustiada, pero Nicola sonreía de oreja a oreja.

—¿Cómo lo has conseguido? —dijo—. Que Bucky falte a una cacería es... bueno, inimaginable.

—Tuve que valerme de todas las triquiñuelas posibles. Me comporté como una auténtica bruja. Empezaba a pensar que no daría resultado, pero al final Bucky se rindió.

—Parecía muy desdichado —dijo Penelope con preocupación.

Marianne sonrió y le echó un brazo por encima de los hombros.

—No te preocupes. Esto no tendrá que durar mucho. Seguro que, cuando volváis mañana, lord Buckminster no querrá volver a verme nunca más.

Nicola emitió una risita. Pero Penelope pareció dudar.

—¿De veras lo crees así?

Marianne asintió con la cabeza.

—Desde luego. Acabará harto de mí. Procuraré que se aburra inmensamente mientras vosotros os divertís. Y luego querrá que se lo contéis todo y, con suerte, sentirá la necesidad de hablar de su desengaño con alguien comprensivo.

—O sea, contigo —dijo Nicola señalando a Penelope con el dedo.

—Incluso puedes sugerirle que organice otra cacería —añadió Marianne—. Así los dos os divertiréis juntos y Bucky recordará lo bien que encajáis.

—Todo está saliendo a la perfección —dijo Nicola abrazando impulsivamente a Marianne—. ¡Cuánto me alegro de haberte conocido! Eres fantástica.

—Lo mismo digo —respondió Marianne con sinceridad. Deseó poder ser amiga íntima de ambas, pero el abismo que las separaba era demasiado grande.

Cuando Nicola y Penelope hubieron regresado a sus habitaciones, Marianne se metió en la cama, sintiéndose inmensamente desdichada. Tenía la sensación de no encajar ya en ningún sitio. Sus antiguas convicciones acerca de lo odiosa que era la aristocracia se habían desmoronado en el transcurso de aquellos días. Nicola, Penelope y Bucky le caían realmente bien. Por otra parte, empezaba a sentirse más distanciada de Della y los demás; algo en su interior se rebelaba ante la idea de seguir viviendo una vida basada en el engaño y el delito. Pero ¿cómo saldría adelante y mantendría a su hija si no lo hacía?

Y luego estaba Justin. El solo hecho de pensar en él hizo que se le saltaran las lágrimas. Justin la deseaba, pero no la amaba. Y Marianne temía haber empezado a albergar emociones indomables, sentimientos demasiado poderosos hacia él.

Todo era un desastre, se dijo. Tapándose con la colcha, cerró los ojos para reprimir las lágrimas. Ojalá no hubiese ido a la fiesta de lady Batterslee. Ojalá no hubiese conocido nunca a lord Lambeth...

—Llegas tarde —lord Exmoor dejó de contemplar el ancho lago para volverse hacia el hombre que acababa de entrar en el cenador.

—He venido por el camino más largo. Pensé que así correría menos riesgos de ser visto. Una barca en el lago, en plena noche, llamaría demasiado la atención.

—¿Seguro que no es simple desgana? ¿La misma desgana que hace que metas la pata siempre que intentas encargarte de la señora Cotterwood?

—No sé de qué hablas.

—Hablo de tu último y patético intento de deshacerte de ella. ¿Tirarla al río Lyd? ¡Por favor! Aunque hubiese caído, solo se habría hecho unas cuantas contusiones. Además, no debiste hacerlo estando yo presente.

—Sabes que nunca he sido un asesino. Ni siquiera en mis peores momentos de depravación.

—Yo también tuve reparos... en otros tiempos —contestó Exmoor—. Por suerte, conseguí vencer mis inhibiciones.

—En ese caso, si tan fácil te parece, ¿por qué no la matas tú mismo?

—De eso ya hemos hablado. Es responsabilidad tuya.

—Me ha visto varias veces, cara a cara, sin dar señal alguna de reconocerme —señaló el hombre de menos edad—. No se acuerda de mí, y seguro que de ti aún menos. No existe peligro de que nos delate.

—Nunca se sabe cuándo puede aflorar un recuerdo, sobre todo si permitimos que la condesa llegue hasta ella. Su detective también la está buscando. Por lo tanto, te sugiero que la liquides antes de que la encuentren. Sería una lástima que ciertas personas supieran de tu pasado, ¿no crees?

—Lo haré. Tengo un plan. Lo de ayer no estaba planeado. Simplemente, vi la ocasión y la aproveché, sin saber si daría o no resultado. Pero ahora tengo un plan en mente. Me encargaré de ella. No obstante, te recomiendo que tengas cuidado. Ambos sabemos que, si empiezas a airear historias sobre mí, yo también puedo contar algunas cosas.

Exmoor entornó los ojos.

—¿Me estás amenazando?

—No es una amenaza, sino un mero recordatorio.

—Parece, pues, que estamos en tablas. Recuerda que nuestros intereses apuntan en la misma dirección. Bueno, ¿en qué consiste tu plan?

El otro meneó la cabeza.

—Dejemos que sea una sorpresa, ¿de acuerdo? Así te será mucho más fácil fingir inocencia. Buenas noches —se dio media vuelta y salió del cenador.

El conde observó meditabundo cómo se alejaba. Aquel hombre podía volverse peligroso, se dijo. Quizá, cuando estuviese resuelto el asunto de la chica, tendría que ocuparse de que su cómplice también guardara silencio para siempre.

CAPÍTULO 12

Al día siguiente, cuando Marianne bajó a desayunar, encontró a lord Buckminster esperándola abatido. Después del desayuno, ella declinó su sugerencia de dar un paseo por los jardines, afirmando que hacía demasiado calor. De modo que se unieron a lady Merridale en la sala de estar, donde Marianne pasó el resto de la mañana compitiendo verbalmente con ella para ver cuál de las dos podía contar las historias más aburridas. Bucky, según pudo comprobar Marianne, tenía verdaderas dificultades para permanecer despierto.

Cuando la partida de caza regresó al fin, Bucky se levantó de un salto y, haciendo una reverencia a las damas, corrió hacia el vestíbulo. Marianne lo siguió hasta la puerta y se asomó. Satisfecha, vio que Penelope era la primera en acercarse a él, y no tardaron mucho en entablar una animada conversación. Sonriendo, Marianne volvió a la sala de estar.

—Parece que has hecho un trabajo excelente —murmuró Nicola a Marianne tomándola del brazo después de la comida.

Marianne asintió.

—En realidad, tiene su lado divertido intentar parecer aburrida en vez de simpática.

—Bucky estuvo hablando con Penelope durante toda la comida, ¿te diste cuenta?

—Sí. Y vi que salieron juntos del comedor.

—Me parece que iban al invernadero.

—Ah. En ese caso, deberíamos retirarnos a la sala de estar, ¿no te parece?
—Desde luego.

En la sala de estar, la señora Thurston conversaba tranquilamente con la señora Minton y el señor Fuquay. Al verlas llegar, los presentes las saludaron con una sonrisa, y el grupo pasó unos agradables minutos charlando sobre la belleza de los jardines de lady Buckminster.

—Me gusta especialmente la glorieta de las rosas —confesó Marianne—. Se está muy bien allí.

—Sí, ya lo creo —convino la señora Thurston—. ¿Ha visitado usted el cenador? La vista es hermosísima.

Marianne entrelazó las manos en el regazo, esperando no ruborizarse.

—¿El... cenador?

—Sí, el que hay al otro lado del lago —explicó el señor Fuquay.

—Oh, sí. Claro. No, me temo que aún no lo he visitado.

—Pues debería hacerlo —comentó la señora Thurston—. Nicola, usted y la señora Cotterwood deberían convencer a algún caballero para que las lleve.

—Para mí sería un placer acompañarlas —se ofreció el señor Fuquay.

—Muy amable por su parte. Quizá vayamos —aceptó Nicola sin excesivo entusiasmo.

En ese momento, Sophronia Merridale entró en la sala, seguida de Cecilia Winborne, que enseguida centró su atención en Marianne.

—Estaba deseando tener la oportunidad de conocerla mejor, señora Cotterwood —dijo arqueando los finos labios en una sonrisa fingida.

—¿De veras? —¿a qué se refería?, se preguntó Marianne. ¿A que no había conseguido engañarla ni por un momento?

—Sí. Mis amigos hablan muy bien de usted... y me temo que ha cautivado el corazón de mi hermano.

—¿En serio? —Marianne estuvo a punto de quedarse boquiabierta. Había sorprendido a Fanshaw Winborne mirándola en varias ocasiones, pero apenas había hablado con él.

—Creo que nunca habíamos coincidido antes, ¿verdad?

—No. No suelo hacer mucha vida social, me temo. Estos últimos años he estado viviendo en Bath.

—¿En Bath? Entonces, conocerá a lady Hardwood.

—He coincidido con ella, por supuesto —Marianne se alegró de que Cecilia hubiese elegido aquel nombre. Cualquiera que hubiese estado en Bath conocía a lady Hardwood, que no solía faltar a ninguna fiesta—. Aunque no creo que se acuerde de mí.

—Su dama de compañía... tenía un nombre absurdo. ¿Cómo era? ¿Fifi?

—Creo que así se llama el perro de lady Hardwood —respondió Marianne fríamente. Cecilia estaba intentando pillarla en falta—. Su dama de compañía es la señorita Cummings, creo recordar.

—Debo de haberla confundido con otra persona. Con la señora Dalby, quizá.

—No conozco a la señora Dalby. ¿También reside en Bath?

—Pues sí.

—Oh, no, creo que te equivocas —terció Nicola—. Si te refieres a la señora de James Dalby, estoy segura de que vive en Brighton.

—Sí, desde luego, tienes razón —Cecilia dirigió a Nicola una sonrisa forzada. Seguidamente, volviéndose hacia Marianne, preguntó—: ¿De qué parte del país es usted?

—De Yorkshire —era el lugar más alejado que a Marianne había podido ocurrírsele.

—¿De veras? Me temo que no conozco Yorkshire muy bien.

—¿No? ¿Y usted, señorita Winborne, de dónde es?

Cecilia arqueó las cejas ligeramente, como sorprendida de que alguien ignorase de dónde procedía la familia Winborne.

—Pues de Essex, naturalmente.

—Naturalmente —Marianne miró a Nicola, que puso los ojos en blanco, y tuvo que apretar los labios para no echarse a reír.

—Ya que hablamos de nuestros orígenes, yo procedo de Buckinghamshire —dijo Nicola alegremente—. ¿Y usted, lady Merridale?

—Oh. Sir George y yo vivimos en Norfolk. Su familia es de allí. Yo nací cerca de Newcastle.

—¿Y en qué parte de Yorkshire vivió usted, señora Cotterwood? —inquirió Cecilia Winborne.

A Marianne le extrañó la insistencia de Cecilia, pero tenía preparada una explicación sobre su pasado, de modo que respondió sin dificultad:

—De Kirkham, señorita Winborne. Es un pueblo pequeño, no muy alejado de York.

—¿Y su difunto marido también era de allí?

—No, él era de Norton —replicó Marianne con frialdad, para darle a entender que sus preguntas comenzaban a ser impertinentes.

—Ah, comprendo. De modo que es su familia la que vive en Kirkham.

—Sí, aunque me temo que mis padres ya no viven.

—Cuánto lo siento. Pero sin duda tendrá hermanos y hermanas que le den consuelo. ¿Cómo ha dicho que era su apellido de soltera?

—Morely, señorita Winborne —dijo Marianne con aspereza—. Y no tengo hermanos.

—Francamente, Cecilia —comentó Nicola—, pareces el Inquisidor General.

Nicola le dirigió una mirada cargada de veneno.

—Lo siento. No pretendía ser indiscreta, señora Cotterwood, sino conocerla mejor de cara a una posible amistad. Le ruego que me disculpe.

—Faltaría más. Pero me temo que debo marcharme ya. Le prometí a lady Buckminster que la ayudaría con los preparativos del baile del viernes —Marianne se levantó sonriendo al grupo en general.

Nicola la siguió.

—Yo también voy. Seguro que a tía Adelaida le irá bien un par de manos más. Con tu permiso, Cecilia... Lady Merridale.

—Está claro que la señorita Winborne me detesta —dijo Marianne cuando se hubieron alejado por el pasillo—. ¿Por qué me habrá hecho todas esas preguntas?

—Cecilia es una bruja. No le des ninguna importancia. Seguro que espera que digas algo sobre tu pasado que demuestre lo inadecuada que eres para lord Lambeth. Ha visto cómo te mira Justin.

—No seas absurda —Marianne se sonrojó al oír el comentario de Nicola.

—Cuando te mira, sus ojos brillan de un modo especial. Yo también me he fijado.

—Creo que te equivocas.

—No te hagas la remilgada conmigo, Marianne Cotterwood. Sabes perfectamente que Justin está interesado en ti. ¿Por qué, si no, iba Cecilia a tomarse la molestia de importunarte? No ama a Justin, desde luego, pero ambiciona el título y la fortuna que serán suyos cuando se case con él. No obstante, sabe que no es algo seguro, pues si Justin se enamorase...

—No creo que exista ese peligro —comentó Marianne sarcásticamente. Miró a su amiga de soslayo—. Es decir, creo que te equivocas si insinúas que Justin está enamorado de mí. No es probable que el futuro duque de Storbridge se case con la sencilla señora Cotterwood, de un modesto pueblo de Yorkshire.

—Creo que estás siendo muy injusta con lord Lambeth. Siempre he pensado que Justin es de esos hombres que hacen lo que les apetece.

—No lo dudo, pero... Seguro que desea casarse con una mujer de su clase y, luego, echarse una querida que le dé placer.

Nicola emitió una risita, con los ojos redondos como platos.

—Por Dios, Marianne, qué cosas dices.

—Me sugirió algo parecido en la excursión del otro día —Marianne se detuvo al pie de las escaleras—. Bueno, ¿adónde vamos?

Nicola se lo pensó un momento y luego sonrió.

—¿Por qué no buscamos a Penelope para ver cómo marcha nuestro plan?

—Buena idea.

Se dirigieron hacia el invernadero, una soleada habitación llena de plantas. Junto a la pared del fondo había un pequeño conjunto de sillas de mimbre y un sofá, y allí estaban sentados Penelope y lord Buckminster, charlando. Marianne y Nicola se miraron, y luego se escondieron detrás de una palmera.

—Parece que todo va a pedir de boca —murmuró Nicola.

Marianne asintió.

—¿Crees que debería administrarle a Bucky otra dosis de la «viuda perversa»?

—Sería un bonito contraste —convino Nicola.

Marianne le hizo un guiño y abandonó su escondite. Nicola permaneció detrás de la palmera, lista para disfrutar de la escena.

—¿Puedo esconderme contigo? —le murmuró una voz masculina en el oído. Al girarse, Nicola vio que lord Lambeth estaba a su lado.

—Justin, me has asustado —susurró, agarrándolo del brazo y tirando de él hacia la palmera—. No te lo pierdas. Va a ser divertidísimo.

—¡Milord! —exclamó Marianne con desagradable estridencia mientras se acercaba a lord Buckminster y Penelope—. ¡Conque aquí estaba! Haciendo compañía a la señorita Castlereigh... Qué detalle por su parte.

Penelope y Bucky la miraron con cierta expresión de culpabilidad.

—¿Cómo estás, Penelope? —Marianne le sonrió afectadamente—. Espero que la conversación de lord Buckminster te esté resultando entretenida.

—Oh, sí. Ha sido muy amable al hacerme compañía —la consternación de Penelope era sincera. Estaba pasando un rato tan agradable con Bucky, que se había olvidado por completo del plan.

—Y yo mientras consumiéndome por usted, lord Buckminster —dijo Marianne a Bucky en tono soberbio—. Ha sido injusto conmigo.

Se sentó en el sofá acolchado, entonando una letanía de quejas y exigencias. Pidió a Bucky que le llevara un escabel para los pies y, a continuación, almohadones para ponerse más cómoda. No tardó en desecharlos, aduciendo que eran demasiado blandos, demasiado duros o tenían demasiados bultos.

Detrás de la palmera, Nicola tuvo que taparse la boca para reprimir una carcajada, y Lambeth siguió observándolo todo con asombro.

Finalmente, exhalando un suspiro, Marianne se recostó en el sofá y dijo:

—Estoy terriblemente sedienta, Bucky, querido.

—¿Qué? Oh. Desde luego —respondió el acosado Bucky—. Iré al vestíbulo para avisar a uno de los criados.

—Cielos, no —respondió Marianne colocándole una mano en el brazo para detenerlo—. Estoy segura de que Penelope lo hará con mucho gusto.

Bucky emitió un jadeo de asombro.

—¿Le está pidiendo a Penelope que le traiga un vaso de agua?

—Pues sí, querido. Estoy segura de que a Penelope no le importa, ¿verdad, Pen, cielo?

—No. No, claro que no —contestó Penelope, agradeciendo la oportunidad de alejarse para poder dar rienda suelta a la risa. Se levantó de un salto y salió apresuradamente.

Bucky miró boquiabierto a Marianne.

—La verdad, señora Cotterwood, ¿no le parece un poco despótico por su parte? ¿Enviar a Penelope por un vaso de agua?

Marianne lo miró con los ojos muy abiertos.

—A ella no le importa. Es una criatura tan dulce...

—Razón de más para que no intente aprovecharse de ella.

—No se me ocurrió otro modo de quedarme a solas con usted. ¡Penelope lleva toda la tarde acaparando su atención! Para mí está muy claro lo que sucede.

—¿De qué demonios está hablando?

—No se haga el inocente conmigo. Está muy claro lo que hay entre Penelope y usted. Tengo ojos.

—¿Está insinuando que yo... que nosotros...? —Buckminster la miró con ojos desorbitados.

—No soy tonta, Bucky —dijo Marianne severamente—. Es obvio que se siente atraído por Penelope. Y que ambos intentaban esconderse de mí. ¿La ha besado?

—¡Señora Cotterwood! ¿Cómo puede decir semejante cosa? Penelope no sería capaz de...

—Ah, así que Penelope no sería capaz. ¡Pero usted sí! —Marianne se levantó bruscamente mientras Bucky se quedaba mirándola, abriendo y cerrando la boca como un pez fuera del agua—. Debí suponer que no estaba siendo serio conmigo —se dio media vuelta y se dirigió a la puerta que conducía al jardín.

—¡Pero... pero, Marianne! Quiero decir, señora Cotterwood... ¡está completamente equivocada!

Marianne se giró para mirarlo con frialdad.

—¿De veras? Lo dudo. Sugiero que haga examen de conciencia, lord Buckminster. ¿Puede afirmar honestamente que no siente nada por la señorita Castlereigh?

Dicho esto, se giró de nuevo y salió por la puerta. Buckminster se derrumbó otra vez en el sofá, clavando la mirada en el suelo pensativamente.

—¡Ha sido magistral! —susurró Nicola—. ¡Bien hecho, Marianne, bien hecho! —se giró hacia Lambeth y tomó su mano, señalando con la barbilla hacia la puerta. Luego salió de puntillas, seguida de Justin.

—¿A qué demonios venía todo eso? —inquirió él cuando hubieron llegado al vestíbulo—. ¿Pero se puede saber qué hace esa mujer? Esa no es la forma de ganarse el corazón de Bucky.

Nicola lo miró con extrañeza.

—¡Ganarse el corazón de Bucky! ¿Crees que eso es lo que trata de hacer Marianne?

—Pues sí, desde luego.

—Francamente, Justin, qué tontos podéis llegar a ser los hombres.

—¿Qué otra cosa iba a pensar? Durante estos últimos días apenas se ha separado de él, coqueteando, sonriéndole y...

—Y reteniéndolo a su lado esta mañana, sin dejarlo ir a la cacería. Y flirteando de forma escandalosa con los demás hombres. Y quejándose sin cesar. ¿Qué más? Ah, sí... y haciendo comentarios groseros acerca de Penelope. ¡Intentando que Bucky comprenda que quien verdaderamente le interesa es Pen!

Lambeth se quedó mirándola.

—Pero ¿por qué?

Nicola puso los ojos en blanco.

—Pues para acabar de raíz con su enamoramiento, desde

luego. Así había menos peligro de que Bucky acabara con el corazón destrozado. Además, procuramos que Penelope estuviera siempre cerca para darle consuelo y comprensión.

—De modo que entre las tres tramasteis todo este plan.

—Sí. O, al menos, los detalles. La idea fue de la propia Marianne.

—¿Cuándo?

—En el carruaje, cuando veníamos hacia la finca. Era obvio que Bucky había perdido la cabeza por ella. Pen se había resignado, desde luego, pero Marianne nos explicó sus intenciones.

—Esa pequeña pícara —murmuró Lambeth.

—¿Qué?

—Nada. Hablaba conmigo mismo —Justin se detuvo y miró a Nicola—. ¿Adónde crees que habrá ido?

—No lo sé. A la glorieta de las rosas, quizá. Le gusta sentarse allí.

—Gracias, Nicola. Ahora, si me disculpas...

Marianne suspiró y se sentó en el banco de madera situado junto a los rosales, cuyo perfume endulzaba el aire con su intensa fragancia. Cerró los ojos, repasando con satisfacción la escena que acababa de interpretar. Estaba segura de haber resuelto, por fin, el problema de lord Buckminster.

Un súbito crujido de pisadas en el sendero de grava interrumpió sus pensamientos y, un segundo después, lord Lambeth apareció en la glorieta. Permaneció inmóvil un instante, su figura recortada contra la luz del día, con expresión indescifrable. Marianne se levantó lentamente, como movida por hilos invisibles. Justin avanzó hacia ella y tomó su brazo. Luego tiró de ella para atraerla hacia sí, reclamando sus labios.

La besó ávida y profundamente, sin la habilidad, conseguida con la práctica, con la que la había besado en el cenador. Sin embargo, aquel beso fue aún más conmovedor, y Marianne se apoyó en él, rodeándole la cintura con los brazos.

Finalmente, Justin retiró sus labios y la miró.

—¿Por qué no me lo dijiste? —inquirió fogosamente—. ¿Por qué me dejaste creer que...?

Luego volvió a besarla, dejando la frase en suspenso. Marianne no sabía con seguridad a qué se refería. No sabía nada, salvo que su mundo se estremecía fuera de control. Los brazos de Justin la rodearon como bandas de hierro, apretándola contra él, y ella sintió deseos de acercarse aún más, de fundirse con él.

Justin le posó una lluvia de besos en las mejillas y el cuello, murmurando palabras entrecortadas y cariñosas contra su piel.

—Dios, si seguimos, te poseeré aquí mismo.

Marianne no creyó que le importase. Permaneció inmóvil unos segundos, envuelta en sus brazos, con la cabeza recostada en su pecho. Los latidos de su corazón empezaron a calmarse lentamente.

—¿Por qué no me lo dijiste? —repitió él, separándose de ella un poco para mirarla a la cara.

—¿Qué? —Marianne lo miró sin comprender.

—Lo de tu plan con respecto a Bucky. ¡Lo que es peor, me hiciste creer que intentabas echarle el lazo!

—Ah, eso. ¿Cómo lo has descubierto?

—Nicola me lo contó. ¿Por qué quisiste hacerme creer que eras una arpía sin entrañas?

—¡Era lo que tú pensabas! Me acusaste de serlo. Incluso me advertiste que me alejara de Bucky. Yo jamás tuve intenciones de conquistar el corazón de lord Buckminster. Pero tú me considerabas una persona sin honor. Alguien capaz de venderse, y... —Marianne se interrumpió, notando que la furia la embargaba de nuevo.

—¿De modo que decidiste confirmar mis erróneas sospechas? —inquirió él sorprendido.

—Estaba furiosa.

—Pero ¿por qué no me dijiste la verdad?

Marianne enarcó una ceja.

—¿Me habrías creído, acaso? Ya te habías formado una opinión de mí —se encogió de hombros—. Así que decidí que sería divertido martirizarte un poco.

—¡Divertido! —repitió Justin—. ¿Eso te parece divertido? Hacerme sufrir el... —se detuvo bruscamente, con una sombra de confusión en su semblante.

—¿Sufrir el qué?

—Nada. No importa —Lambeth sabía que había estado a punto de decir «el tormento de los celos», y la mera idea le desconcertó. Jamás, en toda su vida, había sentido celos por una mujer.

¿Había sido el fuego de los celos lo que lo había corroído aquellos días, y no el deseo de proteger a su amigo?

Se dio media vuelta, con la mente hecha un torbellino.

—¿Justin? —dijo Marianne insegura. ¿Acaso estaba enojado con ella?—. ¿Qué te ocurre?

—Nada —se apresuró a contestar él, girándose de nuevo hacia ella—. Simplemente estoy... sorprendido. Es demasiado para asimilarlo de golpe —le sonrió—. No tenía idea de lo complejos que eran tus planes. Por un lado, me engañaste a mí, haciéndome creer que ibas detrás de Bucky. Por otro lado, lo engañaste a él, haciéndole creer que no eras la mujer que deseaba.

—Lo sé. Menos mal que los dos habéis sido fáciles de engañar —Marianne sonrió.

Justin le tomó la mano para acercársela a los labios.

—¿Querrás perdonarme por todo lo que te he dicho? ¿Por todo lo que he pensado?

—Entonces, ¿has llegado a la conclusión de que no soy una ladrona?

Él emitió una risita.

—He comprendido que eres una buena amiga y una mujer de corazón bondadoso. En cuanto a lo de ladrona... —se encogió de hombros—. Cada vez veo más claro que, simplemente, no me importa. Por favor, di que me darás otra oportunidad. Di que no he perdido todas mis posibilidades contigo.

—No, no las has perdido —admitió Marianne suavemente—. Yo... Quizá seas un hombre difícil de... olvidar.

Justin sonrió.

—Qué palabras más hermosas, señora Cotterwood —se inclinó para posar un suave beso en sus labios.

Marianne se retiró de él.

—Pero... creo que debo ser sincera contigo. Tenías razón sobre mis... actividades. Llevo diez años ganándome la vida así —irguió la barbilla con aire desafiante—. Quizá esté mal, pero no me arrepiento. Solo robo a la gente que apenas echa en falta lo robado. Era la única manera de mantener a Rosalind, de vivir con cierta dignidad. La otra alternativa era vender mi cuerpo, y me negué a hacerlo. Además, estaba en deuda con Harrison y Della. Ellos me salvaron la vida. ¿Cómo no iba a corresponderles?

—No hace falta que me des explicaciones. Dios sabe que yo tampoco soy un santo —Justin hizo una pausa, y después añadió—: Pero llevas una vida muy peligrosa. ¿Y si te detienen? ¿Qué será de tu hija entonces?

—Lo sé. Y... y me parece que no seré capaz de seguir haciéndolo. Durante estos últimos días, he empezado a verlo todo de manera diferente. Le he tomado afecto a lady Buckminster. Jamás haría nada que pudiera perjudicarla. Ha sido muy buena conmigo —Marianne sonrió burlona—. Pese a lo mal que monto a caballo.

—Sin duda, espera reformarte —Lambeth le tomó ambas manos—. ¿Estás dispuesta a perdonar mis errores? ¿Podemos empezar de nuevo?

—No sé qué es lo que me estás pidiendo. Lo que esperas de mí.

Él esbozó una sonrisa.

—Una oportunidad, eso es todo. De momento, solo te pido que me reserves un vals en el baile del viernes.

—No me cuesta nada prometértelo. Pero ¿y luego?

Justin se encogió de hombros.

—Ya se verá. Por ahora, basta con eso —arqueó las cejas socarronamente—. ¿Y bien? ¿Qué contestas?

—Te reservaré un vals —aceptó Marianne, esperando no estar cometiendo un terrible error.

CAPÍTULO 13

Marianne no durmió bien aquella noche. No conseguía dejar de pensar en Justin. Después de su conversación en la glorieta de las rosas, él no había intentado besarla más veces. Posteriormente, durante el resto del día, se había mostrado galante con ella y había pasado la mayor parte de la tarde en su compañía. Estaba intentando cortejarla sutilmente, y Marianne lo sabía, aunque también sabía que su cortejo podía desembocar en una clase de vida que ella se había jurado no llevar nunca.

Cuando se despertó, a la mañana siguiente, tenía los ojos hinchados por la falta de sueño. Se desperezó y, al salir de la cama, vio un sobre blanco que descansaba en la alfombra, junto a la puerta cerrada. El corazón empezó a latirle con fuerza. Se acercó rápidamente para recoger el sobre. Dentro había una nota:

Querida Marianne:
Te espero hoy a las once en la entrada de la mina abandonada que vimos el otro día mientras íbamos de excursión a las cataratas. Wheal Sarah. Por favor, no se lo digas a nadie.
Afectuosamente,
Justin

Marianne sabía que sería una imprudencia acudir a la cita, consciente de los peligros que entrañaba un romance con lord Lambeth. Sin embargo, sacó un traje de montar del armario y se vistió rápidamente. En pocos minutos estuvo peinada y arreglada y, tras tomar un desayuno ligero, se dirigió hacia las cuadras. Después de que uno de los mozos le ensillara un caballo, se puso en camino, manteniendo un trote lento para disfrutar del paisaje mientras cabalgaba.

Al llegar a la entrada de la mina, se bajó del caballo y, sin soltar las riendas, se acercó a la abertura. Comprendió que debía de ser temprano aún, pues no había nadie a la vista.

El interior de la mina estaba oscuro como boca de lobo. Marianne asomó la cabeza, agarrándose a uno de los ásperos maderos que flanqueaban la entrada, y esperó a que sus ojos se adaptaran a la oscuridad. Había tenido que agacharse un poco, pues la abertura era baja y estrecha. Siguió sin ver nada, y estaba a punto de retroceder cuando algo la golpeó con fuerza en la espalda. Cayó al suelo, sin respiración. Segundos más tarde, recibió un segundo golpe en la nuca y perdió el conocimiento.

Justin acabó de afeitarse y, tras quitarse los últimos restos de espuma, se acercó a la ventana silbando y se asomó al jardín. Se planteó la posibilidad de invitar a Marianne a dar un paseo a caballo con él y la idea lo hizo sonreír.

En ese momento, vio al objeto de sus pensamientos caminando por el jardín, en dirección a las cuadras, y tuvo que parpadear para convencerse de que era realmente ella. Le extrañó que se hubiera levantado tan temprano y que se dirigiera hacia las cuadras, pero era una oportunidad perfecta. Si conseguía alcanzarla, podrían dar aquel paseo que tenía planeado.

Justin sacó un pañuelo del cajón y se lo anudó en el cuello. A continuación, tras ponerse apresuradamente la chaqueta, salió de la habitación y bajó al jardín.

Era demasiado tarde. A lo lejos pudo ver la esbelta figura de una mujer a caballo que se alejaba bordeando el lago. Justin entró en las cuadras con grandes zancadas y pidió que le ensillaran una montura.

—¿Ha dicho la señora Cotterwood adónde iba? —preguntó al mozo de cuadra.

—A reunirse con la señorita Winborne, milord.

Justin se quedó mirándolo, sorprendido. Era absurdo pensar

que Marianne fuese a dar un paseo a caballo con Cecilia. Frunció el ceño. A menos que Cecilia hubiese tramado algo... Pero no, Marianne no era tan ingenua como para fiarse de Cecilia. Debía de haberle mentido al mozo.

Justin se subió en el caballo y partió al galope tras Marianne, siguiendo las huellas de su caballo, hasta que por fin la vio. Procuró no llegar a su altura, pues deseaba descubrir adónde se dirigía y con quién iba a reunirse. No obstante, cuando ella empezó a ascender hacia el páramo, Justin tuvo que quedarse atrás unos minutos, pues no deseaba ser descubierto en aquella extensión de tierra sin árboles. Aguardó hasta que Marianne se hubo perdido de vista y luego siguió adelante. A lo lejos se oyó un fuerte sonido, semejante a un trueno, y su caballo relinchó e irguió las orejas. Justin apretó el paso, invadido por una vaga e indefinible preocupación.

No había señal de Marianne en el horizonte, y su inquietud se intensificó. En ese momento, vio huellas de caballo que se salían del camino y llevaban, por entre los helechos y las aulagas, hasta la entrada de la vieja mina abandonada. Justin se dirigió hacia la mina y se detuvo en seco al ver que la entrada ya no existía. La abertura estaba bloqueada por un montón de piedras, maderos y tierra. La entrada de la mina se había derrumbado.

Justin se apeó del caballo y se acercó a la obstruida abertura.

—¡Marianne! ¡Marianne! —llamó—. ¿Puedes oírme?

Utilizando las manos desnudas, empezó a retirar frenéticamente las piedras y la tierra que yacían sobre los maderos caídos. Por suerte, dos de ellos habían caído formando un ángulo, de modo que quedaba un espacio vacío entre ambos. Justin se introdujo por el agujero y miró a su alrededor. La luz que se filtraba por la abertura le permitió ver a Marianne, que se hallaba tumbada en el suelo, a unos cuantos pasos de donde él estaba.

Emitiendo un leve grito, Justin se arrodilló a su lado. Estaba tendida boca abajo, con los brazos sobre la cabeza.

—¡Marianne! —al verla tan inmóvil, notó una garra de pánico atenazándole el pecho. Se inclinó sobre ella, con el corazón latiéndole tan fuertemente en los oídos que apenas oía nada más, y le acercó una mano a la nariz. Al sentir un cálido soplo de aliento en el dedo, se tranquilizó—. ¡Gracias a Dios! Marianne, ¿puedes oírme? Despierta —Justin miró de soslayo el exiguo agujero por el que había entrado. Le sería prácticamente imposible sacarla en brazos. Un repentino crujido de madera y rocas lo sobresaltó—. ¡Despierta! ¡Tenemos que salir de aquí!

Por fin, sus párpados se abrieron, y sus ojos intentaron enfocar el rostro de él.

—¿Justin? ¡Oh, gracias a Dios! —Marianne se refugió entre sus brazos, apoyando la mejilla en su pecho—. No sabía dónde... No podía verte. ¿Estabas dentro de la mina? ¿Quién me empujó?

—¿Qué? —él se quedó mirándola. Obviamente, estaba aturdida—. No, yo no estaba aquí. He tenido que excavar un agujero para entrar. ¿Por qué preguntas quién te empujó?

Ella se quedó mirándolo, parpadeando, como si tratara de organizar sus pensamientos para emitir una frase coherente.

—No importa —prosiguió Justin—. Tenemos que salir de aquí —la puso en pie y la condujo hacia la entrada. No obstante, apenas se habían acercado cuando se oyó un fuerte estrépito.

Se retiraron rápidamente mientras un nuevo derrumbamiento cubría la abertura por completo. El ruido era ensordecedor. Una lluvia de tierra cayó sobre la espalda de Justin, que se había tumbado encima de Marianne para protegerla. Una piedra le golpeó la mejilla, haciéndole un corte.

Cuando todo hubo pasado, el aire quedó saturado de polvo. Por suerte, la oscuridad no era total, pues se filtraba algo de luz por algunos resquicios existentes entre las rocas. Debajo de Justin, Marianne se retorció y emitió un gemido de protesta.

—¿Estás bien? —le preguntó él, y luego sonrió—. Lo siento, ha sido una pregunta estúpida. ¿Te has roto algo?

—Creo que no —ella tosió—. Creo que estoy bien. Aunque un poco aplastada, eso sí.

—Te pido disculpas —dijo Justin con una nota de humor—. Procuraré hacerlo algo mejor la próxima vez.

—Dios santo, espero que no tengamos que volver a pasar por esto.

Avanzando a gatas, se acercaron a la abertura y empezaron a apartar ansiosamente las piedras y la tierra, vigilando con cautela el techo y las paredes que los rodeaban. Sin embargo, pronto se hizo evidente que la entrada estaba bloqueada por maderos y piedras demasiado pesados. Aquel segundo derrumbamiento los había aprisionado en la mina.

—No hay esperanza, ¿verdad? —inquirió Marianne con un hilo de voz.

—Siempre hay esperanza —contestó él con firmeza—. Aunque dudo que podamos abrir una salida nosotros mismos. Sin embargo, nos buscarán cuando reparen en nuestra ausencia. ¿Le dijiste a alguien adónde ibas?

Marianne lo miró extrañada.

—No. En la nota me dijiste que no lo hiciera.

—¿La nota?

—Sí. En la nota. ¿Qué te pasa, Justin? ¿Te has dado un golpe en la cabeza? Me refiero a la nota que me dejaste.

—Yo no te dejé ninguna nota.

—Claro que sí —Marianne frunció el ceño, frustrada.

—¿Dónde está? ¿Qué decía?

—No la tengo. La arrojé a la chimenea antes de salir. Pero en ella me citabas aquí, en la mina. Al llegar, me asomé y alguien me empujó. Caí al suelo de bruces y después sentí un repentino estallido de dolor en la cabeza —Marianne alzó la mano para palparse la nuca e hizo una mueca.

—De modo que... alguien te golpeó en la cabeza después de empujarte.

—Eso es absurdo.

—Sí. Pero no más absurdo que el hecho de que recibieras una nota mía que yo jamás te dejé.

Marianne se llevó una mano al estómago.

—Siento náuseas.

Justin le rodeó los hombros con el brazo y Marianne se recostó en él, agradecida. ¡Alguien había intentado asesinarla! Parecía incapaz de asimilar la idea.

—Un momento. Este derrumbamiento... ¿cómo se produjo?

¿Y qué haces aquí si no me dejaste esa nota? —Marianne buscó sus ojos en la penumbra.

—Por casualidad vi que te dirigías a las cuadras esta mañana, y... te seguí.

—¡Entonces tuviste que ver lo que ocurrió! —exclamó ella.

Justin meneó la cabeza.

—No. Me rezagué a propósito para que no me vieras. Esperé a que te perdieras de vista y luego seguí adelante. Las huellas de tu caballo conducían hasta la mina. Al llegar, vi que la entrada se había derrumbado. Tu caballo ya no se veía por ninguna parte... Supongo que huyó al oír el estruendo.

—O alguien se lo llevó.

—Sí —Justin hizo una pausa antes de proseguir—. Cavé un agujero y, al entrar, te encontré en el suelo, inconsciente. El resto ya lo sabes —guardaron silencio unos segundos, absortos en espeluznantes pensamientos. Finalmente, Justin dijo—: Mientras me acercaba, oí un fuerte ruido. En aquel momento no lo identifiqué, pero ahora creo que eran explosivos. Esa persona, sea quien sea, debió de utilizarlos para sepultarte aquí.

—Pero ¿por qué? —susurró Marianne con los ojos llenos de lágrimas—. ¿Por qué iba nadie a querer matarme?

Él la rodeó con sus brazos.

—No lo sé. Debe de ser alguien que te guarde rencor. O te tenga miedo.

—El otro día, cuando resbalé y estuve a punto de caer en el río... Por un momento, tuve la impresión de que alguien me había empujado.

Justin arqueó las cejas.

—¿Por qué no dijiste nada?

—¿Qué hubiera podido decir? Temía hacer el ridículo. Yo misma estaba segura de haberlo imaginado. Ni siquiera ahora estoy convencida de que fuese un ataque intencionado.

—O quizá sí lo fue. ¿Ha habido algo más?

—¿Más agresiones, quieres decir? No —Marianne negó con la cabeza. Luego se detuvo bruscamente al recordar un detalle—. Quizá... No, no es probable.

—¿Qué?

—Antes de venir al campo, cuando aún estaba en mi casa,

una chica fue agredida en nuestra calle. El agresor no trató de aprovecharse de ella. Simplemente la abordó por la espalda e intentó estrangularla. Luego huyó. Fue algo muy extraño, pues vivimos en un barrio muy respetable. La chica, que es amiga de Piers, acababa de salir de nuestra casa. Tiene el pelo rubio rojizo.

—¿Rojizo? —Justin la miró atentamente—. ¿Como el tuyo?

—No, algo más claro. Pero en la oscuridad debió de parecer más oscuro. Si ese hombre no me conocía y solo sabía de mí que era pelirroja...

—Ya comprendo. Entonces, ¿el agresor pudo seguirte hasta aquí, desde Londres?

—Quizá —Marianne se encogió de hombros—. Pero no parece probable. ¿Cómo iba a conocer esta mina si fuese de Londres? ¿Y cómo iba a saber que tú y yo...? Quiero decir, ¿cómo iba a saber que yo vendría aquí si tú me citabas? Lo que es más, ¿cómo pudo colarse en casa de los Buckminster y dejarme una nota sin que nadie lo viera?

—Todos tus puntos me parecen válidos —admitió Justin—. De modo que el aspirante a asesino debe de ser uno de los huéspedes de Bucky. Está entre nosotros.

—Hay otro detalle extraño —dijo Marianne titubeando—. No sé si estará relacionado, pero ocurrió recientemente. Un hombre estuvo preguntando por mí.

—¿Preguntando por ti, en qué sentido?

—Bueno, primero fue a... donde yo vivía antes. Pidió mi dirección actual, pero nadie se la dijo. Al menos, eso creía yo. Más tarde, hace unos días, un hombre apareció cerca de nuestra casa e interrogó a una de nuestras criadas. Le preguntó si en la casa vivía alguna pelirroja. Por desgracia, Rosalind le dijo que su madre tenía el cabello pelirrojo. Después, lo vimos rondando la casa.

—¿Eso fue antes de que agredieran a la chica?

—Sí.

—Todo este asunto resulta cada vez más complicado. Alguien de tu pasado te está buscando.

—Es obvio que no conocía mi aspecto. Solo mencionó mi nombre y mi color de pelo.

—Como si alguien le hubiese dado la descripción.

—Exacto —Marianne miró a su alrededor, estremeciéndose—. Me horroriza pensar que tengamos que pasar la noche en este sitio.

Justin la abrazó y le posó un beso en la frente.

—Y a mí. Sin embargo, no creo que eso acabe con nosotros. Nos encontrarán. Alguien verá mi caballo. Está bien entrenado y no se moverá de su sitio.

—Odio sentirme tan desvalida.

—Lo sé. Yo también —Justin la envolvió más estrechamente entre sus brazos, acunándola sobre su regazo para confortarla.

De inmediato, el fuego del deseo hizo arder la piel de ambos. Marianne notó el calor de Justin, la pulsión de su deseo, y se sintió recorrida por un escalofrío; de repente, sus pezones parecieron hincharse y adquirir una sensibilidad especial. Deseaba a Justin. Ansiaba sentir la caricia de sus manos, de su boca. Ansiaba explorar su cuerpo con los dedos, recorrer lentamente su amplio pecho y sus hombros, la curva de sus nalgas.

Marianne se sonrojó en la penumbra, avergonzada de su reacción. ¿Cómo podía sentirse así en aquellas circunstancias? Estaban prisioneros, enfrentados a una posible muerte... ¡y sus pensamientos derivaban hacia la lujuria carnal!

No obstante, sabía que, si iba a morir, antes deseaba que Justin le hiciera el amor. Jamás se había entregado voluntariamente a un hombre. ¿Moriría sin saber lo que era la auténtica pasión? ¿Por qué negarse a sí misma lo que tanto anhelaba?

—Justin —musitó, alzando los ojos para contemplar su rostro a la escasa luz.

Él le posó la mano en la mejilla, rozándola apenas. Luego bajó con los dedos por la elegante línea de su cuello. Ella se estremeció, entregándose a la sensación de puro deleite, olvidando por completo sus miedos y sus dudas. Enterró los dedos en su cabello, gozando de su suave tacto, al tiempo que él reclamaba por fin sus labios. Las lenguas de ambos se entrelazaron mientras seguían besándose sin cesar, ansiosos por conocerse el uno al otro hasta el límite.

Mientras Marianne le desabrochaba la camisa, él le desabotonó el vestido y desató el lazo de la camisa interior para dejar al descubierto sus senos. Luego los tomó con las manos y bajó los ojos para contemplarlos.

—¡Qué hermosa eres! —musitó con voz ronca.

—Demuéstramelo —susurró ella.

Él obedeció con ansiedad. Le acarició los pezones con los pulgares, hasta que estuvieron dolorosamente erectos, y después se inclinó para saborearlos con la boca. Marianne le clavó los dedos en los hombros al tiempo que apretaba la pelvis contra la de él en instintivos movimientos circulares.

Justin le deslizó la mano debajo de la falda para buscar el centro de su deseo. La tela de su prenda interior frustró su intento, de modo que utilizó la otra mano para rasgar el fino tejido de algodón. Marianne gritó su nombre mientras los dedos de él acariciaban los tiernos pliegues de su sexo, con suavidad y urgencia al mismo tiempo.

Con dedos trémulos, palpó la dureza de su miembro viril, que se apretaba contra la barrera del pantalón, y procedió a desabrochar los botones. Cuando Marianne introdujo la mano y lo tomó delicadamente entre sus dedos, él se estremeció, emitiendo un profundo jadeo animal.

Justin se quitó la camisa con ademanes frenéticos y la arrojó al suelo. No podía esperar más, de modo que se situó entre las piernas de ella y se deslizó en su interior lentamente. Saboreó cada segundo mientras su feminidad se cerraba en torno a él, con una calidez y una suavidad casi insoportables. Con un jadeo, comenzó a empujar a un ritmo cada vez más fuerte y rápido.

El corazón le latía desbocadamente y respiraba con dificultad, mientras Marianne sollozaba, presa de un placer tan intenso que resultaba casi doloroso. Clavándole las uñas en la espalda, dejó escapar un grito de gozo cuando el placer estalló finalmente en su bajo vientre y la arrastró en una gran oleada. Justin ahogó su grito con un beso mientras alcanzaba también el clímax, y juntos cayeron en el oscuro y vertiginoso abismo del placer.

Mataron el tiempo charlando hasta que anocheció en el exterior. Marianne habló de su pasado, de su infancia en el orfanato de San Anselmo, de cómo Daniel Quartermaine la había forzado, dejándola embarazada de Rosalind, mientras Justin la escuchaba atentamente.

Finalmente, él se tumbó y acunó a Marianne entre sus brazos. Ella cerró los ojos, esperando que el sueño la reclamase hasta que volviera a filtrarse luz por los resquicios de la entrada.

Pero no consiguió dormirse. Tenía tierra y piedrecillas adheridas a la piel en varios lugares de su cuerpo y, lo que era peor, su estómago rugía a causa del hambre y se notaba la boca reseca.

De repente, se oyó un ruido fuera, y Marianne se incorporó rápidamente, olvidándose de las incomodidades.

—¿Qué ha sido eso?

Justin se incorporó a su lado.

—No lo sé —susurró.

Procedieron a vestirse apresuradamente. Segundos después, se oyó otro ruido, seguido del relincho de un caballo.

—Oh —Justin se relajó, decepcionado—. Solo es mi caballo. Bueno, al menos sabemos que sigue en su sitio.

Estaban a punto de tumbarse otra vez cuando les llegó una voz procedente del exterior, amortiguada por la barrera de piedras y tierra.

—¡Hola! ¿Hay alguien ahí?

Justin y Marianne se miraron, sintiendo una mezcla de miedo y esperanza. ¿Habían ido a rescatarlos? ¿O era el asesino, que había vuelto para asegurarse de haber hecho bien su trabajo?

CAPÍTULO 14

—¿Pueden oírme? —repitió el hombre—. ¿Hay alguien ahí dentro?

—¡Sí, estamos aquí! —contestó Justin alzando la voz. Luego, girándose hacia Marianne, explicó—: Si es el asesino, prefiero enfrentarme a él antes que seguir aquí dentro.

Marianne asintió, mostrándose de acuerdo.

—¿Están dentro de la mina? —gritó el hombre—. ¡Hablen más alto! ¡No puedo oírlos bien!

—¡Sí! ¡Estamos atrapados!

—¡Maldición! —respondió el hombre al tiempo que empezaba a retirar piedras y tierra.

—¡Cuidado! —vociferó Justin—. Podría producirse otro derrumbamiento.

—Lo oigo. No se preocupe, iré con cuidado —aseguró el hombre en tono optimista—. Pero retírense de la entrada.

Justin hizo retroceder a Marianne y ambos aguardaron con febril impaciencia mientras el hombre seguía excavando. Poco a poco, empezó a dibujarse una abertura en la barrera y, por fin, una cara se asomó por el agujero.

—Ahí están —dijo iluminándolos con un candil. Era un hombre atractivo, con los ojos negros y una boca grácil y generosa—. ¿Uno de ustedes es una dama?

—Sí. Nos alegramos muchísimo de verlo —dijo Justin adelantándose—. Intentamos retirar esos maderos, pero pesaban demasiado. Quizá si yo empujo mientras usted tira...

—¡Cómo no!

Su rescatador soltó el candil y ambos hombres pusieron manos a la obra, con movimientos lentos y cautos, retirando los gruesos maderos hasta que la abertura se ensanchó lo suficiente.

Justin exhaló un suspiro de alivio y se giró hacia Marianne.

—Ya hay espacio de sobra. Vamos —dijo tendiéndole la mano.

Con cierta dificultad, consiguieron deslizarse por la abertura y salieron ayudados por su inesperado salvador.

Era un hombre alto, de piernas largas y musculosas y hombros tan anchos como los de Justin. Tenía el cabello negro, igual que los ojos, y poseía una mandíbula cuadrada y fuerte. Iba vestido con sencillez, con unas botas y camisa y pantalón de color oscuro.

—Jamás podré agradecérselo lo suficiente —Justin le ofreció la mano—. Yo soy Justin, lord Lambeth, y esta es la señora Cotterwood.

—Yo me llamo Jack —contestó el hombre lacónicamente, estrechándole la mano—. Y no tienen que agradecerme nada. Fue una suerte que pasara por aquí. Vi su caballo y decidí investigar.

—Sí, una verdadera suerte. Imagino que no pasa mucha gente por aquí, y menos de noche.

—No, supongo que no —convino Jack afablemente—. ¿Qué pasó? ¿Estaban explorando la mina? ¿Cómo quedaron atrapados ahí dentro?

—No lo sé con seguridad —explicó Justin—. La señora Cotterwood se asomó a la entrada y esta se derrumbó parcialmente. Luego, cuando acudí a ayudarla, se produjo un segundo derrumbamiento.

—No sabía que estuviera en tan mal estado —dijo Jack fijándose en el montón de piedras y maderos.

—Creo que no se derrumbó sola —dijo Justin sombríamente.

Jack se giró hacia él, entrecerrando los ojos.

—¡Demonios! Oh, le pido perdón, señora Cotterwood —dijo pasándose una mano por el negro cabello—. ¿Qué le hace pensar tal cosa?

—Oí una explosión cuando venía hacia acá.

Jack los miró a ambos.

—Pero ¿quién querría hacer algo así?

—No lo sabemos. Pero, al parecer, alguien fue muy descuidado o deseaba hacerle daño a la señora Cotterwood.

—¿Por qué razón?

—No lo sabemos. ¿Usted qué opina?

Jack enarcó las cejas exageradamente y luego dijo con un rictus burlón:

—¿Yo? Me temo que no puedo opinar. Apenas conozco a la dama.

—Umm. Creí que a lo mejor estaba familiarizado con la mina. Al fin y al cabo, se encontraba en las cercanías.

La sonrisa de Jack se ensanchó.

—Me pilla de camino a mi casa. Pero apenas sé nada de ella, salvo que lleva muchos años abandonada.

—Una mina abandonada puede ser muy útil —comentó Justin.

Marianne se quedó mirando a Justin, desconcertada. Parecía estar insinuando algo, y la expresión atenta y divertida de Jack indicaba que él, al menos, sabía lo que quería decir.

—Supongo que podría serlo —contestó Jack—. Pero dudo mucho que dicha «utilidad» pusiera en peligro a la dama.

—No hay modo de saber por qué se derrumbó —prosiguió Justin—. No creo que merezca la pena el esfuerzo de excavar para investigarlo.

—Estoy convencido de ello —convino Jack con un brillo risueño en sus ojos negros—. No creo que haya nada dentro.

Justin sonrió.

—Seguro que no —volvió a estrechar la mano de Jack y añadió—: Le estoy eternamente agradecido, señor. Me hospedo en casa de lord Buckminster. Somos buenos amigos. Si alguna vez necesita algo de mí, o de lord Buckminster, cuente con ello.

Jack hizo un breve gesto de asentimiento.

—Gracias. Lo tendré presente.

—Ahora, creo que deberíamos volver a la finca Buckminster. Y estoy seguro de que usted también tendrá asuntos de los que ocuparse.

Jack contestó evasivamente y, a continuación, se giró hacia Marianne.

—Ha sido un placer conocerla, señora Cotterwood. No me explico quién podría tener interés en hacerle daño.

—Gracias —Marianne le tendió la mano y sonrió afectuosamente—. No sé cómo darle las gracias.

Jack sonrió, guiñándole un ojo con osadía.

—Esa bella sonrisa es agradecimiento suficiente.

Dicho esto, apagó el candil y se subió al caballo. Tras dirigirles un último saludo, espoleó al animal y desapareció.

Justin se dio media vuelta y se dirigió hacia su caballo.

Marianne permaneció inmóvil unos segundos, contemplando la oscuridad por donde había desaparecido su rescatador, y luego se acercó a Justin.

—¿A qué venía todo eso?

—¿Qué?

—Esos comentarios tan extraños que hiciste. No entendí parte de vuestra conversación.

—Hay algo sospechoso en ese hombre —contestó Justin—. ¿Qué hacía rondando por Wheal Sarah a estas horas de la noche? ¿Y por qué llevaba una lámpara consigo? Hay luna llena... su luz es más que suficiente para orientarse por el terreno. Te darías cuenta de que no la utilizaba para cabalgar. La apagó antes de subirse al caballo.

Marianne frunció el ceño.

—Quizá la necesitaba para cuando llegara a su destino.

—Exactamente —convino Justin—. ¿Y cuál era ese destino?

—¿Crees que iba a entrar en la mina? —aventuró Marianne—. Pero ¿para qué? No creerás que fue él quien me empujó, ¿verdad? ¿El que ha estado intentando matarme?

Justin se encogió de hombros.

—Es una posibilidad, aunque no me parece probable. Sospecho que ese hombre forma parte de la banda de salteadores de caminos de la que habló lady Buckminster el otro día.

—¿Cuándo? Ah, sí, en la excursión.

—Por lo visto, a su jefe lo llaman «El Caballero». Y ese hombre tenía aspecto de serlo, ¿no te parece? Su forma de hablar y sus modales son tan refinados como los nuestros. Sin embargo, conozco a casi todos los aristócratas de la zona y Jack no me suena de nada.

—Es extraño que no diera su apellido —comentó Marianne, siguiendo el razonamiento de Justin—. E iba vestido de negro, como para evitar ser visto en la oscuridad.

—Sospecho que su banda ha estado utilizando la mina, probablemente para ocultar los botines. Lleva muchos años abandonada, de forma que es un lugar idóneo para ello. Seguramente Jack había venido con la idea de entrar para echar un vistazo a sus posesiones o para dejar algo. Por eso llevaba la lámpara.

—En ese caso, su acción fue doblemente noble. Nos salvó corriendo el riesgo de que hubiéramos visto algo e informáramos a las autoridades.

—Estoy de acuerdo. Por eso le sugerí que no volveríamos a entrar en la mina para investigar. Quise darle a entender que le guardaría el secreto.

—Cuando le dijiste que acudiera a ti si necesitaba ayuda, te referías a que si alguna vez lo atrapan o...

—Sí, haría cuanto estuviese en mi mano para ayudarlo. Quería que supiera que puede ampararse en mi nombre... o en el de Bucky, que es más conocido que yo por aquí.

—Has sido muy amable.

—Estoy en deuda con él —se limitó a responder Justin—. Y Jack es, en el fondo, un buen hombre. Sé de las injusticias y desigualdades que pueden empujar a las personas al delito. Y no menosprecio a los demás por el simple hecho de ser un noble.

Marianne le rodeó el cuello con los brazos.

—Lo sé. Esa es una de las razones por las que te... —se detuvo bruscamente. Había estado a punto de decir que lo amaba, pero ignoraba cómo podría tomarse él una afirmación semejante, de modo que se puso de puntillas y lo besó.

Justin la estrechó entre sus brazos, y siguieron besándose durante unos instantes. Finalmente, se separaron y se subieron al caballo de Justin. Cabalgaron un rato en silencio y, transcurridos unos minutos, él comentó:

—Todo el mundo preguntará qué nos ha ocurrido.

—Lo sé —Marianne frunció el ceño—. ¿Cómo vamos a acusar a alguien del grupo de haber intentado matarme?

—Sería un poco embarazoso —reconoció Justin—. Además, es preferible que el asesino crea que tú consideras lo ocurrido un simple accidente. Si descubre que sospechas y que intentas averiguar su identidad, estará aún más ansioso por deshacerse de ti. Puedes decir que se te ocurrió dar un paseo a caballo, que viste la mina y decidiste echar un vistazo. Lo único que recuerdas es haberte bajado del caballo para acercarte a la entrada. A partir de entonces, no recuerdas nada. Los golpes en la cabeza suelen tener ese efecto, ¿sabes? Después, casualmente, yo pasé por delante de la mina y vi que la entrada se había derrumbado. Al acercarme y ver tus huellas, supuse que había alguien atrapado dentro. Imagínate mi sorpresa al descubrir que eras tú.

—Y luego, ¿qué haremos?

—Tendremos que descubrir cuál de los invitados puede ser el culpable. Le contaré la verdad a Bucky. Vamos a necesitar su ayuda, y apuesto mi vida a que él no es nuestro sospechoso.

Marianne no pudo sino sonreír.

—Estoy de acuerdo.

—Bucky y yo interrogaremos a los mozos de cuadra. Quienquiera que sea ese hombre, tuvo que salir de las cuadras y volver a ellas. Descubriré qué otras personas salieron a montar a caballo.

—De acuerdo. ¿Qué más?

—No estoy seguro. Tendremos que descubrir lo máximo posible sobre los demás huéspedes. Estamos de acuerdo en que es un hombre, ¿no?

Marianne se encogió de hombros.

—No lo sé. Pero, decididamente, la persona que estuvo preguntando por mí y que atacó a la doncella era un hombre.

—Entonces, indagaremos acerca de los huéspedes varones. Sophronia debería poder proporcionarnos una buena cantidad de información.

—Y también preguntaré a Nicola y Penelope —sugirió Marianne.

—Con discreción.

—Por supuesto. Es lógico que una viuda se muestre interesada en los jóvenes casaderos con los que coincide en una fiesta.

Justin emitió un gruñido.

—Pero no demasiado interesada.

Marianne dejó escapar una risita.

—Creí que tú ya conocías bastante bien a los amigos de lord Buckminster.

—Conozco a los más jóvenes, sí.

—¿Y a los más viejos no?

—Muy poco. Ninguno de ellos es amigo íntimo de Bucky. Los Minton son amigos de lady Buckminster. No sé mucho de ellos. Tampoco estoy seguro de por qué fueron invitados sir George y Sophronia. Es muy posible que Sophronia aburriera a lady Buckminster hasta conseguir que los invitara. Alan Thurston... tampoco es un gran amigo de Bucky. Creo, sin embargo, que Bucky está muy interesado en su campaña política.

—¿Y qué hay de su secretario?

—¿Fuquay? Parece un tipo muy agradable. Aunque, francamente, no he hablado mucho con él. En cuanto a Thurston, apenas lo conozco. Alguien me comentó el otro día que fue un poco calavera en sus años mozos. Jugaba, bebía, frecuentaba burdeles... Ese tipo de cosas. Pero eso no significa que sea un asesino, desde luego.

Siguieron cabalgando y especulando sobre la identidad del villano, hasta que Marianne, adormecida por el trote lento del caballo, recostó la cabeza en el pecho de Justin y se durmió. Él sonrió, disfrutando con la sensación de tenerla entre sus brazos.

Era ya muy tarde cuando llegaron a la casa, pero todas las luces estaban encendidas y varios mozos de cuadra acudieron corriendo al verlos aparecer, entre gritos y exclamaciones de alivio. Marianne se despertó con el vocerío, y Justin, tras confiar el caballo a uno de los mozos, la tomó de la mano y la llevó hacia la casa. Antes de que llegaran a la puerta, esta se abrió y lord Buckminster salió a la carrera, con gesto preocupado.

—¡Justin! ¡Gracias a Dios! ¡Y la señora Cotterwood! —se acercó presuroso a Justin—. ¡Penelope! ¡Madre! ¡Venid!

No era necesario que las llamase, sin embargo, pues tanto

Penelope como lady Buckminster habían salido detrás de él, junto con la mayoría de los demás huéspedes. Marianne vio que algunos de ellos se fijaban en la mano de Justin, que seguía agarrada a la suya. La retiró rápidamente, ruborizándose.

—¡Estábamos tan preocupados! —exclamó lady Buckminster, adelantándose para tomar las manos de Marianne—. ¡Pobre chiquilla! ¿Qué ha pasado?

—¡Pobre Marianne! —Penelope le echó un brazo por los hombros, recostando la cabeza en la de su amiga—. ¡He pasado mucho miedo!

Justin procedió a contar la historia que habían inventado por el camino. Resultaba poco convincente, comprendió Marianne, especialmente el detalle de que Justin hubiese tomado, por casualidad, el mismo camino que ella.

—¡Por Júpiter! —exclamó el señor Minton, estupefacto—. ¡Wheal Sarah se ha derrumbado! Con lo resistente que pareció siempre.

—¡Y el escándalo! —terció Sophronia Merridale, llevándose las manos al pecho exageradamente, con expresión de horror.

—¡Al diablo el escándalo! —exclamó Bucky—. Han podido morir.

Lady Merridale hizo caso omiso.

—¡Han estado ausentes durante horas y horas! ¡Juntos! ¡Y de noche! No hay excusa que valga. Tendrán que casarse.

CAPÍTULO 15

El grupo quedó en completo silencio. Marianne miró con consternación a lady Merridale.

—Pero nosotros... —empezó a decir, con la intención de negar que hubiese ocurrido algo indecoroso. Pero recordó lo que había sucedido en el interior de la mina, y no pudo sino sonrojarse—. No ha pasado nada —concluyó tímidamente, temiendo que todos vieran la verdad escrita en su rostro.

—No sea tonta —rugió Justin.

Lady Merridale se quedó boquiabierta ante la aspereza de su tono.

—¡Lord Lambeth!

—Oiga usted, Lambeth —protestó sir George—, no es necesario que...

—¡Es culpa suya! —estalló Cecilia Winborne, interrumpiéndolo al tiempo que se acercaba a Marianne—. Sin duda usted planeó ese «accidente» para poder echarle el lazo a Justin.

—¡Cómo se atreve! —contestó Marianne, apretando los puños y avanzando hacia ella.

—Cállate, Cecilia —dijo Justin con voz fría como el mármol. Luego alargó el brazo y rodeó la cintura de Marianne—. Ya he explicado lo que ocurrió y estoy seguro de que ninguno de ustedes duda de mi palabra —recorrió con la mirada a los demás invitados, inquisitivamente. Al ver que nadie hablaba, asintió—. Bien. Espero, pues, que no cundan rumores maliciosos. Porque, si tal cosa sucede, sabré cuál es su origen —dirigió a sir George Merridale una mirada cargada de intención y el hombre aseguró atropelladamente que tanto él como su esposa mantendrían la boca cerrada.

—Bueno, si ya hemos acabado con las tonterías —terció Nicola, tomando el brazo de Marianne—, creo que la señora Cotterwood necesita comer algo y descansar.

—Desde luego —convino Penelope, y ambas la condujeron al interior de la casa.

—No le hagas caso a Cecilia —le aconsejó Nicola mientras subían las escaleras, en dirección al cuarto de Marianne—. Y Sophronia no se atreverá a propalar rumor alguno, después de la reacción de Lambeth. Ella lo respeta mucho por ser hijo de un duque. Y su marido, estoy segura, respeta mucho su puntería.

—¡Su puntería! —exclamó Marianne horrorizada—. ¿Estás hablando de un duelo?

—Naturalmente. ¿No te diste cuenta de que en eso consistía la amenaza de Justin? Estoy segura de que sir George sí lo entendió.

—¡Pero yo no deseo que se bata en duelo!

—Tranquila. Sir George no se atrevería. Tal vez, y sin que sirva de precedente, ponga coto a la afilada lengua de su esposa —Nicola se echó a reír.

Cuando hubieron llegado a la habitación, Penelope llamó a una doncella y ordenó que le prepararan el baño a Marianne y le llevasen una bandeja con comida. Entretanto, ayudó a esta a desvestirse, le echó por encima un camisón y procedió a cepillarle el cabello.

Marianne suspiró, notando cómo sus músculos se relajaban. Para sorpresa suya, unas inesperadas lágrimas afluyeron a sus ojos y resbalaron por sus mejillas.

—Lo siento —dijo sorbiendo por la nariz y enjugándose las lágrimas.

—No tienes por qué disculparte —dijo Penelope, apretándole la mano para confortarla—. Debe de haber sido una experiencia horrible.

Marianne asintió.

—Sí, lo fue.

Deseó contarles la verdad, pero consiguió guardar silencio. Estaba segura de que podía confiar en Nicola y Penelope, pero sabía que sería difícil hablarles del hombre que iba tras ella sin revelar la verdad sobre su pasado. Aquello supondría el fin de su amistad, no le cabía duda. Lord Lambeth parecía haber aceptado su pasado con aparente indiferencia, pero eso era porque la deseaba. Los caballeros solían tener como amantes a mujeres de origen humilde. Pero las mujeres de la nobleza no hacían amistad con simples doncellas, por muy abierta que fuese la mentalidad de Nicola.

De modo que Marianne se limitó a sonreír y a agradecerles su amabilidad y, al cabo de un rato, Penelope y Nicola la dejaron para que pudiese tomar el baño con tranquilidad. Finalmente, se metió en la cama, demasiado exhausta incluso para pensar en los hechos de aquel día. Tardó pocos minutos en quedarse dormida.

—¿Qué demonios ha pasado? —inquirió Bucky mientras servía una generosa cantidad de coñac en dos copas y le pasaba una a su amigo. Había arrastrado a Justin hasta su estudio después de que Marianne se retirase, cerrando las puertas tras de sí e interrumpiendo las ansiosas preguntas de los demás—. Ten. Esto te sentará bien.

Justin aceptó la copa y tomó un trago. A continuación, exhaló un suspiro y se sentó en un confortable sillón tapizado en piel.

—Ojalá lo supiera, Bucky. La mina se derrumbó, tal como expliqué. Lo malo es cómo se derrumbó.

Bucky arqueó las cejas.

—¿Estás insinuando que no fue un accidente?

Justin meneó la cabeza.

—No lo fue. Alguien atrajo a Marianne hasta allí intencionadamente.

Bucky se quedó mirándolo.

—Entonces, ella y tú no estuvisteis... —se interrumpió, sonrojándose ligeramente—. Lo siento, viejo amigo. Creí que solo intentabas proteger su reputación.

—Lo sé. Seguro que todos piensan lo mismo. Pero Marianne fue hasta la mina por su cuenta. Alguien le dejó una nota, firmada con mi nombre, citándola allí. Luego la empujaron al interior de la mina, le dieron un golpe en la cabeza y echaron abajo la entrada.

Los ojos de Bucky parecieron a punto de salirse de sus órbitas.

—¡Pero qué dices!

—Yo oí la explosión. Desde luego, no me encontraba cerca por casualidad. Vi cómo Marianne se alejaba a caballo... y la seguí a cierta distancia. Por desgracia, fui demasiado discreto. No vi a su agresor. El resto sucedió como he explicado. Traté de sacarla de la mina y provoqué un segundo derrumbamiento.

—Pero ¿qué...? ¿Quién...?

—Esa es la cuestión. No sé quién ha podido ser ni por qué lo ha hecho. La propia Marianne lo ignora. Pero esa persona debe de estar en esta casa.

Bucky abrió la boca y volvió a cerrarla.

—¡Estás bromeando! —consiguió farfullar al fin.

—Créeme, estar atrapado dentro de una mina, temiendo que el resto de los maderos se derrumben y te aplasten, no es ninguna broma.

—Pero, maldita sea, ¿cómo puedes pensar que uno de nosotros quiere asesinar a la señora Cotterwood? ¿Por qué iba a hacer alguien semejante cosa?

Justin suspiró y recostó la cabeza en el sillón, con gesto cansado.

—Ahora, estando aquí sentado, me parece increíble. Pero sucedió.

Bucky se sentó también, meneando la cabeza con incrédulo asombro.

—La pregunta es, ¿quién lo hizo? —prosiguió Justin—. Tengo que descubrirlo y detener al culpable.

—Un poco difícil, me parece —opinó Bucky—. No puedes ir por ahí preguntando a la gente si ha intentado asesinar a alguien.

—Sí, sería un poco embarazoso.

Bucky se lo pensó un momento.

—Quizá deberías poner el asunto en manos del magistrado local, el señor Halsey. Vendrá al baile del viernes.

—No quiero meter a la ley en esto a menos que sea estrictamente necesario —contestó—. Además, ¿tienes más fe en la capacidad del magistrado que en la mía? —inquirió arqueando la comisura de la boca.

—No. Tú eres el doble de inteligente. Pero, maldición, Justin, ¿crees que es realmente asunto nuestro?

Justin esbozó una débil sonrisa.

—Creo que sí.

Bucky se removió incómodo en el sillón.

—Oye, viejo amigo, no te habrás enamorado de la señora Cotterwood, ¿verdad?

—Me conoces muy bien —contestó Justin evasivamente—. ¿Has visto que me haya enamorado alguna vez?

—No, pero... el caso de la señora Cotterwood es distinto.

—Sí, lo es.

—Lambeth... Espero que no te lo tomes a mal. Lo cierto es que respeto mucho a la señora Cotterwood. Es una mujer muy hermosa.

—Estoy de acuerdo.

—Pero no creo que debas entablar una relación demasiado íntima con ella. Verás, la señora Cotterwood... en fin...

—¿Qué le pasa a la señora Cotterwood?

—A veces, bueno... ¡no es muy amable!

Justin dejó escapar una risotada.

—La «amabilidad», amigo mío, no es necesariamente lo que más me interesa en una mujer.

—Maldición, es que me pone los nervios de punta. Es gruñona e insoportable.

—¡No! —Justin apretó los labios para no estallar en carcajadas.

—Sí. Ha sido grosera con Penelope, cuando se supone que es amiga suya, ¡e incluso me obligó a faltar a la cacería de ayer! —añadió Bucky indignado.

—Lo siento. Y te agradezco tu preocupación. Estoy seguro de que, en virtudes, no puede compararse con Penelope. Pero creo que podré manejarla sin problemas.

Bucky pareció dudar.

—Si estás seguro de que...

—Sí —Justin apuró la copa y la dejó en la mesa—. Y cuando haya ideado un plan para descubrir a ese canalla...

—Puedes contar conmigo —le aseguró Bucky—. Te ayudaré en lo que pueda.

—Eres un amigo de verdad —Lambeth se encaminó hacia la puerta, pero antes de salir se detuvo—. A propósito, si alguna vez capturan al salteador de caminos apodado «El Caballero», asegúrate de que pueda escapar. Hoy nos ha salvado la vida.

—Estás de broma. Hay que ver, Lambeth, qué cosas te pasan.

Justin sonrió con aire burlón y salió del estudio para dirigirse al vestíbulo. Antes de llegar a las escaleras, no obstante, alguien lo llamó.

—¡Justin!

Al girarse, Justin vio con sorpresa que Cecilia Winborne salía por una de las puertas del vestíbulo y avanzaba hacia él.

—Cecilia —la miró con aire cansado—. Creí que ya te habrías acostado. ¿Y qué haces aquí? Pensé que te hospedabas en casa de Exmoor.

—¡No esperarías que me fuese con los demás sabiendo que habías desaparecido! Estaba muerta de preocupación. No sabíamos qué te había pasado ni dónde estabas. Solo que esa mujer había desaparecido también —Cecilia frunció los labios, dejando claro lo que pensaba de Marianne—. Lady Buckminster tuvo la gentileza de ofrecerme una habitación y yo acepté, por supuesto.

—Un detalle por su parte —comentó Justin evasivamente—. Espero que estés más tranquila ahora que hemos vuelto. Con tu permiso, necesito darme un baño y...

—Espera. Tengo que hablar contigo.

—¿No puedes dejarlo para mañana? Estoy muy cansado, Cecilia.

—No —los ojos grises de Cecilia centellearon—. Ha de ser ahora.

—Está bien —Justin se cruzó de brazos y aguardó—. ¿De qué se trata?

—No tienes ninguna responsabilidad para con esa mujer —empezó a decir Cecilia acaloradamente.

—¿Perdón? ¿A qué mujer te refieres?

—A la señora Cotterwood —dijo Cecilia con desdén—. Que te haya arrastrado a una situación comprometedora no significa que estés obligado a...

Justin meneó la cabeza con decisión y alzó una mano.

—Ya basta, Cecilia. Deberías saber que yo jamás me siento obligado a hacer nada. No te he pedido consejo y, créeme, tampoco lo necesito. Buenas noches.

—Sé que no vas a casarte con ella —dijo Cecilia, agarrándole el brazo—. No puedes casarte con una mujer así, a pesar de lo que esos estúpidos digan del honor y el escándalo.

Justin miró con frialdad la mano con que lo tenía agarrado. Con expresión imperturbable, la retiró de su brazo.

—Sugiero que demos por terminada esta conversación, antes de que alguno diga algo que luego pueda lamentar.

—¡No! Vas a escucharme. No soy ninguna estúpida, Justin. Ni espero que me seas fiel cuando nos hayamos casado. Ambos conocemos las razones de nuestro matrimonio y el papel que habremos de desempeñar en él. ¡Pero no voy a tolerar que tengas una aventura con otra mujer en mi presencia! No voy a...

Justin dio un paso adelante con tal presteza que Cecilia retrocedió sorprendida.

—Le diré lo que no va a hacer, señorita Winborne. No va a casarse conmigo.

Cecilia lo miró con ojos dilatados de horror, sin habla.

—Pareces engañarte a ti misma pensando que te he propuesto matrimonio. Pero no lo he hecho, ni pienso hacerlo. Jamás me casaré con una arpía como tú.

—Pero... pero... —balbució Cecilia—. Siempre habíamos supuesto que...

—Tus padres y tú, quizá. Y probablemente también los míos. Pero la decisión me corresponde a mí. Y he decidido que no estamos hechos el uno para el otro —Justin se giró y empezó a subir las escaleras.

—¡No puedes hacerme esto! —chilló Cecilia—. ¡No puedes! Todos piensan que...

—Si piensan que vamos a casarnos, será porque tú te has afanado en extender el rumor, de modo que eres la única culpable. Sabes perfectamente que yo jamás te he hablado de matrimonio.

Se dio media vuelta y se alejó escaleras arriba, dejando a Cecilia boquiabierta.

Justin se dirigió hacia su habitación. Sintió deseos de entrar en el dormitorio de Marianne para ver si se encontraba bien.

En realidad, le habría gustado tenderse en la cama, junto a ella, y dormirse acunándola entre sus brazos durante toda la noche, tal y como hubieran hecho en la mina.

Pero tal cosa era imposible, con Cecilia observándolo hoscamente desde el vestíbulo.

Entró en su cuarto de mal humor, despidiendo a su ayuda de cámara en cuanto este le hubo ayudado a quitarse las botas. Luego se desvistió rápidamente, dejando la ropa sucia en el suelo, y se sumergió en la bañera que le había preparado su ayudante. Sin embargo, la humeante agua no lo ayudó a relajarse. Sus pensamientos no dejaban de girar tumultuosamente. ¡Malditas fueran Cecilia y sus insinuaciones! Le dolía que hablaran así de Marianne. ¡Que sospecharan de ella!

Justin hizo una mueca y empezó a frotarse vigorosamente. La idea de vivir una aventura en secreto con Marianne no lo seducía en absoluto. Deseaba comprar una casa para ella y para su hijita. Deseaba apartarla de aquella peligrosa vida criminal. Deseaba poder verla siempre que quisiera. Deseaba, en suma, tenerla para sí.

Por un breve instante, la idea del matrimonio relampagueó en su mente. Pero la descartó mientras se ponía en pie para secarse con una toalla. Era un estúpido, se dijo. Un estúpido que pensaba con la entrepierna. El marqués de Lambeth, futuro duque de Storbridge, no se casaba con una mujer simplemente porque la deseara. El matrimonio era un deber que debía cumplir por el bien de la familia. Debía engendrar herederos para que la dinastía perdurase, y su esposa sería elegida en función de su posición, su nombre y su fortuna. Lo que importaba era el linaje, no el amor.

Justin meneó la cabeza, furioso consigo mismo. Se estaba

comportando como un verdadero necio. La futura duquesa de Storbridge no podía ser una ex ladrona que ni siquiera había conocido a sus padres.

Se tumbó en la cama, ceñudo, y se tapó con la colcha. Debía dejar de pensar en tales tonterías y concentrarse en cómo atrapar al hombre que casi los había matado a ambos.

Lo demás ya se vería.

Justin ya estaba desayunado cuando Marianne bajó al comedor a la mañana siguiente. Se levantó rápidamente al verla y los ojos de ambos se encontraron.

—¿Cómo te sientes esta mañana? —le preguntó él en voz queda.

Marianne le sonrió, incapaz de disimular el brillo de su semblante.

—Estoy bien.

Justin hizo ademán de seguir hablando, pero se sentó al ver que en ese momento llegaban el señor y la señora Thurston. Enseguida entabló una animada conversación con ellos y Marianne comprendió que intentaba sutilmente averiguar detalles del pasado de Thurston. Durante el resto del día, charlaron con cuantos huéspedes pudieron, a veces juntos, pero casi siempre por separado. Marianne sentía a menudo cómo los ojos de Justin la miraban desde el extremo opuesto de la sala y comprobó que siempre se mantenía allí donde ella pudiera verlo. En las pocas ocasiones en las que se ausentó, la dejó en compañía de lord Buckminster. Marianne comprendió, conmovida, que Justin estaba velando por ella.

Después de pasar varias horas de tediosa charla con Sophronia Merridale, en las que apenas había averiguado nada útil, Marianne subió a su cuarto para vestirse para la cena. Abrió la puerta y tuvo que reprimir un grito al ver que un hombre la esperaba dentro, sentado.

—¡Justin! —exclamó. Rápidamente, cerró la puerta y echó la llave—. ¿Qué haces aquí? ¡Me has dado un susto de muerte!

—Lo siento —él se levantó y, acercándose a ella, la estrechó entre sus brazos—. Pensé que me volvería loco si no te tenía para mí solo unos minutos.

Marianne se fundió en su abrazo, más que satisfecha con su explicación, y alzó los ojos para mirarlo. Se dieron un largo beso.

Justin la llevó hasta la cama y ambos se tumbaron, perdidos en un súbito remolino de pasión. Los dedos de él fueron hasta los botones de su vestido.

—Quiero verte —murmuró besándole los senos por encima de la tela—. Quiero ver tu cara cuando llegues al éxtasis —añadió con voz ronca.

Marianne notó que su bajo vientre se humedecía al oír sus palabras. Él leyó la respuesta en sus ojos y emitió un jadeo antes de reclamar nuevamente su boca.

Unos repentinos golpes en la puerta los sobresaltaron a ambos. Justin irguió la cabeza y maldijo entre dientes. Marianne trató de hablar, pero no pudo. Se aclaró la garganta y probó de nuevo.

—¿Sí? ¿Quién es?

—Soy yo, Penelope. Me disponía a bajar para la cena y pensé que quizá querrías acompañarme.

—Oh. Ah, sí, me encantaría, pero todavía no he acabado de vestirme —contestó Marianne incorporándose.

—Muy bien, te esperaré —respondió Penelope—. Nicola tampoco está lista aún. Cuando acabes, estaré en mi habitación.

—Bien. Enseguida voy —Marianne miró de reojo a Justin y estuvo a punto de prorrumpir en carcajadas al ver su expresión. Se acercó a él y le posó un suave beso en los labios.

—Tengo que irme —susurró—. Si no, Penelope se extrañará. Bajamos juntas a cenar casi todas las noches.

Justin se levantó con desgana.

—Será mejor que espere hasta que te hayas marchado con ella.

—Si piensas quedarte, haz algo útil y sé mi doncella —Marianne le dio la espalda, mostrándole la larga hilera de botones del vestido.

—¿Acaso te has propuesto matarme? —inquirió él mientras acercaba las manos a los botones y procedía a desabrocharlos.

Ella sintió un agradable placer erótico al notar el roce de sus dedos en la espalda. Cuando el vestido cayó a sus pies, se cubrió instintivamente los senos y el estómago. Justin se inclinó para besarle la nuca. Finalmente, la ayudó a ponerse otro vestido.

—¿Puedo venir a tu habitación esta noche? —le susurró en el oído.

Marianne asintió con la cabeza, incapaz de hablar.

—No podré apartar los ojos de ti durante la cena —dijo Justin.

—Justin... —Marianne se giró para mirarlo, colocándole las manos en los hombros.

—No. No me lo pongas todavía más difícil —dijo él con una sonrisa tensa al tiempo que retrocedía un paso—. Disfrutaré mirándote... y pensando en lo de esta noche —señaló la puerta con la barbilla—. Será mejor que salgas ya.

Marianne notó los ojos de Justin sobre ella durante todo el transcurso de la cena. Apenas prestó atención a la conversación de sus acompañantes, limitándose a asentir ocasionalmente mientras tomaba un sorbo de vino. Después de la cena, las mujeres se retiraron un rato a la sala de estar mientras los hombres tomaban una copa y fumaban en la estancia reservada para tal fin.

Finalmente, cuando la señora Minton se levantó para retirarse, Marianne siguió su ejemplo y se puso en pie rápidamente, declarando que estaba muy cansada. Subió las escaleras con la mujer de más edad y entró en su cuarto. A continuación, llamó a una doncella para que la ayudara a desvestirse y a ponerse el camisón.

Cuando la doncella se hubo marchado, Marianne se sirvió un vaso de agua de la jarra situada junto a la cama y bebió nerviosamente mientras se paseaba por el cuarto. Al cabo de unos segundos, soltó el vaso y se sentó en la cama a esperar.

Bostezó.

Unos instantes después, o eso le pareció a ella, se despertó bruscamente, mirando a su alrededor con sorpresa. ¡No podía haberse dormido! Habría sido ridículo, en su estado de nervios. Pero, por alguna razón, no conseguía mantener los ojos abiertos. Volvió a cerrarlos y, en pocos segundos, se quedó dormida.

Marianne flotó en un vacío de oscuridad. Volvía a ser una niña y su padre la llevaba a la cama. Ella podía oler el aroma de su tabaco y el algodón de su chaqueta. Le sonrió y se apretó contra él. ¡Su querido papá! Luego su padre empezó a balancearla en la mecedora del cuarto de los niños. Ella quiso abrir los ojos, pero no podía.

Entonces, de repente, sintió que tenía frío y que caía.

Marianne abrió los ojos de golpe al notar el agua fría en su rostro y, luego, se sumergió en la oscuridad, incapaz de respirar. El agua la cubrió del todo.

CAPÍTULO 16

Marianne empezó a debatirse instintivamente conforme se hundía en el agua. Seguía sin estar del todo consciente mientras separaba las piernas y agitaba los brazos, ascendiendo por fin hasta la superficie. Continuó moviendo los brazos torpemente, luchando por respirar, y parpadeó para quitarse el agua de los ojos. Vio una pequeña barca y una oscura figura agazapada en ella, que se alejaba velozmente. Marianne tomó aliento para gritarle que se detuviera, pero, en el último momento, cambió de opinión y guardó silencio.

Aún se sentía aturdida, pero era una buena nadadora, de modo que, tras esperar a que la barca se hubiera alejado, empezó a nadar hacia el embarcadero, que se divisaba a lo lejos iluminado por el resplandor pálido de la luna. El camisón entorpecía sus movimientos y Marianne se detuvo para quitárselo trabajosamente.

Sintiéndose más ligera, siguió nadando en dirección al embarcadero. Los dientes le castañeteaban. El frío del agua parecía calarle hasta los huesos. La asaltó la necesidad de calor, de sueño. Los brazos y las piernas le dolían, empezó a temer que no conseguiría llegar hasta la orilla.

Marianne pensó en Rosalind, en lo que sería de su hijita sin ella, y eso le dio renovadas fuerzas. Continuó dando brazadas al tiempo que ahuyentaba el demonio del sueño.

La orilla empezaba a acercarse poco a poco. Transcurridos unos minutos, los movimientos de Marianne fueron haciéndose más lentos, los ojos empezaron a cerrársele y sus piernas se hundieron... tocando la tierra del fondo. Torpemente, se puso en pie y recorrió los pocos pasos que la separaban de la orilla. Cayó de rodillas en la hierba. Finalmente, temblando, se derrumbó y perdió el conocimiento.

—¡Marianne! ¡Marianne! —la voz de Justin la sacó del sueño. Marianne abrió los ojos y lo miró.
—Justin —resolló. Él estaba arrodillado junto a ella. La había incorporado levemente, tomándola entre sus brazos. Marianne se recostó débilmente en su pecho, incapaz de hacer nada salvo decir su nombre.
—Ánimo, amor mío —dijo él al tiempo que volvía a tenderla suavemente en el suelo. Luego se quitó la camisa de dormir para echársela a ella por encima y la abrazó de nuevo—. Gracias a Dios —murmuró una y otra vez, posándole una lluvia de besos en el cabello y el rostro—. Creí que habías muerto. Cuando encontré esa nota... Jamás había sentido tanto miedo en toda mi vida.
—Yo no... —Marianne luchó por organizar sus pensamientos—. Estoy mareada... lo siento.
—No te preocupes. Jamás volverá a ocurrirte nada. Te lo juro.
Justin la tomó en brazos y la llevó a la casa. Entró por la puerta de la cocina y utilizó la escalera del servicio para subir a su habitación. Una vez allí, dejó a Marianne en la cama y cerró la puerta con llave. Después, tras quitarle la camisa de dormir, la envolvió con una manta y se tumbó en la cama junto a ella, abrazándola.
—¿Por qué tengo... tanto frío?
—Es el shock, supongo. Y el agua del lago se enfría mucho de noche, aunque sea verano. No te preocupes. Se te pasará.
Justin tenía razón. Marianne notó que, poco a poco, el calor penetraba en sus huesos y su mente empezaba a aclararse.
—Pero ¿qué pasó? ¿Qué hacía yo en el lago?
—Alguien te dejó allí —contestó Justin en tono grave—. Averiguaré quién fue y lo detendré.
—Pero ¿cómo...? ¿Por qué...?

—Chist. No te preocupes por eso ahora. Ya hablaremos mañana —Justin le besó el cabello, apartándoselo de la cara—. ¡Maldición! Debí pedir a Nicola o Penelope que durmieran en tu habitación. La culpa es de mi estúpida lujuria. Si no hubieras dejado la puerta abierta para dejarme entrar, nada de esto habría ocurrido —soltó otra retahíla de maldiciones.

—No... no te preocupes —le aseguró Marianne con voz somnolienta mientras se le cerraban los ojos—. Te quiero —murmuró antes de quedarse completamente dormida, dejando a Justin despierto, con la mirada perdida en la oscuridad, ligeramente sorprendido.

Aún no había amanecido cuando Justin despertó a Marianne.

—Tengo que irme ya —le susurró al oído—. Las doncellas no tardarán en subir y no deben verme aquí. ¿Puedes cerrar la puerta cuando yo salga?

Marianne asintió y se bajó de la cama, siguiéndolo hasta la puerta. Echó la llave cuando él hubo salido y luego volvió a acostarse, quedándose dormida en cuanto su cabeza tocó la almohada.

Siguió durmiendo hasta mucho después de que el sol saliera y su luz se filtrara por entre las cortinas. Cuando se despertó por fin, se incorporó cuidadosamente, notando que le dolían todos los músculos del cuerpo.

Permaneció inmóvil unos segundos, tratando de recordar exactamente qué había sucedido. No obstante, el esfuerzo fue excesivo y, con un gemido, Marianne volvió a echarse en la almohada.

Necesitó una hora, y la ayuda de una doncella que le había llevado té, para poder vestirse y prepararse para salir de la habitación. Lo único que sabía con seguridad era que había estado a punto de ahogarse en el lago la noche anterior.

Apenas había llegado al pie de las escaleras cuando vio que Justin se dirigía presuroso hacia ella por el vestíbulo.

—Aquí estás —dijo algo sorprendida—. Iba a buscarte.

—Pedí a la doncella que me avisara cuando salieras de la habitación —explicó él.

—¿Qué pasó? Solamente recuerdo que me desperté de pronto en el lago, ahogándome.

—Salgamos a dar un paseo —sugirió Justin—. Prefiero no hablar aquí, donde alguien puede oírnos.

Marianne se puso el sombrero y emprendieron un tranquilo paseo por el sendero de la entrada, flanqueado de altos árboles lo bastante distanciados entre sí como para que nadie pudiera ocultarse tras ellos.

—Te drogaron —dijo Justin ceñudo—. Es la única explicación. De lo contrario, ese hombre no habría podido llevarte hasta el lago sin que te despertaras.

—Pues claro. Eso explica por qué me sentía tan mareada y me costaba tanto nadar. Supongo que el agua fría me despertó.

—Menos mal que eres una buena nadadora. Y quizá no ingeriste toda la droga.

—¿Cómo pudieron drogarme?

—Quizá pusieron algo en tu plato o en tu copa anoche, durante la cena. ¿Con quién te tocó sentarte?

—Estuve sentada entre el señor Westerton y el señor Fuquay —Marianne intentó hacer memoria—. Creo que el señor Minton estaba sentado frente a mí, junto a su esposa y... la señora Thurston. ¿Crees que fue alguno de ellos?

—No necesariamente. Alguien pudo haber entrado en el comedor un poco antes, imagino, y haber puesto algo en tu copa. ¿Comiste o bebiste algo después?

—No. Oh, espera. Tomé un vaso de agua antes de acostarme.

—¿En tu habitación?

Marianne asintió.

—De la jarra que había allí.

Justin puso expresión grave.

—Pudo resultarle ridículamente fácil entrar en tu habitación y drogar el agua. Pero es imposible saber cuándo lo hizo, o cuál de los huéspedes se separó del resto el tiempo suficiente para hacerlo.

—¿Cómo me encontraste anoche? —inquirió Marianne—. ¿Cómo supiste que habían intentado asesinarme?

—Por pura suerte —él meneó la cabeza—. Fui a tu habitación y vi que no estabas allí. Había una nota sobre la cama.

—¡Una nota! Ese hombre parece un especialista en la materia.

Justin asintió.

—Supongo que, en circunstancias normales, habría pasado por auténtica. Parecía escrita por una mujer, y ninguno de nosotros conoce tu caligrafía. Pero yo sabía que no era tuya. Tú jamás te habrías suicidado por un desliz amoroso.

—¿Suicidado? Pues claro. Hubiera sido una manera fácil de deshacerse de mí sin levantar sospechas.

—En la nota, pedías disculpas a lady Buckminster por el escándalo y afirmabas no poder seguir viviendo con semejante mancha en tu reputación. Dado que yo me había negado a casarme contigo, habías decidido poner fin a tu vida. Empecé a buscarte por la casa y luego por los jardines, hasta llegar a la orilla del lago y... Bueno, ya sabes el resto.

—¿Qué voy a hacer? —preguntó Marianne con ansiedad—. Quizá debiera volver a Londres. Allí estaría a salvo.

—No —Justin negó con firmeza. Luego la miró y sonrió—. No lo digo simplemente porque no desee estar sin ti el resto de la semana. En Londres correrías más peligro. Aquí, yo podré protegerte. Penelope dormirá en tu habitación por las noches y cerrarás siempre la puerta con llave.

—Seguimos sin tener idea de quién puede ser —se lamentó ella—. No conseguí averiguar nada ayer, aparte de algunos chismes sobre gente a la que apenas conozco.

—Yo tampoco tuve mucha suerte —dijo Justin—. Los mozos de cuadra no recuerdan haber ensillado ningún caballo antes que el tuyo. De modo que nuestro hombre ensilló su caballo por su cuenta. Al parecer, casi todos los hombres de la casa salieron a cabalgar en el día de ayer. Pero voy a detener a ese individuo. Tengo un plan.

—¿Cuál? —Marianne se giró hacia él, sintiendo cierta esperanza.

—Le tenderemos una trampa y, cuando caiga en ella, lo atraparemos. Para ello, me haré pasar por ti.

Marianne se echó a reír. Justin la miró indignado, lo cual hizo que ella se riera aún más.

—Lo siento. Pero es que, Justin... ¿cómo vas a hacerte pasar por mí? Eres más alto que yo y demasiado ancho de hombros. Ninguno de mis vestidos te cabrá.

—No seas absurda —dijo Justin con gran dignidad—. Me pondré un vestido de lady Buckminster. Es mucho más corpulenta que tú, y da igual que sea más baja que yo, porque no se me verán las piernas, y... ¡deja de reírte! —él mismo tuvo que hacer un esfuerzo para no sonreír, aunque finalmente se rindió y prorrumpió en carcajadas.

Cuando ambos se hubieron calmado, Justin prosiguió.

—Bucky y yo lo hemos planeado todo. Lo haremos en el baile de esta noche. Habrá una sesión de fuegos artificiales sobre el lago, de manera que todos los invitados saldrán a la terraza para verlo. Supongamos que el asesino te esté vigilando. Tú te alejarás del grupo para dar un paseo y te internarás en el jardín. Y ahora viene lo más importante. Llevarás un chal y un adorno en el pelo de joyas o de flores, algo que llame la atención. Echarás a andar por el camino hacia la glorieta de las rosas. Para esa noche, todos los huéspedes sabrán cuánto te gusta sentarte allí. Nicola y Penelope nos ayudarán.

—Tendremos que contarles toda la historia, ¿verdad?

—No veo por qué no. Ellas no son sospechosas.

—No.

—Como iba diciendo, te dirigirás hacia la glorieta de las rosas y yo estaré esperando, escondido detrás de un macizo de flores cercano, con un vestido del mismo color que el tuyo y una peluca. Tú me pasarás el chal rápidamente y yo me lo echaré sobre los hombros. El cambio será rápido y, ocultos detrás de los arbustos y las flores, él no nos verá. A continuación, yo me sentaré en la glorieta mientras tú te quedas aparte con Bucky. Cuando nuestro hombre doble el recodo de la glorieta, verá una figura de mujer sentada de espaldas a él. En la oscuridad, resultará fácil engañarlo.

—Y entonces te atacará —dijo Marianne—. ¿Qué harás para que no te mate?

—¿Crees que no sé defenderme?

—No si te dispara con una pistola por la espalda.

—No hará tal cosa, porque entonces no parecería un suicidio o un accidente. Además, creerá que soy una mujer y, por lo tanto, más débil que él. Intentará golpearme, estrangularme o algo por el estilo, y yo podré reducirlo. En cualquier caso, Bucky estará cerca por si necesito su ayuda.

—Debería ser yo la que se sentara en la glorieta. Bucky y tú os esconderíais cerca y podríais capturarlo cuando intentara atacarme.

—¿Crees que sería capaz de permanecer escondido detrás de un arbusto mientras tú corres todo el peligro?

—Es a mí a quien están intentando asesinar. No tienes por qué arriesgar tu vida.

—Al contrario. Tengo muchas razones.

Marianne arrugó la frente.

—No quiero que te lastimen por mi culpa.

Justin sonrió y, a pesar de que se hallaban cerca de la casa, la estrechó entre sus brazos.

—Eres muy amable al preocuparte, pero te aseguro que no es necesario. No seré yo quien salga lastimado.

—Pero puede que ese hombre se dé cuenta. No creo que te confunda con una mujer, aun en la oscuridad de la noche.

—No permitiré que te arriesgues —dijo Justin tajantemente—. Y no se hable más. Lo único que debes decidir, querida, es si vas a ayudarnos o no.

—Pues claro que os ayudaré —contestó Marianne irritada—. No puedo negarme. Pero, te lo advierto, como te pase algo...

—Podrás regañarme cuanto quieras —prometió Justin, tomando su mano y acercándosela a los labios.

El plan discurrió más o menos como Justin había previsto.

Aquella tarde, Marianne dio un paseo por los jardines con Justin y Bucky, que le mostraron el lugar exacto donde tendría lugar el cambio. Asimismo, confiaron el plan a Nicola y Penelope, y Nicola sacó a colación, mientras hablaba con el grupo de huéspedes más nutrido que pudo encontrar, el cariño que Marianne le tenía a la glorieta de las rosas. Durante el resto del día, Marianne estuvo acompañada por Justin o Bucky en todo momento, y más tarde Nicola y Penelope se reunieron con ella en su habitación para vestirse para el baile.

Mientras se vestían, Penelope habló de las atenciones que lord Buckminster estaba teniendo con ella. Ruborizada, contó cómo le había tomado la mano mientras daban un paseo aquella tarde. Marianne sonrió e hizo lo que pudo por participar en la conversación, a pesar de los nervios que atenazaban su estómago.

Se puso su vestido más elegante, un traje de noche de terciopelo verde esmeralda, y se recogió el cabello en un elegante moño, rematando el peinado con un adorno de perlas y diamantes de imitación. Por fin, cuando se hubo puesto los guantes, las tres bajaron al salón de baile.

Justin esperaba a Marianne allí, vestido con un elegante traje de etiqueta negro. Marianne pudo ver la excitación que brillaba en sus ojos mientras la sacaba a bailar la primera pieza y, más tarde, un vals. No obstante, por cuestiones de etiqueta, ella tuvo que conceder los demás bailes a otros caballeros.

Marianne tuvo que conversar con los demás invitados sin delatar su estado de nervios. Para empeorar las cosas, Cecilia Winborne no dejaba de mirarla con ojos cargados de veneno.

—Apuesto a que Cecilia es la villana —dijo Nicola en voz baja—. Si hay alguien capaz de cometer un asesinato, es ella. Deborah dice que ha estado echando chispas estos dos últimos días.

Nicola había visitado a su hermana, lady Exmoor, en dos ocasiones, y Deborah había acudido al baile aquella noche. Aunque su figura seguía siendo esbelta, Nicola insinuó que se hallaba en la primera fase de un embarazo. Era su tercer intento de tener descendencia, después de dos abortos, y tenía un aspecto enfermizo, su semblante pálido como la cera.

—Sé que él la ha obligado a venir —dijo Nicola—. Tendría que haberse quedado en casa, guardando cama. Y no debería seguir intentando tener hijos. Pero, naturalmente, Richard no quiere quedarse sin un heredero.

Marianne tomó la mano de Nicola, percibiendo su angustia.

—Quizá esta vez todo vaya mejor.

—Gracias. Eso espero. Deborah me ha pedido que le haga compañía durante estos meses. Había jurado no volver a pisar esa casa —Nicola se encogió de hombros—, pero lo haré por ella.

—Sé que sientes antipatía por el conde.

—Es algo más que antipatía —contestó Nicola amargamente—. Mató al hombre que yo amaba y jamás se lo perdonaré.

Marianne se quedó mirándola, asombrada.

—¡Nicola! ¿Quieres decir que lo asesinó?

Nicola se encogió de hombros.

—No lo sé. Richard estaba furioso con él y tuvieron una pelea. Dijo que había sido un accidente. Es posible, no lo sé. Pero yo lo perdí igualmente.

—Lo siento —dijo Marianne—. Con razón te disgustó tanto que tu hermana se casara con él.

Nicola le apretó la mano.

—Gracias. ¿Sabes que jamás se lo había dicho a nadie? Ni siquiera a Penny —sus ojos se desviaron hacia otro punto del salón—. A propósito de Penelope, fíjate en eso. Parece que Penny no cabe en sí de gozo.

Marianne siguió la dirección de su mirada y vio a su amiga, que paseaba del brazo de lord Buckminster con expresión de radiante felicidad. Conforme se acercaban a ellas, Bucky se separó de Penelope con evidente desgana, besándole cortésmente la mano enguantada. A continuación, Penelope se giró para dirigirse hacia sus amigas.

—Estáis viendo a la futura lady Buckminster —les susurró.

—¡Cómo!

—¿Hablas en serio, Penny? ¿Te ha pedido que te cases con él?

Hablaban en excitados susurros, conscientes de los oídos que las rodeaban. Nicola tomó a Penelope de la mano y la condujo a un rincón apartado.

—Cuéntanoslo todo.

—Mientras paseábamos por el jardín, me pidió que me casara con él. Dijo que me ama.

—Eso es maravilloso —Marianne abrazó a Penelope—. Os deseo toda la felicidad del mundo.

—Jamás podré agradecértelo lo bastante —dijo Penelope.

—Bobadas. Antes o después, Bucky se habría dado cuenta de su amor por ti. Solo le dimos un empujoncito.

Más tarde, poco antes de la medianoche, lady Buckminster interrumpió a la orquesta y pidió a todos los invitados que salieran a la terraza.

De inmediato, Marianne se situó junto a las escaleras que descendían hasta el jardín, apoyándose en una de las columnas. Se había echado el chal color crema sobre los hombros, como para protegerse del relente de la noche.

No vio señal alguna de Justin o Bucky; debían de estar ya en los lugares acordados. Finalmente, cuando se oyó el primer estallido de los fuegos artificiales y los invitados exclamaban deleitados ante la lluvia de luces que cubrió el lago, Marianne se puso en marcha y bajó al jardín, sin apresurarse. Cuando hubo perdido de vista la terraza, apretó el paso, aunque no en exceso. Debía dar la impresión de estar paseando y disfrutando de los fuegos y de la noche perfumada por las rosas.

Unos metros más adelante, vio el arbusto donde, en teoría, Justin estaría esperándola. Con paso firme, se acercó al arbusto y lo rodeó, suspirando aliviada al comprobar que él estaba en su puesto, con sus anchos hombros embutidos en un vestido de mujer que apenas le llegaba a los tobillos y una inadecuada peluca en la cabeza.

Marianne le pasó el adorno de perlas y el chal rápidamente. A continuación, Bucky, que se encontraba detrás de Justin, la agarró de la mano y la llevó hasta unos arbustos cercanos. Una vez escondidos, vieron cómo Justin avanzaba hasta la glorieta de las rosas y se sentaba en el pequeño banco, de espaldas al sendero.

Al cabo de pocos minutos, moviéndose rápidamente por el camino, apareció la figura de un hombre. Se detuvo un instante, mirando la espalda de Justin, y luego avanzó. Marianne apretó los puños y aguardó en tensión, esperando que Justin hubiese reparado en la llegada del hombre. Oyó cómo, tras ella, la respiración de Bucky se aceleraba.

Justin había percibido, en efecto, el ruido de pasos en el sendero de grava y giró la cabeza hacia el lado opuesto, para que su presa no vislumbrase sus rasgos masculinos mientras se adentraba en la glorieta.

—Señora Cotterwood —dijo el hombre acercándose, y Justin se volvió rápidamente hacia él, apuntándole con la pistola que había tenido oculta en el regazo.

El hombre se detuvo bruscamente y emitió un jadeo ahogado. Se quedó mirando a Justin, sorprendido, y una expresión de miedo se adueñó de su semblante.

—¡Winborne! —exclamó Justin—. ¿Eres tú?

—¡Winborne! —repitieron Marianne y Bucky al unísono mientras salían de su escondite y se apresuraban hacia la glorieta.

Justin se levantó rápidamente e intentó agarrar a Winborne, pero este retrocedió con un ágil salto y huyó por el sendero. Justin salió corriendo tras él, pistola en mano, alzándose la falda para que no obstaculizase su carrera. Lord Buckminster fue tras ellos, seguido por Marianne. Ambos gritaban a Winborne que se detuviese, y el propio Winborne empezó a gritar también, como pidiendo socorro.

En la terraza, una vez concluidos los fuegos artificiales, los invitados desviaron su atención hacia la extraña persecución que tenía lugar en el jardín. Winborne había doblado una de las esquinas de la casa, dirigiéndose hacia el camino principal. Pero Justin, soltando tanto la pistola como la falda del vestido, saltó sobre él y lo tiró al suelo. En pocos segundos, Buckminster llegó hasta ellos y empezó a tirar de Justin, que permanecía ahorcajado sobre Winborne, dándole puñetazos.

El aire nocturno les hizo llegar con claridad la voz de lord Chesfield desde la terraza.

—Caray, ¿por qué estará Lambeth pegándole a Fanshaw?

—Lo que a mí me gustaría saber es por qué lleva puesto un vestido de mujer —fue la réplica del señor Westerton.

Marianne se detuvo en los límites del jardín para recobrar el resuello, con la mirada puesta en la escena. En ese momento, un brazo le rodeó la cintura y la alzó en vilo, al tiempo que una mano de hombre le tapaba la boca.

—Es usted una mujer difícil de cazar, señorita Chilton —gruñó el hombre mientras la arrastraba de nuevo hacia el jardín.

CAPÍTULO 17

¡Se habían equivocado de hombre! Marianne luchó contra su agresor, pataleando y debatiéndose furiosamente. ¡Justin y Bucky se pondrían a discutir con el hermano de Cecilia, mientras el verdadero agresor se deshacía de ella!

El hombre gruñó al sentir una patada en la espinilla y Marianne aprovechó la oportunidad para darle un mordisco en el pulgar. Maldiciendo, el agresor retiró la mano y Marianne profirió un grito.

Justin se giró rápidamente y vio lo que estaba sucediendo. Con un brillo de comprensión en el semblante, soltó la solapa de Fanshaw Winborne.

—¡Fuquay!

Empezó a avanzar hacia Marianne y Reginald Fuquay, pero este sacó una pequeña pistola y la acercó a la sien de ella. Justin se detuvo al instante.

—¿Qué diablos está haciendo, Fuquay? —preguntó—. No empeore aún más su situación. Suelte el arma.

—Es cierto —dijo Marianne—. Todo el mundo lo ha visto.

—Quiero un caballo —dijo Fuquay a Justin—. La dejaré libre a cambio del mejor caballo de lord Buckminster.

—Por supuesto —asintió Bucky—. Le daré mi propio caballo —se giró y gritó una orden a uno de los criados, que habían salido de la cocina y contemplaban la escena estupefactos. El criado corrió hacia las cuadras mientras Justin daba dos pasos hacia Marianne.

—¡Alto! No se acerque más, a menos que desee verla muerta.

Justin levantó ambas manos en un gesto apaciguador.

—No pretendo hacerle nada. Solo quiero hablar con usted. ¿Adónde piensa ir, Fuquay? ¿Desea convertirse en un fugitivo y huir de la ley? Nadie ha resultado lastimado aún. Quizá podamos llegar a un acuerdo. Al fin y al cabo, no queremos que estalle un escándalo. ¿Por qué no suelta la pistola? Díganos por qué ha atentado contra la vida de la señora Cotterwood.

—¡Oh, Dios! —gritó Fuquay casi sollozando—. De todas formas, ya estoy acabado.

—Aún no —le aseguró Justin—. Si deja esa pistola, podremos hablar. Pero, como lastime a Marianne, no descansaré hasta verlo ahorcado. Piense en sus padres, en su familia. ¡Ahórreles tal humillación!

Fuquay emitió un sonido inarticulado. Marianne notó cómo aflojaba su tenaza y deponía la pistola.

De repente, se oyó una detonación y un estallido de luz iluminó la terraza. Fuquay profirió un grito y soltó a Marianne conforme se derrumbaba en el suelo. Marianne chilló y corrió hacia Justin, que al instante la tomó entre sus brazos. Estuvieron abrazados unos segundos antes de volverse hacia Fuquay, que permanecía desplomado en el suelo, con el rostro cubierto de sangre.

—Oh, Dios —murmuró Marianne, sintiendo que se le revolvía el estómago.

—Espera aquí —le dijo Justin antes de acercarse a Fuquay para tomarle el pulso.

Marianne lo siguió.

—¿Está...?

—Ha muerto —contestó Justin en tono grave. A continuación se incorporó y se giró hacia la terraza.

El conde de Exmoor avanzaba hacia ellos, con una pistola en la mano. Justin apretó los puños, enfurecido.

—¿Por qué demonios le ha disparado? ¡Pudo haberle dado a Marianne!

—Tonterías. Lo tenía a tiro y mi puntería es excelente. La señora Cotterwood no corrió peligro en ningún momento —contestó Exmoor con frialdad—. Por eso le apunté a la cabeza, para no darle a ella. Una lástima.

—¿Una lástima? ¿Eso es lo único que se le ocurre decir? Por Dios santo, acaba de matar a un hombre.

—A un hombre que estaba a punto de dispararle a una mujer desarmada.

—No —protestó Marianne—. Iba a soltarme. Justin lo había convencido.

—¡Ahora nunca sabremos por qué la atacó! —Justin profirió una maldición.

—No. Y lo lamento mucho —dijo Exmoor mientras se acercaba para echar una fría ojeada a Fuquay—. De haber tenido más luz, habría podido herirlo simplemente. Pero decidí no correr el riesgo. Es extraño que la agrediese de esa manera. Imagino que algunos hombres son incapaces de reprimir su lujuria. Hizo muchas locuras en su juventud, pero parecía haber sentado la cabeza.

—No fue por lujuria —dijo Justin tajantemente, aún furioso—. Ya había intentado asesinarla antes y no sabemos por qué razón.

—¡Asesinarla! —exclamó Exmoor con aire sorprendido—. Qué extraño. ¡En fin! Supongo que deben darme las gracias por haber abortado su intento —miró inquisitivamente a Marianne—. ¿Así que no saben por qué lo hizo?

—No.

—¿Lo conocía usted, señora Cotterwood? —inquirió Exmoor.

—No. Jamás lo había visto antes de venir aquí.

—¡Qué raro!

—Querida mía —lady Buckminster se acercó presurosa a Marianne, seguida de Penelope y Nicola—. ¡Qué experiencia tan horrible! —dijo abrazándola—. Debe entrar en la casa y descansar un poco. Tom, que es el magistrado, se ocupará del asunto.

Mientras los hombres se quedaban fuera, la mayoría de las mujeres se reunieron en la sala de estar. Hablaron poco, aturdidas como estaban por los sucesos de la noche.

—No lo comprendo —dijo al fin la señora Thurston con lágrimas en los ojos—. El señor Fuquay fue siempre un hombre muy bueno y amable. ¿Por qué haría algo semejante?

—No lo sé —dijo Marianne, notando que todas las miradas se centraban en ella—. No me lo dijo. ¡Yo apenas lo conocía!

—Debió de volverse loco —declaró Sophronia Merridale—. ¿Por qué, si no, iba a comportarse de una manera tan extraña?

—Pero era tan sensato, cuerdo y trabajador... —dijo la señora Thurston—. Aunque últimamente se lo veía más callado y pensativo, es cierto.

—Estoy segura de que la señora Cotterwood sabe por qué —dijo Cecilia Winborne en tono venenoso, levantándose y clavando la mirada en Marianne—. Aquí hay gato encerrado.

—¡Cecilia! —exclamó lady Buckminster—. ¿Cómo puedes decir una cosa así?

—¡Es cierto! Esa mujer nos oculta algo. No hay más que verla —Cecilia señaló con el dedo a Marianne.

—No seas maleducada —dijo lady Buckminster a Cecilia con severidad.

—Solo digo la verdad. ¡Es una impostora!

Marianne sintió una repentina sensación de náuseas y estuvo segura de que el color había desaparecido de sus mejillas. ¿Leerían la expresión de culpabilidad en su rostro?

—Hoy he hablado con la esposa del magistrado —prosiguió Cecilia—. Es de Yorkshire. Concretamente, de la zona en la que la señora Cotterwood afirma haberse criado. Tanto ella como su difunto marido. La señora Halsey nunca había oído hablar de los Morely o los Cotterwood. Está claro que está haciéndose pasar por una dama. ¡A saber quién es en realidad o de dónde procede! No me sorprendería que hubiese tenido una relación anterior con el señor Fuquay.

Todas se quedaron mirando a Cecilia en atónito silencio. A Marianne no se le ocurrió nada que decir. Su cerebro parecía estar paralizado. Después de aquello, todos la mirarían con desprecio y repugnancia, incluso Nicola y Penelope. Tendría que irse de la casa avergonzada.

Pero, entonces, oyó que Nicola decía con calma:

—Por favor, Cecilia... qué dramática. ¿Cómo querías que reaccionara la pobre chica cuando la sometiste a semejante interrogatorio? Francamente, parecías un juez. «¿Dónde nació?

¿Quiénes fueron sus padres? ¿Dónde vivía su marido?». Yo también te habría mentido si me hubieras interrogado de ese modo.

—Pero... pero... —balbució Cecilia, confundida—. No es lo mismo. A ti te conozco.

—Y yo conozco a Marianne —contestó Nicola levantándose—. Su familia mantiene una buena amistad con mi tía en East Anglia.

—¡Eso no es verdad! —replicó Cecilia airadamente—. No sé por qué la defiendes, pero sí sé que no la conocías con anterioridad. ¡Es una farsante!

—¿Me estás llamando mentirosa? —repuso Nicola enarcando una ceja.

El semblante de Cecilia se crispó.

—¡A ti no, a ella! —vociferó señalando a Marianne—. Os ha engañado a todos.

En ese momento, una voz de hombre habló desde la puerta.

—Ten cuidado con lo que dices, Cecilia. Puede que sufras la humillación de tener que tragarte tus palabras.

Todos se giraron hacia la puerta, donde permanecía Justin, con el hombro despreocupadamente apoyado en el marco de madera. Se enderezó y entró en la sala.

—No tolero ese tipo de infamias cuando están dirigidas a la que va a ser mi esposa.

En la estancia se hizo un silencio de ultratumba. Todas las mujeres, incluida Marianne, se quedaron mirando a Justin con absoluta perplejidad.

—¡No... no puedes hablar en serio! —jadeó Cecilia.

Justin enarcó una ceja mientras cruzaba la sala.

—Ya te lo advertí la otra noche —se detuvo junto a Marianne y la miró—. ¿Te encuentras bien, querida?

Marianne asintió, sin habla.

—El magistrado desea hablar contigo. ¿Te ves capaz?

—Sí. Desde luego.

—Bien. Con su permiso, señoras... —Justin sonrió a las presentes mientras le ofrecía el brazo a Marianne.

La sala siguió en silencio hasta que hubieron salido por la puerta; a continuación, las mujeres empezaron a parlotear. Justin sonrió.

—Parece que hemos armado un gran revuelo.

—¡Justin! ¿Por qué has dicho semejante cosa? —jadeó Marianne.

Justin se quedó mirándola. Él mismo estaba algo sorprendido. No había pensado en casarse con Marianne hasta que entró en la sala y oyó cómo Cecilia la vilipendiaba. Había actuado movido por una súbita e inopinada rabia. Pero ahora, al mirarla, comprendió que su deseo de casarse con ella era sincero y que deseaba mantener su palabra.

—¿Qué explicación darás cuando vean que no nos casamos? —prosiguió Marianne.

—¿Quién ha dicho que no vamos a casarnos? —respondió él.

Marianne se detuvo y lo miró con asombro.

—¡Estás de broma!

—Jamás bromearía tratándose de algo así —contestó Justin.

—¡Pero es imposible!

Él arqueó una ceja.

—¿Estás diciendo que rehúsas casarte conmigo?

—No, claro que no —respondió Marianne con sinceridad. Lo cierto era que lo amaba; lo había sabido desde que estuvieron juntos en la mina.

—Entonces, asunto resuelto —Justin sonrió mientras alargaba la mano para abrir la puerta principal.

—No, no está resuelto —Marianne le agarró el brazo. Sabía que sería ruin por su parte aceptar la propuesta de Justin. Miró a su alrededor y tiró de él hasta la sala de música, que estaba vacía—. ¡No puedes casarte conmigo! Sabes tan bien como yo que el futuro duque de Storbridge no puede tomar por esposa a una don nadie. ¡A una ladrona!

—Estoy de acuerdo en que no podremos decir nada acerca de tu ocupación actual —dijo Justin—. Y quizá habría que buscarle a tu «familia» otras maneras menos delictivas de ganar dinero.

—Se necesitaría mucho más que eso para hacer de mí una mujer respetable, y lo sabes. La verdad acabará sabiéndose. Alguien, seguramente Cecilia, indagará sobre mi pasado y descubrirá que fui una simple criada. ¡Será tu perdición!

—Lo dudo.

—Supondrá una mancha en la reputación de tu familia. Tus padres...

—Hago lo que quiero —dijo Justin en tono tajante—. Mis padres no deciden por mí.

—Pero ¿por qué? —inquirió Marianne casi desesperadamente—. No estás obligado a...

—Ya sé que no estoy obligado. Pero, cuando oí a Cecilia acusarte de esa manera, supe que no podía permitir que te vieras expuesta a tales comentarios. No quiero que la gente murmure de ti, especulando si eres mi querida.

—¡Oh, Justin! —con los ojos llenos de lágrimas, Marianne le rodeó la cintura con los brazos—. Qué bueno eres.

Él sonrió, inclinándose para posar un suave beso en su cabello.

—Sospecho que hay quienes no piensan así.

—Pues se equivocan —dijo Marianne al tiempo que se ponía de puntillas para darle un beso en los labios—. Te quiero.

Justin emitió un sonido inarticulado antes de fundir sus labios con los de ella. Al cabo de unos segundos, la soltó y dio un paso atrás.

—Como sigamos, no podrás hablar con el magistrado. Y nos está esperando.

Marianne asintió. No podía permitir que Justin hiciera semejante sacrificio por ella. Pero tenía razón. De momento, tenían que hablar con el magistrado. Más tarde, ya pensaría en lo que debía hacer.

En realidad, el interrogatorio duró muy poco, pues Marianne tenía pocas respuestas que ofrecer. No, apenas conocía a aquel hombre. No, no tenía idea de por qué había intentado hacerle daño.

—Lamento no poder ayudarlo más —se disculpó.

Halsey le sonrió con benevolencia y le dio una palmadita en la espalda.

—Tranquila, querida, tranquila. Es obvio que ese hombre estaba loco. No tiene por qué preocuparse.

—Ojalá supiéramos por qué... —Justin se interrumpió, haciendo una mueca—. Supongo que no se puede censurar a Exmoor su conducta. De haber tenido una pistola en aquel momento, probablemente yo también habría hecho lo mismo.

Una vez concluida la entrevista, Marianne dejó a Justin con el magistrado y subió a su habitación. Tenía mucho en que pensar.

Justin sería muy desgraciado si se casaba con ella. Era un hombre orgulloso y su orgullo se vería destruido si los demás descubrían que se había casado con una mujer de humilde cuna. Su familia montaría en cólera. Y sobre su nombre caería una mancha imposible de borrar.

Marianne deseaba, más que nada en el mundo, ser su esposa. La había llenado gozo el hecho de que Justin quisiera protegerla de las habladurías. Pero no había dicho que la amara. Y ella no podía permitir que tirara su vida por la borda simplemente para salvar su reputación.

No podía casarse con él.

Volvería a casa. Sintió que su corazón se llenaba de amor al pensar en reunirse de nuevo con su hija. Rosalind la ayudaría a superar el dolor. Marianne dejaría la clase de vida que había llevado hasta entonces y se iría con su hija a otra ciudad... Manchester, Leeds u otra metrópoli floreciente donde hubiera «nuevos ricos» dispuestos a costearse lecciones de dicción y conducta.

Justin se enfadaría al principio, desde luego. Quizá incluso intentara seguirla y convencerla de que cambiara de opinión. Pero, con un poco de suerte, Marianne conseguiría escapar. Y, con el tiempo, él se alegraría de que ella no hubiese aceptado su proposición.

Marianne se enjugó las lágrimas y procedió a poner en práctica su plan. Fue a la habitación de lady Buckminster y la encontró aún levantada, de modo que le contó la historia que había pensado de antemano. Estaba tan alterada por los sucesos de aquella noche, que había decidido volver a casa a primera hora de la mañana. Solicitó el carruaje de lady Buckminster para poder ir a la posada del pueblo al día siguiente, donde tomaría un coche que la llevara hasta Londres.

A continuación, después de regresar a su habitación, hizo el equipaje y escribió sendas notas de agradecimiento para Nicola y Penelope. Finalmente, incapaz de posponerlo por más tiempo, procedió a escribir una nota dirigida a Justin. Derramó cuantiosas lágrimas mientras la escribía, pero se obligó a terminarla.

Había acabado de sellar las notas cuando oyó que llamaban suavemente a la puerta. Sorprendida, guardó las cartas en un cajón y fue a abrir la puerta. Era Justin.

Marianne abrió los ojos de par en par, sorprendida, pero se apartó rápidamente para dejarlo entrar.

—Todos están acostados —dijo él—. Pero yo no podía dormir —alargó la mano para tomar uno de sus mechones y empezó a juguetear con él—. Me había propuesto no arriesgarme a venir aquí esta noche. Creí que podría esperar hasta el día de la boda —sus labios se curvaron sensualmente—. Pero estaba equivocado.

Se inclinó para besarla, lenta y suavemente. Marianne permaneció rígida un momento, pero después se rindió. Atesoraría aquella noche como un preciado recuerdo, se dijo. Era lo menos que se merecía, dado que iba a renunciar a una vida entera con él.

Justin alzó la cabeza y la miró inquisitivamente.

—¿Has estado llorando?

Marianne asintió. Debió suponer que repararía en sus ojos enrojecidos.

—Pobre chiquilla. No me extraña, con todo lo que ha pasado esta noche —Justin la acunó entre sus brazos.

Marianne emitió un suspiro de alivio y se recostó en su pecho.

—Ven, deja que cuide de ti —prosiguió él mientras le soltaba el cabello, que cayó suavemente sobre sus hombros. Justin agarró el cepillo y procedió a cepillarlo con cuidado. Marianne cerró los ojos, recreándose en la sutil y placentera sensación.

Finalmente, Justin le quitó el vestido y la tumbó en la cama para darle un agradable masaje en los pies. Cuando hubo terminado, Marianne ardía de deseo.

—Hazme el amor —murmuró deslizando las manos por sus brazos, hasta el pecho de su amante.

Justin sonrió y la besó.

—Te lo haré, puedes estar segura. Pero antes...

Procedió a quitarle la ropa interior al tiempo que la acariciaba y seguía besándola para acrecentar su deseo. Le hizo el amor con la boca, besándole los senos y el vientre y descendiendo hasta el núcleo de su pasión. La inflamó de pasión sirviéndose de la lengua, y Marianne gimió y se retorció, clavando las uñas en las sábanas.

Finalmente, Justin se incorporó para desvestirse y luego se situó entre sus piernas. Alzando las nalgas, se deslizó dentro de ella, llenándola, y Marianne cerró las piernas en torno a él. Justin empujó y se retiró, empujó y se retiró, hasta que ella empezó a convulsionarse de placer. Él emitió un áspero jadeo y se estremeció al tiempo que vertía su semilla en Marianne. Ella lo envolvió después con sus brazos, aferrándose a él con todas sus fuerzas, mientras las lágrimas se deslizaban de sus ojos en silencio.

Justin se marchó de la habitación de Marianne muy de mañana. En cuanto la puerta se hubo cerrado, ella se incorporó en la cama. No había dormido en toda la noche. Había yacido despierta, oyéndolo respirar y sintiendo los firmes latidos de su corazón. No había querido perderse ni un solo momento de aquella noche con él. El recuerdo tendría que bastarle para el resto de la vida.

Marianne se levantó y, después de lavarse, se puso rápidamente un vestido de viaje y una chaqueta ligera que la protegiera del polvo del camino. A continuación, llamó a la doncella, que le dijo que lady Buckminster ya había ordenado que le prepararan el carruaje. La doncella regresó a la cocina para llevarle un desayuno ligero consistente en té y tostadas. Poco después, uno de los criados apareció para bajar su equipaje.

Marianne entregó las cartas a la doncella, pidiéndole que las entregara a sus destinatarios aquel mismo día. Esperaba que Justin se levantase tarde y no reparase en su ausencia hasta varias horas después.

El sol apenas empezaba a despuntar cuando Marianne salió de la casa y se subió en el carruaje. Con los ojos inundados de lágrimas, se giró para contemplar la mansión conforme se alejaban.

El viaje hasta el pueblo duró una media hora y, para entonces, el llanto de Marianne ya se había aplacado. El cochero llevó el equipaje a la posada mientras ella preguntaba por el siguiente coche con destino a Londres. Tardaría algo menos de media hora en pasar, de modo que Marianne salió al jardín a dar un paseo.

Un enorme y lujoso carruaje pasó por delante de la posada, sin detenerse, pero el jinete que lo seguía a caballo sí se paró. Se apeó de la montura con evidente alivio y gritó solicitando un mozo de cuadra.

—Ha perdido una herradura —se quejó—. Hay que volver a ponérsela enseguida.

El mozo de cuadra explicó que el herrero estaba atareado con otros encargos previos, y los dos estuvieron conversando unos minutos. El jinete se quitó el sombrero para enjugarse el sudor de la frente y Marianne contuvo el aliento.

Era el mismo hombre que había estado rondando su casa... ¡el mismo que interrogó a Rosalind y a la doncella en el parque!

Marianne retrocedió rápidamente hacia la posada. Desde una de las ventanas, observó a la pareja, procurando que el hombre no la viese. ¿Quién era? ¿La había seguido hasta allí?

Parecía demasiada coincidencia que hubiese aparecido en aquel pueblo precisamente cuando ella se hallaba de visita en una casa situada a pocas millas. Debía de haberle sacado la información a Rosalind o a alguno de los otros. ¿Se dirigiría a la finca de los Buckminster? Marianne no sabía lo que quería, pero sospechaba que no debía de ser nada bueno. Quizá incluso era cómplice de Fuquay.

Marianne vio cómo el hombre se alejaba con el mozo hacia el taller del herrero, tirando del caballo, y aprovechó para intentar escapar. Salió de la posada y enfiló la calle en dirección opuesta. Apenas había recorrido unos metros cuando oyó que alguien la llamaba en voz alta.

—¡Espere! ¡Alto!

Se giró y vio al hombre, que se hallaba en la puerta del herrero, mirándola. Marianne apretó el paso.

—¡Señora Cotterwood! ¡Espere! —gritó el hombre.

Marianne oyó un ruido de pasos tras ella, de modo que se recogió la falda y echó a correr como alma que lleva el diablo hasta que llegó a un callejón. Vio un tablón tirado en el suelo y se agachó rápidamente para recogerlo. Luego, situándose en la entrada del callejón, esperó, escuchando los apresurados pasos de su perseguidor. El hombre se detuvo, entró en el callejón y Marianne aprovechó para golpearle con el tablón en pleno estómago.

Su perseguidor se encorvó, sin respiración, y retrocedió tambaleándose. Marianne le asestó un segundo golpe en la espalda, haciendo que se desplomara en el suelo. Luego alzó la mirada y vio a un hombre en un landó, situado a pocos metros. Había detenido su vehículo y la observaba con interés. Enarcó las cejas al reconocerla.

—¡Señora Cotterwood!

—¡Lord Exmoor! —a Marianne no le caía bien aquel hombre, pero, en aquel momento, le pareció un regalo caído del cielo. Saltando sobre el hombre al que acababa de golpear, corrió hacia el landó—. ¡Por favor, tiene que ayudarme! Es cuestión de vida o muerte.

—Cada vez que la veo, señora Cotterwood, alguien la está agrediendo. Lleva usted una vida muy atípica.

—Normalmente no es así, se lo aseguro —contestó Marianne sin resuello, tendiéndole la mano—. ¿Querrá ayudarme?

—Cómo no —Exmoor le tomó la mano y la ayudó a subir—. Intuyo que desea alejarse de ese hombre. ¿La llevo de vuelta a la finca de los Buckminster?

—¡No! —Marianne miró aterrada al hombre, que había empezado a levantarse con dificultad—. Oh, cielos. Pensaba tomar un coche hasta Londres. Pero ahora, con ese hombre aquí, será imposible.

—Es un problema, sí —convino Exmoor—. Le diré lo que haremos. La llevaré personalmente hasta Exeter. Allí podrá tomar un coche más fácilmente.

—¿Querrá hacerlo? —Marianne lo miró esperanzada. No le agradaba la idea de pasar varias horas a solas con él, pero tenía que escapar de su perseguidor y estaba decidida a no volver con Justin.

—Desde luego. Siempre me satisface ayudar a una dama en apuros —Exmoor le sonrió con frialdad y arreó a los caballos en dirección a Exeter.

El otro hombre agitó los brazos, gritándoles que se detuvieran, pero el landó pasó rápidamente de largo.

Marianne se giró en el asiento. El hombre corría tras ellos, maldiciendo y agitando el puño. Fue un intento inútil, por supuesto, pues no tardaron en dejarlo atrás. El vehículo de Exmoor salió del pueblo y enfiló la carretera que llevaba a Exeter.

CAPÍTULO 18

Al cabo de unos minutos, Exmoor aminoró el paso y miró de soslayo a su acompañante.

—¿Quién era ese tipo? —preguntó.

—No lo sé —admitió Marianne.

El conde enarcó una ceja.

—Entonces, ¿por qué iba detrás de usted?

—Tampoco lo sé —Marianne suspiró—. Mi vida se ha vuelto muy... extraña últimamente.

—He de darle la razón. Dos misteriosos ataques en el transcurso de dos días. No es normal.

—Lo sé. Pero, francamente, ignoro por qué esos hombres iban detrás de mí. Supongo que habría alguna relación entre ellos, pero no sé cuál. Ni sé por qué alguien querría matarme —Marianne lo miró—. ¿Me cree?

Exmoor se encogió de hombros.

—Sí. ¿Por qué no iba a creerla?

—No lo sé. Anoche tuve la sensación de que todos pensaban que yo sabía algo y no quería revelarlo.

—Quizá sepa algo, pero no es consciente de ello todavía. ¿No se le ha ocurrido tal posibilidad?

—O quizá piensen que sé algo que en realidad no sé. Creo... creo que puede estar relacionado con mi infancia.

Las manos del conde se tensaron sobre las riendas.

—¿Sí? ¿Qué le hace pensar tal cosa?

—Es la parte de mi vida que menos recuerdo. Y ese hombre... ha estado indagando sobre mí desde hace tiempo.

—¿En serio?

—Sí. Fue al lugar donde yo vivía cuando era más joven. Por eso creo que se trata de algo relacionado con esa época. Apenas recuerdo nada de mi infancia.

—¿Y no ha intentado recordar?

—Oh, sí, pero los recuerdos son muy turbios.

—Comprendo —Exmoor hizo una pausa y luego siguió diciendo—: ¿Quizá conoció a Fuquay cuando era una niña?

Marianne negó con la cabeza.

—Si fue así, no lo recuerdo. No me sonaba de nada. Es todo tan extraño... Supongo que nunca sabremos la respuesta.

—Umm, supongo que no. ¿Y por culpa de ese hombre está huyendo a Londres?

—No estoy huyendo —protestó Marianne, pero, al ver que Exmoor arqueaba una ceja, suspiró—. De acuerdo, sí, estoy huyendo, pero no de él. Lo vi al llegar a la posada para tomar el coche a Londres. Simplemente... decidí no quedarme más tiempo.

—Por su incidente de ayer con el señor Fuquay.

Marianne asintió, considerando aquella excusa tan buena como cualquier otra.

—¿Qué hará cuando llegue a Londres?

—No estoy segura. Había... había pensado en trasladarme a otra ciudad.

—¿De veras? ¿Y eso?

—Tengo una hija —Marianne sonrió al pensar en Rosalind—. Creo que sería conveniente para ella crecer en otra ciudad más pequeña.

—Quizá podría regresar con sus padres —sugirió Exmoor.

Marianne negó con la cabeza.

—No. Ninguno de ellos vive.

—Lo lamento.

Prosiguieron el viaje en silencio. Marianne tenía dolor de cabeza a causa del llanto y la falta de sueño, y se sentía muy desgraciada.

De repente, el landó se detuvo y Marianne irguió la cabeza sobresaltada. Comprendió que debía de haberse dormido. Parpadeó mientras miraba a su alrededor.

—¿Por qué nos detenemos?

El conde la miró de reojo.

—Estaba pensando en tomar ese camino —señaló un sendero que se desviaba del camino principal—. Creo que es un atajo a Exeter.

Marianne se fijó en el sendero, flanqueado de arbustos y árboles. No tenía pinta de llevar a ninguna parte, y menos a una ciudad grande como Exeter.

—¿Sí? —inquirió dubitativamente.

Exmoor emitió una risita.

—Sé que parece un camino vecinal, pero desemboca en otro mayor.

Marianne sintió una extraña inquietud ante la mirada fría y atenta de Exmoor. Se enderezó.

—En realidad, no hace falta que me lleve hasta Exeter —le dijo—. Podré tomar un coche en el pueblo más cercano.

El conde hizo ademán de responder, pero un súbito ruido de cascos de caballo en el camino llamó su atención, y se giró para mirar. Marianne también se volvió. Un hombre a caballo se acercaba a ellos y, al verlos, apretó el paso de su montura. Marianne notó que el corazón le daba un vuelco. Era Justin.

Se detuvo junto a ellos. Marianne vio que llevaba una pistola en el cinto.

—¿Se puede saber que diablos está haciendo, Exmoor? —gruñó Justin—. ¿También se dedica a secuestrar jovencitas, entre otras villanías?

—Mi estimado Lambeth —contestó Exmoor con calma—, me ofende usted. En realidad, he rescatado a la señora Cotterwood.

—¡Rescatado!

—Sí, es cierto —terció Marianne—. Un hombre me estaba persiguiendo y lord Exmoor me ayudó a escapar.

—¡Dios santo, Marianne! No puedo perderte de vista ni un momento sin que alguien te amenace. Baja de ahí —ordenó Justin—. Voy a llevarte de vuelta a la finca.

—No quiero volver. Y no puedes obligarme.

Justin arrugó la frente.

—¡Maldición! ¿Tan temible soy que tuviste que escabullirte

de la casa en plena noche para no casarte conmigo? Hubiese bastado con que rechazaras mi propuesta.

—¡Sabes muy bien que no se trata de eso! —repuso Marianne acalorada.

—Lo único que sé es que me despertó un alboroto y, cuando le pregunte a lady Buckminster por ti, me dijo que te habías marchado antes del amanecer.

—Te dejé una carta. Le pedí a la doncella que te la entregase más tarde.

—No tuvo tiempo. Y quiero una explicación. Si deseas irte, no te retendré. Pero antes, maldita sea, quiero saber por qué me rechazas —Justin miró con rabia al conde—. No necesito su presencia, Exmoor.

—Confieso que me siento algo desplazado —comentó el conde sarcásticamente—. Sin embargo, no puedo abandonar a la señora Cotterwood.

—No, puede irse —dijo Marianne—. Le debo una explicación a Justin —ofreciéndole la mano a Exmoor, añadió—: Le agradezco muchísimo su ayuda y le pido disculpas por haberle causado tantas molestias.

—Siempre es un placer ayudar a una dama en apuros, señora —dijo Exmoor tomándole la mano—. Si es lo que desea, la dejaré en compañía de lord Lambeth.

—Sí, será lo mejor. Gracias.

Exmoor la saludó tocándose el sombrero y Marianne se apeó del landó. A continuación, el conde hizo girar el vehículo y se alejó por el camino.

Marianne se giró hacia Justin.

—Muy bien —dijo él—. Dime por qué has huido de mí.

—No he huido de ti. Simplemente, comprendí que debía marcharme. Así no tendrías que casarte conmigo. Ni Cecilia indagaría sobre mí para desacreditarme y hacerte quedar como un imbécil.

—No tengo que casarme contigo —señaló Justin—. Quiero hacerlo. Pero, evidentemente, olvidé preguntarte si tú quieres casarte conmigo.

—No es cuestión de que quiera o no. Por supuesto que quiero.

—Pues no lo parece por tu actitud.

—¡No quería tener que discutir contigo! —exclamó Marianne—. Anoche intenté decirte por qué no podemos casarnos, pero tú no me escuchaste. ¡Sería tu ruina! Tu familia montaría en cólera. ¿Qué pasaría cuando todos supieran que tu esposa no solo no es de noble cuna, sino que ni siquiera conoció a sus padres?

—¿Crees que algo de eso me importa?

—Una vez me dijiste que el matrimonio era para ti un deber. Que algún día te casarías con una mujer como Cecilia para tener herederos.

—¡Maldita sea! ¡No me eches en cara mis propias palabras! —Justin la agarró del brazo—. Soy muy consciente de las tonterías que he dicho en el pasado. Nunca había estado enamorado. Pero ahora lo estoy, y que me cuelguen si renuncio a la mujer que amo solo para complacer a mi familia o a la sociedad.

Marianne se quedó mirándolo, repentinamente pálida. Se sintió un poco mareada.

—¿La mujer que amas?

—Sí, por supuesto. ¿Por qué, si no, iba a pedirte que te casaras conmigo?

—Pues para proteger mi reputación.

—No quería que la gente murmurase de ti, por supuesto. Te amo demasiado para eso.

Marianne se tambaleó.

—Nunca... nunca me dijiste que me amabas.

—Por Dios bendito, no te desmayes ahora —Justin la rodeó con el brazo para sostenerla—. Vas a hacerme quedar como un auténtico ogro.

La tomó en brazos y la llevó hasta un muro bajo de piedra situado en el margen del camino. Tras sentarla en el muro, se arrodilló delante de ella y le tomó la mano.

—Pues claro que te amo, tonta. Y me niego a pasar el resto de mi vida sin ti por algo tan absurdo como el orgullo. Lo único que hará que me aleje de ti es oírte decir que no me quieres.

Marianne emitió una risita, con los ojos ribeteados de lágrimas.

—Sabes que nunca me oirás decir tal cosa. Te amo más que a nada en el mundo.

—Bien. Entonces, ¿te casarás conmigo? ¿Prometes que no volverás a escaparte?

—Sí —Marianne esbozó una radiante sonrisa—. ¡Me casaré contigo y nunca volveré a escaparme! —le rodeó el cuello con los brazos y él la besó.

Al cabo de unos minutos, emprendieron el camino de regreso. Justin divisó a lo lejos la figura de un jinete que cabalgaba hacia ellos.

—Vaya —comentó—. Es ese tipo. El que me dijo qué camino habíais tomado.

—¿Quién? —Marianne se enderezó y miró hacia delante, entrecerrando los ojos—. ¡Pero si es él! ¡El hombre que me persiguió!

—¿Cómo? ¿Dices que te persiguió?

—Sí. Lord Exmoor me ayudó a escapar de él —Marianne explicó lo sucedido en la posada.

Conforme se acercaban al jinete, Justin se sacó la pistola del cinto. Luego detuvo el caballo y, tras apearse, apuntó con la pistola al otro hombre. Este levantó ambas manos.

—¡Eso no es necesario! —exclamó—. No pretendo hacerles ningún daño.

—Baje del caballo —ordenó Justin—. Quiero hacerle unas cuantas preguntas.

—Claro, claro —el hombre sonrió y se apeó del caballo—. Le diré todo lo que quiera saber. Como he dicho, no pretendo hacerles nada malo —miró a Marianne con gesto dolido—. No debió golpearme con esa tabla, señorita. Solo quería hablar con usted.

—Bueno, ahora tiene la oportunidad de hablar —dijo Justin en tono grave—. ¿Quién es usted? ¿Cuál era su relación con Fuquay?

—¿Con quién?

Justin entornó los ojos.

—Le recuerdo que a esta distancia no puedo errar el tiro. Así que, si no quiere acabar con una bala en la rodilla o...

—¡No! Le diré todo lo que sé. No conozco a ningún Fuquay. Me llamo Rob Garner, señor. Soy detective.

—¿Detective? —dijo Justin con desdén—. ¿Espera que me lo crea? ¿Un detective que acosa a la señora Cotterwood como un cazador a su presa?

—Soy detective, señor. ¡Se lo juro! Y no he acosado a la señora Cotterwood. Me contrataron para buscarla.

—¿Quién? —inquirió Marianne apeándose del caballo y acercándose.

—La condesa de Exmoor.

—¡La condesa de Exmoor! —exclamó Justin asombrado al tiempo que deponía la pistola.

—Sí, señor.

—¡La hermana de Nicola! —exclamó Marianne—. ¿Por qué iba a querer hacerme daño? Si apenas la conozco.

—Estoy hablando de la condesa, señorita, y ella no desea hacerle daño, ni mucho menos. Ni yo tampoco. ¡Solo quería hablar con usted! Pero salió huyendo al verme.

—¡Dios mío! —exclamó Justin—. ¿Por esa razón llegó la condesa a la finca esta mañana? Su aparición causó el alboroto que me despertó, pero no llegué a hablar con ella. Supuse que había ido en busca de Penelope.

—No lo comprendo —Marianne miró a ambos hombres—. ¿Quién es la condesa viuda de Exmoor?

—La abuela de Penelope —respondió Justin—. Pero sospecho que todo esto está relacionado con los hijos de su hijo, ¿verdad, Garner?

—Sí, señor —el detective sonrió—. Es usted muy astuto —a continuación, se giró hacia Marianne—. ¿Es usted Mary Chilton?

Marianne contuvo la respiración. Había sospechado que aquello tenía relación con el hombre que había preguntado por ella en el orfanato, pero la confirmación le provocó un escalofrío.

—Sí. Antes me llamaba Mary Chilton.

—Dios santo —murmuró Justin.

Marianne lo miró de soslayo.

—¿Por qué dices eso? ¿Qué sabes del asunto?

—¿Y estuvo en el orfanato de San Anselmo? —siguió preguntando Garner.

—Sí.
—¿Recuerda algo de su vida antes de ingresar en el orfanato?
—No —respondió Marianne con sinceridad—. ¿Por qué me hace esas preguntas? ¿Qué está pasando aquí?
—La condesa me pidió que la buscara y la llevara ante su presencia. Es posible que... esté usted emparentada con ella.
—¿Qué? —Marianne emitió un jadeo ahogado. Se volvió hacia Justin—. ¿A qué se refiere, Justin? ¿Cómo voy a estar emparentada con una condesa? ¿Sabes de qué está hablando?
—He oído rumores —admitió Justin—. Creo que lo que dice, Marianne, es que existe la posibilidad de que seas nieta de la condesa de Exmoor.

—Es absurdo —dijo Marianne. Iba de nuevo en el caballo de Justin, rumbo a la finca de los Buckminster. Habían dejado atrás al señor Garner, pero este había asegurado que lo más importante era que Marianne se reuniera cuanto antes con la condesa—. ¿Cómo voy a ser nieta de una condesa? A los hijos de los nobles no los internan en orfanatos.
—No estoy seguro —contestó Justin—. Obviamente, si la nieta de la condesa acabó en un orfanato, debió de ser por error. No conozco la historia con detalle. Pero ese apellido, Chilton... Lord Chilton era el hijo de la condesa. Era el título que ostentaba mientras su padre, el conde de Exmoor, aún vivía.
—¡El conde de Exmoor! No te referirás al que disparó al señor Fuquay.
—No. Richard es primo de ellos. Obtuvo el título cuando el viejo conde murió. Verás, poco después de que el conde falleciese, su hijo, lord Chilton, fue asesinado por el populacho en París, junto con su esposa y sus hijos. Sucedió durante la Revolución. De modo que el título pasó a Richard, y así quedaron las cosas durante más de veinte años. Pero hace unos meses apareció en Londres una americana cuya belleza causó sensación. De repente, la condesa anunció que esa mujer, Alexandra Ward, era en realidad nieta suya, la hija menor de lord Chilton. Resultó que no había muerto, sino

que había sido rescatada por una americana que la crio como si fuese su hija.

—Cielo santo, menuda historia.

—Sí, lo sé. Parece sacada de una novela, ¿verdad? Lo que yo no sabía era que se pensaba que los otros niños podían haber sobrevivido también.

—¿Cuántos eran?

—No estoy seguro. Tres o cuatro, me parece. Alexandra, un niño y otra niña, como mínimo. De lo contrario, la condesa no estaría buscando a su nieta.

—Pero si esa niña murió, supuestamente, en París...

—No es probable que apareciese en un orfanato de Inglaterra, lo sé. Quizá la condesa se agarra a un clavo ardiendo. Ha recuperado a una de sus nietas y espera encontrar a los otros.

Cuando llegaron a la finca, Penelope fue la primera en recibirlos. Salió corriendo de la sala de estar y tomó las manos de Marianne.

—¿No es maravilloso? —gritó—. ¡Apenas puedo creerlo! Qué suerte que hayas resultado ser mi prima. Ya verás cuando conozcas a Alexandra... Thorpe y ella ya han vuelto a Inglaterra. Han venido con la abuela. Alexandra está ansiosa por conocerte. Están en el jardín, pero regresarán enseguida. Envié a una doncella a avisar a la abuela en cuanto os vi llegar.

Algo aturdida por toda aquella información, Marianne dijo débilmente:

—Pero ¿y si no soy la mujer que estáis buscando?

En ese momento, la puerta de la sala de estar se abrió y una anciana salió con paso majestuoso, apoyándose en un bastón. A pesar de que su piel estaba ajada por la edad, sus rasgos eran elegantes y sus ojos azules brillaban llenos de vida. Tenía el cabello blanco recogido con un pasador de diamantes.

Se detuvo para contemplar a Marianne y por fin dijo:

—Así que tú eres Mary Chilton.

—Sí, milady. Pero me temo que se han equivocado de persona —Marianne suspiró—. Esperaba reconocerla cuando la viese, pero no ha sido así.

La anciana sonrió.

—Vaya, eres una jovencita franca y directa... Una cualidad,

podría añadir, que compartes con Alexandra —se acercó a ella—. Yo también seré sincera. No estoy más segura que tú. Marie Anne tenía el cabello pelirrojo, aunque algo más claro. Pero es habitual que el pelo se oscurezca con la edad. Y guardas cierto parecido con mi hijo... —hizo una pausa—. Pero estoy olvidando mis modales. Por favor, siéntate.

Marianne tomó asiento en una silla con fondo de terciopelo rojo y la condesa se sentó frente a ella.

—Como sabrás, tu nombre es el detalle más convincente. Supongo que el señor Garner te habrá dicho que mi hijo se llamaba Chilton. Y Mary... es la forma inglesa de Marie. Ahora, según tengo entendido, te haces llamar Marianne. Nosotros solíamos llamar a mi nieta mayor Marie Anne.

Marianne sintió que un escalofrío le recorría la espalda. Se había llamado Mary desde que podía recordar.

¿Qué la había impulsado a elegir el nombre de Marianne? ¿Un recuerdo enterrado en su subconsciente, quizá?

—Tenías cinco años cuando ingresaste en el orfanato. La edad de Marie Anne. Una de las mujeres que trabajaban entonces en San Anselmo recordaba que te había dejado allí un «caballero». La directora pensaba, al parecer, que eras la hija natural de algún noble.

Las mejillas de Marianne se tiñeron de color.

—Pero no lo comprendo, milady. ¿Cómo pudieron dejar a su nieta en un orfanato sin que usted se enterara?

—Me engañó una persona muy cercana a mí —dijo la condesa con pesar—. La señora Ward, la mujer que crió a Alexandra, trajo a los otros dos niños, Marie Anne y John, a mi casa. Pero yo estaba postrada en cama, consumida por la pena, y no quería recibir a nadie. Mi prima recibió a la señora Ward en mi lugar y se hizo cargo de los niños. Pero, en vez de decírmelo, se los entregó al conde —los labios de la anciana se curvaron con desprecio—. Él se deshizo de ellos. Mi prima lo confesó antes de morir. Dijo que el conde te había llevado a ti a un orfanato y que el niño había muerto.

—¿Richard? —inquirió Justin—. ¿Está diciendo que Richard se deshizo de sus nietos?

—Así lo creo, aunque no tengo pruebas que lo demuestren.

—¡Dios santo! —Justin pareció atónito al oírlo—. Entonces, ¿Fuquay estaba involucrado en todo esto? ¿Por eso le disparó Richard?

—¿Disparó a quién? —inquirió la condesa perpleja, mirando a Penelope—. ¡No me habías dicho nada de eso!

—Lo siento. Con tu llegada y las últimas noticias, se me pasó. Richard mató ayer a un hombre, Reginald Fuquay. El señor Fuquay estaba apuntando a Marianne con una pistola y Richard le disparó...

—¡Reginald Fuquay! —exclamó la condesa—. En otros tiempos fue muy amigo de Richard.

—¿Qué? —todos se quedaron mirándola.

—¡Si actuaban como si apenas se conocieran! —dijo Penelope.

—Oh, desde luego que se conocían. Reginald Fuquay procedía de una buena familia y heredó una fortuna razonable, pero la despilfarró con sus vicios. He oído que consumía opio. Richard lo tenía dominado. Sin duda, Fuquay le debía dinero, puesto que había agotado su fortuna personal —la condesa hizo una pausa para mirar a los demás—. No me extrañaría que Richard le hubiese encargado ciertos trabajos sucios, para los cuales él no tenía estómago.

—O sea, ¿que matara al niño y llevara a la niña a un orfanato? —inquirió Justin.

La condesa asintió.

—Exacto. Oí que habían acabado peleándose, aunque nadie supo por qué. Rompieron su amistad y el señor Fuquay intentó salir del pozo en el que había caído. Por eso trabajaba como secretario del señor Thurston. No pudo recuperar su fortuna, pero sí su buen nombre.

—Si Fuquay estaba a punto de confesar por qué había intentado matar a Marianne, seguramente Richard se sintió amenazado y por eso le disparó —dijo Penelope.

—Una forma muy efectiva de asegurar su silencio —comentó Justin.

Marianne se aclaró la garganta.

—Milady, tengo algo que quizá pueda servir para aclarar... —se interrumpió al ver que un hombre y una mujer entraban en la habitación. Él era alto y moreno, de facciones angulosas. Ella era una belleza de cabello negro y ojos castaños.

Marianne se levantó de un salto al verla, con la cara pálida como la cera.

—¡Dios mío! —exclamó, y todos se giraron hacia ella.

—¡Marianne! —Justin se acercó y le rodeó la cintura con el brazo—. Cariño, ¿te encuentras bien?

—¿Qué te ocurre, hija? —preguntó la condesa.

—Lo... lo siento —Marianne se derrumbó de nuevo en la silla, incapaz de tenerse en pie—. Es que... se parece mucho a la mujer del retrato.

—¿Retrato? —dijeron Alexandra y la condesa al unísono. Alexandra atravesó rápidamente la habitación para acercarse a Marianne.

—¿Qué retrato? —inquirió la condesa.

—El de mi... medallón —Marianne alzó mirada hacia la joven situada frente a ella—. Me disponía a decírselo... Tengo un medallón con los retratos de un hombre y una mujer —introdujo la mano en el cuello de su vestido, extrajo el medallón y lo abrió—. ¿Lo ven? Lo tengo desde que era muy pequeña. Siempre pensé que eran mis padres, pero...

Alexandra se arrodilló junto a ella y tomó el medallón.

—¡Es igual que el mío! —exclamó con lágrimas en los ojos.

—Yo os los regalé cuando erais muy pequeñas —explicó la condesa con voz ahogada por las lágrimas—. El tuyo tiene grabada una M —al ver que Marianne asentía, añadió—: Y el de Alexandra una A.

—¡Somos hermanas! —exclamó Alexandra, sonriendo y llorando al mismo tiempo. Abrió los brazos—. Marie Anne. Hermana.

Con los ojos inundados de lágrimas, Marianne abrazó a Alexandra.

Marianne permanecía sentada en la glorieta de las rosas, pensando en las revelaciones de aquel día. Durante toda su vida había deseado tener una familia. Pese al afecto y el cariño de Della y los demás, siempre se había preguntado por qué su verdadera familia la había abandonado... ¡Y, por fin, había vuelto a recuperarla! Su hermana era cariñosa y divertida. No podía desear una abuela mejor que la condesa. Incluso su prima era ya amiga suya. Pronto podría presentárselas a Rosalind.

Y, lo más importante de todo, amaba a un hombre maravilloso. Y era amada por él.

Solo un detalle le inquietaba, se dijo Marianne con una mueca. Deseó que hubiera una forma de hacer que Exmoor pagara por los crímenes que había cometido. Se preguntó qué habría sucedido aquella mañana si Justin no los hubiese encontrado. ¿Habría aprovechado el conde la oportunidad para asesinarla y esconder su cadáver en algún lugar de aquel sendero apartado?

—Supuse que te encontraría aquí.

Marianne alzó la mirada y vio que Justin se acercaba a la glorieta de las rosas.

—Me conoces bien.

—Espero conocerte aún mejor —él se inclinó para posar un beso en sus labios—. Me temo que me esperan unas noches largas y solitarias. La condesa te tendrá encerrada en su casa, como si de una fortaleza se tratase, mientras organiza la boda.

Marianne emitió una risita al ver su expresión abatida.

—Umm. Bueno, será una ocasión muy especial. Piensa que dos de sus nietas se casarán el mismo día.

—Lo único que me anima es saber que Bucky tendrá que soportar el mismo tormento que yo —Justin sonrió provocativamente—. También me apena pensar que todos crean que me caso contigo para formar una alianza adecuada entre nuestras familias. Ya no pareceré un héroe romántico.

—A mí me lo parecerás siempre —respondió Marianne tomando su mano—. Siempre sabré que deseabas casarte conmigo cuando no tenía dinero ni nombre, desafiando a la sociedad y a tu familia. Siempre sabré que nos casamos por amor.

—Así es —Justin sonrió y la estrechó entre sus brazos.

NINGÚN OTRO AMOR

PRÓLOGO

1789

Helen se inclinó sobre el niño que había en la cama. El pequeño tenía un aspecto tan desvalido e indefenso que le partía el corazón. Estaba tumbado, casi inmóvil, con los ojos cerrados, y el pelo se le pegaba en húmedos rizos a la frente. La única señal de vida era el débil movimiento de la sábana, que bajaba y subía al compás de su respiración. Unos momentos antes había estado murmurando en sueños, delirando con una fiebre muy alta. Minutos después, estaba tan quieto como un muerto.

Helen le apartó el pelo de la frente, suplicando en silencio que no falleciera. Solo hacía dos días que le conocía, pero no podría soportar que el niño pereciera.

Dos noches atrás, el señor Fuquay había llegado a la posada en una diligencia con aquel niño, lo que había resultado algo extraño. Se había alojado en la posada del pueblo con anterioridad, cuando Richard Montford iba con sus amigos a visitar a su primo, lord Chilton, el hijo del conde de Exmoor. Por aquel entonces se rumoreaba en el pueblo que el conde despreciaba a Richard Montford y que no le permitía que se alojara en Tidings, la magnífica casa solariega de la familia Montford. El tiempo había transcurrido y, por supuesto, el viejo había muerto. Richard Montford era el nuevo conde, por lo que resultaba de lo más peculiar que Fuquay hubiera ido a la posada en vez de a Tidings y más aún que hubiera ido acompañado de dos niños. Se había acercado a la puerta de la taberna y le había hecho una señal a Helen. Tras echar una rápida mirada hacia su patrón, la muchacha había salido detrás de él. Fuquay era un hombre joven, algo extraño, pero siempre había sido amable con ella y no había necesitado de mucha persuasión para conseguir que Helen le calentara la cama mientras estaba en la posada. Siempre había sido generoso y ella lo recordaba con cariño.

Tras salir de la posada, la había llevado al carruaje y le había mostrado dos niños dormidos. Una niña, casi oculta bajo un sombrero y un abrigo y un niño envuelto en una manta, con el rostro encendido, cubierto de sudor y temblando visiblemente.

—¿Puedes cuidar de él, Helen? —le había preguntado Fuquay, algo inquieto—. Está muy enfermo. Está claro que no va a durar mucho pero no puedo... Te compensaré —añadió, sacando una moneda de oro—. Solo tienes que quedarte con él y atenderlo hasta el final. Lo harás, ¿verdad?

—¿Qué es lo que le pasa? —había querido saber Helen, incapaz de apartar los ojos del niño. Era tan hermoso, tan pequeño y tan vulnerable...

—Fiebres. Está sentenciado, pero no puedo... Al menos debería morir en una cama. ¿Lo harás?

Por supuesto, Helen había accedido. Se había encaprichado del niño desde el momento en que lo había visto. Nunca había podido concebir, a pesar de tener muchas oportunidades, y siempre había deseado un hijo, un anhelo del que las otras chicas de la taberna se habían burlado. Y entonces, aquel niño tan precioso había caído en sus manos, como si fuera un regalo del cielo. Rápidamente, se había subido en la diligencia, sin hacer ninguna pregunta.

Habían llevado al pequeño a la casa de su abuela, dado que no tenía intención de que aquel maravilloso niño se le muriera. Si alguien podía salvarlo, era la abuela Rose. Fue un largo trayecto, ya que la anciana vivía en una casa muy aislada, en la linde con la tierra de Buckminster. Helen tuvo que hacer la última parte andando, con el niño en brazos, pues no había ningún camino por el que pudiera pasar un carruaje. El señor

Fuquay la había ayudado a bajar y le había entregado al niño, dándole profusamente las gracias.

Dos días después, Helen levantó la vista del pequeño y miró a su abuela. La abuela Rose, como la llamaba todo el mundo, conocía todas las hierbas y remedios que sanaban, por lo que, cuando Helen había entrado con el pequeño en brazos, había sabido justamente lo que tenía que hacer.

Durante aquellos dos días, Helen y su abuela habían estado cuidando del pequeño, suministrándole cocciones, refrescándole con trapos fríos y obligándole a tomar pequeños sorbos de agua.

—¿Va a...? —preguntó ella. El niño estaba tan inmóvil y tan pálido.

—No —respondió la abuela, con una sonrisa en los labios—. Creo que lo ha superado. La fiebre ha empezado a bajar.

—¿De verdad? —preguntó Helen, poniéndole una mano en la frente al pequeño. Efectivamente, no estaba tan caliente como lo había estado minutos antes.

—¿Qué vas a hacer con él? Es de buena familia, ¿lo sabías?

Helen asintió. Aquello era evidente porque, durante los desvaríos de la fiebre, había hablado con el tono culto de la clase alta. Igualmente, las ropas que llevaba puestas, a pesar de estar sucias y manchadas de sudor, eran del mejor corte y de las más ricas telas.

—Lo sé, pero es mío. Nosotros lo hemos salvado y ahora me pertenece a mí. No dejaré que se lo lleven y además...

Ella dudó. No estaba segura de si quería revelar a su astuta abuela qué más sospechaba sobre el niño. Pensaba que sabía quién era y, si sus vagas suposiciones resultaban correctas, podrían costarle la vida al pequeño si se sabía que había sobrevivido.

—¿Además qué?

—No sé quién es. ¿Dónde íbamos a llevarle? Y... no creo que ellos quieran que viva.

—¿Y qué dirás si alguien te pregunta qué es lo que le ha ocurrido?

—Pues que murió, por supuesto, tal y como habían pensado, y que yo le enterré en el bosque donde nadie pudiera encontrarlo.

La anciana guardó silencio. Luego, asintió y no volvió a comentar nada sobre la posible devolución del pequeño. Ella también había caído bajo el influjo del niño.

Después de que la fiebre bajara, el muchacho fue mejorando poco a poco hasta que, por fin, abrió los párpados y miró a Helen con unos hermosos ojos oscuros.

—¿Quién eres?

—Soy tu nueva madre, Gil —respondió ella, tomándole de la mano.

—¿Mi madre? —repitió él, vagamente, con la mirada perdida.

—Sí, tu madre.

—Oh, yo no... —musitó, mientras los ojos se le llenaban de lágrimas—. ¡No me acuerdo! ¡Tengo miedo!

—Tranquilo. Has estado muy enfermo, pero yo estoy aquí, igual que la abuela Rose, y vamos a cuidar de ti.

—Mamá —murmuró el niño, aferrándose a ella mientras las lágrimas le caían por las mejillas.

—Sí, cielo. Estoy aquí. Siempre estaré aquí.

CAPÍTULO 1

1815

El carruaje se estaba acercando a la finca de Exmoor. Aquel pensamiento llenaba de temor a Nicola. ¿Por qué habría accedido a los deseos de su hermana? A medida que iban avanzando, Nicola deseaba más fervientemente no haberlo hecho. Hubiera preferido quedarse en Londres y ayudar a Marianne y a Penelope con sus planes de boda. Sin embargo, Deborah había parecido tan frágil e infeliz, incluso asustada, que Nicola no había sido capaz de negarse a su súplica. Después de todo, Deborah era su hermana pequeña y Nicola la adoraba. Lo único que había causado amargura y distanciamiento entre ellas había sido el matrimonio de su hermana con el conde de Exmoor.

Nicola suspiró y se rebulló en el asiento. Odiaba pensar en las discusiones que se habían producido desde el momento en que Deborah anunció que se iba a casar con Richard. Nicola había hecho todo lo que había podido para disuadirla, pero Deborah había mostrado una decidida ceguera para no ver los defectos de Richard. Cuando Nicola le había señalado que solo unos meses antes Richard había estado cortejándola a ella, Deborah había bramado que Nicola solo estaba celosa y que era incapaz de aceptar que un hombre pudiera querer a su hermana pequeña en vez de a ella.

Después de eso, Nicola se había rendido y, durante los últimos nueve años, su hermana y ella solo se habían visto muy de vez en cuando. Nicola se había negado a ir a la casa del conde y Deborah se había vuelto cada vez más solitaria y raramente viajaba a Londres. Prácticamente, no salía de su casa.

Sin embargo, cuando Nicola había visto a Deborah el mes anterior en la fiesta de su primo Bucky, Deborah le había suplicado que fuera a pasar un tiempo con ella durante su cuarto embarazo. Ya había tenido tres abortos y estaba aterrorizada de perder también aquel bebé. Al mirarla a los ojos, a Nicola le había resultado imposible negarse, por mucho que odiara estar bajo el mismo techo que Richard Montford.

Deborah, por supuesto, no podía entender el odio que su hermana sentía por su esposo, pero Nicola no podía olvidar el hecho de que, cada vez que miraba a Richard Montford, recordaba que él le había arruinado la vida. Había matado al único hombre del que ella había estado enamorada.

El carruaje dio un bandazo a causa de un bache. Nicola se tambaleó de un lado al otro sobre el asiento. Como pudo, se irguió en su asiento. Se lo merecía por no haber querido parar para pasar la noche una hora antes y haber insistido en continuar el viaje en plena oscuridad. Por poco que le gustara la idea de llegar a Tidings, había querido terminar el viaje lo antes posible.

En aquel momento, un disparo restalló en el aire, peligrosamente cercano al carruaje. Nicola se sobresaltó, sintiendo que el corazón se le desbocaba dentro del pecho.

—¡Alto! —gritó una voz. El carruaje se detuvo inmediatamente—. Si yo estuviera en tu lugar, no lo haría —añadió. El acento del hombre que hablaba era, curiosamente, muy refinado—. Tú, mi querido amigo, solo tienes un trabuco, mientras que yo tengo seis armas de fuego apuntándote al corazón.

Nicola se dio cuenta de que el carruaje había sido detenido por un salteador de caminos. Varios, en realidad, de acuerdo con lo que el hombre había dicho. Aquel hecho había sido muy frecuente en las afueras de Londres, pero había ido remitiendo en los últimos años y era aún menos común tan lejos de la gran ciudad. A Nicola nunca le había ocurrido algo parecido.

—Excelente decisión. Eres un hombre sabio. Ahora, te sugiero que le entregues tu arma a mi hombre muy lentamente y, por supuesto, con el cañón hacia arriba.

Con mucho cuidado, Nicola levantó la cortinilla y se asomó. La noche era muy oscura, con la luna en cuarto creciente. Vio que el mozo que iba sentado al lado del cochero entregaba su trabuco y que un hombre a caballo extendía la mano para recogerlo.

Varios hombres rodearon el carruaje. Todos iban a caballo y llevaban pistolas en las manos. Iban vestidos con ropas oscuras y montaban caballos de pelaje zaino, que parecían fundirse en la noche. Lo más siniestro de todo era que los hombres llevaban puesto un antifaz negro que les cubría la parte superior de la cara. Al ver aquella terrorífica escena, Nicola ahogó un grito.

Uno de los hombres oyó el leve sonido y volvió la cabeza bruscamente hacia ella. Rápidamente, Nicola dejó caer la cortinilla, sintiendo que el corazón se le salía del pecho.

—Vaya, vaya —dijo alegremente el de la voz culta—. Un pasajero curioso. Además, veo que es el escudo de armas del conde. ¿Habré sido tan afortunado como para haberme topado con el conde de Exmoor? Salga, señor, para que podamos verlo mejor.

El hombre, que parecía ser el líder de la banda, estaba encantado de haber parado a alguien a quien creía rico. Tras respirar profundamente para tranquilizarse, Nicola hizo girar la manilla de la puerta y se dispuso a bajar. Puso el pie en el pescante y miró directamente al cabecilla del grupo. Estaba decidida a no parecer acobardada. El hombre, todavía a caballo, se irguió sobre su montura y murmuró una maldición.

—Bien hecho —dijo Nicola, con frío sarcasmo en la voz—. Ha capturado a una mujer desarmada.

—Ninguna mujer está desarmada —replicó el hombre, con una ligera sonrisa en los labios. A continuación, desmontó hábilmente del caballo y se acercó a ella para hacerle una reverencia.

El hombre era alto y bien formado. Vestido con sus ropas oscuras, parecía emanar poder e incluso gracia. Tras contemplarlo, Nicola sintió que un escalofrío la recorría de arriba abajo. La mayor parte de la cara del bandido estaba cubierta por el antifaz. Solo quedaban visibles la mandíbula y la barbilla, aunque una perilla y un bigote ocultaban aún más estos rasgos. Una boca firme y amplia, cuyos dientes relucían en la oscuridad, se curvaba en una sonrisa burlona. Entonces, el desconocido avanzó hacia Nicola y la ayudó a bajar, extendiendo una mano enguantada.

—Suélteme.

—Lo haré, señora. Lo haré.

En la oscuridad de la noche, los ojos parecían ser completamente negros. A Nicola le parecieron unos ojos sin alma y, sin embargo, no podía dejar de mirarlos. Él le apretó la mano un poco más y luego la soltó.

—Antes de marcharse debe pagar un impuesto por pasar por mis tierras —añadió.

—¿Sus tierras? Y yo que creía que estábamos en las tierras del conde de Exmoor —replicó ella, con un cierto tono de mofa en la voz.

—Eso es desde el punto de vista legal.

—¿Y qué otro punto de vista puede haber?

—El del derecho. ¿Acaso no pertenece la tierra a los que la trabajan?

—Es un concepto algo radical. Y usted, supongo, es el representante del «pueblo».

—¿Y quién puede haber mejor? —preguntó él.

—La mayoría de las personas que yo conozco y que viven en esta tierra no considerarían que un ladrón es la persona que los representa.

—Me insulta, señora. Y yo que había esperado que podríamos ser... civilizados.

—Resulta difícil ser civilizado cuando una se siente amenazada.

—¿Amenazada? —repitió él, levantando las manos en un gesto de asombrada inocencia—. Señora, me sorprende. Yo no la he amenazado.

—¿Acaso no es amenaza el hecho de detener mi carruaje y pedir dinero? ¿Por qué otra razón están esos hombres apuntándonos? —añadió, mirando al resto de los jinetes.

—Me temo que ahí te tiene acorralado, amigo mío —comentó uno de los bandidos, también con acento muy culto.

—¿Qué es esto? —preguntó—. ¿Un grupo de ciudadanos acaudalados divirtiéndose?

—No, señora —dijo el que la había ayudado a bajar—, no es ninguna broma. Es nuestro negocio, así que acabemos con esto. Su dinero, por favor.

—Por supuesto —replicó Nicola, tirando de los cordeles de su bolsito para abrirlo.

Rápidamente, él metió la mano y sacó el pequeño monedero de piel. Luego, lo hizo saltar sobre la mano, como si quisiera medir el contenido por el peso.

—¡Vaya! Veo que no viaja ligero. Esto es un extra para mí.

—Supongo que también desea mis joyas —le espetó Nicola, quitándose los guantes para revelar los dos sencillos aros de plata que le adornaban los dedos.

Creía que, si le mostraba algunas de sus joyas, el bandido no se pondría a buscar nada más oculto. Así, evitaría que le quitara el recuerdo que llevaba colgado del cuello por una cadena. Por supuesto, no valía casi nada, excepto para ella, pero aquel delincuente probablemente sería capaz de quitárselo solo para hacerle daño.

—Me temo que no tengo pulseras ni collares. Casi nunca viajo con joyas puestas.

—Sé que en los viajes las damas no suelen ponerse joyas, las llevan en el equipaje —replicó él, haciéndole un gesto a dos de sus hombres.

Estos desmontaron rápidamente y se subieron al techo del carruaje, donde iba el equipaje. Un momento más tarde, bajaron con el joyero de viaje de Nicola y una pequeña caja fuerte, que procedieron a cargar sobre sus monturas.

Nicola escondió su alivio por que el ladrón hubiera creído sus palabras. Entonces, él se quitó los guantes y volvió a tomar una de las manos de Nicola, que se sobresaltó al sentir el contacto. Era una mano dura y cálida. Mientras le iba quitando los anillos con la otra, Nicola sintió que el aliento se le ahogaba en la garganta.

Al levantar la mirada, vio que él la miraba de un modo muy enigmático. Nicola apartó bruscamente la mano.

—Ahora, si han acabado, me gustaría seguir mi camino.

—No, no hemos terminado todavía. Hay todavía algo más que le voy a robar, señora.

Nicola enarcó las cejas, sin entender a lo que se refería. Entonces, el bandido la agarró por los hombros y la estrechó contra su cuerpo, depositando su boca sobre la de ella.

Nicola se quedó rígida por aquel ultraje. Los labios de aquel hombre se movían sobre los suyos de un modo suave y seductor, abrasándola con su calor. Involuntariamente, se sintió sin fuerzas y le pareció que su cuerpo se volvía cálido y líquido. Unas sensaciones turbulentas y salvajes le recorrieron el cuerpo, sorprendiéndola y turbándola tanto como aquella acción insolente. Nicola era una mujer hermosa, con un cuerpo menudo pero bien dotado, de pelo rubio dorado y con enormes ojos de oscuras pestañas. Estaba acostumbrada a que los hombres se sintieran atraídos por ella y que incluso se le insinuaran de un modo algo inadecuado. Sin embargo, no estaba acostumbrada a que su propio cuerpo experimentara aquella reacción.

Él la soltó tan bruscamente como la había agarrado. Los ojos de aquel desconocido relucían en la oscuridad, por lo que Nicola estuvo segura de que se había dado cuenta del modo en que ella se había deshecho por dentro. Una ardiente furia surgió dentro de ella y, sin pensarlo, levantó la mano y le abofeteó.

Todos se quedaron quietos y en silencio a su alrededor. Nicola estaba segura de que el bandido la castigaría por lo que acababa de hacer, pero estaba demasiado enojada como para que le importara. El hombre la miró durante un largo momento, con una expresión inescrutable en el rostro.

—Señora —dijo por fin, haciéndole una reverencia.

Entonces, se volvió y se montó ágilmente en su caballo. Rápidamente, desapareció en la oscuridad, seguido por sus hombres.

Nicola contempló cómo se marchaban. Los labios le ardían y cada nervio de su cuerpo parecía estar a punto de estallar. La ira se acumulaba dentro de ella, haciéndola temblar. Lo peor de todo aquello era que no sabía si estaba más furiosa con el bandido por haber tenido la osadía de besarla o consigo misma, por las sensaciones que había experimentado durante aquel beso.

—¡Maldito sea por tal atrevimiento!

El conde de Exmoor golpeó el puño contra una pequeña

mesa cubierta de adornos, que temblaron al recibir el golpe. Era un hombre alto, como todos los Montford, y no aparentaba los casi cincuenta años que ya tenía. Su pelo era castaño, aunque las canas le cubrían ya las sienes, y se le consideraba un hombre guapo.

Previsiblemente, se había puesto furioso cuando Nicola llegó y le contó lo que le había ocurrido por el camino. Durante los últimos minutos, no había cesado de andar arriba y abajo de la sala, con el rostro congestionado y los puños cerrados. Deborah, muy pálida, lo contemplaba con ansiedad y Nicola con una antipatía que le costaba mucho disimular.

—¡Atacar mi propio carruaje! —prosiguió Richard, incrédulo—. ¡Qué osadía la de ese hombre!

—Yo diría que osadía es algo de lo que no carece —replicó Nicola, en tono algo jocoso.

—Pediré la cabeza de ese cochero por ello —añadió Richard, sin prestarle atención.

—No fue culpa suya —afirmó Nicola—. Habían colocado el tronco de un árbol atravesado en la carretera. No hubiera podido hacer pasar a los caballos, aunque estos no se hubieran encabritado.

—¿Y el mozo? —le preguntó Richard—. Le dije que fuera con el cochero, armado, para evitar un ataque de tales características. ¡Pero no solo no disparó ni una sola vez, sino que encima les entregó su arma!

—No sé que otra cosa podrías esperar. Había al menos seis hombres rodeando el carruaje. Si hubiera disparado, tanto él como el cochero habrían muerto en el acto y entonces, ¿qué habría sido de mí? No creo que hubieran cumplido con su deber si me hubieran dejado sola y desprotegida en esa carretera, ¿no te parece?

—Menuda protección te dieron.

—Bueno, al menos estoy aquí, sana y salva, sin haber perdido otra cosa que no hayan sido unas pocas joyas y algunas monedas.

—Debo decir que pareces bastante indiferente sobre lo que ha ocurrido.

—Me alegra estar viva. Durante unos momentos, en aquella carretera, estuve segura de que me matarían.

—Sí. Gracias a Dios has llegado aquí, sana y salva —intervino Deborah, tomando de la mano a su hermana.

—Bueno, me alegro de que lo consideréis tan a la ligera —dijo Richard, con cierta amargura en el rostro—. Sin embargo, es algo que yo no puedo pasar por alto. Para mí, este hecho es un descarado insulto.

—¡Vaya, Richard! ¡Te recuerdo que fui yo quien sufrió ese asalto!

—Estabas viajando bajo mi protección y, para mí, ese acto de villanía es como si hubieran dicho que mi protección no vale nada. Evidentemente, ese canalla lo hizo para humillarme. Bueno —añadió, con una sonrisa en los labios—, esta vez ese infeliz descubrirá que ha ido demasiado lejos. No descansaré hasta que tenga su cabeza sobre una pica. Gracias a Dios, ya he enviado a por un detective de Londres y, en cuanto llegue aquí, le pondré a trabajar en el asunto. Entonces, ese mequetrefe aprenderá que se las está viendo con quien no debía.

—Bueno, basta ya de hablar —dijo Nicola, mirando a su hermana—. Evidentemente, Deborah está cansada y necesita irse a la cama.

—No, me encuentro bien, de verdad.

—Tonterías. Está muy claro que estás agotada. Venga, yo te acompañaré a tu dormitorio. Richard, si nos excusas...

—Por supuesto —respondió Richard, casi sin mirar a su mujer a la cara—. Tengo que salir a interrogar al cochero. Buenas noches, Deborah. Nicola... Nos alegra mucho tu visita. Acepta mis disculpas por este incidente.

Con aquellas palabras, salió del cuarto. Entonces, Nicola agarró a su hermana por el brazo y la ayudó a levantarse de la silla. Empezaron a dirigirse hacia las escaleras, pero Deborah no dejaba de mirar con ansiedad hacia la puerta principal, a través de la cual Richard había desaparecido.

—Espero de corazón que Richard no sea duro con ese cochero. Yo... Normalmente no sería brusco con nadie, por supuesto. Es solo que ese bandido le ha alterado tanto...

—Eso ya lo he visto.

—Ese hombre no hace más que acosar a Richard. Sé que suena un poco raro, pero parece disfrutar especialmente robándole a él. Los pagos de los que tienen arrendadas nuestras tierras, los cargamentos que van y vienen de las minas... Ya no sabría contar el número de veces que esos carros han tenido contratiempos. Incluso a plena luz del día. Es como si estuviera burlándose de Richard.

—Tiene sentido. Richard es el mayor terrateniente de por aquí. Es normal que la mayor parte del dinero que ese hombre roba sea de él.

—Oh. También detiene otros carruajes e incluso el transporte del correo algunas veces, pero es Richard el más afectado. Sus beneficios de las minas de estaño se han visto drásticamente recortados. Richard casi se ha vuelto loco. Creo que lo que más le molesta es que «El Caballero», como todos le llaman, haya resultado ser un hombre tan escurridizo. Sale de ninguna parte y luego se funde con la oscuridad de la noche. Richard ha enviado hombres a buscar su guarida, pero no han encontrado nada. Ha puesto más vigilancia en los carros y en su carruaje, pero eso no le detiene, igual que no lo hizo esta noche. Además, nadie suministra ninguna información sobre él. Ni siquiera los mineros ni los granjeros que trabajan para nosotros admiten saber nada de él. ¿Te parece que eso es posible?

—No sé. Efectivamente parece algo improbable que nadie sepa nada sobre él.

—Normalmente, la gente del pueblo parece saberlo todo. Richard dice que le están engañando, que le ocultan el paradero de ese hombre. Por alguna razón, ese bandido parece ser un héroe para todos los habitantes de esta zona.

—¿Qué sabes tú sobre ese bandido? —preguntó Nicola—. Parece un delincuente un poco raro. Hablaba tan bien como tú o como yo, igual que uno de los otros hombres.

—Por eso le llaman «El Caballero» —respondió su hermana. Ya habían llegado a lo alto de las escaleras y Deborah se detuvo un instante para tomar aliento—. Por eso y por sus buenos modales. Tiene reputación de ser muy cortés, especialmente con las damas, y se dice que no ha hecho daño a nadie de los que ha parado. Una vez paró al vicario de noche cuando este iba a asistir a un moribundo y no le robó ni un penique. Al ver quién era, se limitó a disculparse y le dijo que prosiguiera con su camino.

—Vaya...

Nicola no le dijo que el comportamiento que el bandido había tenido con ella no podría ser considerado como cortés. No era que le hubiera infligido ningún daño, pero aquel beso... Bueno, también había sido un insulto.

—Nadie sabe de dónde procede —añadió Deborah—. Empezó sus actividades hace solo unos pocos meses.

—Parece que ha elegido un lugar algo extraño. Los ladrones habitualmente operan más cerca de Londres o de una ciudad importante, no en medio del campo. ¿Cómo se supone que llegó a este lugar? ¿Crees que puede ser de buena cuna, algo así como un hijo que deshonró a su familia y fue desheredado?

—O un despilfarrador que derrochó su fortuna —concluyó Deborah—. Esa es la teoría que propone la esposa del vicario. Tal vez, era simplemente alguien que recibió una buena educación, pero que es pobre, algo así como un tutor o un maestro de esgrima.

—¿Un tutor? —preguntó Nicola, conteniendo la risa—. ¿Un erudito de historia que se ha convertido en salteador de caminos?

—Eso parece un poco absurdo. Richard dice simplemente que es un «maldito actor» que ha aprendido a imitar a los que son mejores que él. Y tal vez lo sea. Sin duda, nosotros le hacemos parecer una figura más romántica de lo que es.

—Sin duda —dijo Nicola, recordando cómo le había tocado la mano, la suave presión de sus labios... Un temblor la recorrió de arriba abajo.

—Lo siento —susurró Deborah, al sentir el temblor—. No debería hablar tan a la ligera de ese hombre cuando tú acabas de tener una experiencia tan horrible. Debe de haber sido terrible.

—Estoy bien. Sin duda recordarás que no soy una mujer muy sensible. Casi nunca me afectan las cosas.

—Sin embargo, encontrarte con un delincuente sin piedad hasta a ti te habrá causado algo de aprensión —dijo su hermana. Deborah se detuvo enfrente de una puerta y empezó a girar el pomo—. Esta es tu habitación. La mía es la de al lado. Espero que te guste. Si hay algo que necesites, solo tienes que hacérmelo saber.

El dormitorio era espacioso y estaba bien amueblado. Tenía dos pares de ventanas en la pared opuesta, aunque las cortinas ya estaban echadas por la oscuridad de la noche. Había fuego en la chimenea y una lámpara de aceite estaba encendida sobre la mesilla de noche. Cuando entraron, una doncella estaba pasando un calentador entre las sábanas. Al verlas, hizo una reverencia y salió de la habitación.

—Es preciosa —dijo Nicola, mirando a su alrededor.

—Me alegro de que te guste. Durante el día tiene una vista muy bonita del jardín y del páramo. Ven a ver mi dormitorio —sugirió Deborah, tomándola de la mano y sacándola de nuevo hacia el pasillo.

La habitación de Deborah resultó ser bastante parecida a la de Nicola. Era una habitación muy espaciosa y femenina, llena de encajes y de volantes. No había detalles que evidenciaran que aquel fuera también el dormitorio de un hombre. Ni botas contra la pared ni útiles de afeitado. A Nicola no le sorprendió que el conde y la condesa durmieran en habitaciones separadas, dado que aquello era bastante común entre la aristocracia. Sin embargo, sí le sorprendió que no hubiera nada que mostrara la presencia de Richard en aquel cuarto, aunque fuera ocasionalmente.

Nicola miró a su hermana, que estaba hablando alegremente sobre sus planes de colocar la cuna del bebé al lado de su cama y un catre para la doncella en su vestidor una vez que el bebé hubiera nacido. Se preguntó si Deborah seguía amando a Richard como lo había hecho cuando se casó con él o si, con los años, había llegado a verlo tal cual era. Entonces, Deborah suspiró, sin dejar de mirar el lugar donde se colocaría la cuna de su hijo. Nicola vio el temor que había en su rostro. Sin duda, estaba recordando a los otros niños que había tenido la esperanza de colocar allí.

—Estoy segura de que lo que has pensado funcionará a las mil maravillas —dijo Nicola, con rapidez, rodeando los hombros de su hermana con el brazo—. Y al bebé le encantará.

—¿De verdad?

—Claro. Ya lo verás. Ahora, no debes preocuparte, ya que eso no beneficiará en absoluto al niño.

—Lo sé. Eso es lo que me dice todo el mundo, pero resulta tan difícil cuando...

—Es natural, pero, ahora que estoy yo aquí, puedes estar segura. Yo te ayudaré en todo y, si hay problemas con la casa o con cualquier otra cosa, me ocuparé yo. Ya sabes lo mandona que soy.

Deborah sonrió y se relajó un poco.

—Es tan maravilloso tenerte aquí. Sé... sé que tú y yo hemos tenido nuestros desacuerdos... en algunas cosas, pero ahora podemos olvidarnos de todo eso, ¿verdad?

—Claro que podemos —contestó Nicola, aunque sabía que las diferencias entre ellas nunca habían sido por su hermana, sino por Richard y por todo lo que él había hecho diez años atrás—. Ahora, no nos preocupemos por eso. Lo único que importa es tu salud.

—Estoy cansada. Estos días parece que tengo muy poca energía. Y las náuseas de por la mañana son mucho peores esta vez, aunque el médico dice que eso es buena señal, que significa que este niño es mucho más fuerte que los anteriores.

—Sin duda tiene razón. Además, estoy segura de que te dijo que descansaras mucho, ¿no es así?

—Sí.

—Entonces, permíteme que llame a tu doncella para que te ayude a desnudarte y así puedas meterte en la cama.

—¡Pero tengo tantas ganas de que me cuentes todo sobre el compromiso del primo Bucky!

—Tendremos mucho tiempo para eso mañana. Te prometo que te lo contaré todo. Y también lo de lord Lambeth.

—¿Cómo? ¿También se va a casar? —preguntó Deborah, con los ojos abiertos de par en par por el interés de la noticia—. ¿Con quién? Y yo que pensaba que era un soltero empedernido.

—Supongo que solo hace falta la mujer adecuada, pero es una historia demasiado larga para contártela ahora. Lo oirás todo mañana.

Con una sonrisa cansada, Deborah asintió. Nicola le dio un beso en la mejilla y salió de la habitación para dirigirse a la que se le había preparado a ella. Tras cerrar la puerta de su dormitorio, Nicola miró a su alrededor. La suave luz de la lampara era muy acogedora, pero no pudo disipar el frío que sentía en el corazón.

Odiaba estar allí. Deseó estar lejos, en Londres, en la vida que se había construido allí. En Londres era feliz. Tenía sus obras benéficas con las empobrecidas mujeres del East End, el comedor que dispensaba comidas y ropas para los más necesitados... Tenía su círculo de amistades con el que se reunía cuando le venía en gana, los flirteos sin importancia que nadie se tomaba en serio, las cenas íntimas... Se sentía útil y ocupada y, además, estaban los placeres de la ópera y del teatro...

Sin embargo, allí... allí se sentía extraña. Odiaba estar en aquella casa con Richard. Además, había ocurrido aquel terrible encuentro con el bandido... el beso...

Nicola sacudió la cabeza para apartar aquel recuerdo. Sentía que era una estupidez estar pensando en aquel beso y no lo haría. Por ello, se dirigió hacia la ventana y separó las pesadas cortinas para mirar la oscuridad de la noche. Los árboles y los arbustos del jardín eran meras sombras. Entonces, cerró los ojos y apoyó la cabeza sobre el frío cristal de la ventana. Un terrible anhelo la atravesó por dentro, tan fiero que casi estuvo a punto de gritar. «Oh, Gil...».

Ya le había ocurrido aquello antes, un dolor agudo a inesperado en el pecho, como si las heridas volvieran a abrírsele. Cuando aquello le ocurría, el dolor que sentía por Gil era una pena tan profunda que amenazaba con asfixiarla. Todo aquello había pasado mucho tiempo atrás, diez años. Habitualmente pensaba en Gil con dulzura, recordando con tristeza cómo reía, cómo caminaba, cómo la hacía sonreír o suspirar. Sin embargo, aquel dolor que se había apoderado de ella era amargo e hiriente, cortándola por dentro casi como lo había hecho diez años atrás.

No había dejado de pensar en él en toda la tarde. Cuando el carruaje se detuvo en el patio, de repente recordó la primera vez que lo había visto allí, en Tidings, cuando ella regresaba con otros invitados de una jornada de caza. Él se había acercado a su caballo, extendiendo las manos para ayudarla a desmontar. Ella había bajado la mirada, turbándose al ver su hermoso rostro y sus alegres ojos negros, el negro mechón de cabello que le cubría la frente. Nicola le había entregado su corazón en aquel mismo momento.

Sola en su dormitorio, le resultaba imposible contener la avalancha de recuerdos. Suponía que era por estar allí, en Tidings, el lugar donde le había conocido, o tal vez por estar con Richard, al que había hecho todo lo posible por evitar durante diez años. Fuera lo que fuera, sentía el corazón transido por un dolor y un ansia que sabía que nunca desaparecerían.

Con un sollozo, se alejó de la ventana y se dejó caer sobre la cama. Tras colocarse de costado, contempló las incandescentes brasas de la chimenea y se acurrucó como una niña para entregarse por completo a sus pensamientos...

CAPÍTULO 2

1805

Nicola tenía diecisiete años cuando se mudó a Dartmoor con su madre y su hermana pequeña, Deborah. Su padre había muerto y, a pesar de dejar todas sus necesidades bien cubiertas, la finca en la que habían vivido hasta entonces pasó automáticamente, junto con el título, a un primo segundo, tal y como establecían las disposiciones familiares. El primo, cortésmente, les había ofrecido seguir viviendo en la casa junto con él, su esposa y su progenie, aunque solo por guardar las apariencias y no por afecto hacia ellas. Lady Falcourt, que sentía tan poco aprecio por él como el nuevo heredero sentía por ella, declinó la oferta y decidió irse a vivir con su hermana, lady Buckminster.

Lord Buckminster, su sobrino, a quien todos conocían como Bucky, les dio la bienvenida y los invitó a quedarse todo el tiempo que quisieran. En realidad, Nicola fue más feliz en Buckminster de lo que había sido en su propia casa. A pesar de que sentía la pérdida de su padre, siempre lo había visto como una figura distante que pasaba la mayor parte de su tiempo en Londres. Como lady Falcourt tenía una salud muy delicada, desde una edad muy temprana, Nicola había tenido que llevar las riendas de la casa. Sin embargo, allí en Buckminster, el ama de llaves era una mujer muy competente que se ocupaba de todo sin que lady Buckminster tuviera que hacer nada más que asentir a las decisiones que ella tomaba. Libre de la responsabilidad de dirigir una casa, Nicola pudo hacer poco más o menos lo que le apetecía, aunque siempre bajo la atenta mirada de lady Buckminster.

Por lo tanto, Nicola se pasaba la mayor parte del tiempo montando a caballo por las tierras cercanas y conociendo a las personas que allí vivían. Desde la infancia, siempre se había sentido muy cómoda entre sirvientes y arrendados, ya que su madre siempre había estado demasiado indispuesta y Nicola había recibido la mayor parte del cariño de su niñera. A lo largo de los años, su «familia» había ido incluyendo a la mayoría de los otros sirvientes, desde el mozo de menos categoría hasta la imponente figura de la cocinera.

Había sido Cook, así llamaban la cocinera, la que le había inspirado su interés en las hierbas y especias, cuyas propiedades le había explicado mientras Nicola la escuchaba atentamente. Lo que más le había interesado habían sido las propiedades curativas de las plantas. Cook le enseñó cómo cultivar las hierbas en el jardín y a identificarlas cuando las recogía en el campo. Nicola aprendió también a secarlas, a mezclarlas y a hacer tinturas y bálsamos. Además, tanto amplió sus conocimientos leyendo y experimentando por su cuenta que, cuando solo tenía catorce años, la llamaban a ella para curar alguna enfermedad tanto como a la propia Cook.

El único problema de su nueva residencia era el conde de Exmoor. Como era el único miembro de la aristocracia en la zona, estaba presente en todas las reuniones sociales, a las que Nicola, a pesar de tener solo diecisiete años, solía asistir también. Indudablemente, ella era la más bella joven de la comarca, a la que requerían todos los muchachos sin excepción. Nicola no solía prestar atención a sus torpes intentos, pero el conde era un caso completamente distinto. Era maduro y sofisticado, aunque la cortejaba con poca delicadeza. Sin parecer descarado a los ojos de su madre o de lady Buckminster, se las arreglaba para encontrar numerosas oportunidades para tocarla y le dirigía miradas apasionadas que alarmaban y molestaban a Nicola. A ella no le interesaba el conde lo más mínimo, a pesar de que a su madre le parecía una oportunidad que no debía dejar pasar.

—Dios santo, Nicola —le decía cuando ella protestaba por haber sido invitada a cualquier acontecimiento social por el conde—. Cualquiera diría que te sentirías halagada por sus atenciones. Es un buen partido. Los Montford son una familia importante, con riqueza y títulos. Pero si hasta eres amiga de su prima... ¿Cómo se llama esa chica tan tímida?

—Penelope. Y no es tímida, sino simplemente algo callada. Sí, aprecio a Penelope y también a su abuela, pero eso no tiene nada que ver con lo que siento por Exmoor. No me gusta, al igual que detesto el modo en que me mira o me habla.

—Querida mía, lo que ocurre es que estás acostumbrada a esos jovenzuelos tan inmaduros.

—¡Pues prefiero los jovenzuelos inmaduros a un viejo!

—Nicola, el modo en el que hablas... El conde no es viejo. Está en la flor de la vida.

—¡Pero si debe de tener cerca de cuarenta años! Y yo, por si te has olvidado, solo tengo diecisiete.

—Por favor, querida, no hay necesidad de ser grosera. Tiene treinta y tantos, pero no es demasiado viejo para casarse. Muchos hombres son bastante más mayores que sus esposas. Tu padre, por ejemplo, era dieciséis años mayor que yo.

—Eso no importa. Además, yo no tengo deseo alguno de casarme con nadie. De hecho, no pienso hacerlo hasta dentro de muchos años y por supuesto no lo haré si no es con alguien al que ame. La abuela me dejó una bonita fortuna para que no tuviera que casarme a menos que quisiera.

—No sé de dónde has sacado esas ideas tan radicales...

—Sí que lo sabes. De la abuela.

Efectivamente, la anciana había sido una mujer independiente que siempre había mirado con desdén a la mujer insulsa en la que se había convertido su hija. La abuela se había visto presionada por su familia para casarse sin amor y se había asegurado de que ninguna de sus tres hijas se viera obligada a hacer lo mismo. A su muerte, les había dejado a Deborah y a ella una cuantiosa herencia para que pudieran vivir independientemente, si así lo querían.

—Sí, y de tu tía Drusilla —añadió su madre. Drusilla nunca se había casado y vivía en Londres. Lady Falcourt la entendía incluso menos a ella que a la fanática de los caballos, Adelaide, lady Buckminster—. Menudo ejemplo es. Una solterona, sin hijos que le alegren los días ni un marido al que cuidar ni casa de la que ocuparse.

—No es que no tenga intención de casarme, mamá. Lo haré cuando y con quien yo quiera, aunque te puedo asegurar que no será con lord Exmoor.

Sin embargo, no había manera de poder esquivar al conde a menos que Nicola quisiera recluirse socialmente. Estaba en todas las fiestas a las que iban y lo peor de todo era que su madre insistía en aceptar todas las invitaciones que él les enviaba.

Así fue como Nicola asistió a la cacería en Tidings, la hermosa finca de los Exmoor, y entró trotando en el patio, ruborizada por la actividad y con mechones de cabello sueltos alrededor de la cara. Cuando los mozos se acercaron a ocuparse de los caballos, Nicola bajó los ojos y se encontró con uno de los rostros más hermosos que había visto nunca.

Era más fuerte que el resto de los mozos, más alto y robusto. Unos ojos oscuros y llenos de picardía destacaban en un rostro profundamente bronceado, enmarcado por una espesa mata de pelo negro. Al mirar a Nicola, esbozó una sonrisa. Ella lo miró, sintiéndose como si el mundo se hubiera detenido y ella estuviera flotando, libre, aunque con el corazón desbocado.

—¿Quiere que la ayude a bajar, señorita? —preguntó el mozo, levantando las manos.

Nicola no pudo responder. Se limitó a sacar el pie del estribo y a deslizarse de su silla de amazona para apoyarse sobre él. El mozo le rodeó la cintura con las manos y la bajó sin esfuerzo. Al colocarle las manos sobre los hombros, Nicola sintió el calor que emanaba de su cuerpo, y que traspasaba la tosca camisa de lana, su fuerza y sus músculos. Durante un instante, estuvieron muy juntos, con el rostro de él tan cerca del de ella que Nicola pudo ver las espesas pestañas que le ensombrecían los ojos. En cuanto tocó el suelo, el conde apareció a su lado y la tomó del brazo para acompañarla a la casa.

Durante el almuerzo que se celebró tras la cacería, Nicola no pudo escuchar ni una de las palabras que el conde le dijo, como tampoco del resto de las conversaciones. Solo podía pensar en aquel mozo. Deseaba saber su nombre, pero no se le ocurría ningún modo de averiguarlo sin que resultara extraño. Tuvo que marcharse de Tidings sin poder averiguar nada más.

Después de aquel día, su madre no tuvo dificultad alguna para persuadirla de que asistiera a cualquier acto en la casa del conde de Exmoor. Sin embargo, a pesar de todos sus esfuerzos para estar en Tidings, lo que le había provocado un fuerte conflicto interior, no volvió a ver al supuesto mozo. Supuso que no era lo suficientemente importante dentro del establo como para relacionarse habitualmente con los invitados, a menos que hubiera un gran número de ellos, tal y como ocurrió el día de la cacería.

Se dijo que era una insensatez sentirse tan interesada por aquel hombre. Después de todo, solo lo había visto durante un momento y solo porque ella hubiera experimentado aquella sensación física tan extraña no significaba que fuera especial. Ni siquiera habría sabido decir lo que esperaba conseguir al volver a verlo. Lo único que sabía era que se sentía inquieta y turbada. Sin embargo, no fue en Tidings donde se encontró cara a cara con él dos semanas después. Fue en la casa de la Abuela Rose.

Poco después de que se mudara a Buckminster, la gente había empezado a hablarle sobre una anciana de la comarca. Todos la llamaban la Abuela Rose, aunque nadie tenía aquel parentesco con ella, y era famosa por sus remedios. Incluso había personas que la consideraban una bruja. Se decía que sabía más de plantas y de sus propiedades medicinales que nadie e iban a verla personas de zonas muy alejadas.

Nicola quiso conocer inmediatamente a la mujer y consiguió que una de las doncellas la llevara a su casa, una antigua construcción en medio del bosque.

Nicola le tomó enseguida afecto a la anciana y la Abuela Rose sintió lo mismo por ella. Con frecuencia, Nicola iba a verla y la anciana le enseñó mucho más sobre plantas y hierbas que la cocinera Cook. La joven le correspondía ayudándola con su pequeño jardín y paseando con ella por el bosque, donde la abuela iba a buscar plantas. La Abuela Rose le enseñó los usos y peligros de las hierbas y cómo preparar pociones. Nicola lo apuntaba todo muy diligentemente y la Abuela Rose le confiaba con gusto los secretos que su propia hija no había querido aprender.

Como la abuela era muy sabia también en otros aspectos, Nicola se quedaba con ella a menudo para charlar mientras tomaban una taza de té. Le habló de ella misma, de la muerte de su padre, de su madre e incluso de la insistente persecución del conde de Exmoor.

—Ese es un hombre malo. Es mejor que no te acerques a él —dijo tristemente la anciana.

—¿Malo? —preguntó Nicola, sorprendida—. Nadie ha dicho nunca que haya hecho algo malo.

—Porque no lo saben. Porque se le da muy bien escondérselo a los suyos, pero no hay bondad en ese hombre.

—Bueno, no me pienso casar con él, por mucho que insista mi madre.

Después de eso, sintió deseos de decirle a la Abuela Rose por qué había acudido a Tidings tan frecuentemente durante las dos últimas semanas, pero prefirió no revelarle su secreto. Seguramente la anciana lo encontraría extraño ya que, habitualmente, las damas no se mezclaban com mozos de cuadra. Además, Nicola no quería compartir con ella el sentimiento que había experimentado al verlo. Era algo que se había guardado para sí durante aquellas dos semanas.

Mientras tomaban el té, Nicola notó que la anciana miraba constantemente por la ventana y finalmente cayó en la cuenta de que la mujer debía de estar esperando a alguien. Por ello, Nicola se terminó el té y se levantó para marcharse, pensando que tal vez la visita de la Abuela Rose sería alguien que no deseaba ser visto consultando a la curandera local.

Después de salir por la puerta de la casa, echó a andar por el sendero, pero se detuvo secamente al ver que había un hombre al lado de su caballo. Estaba acariciándole suavemente el cuello al animal y le hablaba en voz muy baja. Como si notara que alguien le estaba observando, el hombre se dio la vuelta y levantó las cejas, muy sorprendido.

Nicola se quedó perpleja. El hombre que estaba junto a su

caballo era el mozo de Tidings. Estaba vestido con su ropa de domingo, con la camisa abierta y los puños remangados por el calor que hacía.

Entonces, él sonrió, con el mismo descaro que lo había hecho el día de la cacería y se acercó a ella.

—Vaya, pero si es la señorita. ¿Qué hace una dama de tan alta cuna saliendo de la casa de la Abuela Rose? —preguntó él, pronunciando sus palabras con el acento de la zona.

Tenía los ojos tan oscuros y los hoyuelos de las mejillas tan profundos como Nicola los recordaba. De repente, a ella le costó respirar, pero levantó la barbilla, dispuesta a no dejarse intimidar.

—¿Y por qué no debería yo estar aquí?

—Porque habitualmente envían a sus doncellas, a menos, desde luego, que busquen remedio para algo que no le puedan confesar a nadie —replicó él. Nicola abrió mucho los ojos, al darse cuenta de las implicaciones de aquellas palabras. Estaba a punto de contestarle cuando el joven se echó a reír e hizo una profunda reverencia—. Sin embargo, ese no puede ser el caso con una joven dama tan inocente y hermosa como usted. Usted no tiene necesidad de cremas de belleza o de pociones de amor. La mitad de los hombres de Dartmoor deben de estar ya a sus pies.

—Y tú, evidentemente, no tienes necesidad de conseguir más picardía —contestó Nicola, sin poder evitar una sonrisa—. Ya eres más zalamero de lo que deberías.

—Vaya, me alegro de que diga eso. Mi abuela me mataría si hubiera ofendido a una de sus clientas.

—¿Tu abuela? ¿De verdad es tu abuela?

—Bueno, es la abuela de mi madre.

—Me sorprende no haberte visto antes.

—Yo vivo en los establos, en Tidings. Es parte de mi trabajo, pero vengo a visitar a mi abuela todos los domingos, en mi día libre. Mi madre y yo vivíamos en Twyndel —dijo él, tras una breve pausa—, pero el año pasado, cuando ella murió, volví aquí para estar cerca de mi abuela. Está haciéndose muy mayor.

—Yo tampoco soy de esta zona —respondió Nicola—. Vivimos con mi tía, lady Buckminster.

—Ah. Tuvimos una charla muy interesante, lady Buckminster y yo, sobre su yegua.

—Estoy segura de ello —dijo Nicola, devolviéndole la sonrisa—. No es probable que mi tía hable de otra cosa. ¿Es que no se la habías cuidado bien?

—Me ofende, señorita. El animal se había hecho daño en el espolón, así que lady Buckminster vino a los establos para dejar a la yegua, ya que estaba más cerca de Tidings que de Buckminster. Yo le eché una de las pomadas de mi abuela y la yegua estaba perfectamente al día siguiente cuando la señora vino a preguntar por ella. Era de la pomada de lo que ella quería hablar.

—Oh, bueno... —observó Nicola, mirando a su alrededor. Ya no había razón alguna para prolongar aquella conversación—. Creo que debería irme.

—Sí, desde luego.

A Nicola le pareció ver cierta decepción en sus ojos, pero empezó a caminar hacia su caballo. Él la acompañó.

—¿Viene aquí a menudo? —preguntó él, sin interés aparente, a pesar de que sus ojos decían lo contrario.

—Sí. Me interesan las hierbas y las medicinas y tu abuela ha sido tan amable de enseñarme muchas cosas. Vengo aquí a aprender y a comprarle sus remedios. Incluso me ha dejado una esquina de su jardín de hierbas para que yo plante las mías.

—¿Que usted también las cultiva? —inquirió él, muy sorprendido.

—Sí, claro. Y también las seco y las mezclo. Sé que tú crees que soy una joven inútil y superficial, pero tengo intereses aparte de mis vestidos y de mi cabello.

—Pues claro, señorita —dijo él, enrojeciendo un poco—. No creí que fuera inútil y superficial, sino solo algo diferente a las demás.

—Si me conocieras, descubrirías que, efectivamente, soy muy diferente a las demás.

—Eso ya lo sé. Muchas damas no estarían hablando con un mozo de cuadra.

—Mi madre me dice siempre que soy igualitaria hasta la desesperación. Bueno, adiós —dijo Nicola, colocándose para subir a su caballo—. Ha sido... ha sido agradable volver a verte.

—Gracias. Vengo a visitar a mi abuela todos los domingos.
—¿Sí? —preguntó Nicola. El corazón empezó a latirle a toda velocidad. ¿Acaso le estaba diciendo que quería volver a verla?—. Yo... Bueno... En ese caso, tal vez volvamos a vernos —añadió, tras aclararse la garganta.
—Tal vez —afirmó él, con una sonrisa—. Permítame ayudarla a montar.

Entonces, para sorpresa de Nicola, en vez de unir las manos para ayudarla a poner el pie en el estribo, la tomó por la cintura y la subió hasta la silla. Luego, dio un paso atrás, mientras Nicola agarraba las riendas con manos temblorosas. Sentía la huella de aquellos dedos contra la carne, como si le hubieran quemado la tela del vestido.

—Yo... No sé tu nombre.
—Gil, señorita, Gil Martin.
—No me llames señorita —replicó Nicola, sintiendo que algo se removía dentro de ella.
—De acuerdo. Entonces, ¿cómo debería llamarla? —preguntó él, observándola atentamente.
—Me llamo Nicola Falcourt.

La sonrisa que Gil tenía en los labios mostró aquella vez algo muy diferente al descaro de antes. Era como un calor que hizo hervir la sangre de Nicola.

—De acuerdo, Nicola.

Cuando Nicola llegó a casa de la Abuela Rose al domingo siguiente, Gil estaba allí. Nicola vio la cara de consternación de la anciana cuando abrió la puerta y vio a la joven en el umbral. También notó la inquietud con la que miró a su nieto. Aunque la Abuela Rose y ella hablaban sin ningún tipo de tratamiento de cortesía, como iguales, Nicola suponía que tal vez la anciana sentía cierta cautela por cómo reaccionaría Nicola si tuviera que estar con un criado.

Gil se levantó inmediatamente, sin dejar de mirarla a los ojos. Cuando Nicola lo miró, sintió que una oleada de calor se adueñaba de ella, tan fuerte que se sonrojó de pudor.

Cuando se sentó, la Abuela Rose le ofreció cortésmente una

taza de té. Los tres tomaron la infusión, charlando de un modo incómodo y estereotipado. Sin embargo, más tarde, cuando él la acompañó la mitad del camino, paseando a su lado mientras Nicola tiraba de las riendas de su caballo, hablaron de todo: de la Abuela Rose, de sus remedios, del padre de Nicola, de un potrillo que había nacido hacía un par de días en los establos de Tidings... Nicola se sorprendió mucho al ver que le contaba cosas que no había contado a nadie antes, ni siquiera a su hermana Deborah, pensamientos y sentimientos muy íntimos. Cuando por fin llegaron al lugar en que se iban a separar, los dos dudaron, reacios a marcharse.

—¿Vas a venir a la casa grande el viernes? Me refiero al baile del señor conde.

—¿Cómo? —preguntó ella. Estaba distraída contemplando cómo se reflejaba un rayo de sol sobre el negro cabello de Gil—. Oh, sí —añadió.

—Los otros dicen que él bebe los vientos por ti.

—¿Exmoor?

—Sí. Es un rumor habitual dentro de la casa.

—Eso parece.

—¿Y tú? —quiso saber Gil, mirándola con intensidad—. ¿Qué es lo que sientes por ese hombre?

—¿Por el conde? —replicó ella, atónita—. Bueno... nada. ¿Qué iba yo a sentir?

—También se dice que vas a aceptarle.

—Nunca.

—Bueno... Entonces... Está bien —susurró él, más relajado.

—¿Qué quieres decir con eso?

—No importa —dijo él, sonriendo—. Es mejor que me vaya. Podría pasar alguien por aquí.

Gil dudó un poco, sin dejar de mirarle la boca. Por un momento, Nicola pensó que él iba a besarla. Sin embargo, él se dio la vuelta y levantó la mano a modo de despedida. Ella lo observó mientras se marchaba, muy confundida. ¿Había querido besarla? Y ella, ¿había querido besarlo a él?

Cuando Gil le había preguntado si iba a asistir al baile del conde el viernes, Nicola había sentido una ligera esperanza. Se había imaginado que sería él con quien bailaría un vals. Sin embargo, muy pronto se había dado cuenta de lo ridículo de aquella idea. Aquello era imposible. Gil solo era un mozo.

Nicola llevó el caballo hasta un muro bajo para poder montarse y se encaminó hacia su casa, sumida en sus pensamientos. Nunca se había sentido antes tan confusa y desconcertada. Había querido que Gil la besara. Había deseado saborear sus labios y que él fuera uno de los caballeros que asistiera al baile del viernes...

Sin embargo, no era ninguna estúpida. Por muy bien que se llevara con todos los criados, por mucho que creyera que ellos eran iguales o mejores que los aristócratas, también sabía que el abismo que la separaba de un mozo de establo era muy profundo, e incluso insalvable. ¿Qué podrían disfrutar juntos excepto unas pocas tardes como aquella? ¿Qué podría pasar entre ellos que no terminara rompiéndoles el corazón a ambos?

Aquellos pensamientos estuvieron a punto de hacerla llorar. Entonces, comprendió que estaba a punto de enamorarse de Gil. Aquello sería algo insensato, desastroso... No podía consentir que la arrastraran sus impulsos.

Para cuando llegó a casa, ya había tomado una decisión. No volvería a ir a la casa de la Abuela Rose en domingo, por mucho que deseara hacerlo. Sería mucho mejor no permitir que hubiera sentimientos entre ellos.

Nicola mantuvo su resolución toda la semana. Incluso intentó todo lo que se le ocurrió para no tener que ir al baile del conde, pero su madre se mostró inflexible. Deborah, que era un año más joven y a la que todavía no se le permitía ir a las fiestas de los mayores, se ofreció para ocupar su lugar. Cuando su madre se negó a ello, se retiró a su cuarto de muy mal humor.

Por fin, Nicola accedió a asistir, diciéndose que era muy poco probable que viera a Gil. Sin embargo, sin saber por qué, tomó especial cuidado en arreglarse el pelo y el vestido.

El baile contó con la asistencia de algunos amigos del conde que vinieron de Londres, además de los Buckminster, lady Falcourt y Nicola, entre otros invitados que vivían en la región.

Lady Buckminster, por supuesto, se enzarzó rápidamente en una discusión con un caballero amante de los caballos. Nicola tuvo que empezar el baile con uno de los terratenientes de la zona. Luego, Exmoor le pidió bailar con ella y, como era el anfitrión, Nicola no pudo negarse. Vio que los ojos de su madre relucían de satisfacción al ver que el conde mostraba tal interés hacia ella.

La tarjeta de baile de Nicola estuvo pronto llena, pero ella se aburrió tremendamente. Los hombres de la capital eran presuntuosos y condescendientes y los de la comarca eran inmaduros y poco habladores. A medida que la tarde iba avanzando, el ambiente de la sala fue cargándose más y más, a pesar de las ventanas abiertas. Nicola aprovechó la excusa del calor para salir al jardín.

Lo hizo a hurtadillas, esperando que su madre no se hubiera dado cuenta. Anduvo durante un rato. Aunque ya no se veía la casa, todavía se oía la música, por lo que, mientras avanzaba, iba tarareándola. La luz de la luna bastaba para avanzar por el sendero.

—Se ha equivocado de dirección, señorita —dijo una voz de hombre a sus espaldas. Era Gil.

—Gil... No esperaba verte —dijo ella, avanzando lentamente hacia él.

—Me rompes el corazón —bromeó él—. Y yo que pensaba que habías salido a buscarme...

—No sabía que estarías aquí —respondió Nicola, tratando de no recordar que la idea se le había pasado por la cabeza.

—No creerías que iba a dejar que la velada pasara sin verte...

—No sabía.

Cuando estaba a menos de un metro de él, Nicola se detuvo. La luna le iluminaba la cara, aunque dejaba sus largas pestañas en penumbra. Gil sonreía y Nicola no pudo evitar pensar que no había ningún hombre en aquel baile que pudiera compararse con él. Estaba vestido con sus mejores ropas y tenía el cabello peinado hacia atrás. Sus ojos tenían un brillo que aceleró el pulso de Nicola.

—No deberíamos estar aquí —dijo ella, con un hilo de voz—. Alguien podría salir en cualquier momento.

—Aquí estamos a salvo. ¿Le gustaría bailar, señorita Falcourt? —preguntó él mientras Nicola se echaba a reír. Era tan deliciosamente absurdo...

—Me encantaría, señor —respondió ella, haciendo una reverencia.

Gil extendió una mano y, cuando ella la agarró, la tomó entre sus brazos. Nicola no sabía si sabría bailar el vals, ya que era un baile de la aristocracia y el pueblo llano prefería bailes más populares. Sin embargo, aunque algo torpemente, Gil siguió los pasos correctamente. A Nicola le pareció que moverse entre sus brazos era más maravilloso que hacerlo con otro hombre, por muy buen bailarín que este fuera.

A continuación, sonaron los acordes de una melodía más animada y, para cuando los dos se sentaron en el banco de piedra más cercano, lo hicieron agotados y riendo sin parar.

—¿Sabes una cosa? Mi abuela me previno contra ti —dijo Gil, de repente.

—¿Que te previno contra mí? ¿Por qué? Yo creía que la Abuela Rose me apreciaba.

—Y te aprecia. Dice que eres una joven maravillosa, lista, buena y ansiosa por aprender.

—Entonces, ¿por qué...? No lo entiendo.

—Dice que no debemos estar juntos porque es peligroso relacionarse con personas que no son de la misma clase y que... que no se debe desear algo... a alguien... que nunca se puede tener.

—¿Y quién dice que no lo puedes tener?

Al oír aquellas palabras, algo pareció despertarse en los ojos de Gil, algo ardiente y primitivo. Luego, le colocó el dedo bajo la barbilla y levantó el rostro de Nicola hacia el suyo. Ella sintió que se le hacía un nudo en la garganta. Sabía que debía huir, pero nada le hubiera hecho abandonar aquel lugar en aquel momento. El rostro de Gil se fue acercando poco a poco hasta que sus labios rozaron los de ella, al principio muy dulcemente y luego de un modo más y más apasionado. Entonces, la agarró por los hombros, pero era Nicola la que se acercaba más a él, aferrándose a su chaqueta, atónita por el placer que le proporcionaba.

Al ver cómo respondía, Gil la estrechó entre sus brazos, reclamando su boca más apasionadamente. Se abrazaron, perdidos en la luz de la luna, pasión mezclándose con pasión, mientras sus cuerpos despertaban a aquellas sensaciones y los corazones les latían con tanta fuerza que no se distinguían el uno del otro. Fue un momento que pareció durar una eternidad, interminable y maravillosa.

Por fin, Gil levantó la cabeza y la miró a los ojos. En aquel momento, al ver la pasión que ardía en el rostro de él, Nicola supo que las convenciones sociales no importaban, ni la situación de sus familias, ni los deseos de estas, ni las exclamaciones de asombro de la sociedad. Para ella, ya solo había un hombre en todo el mundo.

—Te amo —susurró Nicola.

CAPÍTULO 3

1815

Las lágrimas brillaban en los ojos de Nicola, transformando así las brasas del fuego en una temblorosa cortina roja. Nunca volvería a amar de aquel modo.

Se sentó en la cama y se secó los ojos. Le parecía muy injusto que aquel viejo dolor volviera a adueñarse de su corazón de aquella manera, recordándole la pérdida como una herida reciente, como si Gil hubiera muerto la semana anterior en vez de diez años atrás.

Después de todo, su vida le resultaba satisfactoria. Había aceptado el hecho de que, para ella, no habría día de boda, ni hijos... Aquella parte de su vida había terminado, aunque solo tuviera veintisiete años. Había adquirido hábitos en su vida que le resultaban agradables como sus obras de caridad, las tertulias con su tía, los bailes, la ópera e incluso flirteaba con ciertos hombres para los que sabía que aquello no significaba más que para ella.

Había muchas otras mujeres que tenían mucho menos que ella, damas aristocráticas que se habían casado tal y como se esperaba de ellas y vivían relaciones sin amor, preocupadas solo de los rumores y la ropa. Ese era el caso de su propia hermana, por ejemplo.

Nicola se levantó de la cama y se estiró el vestido. Entonces, fue a la cómoda para sacar su camisón y, tras dejarlo encima de la cama, empezó a desabrocharse los botones del vestido.

No debía volver a pensar en un amor perdido ni volver a sentir pena de sí misma. Había sufrido por Gil durante diez años y había aprendido hacía mucho tiempo a vivir la vida que se le había dado. No iba a volver a hundirse en un viejo sufrimiento solo por estar de nuevo en Tidings.

Tras tomar aquella firme decisión, se quitó la ropa, que dobló cuidadosamente sobre una silla, y se puso el camisón. Apagó la lámpara de la mesilla de noche y se metió en la cama. A pesar de que cerró con decisión los ojos, pasó mucho tiempo antes de que el sueño se apoderara de ella. Incluso cuando lo hizo, las lágrimas se deslizaron por sus mejillas.

—¿No te parece que hace una mañana preciosa? —preguntó Deborah—. Me alegro mucho de que sugirieras tomar el té aquí fuera.

Era media mañana y las dos hermanas estaban sentadas en un pequeño recodo del jardín, muy resguardado entre la casa y una pared exterior. Era un suave día de invierno y allí hacía una agradable temperatura al recibir de pleno los tibios rayos del sol.

Nicola sonrió a su hermana. Deborah tenía mucho mejor aspecto. Evidentemente, y al contrario que Nicola, había descansado bien aquella noche y el aire fresco le había sacado el color a las mejillas.

—Sí. Me alegro de ver que tienes tan buen aspecto.

—No te alegras tanto como yo. Es maravilloso tenerte aquí. Ahora... —añadió, inclinándose hacia ella, con los ojos encendidos por la curiosidad—, debes contarme todos los chismes de la capital. Mamá me escribió y me dijo que Penelope Castlereigh ha cazado a nuestro primo Bucky. ¿Es eso cierto? ¿Y de verdad se va a casar lord Lambeth con una aventurera?

—Eso suena a la versión de mamá de todos los acontecimientos.

Después de la muerte de Gil, diez años atrás, Nicola se había marchado de aquella zona, incapaz de soportar el constante dolor que le producía vivir en el mismo lugar en el que había amado a Gil. Se había mudado a Londres para vivir con su tía.

Su madre, furiosa con ella por haber rechazado la proposición de matrimonio que le había hecho lord Exmoor, no se había opuesto a que se marchara. Sin embargo, después de que Deborah se casara con el conde, lady Falcourt había vuelto también a la capital y había insistido en que Nicola fuera a vivir con ella, «por las apariencias», aunque Nicola sospechaba que solo quería a alguien que escuchara su interminable recital de enfermedades y achaques. Como resultado de dicha convivencia, conocía todos los chismes de todos los de su círculo de amistades no solo en Londres, sino en toda Inglaterra.

—La verdad es que Bucky abrió los ojos y vio las excelentes cualidades de Penelope. Sin embargo, Marianne y yo ayudamos a poner una pequeña trampa.

—¿Marianne? ¡Oh! ¿La hermosa pelirroja que había en la fiesta de Bucky?

Aproximadamente un mes antes, Nicola había ido, con otros invitados, a la finca de su primo para pasar una semana de festejos. Entre los invitados habían estado Penelope Castlereigh, una prima lejana del conde de Exmoor, Nicola, lord Lambeth y una hermosa mujer llamada Marianne Cotterwood, quien, en aquel momento, ocupaba los pensamientos de Bucky. Deborah había asistido al baile que lord Buckminster había dado y había conocido a los invitados, aunque se había marchado antes de que acabaran las celebraciones debido a su delicado estado de salud. Por lo tanto, se había perdido el tumultuoso fin de fiesta, que había incluido un secuestro y disparos de arma de fuego.

Nicola miró a su hermana, preguntándose cuánto sabría ella de la historia. Sospechaba que su marido no le habría contado todo, especialmente los acontecimientos que pudieran dejarle a él en evidencia.

—Sí. Esa es Marianne.

—¿Y es esa con la que se va a casar Lambeth?

—Sí, pero no es una aventurera, como dijo mamá.

—Entonces, ¿quién es? Cuéntamelo todo sobre ella. Nunca la había visto antes. Ni siquiera había oído hablar de ella.

—Igual que los demás, hasta que Bucky se enamoró perdidamente de ella. Es una historia muy interesante. Yo solo la conocí una semana o dos antes de que Bucky nos llevara a todos a su casa para los festejos. El hecho es que ella es la razón por la que Bucky organizó todas esas fiestas, dado que estaba bastante enamorado de ella. Bucky y Penelope la conocieron en una recepción organizada en casa de lady Baterslee y Bucky me suplicó que la invitara a una fiesta que mamá y yo dimos a la semana siguiente. Yo, por supuesto, hice lo que me pedía. Me moría de curiosidad por ver quién era la señorita Cotterwood. Bucky no hacía más que hablar de ella, pero yo estaba un poco preocupada al verlo tan encaprichado. Además, sabía lo enamorada que Penelope estaba de Bucky. En realidad, estaba más bien predispuesta a que me desagradara la señorita Cotterwood. Sin embargo, en cuanto la conocí, no pude evitar tenerle mucha estima, igual que le pasó a Penelope. Y descubrimos que Marianne no tenía interés alguno en Bucky. De hecho, a ella misma se le ocurrió un delicioso plan que apagara para siempre la fiebre que Bucky sentía por ella y lo arrojara en brazos de Penelope. Ojalá lo hubieras visto. Siempre que Marianne estaba alrededor de él, se comportaba como una criatura egoísta y superficial. Se aseguraba de dejarle con Penelope para que ella le diera consuelo y consejo. Por fin, incluso Bucky se dio cuenta de que estaba detrás de una mujer insufrible. Y lord Lambeth, como ya sabes, consiguió el amor de Marianne.

—¿Cuándo van a casarse Bucky y Penelope?

—Pronto. Van a casarse aquí en la iglesia del pueblo dentro de un mes. Parecía lo más adecuado, teniendo en cuenta que se trata de una alianza entre un Buckminster y una Montford.

—Es cierto —recordó Deborah—. Algunas veces me olvido de que lady Ursula y su madre son las primas de Richard. Las vemos tan de tarde en tarde.

Nicola evitó hacer comentario alguno. Era un hecho bien conocido que la abuela de Penelope, la condesa viuda de Exmoor, sentía muy poco aprecio por el hombre que había heredado el título a la muerte de su marido. Aunque la condesa pasaba algunas veces el invierno en Dower House, que estaba en aquella misma comarca, Nicola dudaba que fuera a visitar o recibiera al conde de Exmoor.

—La condesa está en su elemento, si me permites que te lo

diga —prosiguió Nicola, evitando profundizar más en el tema—. Lo está preparando todo personalmente. Penelope, Marianne y ella acudirán a Dower House dentro de un par de semanas para encargarse de los preparativos. Casi no puedo esperar para tener la oportunidad de hablar con Marianne.

—Sin embargo, no me puedo imaginar a lady Ursula dejando que otra persona organice la boda de Penelope. ¿Significa eso que la condesa se va a ocupar también de la boda de Marianne?

—Incluso lady Ursula se echa para atrás ante el poder del dinero. La condesa sabía que Penelope no tendría la boda que deseaba si lady Ursula estaba a cargo de todo, así que lady Exmoor le dijo a Ursula que ella pagaría los costes de las bodas de sus nietas, pero le dejó muy claro que ella tendría también la última palabra en todas las decisiones. Ya sabes lo tacaña que puede ser la madre de Penelope, así que cedió. En cuanto a la boda de Marianne, bueno, eso es lo más fantástico de todo. Me pregunto por qué Richard no te ha contado nada.

—¿Richard? ¿Y por qué iba a hacerlo? A los hombres les interesan muy poco las bodas.

—Sí, pero yo diría que Marianne le interesa bastante, ya que resulta que es también nieta de lady Exmoor, es decir, la prima de Richard.

—¿Cómo dices? ¡Debes de estar bromeando!

—No. Ella ha estado perdida para la familia durante años, por eso nadie sabía nada sobre ella. Sin embargo, es una de las hijas de lord Chilton.

—¿Lord Chilton? ¿El hijo de la condesa? Pero, ¿no murió él con toda su familia en Francia, durante la Revolución Francesa? Es decir, esa es la razón por la que Richard heredó el título. Si no, Chilton habría sido el nuevo conde tras la muerte del viejo.

—Eso es lo que todo el mundo ha creído a lo largo de todos estos años, pero resultó que los hijos se salvaron. Solo murieron lord Chilton y su esposa.

—¡Esto es fantástico! ¿Cómo podía no saberlo lady Exmoor? ¿Y qué les ocurrió?

Nicola sabía que, en aquel asunto, tenía que andar con pies

de plomo. No podía decirle a Deborah lo que la condesa creía que había ocurrido sin implicar a Richard. No quería tener que decirle a su hermana, especialmente en el estado en el que se encontraba, que su marido era un completo canalla.

—Bueno, no estoy del todo segura sobre los detalles —mintió Nicola—, pero, aparentemente, los niños fueron rescatados por una amiga de lady Chilton, una norteamericana.

—Entiendo. ¿Y esta se los llevó a los Estados Unidos?

—Solo a una de ellos. El niño, John, murió de una fiebre que contrajo en el viaje y la otra niña, Marianne, acabó en un orfanato.

Nicola sabía que Penelope y su abuela creían que Richard había sido el responsable de los destinos de los dos niños. Cuando los pequeños fueron a Londres con la amiga de lady Chilton, ella los entregó a la acompañante de la condesa, una mujer llamada Willa, porque la condesa estaba sumida en el más profundo dolor al creer que toda la familia de su hijo había muerto. Sin embargo, Willa confesó en su lecho de muerte que había entregado los niños a Richard, porque la desgraciada estaba enamorada de él y sabía que el niño, John, era el heredero legítimo del título y de las propiedades del fallecido conde y que Richard había heredado solo porque se creía que Chilton y su hijo habían muerto. Por eso, Richard había escondido a los niños, había enviado al niño a Dios sabría dónde, aunque Willa había asegurado que había muerto, y había entregado a la niña a uno de sus secuaces para que se deshiciera de ella. El hombre la había dejado en un orfanato.

—¡No! ¡Es horrible! ¿Quieres decir que todos estos años Marianne no ha sabido quién era?

—Efectivamente —dijo Nicola—. Todo esto salió a la luz hace solo unos pocos meses, cuando la niña que la norteamericana se había llevado a los Estados Unidos volvió aquí de visita y la condesa la conoció. Da la coincidencia de que es la viva imagen de su madre y la condesa dedujo que tenía que ser familiar suyo. Por fin, se descubrió que era Alexandra, la menor de los hijos de lord Chilton. Cuando se supo todo, se pusieron a buscar a Marianne.

—¡Qué emocionante! Esto es como una novela.

—Sí. Incluso tiene un punto de romance. Alexandra se enamoró de lord Thorpe y se casaron. El detective al que contrataron finalmente descubrió a Marianne en la fiesta de Bucky.

—¿Fue entonces cuando murió ese hombre tan horrible? Richard me lo contó. Me dijo que ese hombre estaba amenazando a una de las invitadas con una pistola y que él tuvo que dispararle para poder salvarla.

—Sí —replicó Nicola, secamente—. Estaba amenazando a Marianne. El hombre que murió tenía... tenía algo que ver con el hecho de que Marianne hubiera terminado en un orfanato.

—¡Qué villano! Bueno, pues me alegro de que Richard lo matara. Todo parecía tan horrible... Me alegré mucho de que Richard ya me hubiera enviado a casa en nuestro carruaje.

—Fue horrible —afirmó Nicola, mordiéndose las palabras que tanto deseaba decir. Sospechaba que Richard había estado tratando de salvar su propio pescuezo, y no el de Marianne, cuando mató al hombre—, pero ninguno de nosotros supimos por qué había tratado de matar a Marianne. Parecía no tener ningún sentido. Entonces, el magistrado llegó al día siguiente y reveló quién era Marianne.

—¡Dios santo! ¿Y cómo pudo Richard no contármelo? Los hombres son tan tontos algunas veces... Creen que las cosas más aburridas son las más fascinantes y luego se olvidan hasta de mencionar las más emocionantes.

—La condesa viuda está más feliz de lo que la he visto en años. Alexandra y ella están encantadas de haberse vuelto a reunir con Marianne y, por supuesto, para esta última es un sueño haber encontrado a su verdadera familia después de todos estos años.

—Ya me lo imagino. ¡Qué historia tan maravillosa! Y encima se termina con una boda doble... Casi no puedo esperar a que lleguen a Dower House para conocerlas. Yo... veo a tan poca gente por aquí.

—Deberías salir más. Deberías ir a Londres con Richard en vez de quedarte aquí, convirtiéndote en una provinciana.

Deborah la miró, con un gesto tan triste que Nicola pensó que estaba a punto de confesarle algo. Sin embargo, en aquel momento, una voz masculina retumbó a sus espaldas.

—Eso es precisamente lo que yo le digo constantemente. Tal vez escuche más a una hermana que a un marido.

Las dos mujeres se volvieron y vieron que el conde se acercaba a ellas, sonriendo. Venía acompañado de otro hombre, un individuo robusto, con rostro muy serio y vestido de un modo muy sobrio.

—¡Richard! —exclamó Deborah, con una sonrisa—. No me había dado cuenta de que estabas ahí.

—Hola, Richard —dijo Nicola, con frialdad.

No podía mirarlo sin pensar en la muerte de Gil. Tras conocer por Penelope la crueldad de sus actos, se temía que, aunque Richard había asegurado que había sido un accidente, el fallecimiento de su amado hubiera sido también responsabilidad suya.

—He venido para presentaros a mi nuevo empleado. Señoras, este es el detective que os dije que había contratado. Se llama George Stone. Señor Stone, esta es mi esposa, lady Exmoor, y su hermana, la señorita Falcourt.

—Señora, señorita —dijo Stone, con una sonrisa que parecía estar grabada en granito, acompañando sus palabras con una reverencia.

—Nicola, el señor Stone quiere hablar contigo sobre el incidente que ocurrió anoche —añadió Richard—. Necesita toda la información que puedas darle para ayudarle a capturar a ese salteador de caminos.

—Me temo que no podré decirle mucho —replicó Nicola. Aunque no sentía mucha simpatía por el bandido, no apreciaba mucho más a Stone y aún menos a Richard, por lo que no sentía mucha inclinación a ayudarlos a encontrar al hombre que estaba burlándose de Richard.

—Usted lo vio, señorita —dijo Stone—. Estoy seguro de que podrá decirme algo sobre él.

—Estaba muy oscuro —contestó Nicola, por fin, aunque de mala gana—. Y llevaba puesto un antifaz. No sé qué podría decirle sobre él.

—¿Era muy alto?

—Estaba a caballo, señor Stone. ¿Cómo iba yo a poder decirle su estatura?

—El cochero dice que desmontó, señorita, y que estuvo frente a usted gran parte del tiempo. Dice también que usted le abofeteó.

—Efectivamente. No tengo aguante para las impertinencias —le espetó Nicola, mirando significativamente al hombre.

—Estoy seguro de ello, señorita, pero lo que estoy diciendo es que, si eso fue así, seguro que pudo hacerse alguna idea de lo alto que era.

—Supongo que era de estatura media —dijo Nicola, con un suspiro—. Y también de constitución media.

—El mozo dice que era un hombre muy alto, señorita.

—Supongo que eso será lo que le pareció al mozo —replicó Nicola—. Jamie es un hombre bastante bajo.

—Sí, señorita, ya me he dado cuenta. ¿Tenía ese hombre algún rasgo distintivo? ¿Algo sobre su ropa o su manera de hablar?

—Hablaba como un caballero —respondió Nicola, sabiendo que aquel hecho era ya conocido por todos—. En cuanto a su modo de caminar... siento desilusionarle, señor Stone, pero en aquel momento estaba temiendo por mi vida y me temo que no me di cuenta de tantos detalles.

—Sí, señorita. Gracias —concluyó Stone. Tras hacerle una ligera inclinación de cabeza, se volvió a Richard—. Investigaré el asunto, señor.

Richard observó cómo el detective se marchaba y luego se volvió a Nicola, con el ceño fruncido.

—Me parece que tu actitud ha sido algo obstructiva, querida cuñada.

—¿Obstructiva? No seas absurdo, Richard. No me gusta el señor Stone. Me ha parecido muy impertinente, pero le he dicho todo lo que sabía. Ese bandido estaba vestido con ropas oscuras, como el resto de sus hombres. Todos llevaban máscaras y los caballos tenían el pelaje oscuro, sin marcas. Todos parecían haber puesto el mayor esfuerzo posible en hacerse tan difíciles de identificar como fuera posible. Además, como ya he dicho, temía por mi vida.

—¿Tú, mi querida Nicola? No creo que hayas tenido miedo de nada en toda tu vida.

—¡Qué tontería! Claro que he tenido miedo. Si no te lo crees, pregunta a tu esposa. Ella te dirá que tengo un pánico absoluto a las ratas. Especialmente, las de dos patas —añadió, tras una pausa, sin dejar de mirar a Richard.

—Por supuesto —dijo él, con una leve sonrisa en los labios—. Bueno, señoras, ¿vamos dentro? Creo que casi es hora de almorzar. Tal vez después podamos ir a hacer una agradable visita. Estoy libre por lo que queda de día.

—Lo siento —se apresuró a decir Nicola—. Yo ya he hecho planes para ir al pueblo.

—¿Para visitar otra vez a los campesinos? ¿No encuentras tal nobleza de alma algo agotadora?

—No es nobleza de alma, Richard. Me gusta hablar con la gente. Ellos me dieron la bienvenida cuando me mudé aquí y eso es algo que nunca olvidaré.

—¿Y de qué otro modo se iban a comportar contigo? Eres la prima de Buckminster.

—No he dicho que fueran corteses o temerosos de ofenderme, Richard. Estoy hablando de verdadero afecto, del que no puede forzarse por el miedo.

—Debo confesar que encuentro algo extraña tu afinidad con las clases más bajas, pero confío en que almuerces con nosotros antes de marcharte.

—Por supuesto —dijo Nicola, con una sonrisa.

—Espléndido —replicó él, sonriendo de un modo igualmente falso—. Vamos, querida —añadió, ofreciéndole el brazo a su esposa—. Vamos dentro.

Deborah se levantó y tomó el brazo de su esposo, para luego dirigirse con él hacia la casa. Nicola los siguió. Se estaba dando cuenta de que vivir en la misma casa que Richard iba a ser más difícil de lo que había pensado.

Durante la comida, habló poco y sonrió frecuentemente, haciendo todo lo posible por ignorar a Richard. Después, subió a su cuarto y recogió una bolsa que contenía las pomadas y tónicos que se le pedían más frecuentemente. Unas semanas antes, durante la fiesta de su primo en Buckminster, los arrendados de Bucky y los habitantes del pueblo le habían pedido muchos remedios curativos. Dado que la Abuela Rose había muerto, todos se habían vuelto a Nicola para que los ayudara.

Colgó la bolsa en la silla del caballo y se marchó de Tidings, tras negarse firmemente a que la acompañara ninguno de los mozos. Fue campo traviesa, ya que recortaba al menos una milla en el trayecto, respirando profundamente el aire fresco, tan diferente del de Londres y sintiendo que las tensiones que Richard le causaba iban cediendo. No sabía cómo iba a poder pasar los siguientes meses con él bajo el mismo techo, aunque tampoco podía marcharse cuando su hermana más la necesitaba.

Sus preocupaciones fueron pasando a medida que iba avanzando por el campo. Saltaba los muros bajos con facilidad, por lo que, cuando se aproximaron a una valla, montura y jinete se habían acostumbrado tanto el uno al otro que la sobrepasaron sin dificultad. Por fin, exultante de energía, llegó a un cruce caminos. Si tomaba el de la izquierda, llegaría antes al pueblo. El de la derecha llevaba a la parte de arriba de la garganta de Lydford, donde el río se despeñaba formando las cataratas Lady. Si iba allí, podría ir luego al pueblo por un camino diferente. Aunque añadiría una hora al trayecto, le quedaría mucho tiempo para visitar a los habitantes del pueblo...

Nicola giró a la derecha y puso el caballo al trote. Tenía que volver a ver las cataratas Lady. Entonces, se dio cuenta de que aquella era la verdadera razón de que hubiera querido ir al pueblo. Después de sus pensamientos de la noche anterior, no descansaría hasta que no hubiera visto de nuevo las cataratas.

Después de un rato, llegó al estrecho río Lyd y lo siguió hasta el lugar en el que se transformaba en la garganta de Lydford. El corazón empezó a latirle a toda velocidad. No había vuelto a ir allí desde el día después de la muerte de Gil y temía volver a verlo. Visitar el lugar que albergaba recuerdos tan hermosos y tan dolorosos sería un tormento, pero, a pesar de todo, tenía que hacerlo. No podría descansar hasta que lo hiciera.

Oyó el fragor del agua haciéndose cada vez más fuerte. Al final, delante de ella, vio el lugar idílico donde Gil y ella se habían reunido tantas veces durante aquellas mágicas semanas que duró su amor.

Nicola desmontó del caballo y tiró de él durante un corto trayecto. Finalmente, se acercó al barranco, dejando que la neblina que producía el agua al caer entre las rocas le acariciara el rostro. Entonces, miró a su alrededor, con el corazón preñado de emoción.

Aquel era el lugar en el que Gil y ella se habían reunido muchas veces después del baile de Tidings. Se habían sentado a la sombra de los árboles, a poca distancia de las cataratas, y habían hablado y se habían besado, haciendo planes para el futuro. Habían decidido ir a América cuando Nicola cumpliera los dieciocho años y fuera libre para casarse con quien quisiera. Además, le había dado un anillo, sencillo y pesado, la única herencia que Gil tenía. Su madre se lo había dado antes de morir, diciéndole solamente que era de su padre. Nicola lo había llevado prendido de una cadena, oculto bajo el vestido.

Cerró los ojos y recordó cómo se sentaban en el suelo, con ella apoyada sobre el pecho de Gil, rodeada por sus brazos, llenos de amor. El recuerdo fue tan real que le provocó un terrible dolor.

—¡Gil! —exclamó sin poder evitarlo, entre sollozos.

Nunca se había vuelto a sentir tan viva como en aquellos brazos. Los besos de Gil habían sido como de fuego y sus caricias habían despertado en ella sueños que no había sospechado que existieran. Se habían tumbado bajo el árbol, besándose y acariciándose, explorando su joven y ansiosa pasión hasta estar poseídos por el deseo, aunque Gil siempre se había apartado de ella antes de perder el control. Decía que no quería deshonrarla. Por muy difícil que le resultara, esperaría a que fuera su esposa.

Una vez, Nicola había querido continuar, diciendo que no le importaba, provocándole con la boca y el cuerpo. Aquel día, el último, se había desabrochado el corpiño y lo había abierto, solazándose en la mirada ansiosa que había visto en los ojos de Gil.

—¿Es que no me deseas? —le había susurrado ella.

—Dios, Santo —había respondido él, con voz ronca, extendiendo una mano para acariciarle un seno, rozando suavemente un pezón con el pulgar y haciendo que este se irguiera deliciosamente—, ¿es que no sabes que te deseo más que a mi propia vida? Verte... —añadió, deslizando la mano para agarrar el anillo que descansaba entre los pechos de Nicola—... ver este anillo ahí, calentado por tu carne, sabiendo que tú eres mía y que yo soy tuyo...

—Entonces, tómame. Hazme el amor. Quiero sentirte, saber...

—¡No! No pienso plantar mi semilla en ti sin que tú lleves mi nombre. Eso es lo que le ocurrió a mi madre y yo no te avergonzaré de esa manera. Y tampoco a mi hijo. Ahora, cúbrete antes de que me tientes más.

—¿Y si no lo hago? —había replicado ella, desafiándole.

—Bueno, entonces, tendré que obligarte a hacerlo.

En el momento en que Gil se inclinó sobre ella, un rugido había rasgado el aire. Nicola y Gil se dieron la vuelta y vieron al conde de Exmoor de pie, muy cerca de ellos, con el rostro furioso.

Gil se puso de pie, pero Richard llegó a él antes de que el mozo hubiera conseguido erguirse del todo y le golpeó fuertemente en la mandíbula, haciéndolo caer hacia atrás. Entonces, el conde se volvió hacia Nicola y miró el corpiño, que todavía seguía abierto.

—¿Qué es eso? ¿Un anillo?

—Sí. Gil me lo dio —respondió Nicola, mientras se ajustaba el corpiño para taparse los pechos—. Voy a casarme con él.

—¿Casarte con un mozo de establo? —bramó Richard.

Antes de que ella se diera cuenta, agarró el anillo y rompió la cadena que lo sujetaba. Tras mirarlo durante un momento, murmuró:

—Maldito sea...

—¡Devuélvemelo! ¡Es mío! ¿Cómo te atreves a interferir?

—¡Nunca te casarás con él! —aulló Richard, lanzando el anillo hacia las cataratas.

Nicola gritó y trató de atrapar el anillo, pero tuvo que detenerse, impotentemente, al borde del precipicio. A sus espaldas, Gil se levantó y se lanzó contra Richard. Los dos hombres cayeron al suelo. Nicola no dejaba de mirar fijamente cómo se despeñaba el agua y desaparecía en la garganta. Había perdido el anillo de Gil. Nunca más volvería a encontrarlo. Entonces, se dio la vuelta, furiosa, pero se detuvo al ver a los dos hombres enzarzados en una silenciosa y furiosa pelea.

Había visto peleas antes, pero ninguna se asemejaba a aquella intensa batalla. Los dos hombres rodaban por el suelo, dando puñetazos, luchando cuerpo a cuerpo, en completo silencio, a excepción de un gruñido ocasional.

—¡Quietos! ¡Gil! ¡Richard!

Los dos hombres se acercaron peligrosamente al borde del precipicio, tanto que la neblina del agua los envolvió. Nicola empezó a acercarse a ellos, advirtiéndoles del peligro. En aquel momento, el borde del barranco empezó a desmoronarse. Nicola se quedó petrificada. Entonces, un grito le rasgó los pulmones al contemplar que los pies de los dos hombres estaban colgando en el vacío. Dándose cuenta de lo que estaba ocurriendo, Gil y Richard trataron de gatear a una zona más segura, pero el suelo cedió bajo las piernas de Gil. Él empezó a deslizarse hacia atrás al tiempo que trataba desesperadamente de encontrar algo a lo que aferrarse.

—¡Gil!

Richard, que había conseguido ya alcanzar suelo más estable, se dio la vuelta al tiempo que Gil se deslizaba lentamente sobre la pendiente. La bruma que desprendían las cataratas parecía tragárselo como si estuviera entrando en una nube. Richard se acercó y se asomó.

—¡Sujétate! ¡Yo te ayudaré! —gritó, extendiendo un brazo hacia el barranco.

Nicola rezó frenéticamente. Los músculos de la espalda del conde se tensaron y vio que movía el hombro. Entonces, se oyó un grito y Richard se quedó quieto, con el brazo todavía colgando por el borde del precipicio.

El corazón de Nicola dio un vuelco. Entonces, las rodillas se le doblaron, incapaces de sujetarla. Cayó al suelo, sin poder hablar. Lentamente, Richard se dio la vuelta y se acercó a ella.

—Lo siento —le dijo—. No se pudo agarrar. Lo intenté, pero se deslizó entre mis dedos. Se ha caído.

CAPÍTULO 4

Nicola se apartó de las cataratas, con los ojos empañados por las lágrimas. El recuerdo de lo que había pasado diez años atrás era tan fuerte como si hubiera ocurrido el día anterior. Todavía recordaba la sensación de vacío en la boca del estómago cuando, después de la caída de Gil, se sentó al borde del precipicio, mirando el agua. ¡Gil no podía estar muerto!

—¡Tal vez no ha muerto! —había exclamado, al encontrar una breve esperanza—. Tal vez está en el fondo de la garganta, herido...

—Imposible. No ha podido sobrevivir a esa caída. Ya sabes las rocas que hay ahí abajo.

—¡También hay agua! Ha podido caer en el agua.

—No. Y no debes bajar ahí. Seguramente es una escena horrible.

Sin embargo, Nicola no había prestado atención alguna a las palabras de Richard y, tras montar en su caballo, se dirigió a la entrada de la garganta. Cuando llegó allí, recorrió el río contra corriente hasta las mismas cataratas. Cuando consiguió llegar allí, las sombras de la tarde habían empezado a caer y cubrían ya la laguna que formaban las cataratas.

No había ningún cuerpo en las rocas o en el suelo. Aunque Nicola y Richard, que la había seguido, miraron por todas partes, no encontraron a Gil ni a su cadáver.

—Nicola... déjame llevarte a casa. Esto es una búsqueda sin sentido. Estoy seguro de que te das cuenta de ello. Su cuerpo está o en el fondo de la laguna o la corriente lo arrastró río abajo. En cualquiera de los dos casos, ese muchacho está muerto. Si la caída no lo mató, seguramente se ahogó. Por favor...

—¡No está muerto! ¡No! ¡Lo sé! Si estuviera muerto, yo lo sentiría. ¡Está vivo! Se cayó al agua y tal vez se lo haya llevado la corriente, pero está vivo.

Volvieron por sus pasos a lo largo de la garganta mirando con más cuidado, pero no encontraron nada. Cuando llegaron a la boca de la garganta, estaba casi oscuro, por lo que Nicola permitió a Richard que la acompañara a casa.

—Lo siento —le dijo él, cuando hubieron llegado a Buckminster—. Estaba furioso, sí, pero te aseguro que nunca quise que muriera. Intenté salvarle. Tú lo viste, pero teníamos las manos mojadas y no se pudo agarrar a mí. Se me deslizó entre los dedos. Enviaré llamar al magistrado y le diré lo que ha ocurrido. No te preocupes. Me aseguraré de que tu reputación no sufra ningún daño. No debemos permitir que nadie se entere de que estabas allí con un mozo de establo.

—¡No me importa mi reputación! ¡Y no está muerto! Lo sé.

Richard había hablado con su madre en privado. Lady Falcourt luego había insistido en que Nicola se tomara un tónico de sabor muy desagradable. Después, la joven había ido a su habitación, segura de que no podría dormir, pero anhelando la soledad que la noche le daría mientras esperaba. Sin embargo, se había sorprendido mucho al descubrir que se había quedado dormida casi inmediatamente y que, cuando se despertó a la mañana siguiente, era mediodía. Entonces, comprendió que su madre debía haberle dado láudano, sin duda por recomendación del conde.

Después, Nicola había vuelto a la garganta para registrarla a la luz del día, pero no había podido encontrar rastro de Gil. Cuando volvió a casa, esperó que él le hubiera enviado algún mensaje diciéndole que estaba bien, pero no recibió nada. Aquella noche, rechazó el tónico de su madre y, como consecuencia, pasó una noche muy inquieta, repitiéndose las razones por las que Gil podría seguir con vida. Era joven y fuerte. Seguramente se había caído en el agua, y no en las rocas. La laguna era muy profunda, por lo que no se habría golpeado con el fondo. Además, él le había dicho que era buen nadador. Seguro que había sobrevivido. Tenía que haberlo hecho.

Sin embargo, a medida que iban pasando los días y no tuvo noticias de Gil, la certeza de su muerte fue haciéndose cada vez más real. Nicola había conseguido encontrar razones por las que él hubiera podido retrasarse en comunicarle que estaba con vida, pero, con el tiempo, incluso esas esperanzas se desvanecieron. Esperó, día tras día, pero no llegó ningún mensaje. Entonces, Nicola supo que Gil estaba muerto y cayó en una profunda depresión.

No comía, no dormía y, algunos días, hasta se negaba a salir de la cama.

El magistrado había ido a verla y le había hecho algunas preguntas. Ella había respondido que, efectivamente, Richard había tratado de salvar a Gil, pero que él había terminado por caer por el barranco. Sí, había sido un accidente. Después de un tiempo, se dio cuenta de que el magistrado había creído que Nicola y Richard habían salido a montar a caballo juntos y que se habían llevado a Gil para que se ocupara de los caballos, pero ya no se molestó en corregirle.

Dos semanas después del incidente, su tía fue a visitarlas y se llevó a Nicola a Londres con ella. Al principio, Nicola no había querido ir, aferrada todavía a una leve esperanza de que Gil se pusiera en contacto con ella. Sin embargo, su tía Drusilla había insistido y, finalmente, Nicola había comprendido que no podía seguir viviendo allí, cerca de todos los lugares que le recordaban a Gil y su breve amor.

Antes de marcharse, había ido a las cataratas Lady para despedirse de Gil. Tras permanecer un largo rato al borde del barranco un reflejo dorado le llamó la atención. Cuando miró con más cuidado, volvió a verlo entre las espinosas ramas de un arbusto que crecía muy cerca del borde del barranco. Rápidamente, Nicola se puso de rodillas, con el corazón latiéndole a toda velocidad. Allí, atrapado entre el follaje del arbusto, estaba el anillo que Gil le había dado.

Entonces, se tumbó sobre la tierra y extendió la mano todo lo que pudo hasta que alcanzó el pequeño arbusto. Cuando consiguió atrapar el anillo, serpenteó hacia atrás. Por lo menos tenía algo de Gil. Siempre lo tendría.

Tras meterse el anillo en el bolsillo, volvió a Buckminster con el corazón más ligero. Al día siguiente, se había marchado con su tía a Londres.

Nicola se dio la vuelta y se alejó de las cataratas. Inconscientemente, se llevó la mano hacia el bolsillo, donde llevaba el anillo. A lo largo de todos aquellos años, había tenido por costumbre llevarlo oculto, colgado de una larga cadena por debajo del vestido. Cuando el escote de su atuendo no se lo permitía, como ocurría en aquella precisa ocasión, se lo metía en el bolsillo. Al principio había sido como un talismán, un recordatorio de Gil, que la había reconfortado en los días más tristes y dolorosos. Sin embargo, lo había llevado ya durante tanto tiempo que formaba parte de ella.

Con la ayuda de una piedra baja, montó en su caballo y se alejó de las cataratas en dirección al pueblo. En primer lugar, se detuvo en la vicaría para visitar a la esposa del vicario. Después de una breve pero amigable charla, descubrió que la amable mujer no tenía respuestas para las preguntas que ella tenía.

Cuando estaba a punto de marcharse, el ama de llaves salió por un lateral de la casa para interceptarla. Según parecía, la cocinera estaba enferma con catarro y la fregona tenía un caso grave de sabañones. Nicola entró por la puerta lateral y le dio un tónico de hisopo y flor de saúco y a la doncella una crema de árnica.

Después de la vicaría, fue a la posada. El dueño se llamaba Jasper Hinton, un hombre tan delgado como su esposa era alta y oronda. En realidad, la pareja era tan dispar en su físico como en sus personalidades. Él era callado y reservado, mientras que a Lydia le encantaba hablar. Por ello, la posada y la taberna, que ocupaba el edificio adjunto, eran un lugar natural para el chismorreo y las noticias de todo lo que ocurría en la comarca.

La posada era también un lugar natural para descansar y beber algo,. Además, era posible que hubiera algún empleado con necesidad de sus remedios, Nicola entró en el patio. En cuanto lo hizo, provocó las exclamaciones de delicia del mozo de cuadra.

—¡Señorita Falcourt! —dijo, mientras la ayudaba a desmontar—. Había oído que estaba en Tidings, pero no me lo creí. Allí no, pensé yo. Nunca se la vio allí y hace solo un mes que estuvo en Buckminster.

—Lo sé, pero he venido a visitar a mi hermana.

—Eso es muy amable de su parte. Toma, Jem —le dijo a uno de sus muchachos—, ven a por el caballo de la señorita y frótalo bien. Te aseguro que iré a ver cómo lo has hecho —le amenazó, mientras le entregaba las riendas. Luego, acompañó a Nicola a la entrada de la posada—. ¿Cómo está su hermana? Es una buena condesa, pero no la vemos muy a menudo.

—No, me temo que Deborah no sale mucho. ¿Cómo tienes el ojo, Malcom?

—Vaya, me sorprende que se acuerde usted de una cosa de tan poca importancia. Ahora está bien, gracias a esa pomada que me dio. Funcionó a las mil maravillas.

—Me alegro de saberlo.

—Por aquí no hay nadie con su buen ojo para las curas, señorita, al menos ahora que la Abuela Rose ya no está, que Dios la tenga en su Gloria.

—Me temo que nunca sabré tanto como ella.

—Era tan sabia... Podía andar por los bosques y nombrar cada flor y cada planta que había allí y decir para qué se podían utilizar. Lo aprendió de su madre, y su madre de la suya y así sucesivamente. Siempre ha sido una familia de mujeres curanderas.

Al llegar a la puerta principal, el mozo de cuadra se despidió de ella alegremente. Nicola le despidió con una sonrisa y entró en la posada. Lydia Hinton se dirigió inmediatamente hacia ella, limpiándose las manos en el mandil y con una enorme expresión de alegría en el rostro.

—¡Señorita Falcourt! ¡Dios bendiga este día! Nunca creí que volveríamos a verla. Cuando Susan me dijo que estaba usted en el patio, no la creí. Venga al salón privado y descanse.

Una vez allí, Lydia ayudó a Nicola a quitarse la capa y luego le sirvió té y pastelillos. Después, se mantuvo de pie hasta que Nicola le pidió que se sentara con ella, como solía hacer siempre que la joven visitaba la posada.

Nicola preguntó por el señor Hinton y los hijos de ambos, y por los trabajadores de la posada. Luego, escuchó con interés todos los chismes que Lydia le quiso contar antes de poder hacerle la pregunta que le estaba quemando en los labios.

—¿Y qué sabe de ese salteador de caminos, señora Hinton?

—¿Salteador de caminos? —repitió ella inocentemente.

—Sí. El salteador de caminos. ¿Sabe que anoche detuvo mi carruaje?

—¡No! —exclamó Lydia, dejando la taza de té sobre la mesa con un pequeño estruendo. Parecía genuinamente conmocionada—. No, no debería haber hecho eso, señorita Falcourt. A usted, no. Es decir, una cosa muy distinta es cuando es el... Bueno, no tiene perdón asaltar a una dama como usted.

—Si lo que le preocupa es que yo le vaya a decir al conde lo que me diga, no tiene por qué. El conde y yo no simpatizamos mucho.

—Está claro que no los ha visitado antes en todos estos años... pero dicen que la sangre es más espesa que el agua...

—¡Exmoor y yo no somos de la misma sangre! —replicó Nicola. Sus ojos grises casi se hicieron plateados por la indignación—. La estúpida decisión de mi hermana de casarse con él no me vincula a mí con el conde en modo alguno. Creo que me conoce lo suficientemente bien como para saber que yo no tengo interés alguno en hacer daño a nadie. ¿Acaso pregunté cómo el joven Harry recibió unos disparos en el muslo el mes pasado cuando está tan claro como el día que fue porque seguramente estaba cazando de forma furtiva? ¿Le he dicho yo a lord Buckminster o a su guarda forestal que yo le suministré la pomada después de que su padre le hubiera sacado las balas y le hubiera dejado una virulenta infección? No lo hice. Le apliqué la crema, le vendé el muslo y no dije ni una sola palabra a nadie. Y Bucky es mi primo. Si no se lo dije a él, puede estar segura de que no le revelaría nada que pudiera hacer daño a otra persona al conde de Exmoor, al que desprecio.

—Lo siento mucho, señorita. Sé que usted no le diría nada a nadie pero es que, ahora, usted está viviendo en Tidings y su hermana es la esposa del conde.

—Lo sé, pero déjeme que le diga una cosa. Aunque me robó, no le di una buena descripción suya al detective.

—¡Un detective! —gritó la mujer, alarmada.

—Sí. El conde lo ha contratado para que investigue a ese salteador de caminos y a su banda. Se llama Stone y hablé con él esta mañana. Parece un tipo muy duro. Y no me dio buena impresión.

—El Caballero no debería arriesgarse tanto. Ya sabía yo que un día se pasaría de la raya y el conde iría a por él. El conde no es hombre con el que uno debiera meterse.

—No me cabe la menor duda de que tiene razón en eso, pero parece como si... ¿Acaso conoce a ese hombre?

—No lo conozco exactamente, pero yo... Bueno, todo el mundo lo conoce por aquí.

—No entiendo.

—Todo el mundo le aprecia mucho, señorita. Eso es lo que le digo. Ha hecho muchas cosas por la gente. Los ayuda.

—¿Quiere decir que les da dinero?

—Sí. Usted conoce a Ernest Macken, ¿verdad, señorita? Tiene esposa y cinco hijos y ha trabajado en las minas de estaño toda su vida. Bueno, pues se puso enfermo y no pudo ir a trabajar durante semanas. Su señoría le despidió y como él también es el dueño de la casa en la que viven, señorita, estaba dispuesto a echarlos porque, como Ernest no trabajaba, no podía pagar la renta. Sin embargo, una noche, alguien llamó a la puerta y Jenny, su esposa, se levantó para contestar. Al abrirla, vio que había una bolsa y, cuando miró dentro, encontró que había dinero, el suficiente como para pagar la renta durante seis meses y también para comprar comida y ropa.

—¿Y fue ese salteador de caminos quien se lo dio? ¿Cómo lo saben?

—¿Y quién más podía ser? Nadie de los que vive por aquí puede disponer de tanto dinero, a excepción del conde o de lord Buckminster. Y ninguno de ellos iba a ir a su casa a medianoche para darles una bolsa de dinero.

—Sí, estoy segura de que tiene razón.

—Además, también les ha ocurrido a otros. A unos más y a otros menos. A Faith Burkitt. Cuando su marido murió, su señoría la hubiera echado también de la casa y también encontró dinero en la puerta, pero ella consiguió ver al hombre que lo dejó y dijo que iba vestido todo de negro, con un antifaz.

—¿Así que es una especie de Robin Hood?

—Sí. Eso es lo que le parece a la gente de por aquí, señorita. Ayuda a todo el mundo, lo que es más de lo que se puede decir de otras personas. Además, solo perjudica al conde y a nadie de los de por aquí les molesta eso.

—No, estoy segura de ello. No me imagino que el conde sea un buen arrendatario de tierras o un buen patrón.

—El viejo conde no era tan malo y lo mismo dicen de su padre, pero cuando llegó el nuevo conde... Los salarios de las minas de estaño son para clamar al cielo, se lo juro por Dios, señorita. Poco después de que se le nombrara conde, los recortó porque decía que las minas no daban suficientes beneficios, pero los beneficios eran más que suficientes para el antiguo conde, ¿no? Y luego subió los alquileres de las casas en las que viven los mineros. Es muy duro para los granjeros, especialmente cuando tienen un mal año, pero ¿y los mineros? Les paga menos y ellos tienen que pagarle más. Es para clamar al cielo, eso es lo que es.

—Tiene razón. No me sorprende que a la gente no le preocupe que le roben. Lady Exmoor me dijo que son sus carros a los que los ladrones atacan más a menudo.

—Sí. A él y a los carruajes que van de paso, pero de vez en cuando. Nunca a la gente de la comarca. Una vez paró al médico cuando este iba en su nueva calesa a ver a un paciente. Cuando vio quién era, le dijo que prosiguiera y no le robó ni un céntimo.

—Parece un santo.

—Estoy segura de que no lo es, señorita. Es un hombre y nunca he conocido a ninguno que fuera un santo, pero solo va a por el conde... En eso no hay ninguna duda.

—Me preguntó por qué.

—¿Por qué? ¿Después de lo que hace el conde?

—Estoy segura de que es cierto, pero los ladrones no son normalmente tan selectivos. A mí me parece que actúa como si tuviera algo personal contra el conde. ¿Es de por aquí?

—No. Llegó hace unos pocos meses. Al principio, eran solo él y los hombres que vinieron con él, pero después de un tiempo se le unieron otros.

—¿Hombres de por aquí? —preguntó Nicola. Lydia asintió—. Dios santo. Temo por lo que les pueda pasar. El conde está decidido a atraparlos y ahora con el detective tratando de encontrarlos...

—Yo no me preocuparía mucho, señorita. El Caballero es muy listo. Nadie sabe dónde vive. Los hombres del pueblo se reúnen con él en un lugar secreto, pero no es ahí donde viven él y su banda. Son cuatro y viven en algún paraje escondido. Él nunca se lo ha dicho a nadie.

—¿Cómo... cómo es?

—¿Que cómo es? No estoy segura, señorita. Yo solo lo he visto una vez. Una noche —le confió, hablando en voz muy baja—, un hombre vino a la posada e insistió en que no hablaría con nadie más que con mi Jasper. Mi marido fue a ver qué quería y, mientras tanto, yo traté de enterarme de lo que estaba pasando, así que bajé al descansillo de la escalera y me quedé allí, a oscuras, donde nadie podía verme. Entonces, ese hombre le dijo a Jasper que necesitaba un trago de whisky para alguien que estaba fuera. Estaba lloviendo y el viento soplaba con fuerza. No era una noche adecuada para que hombre o bestia anduvieran vagando, así que mi Jasper le dijo que por qué no podía entrar ese hombre, pero el otro respondió que era imposible e insistió hasta que Jasper le sirvió el vaso de whisky. Entonces, yo oí el ruido de unas botas con espuelas sobre las piedras del patio y, antes de que me diera cuenta, apareció un hombre en el umbral. Casi me desmayé de miedo. Era un hombre muy alto y corpulento, tanto que llenaba la puerta. Estaba vestido todo de negro, de la cabeza a los pies, e incluso llevaba un antifaz negro. Por supuesto, yo supe inmediatamente quién era en cuanto lo vi y me asusté mucho por Jasper, porque, por mucho que diga todo el mundo, nunca se sabe, ¿verdad? Entonces, con una voz muy elegante, dijo: «Muchas gracias, señor. No le molestaré como para que salga al exterior en una noche tan tormentosa como esta». Tomó el vaso y se lo bebió de un trago. ¡Y pagó con una moneda de oro!

Cuando lo vi, casi me caí por las escaleras. Luego, se despidió muy cortésmente de Jasper y se volvió para marcharse pero, al hacerlo, sin ni siquiera mirarme, dijo: «Y buenas noches también a usted, señora Hinton». ¡No me lo podía creer! Me había visto en aquel corto espacio de tiempo, pero ninguno de los otros dos me habían descubierto en todo el tiempo que habían estado hablando.

—Entonces, ¿nunca le vio la cara? ¿Se la ha visto alguien?

—Yo no, señorita. Algunas de las muchachas del pueblo dicen que es muy guapo, pero solo son tonterías de niñas románticas. Me atrevo a decir que ni siquiera lo han visto con el antifaz, y mucho menos sin él. No conozco a nadie que sepa nada sobre él, ni siquiera de dónde viene.

—Me pregunto si es realmente un caballero.

—No tiene manos de caballero —le aseguró Lydia, sacudiendo la cabeza—. Yo se las vi cuando se quitó los guantes para beberse el whisky. Son grandes, callosas y llenas de cicatrices. Son las manos de un hombre que ha trabajado con ellas toda su vida. Ni siquiera un caballero que monta a caballo sin guantes tiene las manos así.

—Entonces, ¿cómo aprendió a hablar de ese modo?

—Ese hombre es un misterio, señorita Falcourt. Y a mí me parece que le gusta que así sea. No quiere que la gente sepa nada sobre él.

—Umm. Supongo que cuanto menos se sepa de él menos probable es que alguien le delate.

—Nadie le delatará, señorita, eso se lo aseguro. Aquí, ese hombre es un héroe.

—¿Aunque el conde ofrezca una recompensa? Seguro que en ese caso habrá alguien dispuesto a hablar y yo me atrevería a decir que no pasará mucho tiempo antes de que Richard recurra a eso. Está decidido a capturarle y se toma las escaramuzas de ese hombre como algo personal.

—Bueno, sea como sea, le costará cazarle. Y el que le delate tendrá que tener mucho cuidado en esta comarca.

—Espero que tenga razón. No me gustaría que atraparan a ninguno de los hombres del pueblo que van con él. Ya sabe que eso significaría la horca para ellos.

—Sí, lo sé, pero no los arrestarán. Le aseguro que es muy astuto.

Como ya habían agotado aquel tema de conversación, Nicola empezó a hablar de otros asuntos. Finalmente, la señora Hinton se levantó, disculpándose por haberle robado tanto tiempo.

—Pero, si no le molesta, señorita, algunas de las muchachas se quejan sobre esos días de cada mes. La Abuela Rose solía darles algo que les quitaba las molestias. ¿Sabe usted lo que era?

—Claro. Si hace que alguien traiga la bolsa de mi caballo...

—Enseguida, señorita. Es usted una buena mujer, si no le importa que yo sea tan descarada como para decir eso. La Abuela Rose estaría orgullosa de usted.

—Gracias, señora Hinton. Eso me agrada mucho.

Durante gran parte de la tarde, Nicola permaneció en el salón privado de la posada, escuchando las cuitas de varias de las criadas primero, y luego de algunos habitantes del pueblo, que se habían enterado que ella estaba allí y habían ido a verla por si Nicola podía ayudarlos. La joven dispensó consejo y remedios. Cuando no tenía la cocción que creía podía curar mejor una enfermedad, lo anotaba y prometía mandarla al día siguiente. Luego, acompañó a varias personas a sus casas para ver a familiares enfermos.

Estaba oscureciendo cuando salía de la casa de Tom Jeffers, a la que había ido para ver a la madre de este, que se estaba muriendo. Enfiló el camino hacia la posada para recoger su caballo pero, antes de que pudiera hacerlo, vio a un hombre dirigiéndose a toda velocidad hacia ella.

—¡Señorita! ¡Señorita! ¡Espere! No se vaya.

—Buenas tardes, Frank —dijo ella, reconociendo al hombre. Era el marido de una de las antiguas doncellas de Buckminster—. ¿Cómo estás?

—No demasiado bien, señorita Falcourt, no demasiado bien. Lo siento, señorita, pero me acabo de enterar de que estaba usted aquí. Es mi hijo pequeño... está enfermo. Casi no puede respirar. Lucy ha estado levantada toda la noche con él, pero no hace más que empeorar. ¿Puede venir a mi casa? Lucy se animó un poco cuando se enteró de que estaba usted aquí. Dijo que usted podría curarle. ¿Es eso cierto, señorita?

—Lo intentaré.

Siguió al hombre hasta la casa. La sala tenía el techo muy bajo y estaba muy oscura, ya que la luz solo la proporcionaba una vela y el fuego que les proporcionaba calor. Delante de la chimenea, sentada sobre un taburete, había una mujer con un niño de unos dos años en brazos, envuelto en una manta. No dejaba de acunarle, tarareando una canción. Cuando vio que Nicola entraba por la puerta, se puso rápidamente de pie y sonrió tímidamente.

—¡Señorita Nicola! ¡Gracias! —exclamó la mujer, con lágrimas en los ojos—. Usted le ayudará, ¿verdad, señorita? ¡Usted no dejará que muera!

—Haré lo que pueda. Ahora dime, ¿qué es lo que le pasa?

Aquella pregunta fue casi innecesaria. El niño tenía las mejillas muy acaloradas por la fiebre y, cuando Lucy le entregó al pequeño, este empezó a toser muy secamente.

—Parece garrotillo, Lucy. Creo que se pondrá bien. Solo tenemos que evitar que la garganta se le cierre. Pon un poco de agua a hervir, ¿quieres?

Lucy asintió y se puso enseguida a trabajar. Nicola mandó al padre a por una manta pequeña mientras ella paseaba arriba y abajo con el niño en brazos, susurrándole suavemente. Cuando el agua empezó a hervir, hizo que Lucy la echara en un bol y que lo pusiera encima de la mesa. Entonces, colocó la manta sobre el bol y se sentó, sujetando al niño de modo que la cabeza quedara por debajo de la manta. A medida que el niño aspiraba el vapor, la tos empezó a suavizársele y terminó por desaparecer.

Lucy empezó de nuevo a llorar, sin dejar de limpiarse las lágrimas con la punta de su delantal.

—Oh, señorita. Sabía que usted podría ayudarle...

—Esto es lo único que tienes que hacer cada vez que le entre la tos. El vapor le abre la garganta y así puede respirar mejor. Esta noche, ponle cataplasmas calientes en los pies. Además, te daré una bolsa de corteza de ciruelo salvaje para que le hagas una tisana. Dásela varias veces al día.

—Sí, señorita, sí.

Entonces, Nicola metió al pequeño en su cuna y luego le

mostró a Lucy cómo hacer las cataplasmas calientes. Por último, le dio la corteza seca.

—Te enviaré más si la necesitas. Esta tarde he dado todo lo que he traído, pero puedo recoger más cuando vuelva a Tidings. Cuando tenga otro ataque de tos, asegúrate de ponerle bajo la manta.

—Lo haré, señorita, lo haré. Que Dios se lo pague —susurró la mujer. Entonces, agarró la mano de Nicola y se la habría besado si esta no se hubiera soltado y le hubiera dado un abrazo.

—Hazme llamar si ocurre algo. Prométemelo.

—Lo haré, se lo prometo.

Después de una efusiva andanada de agradecimientos, Nicola consiguió salir de la casa. Frank insistió en acompañarla hasta el establo de la posada, solo para asegurarse de que llegaba bien, ya que era bien entrada la noche cuando Nicola terminó con el pequeño.

El mozo de establos de la posada pareció igual de preocupado ante la idea de que una dama volviera sola a Tidings después de que se ocultara el sol, pero Nicola se negó a que la acompañaran. Sabía que nadie de los que vivían por allí le haría daño. Por supuesto, estaba el bandido, pero no creía que él se molestara solo por una mujer que cabalgaba sola.

Salió del pueblo y dejó que la yegua siguiera su camino, ya que la estrecha franja de la luna daba muy poca luz aquella noche. Nicola contempló el cielo cuajado de estrellas. De repente, de entre un pequeño grupo de árboles, salió un hombre a caballo y se paró en medio del camino. Nicola contuvo el aliento y tiró de las riendas para detener su montura.

Al verla, el jinete empezó a dirigirse hacia ella. Nicola observó que estaba completamente vestido de negro y que, bajo el sombrero, llevaba un antifaz. Nicola supo sin duda que era el bandido. Se había equivocado al pensar que no atacaría a una mujer sola.

Agarró con fuerza las riendas y pensó si debía dar la vuelta y huir en dirección al pueblo, pero no le agradaba la idea de mostrarse cobarde delante de aquel hombre. Además, se dio cuenta de que su caballo era muy poderoso y sospechaba que la alcanzaría enseguida si huía de él. Como era su costumbre, decidió enfrentarse al peligro.

Con la barbilla bien levantada, esperó a que él llegara a su lado. El jinete se detuvo muy cerca de ella y se quitó el sombrero para inclinar la cabeza. Tenía una sonrisa en los labios.

—Bien, señora mía. ¿No le parece que es un poco peligroso que esté por estos parajes a estas horas, sola y a oscuras?

CAPÍTULO 5

Nicola trató de mantener la voz serena cuando le respondió.
—No he tenido miedo de la oscuridad desde que era una niña.
—A pesar de todo, creo que debería acompañarla a su casa. No querríamos que le ocurriera nada.
—Dado que usted es la única persona de por aquí que podría hacerme daño, no veo motivo para que me acompañe.
—¿Yo? ¿Hacerle daño? Me hieren sus palabras, señorita.
—¿Y cómo llama usted a detener el carruaje de una dama y robarle a punta de pistola?
—Sin embargo, no le hice ningún daño. Estoy seguro de eso.
—Me forzó.
—¿Que la forcé? —repitió él, comenzando a reír—. Señora mía, robar un beso es algo que no creo que pueda considerarse forzar a alguien. Además, usted me dio mi merecido por ello. Me abofeteó contundentemente.
—¡Qué tontería! No creo que le hiciera daño.
—Claro que me lo hizo. Imagínese mi orgullo herido después de que usted me diera ese correctivo... y delante de mis hombres.
—¿Y por eso está aquí? ¿Para vengarse de mí? ¿Para restañar su orgullo?
—Es usted una mujer excesivamente suspicaz. Creía que ya había afirmado que no estoy aquí para hacerle daño sino para asegurarme de que llega a su casa sana y salva.

—Oh, sí, claro. ¡Cómo he podido ser tan tonta de pensar lo contrario!

Nicola lo miró de reojo. Aquel hombre era la personificación del peligro y del mal y, sin embargo, el modo en que se le había acelerado el pulso no tenía que ver del todo con el miedo. Sentía una extraña clase de excitación, una sensación de ansia palpitándole por dentro que la ponía nerviosa al tiempo que la hacía gozar. Estaba segura de que aquella no era la reacción que debería tener ante un hombre como él.

Como si pudiera leerle los pensamientos, el bandido se giró hacia ella y sonrió, de un modo lento y seductor.

—¿Quién es usted? —preguntó Nicola, buscando un tema, cualquiera, que pudiera romper la tensión sensual que aquella sonrisa había creado.

—¿De verdad espera que se lo diga?

—Me parece absurdo no tener un modo de llamarle. Sería mejor tener un nombre que adjudicar a su rostro, o mejor dicho, a la falta del mismo.

—Dios nos ayude. Una mujer lista...

—Sin duda hubiera usted preferido una tonta.

—No, no, señora mía, una tonta no. De hecho, usted colma con creces mis preferencias. Soy un hombre al que le gusta vivir al límite. Y creo que se podría decir lo mismo de usted.

—Tonterías. Estoy segura de que ese límite del que habla sería muy incómodo para mí.

—Por supuesto. Usted es muy convencional. Incluso tímida, se podría decir, como lo demuestra el hecho de ir a caballo, sola, después de la puesta de sol.

—Estar en un carruaje, con mozo y cochero, no me sirvió de nada anoche, ¿no le parece? Yo diría que da igual que vaya sola. Además, nadie de los de por aquí me haría daño... es decir, a excepción de usted.

—Estoy seguro de que la mayoría de las mujeres hubieran optado por quedarse hoy en sus casas, y especialmente a estas horas, si hubieran tenido anoche la terrible experiencia de verse asaltadas por un salteador de caminos.

—Di por sentado que un salteador de caminos no se vería interesado por un solo jinete a caballo. Además, me parece algo extraño que un ladrón tan inteligente como usted actúe aquí, en la salvaje Dartmoor. Cualquiera creería que la zona de Londres es un lugar mucho más lucrativo. El páramo de Blackheath, por ejemplo.

—Bueno, los días de Dick Turpin ya han pasado. El páramo de Blackheath ya no es un lugar muy apropiado para los de mi profesión.

—¿Y Dartmoor sí lo es? ¿Cuántos carruajes detiene en una semana?

—Veo que le preocupa mi bienestar. Se lo agradezco. Sin embargo, no tiene por qué preocuparse. Nos las arreglamos bien.

—Insiste en interpretarme mal. Su bienestar no me concierne lo más mínimo. Simplemente me preguntaba por qué ha elegido usted un lugar tan apartado como este para sus fechorías.

—Hay menos oportunidades, es cierto, pero también hay menos posibilidades de que nos atrapen. Y las minas proporcionan un flujo constante de dinero y mercancías.

—Parecería que tiene usted alguna cuenta pendiente con el conde de Exmoor.

—¿Yo? ¿Cómo se podría tener algo en contra de un hombre tan agradable como el conde de Exmoor? Tan amable con sus trabajadores, tan comprensivo con sus arrendados.

—Me doy cuenta de que él es un blanco fácil. Es difícil sentir simpatía por el usurero cuando le roban. Sin embargo, no deja de ser un delito al fin y al cabo. Cuando le arresten a usted, le colgarán independientemente de a quién haya robado. Tampoco creo que será un héroe para los habitantes de la comarca cuando algunos de los hombres de por aquí sean ahorcados a su lado.

—Bueno, eso ocurriría suponiendo que nos arresten. Y yo no pienso dejar que eso ocurra.

—Estoy segura de que lo mismo les pasa a la mayoría de los delincuentes pero, al fin y al cabo, los prenden de todas formas. Y lo mismo le ocurrirá a usted.

—¿Cómo puede estar tan segura?

—¿Cómo puede ser tan arrogante como para pensar de otro

modo? Usted goza molestando a Richard. ¿Acaso cree que él no va a tomar medidas? Es un hombre muy poderoso y muy rico.

—Déjele que venga a por mí. Me encantaría conocerle.

—¿Acaso cree que él se va a molestar en perseguirle personalmente? No sea absurdo. Los hombres como Richard contratan a otros hombres para hacer el trabajo sucio. Y él ya lo ha hecho, sin importarle lo que cueste. Son estos contratados los que le cazarán a usted y a sus hombres como perros. Usted le ha insultado, prácticamente le ha desafiado a hacerlo. Ya es suficientemente enojoso que usted haya estado robándole su dinero, pero, anoche, cuanto detuvo su mismísimo carruaje, fue la máxima provocación. Ahora ya no descansará hasta que le tenga colgando de una horca. Ya ha contratado a un detective.

—¿De verdad?

—Sí, lo he conocido esta mañana. Se llama Stone y parece un hombre cortado a medida para este trabajo.

—Bueno, eso hará que este juego sea mucho más interesante.

—¿Es que no lo entiende? Richard no se detendrá. Tal vez pueda ocuparse de ese hombre, eludirle, matarle... lo que sea, pero este asunto no se acabará con Stone. Si él fracasa, Richard contratará a otros. Pondrá recompensas por su captura. Alguien, en algún momento, le traicionará por el dinero que ofrece el conde, por mucha estima que la gente de por aquí le tenga. Y pondrá guardias en los carros.

—Ya lo ha hecho, pero eso no ha impedido que siga llevándome las cajas fuertes.

—Entonces, contratará más. ¿Por qué no quiere entenderlo? ¡Richard Montford no es un hombre al que se deba provocar! Es capaz de cualquier cosa con tal de proteger sus posesiones.

—Estoy seguro de que lo es y, sin duda, usted es una de las más valiosas que tiene.

—¿Yo? ¿Cómo se atreve? Yo no soy propiedad de ningún hombre.

—¿No? Me atrevo a asegurar que su marido lo consideraría de un modo muy diferente.

—No lo haría. Si lo fuera, no sería mi marido —mintió Nicola—. Eso se lo puedo asegurar.

—No hubiera creído que el tipo de hombre con el que usted se casaría sería tan... avanzado en sus puntos de vista.

—¿El tipo de hombre con el que yo me casaría? ¿Cómo iba usted a saber nada del tipo de hombre con el que yo me casaría? Usted no me conoce.

—Sé que usted es la hermana de la condesa de Exmoor —replicó él—. La prima de lord Buckminster y, por lo tanto, una mujer de clase alta, de nombre y belleza... y que, por lo tanto, ha realizado un excelente matrimonio. Había creído que era usted la condesa de Exmoor.

—¿Yo? ¿Casada con Richard? Nunca. Es mi hermana la que está casada con él.

—Eso fue lo que me dijeron mis hombres, pero yo diría que habéis hecho un casamiento igual de ventajoso... incluso mejor. ¿Tal vez con un duque? ¿Acaso he errado llamándoos señora mía? ¿Debería haber sido Su Excelencia?

—Ninguna de las dos cosas. Soy la señorita Falcourt.

—¿No está casada?

—No. Y no creo que sea algo tan increíble. Hay muchas mujeres que no se casan.

—Es poco usual para una mujer de tal belleza y rango. Ese es el propósito de la vida de una aristócrata, ¿verdad? Casarse para fraguar alianzas, ganar la mejor posición social.

—Usted hace que el matrimonio se convierta en una proposición de negocios.

—¿Y no lo es? Una mujer noble es lo mismo que una prostituta: vende sus atributos al mejor postor. La única diferencia es que el comprador paga con un anillo de boda en vez de con monedas de curso legal.

—¡Usted, señor, es un necio! Está en su derecho, pero yo no tengo que quedarme aquí para escucharlo. Buenas noches.

Nicola espoleó a su caballo. Sin embargo, el desconocido extendió una mano y la agarró por el brazo, impidiéndole marcharse.

—No soy ningún necio, señorita Falcourt. Lo fui una vez, pero ya no lo soy. Descubrí lo que motiva a una mujer para elegir marido y sé que no es el amor ni el deseo. Sé muy bien de lo que hablo.

—Usted no sabe nada, solo cree que lo sabe. Evidentemente, alguna mujer le desilusionó, pero solo un necio pensaría que todas las mujeres son iguales.

—No todas las mujeres. Las mujeres nobles. Conozco a muchas mujeres de clase baja que tienen el corazón grande y afectuoso. Sin embargo, el corazón de una dama es frío y duro como una piedra.

—Entonces, el corazón de una dama debe de ser algo parecido a su corazón.

—Muy bien, señorita Falcourt —replicó él, riendo a carcajadas. Entonces, le soltó el brazo. Las dos monturas empezaron a caminar.

—Es usted terriblemente indignante.

—Sí, ya me lo han dicho.

—Tengo que preguntarme por qué ha elegido acompañarme si desprecia a las mujeres nobles de esa manera.

—Una vez que un hombre comprende lo que son, puede disfrutar del... —susurró, mirándola de arriba abajo—... placer de su compañía sin ser tan estúpido como para perder el corazón. Ni la cabeza.

—Ese comentario es típico de un hombre, sea o no noble. Para una mujer, no es lo mismo.

—Eso es lo que nos han hecho creer las mujeres.

—Y supongo que, por supuesto, usted sabe mejor que yo cómo piensa o siente una mujer.

—Soy más sincero al respecto.

—Su arrogancia es asombrosa.

—Decir la verdad no es arrogancia. A las mujeres les gusta hacernos creer que no sienten deseo a menos que el corazón ande también por medio, que se casan por amor, no por riquezas o posición. La verdad es que se casan por razones bien calculadas y que su pasión puede arder perfectamente sin la chispa del amor.

—En ese caso, yo debo de ser una mujer muy extraña, ya que no es ese mi caso.

—Miente.

—¿Cómo se atreve a implicar que...?

—Yo no estoy implicando nada. Lo digo directamente. No está diciendo la verdad y lo sabe. ¿Siente amor por mí?

—Imposible.

—Sin embargo, la noche anterior respondió a mi beso con pasión.

—Eso es una estupidez —dijo Nicola, notando la poca convicción que había en su voz.

—Sin embargo, los dos sabemos que no es así —insistió él, agarrando la brida del caballo de Nicola para hacer que el animal se detuviera—. Yo le di un beso y usted me correspondió, a pesar de que no me ama y de que ni siquiera sabe quién soy. A pesar de que no sabe mi nombre, sus labios temblaron y se deshicieron bajo los míos.

—La capacidad que tiene un hombre para el autoengaño es infinita —replicó ella, tratando de mantenerse tranquila—. Le abofeteé, si lo recuerda. ¿También llama a eso pasión?

—¿Cuánta de esa ira era contra mí y cuánta contra usted misma? —quiso saber él, agarrándola por la muñeca.

—Supone usted demasiado —susurró Nicola, temblando al sentir la piel de aquel desconocido contra la suya.

—No supongo más de lo que usted siente —afirmó él, acercándose un poco más a ella. Nicola quiso soltarse, escapar, pero no pudo hacerlo.

—Eso no es cierto.

—Entonces, béseme y dígame que no siente pasión alguna por mí. Que no hay deseo. Demuéstreme que solo el amor podría hacer la pasión en usted.

—No deseo besarlo.

Nicola protestó, a sabiendas de que estaba mintiendo. En lo único en lo que podía pensar era en la boca tan deseable de aquel hombre, expuesta bajo aquel antifaz. Recordó el beso que él le había dado y supo que deseaba volver a experimentarlo.

El bandido sonrió como si le estuviera leyendo los pensamientos y, al siguiente instante, tomó la boca de Nicola. Fue como había sido la noche anterior. Los labios de aquel hombre eran cálidos y aterciopelados. Nicola no pudo ocultar el largo temblor de placer que la atravesó, a lo que él respondió con un sonido de satisfacción. Entonces, la agarró con fuerza y la levantó de la silla de su yegua para colocarla sobre su propio caballo, delante de él. Mientras la boca del bandido seguía conquistando la de ella, estrechó a Nicola contra su pecho, algo que ella consintió, aunque algo aturdida por su propia reacción.

Nicola se había dicho que lo de la noche anterior había sido una casualidad, pero se había estado engañando y lo sabía. Aquel beso era como fuego contra sus labios, un extraño fuego que la consumía y la alimentaba al mismo tiempo, haciéndola arder por dentro. Era maravilloso y aterrador y hacía que se sintiera como una desconocida.

Sin saber por qué, le rodeó el cuello con los brazos, invitándole a profundizar el beso. Los labios de él se hundieron en los de ella mientras el desconocido levantaba una mano para hundirla en los cabellos de Nicola, como si deseara tenerla cautiva de su boca y su lengua. Sin embargo, Nicola no tenía deseo alguno de escapar, sino de saborear más y más las delicias que le ofrecía aquella boca. Se apretó contra él, dejando que su lengua se uniera a la de él en una delicada y sensual danza.

Entonces, él deslizó la otra mano a través de los pliegues de la capa que ella llevaba puesta y le acarició el cuerpo hasta tomar uno de sus senos entre los dedos. Con el pulgar, le acarició el pezón, haciendo que este se irguiera a través de la tela. Nicola emitió un sonido de sorpresa y placer al experimentar aquello. A medida que él acariciaba la dulce carne, su respiración se hacía cada vez más pesada. Nicola gimió, sintiendo que aquellas caricias le producían un ardiente deseo en el vientre.

Cuando él apartó la mano, Nicola emitió un suave sonido de protesta. Sin embargo, enseguida supo que él la había retirado solo para meterla por el escote del vestido. Rebuscó entre la prenda hasta que encontró la suave curva de sus senos. Nicola gimió, muy agitada, asombrada por la sensación de placer tan abrumadora que sintió cuando él deslizó los dedos sobre su piel y capturó el pezón entre ellos. Como sus movimientos se veían algo restringidos por el vestido, aquellas caricias eran, si cabe, aún más excitantes. El bandido estuvo a punto de rasgarle la tela para poder acceder plenamente a sus pechos, pero se controló, contentándose con tocarlos a través del vestido. Sin embargo, ella levantó las manos y le recompensó, desabrochándose los botones superiores del vestido para entregarse a él, sin pensar que aquello pudiera ser descarado o licencioso. En aquel momento, solo podía sentir un ansia que la devoraba, una pasión que la empujaba a desear más y más...

Como la barrera del vestido había desaparecido, las caricias fueron más completas, acompañadas de los suaves gemidos que emitía Nicola...

Entonces, él se detuvo un momento, mirándola con ojos tan negros como la noche que los rodeaba.

—No sabes cuánto...—empezó, para luego detenerse abruptamente.

Tras decir aquellas palabras, inclinó de nuevo la cabeza y le besó el centro rosado de uno de los senos. Nicola contuvo la respiración y hundió las manos en el espeso pelo del desconocido. No podía hablar, ni pensar mientras él tuviera los labios sobre su carne, acariciándola y torturándola con sus besos.

Nicola sintió que el calor le florecía entre las piernas y se aferró a él aún más, sin comprender del todo aquella reacción. Solo sabía que nunca había sentido un fuego o una urgencia parecidos.

—Por favor...

—¿Acaso no es deseo eso que sientes? ¿No estás gimiendo de pasión? Y, sin embargo, estoy seguro de que no sientes amor por mí.

Nicola recobró el control de sus sentidos bruscamente. La vergüenza se adueñó de ella y, tan rápidamente como pudo, trató de taparse. Luego, tras darle un fuerte golpe en el pecho, saltó del caballo y se abrochó el corpiño a pesar de que los dedos le temblaban. ¿Cómo podía haber sido tan necia, haberse dejado seducir tan fácilmente?

Agarró las riendas de su caballo y buscó alguna piedra o valla en la que pudiera subirse para montar. Sin embargo, no encontró nada. Entonces, sintió que el bandido desmontaba y se acercaba a ella.

—¡Márchese! —le espetó Nicola, sin volverse para mirarlo.

—Iba a ayudarla a montar.

—No necesito que me ayude.

—Entonces, ¿piensa volver andando a Tidings, tirando del caballo?

—Claro que no. Ya encontraré un lugar en el que pueda subirme.

—Sería mucho más fácil si yo la ayudara. Venga, deje de lado su orgullo por haber perdido nuestra pequeña apuesta y...

—¡No teníamos ninguna apuesta! —replicó Nicola, volviéndose para mirarlo—. Y no estoy enfadada porque mi orgullo haya resultado dañado. Tiene razón, no sé si estoy más enfadada con usted o conmigo misma, por haberme comportado de ese modo tan bajo y vulgar. Me pone enferma haberle permitido tocarme.

—Estoy seguro de que ha sido mucho peor conmigo que con uno de sus caballeros de alta cuna.

—¡Ningún caballero me ha tocado de ese modo! ¡Ningún hombre!

Recordó brevemente los dulces besos de Gil. Él la había acariciado a través de la ropa y solo una vez la piel desnuda, pero con Gil había sido diferente. Ellos se amaban y había sido algo hermoso, nada comparado con aquel sórdido episodio.

—Usted se comporta como si yo hubiera permitido a un cierto número de hombres que hicieran esas cosas y yo nunca lo he hecho... nunca lo haría... —añadió, sin poder contener las lágrimas—. He sido una estúpida... Me he comportado como una mujer necia y sin voluntad propia, como las que necesitan a los hombres para que las protejan. Sin embargo, le puedo prometer que eso nunca volverá a ocurrir y mucho menos con usted.

—¿Está segura?

—¡Claro que estoy segura! Solo pensar en que usted me vuelva a tocar me produce escalofríos. Usted es la más vil de todas las criaturas. Le llaman El Caballero... ¡qué tontería! Usted no es un caballero. No es nada más que un vulgar ladrón. Tal vez tenga engañados a todos los habitantes de la comarca, pero yo le veo por lo que es realmente, nada más que un ladrón que utiliza a todo el mundo a su alrededor para conseguir lo que quiere. No hay motivo noble alguno en sus actos, solo el deseo de vincular a los habitantes de la zona para que le ayuden, para que le escondan, ¡incluso para que se unan a su banda!

—Yo no le he pedido a nadie que haga nada por mí.

—No tiene que pedirlo. Sabe que lo harán, porque los ha convencido de que es un noble defensor del pueblo, cuando la realidad es que es un ser avaricioso de dinero, pero demasiado perezoso para conseguirlo. No, usted prefiere robar a los demás y sin duda es doblemente placentero conseguir el dinero de alguien con el que tiene alguna rencilla personal. ¡Todo esto tiene que ver solo con usted y con lo que usted quiere! ¡No le importan en absoluto los demás!

—Me inclino ante su experiencia en el asunto, señorita. A usted también le gusta ayudar a las personas de por aquí, aunque lo hace solo por su propio engrandecimiento. Le encanta oír sus alabanzas, ver la veneración que hay en sus ojos. Disfruta haciéndoles creer que es una amiga del pueblo y, sin embargo, no es más que un parásito, como el resto de los aristócratas.

—¿Cómo se atreve? Usted no sabe nada sobre mí. ¡No tiene ni idea de lo que siento o pienso ni de por qué hago las cosas!

—La conozco tan bien como usted me conoce a mí —le espetó él, acercándose a ella.

Sin previo aviso, el desconocido la agarró por la cintura. Nicola se asustó al sentir su fuerza y su ira, pero lo único que hizo fue levantarla y sentarla en la silla de montar.

—Por cierto —añadió, con frío sarcasmo—, me llamo Jack Moore, por si acaso se pregunta a quién ha estado a punto de entregarse esta noche.

Las mejillas de Nicola se enrojecieron como la sangre y clavó las espuelas en los costados de la yegua. El animal empezó a galopar como un rayo y muy pronto dejaron atrás al misterioso bandido.

Mientras regresaba a Tidings, Nicola se lamentó profundamente de lo que había hecho. Sacó el anillo que Gil le había dado y se lo colgó al cuello, casi desafiantemente. Para cuando llegó a Tidings, había logrado recuperar la compostura. Vio que todas las luces estaban encendidas y que el patio de las cuadras bullía con la actividad de los mozos mientras ensillaban los caballos. Richard ya estaba a caballo, con el detective Stone a su lado. El conde no dejaba de gritar órdenes a los mozos. Entonces, el encargado de los establos se dio la vuelta y, al ver a Nicola, dio un grito de alivio.

—¡Señorita Falcourt! Mire, milord, ha llegado.

—¡Dios santo, Nicola! ¿Qué diablos te crees que estás haciendo? ¿Te has dado cuenta de la hora que es? Estábamos a punto de salir en una partida para buscarte.

—Lo sé y lo siento —dijo Nicola—. Debería haber enviado a alguien con el recado de que iba a llegar tarde. No pensé... Estoy tan acostumbrada a estar sola.

—Si este es tu comportamiento en Londres, no me extrañaría nada que tu madre estuviera postrada de preocupación la mitad del tiempo.

—Oh, mi madre ya me ha dejado por imposible, pero me disculpo sinceramente.

—Tu hermana está prácticamente histérica. Es mejor que vayas a verla para que ella compruebe que estás bien. Estaba completamente segura de que ese maldito salteador de caminos te había secuestrado.

—No —mintió ella—. No me ha ocurrido nada.

—De eso no se puede estar segura. Yo hubiera creído que tenías más sentido común que el que has demostrado marchándote sola y regresando después del atardecer. Ya te has encontrado con ese hombre una vez.

—No me parecía que se fuera a molestar por un jinete solitario —dijo ella, desmontando del caballo—. Y como ya se llevó mis joyas y mi dinero ayer, no creo que sea una presa muy codiciada para él.

—Hay cosas mucho peores que el robo, señorita Falcourt —afirmó el señor Stone.

—Sin duda. Sin embargo, no tengo noticias de que ese hombre haya atacado a mujeres.

—Con un canalla como ese, nunca se puede estar seguro, señorita.

—La próxima vez, es mejor que te lleves un mozo —le ordenó Richard.

—Solo he llegado un poco tarde —protestó ella—. Realmente no creo que eso merezca todo este alboroto. Ahora, si me perdonáis, tengo que ir a tranquilizar a Deborah.

Nicola se contrarió mucho al ver que Richard desmontaba y la seguía hacia el interior de la mansión. Luego, la acompañó hasta el salón, donde Deborah estaba sentada, retorciendo desesperadamente el pañuelo.

—¡Nicola! —exclamó, poniéndose de pie al ver a su hermana—. ¡Estaba tan preocupada! Richard, ¿no te parece maravilloso que esté sana y salva?

—Maravilloso —dijo él—. Llegó justo cuando íbamos a salir a buscarla.

—Siento haberte preocupado. Una pareja del pueblo tenía a un niño muy enfermo y él salió a buscarme justo cuando estaba a punto de marcharme. No me quedó más remedio que ir a verlo.

—Pero Nicola, ¿por qué te molestas tanto con ellos? —preguntó Richard—. No es que tengas responsabilidad alguna con esa gente. Esta ni siquiera es la tierra de tu familia.

—Eso no me libera de mi obligación como persona. Tal vez si trataras a tus trabajadores y arrendados más humanamente, no considerarían a El Caballero como un héroe —replicó Nicola.

—¿Cómo dices? —preguntó Richard, perplejo—. ¿Dónde te has enterado de eso?

—No recuerdo específicamente dónde —respondió Nicola, dándose cuenta de su error—. Hay rumores sobre él por todas partes del pueblo. Todo el mundo quería hablar sobre ello, porque se habían enterado de que anoche me atracó.

—Entonces, ¿todos admiran a ese hombre?

—No, claro que no. ¿Por qué iban a admirar a un ladrón? Simplemente he oído que algunos lo consideran como una especie de Robin Hood.

—¿Quiénes son esas personas?

—¿Cómo iba a saberlo yo? Nadie me lo diría. Todos saben que Deborah es mi hermana.

—Sin embargo, tú eres una buena amiga de los aldeanos. Yo diría que seguramente muchos de ellos te abrieron sus corazones.

—No seas absurdo. Aprecian lo que hago por ellos, por supuesto, pero yo sigo formando parte de la aristocracia. No me van a revelar sus secretos a mí.

—Umm, me sorprende. Pensé que te relacionabas con ellos con bastante facilidad.

Nicola supo que Richard estaba haciendo una referencia velada al amor que había tenido con Gil años atrás y un dolor le atravesó el pecho con tal ferocidad que no pudo respirar. Los ojos se le llenaron de lágrimas e, inconscientemente, se llevó la mano al pecho, al lugar donde colgaba el anillo bajo el vestido.

—Lo siento —susurró ella—. Me temo que estoy bastante cansada. Por favor, disculpadme.

—Por supuesto —dijo Deborah, muy preocupada.

—¿Has visto el gesto que ha hecho con la mano? —preguntó el conde cuando su cuñada hubo salido.

—¿Cómo?

—Esto —replicó él, imitando el movimiento.

—Oh, sí. La he visto hacerlo antes. Solía llevar un anillo ahí hace mucho tiempo.

—¿Cuándo?

—Bueno, no sé. Hace muchos años, antes de que nosotros nos casáramos. Supongo que sería algún talismán. Tal vez se lo diera esa anciana, esa abuela como se llamara. Solía visitarla con frecuencia. Con ella aprendió todos los conocimientos que tiene sobre las hierbas. Era un anillo muy extraño, muy sencillo, no la clase de joya que una mujer admiraría.

—¿Cuándo fue la última vez que viste que llevaba ese anillo?

—¿Cómo dices? —preguntó Deborah, mirándolo extrañada—. No sé. ¿Por qué te interesa tanto?

—Es solo algo... sobre lo que siento curiosidad.

—Supongo que la última vez fue en nuestra boda. Casi estoy segura de que lo llevaba encima. Como el escote era demasiado bajo, se lo tuvo que quitar y meterlo en su ramo de flores.

—En nuestra boda.... Entonces, eso fue después de...

—¿Después de qué?

—De ese verano, cuando ese mozo de establo murió en las cataratas Lady.

—Oh, sí. Fue horroroso.
—Bueno... no tiene importancia. Ahora, creo que va siendo hora de que estés en la cama.

Deborah sonrió. Hacía mucho tiempo que su marido y ella no hablaban tanto.

—Sí, tienes razón —respondió ella, esperanzada. Entonces se agarró del brazo de Richard y dejó que la acompañara a su habitación.

¡Había traicionado a Gil! Nicola se sentó sobre la silla que había al lado de su cama, con un fuerte sentimiento de culpa y vergüenza. ¿Cómo había podido permitir que la besara aquel hombre? ¿Y cómo había podido disfrutar tanto?

Desde la muerte de Gil, le había permanecido fiel y nunca había amado a otro hombre. Había flirteado en algunas ocasiones e incluso había permitido que la besaran, pero nunca habían sido nada más que diversiones sin importancia. Nunca más había sentido la pasión que había experimentado con Gil. Sin embargo, aquella noche...

Casi no conocía a aquel hombre, no sentía aprecio por él y, sin embargo, cuando él la había besado, la tierra parecía haberse abierto bajo sus pies. Se había sentido perdida, barrida por la pasión. ¿Cómo podía haber ocurrido aquello?

Nicola no lo entendía. Seguía amando a Gil e incluso la noche anterior había llorado su pérdida. No obstante, aquella noche, un odioso desconocido la había besado y ella había respondido como si Gil no hubiera existido nunca.

Por haber estado pensando tanto en Gil durante los últimos días tal vez se había hecho vulnerable a los besos de otro hombre. Tal vez aquel beso la había transportado a los días felices con Gil y la pasión que había experimentado había sido el antiguo deseo que había vivido con él...

Inmediatamente, supo que aquellos pensamientos eran absurdos. Aquel bandido era completamente diferente a Gil. Su amado había sido gentil y cariñoso y sus besos dulces, mientras que aquel hombre era grosero y brusco y sus besos duros, casi castigadores. Había tomado lo que quería, sin tener consideración por lo que ella sentía, al contrario de la dulzura de Gil. Su amado había hablado como un miembro de la clase baja y había vestido las ropas toscas de un mozo de establo, pero había tenido las cualidades esenciales de un caballero; honradez, lealtad y nobleza. Por el contrario, aquel bandido actuaba y se comportaba como un aristócrata, pero era cruel, y sardónico. Ni siquiera se parecía a Gil físicamente. Aquel hombre era más alto y más fuerte de lo que había sido Gil, un hombre de fuerte constitución física en vez de un esbelto muchacho. Y sus ojos no tenían la calidez que albergaban los de Gil. A través de las aberturas de su antifaz, podía ver que eran fríos y duros.

No, Nicola no podía culpar de su desliz al hecho de que aquel hombre le hubiera recordado a Gil. Se había visto poseída por un deseo inexplicable y se juró que no volvería a permitir que aquello ocurriera. Esperaba no volver a ver a aquel bandido pero, si se encontraba de nuevo con él, estaría alerta y controlaría con fuerza sus deseos y emociones. No volvería a sucumbir a sus instintos más básicos.

CAPÍTULO 6

Nicola no estaba segura de qué la había despertado, pero, de repente, tuvo la desagradable sensación de que algo no iba bien. Abrió los ojos de par en par y se dio cuenta de que había un hombre en la habitación. Era alto e iba vestido todo de negro, con un antifaz sobre el rostro. Estaba enfrente del tocador, registrando cuidadosamente las cosas que había encima.

—¿Qué está haciendo?

La figura se volvió hacia ella y luego salió corriendo en dirección a la puerta. Sin pensar en el peligro, Nicola saltó de la cama para interceptarle.

—¡Deténgase! —gritó, agarrándole de una manga—. ¡Deténgase!

El hombre tiró del brazo y la golpeó con la mano en la mejilla, tirándola al suelo. A continuación, abrió la puerta de par en par y salió huyendo.

El golpe y la caída dejaron a Nicola algo aturdida. Durante un momento se quedó sentada donde había caído, pero enseguida se puso de pie y salió al pasillo.

—¡Socorro! ¡Deténganle!

No había nadie. Nicola salió corriendo y se detuvo en lo alto de las escaleras. El vestíbulo estaba también vacío. A su espalda, las puertas fueron abriéndose una tras otra. Richard, vestido con una elegante bata de brocado, salió de su cuarto.

—¿Nicola? ¿Qué ha ocurrido? ¿Has gritado?

—Sí, yo...Vi a un hombre en mi dormitorio.

Deborah ahogó un grito y Richard exclamó:

—¿Cómo? Es imposible que alguien haya entrado en la casa. Debe de haber sido un sueño. ¿Estás segura de que no estabas soñando?

Nicola se dispuso a protestar, pero entonces captó la reveladora mirada que Richard le dirigió y comprendió. Nicola miró a Deborah y vio que su rostro estaba pálido como la muerte y entonces se dio cuenta de su error.

—Oh... Oh... sí, tal vez haya sido un sueño, pero parecía tan real... No, tienes razón. Estaba soñando y no me di cuenta —mintió Nicola.

—Oh, ¡gracias a Dios! —exclamó Deborah—. Me había asustado tanto.

—Siento haberte asustado. Ahora, deberías volver a la cama. Se te quedarán fríos los pies y no podemos consentir que te pongas enferma.

—Sí, tienes razón, pero tampoco puedo dejarte cuando te has asustado tanto.

—No importa, Deborah —dijo el conde—. Yo me quedaré con Nicola hasta que esté más tranquila.

—Sí, tú vete a la cama, Deborah. Estoy bien.

—Si estás segura —respondió su hermana, dudosa. Entonces, se dio la vuelta y se metió en su habitación.

Richard permaneció en silencio hasta que se oyó el pestillo de la puerta.

—Gracias por apoyarme en esa pequeña charada, pero es primordial para mí que Deborah no se lleve ningún disgusto. Ahora, cuéntame lo que ocurrió. ¿Te amenazó ese intruso? ¿Te hizo daño?

—No. Bueno, me tiró al suelo, pero eso fue después de que yo me pusiera a gritar y tratara de detenerlo.

—¿Que te golpeó? ¿Te encuentras bien?

—Sí, aunque tal vez mañana tenga un hematoma en la mejilla. Me golpeó ahí y me tiró al suelo.

—¡Menudo sinvergüenza! Fue ese maldito bandido, sin duda.

—Eso fue lo que yo pensé al principio, pero ahora no estoy tan segura.

—¿Por qué no? ¿Y quién más podría ser? Por aquí no abundan los ladrones.

—No sé, pero no me pareció él. Había algo que era diferente.

—¿Cómo diferente? Tú misma me dijiste que no podías describir a ese salteador de caminos.

—No estoy segura. Tal vez se movía diferente... Además, ¿por qué iba a venir El Caballero a revolver mi tocador cuando ayer detuvo mi carruaje y tuvo oportunidad de sobra de robarme todas mis cosas? ¿Por qué se iba a arriesgar a entrar en la casa?

—¡Solo para burlarse de mí! Es el tipo de gestos imprudentes que más le gustan. Bien, te aseguro que eso no volverá a ocurrir. Enviaré criados a registrar la casa y el jardín enseguida. De ahora en adelante, habrá una ronda cada noche. Mañana, le pediré a Stone que vaya a hablar contigo. Tal vez ahora sí puedas añadir algo a la descripción de ese hombre.

—No sé cómo, dado que estaba oscuro y llevaba puesto un antifaz. Además, ya te he dicho que no creo que sea el mismo hombre.

—¡Tonterías! ¿Quién podría ser si no? Sé que no quieres ayudarme, Nicola. Desde aquel desgraciado accidente de las cataratas, siempre te has...

—¿Desgraciado accidente? ¿Mataste al hombre al que amaba y todavía lo llamas «desgraciado accidente»?

—Fue un accidente. Eso ya lo sabes. Estábamos peleando y él se cayó. Lamento mucho lo sucedido, pero no puedo seguir tratando de compensarte durante el resto de mis días.

—No te pido que me compenses. Lo que pasó queda ahora en manos de Dios, pero no puedes esperar que te aprecie después de lo que hiciste.

—No, ya me he dado cuenta de eso. Sin embargo, creo que te preocupas por tu hermana y nuestro hijo. Ese hombre la molesta y ya sabes lo delicada que es su salud. El hecho más nimio podría desencadenar otra tragedia.

—¿Me estás sugiriendo que las correrías de ese salteador de caminos podrían provocarle a mi hermana un aborto? Vaya, Richard, creo que eso es ir demasiado lejos.

—Debo decir, Nicola, que ese trabajo que realizas con esas mujerzuelas de Londres te ha hecho adquirir un lenguaje poco refinado. Espero que no hables en esos términos delante de tu hermana.

—No, protegeré a Deborah todo lo que pueda de las duras realidades de la vida. Sin embargo, no veo motivo para hacerlo también contigo. Sea cual sea la razón por la que mi hermana perdió a sus otros hijos, no tuvo nada que ver con ese bandido. Simplemente hiere tu orgullo que siga escapándose.

—Tendría que haberme imaginado que tú también harías de él un héroe. Ese hombre no es nada más que un vulgar ladrón. Cualquiera hubiera pensado que ya te habrías dado cuenta con el incidente de esta noche.

—Yo no le considero un héroe, pero te aseguro que el hombre que entró en mi dormitorio esta noche no era ese bandido. Ahora, si me perdonas, me gustaría volver a mi cuarto... Dijiste que se registraría la casa y el jardín, ¿verdad?

—Sí, claro. Buenas noches —dijo Richard, haciéndole una ligera inclinación de cabeza antes de darse la vuelta.

Nicola volvió a su habitación. Sabía que le resultaría imposible dormir, por lo que encendió una lámpara y registró el tocador. No parecía que faltara nada.

También buscó la llave de la puerta por todas partes, pero no pudo encontrarla. No le agradaba en lo más mínimo volver a meterse en la cama de un dormitorio que no encontraba seguro. Por fin, colocó una silla contra la puerta, sujetando el tirador con el respaldo. Nicola no estaba segura de que aquello impidiera que se abriera, pero al menos crearía el ruido suficiente para despertarla.

Después, se dirigió a la ventana. Tras apartar la cortina, se puso a mirar la oscuridad de la noche.

Evidentemente, Richard quería culpar al bandido, pero Nicola estaba completamente segura de que el intruso no había sido Jack. El problema era que, al ser una zona rural, no abundaban los ladrones. El segundo problema era que, si ella admitía la posibilidad de que el bandido hubiera entrado en Tidings, habría sido una completa estupidez por su parte entrar en la habitación de una mujer joven y soltera para buscar objetos de valor. En su caso, las pocas joyas que tenía ya se las habían robado. Lo único que le quedaba era el anillo de Gil, que colgaba bajo el camisón. A ella le hubiera entristecido mucho su desaparición, pero no era un objeto valioso para los demás. Además, cualquier ladrón se hubiera concentrado en la plata y el oro que había en los salones o en la caja fuerte, en la que Richard guardaba sin duda las joyas familiares.

Así que, si el robo no era la finalidad de aquella intrusión, ¿por qué había entrado en su cuarto? Nicola sabía que la única posibilidad que le quedaba era la de que el ladrón hubiese ido a por ella. Tal vez había entrado en su dormitorio para violarla. Sin embargo, si ese había sido el propósito, ¿por qué se había puesto a mirar en su tocador?

A pesar de que no lo entendía, tenía que haber una razón. Si no era para robarle ni para hacerle daño o matarla, ¿por qué lo habría hecho? Por mucho que pensaba, Nicola no podía dar con la razón.

Decidió examinar el problema desde otro punto de vista. Si podía encontrar el porqué, tal vez podría descubrir el quién. Por el antifaz y la altura, había pensado en el bandido, pero aquella posibilidad ya estaba descartada. Pensó que podría haber sido un criado, pero, si el motivo era el robo, les hubiera salido más rentable robar algo del salón y, además, podrían haberlo hecho a plena luz del día. Si el motivo había sido la lujuria, ¿por qué se habría puesto a mirar en el tocador en vez de acercarse a la cama?

Pensó en el señor Stone. No se alojaba en la casa, sino en la posada. Sin embargo, había recorrido la casa lo suficiente como para poder dejar abierta alguna ventana y poder volver a entrar fácilmente. No obstante, Stone no era tan alto como el hombre que ella había visto. Luego, estaba Richard. Él era lo suficientemente alto y no le hubiera supuesto dificultad acceder a la habitación. Le había visto salir de su cuarto, pero seguramente había tenido el tiempo suficiente para correr hacia su dormitorio, quitarse el antifaz y ponerse una bata para luego hacer su aparición con aspecto inocente y sorprendido.

Nicola se dio cuenta de que, mientras no supiera el porqué, todo aquello era absurdo. Richard no habría ido buscando objetos de valor y, aunque una vez la había deseado, no haría algo tan ridículo como forzar a la esposa de su hermana. Solo una lujuria ciega empujaría a alguien a hacer algo como aquello y, entre su cuñado y ella, solo había puro antagonismo. Tal vez había deseado registrar su habitación por alguna razón, como para descubrir alguna prueba de que ella sabía algo del salteador de caminos. En ese sentido, parecía tener sospechas. Sin embargo, le hubiera resultado más fácil registrar la habitación aquella tarde, mientras ella había estado fuera.

En realidad, todo el asunto era tan improbable que se preguntó seriamente si no lo habría soñado, aunque el dolor del golpe en la mejilla era lo suficientemente fuerte como para recordarle que el incidente había sido real. Además, aquel hecho demostraba a Nicola que el intruso no había sido el bandido. Estaba segura de que él nunca le habría pegado. No le había levantado la mano cuando le había dado más motivos para pegarle. Aquel intruso había sido poco caballeroso y cobarde, dos cosas que el bandido no era.

Nicola sintió que una leve sonrisa le jugueteaba en los labios. Tal vez el bandido no se había comportado de un modo completamente caballeroso con ella. Al pensar en lo ocurrido aquella tarde, decidió que lo había hecho de un modo más que reprensible. Esperaba no volver a verlo nunca más. Sin embargo, no podía evitar preguntarse ciertas cuestiones. ¿De dónde había salido un hombre como aquel? ¿Qué habría provocado que actuara de aquella manera? ¿Era un caballero, un villano o una mezcla de las dos cosas? Y lo más importante, ¿por qué, de todos los hombres de Inglaterra, era él el único que producía aquel efecto sobre ella?

Después de sus aventuras de la noche anterior, Nicola se despertó más tarde de lo habitual. Se vistió y bajó al comedor. Después de desayunar un poco, una de las doncellas le informó que Deborah no se encontraba bien aquella mañana y que se había quedado en la cama.

Nicola volvió a subir las escaleras y, tras abrir ligeramente la puerta, asomó la cabeza al interior. Deborah estaba despierta, pero seguía tumbada sobre la cama con enormes ojeras en el rostro.

—Nicola... —dijo su hermana, dedicándole una breve sonrisa—. Me temo que no me siento muy bien esta mañana.

—El pequeño conde está haciendo notar su presencia esta mañana —dijo la seca voz de una mujer, que estaba sentada al otro lado de la cama de Deborah.

Nicola estudió a la mujer, que pasaba fácilmente de los sesenta años. Tenía el pelo grisáceo recogido de forma muy severa sobre la nuca. Era alta y, a pesar de su edad, tenía la espalda recta, con una actitud desafiante y un rostro muy severo.

—Oh, Nicola, lo siento. No conoces a la señora Gregory. Era la niñera del conde cuando era niño. Señora Gregory, es mi hermana, Nicola Falcourt. La señora Gregory viene a sentarse conmigo cuando no me encuentro bien.

—El señor conde fue tan amable como para darme una pequeña casa dentro de la finca. Lo menos que puedo hacer por él es cuidar de su heredero.

—Me alegro de conocerla, señora Gregory —respondió Nicola, pensando que aquella mujer sería la última persona que ella desearía tener a su lado si estuviera enferma. De hecho, Deborah parecía bastante intimidada—. Es muy amable por su parte ayudar a mi hermana, pero, ahora que yo estoy aquí, yo me quedaré con ella. ¿Quieres que te lea algo, Deborah?

—Oh, sí —contestó Deborah, más alegre—, eso sería muy agradable. Si a usted no le importa, señora Gregory.

—Estoy segura de que la señora Gregory estará encantada de tener una oportunidad para descansar. Ha sido muy amable al venir a cuidarte, pero, sin duda, preferiría estar en su casa.

Ante la mirada desafiante de Nicola, a la mujer no le quedó más remedio que ceder. Recogió su bolsa de punto y, tras despedirse de Deborah, salió de la habitación.

—¡Dios mío! Espero que no se haya enfadado. A Richard no le gusta que no haya podido tomarle afecto a su antigua niñera.

—Tras haberla conocido, comprendo algo mejor por qué Richard tiene ese modo de ser.

—Oh, Nicola, no deberías decir esas cosas, pero, efectivamente, es muy severa, ¿verdad?

—Mucho. No se parece en nada a nuestra niñera.

—¡En absoluto! Nuestra niñera era encantadora. Siempre estaba tan alegre... ¿Te acuerdas de cómo nos cantaba? ¿Y del chocolate que hacía? Umm, me encantaría tomarme una taza ahora.

—¿De verdad? Entonces, llamaré a la doncella para que la cocinera te prepare una taza. Estoy segura de que no estará a la altura de la de nuestra niñera, pero te alegrará un poco, ¿no te parece?

—Sí. Siento estar tan triste. Sé que es una tontería. Otras mujeres pasan por esto todo el tiempo, y mucho más fácilmente que yo.

—Tonterías. Eso no importa. Tú eres la única que me preocupa. Tú eres mi hermana pequeña y debes dejarme que te cuide.

Nicola tiró del cordón del timbre. Cuando llegó la doncella, le pidió chocolate y una plato de tostadas para su hermana.

—¿Sabes una cosa? —preguntó ella, después de que la doncella se hubiera marchado—. Se me acaba de ocurrir una cosa. ¿Por qué no escribes a nuestra niñera y le pides que venga aquí a cuidarte?

—Oh, no, no podría hacer eso. Heriría los sentimientos de la señora Gregory y a Richard no le gustaría.

—Yo hablaré con él. Estoy segura de que tu marido querrá que tú tengas a la persona que te haga sentir más cómoda y feliz. Después de todo, no se trata solo de su esposa, sino también de su heredero. Además, estoy segura de que quiere lo mejor para ti. No sabrá que prefieres tener a tu niñera a menos que tú se lo digas. Probablemente cree que estás a gusto con la señora Gregory.

—Por favor, no debes...

—No te alarmes. No haré nada que moleste a Richard y será él, no tú, quien le diga a la señora Gregory que tu antigua niñera va a venir a cuidarte. No hay nada de lo que preocuparse. Cuando nuestra niñera esté aquí, te sentirás diez veces mejor, te lo prometo.

—Eso sería muy agradable, pero...

—Si Richard no da el visto bueno a la idea, no podremos ponerla en práctica, ¿verdad? Por lo tanto, no necesitas preocuparte por ello. Ahora, ¿qué te parece si te leo un rato? Te subirán el chocolate enseguida y tal vez después te apetezca descansar un poco.

—Sí, eso sería muy agradable.

La criada trajo por fin el chocolate y las tostadas. Deborah se las arregló para terminárselo casi todo mientras escuchaba la narración que le leía su hermana. Más tarde, Nicola la arropó bien y la dejó durmiendo plácidamente.

Nicola volvió a su cuarto y se puso su atuendo para montar a caballo. Luego, salió a hacer unos recados. Primero, fue a ver a su tía, lady Buckminster, aunque no era exclusivamente una visita de cortesía. Nicola le comunicó su plan, al que lady Buckminster accedió enseguida.

Después, Nicola fue al pueblo a ver al niño que había tratado el día anterior. Tras comprobar que el pequeño había mejorado, regresó a Tidings. Casi esperaba que el salteador de caminos apareciera en cualquier momento, pero no lo hizo. Y no pudo negar un cierto sentimiento de desilusión...

Se pasó el resto del día leyendo para su hermana y las dos tomaron una cena ligera en la habitación de Deborah. Aquella noche, Nicola se acostó temprano, no sin antes colocar la silla contra la puerta. A pesar de todo, no pudo dormir, pensando en el bandido.

Al día siguiente, Deborah se sentía mucho mejor, por lo que se vistió y bajó al salón. Lady Buckminster fue a visitarlas, acompañada de la esposa del vicario, lo que provocó que Richard saliera de su despacho para saludar a las dos damas. Nicola sonrió. Su plan estaba funcionando perfectamente.

—¿Sabes lo que necesitas, Deborah? —preguntó de repente lady Buckminster—. Deberías mandar llamar a tu niñera. Eso haría que te sintieras mucho mejor.

—Mi niñera se ha estado ocupando de Deborah —afirmó Richard—. Es muy buena.

—Claro que sí, pero la señora Gregory es algo mayor. Probablemente ella misma lo agradecería. Además, no hay nada como la niñera que una tuvo, ¿verdad, Deborah?

—Estoy segura de que la señora Gregory es muy buena —musitó la joven.

—Oh, no seas tan educada, Deborah —replicó lady Buckminster—. Sabes muy bien que prefieres tener a tu antigua niñera. Los hombres no entienden de estas cosas. Estoy segura de que estarás de acuerdo, Exmoor. Mi marido me daba *carte blanche* para hacer lo que quisiera durante mis «estados».

—Por supuesto. Si eso es lo que Deborah desea...

—Bueno, pues ya está —afirmó lady Buckminster—. La haré llamar tan pronto como llegue a mi casa. ¿Cómo se llamaba?

—Owens. Gladys Owens —dijo Nicola, encantada. Había estado en lo cierto al pensar que Richard no se negaría si era lady Buckminster quien se lo pedía.

Cuando se volvió, vio que Richard la estaba observando, con una sonrisa en los labios. Más tarde, cuando su tía y la esposa del vicario se hubieron marchado, Richard se dirigió a ella.

—Realmente, mi querida cuñada, no necesitabas esa estratagema para que vuestra niñera se instalara aquí.

—¿Estratagema? —preguntó Nicola, llena de inocencia—. No sé de qué estás hablando.

—Vamos, vamos, no debes tomarme por un necio tal que crea que a lady Buckminster se le ha ocurrido mandar a por la niñera de Deborah, a menos que la señora Owens sea una notable amazona.

—Le diré que no la llame, si no quieres que venga —ofreció Deborah.

—Tonterías. Si tu niñera hace que te sientas mejor, hay que traerla por cualquier medio. Si hubiera sabido que no te sentías cómoda con la señora Gregory...

—No es eso. Es solo que mi niñera me resulta más familiar.

—Claro. Lo comprendo perfectamente —le aseguró el conde—. Y ella es exactamente la persona que deberías tener a tu lado. Algún día —añadió, volviéndose a Nicola—, vas a tener que dejar de considerarme el villano de tus pequeñas obsesiones.

—¿Villano? —preguntó Deborah—. No, Richard, no debes pensar que...

—Deborah, sé que tú no piensas así. Es tu hermana la que me hace parecer un villano.

—Oh, no, Richard, te confundes —dijo Nicola—. Yo no pienso nada. Tú eres lo que eres, sin que yo me esfuerce en nada.

Richard sonrió ligeramente y, cuando se disponía a responder, el mayordomo entró en el salón.

—El señor Stone desea verlo, milord —anunció el sirviente—. Le he hecho esperar en su despacho.

Richard asintió y luego se volvió hacia las damas.

—Señoras, si me lo permiten, me temo que tengo asuntos de los que ocuparme.

Tras decir aquellas palabras, salió del salón. Deborah se volvió inmediatamente hacia su hermana.

—No está enfadado conmigo, ¿verdad?

—Claro que no, Deborah. Estoy segura de que cree que yo soy una metomentodo, pero no me importa.

—De todos modos, me alegro de saber que va a venir la señora Owens. Sé que me sentiré mejor con ella aquí.

—De eso estoy segura. Por cierto, el señor Stone parece venir aquí muy frecuentemente.

—Sí. Estuvo aquí anoche. Richard dijo que tal vez le permitiera alojarse en la habitación pequeña que hay al lado de la cocina. Ojalá no lo haga. No me gusta ese nombre.

—A mí tampoco. ¿Crees que conseguirá descubrir a ese bandido?

—No sé —respondió Deborah—. Richard dice que el señor Stone es bastante competente. A mí me parece una persona fría, pero supongo que eso le ayuda a realizar su trabajo. El señor Stone le sugirió a Richard que contrate más hombres para proteger los carros y Richard accedió.

—¿De verdad? ¿Hombres armados?

—Sí.

—Dios mío, espero que nadie resulte herido. Creo que algunos de los habitantes del pueblo podrían haberse unido a la banda de ese salteador de caminos.

—Eso es lo que cree Stone. He oído cómo se lo decía a Richard. Y cree también que un soborno hará que uno de ellos lo traicione. Richard le dijo que lo pondrán en práctica si no funciona lo de los guardias armados. No pude entender todo lo que decían —añadió Deborah, sonriendo al notar la mirada suspicaz con la que la contemplaba su hermana. Nicola se estaba imaginando a Deborah con la oreja pegada a la puerta del despacho de Richard—, pero creo que hay un transporte esta noche, con más guardias. Espero que no ocurra nada...

A pesar de que Nicola trató de no pensar en el bandido y en los guardias armados, no pudo evitarlo. Por la noche, después de cenar, llamaron a Richard. Las dos hermanas siguieron sentadas en el salón, pero oyeron las exclamaciones furiosas del conde desde el despacho. A los pocos minutos, Stone salió a toda velocidad, dando un portazo. Nicola no pudo reprimir una sonrisa. Aquello solo significaba que la operación había fracasado.

—Dios mío... Tal vez... tal vez deberíamos irnos a la cama —susurró Deborah.

—Tienes razón —replicó ella, muy alegre.

Las dos hermanas subieron la escalera y se metieron en sus respectivos dormitorios. Tras colocar la silla detrás de la puerta, Nicola se sentó y empezó a soltarse el pelo. Mientras los mechones le caían sobre los hombros, no podía dejar de preguntarse si Jack había conseguido llevarse el cargamento a pesar de los guardias armados, por la reacción de Richard, así parecía.

A continuación, empezó a cepillarse el cabello. Estaba doblada hacia delante, perdida en sus pensamientos cuando oyó un ligero ruido. Levantó la cabeza rápidamente y, reflejada en el espejo, vio la imagen de un hombre. Antes de que Nicola pudiera reaccionar, se abalanzó sobre ella y, tras taparle la boca, la levantó del asiento y la apretó contra su cuerpo.

CAPÍTULO 7

Durante un instante, Nicola se quedó inmóvil. Luego, empezó a resistirse.

El hombre la agarró con fuerza, sujetándole los brazos. A pesar de todo, ella fue capaz de dar una patada hacia atrás, que se vio recompensada por una suave exclamación de dolor.

—¡Maldita sea, mujer! Estate quieta. No voy a hacerte daño. Solo quiero que no grites.

Nicola reconoció enseguida la voz y, al mirar de nuevo hacia el espejo, vio el ya familiar antifaz.

—¡Jack! —dijo ella, dejando de resistirse—. ¿Qué diablos estás haciendo aquí?

—Vaya, vaya, menudo lenguaje para una dama —susurró él, bromeando.

—Ya he tenido más que suficiente de tus estúpidos juegos. ¿Fuiste tú el que entró aquí la otra noche?

—¿Entrar aquí? ¿De qué estás hablando? Yo no... ¿Que entró un hombre en tu habitación? —añadió, apretándola un poco más.

—Me estás cortando la respiración. Y sí. Hace dos noches me desperté y había un hombre aquí, con un antifaz.

—¡Diablos! ¿Qué ocurrió? ¿Te hizo daño? —preguntó él, soltándola.

—No. Lo asusté y se marchó.

—Si pudiste asustarle, entonces, debes saber que no era yo —replicó él, con una sonrisa.

—Supuse que no, dado que no tenía tu arrogancia.

—¿Y qué estaba haciendo aquí? ¿Intentó...?
—No intentó nada. Estaba registrando mi tocador.
—¿Por qué?
—¿Y cómo voy a saberlo yo? Me desperté y lo vi. Entonces di un grito y se marchó corriendo.
—¿Y dices que llevaba un antifaz? Sin duda era alguien que quería implicarme... tu estimado cuñado, por ejemplo.
—¿Crees que su único propósito era hacer creer a todos que habías entrado en mi habitación? Entonces, ¿por qué estaba mirando mi tocador? Además, ¿qué conseguiría entrando aquí?
—Robarte algo. Hacerte daño... y aparentar que había sido yo el que lo había hecho.
—¿Y por qué molestarse, dado que, aparentemente, no hace falta animarte para entrar a escondidas en esta habitación?
—Pero no para hacerte daño.
—¿Y cómo puedo yo estar segura de eso?
—Espero que no seas tan necia como para creer que yo... ¡Maldita sea! Eres la mujer más irritante que conozco. En realidad, he venido para pedirte tu ayuda.
—Pues he de decir que lo haces de un modo poco usual. Los insultos no son la manera de conseguir que alguien te ayude.
—En realidad, no soy yo quien te necesita. Si hubiera sido así, no habría venido. Es uno de mis hombres... Resultó herido esta noche.
—¡Oh, no! ¿Es uno de los del pueblo?
—No. Es uno de los hombres que vinieron conmigo. Mi amigo. Recibió un disparo en el pecho y me temo que está muy mal.
—En ese caso, deberías llevarle al médico Yo no puedo... Nunca he hecho nada similar. Lo único que yo hago es preparar tónicos y pomadas.
—No pienso llevarle al médico, ya que eso es lo mismo que una sentencia de muerte. Tú puedes hacerlo.
—¿Por qué crees que yo...?
—Me han dicho que estudiaste con la Abuela Rose. Me han dicho también que ella tenía un toque mágico para curar a la gente, que podía cortar y coser mejor que ningún médico.

—Sí, efectivamente, la ayudé en un par de ocasiones, pero no es lo mismo. ¡Yo no podría rebuscar en el pecho de un hombre para sacarle la bala de un mosquete! ¿Y si se muere?

—Se morirá con toda seguridad si dejo que lo vea un médico. Los del pueblo dicen que puedes curar las heridas. No le irás a dejar morir porque es un ladrón, ¿verdad?

—¡Claro que no! No es esa mi preocupación. Es que no estoy segura de...

—Lo único seguro es que morirá si no le ayudas. ¿Estás dispuesta a permitir que eso ocurra?

—No. De acuerdo. Iré contigo, pero ¿cómo vamos a salir de aquí? Por cierto, ¿cómo has entrado? —añadió ella, mirando la silla, que seguía apoyada contra la puerta.

—En realidad, la silla no estaba ahí cuando entré. Yo ya estaba dentro de la habitación, pero había entrado por la ventana.

—¡Por la ventana! ¡Pero si hay mucha altura!

—Hay pequeños huecos y cornisas acá y allá... Sin embargo, no espero que tú bajes también de ese modo. He traído esto —añadió, mostrándole una cuerda que tenía al lado de la ventana—. La utilizaremos para bajar.

—Tal vez tú seas tan ágil como una ardilla, pero te aseguro que yo no puedo escalar las paredes, aunque sea con una cuerda.

—No tendrás que hacerlo. Ya verás. Tú simplemente recoge tus medicinas. Tenemos que apresurarnos.

Nicola asintió y sacó la bolsa que utilizaba para transportar sus remedios. Rápidamente, sacó algunas de las botellas y hierbas que no iba a necesitar e incluyó otras más específicas, junto a gran cantidad de vendas y unas pinzas. Cuando estuvo lista, Jack se colgó la bolsa del hombro y ató un cabo de la cuerda a la cama y el otro a su cintura. Después, se asomó a la ventana y, cuando se hubo asegurado de que no había nadie, se sentó en el alféizar.

—De acuerdo. Ahora, agárrate a mi cuello tan fuerte como puedas.

—¿Cómo dices?

—Venga, no estoy tratando de seducirte. Voy a bajar por esa pared y te transportaré al mismo tiempo. Eso es todo.

Nicola lo miró, considerando aquellas palabras y luego suspiró. Tras ponerse la capa, se acercó a él y le rodeó tímidamente el cuello con los brazos, agarrándose con fuerza los antebrazos. Estaba muy cerca de él, tanto que sentía la calidez de su cuerpo. Entonces, él la agarró con un brazo y la estrechó con fuerza contra sí. Poco a poco, fue sacándolos al exterior ayudándose de la cuerda. Durante un momento, los dos se quedaron colgando en el aire. Nicola se aferró a él, sin saber si el pulso le latía tan fuerte por el peligro o por estar apretada contra Jack. Entonces, él plantó los pies sobre el muro y empezó a bajar, muy lentamente.

Con un golpe seco, Jack plantó por fin un pie en tierra. Tras dejarla a ella en el suelo, se volvió para desatar la cuerda, que dejó colgando de la ventana. Constantemente, vigilaba a su alrededor. Luego, agarró a Nicola de la mano y tiró de ella. Los dos empezaron a correr a través del jardín, ocultándose entre los árboles hasta que estuvieron lo suficientemente lejos de la casa. No pararon de correr hasta que consiguieron llegar al caballo de Jack.

—¿Y qué voy a montar yo? —preguntó Nicola.

—Tendrás que montar conmigo. No nos podemos arriesgar a ir a los establos para conseguirte un caballo.

—Será mucho más rápido si tengo mi propio caballo —insistió ella.

—No tenemos tiempo que perder. Dios sabe si estará vivo para cuando regresemos. Ahora, ¿vas a subirte en ese caballo o te subo yo mismo?

Nicola acabó cediendo. Puso el pie sobre las manos unidas que él le ofrecía y se sentó en el caballo. Luego, Jack se montó detrás de ella, de manera que la tenía entre los muslos, apoyada tan íntimamente contra él que la hizo sonrojar. Entonces, él se sacó un pañuelo negro del bolsillo y se dispuso a colocárselo alrededor de los ojos.

—¡No! ¿Qué vas a hacer con eso?

—Tendrás que llevar los ojos vendados.

—¡Ni hablar!

—Es necesario. No puedo permitir que veas la ruta que tomo. Podrías llevar al conde directamente a nuestro escondrijo.

—Nunca haría eso.

—No me puedo arriesgar. Si no te pones la venda sobre los ojos, no podrás marcharte de allí.

—De acuerdo —dijo ella, al cabo de un instante.

El trapo era fresco y suave, pero redujo su mundo a las tinieblas. Nicola se sentía vulnerable y un poco asustada, pero, en cierto modo, también era una sensación excitante, ya que el resto de sus sentidos estaban más despiertos por la falta de visión. El pañuelo de seda resultaba tremendamente agradable contra su mejilla y las caricias de la brisa sobre su piel eran inesperadas y deliciosas. Además, el aroma y la calidez que emanaban del cuerpo de Jack, el roce del pecho de él contra su espalda, de los brazos, de los muslos... Todas eran sensaciones maravillosas.

Se sentía tan sensual como si él la estuviera acariciando con las manos. Le pareció que sus pechos y sus muslos se hacían cada vez más pesados y se dio cuenta, con vergüenza, que deseaba que él la tocara. Solo esperaba que él no pudiera sentir lo que ella estaba experimentando. Además, el movimiento del caballo la hacía frotarse contra él de un modo que resultaba casi erótico, lo que la avergonzaba y le creaba una cierta excitación sexual al mismo tiempo. Se preguntó si él estaría sintiendo lo mismo en aquellos momentos.

Se movió un poco, tratando de alejar aquellos pensamientos de su mente, pero con tan mala fortuna que se frotó contra él aún más. Sintió un ligero movimiento y comprendió enseguida que aquella era la respuesta física de Jack a aquel contacto. Se sonrojó. ¿Se habría creído él que lo había hecho a propósito? Intentó apartarse de él todo lo que pudo, pero aquella postura tan rígida resultaba muy difícil de mantener y muy pronto se vio apoyada de nuevo contra él, sintiendo cómo su cuerpo encajaba perfectamente en las curvas del de él. Aquel viaje parecía estar durando una eternidad...

Por el aroma a plantas y humedad, Nicola llegó a la conclusión de que estaban atravesando el bosque. Aquella suposición se vio reforzada por el roce ocasional de alguna rama. Los fuertes aromas de las plantas y la aterciopelada oscuridad se añadieron a las sensuales sensaciones de Nicola. Por fin, cuando

Nicola se sentía muy cerca del punto de ebullición, la voz de Jack anunció el fin del trayecto.

—¡Ahí está! Casi hemos llegado.

Unos momentos después, el caballo se detuvo y Jack se deslizó hasta el suelo. Entonces, la agarró por la cintura y la bajó de la silla. Luego, le colocó las manos sobre los hombros y le dio la vuelta, guiándola a través de la penumbra. En aquel momento, Nicola oyó que una puerta se abría y que él la empujaba al interior de una construcción. La puerta volvió a cerrarse a sus espaldas.

A través de la tela que le cubría los ojos, Nicola empezó a distinguir luces. Por fin, Jack le deshizo el nudo y le quitó la venda. Ella parpadeó ante la repentina luminosidad, a pesar de que la luz provenía solamente de una vela. Vio que estaba en un pequeño recibidor. Jack agarró una vela y la encendió con la que ya brillaba encima de una mesa.

—Ven conmigo.

Empezaron a subir unas escaleras. Arriba estaba aún más oscuro, a excepción de la luz que se filtraba por debajo de una puerta, a la que se dirigieron inmediatamente. Entonces, Jack la abrió e hizo pasar a Nicola.

A pesar de la penumbra, la escena resultaba horripilante. Unas pesadas cortinas cubrían la única ventana y el aire de la habitación era muy pobre y apestaba a sudor, whisky y sangre. Había un hombre tumbado en una cama, con los ojos cerrados y el rostro muy pálido. Se notaba que le costaba respirar. Un enorme vendaje, manchado de sangre, le cubría el pecho.

A su lado, había otro hombre, sentado al lado de la cama, con los codos apoyados en las rodillas y las manos entre el pelo, con la cabeza baja. Entre la silla y la cama había una mesita sobre la que se veía una botella de whisky y una lámpara, que era la única fuente de luz en la habitación. Al otro lado de la cama, había una mujer joven, retorciéndose las manos. El miedo se reflejaba en sus ojos y las lágrimas le corrían por las mejillas.

—¡Jack! —exclamó al ver al bandido—. ¡Gracias a Dios que has llegado! —añadió, corriendo para aferrarse a él.

—¿Cómo está? ¿Dirk?

—No está bien, Jack —respondió el hombre, con la mirada casi perdida—. Está teniendo problemas para respirar.

—No me extraña que tenga problemas para respirar teniendo un aire tan viciado en esta habitación —dijo Nicola—. Abre la puerta. ¿Se puede abrir también esa ventana? Además, no creo que necesitemos ese fuego ahora, especialmente uno que llene la habitación de humo, como ese.

—Permíteme que te presente a Dirk. Ha estado cuidando de mi amigo mientras yo iba a buscarte. Y esta es Diane. Ella es... uno de nosotros y se ocupa de la casa.

Por el modo en el que la joven la miraba, Nicola sospechó que Diana sentía un interés por él que no se podía comparar al de ninguno de sus hombres.

—Esta es la señorita Falcourt. Está aquí para ayudar a Perry. Tenéis que hacer lo que ella os pida, así que apaga ese fuego, Dirk. Diane, abre la ventana.

—¿Y la luz? —protestó la joven—. Cualquiera podría verla. Además, todo el mundo sabe que el aire de la noche no es bueno para un hombre enfermo.

—Haciéndole respirar este aire tan cargado y sudar, solo estáis dándole más problemas para respirar —replicó Nicola.

—Haz lo que te he dicho, Diane —reiteró Jack—. Deja las contraventanas cerradas y así no se verá demasiada luz, al tiempo que entra un poco de aire. Además, los árboles nos ocultarán, pero si nos descubren... Prefiero ser descubierto a dejar morir a Perry. ¿Qué más debemos hacer, Nicola?

—Tengo que limpiar la herida. Necesito el agua más pura que tengáis. La Abuela Rose utilizaba agua destilada, pero no tenemos modo ni tiempo de prepararla ahora. Tengo solo una botella, que utilizaré, pero necesitamos más. Hay que hervir agua y dejarla enfriar. Eso quitará algunas de las impurezas. Además, necesito más luz. Casi no veo a mi paciente, con lo que mucho menos podré encontrar esa bala en la herida.

Jack asintió y subió la llama de la lámpara. Luego, dejó su vela encima de la mesa y fue a buscar más. Mientras tanto, Nicola se acercó a ver al hombre herido. Tenía la herida cubierta por un tosco vendaje. La tela estaba cubierta de sangre, pero era marrón, lo que indicaba que la hemorragia había cesado.

Al mirarlo a la cara, dado que el hombre, al igual que Dirk y Diane, no llevaba antifaz, vio que abría lentamente los ojos.

—Hola... Juraría que eres un ángel, pero dudo que ese sea el lugar al que yo he ido.

—Está demasiado vivo como para estar cerca del cielo o del infierno. Me llamo Nicola Falcourt, señor, y estoy aquí para ayudarle, si puedo.

—Ah... Nicola Falcourt... —susurró el hombre. Nicola notó entonces un fuerte olor a whisky.

—¿Está este hombre bebido? —le preguntó a Jack, en cuanto entró en la habitación—. Ese otro sí parece que lo esté —añadió, refiriéndose a Dirk—. No es exactamente lo que yo recomendaría para cuidar de un hombre herido. ¿Es que estuvisteis todos bebiendo antes de que fueras a buscarme?

—No. Le di a Perry un par de tragos para el dolor, y le daré más antes de que empieces a trabajar con él. Sin embargo, la mayor parte del olor procede de su herida, ya que le vertí whisky encima. He visto que se hace para limpiar una herida.

—Tal vez sea mejor que le des un poco de ese licor ahora, ya que necesito quitarle la venda y me temo que se le habrá pegado a la herida.

Sin decir una palabra, Jack agarró la botella y levantó la cabeza del herido.

—Aquí tienes, viejo amigo. Bebe un poco. Hará que todo parezca más fácil.

—No quiero que esté borracho hasta el punto de vomitar —le avisó Nicola—. Con eso solo empeoraríamos la situación.

Cuando el hombre tomó dos tragos de whisky, Jack volvió a colocarlo sobre la almohada. Entonces, Nicola miró a la muchacha, que seguía de pie al lado de la ventana. Luego, miró a Jack y él asintió, comprendiendo lo que ella le quería decir.

—Ve a la cocina y hierve un caldero de agua para la señorita Falcourt, Diane. Dirk, baja tú también y di a otro de los hombres que suba... Alguien que no haya estado bebiendo whisky durante las últimas dos horas.

—Sí, señor —dijo el hombre, con una mirada muy lastimera—. Lo siento, señor. No quería hacerlo. Es que... me ha resultado un poco difícil estar a su lado, viendo lo mucho que le costaba respirar.

—Lo entiendo. No importa, pero creo que necesitamos a alguien con la mano y la vista un poco más firmes. Haz que suba Saunders, ¿de acuerdo?

El otro hombre asintió y salió de la habitación, llevándose del brazo a Diane. Nicola se concentró en su paciente. Tenía los ojos cerrados y seguía respirando con dificultad.

Sacó la botella de agua destilada y vertió un poco sobre el vendaje, para reblandecerlo. Entonces, con mucho cuidado, fue retirándolo, aunque no pudo evitar hacerle daño al herido. Cuando lo retiró de un tirón, el hombre dio un grito de dolor. La herida empezó a sangrar de nuevo.

Luego, vertió más agua en otra de las vendas que había llevado y empezó a limpiar suavemente la herida. Después, fue vertiendo agua cuidadosamente, limpiando los restos de tela y pólvora hasta que el agua, a pesar de presentar un color rosado por la sangre, salió limpia de residuos.

—Sujeta la lámpara tan cerca de la herida como puedas —le dijo a Jack—. No veo la bala. Tendré que tantear por dentro para ver dónde está.

—Saunders nos ayudará a sujetarlo.

En aquel momento, el hombre llamado Saunders llamó a la puerta y entró. Nicola sacó las pinzas de su bolsa, tratando de no dejarse vencer por los nervios y el miedo que sentía en la boca del estómago. Sabía que aquello resultaría muy doloroso para el herido y, como ella no tenía mucha experiencia, sería aún peor. Tenía que tranquilizarse.

Saunders se sentó sobre las piernas de Perry y tomó la lámpara que Jack sujetaba para enfocar mejor la herida. Jack hizo lo mismo con los brazos. Con el paciente inmovilizado, Nicola se inclinó sobre él y empezó a buscar la bala con las pinzas.

El herido empezó a gritar, retorciéndose para tratar de escapar a aquel tormento. Jack y Saunders lo sujetaron con más fuerza. Como Nicola no dejaba de buscar la bala, el herido terminó por desmayarse, lo que le facilitó la tarea.

Sentía que las gotas de sudor le caían por la frente. La sangre fluía abundantemente de la herida del hombre. De repente, las pinzas chocaron con algo metálico. Nicola manipuló las pinzas hasta que pudo agarrar el trozo de metal. Con mucho cuidado y muy lentamente, sacó la bala.

Nicola suspiró de un modo que sonó casi como un sollozo y dejó caer pinzas y bala encima de la cama. Luego, se sentó, ya que la habitación parecía dar vueltas alrededor de su cabeza.

—Lo has conseguido —susurró Jack, rodeándole los hombros con un brazo y estrechándola contra él.

Al notar el calor que emanaba de su cuerpo, se dio cuenta de lo fría que estaba y ella se echó a temblar. Rápidamente, él se quitó su chaqueta y se la puso encima de los hombros, abrazándola y frotándole los brazos para que entrara en calor.

—Toma, bébete esto —le aconsejó, dándole a beber un poco de whisky—. Te ayudará.

—No puedo. Todavía no he terminado.

—Te sentirás mejor si bebes un trago de esto.

Obedientemente, Nicola tomó un sorbo. Sintió como tuviera fuego en la boca y luego por la garganta.

—¿Estás loco?

—Tal vez. Toma un poco más.

Aquella vez no le supo tan mal. Nicola se dio cuenta de que ya no sentía frío y que los temblores habían cesado. En aquel mismo momento, se dio cuenta de lo cerca que estaba de Jack y lo a gusto que estaba entre sus brazos. No era aquello en lo que debería estar pensando.

—Gracias —dijo, poniéndose de pie secamente. Luego, concentró su atención de nuevo en el herido. Apretó una venda contra la herida para detener la hemorragia y, a continuación, se dirigió a Jack—. Sujeta esta venda, con fuerza —añadió, dejando la venda para concentrarse en su bolsa y sacar un frasco de aceite y un tarro—. ¿Ha dejado ya de sangrar?

—Sí. ¿Qué es eso?

—Esto es una crema de caléndula y ortiga hedionda —explicó, mientras aplicaba un poco de la crema en la herida—. Evita que se forme pus. Lo otro es aceite enriquecido con hierbas curativas.

Cuando hubo terminado de aplicar los remedios, cosió la herida y aplicó una gasa. Luego, mientras los dos hombres levantaban el torso del herido, le vendó el pecho. Tras taparle con la sábana, se quedó un momento, mirándolo.

—Eso es todo lo que puedo hacer por el momento. Tal vez tenga un poco de fiebre, así que dejaré un poco de reina de los prados para que le preparéis una infusión. Tenéis que cambiarle el vendaje al menos una vez al día y volver a aplicarle la crema de caléndula y el aceite curativo. Me temo que pasará algún tiempo antes de que esté fuera de peligro. Si la fiebre le provoca delirios, debéis sujetarle para que no se abra la herida. Tendréis que vigilarlo las veinticuatro horas. Si aprecias a este hombre, asegúrate de que lo vigila alguien competente —añadió, pensando en Diane y frunciendo el ceño. Tenía poca fe en ella como enfermera.

—Claro que lo aprecio. Por eso, vas a quedarte tú a cuidarle.

CAPÍTULO 8

—¿Cómo has dicho? —preguntó Nicola, incrédula.
—He dicho que por eso tendrás que quedarte tú. Para cuidar a Perry —respondió Jack, tras hacerle una señal a Saunders para que se marchara.
—No me puedo quedar aquí. Es imposible.
—Claro que puedes. Nada puede resultar más fácil. Hay una habitación de sobra al otro lado del recibidor. Incluso tiene cerradura, por si dudas de mis intenciones. Así los dos nos podremos turnar para vigilar a Perry. Y estarás aquí para cambiarle el vendaje y darle la medicina que necesite.
—No pienso quedarme aquí.
—¿Es que te importa más tu reputación que la vida de un hombre?
—Claro que no. No estaba pensando en mi reputación, pero no puedo desaparecer así como así. ¿Te has olvidado de que estoy con mi hermana y su marido? ¿Crees que no van a notar mi ausencia cuando no baje a desayunar mañana por la mañana? La salud de mi hermana es algo precaria y mi desaparición podría agravar su estado. También, has de saber que tú serás la primera persona a la que Richard culpará de mi desaparición. Le encantará añadir el secuestro a tu lista de delitos.
—Estoy seguro de ello, pero no puedo hacer nada al respecto. Para mí es más importante que Perry reciba los cuidados necesarios.
—Si estás tan preocupado por tu amigo, tal vez deberías haber pensado en su bienestar antes de arrastrarle a tus corre-

rías. Exmoor te odia, pero te puedo asegurar que sus esfuerzos para encontrarte no han sido nada hasta ahora comparados con lo que serán cuando descubra que me has secuestrado.

—Oh, estoy seguro de que moverá cielo y tierra para encontrarte.

—¿Qué se supone que significa eso?

—Bueno, pues que el conde te aprecia mucho, por supuesto. Como cualquier hombre.

—Debo decir que te esfuerzas mucho por insultar. Sea lo que sea lo que estás implicando sobre Exmoor y yo, te aseguro que no es cierto. Sin embargo, soy la hermana de su esposa. Secuestrarme en su casa es lo mismo que si le hubieras escupido en la cara. No descansará hasta que me encuentre. Y creo que tampoco encontrarás que la gente de la comarca te defiende tanto cuando les diga que me has secuestrado. Para ellos, eso será como si me hubieras matado. Por mucho que tú me desprecies, te aseguro que no me faltan amigos en el pueblo.

—Ellos le podrán decir todo lo que quieran, pero ninguno de ellos sabe dónde estamos. Me he esforzado mucho para que no sepan la localización de mi casa. Ninguno de los habitantes del pueblo ha estado aquí. Y me he asegurado de que esta casa sea muy difícil de encontrar.

—¿Crees que nadie recordará la existencia de esta casa? Alguien la construyó. Alguien solía vivir aquí. Tal vez pienses que estás oculto de todos, pero te garantizo que habrá alguien que tenga una idea aproximada de dónde vives. Puede que tarden unos días, pero te aseguro que finalmente la encontrarán. Si Exmoor y mi primo ofrecen recompensas, como estoy segura de que lo harán, se esforzarán.

—En ese caso, lo único que tienes que hacer es escribirles una nota a tu hermana y a su marido. Diles que has ido a visitar a una amiga.

—¿De madrugada?

—Tu amiga está muy enferma. Te envió una carta urgente.

—¿Y por qué me marche por la ventana, dejando la puerta atrancada con una silla? Nadie se lo creería, aunque mi puerta no estuviera bloqueada. Yo hubiera despertado a alguien y le habría dicho que me marchaba. Además, la persona que hubiera traído esa hipotética carta habría tenido que despertar a alguien para poder entrar en la casa.

—Yo me encargaré de todo eso. Regresaré a tu habitación y lo dejaré todo como si te hubieran llamado de urgencia. Y me encargaré de que uno de los criados diga que le abrió la puerta a un mensajero.

—¿Tienes a tu favor a los criados del conde?

—No exactamente, pero tengo contactos. Exmoor no es un patrón muy querido... ni muy generoso.

—Hablas en serio, ¿verdad? Estás dispuesto a arriesgarlo todo para que me quede aquí a cuidar de tu amigo.

—Ha sido un buen amigo para mí durante muchos años. Más que eso, me ha demostrado que no todo el mundo es capaz de traicionar.

—Esa idea es absurda. Nunca conseguirás engañarlos —afirmó Nicola, dándose la vuelta. Entonces, contempló al herido durante un buen rato. Su vida corría verdadero peligro—. De acuerdo, le cuidaré, pero, en primer lugar, debes llevarme a Tidings para que yo pueda decirle a mi hermana que me voy, durante algunos días... a alguna parte. Tal vez a casa de mi tía.

—Siempre nos queda la historia de la amiga enferma.

—Supongo que podría inventar algo... No, espera un momento. Ya lo tengo. Le diré que voy a ir a por su niñera. La tía Adelaide iba a escribirle, pero puedo decir que he decidido ir en persona para convencerla. En vez de eso, vendré aquí... No, eso no es una buena idea. Exmoor probablemente enviaría a alguien conmigo como protección, dado que tú me detuviste el otro día. Además, tendría que ir en su carruaje. No, eso no sirve... Ya lo tengo. Les diré que voy a visitar a la tía Adelaide. De ese modo, el carruaje y el cochero del conde solo me llevarán hasta allí y luego irán allí también a buscarme. Puedo venir desde Buckminster en uno de los caballos de mi tía. A ella le diré que voy a ir a por nuestra niñera y no le extrañará que vaya a caballo. Eso sería razonable, y Deborah no querrá venir conmigo debido a su estado. Mi tía estará encantada de cubrir mi ausencia, si alguien pregunta. A Deborah le diré lo mismo, pero le explicaré que saldré de viaje desde la casa de la tía Adelaide porque no quiero viajar en el coche de Richard bajo su protección. Ella me conoce lo suficiente como para saber que no me gustaría ir escoltada. Así, ella estará contenta creyendo que voy a por la niñera, Richard estará satisfecho porque me llevo el carruaje y la tía Adelaide, como siempre, no se enterará de nada. Todo saldrá a pedir de boca mientras tú cumplas tu parte y vayas a por nuestra niñera.

—Solo hay un problema.

—¿Cuál?

—¿Quién me dice que, si te llevo a tu casa esta noche, vas a regresar mañana o que, si te digo cómo llegar aquí, no se lo vas a decir a tu cuñado?

—Si tienes miedo de que revele el lugar donde se encuentra esta casa, entonces, me reuniré contigo en alguna parte y podrás ponerme otra vez la venda en los ojos para traerme aquí. Puedes esperarme en la carretera que va de Buckminster al pueblo.

—Está demasiado frecuentada. Me encontraré contigo en el sendero que va de Buckminster a las cataratas Lady. ¿Lo conoces?

—Sí, claro que sí. ¿Dónde te gustaría que nos encontráramos?

—Hay una piedra muy grande a poca distancia del camino. Está no muy lejos de un grupo de tres robles.

—Sé qué roca es —dijo Nicola. Aquel era el lugar donde Gil y ella solían separarse después de estar juntos en las cataratas Lady—. Estaré allí mañana después del mediodía. Me llevará tiempo ir a casa de mi tía y luego marcharme de allí. En cuanto a lo de si me presentaré o no... No sé cómo convencerte de que lo haré, excepto decir que esta noche he venido aquí para salvar a tu amigo.

—Sabes que te habría traído de todos modos, aunque te hubieras negado.

—Hubiera podido gritar, resistirme... Hubiera podido ponértelo mucho más difícil.

—Entonces, te habría atado y amordazado. El viaje hubiera sido un poco más incómodo. Imagino que te diste cuenta de eso.

—En realidad, ni lo pensé, pero, dado que estás decidido a

ver solo lo peor en mí... Sí, habrías podido forzarme a venir aquí, pero no habrías podido obligarme a utilizar mis conocimientos. Podría haber hecho como que no sabía sacarle la bala y luego haberme negado a darle nada, o haberle dado un remedio equivocado, algo que le hiciera daño en vez de ayudarle. ¿Y cómo lo habrías sabido? Incluso todavía podría hacerlo, así que, ya ves, en ciertas cosas tienes que confiar en mí y esta es una de ellas. Me reuniré contigo mañana después del mediodía, donde dijimos.

—Parece que no me queda elección, ¿verdad? Si te retengo aquí, harás que mis hombres y yo corramos peligro. Incluso podrías matar a Perry en venganza.

—¡Yo no he dicho eso!

—No con tantas palabras, pero el mensaje estaba claro.

—¡Eres el hombre más suspicaz que he conocido!

—Tengo buenas razones para serlo. Aprendí hace mucho lo pérfidas que son las mujeres.

—Eso es. Échale la culpa a una mujer. Es la salida más fácil, ¿verdad? La verdad es que eres suspicaz por naturaleza. Sin duda sospechas de todo el mundo porque tú mismo estás lleno de secretos.

—De ese modo, es mejor para todos.

—Pues a mí me parece un modo horrible de vivir, sin confiar en nadie...

—Estoy acostumbrado.

—¿Acostumbrado? No lo creo. Lo que estás es amargado y endurecido.

—Estás muy segura de tus opiniones, dado el hecho de que no me conoces en absoluto.

—No hace falta más que verte una vez para ver tu amargura. Te rezuma por cada poro. Tendría que estar ciega, sorda y muda para no darme cuenta.

—Bueno, eso es muy edificante. Sin embargo...

Jack se vio interrumpido por un gemido del enfermo. Los dos se dieron la vuelta para atender a Perry, pero él no se movió. Entonces, Nicola se acercó a la cama y le puso la mano en la frente.

—No tiene fiebre —dijo ella.

—Entonces, es mejor que nos vayamos. Cuanto antes llegues a tu casa, mejor. Tendrás que dormir un poco. Mientras yo esté fuera, haré que Saunders venga a cuidar de él. Por cierto, si se te pasa por la cabeza no atenerte a nuestro plan, recuerda lo fácil que me ha resultado entrar en tu dormitorio esta noche.

—Si crees que amenazándome conseguirás que haga lo que tú quieras, estás muy equivocado. Haré lo que he dicho porque he dado mi palabra. Es la preocupación por un ser humano herido lo que me vincula, no tus amenazas. Y, si fuera tú, no volvería a intentar entrar en mi habitación de ese modo.

Tras salir por la puerta, bajaron por las escaleras. Saunders emergió de la cocina, seguramente porque había oído los pasos. Jack le ordenó que vigilara a Perry mientras él estuviera ausente.

El hombre asintió y subió a la planta superior. Entonces, Jack se sacó el pañuelo negro y lo plegó, para poder tapar los ojos a Nicola. Ella permaneció sin moverse, a pesar de que el pulso se le había acelerado ante su cercanía. Enojada por aquella reacción, se recordó que aquel gesto era humillante. Sin embargo, no pudo evitar recordar la sensualidad y el erotismo que habían experimentado sus sentidos, sobre todo por el contacto de su cuerpo con el de Jake con el movimiento rítmico del caballo y la reacción que él había tenido al sentirla contra él.

El rubor le cubrió las mejillas, mezclándose la vergüenza con la excitación. Nicola odiaba sentirse de aquel modo, como si ella fuera una mujer débil, controlada por sus emociones y sus deseos. Se sintió humillada y furiosa por el modo en que se le irguieron los pezones al notar los dedos de Jack contra su rostro cuando le cubrió los ojos con el pañuelo... y la humedad que le floreció en la entrepierna, fruto de aquellas sensaciones. Nicola se preguntó si él sabría el efecto que tenía sobre ella.

—Hay un escalón —dijo él, tomándola del brazo, mientras salían a algo que parecía un porche. Ahora dos escalones más. Ya está. Espera un momento mientras desato mi caballo.

Nicola esperó, escuchando atentamente. Trató de convencerse de que la vuelta a Tidings sería diferente. Se mantendría más distante y no se dejaría llevar por los pensamientos que se habían adueñado de ella en el viaje de ida. Entonces, sintió las manos de Jack en la cintura para subirla encima del caballo. Un instante después, él se acomodó detrás de ella. De nuevo, le pareció que encajaba perfectamente en el hueco que formaban los fuertes muslos del jinete. Una vez más, un fuerte calor se apoderó de ella y sus firmes resoluciones se evaporaron en el aire al sentir las manos de él sobre ella. Nicola no entendía lo que le estaba ocurriendo. ¿Cómo podía su cuerpo reaccionar así ante un hombre que ni siquiera era de su agrado?

Empezaron a avanzar lentamente. El cuerpo de Nicola se balanceaba con el movimiento del caballo, frotándola suavemente contra Jack. De repente, un sonido casi inaudible se le escapó a él de los labios. Nicola sintió que el calor del cuerpo de su acompañante subía y la envolvía a ella.

Buscó desesperadamente algo en lo que concentrarse para apartar los pensamientos del tumulto de sensaciones que estaba experimentando su cuerpo.

—Te he dejado una bolsa de reina de los prados para la fiebre, ¿verdad?

—Sí, has dejado todas tus hierbas y pociones allí —susurró él.

—Sí, claro.

Él se rebulló un poco en la silla y la apretó un poco más contra su cuerpo. Nicola tuvo que apretar los labios para no emitir ningún sonido. Acababa de sentir la firme erección de Jack. Entonces, él dijo algo que Nicola no pudo entender, pero que creyó que era su nombre. El deseo se despertó dentro de ella, convirtiéndole los muslos en cera.

Jack le apartó el pelo del cuello y apretó la boca contra la suave carne. Nicola sabía que debía protestar, apartarle de ella, pero no podía moverse. Se dejó llevar por el sensual placer que aquellos labios le evocaban, tiernos como las alas de una mariposa y que al mismo tiempo la abrasaban como el fuego. Entonces, ella se apoyó sobre él, deshaciéndose voluntariamente en aquel mar de sensaciones. Aquel gesto pareció añadir combustible a las llamas de su pasión y deslizó la mano por debajo de la capa de Nicola, empezando a acariciarle el cuerpo.

Los pezones de Nicola se endurecieron por el deseo. De algún modo, el hecho de que tuviera los ojos vendados añadía más erotismo a la situación. Cada caricia, cada beso le sorprendía, haciéndola temblar de anticipación. Se avergonzaba de aquella situación, pero era demasiado deliciosa como para detenerla.

Un instante después, la mano bajó hacia el vientre, tocándola de un modo en el que nadie lo había hecho nunca. La respiración se le aceleró hasta casi convertirse en jadeos cuando él empezó a acariciarle los muslos. Entre las piernas, sentía un calor, una gozosa sensación que le hacía querer juntarlas para disfrutarla al máximo y, al mismo tiempo, abrirse más para él.

Cada vez que él le rozaba la parte inferior de los pechos, Nicola temblaba. Anhelaba que le acariciara los senos completamente, tanto que tuvo que contenerse para no animarle a que lo hiciera. Jack le besaba el cuello, acariciándole los hombros y avivando las llamas que la consumían por dentro.

Por fin, él le tomó los pechos entre las manos. Siguió besando, mordisqueando la suave piel del cuello mientras le apretaba suavemente los pechos. Los dedos bailaban sobre la tela del vestido, rodeando el duro botón de su pezón. Trató de meter la mano por debajo del vestido pero la tela se lo impidió.

Aquello no le detuvo. Empezó a desabrocharle los botones delanteros uno a uno. Por fin, pudo tocar la carne desnuda, piel deslizándose sobre piel. Nicola sintió claramente la reacción de Jack, notando una insistente palpitación cerca de la cadera. La mano se deslizaba arriba y abajo sobre los pechos. Ella los sentía henchidos de deseo, con los pezones sensibles hasta lo supremo... Con cada movimiento de la mano, la pasión de Nicola ardía más vivamente. Ella tuvo que luchar contra la urgencia de darse la vuelta y apretar el ardiente centro de su pasión contra el de él.

La mano de Jack no dejaba de desabrochar botones, de buscar entre las enaguas, de tocar la suave piel de su vientre. Nicola contuvo la respiración. Con Gil nunca había experimentado algo semejante. Un deseo ardiente le latía entre las piernas. Se sentía hinchada y caliente, inundada con la humedad de la pasión. Quería detenerlo, pero al mismo tiempo no podía. Anhelaba experimentar aquellas sensaciones. Entonces, la mano de él pasó a través del hirsuto vello para perderse entre los cálidos y suaves pliegues de su feminidad. Nicola gimió de placer y tembló. Nunca había soñado con nada que pudiera parecerse a aquello...

—Quédate conmigo esta noche —murmuró él—. Aquí mismo haré una cama de hojas. Los árboles nos resguardarán —añadió, rozándole levemente con los labios el pañuelo que le cubría los ojos. Entonces, se lo retiró con impaciencia—. Déjame amarte. Quiero estar dentro de ti, ser parte de ti... He soñado...

Su voz, sus palabras eran tan eróticas como una caricia e hicieron que Nicola temblara de deseo.

Sin embargo, la imagen de Gil se coló de nuevo en sus pensamientos, haciéndola recordar las horas que habían pasado besándose, acariciándose, murmurando palabras de amor.

Un sentimiento de culpa se apoderó de ella. Estaba traicionando a Gil, manchando su memoria, con una lasciva pasión con aquel hombre. No amaba a Jack Moore. Entre ellos, no había nada más que puro apetito carnal. Si se quedaba con él, sería tan infiel a Gil y al amor que habían compartido como si hubiera sido una mujer casada corriendo a los brazos de su amante.

—¡No! —exclamó ella, juntándose los pliegues del vestido para abrocharse los botones—. No puedo. Lo siento, estaría mal.

—Claro que estaría mal. Una dama puede juguetear con un campesino, pero darle el placer de su cuerpo sería degradante para ella.

—¡No se trata de eso!

—¿Estás diciéndome que es por tu altísima moral?

—Sí, es mi moral... y mi honor. No tengo hábito de tumbarme sobre la primera cama de hojas que se me ponga por delante con un hombre que no conozco.

—Nunca lo hubiera creído cuando, hace unos minutos, te deshacías entre mis dedos, gimiendo de placer. ¿O estabas fingiendo, tratando solamente de ver lo ardiente y desesperado que podías poner a este bufón? ¿Es esa la manera en la que consigues el placer?

—¡Basta ya! Yo no he comenzado esto. Fuiste tú quien...

—Pero tú te dejaste llevar fácilmente, ¿verdad?

—Eso lo admito, aunque, afortunadamente, he recuperado el sentido común.

—¿Es así como lo llamas? Yo hubiera dicho que fue el hecho de recordar la clase a la que perteneces.

—No fue eso de lo que me acordé. Me acordé de quién soy... y no soy una vulgar ramera.

—Vulgar no eres, pero creo que tienes el mismo fuego en la sangre que cualquier sirvienta de una taberna. Un fuego que puedo encender cuando quiera.

—Por favor... Guárdate para ti tus bravuconadas. Me has asaltado en un extraño momento de debilidad. No soy una presa fácil para ti.

—¿De verdad? ¿Quieres que nos apostemos algo?

—¿Acaso crees que voy a hacer una apuesta con mi virtud? Eres un hombre despreciable y te merecerías que no apareciera mañana.

—Has hecho una promesa.

—Así es, y por esa razón, y por el bien de tu amigo, haré lo que pueda para ayudarle, pero si crees que voy a ceder a tus requerimientos, estás muy equivocado. No tengo intención de acostarme contigo y es mi deseo verte lo menos posible mientras esté en tu casa.

—Yo siento el mismo deseo de pasar mi tiempo con una mujer que provoca a los hombres... y luego es una mojigata.

—Bien. Entonces, te sugiero que nos evitemos mutuamente.

—Haré todo lo que esté en mi mano.

—Yo, también.

Entonces, Nicola se dio la vuelta para mirar hacia delante, con la espalda más recta que una tabla y tan alejada de él como le era posible en un caballo.

Los dos recorrieron el resto del camino en silencio.

CAPÍTULO 9

A la mañana siguiente, Nicola se despertó tarde. Jack y ella habían llegado a Tidings poco antes del amanecer. Él había subido por la cuerda, aparentemente sin esfuerzo. Luego, había desbloqueado la puerta para que ella pudiera acceder a la casa por la puerta de la cocina y subir por la escalera de atrás hasta su habitación. Nicola había pasado mucho miedo de que Richard la descubriera.

Cuando entró en su habitación, respiró aliviada. Sin embargo, aquel alivio se había transformado en un sentimiento de vacío cuando descubrió que él se había marchado sin ni siquiera decir adiós. Después, se quitó la ropa y, tras ponerse el camisón, se metió en la cama.

Parecía que acababa de cerrar los ojos cuando oyó las voces de las doncellas en el pasillo. Al mirar el reloj, vio que eran casi las diez de la mañana. Con un suspiro, se levantó de la cama y llamó a una doncella para que le preparara un baño. Tenía mucho que hacer aquella mañana y no podía demorarse.

Tras haberse vestido y haber tomado su desayuno, se sintió mucho mejor. Entonces, fue al dormitorio de su hermana para poner su plan en funcionamiento. No le costó mucho conseguir la aprobación de Deborah en lo de ir a buscar a la niñera, dado que ella temía que lady Buckminster se hubiera olvidado del tema. Por lo demás, comprendía el subterfugio de ir a Buckminster Hall en primer lugar, ya que sabía que su marido insistiría en mandarla con carruaje y escolta.

Con Richard le resultó algo más difícil. El conde la contemplaba con cierta suspicacia. Deborah le aseguró que probablemente la tía Adelaide estaba inmersa en los preparativos de la boda de Bucky y que necesitaría ayuda desesperadamente. Ante la detallada explicación de todo lo que había que hacer para preparar unas nupcias, Richard pareció darse por vencido y dejó el tema, tras asegurarle que pediría a los mozos que le prepararan el carruaje.

Nicola regresó a su dormitorio para hacer la maleta, rechazando a la doncella que fue a ayudarla. Sin duda, la muchacha hubiera encontrado extraño la ingente cantidad de hierbas, vendas y medicinas que Nicola incluía en su equipaje. Además, no llevaba mucha ropa porque solo iba a estar fuera unas noches y tendrían que transportar las bolsas de viaje a caballo desde Buckminster a través del bosque.

Por fin lo tuvo todo preparado. Faltaba poco para el mediodía cuando se montó en el carruaje y se dirigió a casa de su tía.

Tras descargar su equipaje, el mayordomo, que no salía de su asombro, la acompañó al salón. A los pocos minutos, llegó Adelaide, con un viejo vestido puesto y manchada de barro hasta los tobillos. Evidentemente, había estado en los establos.

—¡Nicola! ¿Sabía yo que ibas a venir?

—No, tía Adelaide. Ha sido una decisión tomada en el momento.

—Ah, bueno. ¿Qué te parece si pido un poco de té? Es un poco temprano, pero me siento desfallecida. Llevo en los establos desde el alba, ayudando a Carson porque mi yegua favorita va a tener a su potro. Y debo decir que le está resultando bastante difícil.

—Lo siento. Estoy segura de que debes de estar muy preocupada.

—Así es. Carson dice que tendrá que girar al potro, pero eso no es nada fácil y resulta también muy doloroso.

—En ese caso, estoy segura de que no estás deseosa de tener compañía, así que no te entretendré demasiado. He venido a descubrir lo que has hecho hasta ahora sobre nuestra antigua niñera.

—¡Oh! Veamos, ¿cuándo hablamos de eso? ¿Sabes una cosa? Creo que no le he escrito. Lo siento.

—No importa, ya que he estado pensando que yo debería ir a visitar a la niñera y pedirle que venga a cuidar de Deborah.

—Eso sería perfecto. ¿Quieres... quieres que te acompañe? —añadió, algo preocupada.

—No se me ocurriría apartarte de tu yegua en estos momentos. Puedo ir yo sola, pero me gustaría que me prestaras un caballo, si es posible.

—Claro —respondió la tía Adelaide, mucho más tranquila.

—El único problema es Exmoor. Si él supiera que voy a ir a por ella, insistiría en que me llevara su carruaje y una escolta armada hasta los dientes. Está completamente obsesionado con el asunto de ese bandido. Además, sería tan agradable ir a caballo... No quiero hacer el viaje embutida en un carruaje mal ventilado.

—Te entiendo, pero tendrás alguien que te acompañe, ¿verdad? No creo que hacer un trayecto tan largo a través del campo tú sola sea adecuado.

—Por supuesto que me llevaré a alguien —mintió Nicola—. Vendrá conmigo uno de los hombres del pueblo, el mozo de establos de la posada. Lo que más me preocupa es que Exmoor venga a visitarte y descubra que me he ido a buscar a la niñera sin decírselo.

—¡Tonterías! —exclamó lady Buckminster. A pesar de que siempre se había llevado bien con el conde por motivos de vecindad, nunca había sentido ninguna simpatía por él—. Maldito estúpido, como si tuviera derecho a saber dónde estás. No te preocupes. Instruiré a Huggins para que diga que has salido por si tuviera la osadía de venir a ver si estás aquí.

—¡Eso me parece una solución perfecta! —exclamó Nicola, a pesar de que sentía un poco de remordimiento por haber mentido a su tía. Sin embargo, estaba en juego la vida de un hombre y eso era lo más importante.

Una hora más tarde, estaba montada sobre la yegua que su tía había elegido para ella, con sus bolsas de viaje a la grupa y de camino a la roca donde debía reunirse con Jack. Aquel había sido el lugar en el que se había reunido con Gil muchas veces los domingos por la tarde. Solo pensar que se iba a reunir allí mismo con otro le rompía el corazón. Era otra deslealtad con Gil, una más para añadir a la más importante que había cometido la noche anterior al gozar de aquella manera con las caricias de Jack Moore.

Aquel comportamiento no era propio de ella. Nunca se había entregado a la lujuria de aquella manera. Solo Gil le había hecho desear algo parecido, aunque había estado enamorada de él. Desde Gil, no había sentido ningún interés especial por ningún hombre. Parecía de lo más extraño que aquel desconocido, a quien ni siquiera había visto el rostro, despertara aquellos sentimientos en ella.

Sin embargo, Nicola estaba decidida a que no volviera a repetirse. Se mostraría distante con Jack, hablaría con él solo lo que fuera necesario y se concentraría exclusivamente en ayudar al herido.

A medida que se iba acercando al lugar, Nicola se fue sintiendo cada vez más nerviosa y ligeramente excitada. Tras pasar por debajo de las ramas de uno de los tres robles que crecían al lado del camino, vio la roca delante de ella. No había nadie esperando, pero, a medida que se fue acercando, oyó los suaves relinchos de un caballo y el sonido de cascos sobre las piedras. Entonces, vio a un hombre que rodeaba la roca tirando de las riendas de un caballo. Vestido de negro, alto y de anchos hombros, llevaba el rostro, como siempre, semioculto por un antifaz. Era una visión tan masculina, con tal aire de misterio, que el pulso de Nicola se aceleró involuntariamente.

—¿Es que llevas ese antifaz a todas partes? ¿Tan terrible es tu rostro?

—Efectivamente, mi rostro es tan horripilante que hace que los niños salgan corriendo, aunque lo peor de todo es que lo podrías identificar para las autoridades.

—¿No se te ha ocurrido que, si fuera a entregarte a las autoridades, me habría bastado con traerlas hoy aquí?

—Claro que se me ha ocurrido. Por eso, registré toda la zona antes de acudir aquí, para asegurarme de que no hay hombres armados esperando atraparme. También por eso escogí este lugar. Está más alto que el camino y, desde ahí atrás, se tiene una vista general de toda la zona, por si acaso alguien venía discretamente detrás de ti.

—No me gustaría ser el hombre que tú eres, sin confiar en nadie, siempre sospechando...

—Es mejor que estar muerto o en la cárcel, eso te lo aseguro.

—Tal y como lo dices, parece que esas son las únicas dos opciones que se tienen en la vida. Seguramente podrías haber hecho otra cosa con tu vida aparte de robar a la gente.

—Umm, probablemente, pero no habría sido tan emocionante.

—Eres imposible.

—Sin duda —dijo él, antes de darse la vuelta y empezar a cabalgar por el sendero. Nicola empezó a cabalgar detrás de él.

—¿Cómo? ¿Hoy no vas a taparme los ojos?

—¿Para qué? Considerando que anoche tuviste los ojos sin tapar la mayor parte del camino... —dijo él, volviéndose para mirarla. Nicola se sonrojó. Recordaba que él le había quitado el pañuelo mientras le besaba apasionadamente el cuello—. Estoy seguro de que sabes el camino al menos hasta los bosques. ¿Me equivoco?

—Creo que salimos del bosque de Blackfell, por el lado norte. Dentro del bosque... —dijo, encogiéndose de hombros, a pesar de que creía que podría encontrar el camino al menos durante la primera parte.

—Tal y como yo había pensado. Cuando lleguemos al bosque, te cubriré de nuevo los ojos. Es mejor así.

—Umm —murmuró ella. No le gustaba ir con los ojos vendados, pero al menos, aquel día, iban en caballos separados. Decidió concentrar sus sentidos en averiguar cuál era el camino que tomaban. A la luz del día sería más fácil—. ¿Cómo está hoy nuestro paciente?

—Recuperó la consciencia esta mañana durante un rato, pero ha estado durmiendo desde entonces. Cuando me marché, me pareció que tenía la frente algo caliente, pero eso fue hace más de dos horas. Le di la medicina que tú me dijiste.

—¿Para la fiebre?

—Sí, esperaba que así no le subiera más durante mi ausencia. Hay alguien con él, pero...

—¿No confías en él?

—Claro que confío en él. No haría nada que hiciera daño a Perry, pero me sentiré mejor cuando tú estés con él.

—Me sorprendes. Pensé que me considerabas un miembro frívolo y sin carácter de una clase malvada. Todo eso, además de ser una mujer débil y perversa.

—Contigo, me pasa lo contrario que con Saunders. No confiaría en ti, pero sé que eres un genio con las hierbas.

—Hay que reconocer que eres un experto en borrar cualquier clase de cumplido que digas.

—He dicho que eres un genio con las hierbas. No creo que eso sea nada malo.

—Mientras que a una no le importe que la consideren malvada...

—Tampoco creo que seas eso. Muchos de los habitantes de la comarca tienen una gran opinión de ti.

—Pero tú te reservas tu opinión al respecto, de eso estoy segura.

—Como ya te he dicho antes, soy un hombre muy suspicaz.

—¿Era noble la mujer que te hizo daño?

—¿Qué te hace decir eso? Yo nunca he dicho...

—No tenías que hacerlo. Resulta evidente, por los comentarios que haces, que una mujer te hizo mucho daño. ¿Por qué si no ibas a estar tan amargado como para etiquetar a las mujeres de traicioneras y mentirosas? Además, muestras el mismo desprecio por la nobleza. La conclusión fue fácil.

—Pero no necesariamente cierta.

—¿Me equivoco entonces?

—No, no te equivocas. Fue una mujer de alto rango la que me traicionó.

—¿En qué modo te traicionó?

—Algún día tu curiosidad te pondrá en serios aprietos.

—Ya lo ha hecho, muchas veces. ¿Sabes una cosa? No todas las mujeres nobles son iguales. Ocurre lo mismo que en cualquier otra clase. ¿No crees que resulta un poco injusto meternos a todas en el mismo saco?

—¿Lo es? ¿Y tú? ¿Nunca has traicionado a un hombre que te amara?

Nicola abrió la boca para responder negativamente, pero entonces recordó que, por el modo en que se había entregado a Jack Moore, había sentido que le había sido infiel a Gil. Sin poder evitarlo, se sonrojó y apartó la cara.

—¿Ves? Tú también lo has hecho.

—Pero no fue... Quiero decir....Yo no fui infiel...

—Hay muchos modos de traicionar a un hombre. No es solo yacer con otro, aunque eso sea lo más común. ¿Acaso no es mucho más cruel entregar a un hombre a sus enemigos?

—¿Es eso lo que te ocurrió?

—Sí —respondió él. Por la expresión de su rostro se veía que lo que probablemente le había ocurrido muchos años atrás seguía haciéndole sufrir muy intensamente—. Durante un tiempo fui agradable, pero luego me convertí en un... inconveniente.

—Lo siento, pero no todas las mujeres son así.

—Si estuvieras en sus circunstancias, tú harías lo mismo.

—¡No lo haría!

—Mentirosa —replicó él. Entonces, acicateó al caballo y se volvió a poner delante de ella.

Nicola quiso protestar, pero se dio cuenta de que sería inútil. No habría modo de que ella pudiera demostrarle que no era como la mujer que él había conocido. Además, ¿qué importaba? Lo que Jack Moore pensara de ella no tenía relevancia alguna. No los unía nada.

Después de meterse por caminos menos transitados, la vegetación empezó a hacerse más espesa. Sin cruzar palabra, pronto llegaron al bosque de Blackfell. De repente, él detuvo su caballo.

—Es hora de taparte los ojos.

—De acuerdo.

A pesar de que no tenía intención de volver allí ni de decírselo a nadie, decidió esforzarse para tratar de deducir dónde iban. Le disgustaba profundamente no saber dónde iba y sentirse en las manos de otra persona.

Jack le colocó el pañuelo, aunque, al estar los dos en monturas diferentes, resultó un poco más difícil que en las otras ocasiones, algo a lo que Nicola contribuyó espoleando suavemente a su yegua para que se moviera. La tela no estaba demasiado apretada y, cuando él le agarró las riendas para tirar de la yegua, Nicola aprovechó la oportunidad para levantarse un poco la venda.

Nicola se concentró mucho para saber qué dirección tomaban, dónde giraban y la distancia que había entre cada punto de referencia. Cruzaron un arroyo, ocasión que ella aprovechó para levantarse un poco más la venda, sabiendo que Jack iba delante. Tras el arroyo, el cambio de dirección fue una constante, algo que puso a prueba la habilidad de Nicola. Cuando al fin se detuvieron, Nicola no estaba segura de la localización específica de la casa.

—Supongo que creerás que no me he dado cuenta de lo que estabas haciendo —le susurró él al oído mientras la ayudaba a desmontar.

—No sé de qué estás hablando. ¿Qué es lo que crees que estaba haciendo? —preguntó ella. Jack se echó a reír, pero no contestó. Se limitó a agarrarla del brazo y a llevarla hacia la casa—. Debes de ser el hombre más suspicaz que hay sobre la faz de la tierra.

—Conozco a las de tu clase.

—¡Las de mi clase! ¿Y qué significa eso?

—No hacéis más que husmear. Siempre tenéis que tener la última palabra —dijo, haciéndola subir los escalones.

—¡Eso son tonterías! Además, ¿qué te hace creer que eres más listo que yo?

—La última palabra... ¿Lo ves? Francamente, no sé si he sido más listo que tú, pero eso hace que el juego sea interesante, ¿no te parece?

—Yo no estoy jugando a nada.

—¿No? —preguntó él, abriendo la puerta principal y haciéndola pasar al interior. Una vez allí, le soltó el nudo del pañuelo—. Entonces, ¿qué estás haciendo?

—No estoy segura —replicó Nicola, sinceramente.

Se oyó que alguien bajaba por las escaleras y, un momento

después, apareció un hombre, con aspecto de estar aliviado por ver a Jack.

—¡Por fin ha llegado, señor! Me alegro mucho de verlo. Perry está peor.

—Maldita sea —dijo Jack, subiendo rápidamente las escaleras, con Nicola detrás de él—. ¿Qué ha ocurrido?

—Está muy acalorado y ha empezado a murmurar cosas...

—¿Está delirando? —preguntó Nicola.

—¿Qué? —preguntó el hombre, mirándola sin comprenderla. Luego, miró a Jack.

—¿Está diciendo tonterías? —le explicó Jack.

—No tengo ni idea de lo que está diciendo. Solo son palabras y murmullos. Algunas veces se mueve un poco, muy inquieto...

Jack abrió la puerta de la habitación de Perry y se echó a un lado para que entrara Nicola. Ella fue directamente a la cama y miró al herido. La noche anterior había estado muy pálido y quieto. En aquel momento tenía un ligero rubor en las mejillas y no dejaba de mover la cabeza de un lado para otro. Mientras Nicola lo miraba, suspiró y murmuró algo ininteligible.

Jack se reunió con ella al lado de la cama. Entonces, Nicola le puso al hombre una mano en la frente. Estaba más caliente de lo que debería.

—Le daremos un poco de medicina para la fiebre —sugirió ella—. ¿Cuándo se lo has dado por última vez? —le preguntó al hombre.

—Yo no le he dado nada, señorita.

—Entonces, lo último que tomó fue lo que yo le di antes de marcharme. Puedes marcharte, Quillen.

Nicola se acercó a la mesilla de noche, donde estaba su bolsa para las medicinas. Entonces, sacó un frasquito que contenía un polvo molido y lo mezcló con un poco de agua.

—Ahora tendrás que ayudarme. Sujétalo para ver si podemos hacerle beber esto.

Jack hizo lo que ella le pedía. Perry abrió los ojos y miró a su alrededor muy vagamente. Entonces, se fijó en Nicola.

—¿Quién es usted?

—Nicola. Estoy aquí para ayudarle. Se sentirá mejor si se bebe esto —respondió ella, llevándole la taza hacia los labios. Cuando hubo tomado dos sorbos, Perry apartó la cara—. No, tiene que bebérselo —insistió, sujetándole la cabeza con firmeza y obligándole a tomar un poco más antes de que el hombre volviera a apartar la cara.

—¡Maldita sea, Perry! ¡Bébetelo! —le ordenó Jack, agarrándole firmemente por la barbilla.

Perry obedeció, aunque no sin protestar. Jack continuó sujetándole mientras Nicola le retiraba la venda y levantaba cuidadosamente la gasa para verle la herida. Perry lanzó un gemido de dolor, ya que la gasa estaba pegada a la herida. Al examinarla, Nicola comprobó que no había empezado a cicatrizar y que la piel de alrededor estaba hinchada y enrojecida. Entonces, le aplicó un poco de pomada.

—¡Dios santo, mujer! ¿Estás intentando matarme? —aulló Perry.

—No, trato de salvarte.

—Deja de protestar tanto, gruñón —dijo Jack, bromeando—. Si no fuera por ella, probablemente estarías muerto.

—Con el dolor que tengo, tal vez hubiera sido mejor. ¿Es usted la mujer de Jack?

—Calla, Perry —dijo Jack, rápidamente—. Creo que tienes razón. Está delirando.

—Pues a mí me ha parecido bastante lúcido. No, no soy la mujer de Jack, ni la de ningún otro hombre. Como tengo la intención de que se ponga bien, señor, le sugiero que se tumbe y se duerma. Es lo mejor que puede hacer para curarse.

Perry se limitó a obedecer y a cerrar los ojos.

—¿Cómo está? —preguntó Jack.

—Es muy pronto para decir nada. La herida no tiene muy buen aspecto, pero no se le ha formado pus y tampoco tiene una fiebre excesivamente alta, por eso espero que no haya infección. Sin embargo, no ha pasado el suficiente tiempo. Lo único que podemos hacer es esperar —concluyó, sentándose en una silla al lado de la cama.

Jack se quedó de pie durante un momento y luego acercó una silla de la pared y se sentó al otro lado de la cama.

—No hay necesidad alguna de que estemos los dos aquí —dijo Nicola—. He venido aquí para cuidar de él. Sin duda, habrá otros asuntos que requerirán tu atención, como dividir el botín, detener carruajes, robar a la gente...

—¡Vaya! Te has convertido en una mujer de lengua viperina.

—¿Convertido? Siempre he sido la misma.

—No concuerda con las historias que he oído sobre tu amabilidad y generosidad.

—¡Qué extraño! Lo mismo me ocurre a mí con las historias que he oído sobre ti —dijo ella. Se sorprendió al ver que él esbozaba una ligera sonrisa.

Nicola lo observó. El antifaz le cubría la parte superior de la cara y resultaba de lo más irritante. ¿Qué importaba que fuera capaz de reconocerlo? Seguramente, ya se había dado cuenta de que, después de todo aquello, no le iba a entregar.

Se preguntó si sería por alguna cicatriz o deformación del rostro. ¿Se ocultaría de todo el mundo? Sin embargo, la parte inferior del rostro estaba muy lejos de la fealdad. Tenía la mandíbula firme y recta, aunque algo oculta por la perilla. Los labios eran gruesos y firmes, bien marcados y muy seductores.

Nicola recordó haber sentido aquellos labios sobre los suyos, el roce de la perilla y el bigote contra su piel. Como aquellos recuerdos despertaron su deseo, se apresuró por sacar algún tema que se los quitara de la cabeza.

—Háblame de ti.

—Soy solo un salteador de caminos —respondió él, algo extrañado.

—¿Y es eso todo? Seguramente, procederás de algún lugar, habrás hecho otras cosas... Tendrás una familia, un pasado...

—Sí. Así es, o así fue. Por eso no veo motivos para hablar sobre esas cosas.

—Nos ayudaría a pasar el tiempo. Yo tengo que estar aquí con tu amigo y, dado que pareces decidido a acompañarnos, te agradecería que me ayudaras a pasar el aburrimiento.

—Mi vida ha sido anodina. Por eso, no creo que te ayudara a pasar el tiempo.

—¿Por qué no me lo demuestras?

—Mi familia era muy pequeña. Ahora, ya han muertos todos. Me marché de mi casa hace varios años. Estuve en la Marina.

—¿En la Marina? ¿De verdad? No pareces un marinero.

—No lo elegí yo, eso te lo aseguro. Me apresó una patrulla de reclutamiento. Cuando me desperté, me dolía la cabeza y estaba en la bodega de un barco. Fue allí donde conocí a Perry.

—¡Eso es horrible! Había oído que pasaban esas cosas, pero nunca había conocido a un hombre que hubiera...

—Hay muy pocos libres y vivos para contar sus historias, pero Perry, yo y algunos más nos escapamos.

—¿Otros? ¿Te refieres al resto de tu banda? —preguntó ella. Jack asintió—. Entiendo. Y entonces, os decidisteis a entrar en el negocio de los robos en los caminos.

—Después de cierto tiempo. Primero, probamos otras cosas. Era algo que yo quise hacer y los otros me siguieron. Evidentemente, a Perry no le he hecho un favor —añadió, con cierta tristeza.

—Ni a ti mismo. Si os atrapan, os ahorcarán.

—Lo sé. Tal vez sea hora de dejarlo todo.

—De eso puedes estar seguro.

—Sin duda tienes razón. Supongo que ya he conseguido todo lo que había esperado conseguir aquí —dijo él, poniéndose de pie y yendo a mirar por la pequeña ventana.

—¿Y qué era eso?

—Destruir al conde de Exmoor.

—Me temo que haría falta mucho más que los robos de un bandido para eso.

—Lo sé. Sé que soy más bien una abeja picándole que la espada que le mantiene a raya, que es lo que me gustaría ser. No puedo hacerle sentir el dolor que yo sentí, porque no ama a nadie ni a nada... más que a sí mismo.

—¿Qué te hizo odiarlo tanto?

—Destruyó mi amor.

—¿Mató a la mujer que tú amabas? Pero si creí que habías dicho que...

—No. No la mató a ella sino a nuestro amor. Hizo que ella

se volviera contra mí, la utilizó para librarse de mí y, al hacerlo, me rompió el corazón.

—Oh, Jack... Lo siento tanto... —susurró Nicola, poniéndose de pie para acercarse a él.

—No importa —dijo él, dándose la vuelta abruptamente—. Tienes razón. No hacemos falta los dos para cuidar de Perry. Te relevaré dentro de unas pocas horas.

Con eso, se marchó, dejando a Nicola sin palabras.

CAPÍTULO 10

Nicola se levantó y miró a su paciente, que parecía algo más febril. Llevaba sentada con él más de tres horas. Durante un rato había estado tranquilo y sin fiebre, pero parecía haber empeorado. Al examinarle, comprobó que su temperatura había subido. Rápidamente, mojó un trapo en agua fresca y se lo colocó en la frente, algo que había hecho varias veces durante las últimas horas. Aquello le ayudaba, pero no era más que un alivio. Lo que el herido necesitaba era una dosis de la medicina para la fiebre que ella había llevado. El problema era que la bebida era algo amarga y que, para que Perry se la tomara, hacían falta dos personas. Tendría que llamar a Jack, algo que llevaba posponiendo durante la última media hora.

Él se había marchado muy enfadado, pero no era su estado de ánimo lo que ponía nerviosa a Nicola. Era más bien que no sabía cómo comportarse con Jack. Lo que le había contado sobre Richard y el dolor que había teñido sus palabras habían despertado su compasión. Hasta aquel momento, había habido un cierto enfrentamiento con él. Incluso en los momentos en que se habían besado apasionadamente, había sentido una batalla entre ellos. Sin embargo, la tristeza que había visto aquella noche había tocado su fibra sensible. No solo había sentido tristeza por él, sino también cierta camaradería. Los dos habían compartido la misma desgracia en la vida, incluso había sido el mismo hombre el que los había destrozado a los dos. Comprendía muy bien aquel dolor.

Por ello, ya no sabía cómo tratarle ni cómo reaccionaría él

cuando la viera. Sin embargo, no podía quedarse allí, sin hacer nada, viendo cómo le subía la fiebre a Perry solo porque ella no quería ir a pedir ayuda a Jack. Por fin, se armó de valor y salió al pasillo. Era de noche y todo estaba sumido en penumbra.

—¿Jack? —dijo, asomándose. Entonces, un poco más adelante, vio una puerta abierta, a través de la cual salía un rayo de luz—. ¿Jack?

Se acercó a la puerta y, tras abrirla un poco, vio que él estaba delante de una jofaina, desnudo de cintura para arriba, lavándose la cara. Estaba de espaldas a ella. Entonces, vio unas líneas blancas que, en zigzag, le cruzaban la piel de izquierda a derecha. Nicola se dio cuenta, horrorizada, de que eran cicatrices y que lo único que podía haberlas causado era un látigo.

Seguramente Nicola emitió algún sonido al contemplarlas porque él se volvió a mirar hacia la puerta, todavía frotándose la cara con una toalla. Cuando la vio, profirió una maldición y se dio la vuelta rápidamente, dejando la toalla para tomar el antifaz que tenía sobre la jofaina. Tras colocárselo, se puso una camisa.

—¡Maldita sea, mujer! ¿Es que no sabes que no tienes que acercarte a un hombre de esa manera, a hurtadillas?

—No me he acercado a hurtadillas. Te he llamado dos veces.

—¿Le ha ocurrido algo a Perry? ¿Está peor?

—Un poco. Nada que deba alarmarnos, pero debería darle otra dosis de medicina para bajarle la fiebre y necesito tu ayuda.

—Sí, por supuesto.

Jack salió rápidamente al pasillo. Nicola tuvo que apretar el paso para no perderle de vista. Ya dentro de la habitación de Perry, Jack se acercó a la cama del enfermo mientras Nicola mezclaba un poco de medicina con agua.

—No mejora, ¿verdad?

—Tampoco empeora. Solo ha pasado un día y me imagino que perdió mucha sangre.

—Sí, tuvimos que cabalgar durante mucho rato y no podíamos cortarle la hemorragia.

—Incorpórale —dijo Nicola acercándose a la cama con el vaso.

Jack hizo lo que ella le había pedido y la joven empezó a verter el líquido entre los labios de Perry. Al principio, él bebió con fruición y se tragó más de la mitad de la dosis antes de que notara el sabor amargo de la mezcla. Entonces, giró la cabeza y empezó a maldecir, por lo que los dos tuvieron que sujetarle para que se tomara el resto. Cuando Jack dejó a su amigo sobre las almohadas, se volvió a mirar a Nicola.

—Pareces muy cansada. ¿Por qué no vas a dormir un poco? Yo me quedaré con él.

—Vine aquí para cuidar de él.

—Estoy seguro de que tendrás amplia oportunidad de hacerlo durante los próximos días, pero podrás ayudar más si no estás agotada. Te despertaré si se pone peor.

Tras mirar a su paciente, Nicola se dio cuenta de que tenía razón. Parecía estar tranquilo y era mejor que descansara mientras pudiera. Después de todo, había tenido un día agotador y había dormido muy poco la noche anterior.

—Puedes dormir en la habitación de al lado. Nadie te molestará.

Nicola asintió y salió de la habitación. El cuarto que Jack le había asignado era pequeño pero estaba limpio. Se sacó las horquillas del pelo y lo sacudió boca abajo. A continuación, se quitó los zapatos y se tumbó encima de la cama completamente vestida, después se cubrió con una manta. Se quedó dormida casi inmediatamente.

Estaba tumbada en una cama, que sabía era la suya. Había un hombre tumbado a su lado, acariciándola suavemente. Ella se volvió para mirarlo y vio que era Gil. Nicola sonrió y se relajó, estirando los brazos por encima de la cabeza, entregándose al placer que Gil estaba creando en ella. Su mano era suave y cálida. Aquella mano la acariciaba por todas partes, excitándola hasta que gimió de placer. Sintió que los pechos se le erguían, anhelando sus caricias y que entre las piernas la pasión palpitaba, húmeda y ansiosa. Él empezó a besarla, murmurando su nombre...

—Nicola... Nicola... Despiértate, Nicola...

Ella abrió los ojos de mala gana, con la mente algo aturdida y el cuerpo vibrándole por las imágenes soñadas. Había un hombre mirándola... ¡Gil! Durante un confuso instante, el corazón palpitó lleno de felicidad. Nicola levantó los brazos hacia él.

Entonces, su confusa mente registró que un antifaz cubría el rostro de aquel hombre. De repente, recordó quién era él y dónde estaba. Nicola dejó caer los brazos a los costados y sintió que la cara le ardía de vergüenza. Entonces, se incorporó y apartó la manta.

—¿Qué ha pasado? —preguntó.

Sin embargo, no dejaba de pensar en lo que él habría visto. Tenía miedo de haber gemido en voz alta y de que él lo hubiera oído. ¿Cuánto tiempo habría estado mirándola? ¿Se habría imaginado lo que ella estaba soñando?

—Se ha puesto peor —explicó Jack—. Tiene mucha fiebre y no para de moverse y de decir cosas sin sentido. He tenido que sujetarle a la cama por miedo a que se abriera la herida.

Nicola salió corriendo de la habitación, sin recogerse el pelo, que voló como una nube dorada sobre sus hombros. Cuando entró en la habitación de Perry, lo encontró tratando de incorporarse.

—¡Maldito sea! ¡No pienso seguir sus órdenes! —exclamaba, con los ojos saliéndosele de las órbitas.

—Claro que no —dijo Nicola, con voz suave—, pero tienes que tumbarte.

—No quiero tumbarme —replicó él—. Tengo que... que hablar con él. Decírselo.

—Se lo diré yo misma. Y más tarde, se lo podrás decir tú.

—Canalla arrogante. Gracias a Dios que te tengo a ti, Netta —prosiguió Perry.

—Sí —susurró Nicola, pasándole una gasa por la frente—. Ya está. Ya te encuentras mejor, ¿verdad? Ahora, deberías descansar.

Perry asintió, murmurando algo ininteligible. Pronto, la regularidad de su respiración demostró que ya estaba dormido.

—¿Qué era eso que decía? —le preguntó a Jack.

—Sé poco más que tú. Creo que Netta es el nombre de su hermana. No habla mucho de su familia. Están enemistados.

Creo que su padre lo echó de casa por sus costumbres disipadas. ¿Está muy mal?

—No lo sé. Evidentemente, está delirando y tiene bastante fiebre. Lo único que podemos hacer es tratar de bajarle la fiebre y mantenerle quieto para que no se abra la herida —dijo ella, limpiándole el sudor de la frente y del pecho.

—Entonces, traeré una jarra de agua del barril que hay fuera —comentó Jack—. Estará más fresca —añadió, saliendo de la habitación con la jarra de agua.

Regresó pocos minutos después, con la jarra llena de agua y un cuenco vacío. Nicola repitió el proceso con el agua fresca y luego le colocó un trapo húmedo sobre el cuello y sobre la frente. Después, bajó a la cocina para calentar agua para una infusión. Cuando hubo terminado volvió a subir a la habitación. Encontró a Jack tratando de inmovilizar a su amigo.

—No deja de insistir en levantarse. Si vamos a darle esa tisana, es mejor que vaya por refuerzos.

Se asomó a la puerta y llamó a gritos a Saunders, que subió enseguida. Entre los tres, consiguieron darle la medicina. Perry estaba delirando, gritando imprecaciones. Después de unos pocos minutos, la tisana empezó a surtir efecto y Perry se quedó dormido, sudando copiosamente, pero más tranquilo. Se quedaron con él toda la noche. Saunders puso un catre en el suelo y durmió allí, levantándose cada vez que Nicola y Jack lo necesitaban para sujetar a Perry. Mientras tanto, los dos cuidaban del enfermo, cambiándole los paños fríos cuando era necesario y sujetándolo cuando intentaba levantarse.

Fue una noche muy larga. Nicola se olvidó de comer y, por supuesto, de dormir. Toda su atención se centraba en su paciente. Jack hacía todo lo que ella le pedía. El sarcasmo y la tirantez entre ellos desapareció por Perry. Juntos le cambiaban las vendas y le aplicaban la pomada, refrescándole cada vez que lo necesitaba.

De vez en cuando, Jack miraba a Nicola de un modo extraño.

—¿Tienes que mirarme de ese modo?
—¿De qué modo?
—Como si me estuvieras analizando. Me pone muy nerviosa.

—No quería hacer que te sintieras incómoda. Solo estaba pensando... Me has sorprendido un poco.

—¿Qué quieres decir con eso? —preguntó Nicola, mientras refrescaba la frente de Perry.

—Eres muy decidida y muy trabajadora.

—¿Y nunca creíste que fuera así? Eso demuestra lo poco que me conoces.

—Sabía que eres muy testaruda. Eso no es muy difícil de ver. Estás acostumbrada a salirte con la tuya, pero la disposición a trabajar, a sacrificarte... Eso me sorprende.

—Si pensabas que era todo eso, es increíble que me pidieras, o mejor dicho, que me ordenaras, que viniera a cuidar de tu amigo. ¿Qué esperabas tener que hacer, ponerme una pistola en la sien para obligarme a tratarle?

—No. Solo sabía que eras una experta con las hierbas y sabía que fuera lo que fuera lo que hicieras sería más que lo que él tendría sin ti.

—Cuidado. Tales alabanzas podrían subírseme a la cabeza.

—Evidentemente, me había equivocado. Has hecho más de lo que me hubiera imaginado nunca y te lo agradezco.

Nicola lo miró. Se notaba fácilmente lo mucho que le había costado pronunciar aquellas palabras.

—No hay de qué.

Jack pareció estar a punto de decir algo más, pero, en aquel momento, Perry empezó a gruñir y a moverse. Los dos se abalanzaron sobre él para impedírselo y le hicieron permanecer tumbado.

—Estás sábanas están empapadas —comentó Nicola—. No podemos permitir que se resfríe. Tenemos que cambiárselas.

—¿Quieres levantarle? —preguntó Jack, algo preocupado—. Supongo que Saunders y yo podemos moverle.

—No. Podemos hacerlo los dos solos y creo que con él en la cama. Primero, necesitamos sábanas limpias.

—Claro —dijo él, saliendo a buscarlas.

Jack regresó unos minutos más tarde. Rápida y eficazmente, Nicola sacó las sábanas de un lado y los dos colocaron a Perry sobre el otro lado. Colocó las sábanas limpias en el lado del que había retirado las sucias y luego colocaron a Perry sobre ellas.

Nicola repitió el proceso en el otro lado. Luego, le cubrieron con una manta limpia.

—Aún corriendo el riesgo de que te vuelvas a enfadar conmigo, he de decir que me sorprende tu habilidad para hacer una cama.

—Admito que es algo que no sabía cómo hacer hasta hace unos pocos años, pero mi casa en el East End requiere trabajo al igual que dinero.

—¿Tu casa del East End? ¿Tú vives allí?

—No, yo no. Son las desgraciadas mujeres que acojo. Algunas viven allí y alimentamos a todas las que podemos diariamente.

—¿Por qué?

—Son mujeres que no tienen otro sitio al que ir. Al principio, tenía la intención de que fuera solo para mujeres embarazadas que necesitaban un techo bajo el que guarecerse: jóvenes expulsadas de casa por sus padres, doncellas de taberna y chicas de servicio que perdían el trabajo cuando se les empezaba a notar el embarazo, incluso prostitutas que se descuidaron y tenían demasiado miedo de acudir a los carniceros que suelen solucionar estos problemas.

—¿Fulanas de Haymarket? ¿Mujerzuelas de taberna? ¿Tienes una casa para ellas?

—Sí.

—Me asombra que sepas algo de ellas, que incluso hables al respecto, por lo que mucho menos que...

—Te diré que muchos de los miembros más respetables de la sociedad me han condenado al ostracismo. He ofendido a muchas damas nobles hablando de estas mujeres, pero ¿para qué andarse con secretos en este tema? No tengo ni tiempo ni ganas de hacerlo, sobre todo cuando hay tanto por hacer. He descubierto que a algunas mujeres, al menos, les alivia que les hable tan claro. Algunas veces puede ser muy cansado andarse con rodeos al hablar de un asunto. Algunas de ellas no me hablan en público, pero me dan dinero en privado para ayudarme con mi trabajo. Mi casa ha crecido considerablemente —explicó, mojando la gasa una vez más—. Muy pronto descubrí que había muchas otras mujeres que necesitaban ayuda, mujeres a las que sus maridos o padres o chulos habían pegado. No podía rechazarlas, especialmente si tenían hijos. La casa está a rebosar y ahora solo puedo quedarme con las más necesitadas. Hemos comprado otra casa y estamos acondicionándola. Por supuesto, tengo ayuda. Penelope, mi amiga, me ayuda cuando puede, aunque tiene que ocultárselo a su madre. También colaboran algunas mujeres de la iglesia. Una de las mujeres que recogí, una de esas fulanas de Haymarket, como tú las llamas, ha demostrado estar muy capacitada y se encarga de organizarlo todo con una gran eficacia. Por lo demás, yo les he sacado dinero a todos los que conozco. Tal vez tú mismo querrías donar algo de tu mal ganado dinero.

—Tal vez. Confieso que me has dejado atónito, Nicola.

—¿Porque tengo corazón o ingenio para hacer algo al respecto?

—No sé. Solo sé que no eres lo que esperaba.

—¿Y qué esperabas? Además, ¿por qué ibas a esperar algo de mí?

—Por lo que he oído de ti. Por lo que cuentan los del pueblo. La amable y encantadora señorita Falcourt. Pensaba que debías de ser una santa o una de esas mujeres que les dan de vez en cuando unas monedas a los más pobres y luego vuelven a su torre de marfil. Por supuesto, cuando te conocí, me di cuenta enseguida de que no eras una santa, así que solo me quedaba la otra opción.

—Nunca te paraste a considerar que podía ser una mujer que hace lo que puede por ayudar, ¿verdad? Debo decir, Jack, que estás lleno de prejuicios.

—Lo que me sorprendió fue la lengua tan ácida que tienes, aunque debo admitir que eso me divierte.

—¡No! —aulló Perry, sobresaltándolos.

Tenía los ojos abiertos de par en par y miraba al vacío, con el rostro acalorado y sudando abundantemente. Levantó la mano y tocó la gasa que le cubría la frente. Luego, la arrugó y la tiró al suelo.

—¡Antes dejaré que me maldigan!

Con aquellos gritos, Saunders se levantó de su catre y se puso de pie.

—¿Qué diablos le pasa?

—Tranquilo, Saunders. Nuestro amigo está un poco alborotado —dijo Jack, más preocupado que lo que implicaba su tono de voz.

Nicola también sintió temor. Perry estaba delirando de nuevo y la fiebre parecía haberle subido muchísimo. Cuando se levantó para tocarle la muñeca, él giró la mano y la agarró por el brazo.

—¿Qué diablos crees que estás haciendo? —le espetó—. Te veré en el infierno antes de...

—Suéltala, Perry —dijo Jack—. Está intentando ayudarte. Como todos.

Perry se dio la vuelta y golpeó a Jack en el pecho, aunque sin mucha fuerza. Luego, entre juramentos, giró la cabeza y cerró los ojos.

—¿Te encuentras bien? —le preguntó Jack a Nicola, tomándole el brazo para inspeccionárselo.

—Sí —respondió ella, sin querer reconocer la satisfacción que había sentido cuando Jack había acudido en su ayuda. Al sentir una deliciosa sensación en el brazo, lo apartó rápidamente—. Está empeorando rápidamente.

—¿Qué podemos hacer?

—Lo que hemos estado haciendo. No sé nada más... Ojalá la Abuela Rose estuviera aquí. Me temo que ya he alcanzado el límite de mis conocimientos.

—Entonces, tendremos que arreglárnoslas. Ve a por más agua fría, Saunders. Venga, pongámonos a trabajar.

A lo largo de toda la noche, siguieron tratando de bajar la fiebre a Perry. Había alcanzado un punto de crisis. Si la infección se extendía y la fiebre se le disparaba, tal vez su cuerpo no fuera capaz de soportarlo.

Le refrescaron el cuello y la frente constantemente con agua fresca sin pararse a sentarse o descansar. Otras veces, Saunders y Jack lo levantaban para que Nicola pudiera darle las tisanas o la amarga medicina contra la fiebre.

Nicola tenía un fuerte dolor de espalda y estaba agotada. Ni siquiera había cenado, preocupada solo por su paciente. Parecía que su tarea era interminable, pero siguió trabajando. Se movía tan mecánicamente que tardó unos minutos en darse cuenta del cambio en el estado de Perry. De repente, se percató de que el herido parecía tener menos fiebre.

—¡Jack! —exclamó, deteniéndose en seco. Él se volvió de donde estaba, al lado de la jofaina, en la que estaba vertiendo agua fresca para las gasas—. Tócalo. Creo que le está bajando la fiebre.

—¿Cómo? —preguntó Jack, acercándose para agarrarle la muñeca—. Tienes razón. Está más frío.

—¡Ha pasado la crisis! ¡Creo que se va a recuperar!

—Saunders, ¡ve a decirle a los otros que Perry se va a poner bien!

—¡Sí, señor! —respondió Saunders, saliendo por la puerta.

Entonces, Jack se acercó a Nicola y, tras tomarla entre sus brazos, la levantó del suelo y empezó a dar vueltas, lleno de alegría.

—¡Lo has conseguido! ¡Le has salvado!

Nicola se agarró a él, riendo de alegría. A continuación, Jack se detuvo y volvió a ponerla en el suelo, dándole un sonoro beso. En aquel momento, los dos se separaron, dándose cuenta de repente de la proximidad que había entre ellos. Aquel gesto había sido una sincera demostración de cariño, pero, al producirse, había dado lugar a otras sensaciones. El deseo, reprimido durante aquellas últimas horas, estaba a punto de explotar entre ellos, convirtiéndose en una pasión desenfrenada.

En la escalera, empezaron a resonar pasos. Nicola se dio la vuelta y se apartó de Jack. Un momento después, la puerta se abrió y entraron tres hombres y Diane. Permanecieron allí unos minutos hasta que Jack consideró que debían marcharse. Una vez más, se quedaron los dos solos. Nicola no podía evitar pensar en lo que ambos habían sentido unos minutos antes, pero se juró que no volvería a ocurrir. Sin mirar a Jack, se volvió a sentar al lado de Perry, apoyándose sobre un brazo, sin dejar de mirarlo.

Lo siguiente que vio fue que la luz empezaba a entrar por la ventana. Se despertó de un salto, parpadeando y tratando de orientarse. Al ver el rostro de Perry, recordó dónde estaba. Era ya por la mañana y, evidentemente, se había quedado dormida a su lado. Sintiéndose algo culpable, extendió la mano para tocarle el brazo. Ya no mostraba el calor típico de la fiebre y estaba dormido profundamente, con la respiración tranquila y sosegada.

Nicola se sentía muy agarrotada. El brazo sobre el que se había quedado dormida se le había entumecido y le estaban dando pequeños calambres, así que se levantó lentamente para tratar de estirarse.

Al mirar al otro lado de la cama de Perry, vio que Jack todavía estaba allí y que también se había quedado dormido, apoyado contra el respaldo de la silla. Parecía relajado y vulnerable. Nicola lo observó durante un momento y pensó que debería despertarle. Al observarlo, se dio cuenta de que era más guapo de lo que había pensado. Las líneas de su rostro eran limpias y fuertes. La mandíbula mostraba ya indicios de barba alrededor de la perilla y el bigote. Admiró el cabello negro y rizado, la nariz recta y los pómulos que desaparecían bajo el antifaz. Como siempre, se preguntó el porqué de aquella máscara y, entonces, se le ocurrió que podría aprovechar para levantarle el antifaz y ver los rasgos que tanto luchaba por ocultar.

Se acercó a él de puntillas, llena de curiosidad. Cuidadosamente, extendió la mano y logró alcanzar la parte inferior del antifaz. De repente, Jack abrió los ojos y le agarró la muñeca con la mano, como si fuera un cepo de acero.

—No lo hagas.

Nicola lanzó un grito de sorpresa y se sonrojó. Intentó alejarse de él, pero Jack se lo impidió. Durante un momento, se quedaron los dos quietos, alerta. Entonces, con un rápido movimiento, él la sentó sobre su regazo y, tras rodearla con los brazos, la besó.

Nicola había esperado furia, sorna, recriminaciones... pero nunca aquello. Al sentir los labios de él contra los suyos, el deseo explotó en su interior y sintió que la misma pasión se apoderaba de él. Entonces, sin resistirse, se entregó a él con igual fervor.

Se besaron hasta que se quedaron sin aliento, consumidos por las llamas de la pasión. Después, Jack se puso de pie, con ella en brazos, y se dirigió con ella hacia la puerta.

—¡Espera! ¿Y...? —preguntó ella, señalando a Perry.

Él volvió a besarla brevemente y, luego, abrió la puerta. Todavía con ella en brazos, salió al pasillo.

—¡Saunders! ¡Ven a cuidar de Perry!

A continuación, Jack la llevó a su dormitorio y, tras cerrar la puerta de una patada, dejó a Nicola en el suelo para poder besarla una vez más, acariciándola apasionadamente. Poco a poco, empezó a empujarla hacia la cama. Toda la pasión que habían contenido durante los últimos días pareció aflorar en aquel instante, consumiéndolos en su fuego.

—Nicola... Ha pasado tanto tiempo... Dulce Nicky...

Al oír el diminutivo con el que Gil la había llamado a menudo, se apartó de él.

—¡No! ¡No! ¡No puedo! —exclamó, dándose la vuelta, colocándose las manos en la cara.

—¡Maldita sea! —gritó él, agarrándola del brazo para darle la vuelta—. ¿Qué clase de juego es este? Tú me deseas, lo sé. ¿Es que quieres volverme loco? ¿Quieres que te suplique?

—No! Lo siento. De verdad. No quería... Me juré que no permitiría que nada de esto ocurriera. ¡No sé lo que me pasa, pero no puedo hacerlo! No puedo ser infiel.

—¡Infiel! —rugió él—. ¿Qué quieres decir con eso? Me dijiste que no estabas casada.

—¡Y no lo estoy! Nunca lo he estado.

—Entonces, ¿qué...?

—¡Estuve enamorada! Todavía lo estoy.

—¿De quién? ¿Quién es el dueño de tu corazón?

—Un muchacho. Está muerto. Murió hace mucho tiempo —susurró ella, entre sollozos—. No sé por qué siento este... deseo por ti, pero no puede ser. No romperé la promesa que le hice.

—¿Y quieres que me crea eso? ¿Que permaneces fiel a un antiguo amor? ¿Un hombre que lleva años muerto?

—¡Sí! ¿Por qué no ibas a creerlo? Es la verdad. Amaba a Gil. Nunca volveré a amar a otro.

—Gil... No has estado con otro hombre desde que estuviste con él...

—No, claro que no. Él lo era todo para mí...

—Es un cuento muy hermoso...
—¡No es un cuento! —le espetó Nicola—. ¿Cómo te atreves a...?

Jack levantó las manos y se las llevó detrás de la cabeza. Entonces, se desató su antifaz. Al retirárselo, reveló su rostro por primera vez.

Nicola lo miró fijamente. De repente, le pareció que no había aire que pudiera respirar al tiempo que un zumbido le retumbaba en los oídos. Entonces, se desplomó sobre el suelo, desmayada.

CAPÍTULO 11

—¿Nicola?

Oyó una voz que decía su nombre y abrió lentamente los ojos. Vio un rostro de hombre cerca del de ella, muy familiar y muy diferente.

Era el rostro de Gil, más maduro y con líneas de expresión alrededor de los ojos, un bigote y una perilla y una pequeña cicatriz en la mejilla que no había tenido antes.

—¡Gil! —exclamó ella, llena de alegría—. ¡Oh, Gil! ¡Eres tú! ¡Estás vivo!

Nicola empezó a llorar, más por nervios que por tristeza. Luego, le besó repetidas veces en el rostro, hasta que alcanzó la boca. Allí el beso fue largo y profundo. Jack era Gil. De repente, comprendió su inmediata e intensa respuesta hacia aquel hombre.

—¡No puedo creerlo! ¿Cómo no he podido darme cuenta? ¡Eres más alto! ¡Y más fuerte! ¡Y tu voz...! Supongo que probablemente fue el modo tan diferente en el que hablas, como un caballero.

—Crecí un poco más. Entonces, solo tenía veinte años. Y también engordé algo al hacerme mayor. Suele pasar...

—¿Por qué no viniste a verme, a decirme dónde estabas? ¿Y por qué llevabas ese antifaz? —preguntó ella, algo molesta al darse cuenta de que él se había ocultado aposta—. ¿Por qué no me dijiste dónde estabas todos estos años? ¡Ha pasado mucho tiempo, Jack! Gil. ¡Ya ni siquiera sé quién eres!

—Ahora todos me llaman Jack. Deje de utilizar mi nombre hace muchos años.

—¿Por qué no me escribiste y me dijiste que estabas vivo? ¿Es que no te imaginaste lo que yo sufría? ¿No te importaba? —insistió Nicola. Al ver que él no contestaba, sintió una profunda tristeza—. No me amabas.

—¿Que no te amaba? ¡Dios santo! ¡No intentes culparme a mí de todo esto! Ya no soy el idiota, ciego de amor con el que puedes hacer lo que se te antoje. ¿Por qué diablos iba yo a pensar que querrías saber si yo estaba vivo? ¿Para decírselo a Exmoor?

—¿A Exmoor? ¿Y por qué se lo iba a decir a él? ¿Por qué te comportas de este modo? ¿Qué te pasa?

—Una traición es más que suficiente. No tardo mucho en aprender.

—¿Traición? ¿Estás diciendo que yo te...? ¿Estás diciendo que todo lo que te pasó era verdad y que Exmoor hizo que una patrulla de reclutamiento te secuestrara y te llevara a un barco de la marina?

—Claro. ¿Acaso no sabes cómo se libró de mí? Tal vez no te importaron los detalles con tal de que desapareciera el problema.

—Y esa mujer de la que me hablaste, la que te hizo odiar tanto a las mujeres, ¿era yo?

—Claro. Me sorprendió que no reconocieras tu propia historia.

—¿De qué estás hablando? Yo nunca te traicioné.

—No te molestes en mentir, Nicola. No hay modo de que puedas convencerme de lo contrario. Le dijiste a Richard dónde estaba y le pediste que se librara de mí para que no volviera a molestarte más.

—¿Cómo? ¿Es que te has vuelto loco? ¿Cómo iba yo a haberte traicionado? No sabía dónde estabas. ¡Ni siquiera sabía que estabas vivo! Te caíste por aquel barranco y te buscamos por todas partes, pero no pudimos encontrarte. Nunca volví a tener noticias tuyas. ¡Pensé que estabas muerto!

—Te envié una carta. Y no estoy loco. Sé lo que hice y lo que tú hiciste. Te envié una carta, contándote cómo me encontró un campesino cuando estaba en el río, agarrado a la raíz de un árbol. Te dije dónde estaba para que tú pudieras venir a verme, para que pudiéramos casarnos y abandonar este lugar. Imagínate mi sorpresa cuando, ¿quién se presenta? No mi amada, sino el mismísimo conde de Exmoor. Me dijo que tú le habías enviado porque te habías dado cuenta de lo estúpida que habías sido al rebajarte tanto como para tener una relación con un campesino. Te habías dado cuenta de que yo podía ser un problema para ti y querías librarte de mí, así que le contaste dónde estaba yo y le pediste que se «librara del problema».

—¿Y tú le creíste? ¿Al hombre con el que habías llegado a los puños, el que había permitido que te cayeras por aquel barranco?

—¿Que permitió que me cayera? Me empujó.

—¡Peor aún! Sabías que había intentado matarte y, sin embargo, creíste lo que te decía. ¿Ni siquiera se te pasó por la cabeza consultarlo conmigo?

—¡No había necesidad de consultarlo! —le espetó Jack—. ¿Cómo si no habría sabido dónde estaba yo? Solo tú y la familia del campesino que me recogió lo sabíais. Dado que esos campesinos no conocían al conde de Exmoor, ni a ti ni a mí, dudo que fueran a contarle las noticias.

—¡Alguien más tenía que saberlo! Me tuviste que enviar esa carta de algún modo, se la confiaste a alguien. Ellos fueron los que te traicionaron, no yo.

—No me mientas, Nicola. Envié esa carta con el hijo del campesino. Como te he dicho, él no hubiera sabido ni cómo llevársela a Exmoor.

—Entonces, de algún modo, Richard tuvo que interceptarle y quitársela. Yo nunca la recibí.

—El muchacho me dijo que la había entregado.

—¡A mí no!

—No, a ti no. Puse tu carta dentro de otra carta, que él entregó, y me trajo una nota en la que se me decía que la había recibido y que enviaría la carta. Le envié esa carta a la Abuela Rose. ¿Crees que ella me hubiera traicionado?

—No, claro que no. Algo tuvo que ocurrir —prosiguió ella, sentándose en la cama—. Yo no recibí ninguna carta. ¿Sabía la Abuela Rose que Exmoor había intentado matarte? Tal vez él fue a verla y ella se lo contó, sin saber que...

—¡Por el amor de Dios, Nicola! Claro que le dije que me había empujado por aquel barranco y ella siempre había sabido lo canalla que era el conde. ¿Por qué sigues fingiendo? Los dos sabemos que tú se lo dijiste a Exmoor. Es mejor que lo admitas.

—No. Eso no es cierto. Yo no sé lo que ocurrió ni cómo consiguió Richard esa información, porque nunca recibí esa carta. ¿Por qué no me crees?

—¿Y por qué iba a hacerlo? Ya me traicionaste antes, por lo que sería un tonto confiando en lo que dices ahora.

—Es un círculo vicioso —dijo ella, poniéndose de nuevo de pie—. Dices que miento ahora cuanto te digo que no te traicioné y tu prueba es que piensas que te traicioné entonces...

—¡Esto es absurdo!

—Sí, supongo que lo es —musitó ella, tratando de reprimir el llanto—. Y pensar que te he amado todos estos años... Sin embargo, tú no me amaste lo suficiente como para confiar en mí, como amaste y confiaste en la Abuela Rose. Sabías que no había podido ser ella la que te traicionara. ¿Por qué no creíste lo mismo sobre mí?

Jack la miró, con una expresión de vacío en el rostro. Nicola se dio la vuelta, con la voz temblorosa por las lágrimas que no había derramado.

—Vete. Ni siquiera puedo soportar mirarte.

Nicola se despertó sintiéndose como si no hubiera dormido. Lentamente, se sentó en la cama y se apartó el pelo de la cara. Después de encerrarse en su habitación, se había entregado a las lágrimas. Como resultado de aquello, tenía un fuerte dolor de cabeza y los ojos hinchados. Después de las emociones de encontrar a Gil y saber que él la había odiado tanto durante aquellos años, sentía una infinita tristeza.

Se dirigió a la pequeña cómoda, donde tenía sus pocos artículos de aseo, y al mirarse al espejo confirmó el penoso estado de su rostro. Se lavó la cara en la jofaina y empezó a cepillarse el pelo. Cuando terminó, se lo recogió con sencillez en la nuca.

A continuación, se quitó el vestido, arrugado por haberse arrojado sobre la cama presa del llanto. Con uno limpio, la cara lavada y peinada, se sintió un poco mejor.

Al abrir la puerta, comprobó que todo estaba en silencio. Con mucho sigilo, se dirigió a la habitación de Perry. A pesar de que no quería encontrarse con Jack, tenía que ver a su paciente.

Cuando abrió la puerta, vio que Perry estaba dormido y que Jack estaba sentado al lado de la cama. Se había afeitado la perilla y el bigote y parecía más el hombre que ella recordaba. Nicola se quedó inmóvil.

Ver a Jack creó una serie de conflictos emocionales en su interior. Anhelaba aferrarse a él, amarlo y al mismo tiempo quería abofetearle. Se sentía furiosa, emocionada, mareada, llena de deseo...

Cuando ella entró en la habitación, Jack se puso de pie, mirándola fijamente. Durante un largo instante, permanecieron así, observándose. Finalmente, Nicola se aclaró la garganta y avanzó un poco más.

—¿Por qué no enviaste a buscarme?

—Estabas dormida. No quería molestarte. Además, Perry estaba bien y yo estaba con él, aunque te habría llamado si hubiera empeorado.

—En ese caso, debes de estar muy cansado. Ahora puedo relevarte para que tú también puedas dormir un poco.

—De acuerdo. Gracias. Estaré abajo, si me necesitas. Su temperatura está mucho más baja y no ha estado tan inquieto. Le di un poco de tisana hace un rato. Estaba despierto y se la bebió él solo. Estaba muy débil, pero cuerdo.

—Bien. Entonces, parece que ha pasado lo peor.

—Sí, espero que sí. Nicola...

—¿Sí?

Él pareció ir a decir algo, pero luego se detuvo, sacudiendo la cabeza.

—Nada.

Entonces, se dio la vuelta y salió de la habitación. Cuando se hubo cerrado la puerta, Nicola se dejó caer sobre una silla con un suspiro de alivio.

—Entonces, se lo ha dicho.

Una voz muy débil, pero clara, sobresaltó a Nicola. Al mirar a la cama, vio que Perry tenía los ojos abiertos y que la estaba observando.

—¿Cómo? Sí, me lo ha dicho.

—Ya era hora.

—Estoy de acuerdo —dijo Nicola, acercándose para ponerle una mano en la frente—. Está mejor.

—Gracias a usted.

—Bueno, pues no quiero ver que se estropea nada de lo que he conseguido, así que le sugiero que descanse y deje que su cuerpo continúe con su proceso de curación.

—Pero quiero oír lo que ocurrió —protestó él.

—Más tarde. Se lo contaré todo más tarde. Ahora, no consentiré que se canse.

—¿Me lo promete?

—Sí, se lo prometo. Ahora, duérmase.

Perry asintió y cerró los ojos, mientras Nicola volvía a sentarse en su silla. Entonces, alguien llamó a la puerta y, un momento más tarde, entró Diane con una bandeja en las manos. Del plato emanaba un sabroso aroma que hizo que a Nicola se le hiciera la boca agua. De repente, se dio cuenta de que estaba hambrienta, ya que no había comido desde hacía casi veinticuatro horas.

—Jack me dijo que le subiera algo de comida —dijo la muchacha—, pero no es más que un poco de estofado.

—Y huele estupendamente —respondió Nicola, levantándose para tomar la bandeja—. Gracias.

Diane se encogió de hombros y le entregó la bandeja. Nicola se preguntó por qué la joven parecía sentir cierto antagonismo hacia ella. Tal vez porque Jack no había confiado en ella para cuidar a Perry o, más probablemente, porque le molestaba la presencia de otra mujer en la casa. Nicola no dudaba de que la joven había tejido ciertas fantasías con Jack como destinatario y sintió celos.

Cuando la joven se hubo marchado, Nicola volvió a sentarse, colocándose la bandeja en las rodillas. Tenía mucho apetito y devoró la comida. Fuera lo que fuera aquella chica, era una magnífica cocinera. Incluso el áspero pan moreno con mantequilla le pareció una ambrosía.

Mientras comía, no dejó de pensar en lo que Jack sentía por ella y en el porqué de su presencia en la comarca. Evidentemente, había vuelto para vengarse de Exmoor, pero Nicola no entendía que la hubiera besado de aquella manera si la odiaba tanto. Parecía que, por mucho que la despreciara, seguía deseándola. Tal vez aquellos besos habían sido solo para demostrar el dominio que tenía sobre ella. Tal vez solo había sido un modo de vengarse de ella.

Sin embargo, lo que más confundía a Nicola era que ella misma no sabía lo que sentía por él. Le había amado más que a nada en el mundo. Aquella mañana, al ver quién era de verdad, el corazón le había dado un vuelco en el pecho, pero la furia se había apoderado de ella al saber que había dejado que lo creyera muerto durante diez años. ¿Cómo podía haber sido capaz de creerla capaz de tal traición? ¿Era Jack Moore el hombre al que ella había amado o había cambiado hasta el punto de que no podría reconocerlo?

Se pasó gran parte de la tarde sumida en estos pensamientos. Cuando Perry se despertó, quejándose al principio de sed, Nicola se había alegrado de poder hacer algo más productivo y le había llevado un vaso de agua. Para no tener que volver a ver a Jack, lo incorporó en la cama ella sola. Después, bajó a la cocina y echó un poco del caldo del estofado en un plato para su paciente.

Poco menos de una hora después, Perry volvió a despertarse, con mejor color de cara. Aquella vez, Nicola lo colocó sobre unas almohadas para que pudiera incorporarse un poco. Así, le resultó más fácil darle un poco más de caldo.

—No —dijo él, cuando hubo terminado de comer y Nicola quiso volver a tumbarlo—. Déjeme quedarme así. Me apetece estar despierto un rato.

—Bueno, pero solo si no se excede.

—Aunque quisiera, no creo que pudiera. Me siento tan débil como un gatito.

—Volverá a recuperar su fuerza muy pronto, no se preocupe. Descansar es el mejor modo de dejar que el cuerpo se cure a sí mismo.

—Yo diría que su trabajo ha tenido algo que ver en todo esto. Jack me dijo que me sacó la bala.

—Así fue y sin duda no lo hice muy bien. Siento haberle causado tanto dolor.

—Ya casi no me acuerdo. Supongo que es una de las ventajas de estar a las puertas de la muerte.

—Supongo que sí. Bueno, como está despierto y se siente tan bien, aprovecharé para cambiarle el vendaje —dijo ella, recogiendo todo lo necesario de su bolsa de suministros.

—Dígame lo que ocurrió. Quiero decir entre Jack y usted. Él solo me dijo que le había visto la cara. Es demasiado reservado.

—¿Es que no sabe que no es muy cortés husmear? —preguntó Nicola, sonriendo.

—Eso me decía mi madre. Afortunadamente, me las he arreglado para ignorar la mayor parte de sus enseñanzas. Uno no descubriría nada si no husmea un poco.

—En este caso, no hay mucho que descubrir. Jack se quitó el antifaz y yo vi quién era. Me di cuenta de que me había dejado creer durante diez años que estaba muerto. También me dijo que creía que yo era una mentirosa, además de superficial, traicionera y malvada.

—Entiendo.

—Lo dudo. Usted solo sabe lo que Jack le ha dicho y, dado que él no sabe lo que pasó realmente, usted tampoco lo sabe.

—Bueno, siempre me había parecido que sabía perfectamente lo que había ocurrido.

—Sin duda, pero solo lo que le pasó a él. Sin embargo, no sabe nada de lo que yo hice o pensaba porque prefirió creer las palabras del hombre que había intentado matarlo y que hizo que le secuestraran —dijo ella mientras cambiaba el vendaje de Perry. Lo hizo con rapidez, hasta que él dejó escapar un gruñido de dolor—. Oh, lo siento. No quería hacerle daño. No debería haber estado hablando sobre Jack. Me pone furiosa. La herida sigue estando enrojecida, pero no hay pus —añadió, mientras aplicaba la pomada—. Creo que está cicatrizando muy bien, señor...

—Llámame Perry. Ya no estoy acostumbrado a utilizar fórmulas de cortesía cuando hablo con la gente. Entonces, ¿me estás diciendo que las cosas que ese Richard le dijo a Jack no son ciertas? ¿Que no le entregaste la carta ni...?

—Claro que no. Yo nunca recibí ninguna carta. Si lo hubiera hecho, puedes estar seguro que no se la habría dado a Richard. ¡Odiaba a ese hombre! Pensaba que había matado a Gil... a Jack.

—Pero Jack tenía razones para creerle. Su abuela te había llevado la carta. Sabía que tú la tenías y que luego la tenía Richard. No era poco razonable pensar que...

—¿Poco razonable? No, Jack fue muy razonable. Cualquiera que no me hubiera amado o que no hubiera confiado en mí habría pensado lo mismo. Sin embargo, un hombre que me amaba y que por lo tanto me conocía bien, habría sabido que eso era imposible. Así que ya ves, gran parte de las cosas en las que he basado mi vida son falsas. Creía que Jack estaba muerto, pero está vivo. Creía que me amaba, pero me odia. He atesorado durante diez años el recuerdo de un amor que no existía.

—¡No! No creas eso. Jack te amaba. Te amaba más que a la vida misma. Lo sé. Oí cómo hablaba de ti. Estaba destrozado —le aseguró Perry, muy enfáticamente.

—Calla, por favor, no te excites. No es bueno para ti. No hablemos más de esto. Necesitas descansar.

—¡Estoy muy débil, aunque me pese! —exclamó Perry, desmoronándose sobre las almohadas. Estaba más pálido y tenía la frente cubierta de sudor.

—Solo hace dos días que te saqué esa bala, así que, por favor, estate tranquilo. No pienses sobre Jack ni sobre lo que ocurrió entre nosotros. Duérmete.

—De acuerdo, por ahora. Pero más tarde... —susurró él, cerrando los ojos.

—Sí, más tarde

Con toda sinceridad, esperó no estar allí más tarde. Deseaba tomar su yegua y marcharse a Tidings. No quería volver a ver a Jack. Sin embargo, sabía que no podía marcharse aún. No lo haría hasta que Perry hubiera mejorado. Además, tenía que esperar hasta que los hombres de Jack volvieran con la niñera Owens, que había sido la excusa de su ausencia ante Deborah y su tía. Sabía que tardarían algunos días, entre el viaje de ida, el de vuelta y el tiempo que tardara la mujer en prepararse. Como pronto, llegarían al día siguiente. Lo único que esperaba era que él la evitara como ella iba a evitarle a él.

Aquellas esperanzas se esfumaron aquella noche, cuando la puerta se abrió y Jack entró en la habitación de Perry.

—He venido a relevarte. Yo cuidaré de Perry durante un rato. Ve a descansar.

—Estoy bien.

—Y yo también. He dormido un poco mientras tú cuidabas de Perry y ahora te toca a ti.

—No tienes por qué cuidarle.

—Tampoco tú tienes por qué agotarte. ¿De qué le servirías entonces?

—Tienes razón, por supuesto. Iré a descansar un poco —dijo Nicola, levantándose y mirándolo brevemente.

Entonces, se dirigió a la puerta, pero, antes de que la abriera, él la llamó y se acercó a ella, agarrándola por la muñeca. Nicola se detuvo, muy consciente de su cercanía, pero no pudo mirarlo. Los recuerdos del pasado le acudieron a la cabeza. Era humillante que ella tuviera sentimientos tan fuertes sobre él cuando Jack sentía tan poco por ella.

—Quiero hablar contigo.

—Yo... No veo razón alguna para hacerlo —susurró ella, temblando—. Está claro lo que piensas de mí. ¿Qué más podemos decir?

Al levantar la mirada, Nicola vio que el rostro de Jack estaba muy cerca del de ella. Sus ojos eran los mismos, oscuros y brillantes. ¿Cómo no los había reconocido? Sabía con una terrible certeza que, si la besaba, se desplomaría.

—No podemos escapar a lo que hay entre nosotros.

—No hay nada más que dolor entre nosotros y no tengo necesidad de experimentar más sufrimiento. Me gustaría marcharme tan pronto como sea posible.

Nicola se zafó de él y salió por la puerta. Esperaba que él nunca supiera lo mucho que le había costado hacerlo.

CAPÍTULO 12

Jack observó cómo Nicola se marchaba y sintió que un profundo pesar se le formaba en el pecho. Todo el día había estado recordando lo que había ocurrido entre ellos. No hacía más que ver la profunda conmoción que se había reflejado en el rostro de Nicola cuando vio quién era. Era algo que había dado por sentado que ocurriría, aunque no que se desmayaría. Cuando abrió los ojos, gritó su nombre una y otra vez, abrazándolo y besándolo, llena de alegría. ¿Cómo podía haber fingido todo aquello?

Si Nicola le había dicho la verdad, aquello significaba que había estado creyendo una mentira durante diez años. Rememoró la noche en que Richard y sus hombres entraron en la casa del campesino y lo sacaron de la cama. Había estado dormido, feliz a pesar de sus magulladuras, porque creía que muy pronto se reuniría con Nicola para empezar una nueva vida juntos. Con la aparición de Richard, todos sus sueños se hicieron añicos. Jack recordaba perfectamente el dolor que le había atravesado al oír las palabras del conde, diciéndole que ella no lo amaba y que no le consideraba digno para contraer matrimonio, que ella misma le había entregado la carta para que fuera a deshacerse de él. Por último, le había dicho que Nicola se convertiría muy pronto en lady Exmoor. Aquello fue peor que el castigo físico que sus hombres le infligieron cuando le ataron y le amordazaron y le metieron en un carro. Al principio, se había negado a creerlo, pero, durante el largo viaje al puerto de Plymouth, había llegado a la conclusión de que Exmoor le había dicho la verdad. ¿Cómo si no había conseguido la carta? Tenía que haber sido Nicola.

Poco a poco, la desesperación se había ido convirtiendo en furia y odio por Exmoor y por Nicola. Esos sentimientos le habían ayudado a superar los años que pasó en la Marina. Deseaba hacerles pagar. Años después de escapar a la brutalidad de aquel barco, el rencor y la ira habían seguido presentes en él. Hacerse rico en el Nuevo Mundo no había servido para satisfacerle y, por ello, había regresado a Inglaterra con Perry y sus hombres para hacerle daño de una de las pocas maneras en que era posible hacerlo: quitándole su dinero. En cuanto a Nicola, su venganza se reducía a volver a verla para demostrarse que sus sentimientos hacia ella habían muerto y que se alegraba de no haberse casado con ella.

Había estado seguro de encontrarla casada. Su belleza se habría ajado después de diez años y de tener varios hijos. Seguramente se habría convertido en una réplica de su madre. No había estado preparado para encontrarla tan bella, tan encantadora y soltera. No había supuesto que el deseo volvería a adueñarse de él al verla, ni que las imágenes del pasado le turbarían a cada paso, distrayéndole de su propósito.

Cuando descubrió que no era lady Exmoor, experimentó un intenso alivio, ya que, desde el momento en que la vio, solo había deseado besarla y acariciarla, algo que nada tenía que ver con sus anhelos de venganza. Descubrió que le gustaba estar con ella, hablar y que admiraba lo que ella hacía. Por ello, no podía soportar sentir tal atracción por una mujer a la que se suponía que debía odiar.

Nicola había afirmado que era fiel a su primer amor y había hilado una emotiva historia, sin mencionar que había sido ella la que había sellado su destino. Por eso, la ira se había apoderado de él y se había arrancado el antifaz, para dejarla ver que el hombre que ella creía convenientemente muerto no lo estaba.

Aquella no había sido la manera en que había pensado revelarle su identidad, pero produjo una fuerte impresión en Nicola. El único problema fue que el efecto no fue satisfactorio para él. No había habido culpa, ni vergüenza, ni admisión de su responsabilidad en lo ocurrido. En vez de eso, ella le había dejado confuso y vacío, como si se hubiera equivocado.

Era imposible que Nicola estuviera diciendo la verdad. Todo tenía que haber ocurrido tal y como él recordaba... Sin embargo, no podía borrarse de la cabeza la mirada que se reflejó en sus ojos cuando él le mostró su rostro.

A Nicola le costó conciliar el sueño. Después de dos horas, suspiró y se levantó de la cama. Entonces, se vistió y decidió salir a tomar el aire. Sin duda, parte de su inquietud se debía al hecho de llevar en aquella casa tanto tiempo. La luz de la luna sería lo suficientemente brillante y podría ver por dónde iba. Por ello, se envolvió en su capa y, sin molestarse en recogerse el pelo, salió de su cuarto y bajó las escaleras, para salir de la casa por la puerta trasera.

La noche era silenciosa y tranquila y el bosque estaba envuelto en una completa quietud. La luz de la luna se filtraba por la cúpula que formaban las ramas de los árboles. Gracias a la tenue claridad, vio el tocón de un tronco y fue a sentarse.

De repente, oyó un leve ruido que la sobresaltó. Rápidamente, se dio la vuelta, con el corazón latiéndole a toda velocidad. Jack estaba allí, cerca de ella.

—Lo siento —dijo él—. No quería asustarte.

—¿Qué estás haciendo aquí?

—Te vi desde la ventana del cuarto de Perry. Es un poco tarde para estar aquí fuera, ¿no te parece?

—No podía dormir. ¿Qué es lo que pasa? ¿Acaso creíste que estaba intentando escapar?

—No. Yo... En realidad, no sé lo que pensé, solo que me gustaría reunirme contigo.

—No puedo imaginar por qué, pensando lo que piensas sobre mí.

—Supongo que debes de haber notado que... que parece que tengo ciertos problemas para mantenerme alejado de ti.

—Lo que sí he notado es que tienes un perverso deseo de atormentarme. ¿Por eso regresaste a Dartmoor, para castigarme al igual que a Richard?

—Quería castigar a Richard, pero me temo que no tenía muy claro cuáles eran mis planes de venganza para ti.

—¿Por qué no? Crees que te entregué a un hombre que te odiaba. Yo diría que eso me convierte en una persona peor que Exmoor. Después de todo, él siempre fue sincero en sus intenciones, pero yo fui una mentirosa. ¿Por qué pararse con el conde? ¿Por qué no arruinarme la vida a mí también?

—Lo pensé, créeme. Me imaginé mil veces que te tenía de rodillas, suplicándome perdón. Sin embargo, muchas de las cosas que imaginé eran cosas que no podría hacer en la vida real. Además, en todas implicaba romperte el corazón y no pensé que tuvieras corazón que romper.

—En eso tienes razón porque, cuando creí que habías muerto, sentí que mi corazón moría también. O, al menos, eso creí hasta esta mañana, cuando me lo volviste a romper otra vez. Enhorabuena. Aunque no quisieras vengarte de mí, lo has conseguido de todas formas —añadió, antes de darse la vuelta y dirigirse de nuevo hacia la casa.

—¿De verdad crees que me crea todo eso? —preguntó él, agarrándola por la muñeca—. ¿Que me has amado durante todo este tiempo? ¿Que no...?

—No espero que te creas nada más que lo que tú desees. Eso es lo que has hecho durante los últimos diez años. Francamente, no me importa que me creas o no. Ahora conozco la calidad y el alcance de tu amor y he visto lo fácilmente que se rompe ante las dificultades. ¡No mereces que yo te ame! ¡No eres capaz de dar amor ni de recibirlo!

—¿Que no soy capaz? Te lo demostraré enseguida.

Rápidamente unió sus labios a los de ella y la rodeó con los brazos. Nicola sintió la pasión que nacía dentro de él y se encendió instantáneamente. Aquel era el beso del dulce muchacho que había sido Gil y de Jack, el hombre que quería castigarla. Y lo deseaba. Deseaba besarlo, entregarse a él y al traicionero poder de su pasión.

Sin embargo, algo dentro de ella se lo impidió. No sería la débil mujer que se fundiría de deseo entre sus brazos, sin importarle el daño que él le hubiera hecho. Por ello, Nicola dio un paso atrás y le dio un buen pisotón en el empeine. Jack exhaló un grito de dolor y la soltó.

—¡Maldita sea, mujer! ¿Qué estás intentando hacer?

—¡Estoy intentando alejarme de ti! ¿De verdad te has creído que podrías tratarme de ese modo, decirme lo que me has dicho y esperar que me rindiera entre tus brazos? ¡No lo haré! No estoy aquí por ti, sino por tu amigo Perry. Cuidaré de él y me marcharé. No te delataré igual que no lo hice entonces y no porque no pueda volver a encontrar el camino de esta casa. Si crees eso, eres más estúpido de lo que eras hace diez años. Sin embargo, de lo que sí puedes estar seguro es de que no volveré a caer entre tus brazos. No trates de besarme ni de tocarme o te juro que tú y todos los tuyos caeréis enfermos de una repentina y violenta enfermedad. ¿Entiendes lo que te digo?

Nicola no esperó a que él respondiera. Se dio la vuelta y desapareció rápidamente por la puerta de la casa.

Jack permaneció algún tiempo sentado en el tocón donde Nicola había estado sentada. Se sentía confuso, por lo que se quedó allí durante mucho tiempo, con la cabeza entre las manos. Finalmente, decidió ir a ver a su amigo Perry.

Al abrir la puerta, vio que Perry estaba despierto y que tenía mejor color de cara.

—Tienes buen aspecto —dijo Jack mientras se sentaba en la silla que había al lado de la cama.

—Pues tú no.

—¡Dios mío, Perry! ¿Y si me he equivocado? ¿Y si cometí un error al sacar conclusiones hace diez años?

—Creo que tal vez haya sido así, amigo mío.

—¡Qué amable eres!

—Simplemente te digo la verdad. Evidentemente, tú estás pensando lo mismo.

—Seguro que tenía razón. Tuve que estar en lo cierto. Es solo que... no sé, la expresión de su rostro cuando me vio... No podía haber estado preparada para verme y no entiendo cómo podría haber disimulado con tan poco tiempo para reaccionar, pero no vi temor en su cara, como yo esperaría que hubiera si alguien del que yo esperara haberme deshecho volviera a reaparecer años después. Pareció... feliz por verme. Y ahora, está tan indignada, tan furiosa...

—Yo no le vi el rostro ni he oído su indignación, pero, francamente, no me parece el tipo de mujer que pueda ser traicionera. En primer lugar, está claro que no está muy unida a Exmoor. Todo el mundo dice que esta es la primera vez que ha venido a la mansión desde que su hermana se casó con él. El rumor dice que detesta a su cuñado y que se opuso frontalmente a que su hermana se casara con él. No parece muy probable que confíe tanto en un hombre al que evidentemente desprecia, y mucho menos que le pidiera un favor —dijo Perry. Jack se encogió de hombros—. En segundo lugar, no ha dado indicación de ser el tipo de persona que traicionara a nadie, y mucho menos al hombre al que ama. Los del pueblo hablan maravillas de ella. Según creo, ha curado heridas a los furtivos sin decirle nada a Exmoor o a lord Buckminster, su primo. En tercer lugar, vino aquí para salvarme la vida e incluso regresó voluntariamente sin decírselo a Exmoor. Le hubiera resultado muy fácil notificárselo y hacer que alguien os siguiera a esta casa.

—Tuve cuidado de que no fuera así.

—Sí, pero no viste a nadie, ¿verdad? En vez de decírselo a alguien, tejió una maraña de mentiras, que le contó a su hermana y a su tía, y se tomó muchas molestias para regresar y poder cuidarme. No creo que eso fuera lo que hiciera una traidora.

—Hace diez años, la situación era completamente diferente. Era más joven.

—¿Y por eso era diferente? ¿Era entonces fría y egoísta? Entonces, ¿cómo puede ser que ahora, diez años más tarde, sea una mujer afectuosa y compasiva, que dedica su tiempo y su dinero a ayudar a los necesitados en Londres? ¿Que ayuda a heridos con sus conocimientos de hierbas y que ni siquiera da una descripción exacta del hombre que le robó para que lo puedan encontrar? Sinceramente, Jack, no creo que concuerde. Me resultó fácil creer lo que decías antes de conocerla, pero ahora...

—¿Y sabes todo eso a pesar de que hace solo dos días que la conoces? Si la mayoría del tiempo has estado inconsciente.

—No se tarda demasiado si uno mira sin prejuicios.

—¿Y crees que yo no sé lo buena y amable que puede ser? ¿Que no sé que ayuda a otros, a pesar de que no tendría por qué hacerlo? ¿Por qué te crees que la amo? Que la amaba. Es una mujer de ideales y vive con respecto a ellos. Le gustó flirtear con un mozo de establo, pero, cuando llegó el momento de casarse con él, se echó atrás. Por eso se lo contó a Exmoor.

—Me imagino que hubiera servido con decirte a ti que no. Una mujer con el aspecto de Nicola Falcourt seguramente tiene mucha experiencia en rechazar proposiciones de matrimonio, aun con solo diecisiete años. ¿Por qué no escribirte una carta diciéndote que había cambiado de opinión o simplemente no presentarse dónde habíais decidido encontraros? ¿Por qué enviar a Exmoor a por ti? Venga... ¿Cómo puede ser que un día te estuviera besando y al otro te enviara prisionero a un barco de la Marina?

—Tal vez no supiera lo que Exmoor iba a hacer conmigo. Tal vez ella solo quiso que me obligara a marcharme...

—¿Cuando él te acababa de tirar por un barranco?

—Su reputación estaba en juego. Temía que yo le hiciera una escena, que todo el mundo supiera que había tenido una relación conmigo. Habría arruinado sus posibilidades de casarse bien.

—Sin embargo, nunca se ha casado. Y estaba tan preocupada por su reputación que ha venido aquí sola, a una guarida de ladrones, para quedarse varios días.

—¡Maldita sea! ¿De qué lado estás?

—Del tuyo, pero, si estás tan seguro de que estuviste en lo cierto, ¿por qué estás teniendo ahora dudas? Siento simpatía por esa mujer y no quiero ver cómo lo tiras todo por la borda solo porque te niegas a admitir que te equivocaste.

—Esa no es la razón por la que yo... ¿Acaso no ves que me gustaría estar de acuerdo contigo, que daría cualquier cosa para poder decir que hubo algún error por mi parte? Tal vez por eso vi sinceridad en sus ojos cuando me dijo que creía que yo estaba muerto, solo porque quiero creer que me equivoqué. Es una mujer que podría hacer dudar a cualquier hombre, pero yo no soy ningún necio. Me niego a engañarme y a volver a caer bajo su embrujo, como te ha pasado a ti, solo para descubrir que me ha vuelto a romper el corazón. Ya pasé por ese dolor una vez y no volveré a hacerlo.

—Entonces, ¿es que tienes miedo? —preguntó Perry, riendo

al ver la ira que se reflejó en los ojos de su amigo—. No, no me arranques la cabeza. Acuérdate de que soy un pobre e indefenso...

—Tú nunca estás indefenso y, sí, tengo miedo. Tú también lo tendrías si hubiera sido tu corazón el que hubiera arrancado.

—Tal vez. Por desgracia, o puede que, afortunadamente, nunca me he enamorado así. Sin embargo, si te hubieras equivocado sobre ella hace diez años, no sería riesgo alguno.

—¿Cómo pude equivocarme? Mi abuela me escribió y me dijo que iría a entregarle la carta a Nicola.

—Pero no sabes con certeza que se la diera.

—¿Estás diciéndome que mi abuela me mintió?

—Claro que no, no seas necio, pero no sabes lo que ocurrió después de que ella te enviara esa carta. No volviste a tener noticias suyas. Te secuestraron y te llevaron al barco. ¿Y si algo evitó que tu abuela le entregara la nota? ¿Y si Nicola tiene razón y, de algún modo, fue interceptada por Exmoor?

—¿Cómo?

—¡No lo sé! Eres el hombre más testarudo sobre la faz de la tierra. La única persona que sabe la verdad es Exmoor y, de algún modo, dudo que vayas a conseguir que te lo diga. Tal vez nunca sabrás lo que ocurrió, pero, algunas veces, hay que dejarse llevar por la fe.

—Si eso fuera cierto, si ella no recibió la carta... Entonces, he sido un completo estúpido y he desperdiciado diez años de mi vida.

—Es mejor darse cuenta de eso que seguir siéndolo y desperdiciar el resto de tu vida.

—No lo entiendes... Nicola me odia. Amenazó con envenenarme si vuelvo a tocarla.

—Ya sabía yo que sentía simpatía por esa chica... Por fin una mujer que no cae rendida a tus pies.

—Yo no me reiría con tantas ganas si fuera tú —le dijo Jack, amargamente—. Amenazó con envenenarte a ti también.

Nicola permaneció en el escondite de los bandidos durante dos días más. Su paciente fue mejorando poco a poco, por lo que todo cayó en una aburrida rutina. Como no tenía ni un libro, ni costura ni siquiera un cuaderno para dibujar, cuando Perry dormía, hacía que Diane o uno de los hombres la relevara y daba largos paseos alrededor de la casa.

Jack no la molestó, ni siquiera cuando estaba sentada con Perry. Nicola se dijo que agradecía que así fuera, aunque descubrió que había llegado al punto de que, cuando le tocaba a él relevarla, hacía que uno de sus hombres fuera a la habitación cuando ella salía, y él luego ocupaba su lugar enseguida. Así evitaba encontrarse con ella. Aquello le dolía, a pesar de que sabía que era mucho mejor así.

A medida que iba mejorando, Perry fue poniéndose más inquieto. Su herida iba curando muy bien, pero se quejaba de que le picaba o de que le dolían los huesos por estar sentado o tumbado. No se concentraba cuando jugaban a las cartas y no había libros que leerle, por lo que, en un esfuerzo por entretenerle, Nicola le preguntó por su vida.

—Muy aburrida. El hijo derrochador de una buena familia... Ese tipo de cosas. Estoy seguro de que has oído historias como esa una docena de veces.

—Pero pocas de ellas concluyen con el sujeto en cuestión convertido en salteador de caminos.

—Échale la culpa de eso a las malas compañías. Mi padre siempre me dijo que serían mi perdición.

—Supongo que hace mucho tiempo que eres amigo de Jack.

—Sí. Nos apresaron al mismo tiempo. Afortunadamente, por alguna razón, él decidió ayudarme porque si no hubiera muerto a los pocos meses o me habrían tirado por la borda. Me temo que los hijos de personas acomodadas no sirven para fregar cubiertas. Nos escapamos juntos y hemos trabajado codo con codo desde entonces. Todavía está por venir el día en que me cause mal.

—Me temo que esta vez sí lo ha hecho. El conde le odia y eso que ni siquiera sabe quién es realmente. Si lo descubre, estará mucho más decidido a destruir a Jack.

—Sin duda. ¿Se lo dirás tú?

—¿Yo? Claro que no, pero es probable que alguien lo vea

sin su antifaz alguna vez y lo reconozca. Richard ha estado ofreciendo recompensas por quien le dé información sobre él. Tarde o temprano lo descubrirá y...

—¿Te importaría que le capturaran? ¿Que le colgaran?

—Por supuesto. No me gustaría que colgaran a ningún hombre. Y conozco a Jack... Además, estuve enamorada de él. Sea lo que sea lo que siento por él ahora, no quiero que muera.

—¿Y qué es lo que sientes por él ahora?

—Hoy sientes mucha curiosidad.

—Siempre. ¿Y bien? ¿Qué es lo que sientes?

—No sé —admitió Nicola, en voz baja—. Hace tanto tiempo de eso... Y estoy tan enfadada por lo que hizo, por haber pensado que yo le había traicionado... Bueno, no creo que importe lo que yo sienta por Jack. Él no siente más que odio y desprecio por mí.

—No creo que eso sea cierto. ¿Sabes una cosa? A veces, los hombres podemos ser muy necios.

—Eso es cierto. ¿Qué te ha hecho llegar a esa conclusión?

—En general, la experiencia, pero de quien estamos hablando ahora es de Jack. Algunas veces, cuando un hombre quiere algo con todas sus fuerzas, no puede conducirse con objetividad. Hace lo equivocado y causa así lo que había tratado de evitar.

—¿Me estás diciendo que eso es lo que le pasó a él? ¿Que Gil, es decir, Jack, me amaba tanto que decidió que yo le había traicionado?

—Estoy diciendo que el amor puede nublarle el pensamiento a uno, hacerle creer cosas que lógicamente nunca creería. Digamos que un hombre no se siente merecedor de una mujer, porque, por ejemplo, ella es de clase más alta. Se preocupa tanto de perderla, de que ella se dé cuenta de lo poco que él la merece que, cuando descubre que eso es lo que ha pasado, no le sorprende ni lo cuestiona. Es lo que había estado temiendo desde el principio, así que, aunque la odie por ello, aunque le rompa el corazón, acaba creyéndolo. El hecho de que se haya enterado de todo por una persona en la que no pueda confiar no le hace dudar de la información. Siente demasiado dolor para eso. Lo único que ve es que lo que siempre había temido que ocurriera ha terminado por pasar.

—¿Jack? ¿Inseguro? ¿Sintiendo que no me merece? Perry, por favor... Harías mejor en buscar a alguien que no lo conozca para contarle esa historia. Él es uno de los hombres más seguros de sí mismos que he conocido. Sabía que yo lo amaba. Estábamos locos el uno por el otro. Solo un necio no se habría dado cuenta de eso.

—No importa lo seguro de sí mismo que pueda ser un muchacho de veinte años, porque te aseguro que, en su interior, tiene dudas sobre muchas cosas, al menos en lo que se refiere a las mujeres. Estoy seguro de que él sabía que tú le amabas o que al menos tenías ciertos sentimientos hacia él, pero tú eres una aristócrata, pertenecías a un mundo diferente. Las hijas de un lord no se casan con mozos de establo. Créeme, durante toda su vida se le había recordado que pertenecía a una clase inferior, una que nunca se mezclaría con la nuestra.... ¿Cómo iba él a esperar casarse contigo? Sabía que hasta pedírtelo estaba mal, dado que él nunca podría darte la vida a la que tú estabas acostumbrada. Y ninguno de tus parientes, ni los más indulgentes, habrían aprobado la unión y tú lo sabes. Si no, ¿por qué os reuníais en secreto?

—Sé que todos los demás hubieran desaprobado nuestra relación, pero él sabía que no me importaba en absoluto. Se lo dije una y otra vez. Habíamos hecho planes para el futuro...

—Sí, Jack esperaba que fuera así, soñaba despierto... Quería creerlo y lo hizo, pero, dentro de él, sabía que era bastante poco probable que tú te casaras con él. No le hubiera extrañado lo más mínimo que tú hubieras reconsiderado tu decisión.

—Tal vez tengas razón. Supongo que él no hubiera podido estar seguro hasta que yo me hubiera casado con él, pero ¿no te parece que podría haber confiado un poco en mí? ¿Cómo pudo creer que yo le iba a entregar a Richard? ¿Cómo pudo creer eso de mí? Era imposible que me amara y pudiera pensar algo tan bajo de mí.

—Los celos y la ira pueden engañar a cualquier hombre. No puedo darte una respuesta por lo que hizo entonces. Solo sé que, desde el día en que le conocí, tú eras de lo único de lo que hablaba.

—¡Solo porque me culpa de lo que le ocurrió!

—Tal vez, pero también le he oído hablar de antes de eso. He visto el gesto que se le ponía en el rostro cuando hablaba de ti. Me apostaría mi vida a que te ha amado con todo su corazón.

—Eso ya no importa. Fuera lo que fuera lo que sentía hace mucho que ha muerto. Lo único que queda es la amargura.

—Si crees eso, tú eres tan necia como él, Nicola.

—¿Has hablado de esto con él?

—Más o menos.

—¿Te has nombrado Cupido en esta historia?

—Alguien tenía que hacerlo. Resulta evidente que, si os lo dejo a vosotros, esta triste situación se prolongará en el tiempo.

—No creo que ni siquiera el mismo Cupido pueda hacer mucho por nosotros.

—¿Por qué no?

—Han ocurrido demasiadas cosas. ¿Qué nos queda después de todos estos años?

—¿Amor? Es algo muy valioso. Yo nunca lo he conocido, al menos con la intensidad del vuestro. Tú le has amado durante diez años, aunque le creías muerto. ¿Crees que puede desaparecer así como así?

—Ya no sé lo que creo.

—Lo descubrirás —le dijo Perry, con una sonrisa en los labios—. Tengo fe en ti.

Nicola no pudo olvidarse de aquellas palabras durante el resto del día. ¿Sería cierto que los actos de Jack solo habían sido causados por el amor que sentía por ella? Sabía que las recriminaciones y la furia era moneda común cuando una persona se siente herida. Ella misma había sentido aquellos instintos cuando Jack le había revelado quién era y lo que había hecho. Había asumido que él la había engañado, igual que Jack podría haber pensado que ella le había mentido a él.

Por otro lado, Nicola pensó que también era posible que ella quisiera creer que Jack la había amado, que no quisiera afrontar que había estado diez años amando a un hombre que había llegado a considerarla su peor enemigo.

Se dio cuenta de que era una locura intentar encontrar excusas para él, creer que Jack la había amado profundamente y que podría seguir amándola. Aquel amor había muerto e, igual que los diez años que habían transcurrido desde entonces, no podría recuperarse. Era mejor olvidarlo todo. Cuando regresara a Tidings, probablemente no volvería a verlo. Y, algún día, tal vez algún día, dejaría de sentir aquel dolor tan terrible en el corazón.

CAPÍTULO 13

Al día siguiente, mientras Nicola charlaba con Perry, Jack entró en la habitación. El corazón de Nicola empezó a latir muy fuerte, como le ocurría siempre que lo veía.
—¡Jack! —exclamó Perry—. Únete a nosotros. Estábamos charlando de la temporada que tú y yo pasamos en Boston.
—Está aquí uno de mis hombres —le dijo Jack a Nicola, sin prestar atención a su amigo—. Tú niñera ha llegado.
—¿A esta casa?
—No. Te llevaré con ella. Ahora Perry está muy recuperado y...
—Sí. Es hora de que me vaya a casa. Probablemente Richard estará sospechando de que haya estado tanto tiempo fuera. Bueno, iré a recoger mis cosas.
Como no había llevado mucho equipaje, Nicola tardó poco en recogerlo. Además, dejó repuestos de las medicinas que Perry podría necesitar y le cambió el vendaje por última vez.
—Asegúrate de que te lo cambian frecuentemente. No dejes que te lo cambie nadie más que Jack, o tú mismo, cuando te sientas mejor, y no te olvides de lavarte bien las manos antes de hacerlo. Eso ayudará a que la herida siga limpia.
—Ojalá no te marcharas. Tu compañía es más agradable que la de los demás.
—Bueno, tal vez nos volvamos a ver alguna vez, en mejores circunstancias.
—¿Te refieres al momento en el que pueda ir a la puerta principal de tu casa y llamar?

—Exactamente. Recuerda lo que te dije sobre Richard y lo decidido que está a capturaros a todos. Por favor, habla con Jack. A ti te hará caso. No quiero que te ocurra nada. No me gustaría que todo mi trabajo se desperdiciara.

—Lo intentaré. Créeme, no tengo muchos deseos de encontrarme con una soga alrededor del cuello.

—Bien, entonces, cuídate. Adiós —concluyó, dándole un beso en la mejilla.

Nicola salió rápidamente de la habitación y bajó las escaleras. Jack ya la estaba esperando fuera, con los caballos. Cuando ella se acercó, entrelazó las manos y se las ofreció para que ella pusiera el pie y se subiera al animal.

—¿No vas a ponerme la venda en los ojos?

—Está empezando a parecer algo absurdo. No soy tan necio como para creer que no podrías guiar a Exmoor hasta esta zona del bosque, pero dudo que sacrificaras la vida de Perry después de todo lo que has hecho para salvarle, a pesar de lo que puedas sentir sobre mí.

—Eso es cierto.

Cuando Jack montó en su caballo, partieron. Iban en fila india, con Jack en cabeza. Nicola lo agradeció, ya que no tenía ganas de hablar. Era un bonito paseo y en otra ocasión hubiera disfrutado mucho con él, pero aquel día ni siquiera miró a su alrededor.

Salieron del bosque en dirección norte, en dirección contraria a por donde habían entrado. Nicola se preguntó dónde irían. Siguieron un arroyo a través de los pastos y, por fin, llegaron a una colina rocosa. Allí, había una casita, casi oculta a los ojos de los que por allí pasaran.

—¡La casa de la Abuela Rose! —exclamó Nicola, reconociendo el lugar.

—Sí, me pareció un lugar seguro, ya que nadie viene por aquí. La niñera está esperándote dentro. Yo me marcho....

—Oh...

Al mirarlo, Nicola se dio cuenta de que, tal vez, no volvería a verlo. Si Perry le convencía para que abandonaran aquel peligroso juego, tal vez se marcharan pronto...

—Bueno, gracias... por ir por la señora Owens. Acuérdate de cambiarle el vendaje a Perry.

—Lo haré.

—De acuerdo, yo...

—Soy yo quien debería darte las gracias. Me hiciste un gran servicio... arriesgándote tú misma. Sé apreciar muy bien todo lo que hiciste. Perry no habría sobrevivido sin ti. Tiene suerte de haberte conocido —dijo Jack. Nicola asintió. Luego espoleó a la yegua—. ¡Nicola...! Nada, lo siento. Adiós.

—Adiós —respondió ella, con un hilo de voz.

Mientras ella se dirigía a la pequeña casita, Jack permaneció donde estaba, mirándola. La figura de Nicola se fue haciendo cada vez más pequeña y, por fin, desmontó. Tras atar la yegua, entró en la vivienda. Entonces, Jack sintió un nudo en la garganta y se preguntó si sería un necio o un sabio. Antes de poder encontrar la respuesta, se dio la vuelta y se marchó.

Mientras avanzaba hacia la casa de la Abuela Rose, Nicola tuvo que reprimir las lágrimas. No quería darse la vuelta para ver cómo se marchaba Jack, al igual que no deseaba admitir que se sentía como si le estuvieran arrancando el corazón. El amor entre ellos se había terminado para siempre.

Al acercarse a la casita, vio que casi estaba cubierta por la vegetación, enterrada entre la hiedra y las malas hierbas. Dado que era invierno, flores y arbustos tenían un aspecto desolador. Decidió que limpiaría el lugar. A la Abuela Rose le había encantado aquel lugar.

Mientras contemplaba la ingente tarea que tenía por delante, desmontó y ató la yegua a una valla. Luego, se dirigió a la casa. Sin embargo, antes de que llegara a la puerta, esta se abrió y salió una mujer regordeta y de baja estatura, con una resplandeciente sonrisa en los labios.

—¡Nicola! ¡Mi niña! ¡Estoy tan contenta de verte! —exclamó la mujer, dándole un abrazo—. Veo que estás tan hermosa como siempre. Me alegré tanto cuando ese hombre me llevó tu nota... Por supuesto, vine inmediatamente, ¿cómo le iba yo a negar algo a mi niña cuando me necesita? Pobrecita... Es tan triste que haya perdido a sus anteriores hijos. Bueno, tal vez yo pueda ayudarla esta vez.

A pesar del largo y pesado viaje que había realizado, la señora Owens insistió en que partieran enseguida. Mientras se dirigían a Buckminster, la antigua niñera le describió su casa, su nueva vida y cómo aquellos hombres la habían dejado en aquella casa tan desolada sin responder a ninguna de sus preguntas.

Lady Buckminster se alegró mucho de verlas y, como era de esperar en ella, no les hizo muchas preguntas sobre su viaje.

—Exmoor estuvo aquí ayer —les dijo, muy irritada—. Se quedó tanto tiempo que no pude ir a dar mi paseo matutino.

—¿Qué le dijiste sobre mí?

—Le dije que habías bajado al pueblo. Le expliqué que probablemente estabas dándole tus medicinas a la gente y que tardarías un buen rato, pero se quedó, sin parar de hablar. Y hacía un día tan soleado...

—Lo siento.

—Ah, bueno, ya no importa. Sin embargo, resulta algo difícil hablar con él. Nunca le he tenido simpatía, pero ahora, dado cuánto lo desprecia la condesa viuda... Por supuesto, como mi sobrina está casada con ese hombre, tampoco pude desairarle. Algunas veces es muy difícil respetar las buenas maneras.

—Tienes razón —respondió Nicola, sonriendo—. Bueno, en ese caso, lo mejor es que vuelva a Tidings para acallar sus sospechas. Gracias, tía Adelaide —añadió, dándole un beso en la mejilla—. Has sido mi salvavidas.

—La próxima vez, ven a quedarte aquí unos días. Bucky me escribió para decirme que va a venir pronto.

—¿De verdad?

—Sí. Aparentemente, Penelope y su familia estarán en Dower House muy pronto y Bucky va a venir unos días después. Ya solo quedan unas semanas para la boda... Y yo tendré que hablar de asuntos nupciales con Ursula y la condesa viuda.

—No te preocupes. Estoy segura de que las dos se ocuparán de todo.

Nicola se despidió de su tía, y la niñera y ella regresaron a Tidings. La señora Owens estaba deseando ver a Deborah, ya que, a pesar de querer a las dos niñas por igual, la pequeña había sido siempre su favorita. Siempre había estado con ella y solo se habían separado cuando Deborah contrajo matrimonio. Tal vez, precisamente por ello, la señora Owens sentía cierta antipatía por Exmoor.

—No fue mi Deborah la que no quiso que fuera con ella —decía—. El conde insistió. Ella misma me lo dijo, entre lágrimas. Nunca me gustó ese hombre y le dije a tu hermana que no debería casarse con él. Bueno, sin duda ya se ha desengañado ella misma... ¿Es feliz? ¿Sigue enamorada de él?

—No lo sé. Yo misma me lo he preguntado. Creo que tal vez siga enamorada de él, pero no habla al respecto. Sin embargo, yo no diría que es feliz.

—Tal vez un hijo le alegre la vida.

—Eso espero. Y también que pueda llegar a darlo a luz.

—Sí. Haremos todo lo posible para asegurarnos de que así ocurra —dijo la niñera, con decisión.

Deborah se alegró mucho de ver a su niñera, lo mismo que esta a ella. La recibió con los brazos abiertos y llorando de felicidad.

—¡Nicola, la has traído! ¡Sabía que lo harías!

La señora Owens envolvió a su niña en un cálido abrazo al tiempo que Richard entraba en el vestíbulo, con pasó más lento, detrás de su esposa.

—¡Qué conmovedor! —murmuró el conde. Luego, se volvió a mirar a Nicola—. Y qué suerte que estuvieras en Buckminster Hall cuando la niñera llegó.

—Sí, ¿verdad? Llegó esta mañana.

—Espero que pudieras ayudar a lady Buckminster con la boda. Parecía como... si no supiera del todo lo que estabas haciendo.

—Sí —dijo Nicola, forzando una sonrisa—. La tía Adelaide nunca se ha preocupado mucho de esas cosas, por eso necesitaba mi ayuda. Creo que ya hemos adelantado un poco y, como Bucky, Penelope y los otros vendrán pronto, podrá dejarles a ellos los demás preparativos.

—Claro...

Nicola le sonrió, sabiendo que sospechaba algo. Entonces, fue a reunirse con Deborah y la señora Owens.

Era maravilloso ver a Deborah tan contenta. La señora Owens hizo que desaparecieran todos sus miedos sobre el embarazo. Bajo sus cuidados, pareció incluso que remitían las náuseas matutinas. Se encargó de prepararle personalmente las comidas y juntas empezaron a prepararle la canastilla al bebé.

A pesar del optimismo de su hermana, tanta conversación sobre bebés terminó por aburrir a Nicola un poco, por lo que dejó a Deborah en manos de la señora Owens y decidió empezar la tarea de adecentar la casa de la Abuela Rose.

Aunque ya había visto el estado de abandono de la vivienda y del jardín, se sintió muy triste el primer día que volvió allí. Ató el caballo delante de la casa y se puso a trabajar en el jardín. Luego, con unas tijeras de podar, recortó las ramas de la parra que cubrían las ventanas y, tras abrir las contraventanas, entró en la casa para investigar un poco. Los muebles estaban igual que ella los recordaba, dándole la impresión de que la anciana podría aparecer en cualquier momento. Se alegró de ver que no había tanto polvo como había esperado, pero, a pesar de todo, había mucho que hacer.

Tras sacudir las alfombras, se puso a limpiar el polvo, a barrer y a fregar el suelo. A mediodía, tomó algo de comida de la que había llevado en una cesta y, después de almorzar, volvió al trabajo. Al atardecer, la casa estaba prácticamente limpia en el interior y Nicola estaba agotada. Sin embargo, le daba mucha satisfacción ver la casa tan limpia.

Al día siguiente, volvió ansiosa a la casita y continuó sus tareas donde había terminado el día anterior. Encontró el armario en el que la Abuela Rose guardaba todos sus frascos para elaborar sus remedios y los sacó para fregarlos. Cuando terminó, se tomó un respiro para tomar una taza de té.

Acababa de poner la tetera sobre el fuego cuando oyó unos ruidos en el exterior. Al principio, pensó que era su caballo, pero enseguida se dio cuenta de que había alguien fuera.

Fue a una ventana y miró al exterior. Entonces, vio a Jack.

El estómago le dio un vuelco. Rápidamente se llevó una mano a su cabello, cubierto por un viejo pañuelo, y se dio cuenta de que debía de estar horrrible, vestida con ropas viejas y polvorientas. Tras quitarse el pañuelo y el delantal, se atusó el pelo lo mejor que pudo y se pellizcó las mejillas.

—¿Nicola?
—Hola.
—¿Qué estás haciendo aquí?
—Yo podría hacerte la misma pregunta —replicó ella. El tono de voz con el que él le había hablado le había robado toda la excitación por volver a verlo.
—Esta es la casa de mi abuela.
—Y ella era mi amiga. Cuando la vi el otro día, supe que no podía dejarla en este estado. A ella no le habría gustado, especialmente por su jardín.
—Esto no es el jardín.
—¿Tienes miedo de que vaya a robar las cosas de tu abuela? Yo empecé a trabajar aquí. ¿Por qué te importa tanto?
—No lo sé. Yo... me sorprendió mucho ver tu caballo fuera —dijo él, cerrando la puerta—. ¿Te has parado a pensar que tal vez me gustaba que la casa estuviera tan bien camuflada?
—En ese caso, deja la hiedra tal y como está, pero no tienes que tener malas hierbas por todas partes, especialmente en el jardín. Es una pena. La Abuela Rose tenía el mejor jardín de plantas medicinales de todo Dartmoor. Además, ¿qué importa que el jardín esté cuidado? Tú no vives aquí y nadie va a buscarte en esta casa.
—Supongo que ninguno... Está todo mucho más bonito. ¿Qué es lo que has hecho?
—Me he limitado a limpiarlo, a sacudir las alfombras... ese tipo de cosas.
—¿Tú?
—Sí, yo. ¿Por qué no? Soy capaz de limpiar una casa.
—Nunca hubiera creído que hubieras barrido alguna vez el suelo.
—Bueno, no es así como paso normalmente el tiempo, pero he limpiado unas cuantas casas. Los lugares que he comprado para mis mujeres no estaban relucientes.

—Yo habría creído que contratarías a alguien para que lo hiciera.

—Prefiero gastar el dinero en cosas esenciales como comida y ropa. Estaba a punto de tomarme una taza de té. ¿Te apetece una?

—De acuerdo.

Los dos entraron en la cocina. Jack se apoyó sobre el marco de la puerta, observándola mientras preparaba el té. Luego, sacó tazas y cucharas e incluso una bolsa de azúcar de la cesta. Él inspeccionó el interior de la cesta y sonrió.

—Veo que vienes bien preparada.

—Tenía la intención de pasar el día.

—¿Has traído suficiente para dos?

—Probablemente, ¿por qué? —preguntó ella, conteniendo la respiración.

—Tal vez pueda quedarme para ayudarte. Creo que la mayor parte del trabajo del jardín es demasiado pesado para ti.

—Gracias. En ese caso, creo que habrá comida para dos —respondió Nicola, sintiéndose tan feliz que le temblaban las piernas.

—¿Hay herramientas?

—Sí. Todo parece estar más o menos como ella lo dejó. Supongo que no había más herederos que tú y nadie supo qué hacer con la casa.

—No hay muchas personas que quieran vivir aquí. La gente siempre acudía a mi abuela, pero también la temían. Pensaban que venía de una larga familia de brujas. Esa era una de las razones por las que le gustaba tanto que vinieras a visitarla. Eras la única que quería aprender, la única que la consideraba una curandera en vez de una vieja que preparaba pociones mágicas.

—No lo sabía. ¿Me ve la gente a mí de esa manera?

—Que yo sepa no. Cuando la gente hablaba de ti, me limité a escuchar, por si encontraban extraño que preguntara.

—Entiendo.

—Sin embargo, no fue lo más acertado, ya que acabé pensando que eras lady Exmoor... ¿Y si también me he equivocado en otras cosas? ¿Y si me precipité en sacar conclusiones?

—¿Has encontrado ya respuestas?

—No. No sé qué pensar. Te miro, pienso en ti y creo que fui un necio. Yo fui el que dudó de nuestro amor. Y de ti. Otras veces, creo que es ahora cuando estoy siendo un necio, porque creo lo que quiero creer y no la verdad. Creo que, si volviera a confiar en ti, caería de nuevo en el abismo de entonces.

—¿Es así como ves nuestro amor? ¿Como un abismo?

—No, el abismo es el dolor que experimenté después, el abismo en el que viví durante años cuando lo único que me mantenía vivo era el odio que sentía por Exmoor y por ti...

—Si eso fue lo que te mantuvo vivo, me alegro de que me odiaras.

—Pensé que ahora me despreciabas, que creías que era un cobarde y un estúpido.

—No, creí que eras un hombre que nunca me había amado como yo lo amé.

—¡Te amé más que a nada en el mundo!

—Entonces, ¿por qué no me creíste? ¿Por qué no me crees ahora? ¿Crees que nunca me he casado porque no me ha querido ningún hombre de mi clase?

—Claro que no.

—Entonces, ¿por qué? ¿Por qué nunca me enamoré ni me casé con alguien por su dinero y su posición si soy la mujer tan malvada que tú crees que soy? ¿Por qué seguí siendo soltera, virgen? ¿Por qué, Jack? ¿Qué otra razón podía haber si no era que te amaba demasiado como para poder amar a otro hombre? Había conocido el mejor amor del mundo y ya no podía conformarme con menos. ¿Es que no puedes entenderlo? ¿Cómo puedes creer que te traicioné? ¡Te he sido fiel durante diez años a pesar de que creía que estabas muerto! —exclamó ella, sollozando. Entonces, se giró para no verlo.

—¡No! ¡No puedes decir algo como eso y darte la vuelta! ¡Mírame!

Nicola lo hizo manteniendo la barbilla levantada y los ojos desafiantes. Entonces, antes de que ella pudiera reaccionar, Jack la tomó entre sus brazos y la besó apasionadamente.

CAPÍTULO 14

Nicola se aferró a Jack, perdida en un laberinto de sensaciones. El amor que había sentido por Gil se mezcló con el deseo que había conocido con Jack. Cuando él la estrechó contra su cuerpo, sintió que se deshacía de puro amor.

Un torrente de pasión se desató entre ellos. Se besaron una y otra vez, gozando con el placer que les daban sus bocas. Se tocaron, temblando bajo la fuerza de su deseo.

Dondequiera que él la besara, Nicola se sentía viva. Labios suaves, dientes afilados, boca caliente... Lentamente, él se apartó poco a poco hasta que alcanzó el lóbulo de la oreja. Lo tomó entre sus dientes, apretando ligeramente, besándolo hasta que ella gimió de puro placer.

Nicola se sentía más osada que nunca y le acarició por todas partes, metiendo las manos por debajo de la camisa, acariciando la firmeza de su pecho y de su vientre, gozando con su excitación cuando le acarició un pezón con las yemas de los dedos.

Poco a poco, Jack le fue desabrochando el vestido y se lo apartó de los hombros. Al ver el anillo que le colgaba del cuello, se detuvo en seco.

—¿Tienes mi anillo?

—Sí. Volví a las cataratas Lady y lo encontré, brillando entre las ramas de un arbusto.

—Y lo has guardado todo este tiempo...

Nicola vio que una llama ardía en los ojos de Jack. Entonces, sin dejar de mirarla, empezó a acariciarle los pechos por debajo de la camisola, observando el gozo que le provocaban aquellas caricias. Luego, apartó la ligera prenda para poder ver la cremosa carne de Nicola y le estimuló los rosados pezones, observando cómo crecían y se erguían, ansiosos de sentirlo más cerca. Nicola gimió y creyó que se deshacía por dentro cuando él empezó a acariciarle el vientre. El deseo que había sentido en otras ocasiones no era nada comparado con la fuerza de las sensaciones que estaba experimentando en aquellos momentos. Sabía que lo amaba, que siempre lo amaría, fuera lo que fuera lo que él pensara de ella. Jack era parte de ella y lo sería siempre, pasara lo que pasara.

Sin mediar palabra, él la tomó entre sus brazos y la llevó al dormitorio, donde la tumbó suavemente en la cama para luego arrodillarse a su lado. Allí, volvió a besarla, desde la garganta hasta los suaves pechos, explorando con labios y lengua. Nicola se rebulló sobre la cama, hundiéndole las manos en el pelo y vibrando con el placer más intenso que había experimentado nunca.

Entonces, Jack levantó la cabeza y se apartó lo suficiente como para desabrocharse la camisa. Nicola lo observó, extasiada, contemplando el bronceado torso cubierto de vello oscuro y rizado. Cuando él hubo terminado, extendió los brazos, ansiosa por volver a recibirle.

Se amaron el uno al otro con manos y bocas, sin pensar dónde estaban. Lo único que importaba era su pasión y el lento baile de seducción que la satisfaría.

Jack le atrapó un pezón entre los labios y con la mano buscó el calor que le ardía entre las piernas. Ella se sintió sumida en un remolino de placer, que iba girando cada vez más rápido con cada caricia. Notó que él experimentaba la misma y furiosa respuesta que florecía dentro de ella, que su sangre parecía correr por las mismas venas y que su carne se fundía en la del otro. Estaban consumidos y alimentados por el mismo anhelo.

Rápidamente, se quitaron las pocas prendas que todavía llevaban puestas y Jack se colocó encima de ella. Nicola abrió las piernas para recibirle. Un repentino dolor se produjo en su interior al mismo tiempo que un intenso placer al sentirle dentro. Se movieron juntos, en un delicioso ritmo, buscando lo que habían perdido años atrás. Entonces, sin poder evitarlo, Nicola sintió que unas lágrimas empezaban a aflorarle en los ojos y le caían silenciosamente por las mejillas. No sabía por qué lloraba, dado que lo que estaba experimentando era tan hermoso y placentero... Lo estrechó entre sus brazos y se dejó llevar.

Entonces, Jack exhaló un grito ronco y tembló al alcanzar el clímax. Nicola se aferró a él, aturdida por la oleada de placer que se abrió paso por sus entrañas. Amaba a Jack con todo su corazón. En aquel momento, no sabía si tenía suerte o se veía abocada a una vida llena de desesperanza.

—¡Dios santo! —exclamó él, tumbándose a su lado—. ¿Qué es esto? ¿Es que estás llorando? ¿Te he hecho daño?

—No —respondió ella.

—¿Por qué estás llorando? ¿Estás triste?

—Tal vez un poco. Por esos diez años, pero creo que es más de alegría.

—Bien... No quiero hacerte daño.

Nicola levantó la cabeza y lo miró. Se parecía mucho más al muchacho que ella había conocido, con el rostro relajado y lleno de felicidad, la sonrisa que ella tanto había amado y aquellos ojos oscuros. Sonrió y se acurrucó contra él, pensando que aquel momento le bastaba.

Poco a poco, la respiración de Jack fue haciéndose más profunda y Nicola supo que se había quedado dormido. Tras unos momentos, ella también cayó en un pesado sopor.

Cuando Nicola se despertó, Jack ya no estaba a su lado. Se sentó rápidamente en la cama, algo asustada. Rápidamente se vistió y se recogió el pelo. Al abrir la puerta principal, vio que Jack estaba en el jardín, arrancando malas hierbas, y se relajó enseguida. Al verla, Jack sonrió y la saludó con la mano. Ella le devolvió el saludo y fue a reunirse con él. Durante el resto del día, trabajaron juntos en la casa, charlando y riendo. Fue como si el tiempo no hubiera pasado entre ellos. Luego, comieron juntos el almuerzo de Nicola. Más tarde, ella preparó otra tetera y bebieron el té en silencio, delante de la casa. Cuando Nicola se levantó para llevar las tazas al interior, él le preguntó:

—¿Vas a volver mañana?

—Sí, aquí estaré. ¿Y tú?

—Sí —respondió él, levantándose también—. Si quieres respuestas, no sé qué decir.

—No necesito respuestas. Ahora ni siquiera quiero hacer preguntas.

—Yo tampoco. Eres la mujer más hermosa que he conocido. Hasta mañana —añadió, después de besarla suavemente en los labios.

Desapareció tan repentinamente como había llegado. Entonces, Nicola se sentó en un tocón, sintiéndose a la deriva. Aquel día, su vida había cambiado irrevocablemente. Amaba a un hombre que no estaba seguro de amarla ni de confiar en ella, un hombre que podía desaparecer sin dejar rastro. Sin embargo, él era el único hombre al que ella había amado y se dio cuenta de que no volvería a dejar que aquel amor se le escapara entre los dedos. Viviría el presente y, cuando todo se hubiera acabado, al menos tendría recuerdos. Ya no volvería a vivir lamentándose el resto de su vida.

Aquella semana fue la más feliz de su vida. Iba a la casa de la Abuela Rose todos los días con una cesta de comida. Algunas veces, Jack ya estaba allí cuando ella llegaba y otras era ella la que llegaba primero.

Durante los primeros días, trabajaron en el jardín, devolviendo las plantas más o menos a la forma que tenían antaño. Allí no había pasado ni futuro. Solo el presente y el mundo mágico de la casa de la Abuela Rose. Por el momento, a Nicola le bastaba con trabajar al lado de Jack, charlar y reír con él, comer juntos. Algunas veces, desaparecían en el dormitorio y hacían el amor, unas lentamente y otras dejándose llevar por la pasión. Lo único que Nicola sabía era que lo amaba. El resto no importaba.

Cuando acabaron con el jardín, siguieron yendo a la casa, reuniéndose allí para ir a dar un paseo a caballo juntos o simplemente pasando la tarde delante de un fuego.

Una tarde, cuando Jack entró, llevaba puesto su antifaz. Al verlo, Nicola sintió una placentera sensación por todo el cuerpo.

—Lo siento —dijo él, al darse cuenta de lo que ella miraba. Entonces, se quitó el antifaz y se lo metió en un bolsillo—. Hoy he ido al pueblo. Es mejor que no puedan reconocerme, pero se me olvidó que todavía lo llevaba puesto.

—No, póntelo —susurró ella, sacándoselo del bolsillo—. Aquella noche, cuando me llevaste en tu caballo... cuando me besaste, sentí el antifaz contra mi piel, suave y fresco y fue... muy sensual.

—¿De verdad?

—Sí, resulta... peligroso.

—Umm, entiendo. Y yo que siempre había creído que eras una mujer muy decorosa —musitó él, arrebatándole la máscara y volviéndosela a poner.

Nicola no podía negar el placer que sintió. Verlo de aquella manera avivaba algo primitivo dentro de ella. Jack se convertía en un desconocido, que tomaba lo que quería, hasta que ella lo domaba con sus caricias. Jack la agarró con una mano por la cintura y, con la otra, le sujetó los dos brazos detrás de la espalda, dejándola indefensa ante él.

—Eres mía. Ahora y siempre...

—No soy de ningún hombre.

—¿De verdad?

Entonces, la besó, profunda y vorazmente. Nicola se quedó sin aliento, temblando con la fuerza de su deseo. Gimió, luchando por soltarse. Con la mano que le quedaba libre, Jack empezó a acariciarla por todo el cuerpo, palpándole los pechos y tocándole los pezones hasta que se irguieron a través del vestido. Con los labios, le exploró la tierna piel del cuello, excitándola con frustrante lentitud.

—Por favor... Déjame que te toque. Déjame...

Al oír aquellas palabras, Jack sintió que el deseo le desgarraba por dentro. Le soltó las manos y la estrechó más contra él, levantándola y apretándole las caderas contra las suyas. Por fin, ella pudo acariciarle el pecho y los hombros, y enterrar los dedos en su pelo. Cuando los dedos tocaron la suave tela del antifaz, la sensualidad llegó al límite. Un húmedo calor le fluyó en la entrepierna, abrasándola como si fuera fuego líquido. Ella lo besó, rodeándole la cintura con las piernas y frotándose contra él. En aquel momento, tiró de la cinta de la máscara y se la quitó, arrojándola al suelo.

Jack la llevó así a la cama y la tumbó. Bruscamente, le quitó la ropa interior y se desabrochó los pantalones. Con un primitivo gemido de satisfacción, la penetró muy profundamente. Nicola gritó de placer, alcanzando inmediatamente la cima del gozo. Él esperó, apretando los dientes, hasta que las sacudidas de su pasión se calmaron.

—No, cariño mío, eso no es suficiente.

Empezó a moverse, dentro de ella, lentamente, haciendo que el deseo se despertara de nuevo en su interior. Acarició la suave piel de sus muslos por debajo de sus faldas, levantándola y guiándola hasta que ella gimió de placer y le clavó las uñas en los brazos, anhelando el alivio que solo él podía darle. Dos veces la llevó al borde del clímax y se retiró, para volver a empezar de nuevo. Nicola gritó su nombre, aferrándose a él, hasta que Jack no pudo contenerse más. Con un gemido, se hundió dentro de ella y se derramó en sus entrañas. Nicola jadeó hasta encontrar su propio abismo de placer y se lanzó a él, aferrándose a Jack.

Se quedaron tumbados en la cama, empapados de sudor y saciados, recuperándose de la violenta liberación de su deseo.

—Todavía estamos vestidos —murmuró Nicola, entre risas.

—Umm. La próxima vez representaremos mi fantasía.

—¿Cuál es?

—Te aseguro que implicará necesariamente una venda en los ojos.

Algún tiempo después, el caballo de Nicola empezó a relinchar. Al oírlo, Jack se puso muy tenso y se levantó, acercándose rápidamente a la ventana.

—¿Qué pasa?

—Probablemente nada, solo me preguntaba por qué había relinchado tu caballo. ¡Dios! Se acerca un jinete.

—¿Cómo? ¡Dios mío! —exclamó ella, reuniéndose con él al lado de la ventana.

—¿Quién es?

—Es Stone, el detective. Debe de haberme seguido. Oh, no...

—No importa. No me encontrará —dijo él, poniéndose las botas y recogiendo su gabán. Luego, los dos salieron al salón—. ¿Puedes ocuparte de él tú sola?

—Claro, pero ¿y tú? ¿Cómo vas a escapar? No hay puerta trasera.

—No, pero la casa de la Abuela Rose tiene un secreto.

Entonces, se acercó a la chimenea y sacó una de las piedras. En el hueco que quedó al descubierto, se veía una palanca, que Jack giró. Inmediatamente, se abrió una puertecilla, revelando una pequeña habitación detrás.

—Ya te dije que la gente siempre pensaba que sus antepasadas eran brujas. Sabían que necesitarían algo de protección —añadió, mientras colocaba la piedra en su sitio.

—¡Date prisa! —susurró Nicola, sin dejar de mirar por la ventana—. ¡Está desmontando!

Jack le dedicó un saludo al estilo militar y desapareció por la puertecilla. Al otro lado, había una palanca que, al accionarla, selló la entrada, sin mostrar prueba alguna de dónde había estado el acceso.

Justo en aquel momento, Stone llamó a la puerta.

—¿Quién es?

—Soy Stone, señorita Falcourt.

—¿Señor Stone? —preguntó Nicola, abriendo la puerta—. ¿Qué está haciendo aquí? ¿Le ha ocurrido algo a Deborah?

—No, señorita. He venido a ver si usted se encuentra bien.

—¿Bien? ¿Qué quiere decir? ¡Claro que me encuentro bien! ¿Por qué no iba a estar bien?

—Hay un salteador de caminos por esta zona, señorita —respondió Stone, examinando el salón para luego dirigirse a la cocina.

—Sí, lo sé. Por eso tenía cerrada la puerta con llave. Como verá, soy bastante cuidadosa. ¿Cómo supo dónde estaba?

—Su señoría el conde me dijo que la siguiera, para asegurarnos de que se encontraba bien.

—Richard se preocupa demasiado por mí. Como puede ver, estoy perfectamente. No creo que ese bandido vuelva a detenerme de nuevo. Es evidente que, si monto a caballo, no llevo joyas o dinero conmigo.

—Hay otras cosas que un hombre podría desear —afirmó él, entrando en el pequeño dormitorio. Allí, fue a abrir el armario.

Horrorizada, Nicola vio el antifaz de Jack en el suelo. Rápidamente, le dio una patada y lo metió debajo de la cama.

—¿Cree que puede estar en el armario? Pero señor Stone...
—¿Qué ha sido eso?
—¿El qué?
—He oído un caballo.

Nicola recordó que el caballo de Jack estaba atado en la parte de atrás. Afortunadamente, no había ventana en esa dirección, pero lo único que Stone tendría que hacer para descubrirlo sería rodear la casa. Cuando lo viera, sabría que había alguien más allí.

—¿Un caballo? Debe de ser el mío.
—El suyo está en la parte delantera.
—Bueno, a veces no lo ato demasiado bien y anda a su antojo. Afortunadamente, es un animal muy dócil y nunca se marcha lejos.

Stone no prestó atención a sus palabras. Rápidamente, salió por la puerta principal. Nicola fue detrás de él, intentando buscar una excusa que explicara la presencia del caballo de Jack.

—Ah, ahí está —dijo, cuando vio que Stone estaba mirando a su caballo—. Entonces, es imposible que lo haya oído en la parte trasera. Debió de ser otra cosa.

—Era un caballo —afirmó Stone, rodeando la casa. Nicola fue tras de él, sin dejar de pensar en qué le podía decir—. ¡Maldita sea!

Cuando Nicola llegó a su lado, vio que allí no había nada. ¿Dónde se habría ido el animal?

—¿Ve? No hay ningún otro caballo. Debió de ser otra cosa. O probablemente oyó mi caballo o el suyo y resonó, por alguna extraña razón, en la parte trasera.

En aquel momento, comprendió que la habitación secreta debía de tener una salida y que Jack ya se habría marchado.

—Hay huellas de cascos. Aquí ha habido un caballo.

—Algunas veces ato mi caballo aquí. Otras, se suelta y va de un lado a otro.

Stone no la creyó y siguió las huellas hasta que desaparecieron.

—¡Maldita sea!

—¡Pero señor Stone! ¡Qué lenguaje!

—Lo siento, señorita. Pero insisto, ¿quién ha estado aquí? Sé que ha habido alguien. ¿Está ocultando a ese salteador de caminos? Sabrá que es un delito y que...

—Por favor, señor Stone. Se está contagiando de la imaginación de Richard. Él da por sentado que tengo aventuras con todos los hombres que conozco. Me temo que todavía no ha superado el hecho de que le rechacé años atrás. Sin embargo, le aseguro que no estaría flirteando con un bandido. Cuando elijo a un hombre, lo hago dentro de los de mi clase.

—Sí, señorita.

—Ahora, le agradecería mucho que se marchara. Me temo que vengo aquí todas las tardes con el mundano propósito de secar hierbas y hacer infusiones y tengo que trabajar. Adiós.

Con eso, Nicola volvió a meterse en la casa y, desde la ventana, observó cómo Stone se montaba en el caballo y se marchaba, probablemente tratando de seguir las huellas. Sin embargo, Jack ya estaría lejos y se habría ocupado de no dejar rastro alguno.

Lo primero que pensó fue en regresar a casa y darle una reprimenda a Richard por hacer que la siguieran, pero luego lo pensó mejor. Tal vez así solo confirmaría sus sospechas de que tenía algo que ocultar. Sería mejor no darle importancia alguna, incluso tomárselo a broma. Richard odiaba que se burlaran de él y, si pensaba que Nicole se estaba riendo de él, tal vez dejaría de seguirla.

Recogió sus cosas sin prisa y regresó a Tidings. Allí, hizo lo posible por evitar a Richard hasta la hora de cenar.

Cuando los tres estaban sentados a la mesa, tomando su sopa, Nicole comentó, casualmente:

—Pero bueno, Richard, ¿no te parece que fue un poco... digamos, tosco hacer que tu hombre me siguiera esta tarde?

—¿Cómo? —preguntó Deborah—. ¿De qué estás hablando?

—El señor Stone me siguió cuando salí a dar un paseo.

—¿Es eso cierto? —quiso saber Deborah, mirando a su marido.

—No es exactamente cómo Nicola ha dicho. Llevo tiempo algo preocupado por la seguridad de tu hermana, dado que ella insiste en salir todas las tardes sin escolta, habiendo un bandido suelto. Por eso le dije a Stone que se asegurara de que no sufría ningún daño.

—Sin duda por eso se puso a mirar en armarios y detrás de las puertas.

—¿En los armarios? ¿En dónde?

—En la casa de la Abuela Rose —explicó Nicola.

—¡La Abuela Rose! Pero si murió hace años, ¿no?

—Sí. Su casa está vacía y estaba en una situación terrible. Un día cuando salí a dar un paseo a caballo, fui allí y no pude soportar ver el estado en el que se encontraba, así que volví y me puse a arreglar el jardín. Allí es donde he estado los últimos días. Además, dentro tiene un pequeño estudio para preparar remedios y lo he estado utilizando. Supongo que ya no podré ir porque siempre estaré mirando por encima del hombro, esperando que uno de los hombres de Richard se abalance sobre mí.

—No te harán daño. Solo quieren asegurarse de que estás bien.

—Umm, creo que la verdad es, Deborah, que Richard cree que me estoy reuniendo con ese bandido clandestinamente. Me temo que el señor Stone se desilusionó terriblemente al ver que no estaba.

—¿Y por qué ibas tú a estar viendo a ese hombre?

—No tengo ni idea. Es Richard quien lo cree.

—Yo no lo creo —dijo Richard—. Eres tú quien ha sacado el tema.

—No lo entiendo —comentó Deborah—. Parece que no hacemos más que hablar en círculos.

—Sí, resulta bastante agotador, ¿verdad? —replicó Nicola—. ¿Por qué no hablamos de otra cosa? ¿Cómo va esa mantita tan bonita que estabas tejiendo?

El rostro de Deborah se iluminó y empezó a charlar animadamente. Nicola escuchó atentamente a su hermana mientras se preguntaba si habría conseguido desviar las sospechas de Richard.

Nicola sabía que no podría volver a ver a Jack durante un tiempo, dado que Stone la seguiría a todas partes. Aquello resultaba desolador.

Se pasó el día siguiente haciendo ropa de bebé con Deborah y la señora Owens y recordó por qué había decidido ir a la casa de la Abuela Rose en vez de quedarse allí con ellas. Por eso, el día después, volvió a la casa de la Abuela Rose, aunque sabía que Stone la seguiría. Estaba tranquila porque sabía que Jack no estaría allí. Era demasiado listo. De algún modo, estar en la casa fue peor que quedarse en Tidings. Allí se pasó toda la tarde recordando a Jack.

En consecuencia, se pasó la mañana siguiente en Tidings, sentada con Deborah y la señora Owens. Finalmente, fue a la biblioteca y se llevó tres libros a su habitación. Sin embargo, no pudo concentrarse en la lectura. No hacía más que pensar en cómo y cuándo volvería a ver a Jack.

Cuando alguien llamó a su puerta, salió de su ensoñación. Un segundo después, entró una doncella con una nota en una bandeja de plata. Nicola la tomó, muy ansiosa.

Rápidamente, reconoció la caligrafía de Penelope, por lo que rasgó el sobre y empezó a leer. Su amiga le anunciaba su llegada a Dower House, junto con Marianne, lady Ursula y la condesa viuda de Exmoor, su abuela. Asimismo, explicaba que Alexandra, lord Lambeth y lord Thorpe llegarían junto con Bucky a los pocos días. La nota concluía expresando los deseos de su amiga por verla e invitándola a hacerles una visita.

A Nicola no le sorprendió que su amiga mandara una nota en vez de ir a visitarla. La condesa no había vuelto a pisar Tidings desde el día en que se mudó, veintidós años atrás, ya que era incapaz de ver su casa en manos de Richard en vez de en las de su hijo muerto. Ahora que sabían lo que había pasado tantos años atrás, la condesa y su familia despreciaban a Richard por su traición.

Alegremente, Nicola se puso de pie y fue corriendo a su vestidor para sacar su atuendo de montar. Le parecía una eternidad desde la última vez que había visto a sus amigos. Cuando se vistió, informó a su hermana de las noticias y salió corriendo hacia los establos. Muy pronto, estuvo de camino a Dower House para ver a sus amigos.

CAPÍTULO 15

Dower House estaba a cierta distancia de Tidings. Sin embargo, a Nicola no le importó el largo trayecto a caballo. Estaba deseando volver a ver a sus amigas.

Al llegar, entregó las riendas de su caballo a uno de los mozos y se dirigió a la puerta principal.

Un mayordomo le abrió la puerta casi sin que tuviera que llamar.

—Señorita Falcourt... —dijo, haciendo una reverencia—. Si pasa al salón, le diré a la señorita Castlereigh que ha llegado.

A continuación, la acompañó a un agradable salón, muy elegantemente decorado. A los pocos minutos, llegó Marianne, seguida de su prima Penelope. Las dos mujeres eran completamente opuestas. Marianne era alta y voluptuosa, con un hermoso cabello pelirrojo y ojos azules oscuros. Para Nicola, era la mujer más hermosa que había conocido nunca, a excepción de su hermana Alexandra. Penelope era menuda y delgada, el tipo de mujer que pasaba normalmente desapercibida, aunque últimamente había florecido con el amor.

A pesar de que solo hacía pocos meses que conocía a Marianne, Nicola sentía una cercanía a ella que no sentía con personas a las que hacía más tiempo que conocía. Marianne, por su pasado, carecía de la altanería de muchas mujeres nobles y se había interesado vivamente por el trabajo de Nicola en Londres. Incluso había donado parte de su recién encontrada riqueza.

—¡Nicola! —exclamaron las dos, al unísono.

—Parece que hace meses, y no semanas, desde que te marchaste de Londres —dijo Penelope.

—¿Va todo bien con los preparativos de la boda? —preguntó Nicola.

—Bueno, ha habido algunos momentos en los que la abuela y la tía Ursula estuvieron a punto de llegar a las manos —comentó Marianne—. En realidad, es una suerte que sea una boda doble, porque cuando la tía Ursula pone demasiadas trabas, Lambeth asume su papel de futuro duque y le dice que es así como se hace en su familia.

—Es cierto —dijo Penelope—. Mamá siempre ha estado muy impresionada por Lambeth.

Las tres amigas se sentaron en un sofá y se dispusieron a ponerse al día de los últimos chismes. Sin embargo, al cabo del rato, Marianne miró a Nicola pensativamente.

—No parece que todo esto te interese mucho, ¿verdad?

—No, claro que me interesa —protestó Nicola, sin mostrar mucha convicción.

—Marianne tiene razón. Te pasa algo —afirmó Penelope—. ¿Qué es?

—Bueno... sí... No sé cómo empezar.

—¡Estás enamorada! —exclamó Marianne.

—¿Cómo lo has sabido?

—Es algo que hay en tu rostro. Siempre estás muy hermosa, pero no recuerdo haberte visto tan bella como lo estás ahora... Es igual que yo me siento.

—Tienes razón. Estoy enamorada, pero no sé si él me ama y... todo es tan complicado. No sé qué hacer.

—Cuéntanoslo todo —dijo Marianne.

—Lo intentaré. ¿Os acordáis que os dije que Richard mató al hombre al que yo tanto amaba años atrás?

—Sí, claro —replicó Penelope—. Dijiste que, en aquel momento, creíste que era un accidente pero que ya no estabas segura.

—Pues he descubierto que no fue ningún accidente.

—¡Ese hombre es malvado! —exclamó Marianne—. ¡Si hubiera algún modo de presentarle como culpable en un tribunal! ¿Y qué hizo?

Nicola les contó toda la historia de su amor con Gil. Penelope, que ya la conocía, se limitó a asentir mientras que Marianne escuchó asombrada. Entonces, les contó que Gil no había muerto y que había regresado a la comarca después de estar como trabajador forzado en la Marina. Por último, les habló de la carta que él le había enviado.

—Creo que todavía no está seguro de que no fuera yo quien se la entregara a Richard. No sabemos cómo pudo interceptar esa carta, dado que la abuela de Gil nunca se la hubiera dado. Y yo nunca la recibí.

—Me imagino que tiene miedo de creerte —comentó Penelope—. Eso significaría tener que admitir que ha perdido los últimos diez años de su vida por no tener fe en ti.

—Tal vez, pero me preocupa que siempre esté cuestionándome —suspiró Nicola—. Sin embargo, cuando estoy con él, somos tan felices...

—Eso es lo que se te ve en la cara —observó Marianne.

—No obstante, todavía no habéis oído lo peor. Es... es un salteador de caminos. Lleva robándole a Richard meses. ¿Os dais cuenta? Ya os dije que era una situación muy complicada —dijo Nicola, al ver que sus amigas guardaban silencio—. Aparte de no estar segura de que me ame, es un delincuente, al que pueden atrapar y ajusticiar en cualquier momento. Tengo que verlo a escondidas, para que Richard y el detective Stone no me descubran. Soy una tonta, ¿verdad?

—¡Vaya! Creo que tu historia sobrepasa la de Alexandra o la de Marianne —comentó Penelope.

—Ese bandido... ¿Es el que nos salvó a Justin y a mí? Cuando Fuquay nos metió en aquella cueva, un hombre misterioso, vestido de negro, nos sacó. Lambeth estaba seguro de que era ese bandido del que todos hablan —musitó Marianne.

—¡Es verdad! ¿No te acuerdas Nicola?

—No estoy segura. Pasaron tantas cosas después de eso... ¿Te dijo su nombre? Ahora se hace llamar Jack Moore.

—¡Eso es! ¡Jack! —exclamó Marianne—. Entonces, Justin y yo le debemos nuestras vidas.

—Es un buen hombre. Desprecia profundamente a Richard y solo le roba a él, pero le colgarán de todos modos, si le arrestan.

—¿Y no va a parar, ahora que tú y él...? —preguntó Penelope.

—No sé lo que hay entre nosotros y tampoco sé si va a dejarlo. Vengarse de Richard ha sido su fuerza motora durante los últimos diez años.

—Si te ama, lo hará —le aseguró Marianne—. No podéis esperar tener una vida juntos mientras él lleve esa existencia.

—Lo sé. Supongo que ese será el único modo que tendré de saber si él verdaderamente me ama. Si deja de atacar a Richard para que podamos estar juntos... Menuda prueba, ¿no os parece? ¿Qué es lo que prefiere, la venganza o a mí?

A la mañana siguiente, Nicola le estaba contando a su hermana y a la señora Owens todo sobre las bodas de Penelope y Marianne cuando se vieron interrumpidas por uno de los criados.

—Milady, hay una persona en la cocina preguntando por la señorita Falcourt.

—¿Por mí? ¿Quién es?

—Creo que un muchacho del pueblo.

—Alguien debe de estar enfermo.

—Sí, señorita. Creo que eso fue lo que dijo ese muchacho.

—Lo recibiré en la cocina.

Nicola se excusó con su hermana y bajó corriendo hasta la enorme cocina. Un muchacho de unos diez años estaba sentado al lado de la chimenea. Al ver a Nicola, se puso de pie.

—Señorita, me ha enviado Maggie Falkner. Su bebé está enfermo y ella está muy preocupada. Dice que usted sabrá lo que hay que hacer. ¿Vendrá conmigo? —preguntó, dándole vueltas a la gorra que tenía entre las manos.

—Claro que iré. Solo tengo que recoger mis cosas. ¿Sabes lo que le pasa a ese niño?

—Mi mamá dice que es solo un cólico, pero Maggie está demasiado verde como para saberlo, aunque está muy preocupada.

—Bien. Vuelve corriendo y diles que voy enseguida.

Nicola subió a su cuarto para ponerse la ropa de montar y

recoger su bolsa. Minutos después, bajó al establo y ensilló su caballo. No miró atrás para ver si Stone la seguía, ya que dio por sentado que así sería.

Tanta prisa se dio que llegó antes que el muchacho, a pesar de que había más distancia por la carretera que por el sendero. Desmontó rápidamente al tiempo que el marido de Maggie salía para hacerse cargo del caballo.

—¿Cómo está el bebé?

—Ahora que está usted aquí, señorita, todo irá bien —dijo el hombre.

Nicola entró en la casa y llamó a la mujer.

—¿Maggie?

—Arriba, señorita —dijo la mujer, apareciendo súbitamente.

Entonces, la empujó hacia la estrecha escalera. A Nicola le pareció que estaba menos preocupada de lo que habría pensado.

—¿Qué es lo que le pasa? —preguntó Nicola—. ¿Qué tiene?

—Ya lo verá, señorita. Yo no se lo puedo explicar muy bien. Entre ahí, señorita —dijo la mujer, señalándole una puerta.

Nicola giró el pomo y entró en la habitación. En cuanto vio que no había cuna ni bebé, sino solo una cama y una cómoda, la puerta se cerró a sus espaldas. Ella se sobresaltó y, en aquel momento, sintió que una mano le rodeaba la cintura y que otra le tapaba la boca.

—No grites o lo estropearás todo —murmuró una voz de hombre, para luego soltarla enseguida.

—¡Jack! —exclamó Nicola, dándose la vuelta llena de alegría. Entonces, se puso de puntillas para besarlo—. ¿Qué estás haciendo aquí?

—Tenía que verte. Hal Falkner es uno de los hombres del pueblo que forma parte de mi banda, así que le pedí este favor. El niño no está enfermo, solo dormido en la habitación de al lado.

—Oh Jack... Me alegro de que lo hayas hecho. He estado quebrándome la cabeza intentando pensar en un modo de verte, pero ese Stone me sigue a todas partes. ¡Dios mío! Seguramente está fuera, vigilando la casa.

—No te preocupes por él ahora. No va a ver nada. Llevo

un buen rato aquí y mi caballo está escondido. Además, nadie más que Hal y Maggie sabe que estoy aquí y ellos no me van a delatar.

—De acuerdo. Si estás seguro...

—Sí.

—Te he echado tanto de menos...

—¡Yo también te he echado de menos! Parece que hace semanas desde la última vez que estuve contigo. No hacía más que desear estar a tu lado...

—Igual que yo.

—Te huele tan bien el pelo... ¿cómo he podido vivir sin ti todos esos años? Nicola...

Se besaron dulcemente, como si hubieran pasado semanas en vez de días desde la última vez que se habían visto. Entonces, Jack la tomó entre sus brazos y empezó a dirigirse a la cama.

—¡Jack! ¡No! ¿Qué van a pensar Maggie y Hal?

—No van a entrar aquí y tampoco dejarán que lo haga nadie más.

—Sí, pero sabrán...

—¿Qué?

—Bueno, pues que nosotros... que...

—¿Sí? —preguntó él, acariciándole los pechos—. ¿Que nosotros qué?

—Se me ha olvidado —respondió ella, sacándole la camisa de dentro del pantalón y deslizando las manos por debajo de la tela.

Cayeron en la cama, perdidos en su pasión, enredados el uno en el otro, explorando, tocando, excitando... Hicieron el amor lentamente, besándose, tomándose su tiempo para extraer cada gota de placer. Nicola tembló con las expertas caricias de Jack, gozando con las sensaciones que se abrían paso dentro de ella. Cuando llegó el momento de liberar aquel delicioso tormento, el éxtasis explotó dentro de ambos, uniéndolos en un abismal placer.

—No quiero dejarte escapar —susurró él.

—Y yo no quiero irme.

—En estos últimos días, tú eras lo único en lo que podía pensar. No quería hacerlo, pero nada funcionaba. ¿Y si... y si Jack Moore desapareciera?

—¿Qué quieres decir con eso?

—¿Y si desapareciera? Entonces, un día, Gil Martin regresaría de Estados Unidos, un hombre al que nadie está buscando.

—Jack, ¿hablas en serio? —quiso saber ella, sentándose en la cama.

—Sí. No quiero vivir así, escondiéndome, teniéndote que ver en secreto. Quiero visitarte, cabalgar contigo a la luz del día... Y no creo que eso puedas hacerlo como El Caballero.

—Tienes razón.

—Solo he sido un salteador de caminos durante unos pocos meses. Antes de eso, Perry y yo teníamos un negocio en Maryland. En realidad, soy un tipo muy aburrido.

—¿Y Richard?

—Nunca le destruiré. Solo podré incomodarle un poco, pero no parece suficiente como para estar toda la vida haciéndolo. Por lo que más lo odio es por apartarte de mí, y ahora que vuelvo a tenerte...

—¿Qué vas a hacer? ¿El Caballero va a desaparecer así, sin más?

—Vamos a hacer un último asalto. Pasado mañana, temprano. Exmoor tiene un cargamento que saldrá de la mina con mucho dinero, más de lo que le hemos robado nunca. Lo ha estado acumulando allí, temiendo tener que mandarlo por el daño que le estábamos infligiendo. Cree que conseguirá despistarnos mandándolo por la mañana temprano, sin guardias, ocultándolo como si fuera un cargamento cualquiera, pero nosotros tenemos personas dentro de la mina que nos informan. Y estaremos esperando.

—¿Estás seguro? ¿Es necesario que hagas ese último robo?

—Podría dejarlo porque tenía un negocio y lo vendimos, por lo que tengo dinero. Podría montar otro negocio aquí o en los Estados Unidos, pero quiero darles a mis hombres un buen botín, para que puedan subsistir. No quiero dejarlos a merced de Exmoor.

—Entiendo —dijo ella, admirada por su generosidad.

—Entonces, El Caballero desaparecerá. Y después de eso, Gil Martin hará su aparición, tal vez en Londres. Sería conveniente dejar cierto tiempo entre los dos sucesos.

—Sí. Además, yo estoy normalmente en Londres. Solo he venido para acompañar a Deborah hasta que dé a luz y por unas bodas que tengo el mes que viene.

—No creo que pueda estar tanto tiempo en Londres sin ti. Tal vez Gil tendrá que regresar a su casa. Al menos, tú me has arreglado mi residencia.

—Prométeme que tendrás cuidado —musitó ella, agarrándosele a la cintura. Luego empezó a recomponerse la ropa.

—Lo tendré.

—Debo marcharme pronto. Stone sospechará algo si me quedo aquí más tiempo.

—Lo sé —susurró él, dándole un beso en la cabeza y luego en los labios—. Te veré muy pronto.

—¿Cuándo? ¿Cómo?

—No estoy seguro. Tal vez, simplemente, me presentaré en la puerta de tu casa.

Nicola se marchó enseguida, sonrojándose un poco al despedirse de Maggie. Sin embargo, la mujer se limitó a sonreír y la acompañó a la puerta.

—Si este hombre, Stone, viene a preguntar sobre mi visita...

—¡Ese! No se enterará de nada aquí.

—Si no le dices nada, sospechará más. Puedes decir que el niño tenía dolor de oídos, pero que le puse unas gotas y ahora se encuentra bien.

—No se sorprenderá si no digo nada. Nadie de los del pueblo hablará con él. Ese hombre cree que puede comprarnos, que conseguirá que vendamos a los nuestros por dinero...

—Gracias. Cuídate.

—Sí, señorita. Usted también.

Nicola no vio a Stone, pero no le quedó ninguna duda de que estaba allí. Hal fue a ayudarla a montar al caballo y le sonrió. Después de darle las gracias, Nicola acicateó al animal y se marchó, todavía vibrando con el recuerdo de las palabras que Jack le había dicho.

Lo más difícil fue aplacar su excitación delante de Richard y Deborah. Sabía que no podía ir sonriendo a todo el mundo sin levantar sospechas, teniendo en cuenta que no tenía razones para su repentina felicidad. Tanto se esforzó por parecer tranquila y aburrida, que superó con creces sus expectativas. Deborah, muy preocupada, le preguntó si se encontraba bien.

Nicola aprovechó la oportunidad para admitir que tenía un fuerte dolor de cabeza y se retiró temprano a su habitación. Una vez allí, se lanzó sobre la cama, permitiéndose contemplar por primera vez la felicidad del futuro que le esperaba.

Aquello había sido como si Jack le hubiera dicho que la amaba. Estaba dispuesto a abandonar su venganza contra Richard para estar con ella. Nicola sonrió de felicidad.

Rio a carcajadas al imaginarse la cara de Richard cuando lo viera. Se enfadaría y tal vez se asustaría un poco, temeroso de que Jack revelara la perfidia que le había hecho diez años atrás. Entonces, le asaltó la terrible duda de si Richard podría intentar matarlo para que no hablara, como evidentemente había hecho con el señor Fuquay unos meses atrás. De repente, se sintió más tranquila al darse cuenta de que este último podría haberle implicado en asuntos mucho más graves contra la alta sociedad.

Más realista sería preocuparse de que relacionara la repentina aparición de Jack con la desaparición de El Caballero. Solo Perry, sus hombres y Hal Falkner sabían que eran la misma persona. Ninguno de ellos hablaría para confirmarlo, por lo que Richard no tendría pruebas para que lo arrestaran.

Nicola volvió a dejarse llevar por sus sueños de futuro. Permaneció en aquel estado la mayor parte del día siguiente, hasta por la tarde, cuando su hermana entró en su cuarto para darle las buenas noches. Deborah parecía algo preocupada. Después de unos momentos de charla, ella le preguntó:

—Nicola, ¿crees que hay hombres del pueblo entre esos bandidos?

—¿Por qué me preguntas eso?

—Porque he escuchado la conversación que Richard tenía con Stone. Supongo que no es algo tan... Después de todo, tiene que proteger su propiedad, pero todo parece planeado tan a sangre fría...

—¿Qué parece planeado a sangre fría?

—Estaban hablando de que hay rumores de que Richard

va a sacar una gran cantidad de dinero de la mina mañana, pero es solo una estratagema. Ese carro no estará lleno de dinero, sino de hombres, armados hasta los dientes. Ha sido Richard el que se ha encargado de propagar esos rumores para que, cuando los bandidos asalten el carro, los hombres abran fuego... ¡Están planeando matarlos a todos!

CAPÍTULO 16

Nicola se sintió como si le faltara el aire.

—¿Cómo? ¿Que van a intentar matarlos a todos?

—Bueno, supongo que a todos los que puedan. Sé que son delincuentes y que nos han estado robando, que, si los atrapan, seguramente acabarán en la horca, pero al menos así tendrán un juicio primero. Así... No sé, me parece más un asesinato.

—Y es un asesinato. No me puedo creer que nadie, ni siquiera Richard... Claro que él es capaz. Deborah, no debemos permitir que esto ocurra.

—¿Y cómo podemos impedirlo? Vine a decírtelo porque estaba preocupada. ¿Y si matan a hombres del pueblo? Sin embargo, no sé cómo podemos pararlo, Nicola. Richard no me haría caso y no creo que le importara tu opinión. Algunas veces, me parece que siente una gran antipatía por ti.

—Eso sin duda. No obstante, no tengo que convencer a Richard de que no mate a esos hombres. No podrá dispararles si no están allí. Si se enteran de que es una artimaña y no muerden el anzuelo...

—¿Y cómo se lo vas a decir?

—Puedo encontrarlos —afirmó Nicola, dirigiéndose a su vestidor.

—¿Sabes quiénes son? ¿Dónde viven? Richard dijo que tú lo sabías, pero no le creí. Son delincuentes, Nicola. Sé que tú aprecias mucho a... la gente de todas clases pero... ¡unos bandidos! Llevan meses robándonos.

—¡Y Richard ha estado robando a todo el mundo años y

años! —le espetó Nicola, quitándose el camisón para ponerse la falda de montar—. Sinceramente, Deborah... ¿es que no sabes lo que es tu marido ni lo que la gente siente por él?

—¿De qué estás hablando?

—¡Estoy hablando del hecho de que Richard es un hombre malvado! No, no me gusta que le quiten dinero ni a él, ni a nadie, pero la mayor parte del dinero robado va a parar a personas de la comarca a las que Richard ha perjudicado. Exprime el dinero a sus arrendados, paga una miseria a los hombres que arriesgan su vida en la mina, los despide si se ponen enfermos... Claro que se alegran de que alguien le esté robando su dinero y de que se lo den a ellos. Sienten como si, de alguna forma, estuvieran vengándose de él. ¿Por qué crees que todo el mundo protege a esos bandidos? Te aseguro que no sería lo mismo si estuvieran quitándole el dinero a Bucky. Ahora no tengo tiempo de hablar contigo de todo esto —dijo Nicola, terminando de vestirse—. Tengo que hacérselo saber esta noche, pero, prométeme una cosa, Deborah. No le digas a Richard que he ido a avisarlos.

—No se lo diré, Nicola, pero, por favor, cuídate.

—Haré lo que pueda, pero tengo que salir de la casa sin que nadie me vea —afirmó ella, poniéndose las botas—. No puedo permitir que Stone me siga. ¿Sabes si vigila mis movimientos por la noche?

—No sé. Richard solo me dijo que estaba preocupado por ti y que quería que alguien competente te vigilara.

—Esta noche no puedo consentir que me siga. Es más, debo asegurarme de que no lo hace.

—¿Cómo?

—No estoy segura. ¿Tienes algo pesado en tu habitación?

—Bueno, tengo un pisapapeles.

—Bien. Entonces, préstamelo. Tal vez lo necesite como arma.

Nicola siguió a Deborah a su habitación para que le diera el pisapapeles, que Nicola se metió en el bolsillo. Entonces, bajó las escaleras y salió al jardín, esperando que su hermana no la traicionara.

Avanzó cuidadosamente, pegada a la pared para que nadie

la viera, en dirección a los establos. Estaba empezando a salir del refugio que le proporcionaban los árboles cuando distinguió la figura de un hombre. Nicola se quedó inmóvil. Entonces, se acercó un poco más y pudo ver que era Stone, apoyado contra el tronco de un árbol y vigilando la entrada a los establos. Seguramente el hombre sabía que ella no podría abandonar la casa si no era a caballo.

Nicola se metió la mano en el bolsillo y sacó el pisapapeles. Se acercó silenciosamente, a través de la oscuridad. No le gustaba atacar a un hombre por la espalda, pero no le quedaba más remedio. Cuando estaba directamente detrás de él, levantó la mano y la descargó con todas sus fuerzas. Stone hizo un extraño ruido y se desplomó contra el suelo.

Rápidamente, Nicola se dirigió a los establos. Todo estaba en penumbra, pero sabía que podría ensillar a su caballo con los ojos cerrados. El único problema sería no hacer ruido para no despertar a ninguno de los mozos. También tendría que darse prisa, dado que no podría saber cuánto tiempo estaría inconsciente Stone.

Cuando hubo ensillado al caballo, lo sacó del establo tirando suavemente de la brida hasta que estuvieron a cierta distancia del edificio. Entonces, lo acercó a un muro bajo y se subió al animal.

Nicola cabalgó a toda velocidad por la pradera, sabiendo que tendría que ir más lentamente cuando llegara a los bosques. Rezó constantemente para que pudiera recordar el camino. Afortunadamente, había luna llena y avanzó rápidamente hasta que la vegetación empezó a espesarse. Cruzó el arroyo y, por unos minutos, temió haberse equivocado, pero entonces reconoció un árbol caído y siguió adelante.

Finalmente, vio la casa. Aliviada, clavó los talones en el animal para que fuera más rápido. Cuando llegó por fin, desmontó, ató el caballo a una valla y se dirigió a toda velocidad hasta la puerta de la casa, gritando el nombre de Jack.

Un momento más tarde, oyó el estruendo de pasos bajando la escalera y el sonido del cerrojo corriéndose tras la puerta. Fue Jack quien abrió. Tenía el pelo revuelto y los ojos somnolientos.

—¡Nicola! —exclamó, metiéndola en la casa y cerrando la puerta—. ¿Qué pasa? ¿Qué estás haciendo aquí?

Ella vio que, a sus espaldas, estaban Perry y los otros hombres.

—¡No podéis robar ese carro mañana! Es una trampa.

—¡Una trampa! ¿Lo del dinero? —preguntó Jack.

—¡Sí! Deborah oyó una conversación que Richard estaba teniendo con Stone. El carro va a estar lleno de hombres y os matarán u os atraparán.

De repente, detrás de ellos la puerta se abrió de par en par y varios hombres armados entraron en la casa. Rápidamente los rodearon a todos y dispararon al techo para que no se movieran.

—Vaya, vaya, Nicola, buen trabajo —dijo Richard al entrar en la casa—. Nos has conducido directamente a ellos. Ahora, ¿a quién tenemos aquí...? —preguntó, empezando a examinar a los hombres—. ¡Dios santo! ¡Tú!

—Yo tampoco me alegro de verlo —replicó Jack secamente.

—Nunca pensé que vería este día... ¡Atadlos! ¡Vamos a llevarlos a la prisión! —les ordenó a sus hombres. Luego, se dirigió a un hombre que los acompañaba—. Bien, alguacil, espero que esté contento con lo que hemos apresado aquí.

—¿Cómo has podido hacer esto? —preguntó Nicola, acercándose a él con los puños apretados—. ¡Me has utilizado!

Nicola se había dado cuenta de que la verdadera estratagema de Richard había sido la trampa del carro. De un modo muy inteligente, Richard la había inducido para que fuera al escondite de Jack y se lo mostrara a él.

—¡Me hiciste creer que él estaba en peligro para que tú...! ¡Podría matarte con mis propias manos!

—Bien hecho, Nicola —dijo de repente Jack con frialdad y desprecio—. Has vuelto a conseguirlo. Nunca pensé que pudieras, pero, de algún modo, lo has hecho. Me hiciste creer en ti y me has vuelto a traicionar.

—¡No! —exclamó Nicola, desesperada—. ¡No lo he hecho!

—No soy tan necio...

—No es cierto —protestó Nicola, con lágrimas en los ojos—. Por favor, Jack, no me mires de esa manera... ¡Yo no te he traicionado!

—Pero Nicola, ¿por qué te molestas en seguir mintiéndole? Es evidente que me lo has entregado, como hiciste diez años atrás. Tiene talento, ¿verdad? —añadió Richard, dirigiéndose a Jack—. Estoy seguro de que muchos otros hombres han caído bajo su embrujo.

—¡Basta! ¿Cómo te atreves a decir que te he ayudado? —gritó Nicola—. ¡Antes preferiría ayudar a una serpiente! Jack, por favor...

—Sáqueme de aquí, alguacil —dijo Jack, apartándose de ella—. No puedo soportar el hedor a traición que hay en esta habitación.

Nicola sintió como si algo se hubiera muerto dentro de ella. Jack no la creía. Una vez más había vuelto a perderlo porque él la odiaba. Había sido necia e impulsiva, un mero peón en manos de Exmoor...Y Jack moriría por su error.

Contempló horrorizada cómo el alguacil y los hombres de Richard sacaban a Jack y a los suyos por la puerta. Ya en el exterior, les ataron las manos y los montaron a todos sobre sus caballos. Entonces, se marcharon de la casa, con Exmoor y el alguacil al frente de aquella singular procesión. Nicola se quedó allí un momento, viendo cómo Jack desaparecía de su vista y de su vida, odiándola de nuevo.

Las lágrimas empezaron a correrle abundantemente por las mejillas. Entonces, se desplomó al suelo, sollozando.

Después de un momento, Nicola se incorporó y subió a la habitación de Jack. Allí, se sentó en la cama y decidió tranquilizarse. Tenía que hacer algo. Tras un momento de reflexión, se puso en pie con más ánimos. No iba a dejar que Jack se pudriera en la cárcel y mucho menos que lo colgaran. Le sacaría de allí, costara lo que costase.

Rápidamente, se dirigió a Buckminster Hall. Penelope le había dicho que Bucky y los otros iban a llegar aquel día por la tarde. Cuando se presentó delante de la puerta de la mansión, era más de medianoche. Después de golpear la puerta durante mucho tiempo, el mayordomo acudió a abrirla.

—¿Señorita Falcourt?

—Sí. He venido a ver a mi primo. ¿Está aquí?

—¿Lord Buckminster? Sí, llegó anoche, con lord Lambeth. Lord y lady Thorpe llegaron también.

—Tengo que hablar con lord Buckminster.

—¿Ahora, señorita?

—Sí, claro que ahora. ¿Vas a dejarme toda la noche en la puerta o voy a poder entrar?

—Oh, señorita, lo siento mucho —dijo el mayordomo, retirándose para dejarla pasar—. Entre, por favor, pero, señorita, ¿sabe usted que son las tres de la mañana? Su señoría lleva varias horas en la cama.

—Lo siento, pero tendrás que despertarle. Debo hablar con él, es muy urgente. Si lo prefieres, lo despertaré yo misma. Sé dónde está su habitación.

—¡Señorita! —exclamó el hombre, escandalizado—. Eso no estaría bien. Yo iré a decirle que usted está aquí.

Nicola tuvo que esperar más de quince minutos en el vestíbulo antes de que Bucky apareciera, con una bata sobre el camisón.

—¡Nicola! ¿Qué pasa?

—Todo —respondió ella, poniéndose de pie—. Tengo que hablar contigo. Esta noche he hecho algo terrible, que espero que tú puedas enmendar. Necesito que vayas a ver al alguacil para hablar de un prisionero.

—¡Un prisionero! ¿De qué estás hablando?

—Es el bandido. El alguacil lo arrestó a él y a sus hombres esta misma noche y fue todo culpa mía. Richard me utilizó y yo fui demasiado estúpida como para no darme cuenta de que era solo una treta.

—Me temo que estoy perdido. ¿Qué tiene que ver Richard con todo esto? Y ahora que lo pienso, ¿qué tienes tú que ver?

—Ya te lo he dicho. Fue culpa mía que lo arrestaran —dijo Nicola, explicándole a continuación todo lo que había ocurrido.

—Pero, ¿quién es ese hombre? ¿Y por qué lo conoces tú?

Nicola dudó. Por muy bueno que fuera su primo, seguramente no se alegraría de saber que ella estaba muy enamorada de un salteador de caminos.

—Es el nieto de la Abuela Rose. ¿Te acuerdas de ella?

—¿La vieja que curaba a la gente? ¿No era ella a la que ibas a visitar constantemente?

—Sí, yo la apreciaba mucho y ella a mí. Me enseñó muchas cosas y... no puedo permitir que cuelguen a su nieto. Por favor, Bucky, te lo suplico. Utiliza tu influencia. El alguacil es buen amigo de tu madre y sé que él te haría un favor. Jack se marchará de aquí para no regresar nunca. Estoy segura de que te lo prometerá. Incluso accedería a marcharse del país si fuera necesario. Vivió en los Estados Unidos antes de venir aquí.

—Entonces, ¿qué diablos está haciendo aquí, convertido en bandolero?

—Es algo complicado de explicar, pero, créeme, no se merece que lo cuelguen ni estar en la cárcel. Te juro que no le ha hecho daño a nadie... bueno, excepto a Richard, y solo económicamente. Richard, por supuesto, habla de él como si fuera el peor bandido de la historia, pero es un buen hombre. De verdad.

—Hablaré con el señor Halsey, el magistrado local, mañana por la mañana. No serviría de nada despertarle ahora.

—Sí, tienes razón.

—Y sería mejor que te quedaras aquí y descansaras un poco. No es adecuado que vayas por ahí a estas horas de la noche.

Nicola sabía que tenía razón, así que accedió a quedarse en su antigua habitación de Buckminster Hall. Sin embargo, durmió poco, demasiado preocupada o triste para dejarse vencer por el sueño. A la mañana siguiente, muy temprano, se vistió y regresó a Tidings.

Deborah y Richard estaban levantados. Nicola oyó sus voces en el comedor y hacia allí se dirigió. Al abrir la puerta, vio a Exmoor y su hermana, ambos de pie, discutiendo.

—¡Pero no puedes dejarla allí sola! —decía Deborah, acaloradamente.

—Tiene suerte de que no la arrestara por ayudar a un delincuente.

—Ella tiene buen de corazón.

—Lo que ocurre es que es una entrometida y tiene una predisposición poco natural hacia las clases más bajas.

—Ella está aquí mismo —dijo Nicola, entrando en el comedor. Richard y Deborah se volvieron a mirarla.

—¡Nicola! ¡Estaba tan preocupada por ti!

—¿Conocías tú ese plan? —preguntó Nicola fríamente, dejando petrificada a su hermana con la mirada—. ¿Me dijiste lo de la trampa porque él te lo pidió?

—¡No! Nicola, ¿cómo puedes creer que te enviaría a un peligro como ese? No tenía ni idea.

—Lo siento —se disculpó Nicola, acercándose a su hermana. Aquello se le había ocurrido de repente aunque había dudado que fuera cierto—. Sé que no harías nada que me perjudicara. Es que... ahora casi no sé lo que pensar.

—Lo sé. Debes de estar agotada. ¿Dónde has estado?

—No importa.

—Deberías irte a la cama. Ven, yo te acompañaré.

—No. He venido a hablar con Richard. He venido a suplicarte que le sueltes —añadió, mirando a su cuñado.

—¿Que le suelte? Debes de estar bromeando.

—Nunca he hablado más en serio. No necesitas hacer eso. Además, él estaba a punto de marcharse de esta zona.

—Sí, por supuesto —dijo Richard, mofándose de ella.

—¿Es que no le has hecho ya suficiente daño? Sé lo que le hiciste hace diez años. Le arruinaste la vida. ¿Acaso te extraña que te odie, que quisiera vengarse de ti?

—¿De qué estás hablando? —preguntó Deborah—. No entiendo nada. ¿Que Richard conoce a ese hombre?

—Claro que lo conoce. El Caballero es Gil Martin.

—¿Gil Martin?

—Sí, el nieto de la Abuela Rose.

—¡No! ¿Gil? ¿El muchacho que mamá...?

—¿Que mamá qué? ¿Que tuvo mamá que ver con Gil?

Deborah parecía incómoda. Se volvió a mirar a su marido, pero él se limitó a cruzarse de brazos.

—Sí, Deborah, ¿por qué no le dices a tu hermana lo que tu madre tuvo que ver con Gil? Lo que tú tuviste que ver con Gil.

—¿Tú? —preguntó Nicola—. ¿Y mamá? ¿Con Gil? Cuéntamelo, Deborah.

—Yo... Tú estabas encerrada en tu habitación y una de las doncellas, Mary Broughton, la que solía ser tu criada, me trajo una carta. Me dijo que tú te negabas a abrirla y que la Abuela Rose le había dado esa carta para ti. La Abuela Rose había ido a Buckminster Hall, a verte, con aquella carta...

—¿Qué hiciste con ella?

—Yo no sabía lo que hacer, así que, finalmente... la leí. Lo siento, no sabía qué era lo que decía y pensé que era mejor leer para saber si era algo importante, algo por lo que te gustaría que te molestaran. Entonces, vi que la carta era en realidad del nieto de la Abuela Rose y... me asusté. ¡Tenía miedo de que te marcharas para casarte con un mozo de establo! Hubiera sido un escándalo terrible y yo no habría vuelto a verte nunca. Sabía que mamá caería en una horrible depresión... Nadie hubiera querido casarse conmigo, con ese escándalo manchando el nombre de nuestra familia... Lo siento, Nicola. Yo era muy joven y... Tú nunca me habías hablado de él.

—Claro que no. Sabía cómo habríais reaccionado mamá y tú.

—Yo no sabía cuánto lo amabas. Entonces... cuando vi cómo te sentías, tuve miedo de decírtelo.

—Y le diste la carta a mamá, ¿no es así?

—Sí. Ella le envió una nota a Richard y él vino a visitarla. Estuvieron hablando, aunque no pude oír lo que decían. Sin embargo, cuando Richard se marchó aquella tarde, nunca más oímos hablar de Gil Martin.

—No. Claro que no. Richard le entregó a una patrulla de reclutamiento y acabó en un barco de la Marina.

—¡No! Oh, Nicola...

—Sí, un castigo bastante severo por amar a alguien de una clase social más alta, pero esa no era la verdadera razón, ¿no es cierto, Richard? Lo enviaste como esclavo a la Marina porque tenía la mujer que tú deseabas, ¿verdad? Te había superado, así que por eso le castigaste y encima fuiste capaz de decirle que había sido yo quien te había enviado para hacerlo. No te contentaste con mandarlo al infierno. También tenías que destrozarle el corazón.

—¿De verdad creíste que permitiría que él te tuviera a su lado, que te tocara? ¿Que te poseyera? ¡Eras mía!

—¡Yo nunca fui tuya! Si no hubieras sido tan arrogante, te habrías dado cuenta. Nunca te di pie a que te interesaras por mí. Te dije de cien maneras diferentes que no te quería, pero tú te negaste a entenderlas.

—Sé que hubiera sido así si esa basura no hubiera estado de por medio. Todo fue por él. ¡Tú eres la única mujer a la que he amado nunca! ¡Y ese canalla te apartó de mi lado!

Deborah se quedó estupefacta al oír aquellas palabras. Estaba pálida, destrozada por lo que había oído.

—¿Richard? ¿Qué quieres decir con eso? ¿Es que no me has amado nunca? —susurró Deborah, con los ojos llenos de lágrimas.

—¡Dios santo! ¿No vas a dejar nunca de lloriquear y lamentarte? ¡Claro que no te amaba! ¡Solo una necia lo hubiera creído! ¡Y yo también fui un necio por pensar que tú podrías reemplazarla! Como eras su hermana, pensé que serías como ella, que tendrías su ingenio y su espíritu. Pasé por alto todos los aires de niña insípida y tu estúpida coquetería. Pensé que, cuando estuvieras casada, cuando fueras mayor, serías como ella, pero no fue así. ¡Ni siquiera has podido darme un heredero! ¡Eres un ser inútil!

Con abundantes lágrimas surcándole el rostro, Deborah se llevó las manos al pecho y se desplomó sobre una silla.

—¿Por qué no viste lo que habías perdido, Nicola? —prosiguió Exmoor—. Estaba seguro de que lamentarías tu decisión, que arderías de rabia al ver que tu hermana tenía todo lo que tú podrías haber tenido. Dinero, esta casa, poder...

—Yo no quería nada de eso. Lo único que quería era al hombre al que amaba. Fuiste un estúpido y todavía los sigues siendo. Tú esposa es la única persona que te quiere. ¿Es que no lo sabes? ¡Y mira cómo la tratas!

—¿Y crees que me importa? Siempre fuiste tú la que obsesionó mis sueños, la que me volvió loco. Ella no es nada más que una mala sustituta.

—Tú no me amabas —replicó ella—. Tal vez sentiste que tu orgullo estaba herido, pero no me amabas. ¡La única persona a quien tú amas es a ti mismo!

—¡Debería haberte entregado al alguacil! Ojalá lo hubiera hecho.

—Nunca lo habrías hecho porque, si no, no hubieras podido volver a hacer daño a Jack. Tuviste que hacerle creer que yo había vuelto a traicionarle, hacer que volviera a odiarme. No habrías dejado pasar esa oportunidad solo por meterme en la cárcel. Eres malvado, Richard. Lo sé.

—¡Entonces márchate! ¡Vete de mi casa! ¡Ve a vivir con tu querida tía!

—No te preocupes, iba a marcharme aunque no me lo hubieras pedido. ¡No podría estar bajo el mismo techo que tú! Lo siento, Deborah —le dijo a su hermana—. Sé que te prometí que me quedaría, pero no puedo. No puedo vivir en la misma casa que este monstruo.

Cuando se giró para volverse hacia la puerta, la voz de su hermana la detuvo.

—¡Espera! —suplicó Deborah—. Espera, por favor. Yo me marcho contigo.

CAPÍTULO 17

Si el primo o la tía de Nicola, o alguno de sus invitados, se sorprendieron al verla llegar con su hermana Deborah, la señora Owens y unas cuantas bolsas de viaje justo cuando iban a ponerse a desayunar, fueron lo suficientemente prudentes como para no decir nada.

—¡Nicola! ¡Deborah! Entrad y sentaos —exclamó la tía Adelaide—. Me alegro de veros. ¿Os apetece desayunar?

—Gracias, tía, pero no. Si Deborah y yo pudiéramos ir a nuestras antiguas habitaciones, te lo...

Nicola se interrumpió al ver que los tres invitados recién llegados, lord y lady Thorpe y lord Lambeth, la estaban observando. Lady Thorpe se levantó enseguida y se acercó a ellas.

—Nicola, ¿estás bien? —preguntó Alexandra, la hermana de Marianne, una mujer muy hermosa de cabellos oscuros y figura imponente—. Parecéis agotadas. Debéis iros a descansar.

—Sí, por supuesto —afirmó la tía Adelaide—. Efectivamente parecéis muy cansadas. No hay nadie en vuestras habitaciones. Huggins, acompáñalas.

—Gracias. Lo siento mucho. Me gustaría descansar y Deborah también está agotada —dijo, mirando a su hermana, que estaba apoyada sobre ella. Se había pasado la noche anterior en vela, preocupada por Nicola, y había estado todo el trayecto llorando.

—Por supuesto. Yo os ayudaré —se ofreció Alexandra.

Cuando hubieron instalado a Deborah con la señora Owens en la antigua habitación de la primera, las dos mujeres fueron a la habitación de Nicola. Alexandra la ayudó a quitarse el vestido y a meterse en la cama.

—¿Qué ha ocurrido? Es Exmoor, ¿verdad? ¿Qué ha hecho esta vez?

Alexandra no era tan amiga de Nicola como Penelope o su hermana Marianne. Solo hacía unos pocos meses que había llegado de Estados Unidos, donde había crecido, pero era una mujer simpática y franca, que hablaba directamente, sin remilgos, de cualquier tema. Por ello, Nicola le contó toda la historia.

—¿El salteador de caminos? ¿Nuestro salteador de caminos?

—Eso fue lo que dijo Marianne. ¿Por qué lo llamáis así?

—Nos ayudó a mi marido y a mí. ¿Recuerdas que nos vimos atrapados en un globo? Él nos dio cobijo aquella noche. Por supuesto, también le robó la cartera a Sebastian, algo que creo que todavía él no le ha perdonado. Tuvimos que volver a Londres en diligencia.

—¡Oh, Alexandra! ¿Qué voy a hacer? ¡Lo amo! Y él está en la cárcel... y me desprecia.

—Bueno, cuéntame el resto de la historia. ¿Cómo acabó en la cárcel? Estoy segura de que eso tiene que ver con Richard.

—Claro. Él le odia —dijo Nicola, explicándole el resto de la historia

—Menudo canalla —afirmó Alexandra cuando Nicola hubo terminado—. Bueno, yo me aseguraré de que Bucky vaya a ver al alguacil y le suplique que lo deje libre. También enviaré a Lambeth y a Sebastian, ya que los dos están en deuda con él por haberlos ayudado. Tres lores deberían intimidar a un solo hombre, ¿no te parece?

—Eso espero.

—No te preocupes. Tú duerme un poco. Ya verás como todo tiene mejor aspecto cuando hayas descansado un poco.

Cuando se despertó a primeras horas de la tarde, Nicola se sentía por lo menos descansada, aunque el sueño no había aliviado la angustia que sentía por Jack. Rápidamente se vistió y bajó a ver lo que Bucky había conseguido. Lo encontró, con

Penelope, Marianne, Alexandra y el prometido y el marido de la dos últimas, en el salón.

—¿Y bien? ¿Has hablado con el magistrado local? ¿Qué fue lo que dijo?

—Francamente, Nicola... Nada bueno. Te prometo que le presioné, igual que hicieron Justin y Sebastian, pero Exmoor quiere la cabeza de ese hombre. El pobre magistrado Halsey tiene miedo de contrariarle, dado que Richard es el más poderoso de esta comarca y el que más tierras tiene. Lo siento, Nicola. Normalmente Halsey le hubiera dejado marchar si mi madre y yo se lo hubiéramos pedido, pero con Exmoor vigilándole, no se atreve.

—¡Odio a ese hombre! Richard no se merece vivir. ¡Es vergonzoso que pueda tener tanto control sobre las vidas de otras personas!

—Nicola... —dijo Penelope, acercándose a ella

—No, déjame. No podéis hacer nada por mí. Además, no estoy desesperada. Sé lo que tengo que hacer.

—¿Y qué es? —preguntó Penelope.

—Rescatarle —replicó Nicola—. Si las influencias no sirven, tendré que utilizar un método más directo.

—¡Nicola! ¿Vas a intentar sacarle de la cárcel? ¡Eso es ilegal!

—Como si eso me preocupara... Todavía no sé cómo. Tengo que pensarlo.

—¡Pero Nicola! —exclamó Penelope, mirando a los otros para que la ayudaran a convencerla—. Marianne, díselo tú.

—Bueno, no veo qué otra cosa puede hacer.

—¡Marianne!

—Lo siento, pero es la verdad —replicó la pelirroja—. Si Justin estuviera en prisión, eso es lo que yo haría.

—Y yo también —afirmó Alexandra—. ¿Acaso no harías tú lo mismo si Bucky tuviera que vérselas con la horca?

—Bueno... sí, pero es tan peligroso...

—En eso tiene razón —dijo Lambeth—. No podemos consentir que Nicola intente sacarlo de la cárcel.

—¿Veis? —observó Penelope, agradecida.

—Por eso, lo haré yo —concluyó Lambeth tranquilamente.

—¿Cómo? —preguntó Nicola, asombrada—. ¿Por qué?

—Ese hombre salvó la vida de Marianne. Y la mía. Le prometí que, si alguna vez podía devolverle el favor, lo haría. Ahora no puedo darle la espalda.

—Es muy peligroso —comentó Marianne—. No deberías ir solo. Yo te acompañaré.

—Ni hablar —replicó Lambeth—. Tú te quedarás aquí. Necesitaré una coartada y tú puedes proporcionármela.

—Pero no puedes ir solo...

—Y no lo hará —intervino lord Thorpe—. Yo iré con él. También estoy en deuda con ese hombre y será mejor si vamos los dos.

—Tres —corrigió Alexandra—. Me atrevo a asegurar que soy tan buena tiradora como vosotros y no pienso dejaros marchar sin mí.

—Ni sin mí —añadió Marianne—. Iremos los cuatro.

Sebastian y Justin empezaron a protestar inmediatamente, apoyados por Bucky y Penelope. Tras unos minutos de animada discusión, Thorpe pidió a todos que se callaran.

—De acuerdo. Mira, Sebastian, sé por experiencia que no hay modo de parar a Alexandra una vez que ha tomado una decisión y me atrevo a pensar que su hermana es igual.

—Sí. En eso tienes razón.

—Y yo también —intervino Nicola—. Jack es el hombre al que amo y yo soy la responsable de que lo hayan capturado. No pienso consentir que vayáis a rescatarle sin mí.

Por fin, acordaron que Marianne y Alexandra irían primero para distraer al carcelero, mientras Thorpe y Lambeth soltaban a Jack y al resto de los prisioneros. Nicola, tuvo que contentarse con ser la que tendría los caballos listos para la huida. Mientras tanto, Penelope y Bucky se encargarían de proporcionarles una coartada. Se asegurarían de que la condesa, lady Ursula y la madre de Penelope fueran a cenar con lady Buckminster. Luego, Penelope y Bucky dirían que todos los jóvenes habían cenado en Dower House. Nicola quiso hacerlo aquella misma tarde, pero todos acordaron que sería mejor hacerlo al día siguiente para poder prepararlo todo. Al final, Nicola accedió a esperar.

Las mujeres convencieron a la tía Adelaide para que invitara a la condesa y a Ursula, lo que no les costó mucho. Después de eso, Penelope y Marianne volvieron a Dower House para hacer que los sirvientes los apoyaran. Thorpe, que tenía unos criados muy leales, hizo que su cochero se ocupara de preparar caballos para los evadidos.

Después de eso, lo único que le quedaba a Nicola por hacer era visitar a Jack en prisión, ya que todos decidieron que sería útil que él y sus hombres supieran que iban a ayudarlos y ella era la que mejor lo conocía. Por ello, a la mañana siguiente, Nicola se dirigió a la cárcel.

El alguacil la recibió muy asombrado. Cuando Nicola le informó del motivo de su visita, el hombre se negó a cumplir sus deseos, basándose en lo poco adecuado que resultaba que una dama visitara a un prisionero. Sin embargo, ante la insistencia de Nicola, no le quedó más remedio que ceder.

Cuando se acercaron a la celda de Jack, después de pasar por delante de la Perry y las de los demás hombres, este se puso en pie, asombrado al ver a Nicola.

—¿Qué diablos estás haciendo aquí? ¡Maldita sea! ¿Por qué la ha dejado entrar aquí, alguacil?

—La señorita ha venido a verte.

—Pero yo no quiero verla. Llévesela.

—Jack, por favor... escúchame...

—¡Estoy harto de escucharte! Me niego a volver a hacerlo. Vete. No quiero verte. Sé que tu cuñado y tú os aliasteis para capturarnos. No soy tonto. Incluso aquel día en la casa de la Abuela Rose, estoy seguro de que lo preparaste todo para que Stone me capturara. Solo que no habías contado con que tenía un modo de escapar.

—¡No!

—¡Cállate! Sáquela de aquí, alguacil. No hablaré con ella. Incluso un prisionero tiene ciertos derechos, ¿no?

—Jack... —susurró ella, llorando—. Lo siento...

—Guarda tus lágrimas para otro que sea más ingenuo —le espetó Jack, tumbándose de nuevo en su camastro.

Entonces, Nicola se dio la vuelta y salió corriendo.

Marianne y Alexandra estaban sentadas en la calesa. Estaba empezando a anochecer y era casi la hora de que pusieran en práctica su plan. Las dos jóvenes estaban nerviosas, pero completamente decididas a llevar aquello a buen puerto por su amiga. Por fin, Marianne consultó el reloj y dijo:

—Adelante.

Alexandra tomó las riendas y fustigó al caballo con fuerza. El animal empezó a galopar casi inmediatamente. La calesa volaba por la carretera, tanto que Marianne tuvo que agarrarse cuando tomaron una curva. Sin embargo, sabía que Alexandra había conducido carruajes durante años y confiaba plenamente en ella.

El viento arrancó el sombrero de la cabeza a Alexandra, que se volvió a mirar a su hermana, riendo, mientras el glorioso cabello negro y rizado se le soltaba por los hombros. Después de todo, tenía que parecer que habían sido asaltadas por unos ladrones.

Al llegar al pueblo, Alexandra detuvo la calesa. Las calles estaban tranquilas y vacías, como habían esperado. Estaba oscuro y todo el mundo estaría cenando en sus casas.

Las mejillas de Alexandra ardían por la excitación de la carrera. Entonces, sonrió a su hermana una vez más y se desabrochó los dos botones superiores de su vestido, mostrando un impresionante escote.

—¿Estás lista, Marianne?

—¿Te has metido algo debajo de la enagua? —preguntó su hermana, mirándole el pecho.

—Nicola dijo que debíamos distraer a ese alguacil, pero no me he metido nada. Penelope me enseñó cómo fajarme el torso y *voilà*.

—¡Vaya!

—No es que tú estés mal dotada —dijo Alexandra, cuando su hermana se quitó la capa y mostró un escote muy bajo, sobre el que sobresalían sus blancos y suaves pechos.

—Lo sé —admitió Marianne, entre risas—. Me sujeté el vestido por detrás para que se me ajustara más. Me cuesta mucho respirar, te lo aseguro.

—Merece la pena. Venga, quítate ese sombrero —replicó Alexandra, empujándole el sombrero. Este cayó sobre la espalda de la joven, quedando solo sujeto por las cintas—. Queremos que vea esa mata de pelo rojo tan fiero. Sí. Creo que estamos perfectas. ¿Lista?

Marianne asintió. Las dos mujeres bajaron de la calesa. A continuación, Alexandra agarró al caballo y lo empujó para que anduviera hacia atrás hasta que una rueda se quedó medio metida en la cuneta. Un poco más y el carruaje hubiera volcado. Marianne colocó una piedra en la rueda para asegurarse de que aquello no ocurría y ataron al caballo para que no se moviera. Cuando terminaron, se miraron, se levantaron las faldas y empezaron a correr por la calle, en dirección hacia la prisión. Al llegar allí, abrieron la puerta de par en par y entraron gritando dramáticamente.

El carcelero, que estaba tomando su cena, se levantó y las miró, completamente atónito. Alexandra, se colocó la mano en el pecho y se acercó a él.

—¡Oh, señor! —gritó—. ¡Debe ayudarnos! ¡Hemos sido atacadas!

—¿Atacadas?

—¡Sí! —exclamó Marianne—. Por unos salteadores de caminos. ¡Fue horrible! ¡Horrible!

—¿Salteadores de caminos? Pero si ya no hay ninguno suelto. Están todos encerrados.

—¡Le digo que nos han atacado! —aulló Alexandra, acercándose más al carcelero y tomándole de la mano. Los ojos del hombre se fijaron en los pechos de la joven.

—Umm... Sí... Eso es...

—Debe ayudarnos —intervino Marianne—. Lambeth se pondrá furioso cuando se entere de lo ocurrido.

—¿Lambeth? —preguntó el hombre.

—Sí. El marqués de Lambeth, mi prometido.

—Es el hijo del duque de Storbridge —añadió Alexandra.

—Dios santo —susurró el hombre—. Entonces... usted es la que se aloja con la condesa... Su nieta...

—Sí. Y yo soy la otra nieta, lady Thorpe —explicó Alexandra.

El carcelero parecía estar ya completamente aturdido, entre tanta exposición de títulos nobiliarios y de escotes.

—Debe ayudarnos —insistió Alexandra.

—Sí. Debe venir con nosotros —añadió Marianne.

—¿Adónde?

—Al lugar del delito, por supuesto —dijo Alexandra, enlazando su brazo en el del hombre.

—Por supuesto pero... primero debo ir a por el alguacil. Y por el magistrado.

—¿Y de qué nos va a servir el magistrado? —exclamó Alexandra—. Necesitamos ayuda ahora. Y necesitamos alguien fuerte y joven...

—Sí, debemos darnos prisa —le urgió Marianne, tirando de él—. Tal vez podamos aún atraparlos.

—¿Cómo? ¿Atraparlos? —repitió el hombre, palideciendo.

—No seas tonta, Marianne —dijo Alexandra, al ver la expresión del hombre—. Los ladrones no se habrán esperado a que volvamos con ayuda. Seguro que se han marchado hace mucho tiempo, pero debemos sacar la calesa de esa zanja.

—Oh, sí... —respondió el carcelero, con aspecto aliviado—. Un momento... Casi se me olvidaban las llaves.

En aquel momento, Alexandra exhaló un profundo suspiro, puso los ojos en blanco y se dejó caer sobre el pecho del hombre.

—¡Oh, no! ¡Se ha desmayado! —exclamó Marianne—. ¡Dios santo! ¿Qué vamos a hacer? Lord Thorpe se pondrá furioso conmigo. Fue idea mía salir con la calesa esta tarde pero luego se hizo de noche... Traiga un poco de agua —añadió, cuando vio que el pobre hombre la colocaba en el suelo.

Cuando el carcelero salía corriendo a buscar el agua, Marianne se arrodilló al lado de su hermana, que abrió un ojo.

—¿Se ha ido? —susurró. Marianne asintió—. ¡No podemos dejar que se lleve las llaves!

—Lo sé. No te preocupes —respondió, mientras sacaba un pequeño frasco del bolsillo.

—¿Qué es eso? ¿Sales?

—No, yo no me he desmayado en toda mi vida. Es un frasquito de perfume, pero voy a simular que son sales. Si no, ese hombre te tirará un vaso de agua en la cara.

—¡Oh! —exclamó Alexandra, agarrando el frasquito—. ¡Dios santo! ¿Qué me ha pasado? —añadió, al ver que el carcelero volvía con el agua.

—Se ha desmayado, milady —dijo el hombre—. Quédese ahí sentada y yo enviaré a alguien a por su señoría.

—¡No! —gritó Alexandra, poniéndose de pie, asiendo al hombre por la muñeca—. ¡Eso es imposible! Se pondrá furioso si se entera de lo que hemos hecho. Nos dijo que no saliéramos con la calesa... ¡Debemos volver a casa! Nos esperan para cenar y ya llegamos tarde.

—¡Sí! —afirmó Marianne, agarrándose al otro brazo—. ¡Debemos irnos! ¡Deprisa! Lord Thorpe tiene un genio terrible.

El carcelero pareció algo aprensivo al pensar en un lord malhumorado y se dejó llevar por las dos damas, dejándose las llaves encima de la mesa.

—¿Han salido ya? ¿Qué es lo que está pasando? —preguntó Justin, lord Lambeth. Estaba detrás de lord Thorpe, en la esquina de la cárcel.

—No, todavía siguen dentro.

—¿Por qué están tardando tanto? Fue una equivocación dejar que nos ayudaran.

—Me hubiera gustado ver cómo las detenías —respondió Sebastian—. Una vez que a mi esposa se le mete algo en la cabeza, yo no cuento para nada. ¡Un momento! Se está abriendo la puerta... Sí, son ellas... Se marchan con el carcelero... Van a dar la vuelta a la esquina... Venga, vamos.

Los dos hombres avanzaron, ocultos por la oscuridad de la noche y sus ropas y antifaces oscuros. Al llegar a la puerta de la cárcel, entraron en su interior. Sobre la mesa, vieron el manojo de llaves.

Rápidamente, Justin agarró las llaves y Sebastian la lámpara que había sobre la mesa. A continuación, entraron por el pasillo que conducía a las celdas y se asomaron a la primera de ellas. Había dos hombres, tumbados sobre sus camastros. Justin fue probando las llaves hasta que dio con la que abría las puertas de las celdas

—¿Quiénes sois? —preguntó uno de los hombres, con una pronunciación muy cuidada—. ¿Qué estáis haciendo?

—Os estamos soltando. En tu lugar, yo no haría ninguna pregunta.

—Eso es, Perry —dijo el otro.

Rápidamente, Justin y Sebastian abrieron la segunda celda. Fue solo al abrir la tercera cuando vieron el primer rostro que les resultaba familiar: el hombre alto y de pelo oscuro que los había ayudado en dos ocasiones.

—¿Quiénes sois? —preguntó, algo suspicaz.

—Mirándole los dientes al caballo regalado, ¿eh? —replicó Justin—. Creo que es mejor no dar nombres. Habrás de contentarte solo con saber que soy alguien al que ayudaste una vez en una situación algo complicada. Y él también tiene razones para hacerlo —añadió, refiriéndose a Sebastian—. A él y a su amada les diste refugio una noche.

—¡Dios santo! ¿Los del globo? —preguntó Jack, con una sonrisa—. Bueno, supongo que es cierto que las buenas acciones realmente son recompensadas.

—Podrían haber sido recompensadas antes si no me hubieras aligerado el bolsillo antes de marcharte —recordó Sebastian.

—Lo siento. Algunas veces tengo algo de dificultad para controlar mis impulsos.

Mientras Justin abría las dos últimas celdas, Jack entró en la sala exterior.

—Veo que os habéis ocupado también del carcelero, ¿verdad?

—Por el momento —replicó Sebastian—, pero tenemos que darnos prisa antes de que vuelva.

—Vamos —dijo Jack.

—Un momento —anunció Sebastian—. Hay caballos esperándonos. Seguidnos.

—Adelante —respondió Jack, tras un momento de duda—. Supongo que no nos queda más remedio que confiar en vosotros.

—Efectivamente —concluyó Sebastian.

Tras salir por la puerta de la calle, corrieron hacia el callejón. Justo cuando casi todos habían doblado la esquina, se oyó un grito a sus espaldas. Justin musitó una maldición y agarró a Jack del brazo. Entonces, un disparo rasgó el silencio de la noche.

CAPÍTULO 18

Cuando salieron de la cárcel, Alexandra y Marianne llevaron al pobre carcelero hacia el lugar donde habían dejado el coche.

—¿Ve? —gritó Alexandra—. ¡Estuvimos a punto de matarnos!

Mientras Alexandra mostraba al hombre cómo la rueda estaba prácticamente en el aire, Marianne le dio una patada a la piedra que lo estabilizaba.

Aunque el problema hubiera sido real, solo habrían tenido que tirar del caballo para poner la rueda en tierra o, como mucho, el carcelero habría tenido que ayudar al animal empujando un poco. Sin embargo, las dos mujeres, con su parloteo constante, se las arreglaron para que el procedimiento llevara el doble de tiempo.

Cuando el carcelero consiguió por fin apartar la calesa de la zanja, Alexandra rompió a lloriquear y, agarrada a su mano, le juró una y otra vez que le había salvado la vida.

Entonces, el carcelero empezó a regresar hacia la cárcel, con la compañía de las dos mujeres, que hicieron todo lo posible por retrasarle, dado que no estaban seguras de cuánto tiempo habrían tardado los hombres en sacar a los prisioneros. Justo cuando rodeaban la esquina de la cárcel, vieron que el último de los prisioneros salía por la puerta y se marchaba corriendo.

El hombre tardó un momento en reaccionar. Entonces, lanzó un grito, se sacó la pistola del cinto y disparó. Uno de los hombres se tambaleó, pero siguió corriendo y terminó por desaparecer por un callejón. El carcelero hizo ademán de salir tras ellos, pero Marianne y Alexandra se abalanzaron sobre él.

—¡Se han escapado los prisioneros! —dijo el carcelero—. ¡Tengo que atraparlos! Sí, debería ir a atraparlos.

—¡No! ¡Podrían herirle! —gritó Alexandra—. Podrían estar acechando en ese callejón y atacarle. Además, ya ha disparado su pistola.

—Eso es verdad —añadió Marianne—. Sé que el peligro no sería impedimento para usted, pero piense en nosotras. No debe dejarnos solas. ¿Y si hay más en la prisión, esperando para asesinarnos?

—Efectivamente —dijo el carcelero, sin dejar de mirar el oscuro callejón—, estaría mal dejar a dos damas sin protección...

—Eso es. Hace falta un hombre de valor para quedarse en su puesto y cumplir con su deber cuando todo su instinto le empuja a seguir a esos hombres tan peligrosos, sin duda armados hasta los dientes, y yo sé que eso es lo que quiere hacer...

—Sí... Supongo que sí...

—¡Pero quedarse con nosotras, esa es la acción de verdadero valiente! —exclamó Alexandra.

—Tiene razón, milady. No puedo seguir lo que me dicta mi corazón. Debo quedarme aquí y protegerlas —dijo el carcelero, muy orgulloso.

Como la puerta de la cárcel estaba abierta, los tres entraron, aunque con mucha cautela. Entonces, Alexandra y Marianne vieron que las llaves ya no estaban en la mesa. Luego, las dos mujeres siguieron al carcelero hasta las celdas y, con alivio, vieron que todas las puertas estaban abiertas y que las llaves colgaban de la última de ellas.

—¡Mis llaves! ¡Han abierto las puertas con mis llaves! —exclamó, llevándose las manos al cinto—. Pero, ¿cómo...?

—¿Se dejó las llaves aquí? —preguntó Marianne—. ¿Cómo ha podido ser tan descuidado?

—Pero yo...

—No importa —le aseguró Alexandra—, le diremos al magistrado que ha hecho un trabajo espléndido. Después de todo, nos ha mantenido seguras, a pesar de todos esos bandidos.

—¿Sabe una cosa? —añadió Marianne—. Yo creo que todo esto ha sido una trampa.

—¿Una trampa?

—Exactamente. Esos bandidos nos detuvieron no para robarnos, sino para que hiciéramos precisamente lo que hemos hecho, venir corriendo hasta usted. Cuando usted tan valientemente salió a ayudarnos, ellos, que seguro que estaban vigilando, se metieron en la cárcel y liberaron a sus compañeros. Debe de haber más de lo que se había pensado.

—Tiene razón... eso debe de ser... Harían falta varios hombres para arriesgarse a entrar en la prisión.

—Especialmente porque usted la está vigilando —comentó Alexandra—. Además, tampoco podían contar con que nosotras le distrajéramos. ¡Podríamos haber ido a otro sitio! Imagino que deben de ser cuatro o cinco por lo menos...

—Tienen razón. Debe de haber sido una banda muy grande de ladrones.

—Quizá hasta seis o siete —añadió Alexandra.

—Supongo que debería ir detrás de ellos...

—¿Usted solo? —preguntó Marianne, atónita—. Es un hombre muy valiente, pero no creo que debiera hacerlo. Piense en todos los que serán y seguro que tienen pistolas.

—Sí... Creo que debería ir a llamar al alguacil —le aconsejó Alexandra.

—¡Eso es! Debo decírselo al alguacil. Y al magistrado. Y a lord Exmoor... —dijo el hombre más aliviado.

—Absolutamente. Y nosotras debemos irnos a casa —contestó Marianne—. Lord Lambeth y lord Thorpe estarán preocupados por nosotras. Ya llegamos muy tarde para la cena.

Antes de que el pobre carcelero pudiera reaccionar, las dos mujeres volvieron corriendo a la calesa, recomponiéndose la ropa y el pelo por el camino.

—¿Crees que estarán bien? —preguntó Marianne—. ¿Acertó el carcelero a alguien cuando disparó?

—Me pareció que sí, pero no sé quién fue. Estaban demasiado lejos y todos iban vestidos de negro...

—Lo sé. Podría haber sido Justin o Sebastian —dijo Marianne, muy preocupada.

—No pienses así. Además, fuera quien fuera no parecía una herida muy grave, dado que siguió corriendo.

—Bueno, volvamos a casa enseguida..
Alexandra asintió. Ella también tenía miedo.

Justin tembló al sentir que la pistola le rasgaba el brazo. Se tambaleó un poco, pero siguió corriendo detrás de los otros. Enseguida, con Sebastian a la cabeza, llegaron a una zona más tranquila y dejaron de correr. Jack miró por encima del hombro y se preguntó por qué el carcelero era tan lento.

—No te preocupes por el carcelero —dijo Justin, en voz baja—. Las chicas se ocuparán de él.

—¿Las chicas?

—Sí. Conociste a una de ellas no hace mucho tiempo.

—¿Aquella belleza pelirroja?

—La misma. Y pronto va a ser mi esposa.

—Entiendo. Es decir, que ya no puedo considerarla una belleza.

—Me imagino que sería mucho pedir. Además, tiene una hermana que es casi tan guapa como ella. Y entre las dos distrajeron al bueno del carcelero.

—¿Y no es eso muy peligroso?

—Me temo que hay ciertas mujeres a las que no se les puede dar órdenes.

—Eso ya lo he descubierto. ¿Te ha dado?

Al oír aquellas palabras, Sebastian se volvió hacia ellos.

—¿Lambeth? ¿Te ha herido?

—Es solo un arañazo. Eso sí, me pica como el diablo, pero me pondré bien.

Se distinguían unas formas y, al acercarse, vieron que eran los caballos. Jack se maravilló al verlos allí, pero lo hizo aún más cuando vio que eran sus propios caballos, «liberados» aquella misma tarde de los establos del pueblo. Le resultaba increíble que aquellos dos hombres, a los que casi no conocía, hubieran hecho tanto por él.

—Vamos a dividirnos —dijo Sebastian—. Así será más difícil que nos encuentren. Jack, tú vendrás con nosotros. Perry, tú llévate a los hombres a Exeter. Allí, ve a la taberna del Jabalí Azul y pregunta por Murdoch. A menos que me equivoque, os dejarán en paz. Solo le buscarán a él —añadió, señalando a Jack.

—Esperad...

—¿Qué? ¿Quieres ir con ellos? Así te asegurarás de que los persiguen. Sabes tan bien como yo que Exmoor solo te busca a ti.

—Pero, ¿cómo sabrá que yo no estoy con ellos?

—Creo que sabrá exactamente dónde buscarte —susurró Justin.

—Venga, hombre —insistió Sebastian—. Estamos perdiendo el tiempo. ¿Qué vas a hacer?

—Perry, haz lo que él dice —replicó Jack por fin.

Cuando llegaron a los caballos, Jack vio que había un muchacho sujetando las riendas de los caballos. Rápidamente, empezó a repartirles los caballos a los hombres e, inmediatamente, Perry y los demás hombres se marcharon,

—Venga, vayámonos —dijo el muchacho

—Justin está herido —le informó Sebastian al muchacho.

—¿Cómo? —exclamó, con una suave voz femenina, acercándose a Justin para inspeccionarle el brazo.

—No es nada. Solo un arañazo. Tenemos que marcharnos.

Jack miró al que él creía un muchacho y se dio cuenta de que era Nicola.

—¡Tú! ¡Dios santo! ¿Qué estás haciendo aquí? ¿Cómo la habéis dejado venir?

—Estaré muy interesado en oír cómo se lo habrías impedido tú —respondió Justin mientras se quitaba su antifaz.

—¡Es demasiado peligroso! ¡Podría haber resultado herida! ¡Muerta! —exclamó Jack.

—No es cuestión de dejarme venir. Yo estaba planeando sacarte de la cárcel y ellos insistieron en venir conmigo.

—¿Que planeaste sacarme de la cárcel tú sola? ¿Te has vuelto loca?

—¡Por favor! —siseó Justin—. Si seguimos aquí parados, acabaremos todos en la cárcel. El brazo puede esperar hasta que lleguemos a Dower House, es mejor que me cures allí, Nicola. Y los dos podréis seguir allí también discutiendo. Yo por lo menos no me pienso quedar aquí para que me atrapen —añadió, subiéndose en su caballo.

Los demás siguieron su ejemplo y empezaron a cabalgar en silencio. Cuando llegaron a la casa, un hombre se acercó a ellos.

—Ah, Harris, gracias. ¿Está mi esposa en casa? —preguntó Sebastian.

—Milord, sí, la señora está aquí. Uno de los mozos guardó la calesa y el caballo, pero me encargaré de estos yo mismo.

—Bien, si alguien hace alguna pregunta...

—Señor, nadie me hará ninguna pregunta a mí. Y si les digo a mis muchachos que mantengan la boca cerrada, no la abrirán. De eso puede estar seguro.

—Gracias, Harris.

Los demás desmontaron también y le dieron las riendas de sus caballos. Mientras iban hacia la casa, Jack contempló el imponente edificio y sintió una sensación extraña. Aquella mansión le resultaba muy familiar...

—¿De quién es esta casa? —susurró.

—De la condesa de Exmoor.

—¿De tu hermana? —le preguntó a Nicola.

—No. De la condesa Viuda.

—¿De la madre de Exmoor?

—No —intervino Sebastian—. No le digas eso a la condesa. Ella desprecia a ese hombre. Es un primo lejano, que heredó Tidings cuando su marido y su hijo murieron.

—¿No la viste nunca cuando vivías aquí? Vivió en Tidings hace muchos años, cuando éramos niños, pero, después de que su marido muriera, se mudó a Dower House, aunque, después de la tragedia, vive principalmente en Londres. Así fue como yo la conocí —dijo Nicola.

Entraron por la puerta de la cocina.

—¡Lord Thorpe! ¡Lord Lambeth! Señorita Falcourt. No encuentro palabras para decirles el alivio que siento —exclamó el mayordomo.

—Gracias, Mulford. Tengo entendido que las otras damas están aquí.

—Sí, señor. Como todos los demás.

—¿Cómo? —preguntó Lambeth—. ¿Qué quiere decir con eso?

—No importa —dijo Nicola—. Tenemos que limpiarte el brazo, Justin. Mulford, tráeme trapos limpios y un cuenco de agua.

—Sí, señorita.

—Ahora solo te voy a limpiar la herida con agua, Justin. Luego, te aplicaré una pomada. En este momento lo que tenemos que hacer es cambiarnos de ropa y esconder a Jack. Sospecho que Richard y sus hombres no tardarán mucho en presentarse aquí —afirmó Nicola, mientras el mayordomo volvía con lo que ella le había pedido.

Nicola se puso a limpiar el brazo de su amigo. En ese momento, Bucky asomó la cabeza por la puerta. Al verlos, cambió la expresión de preocupación por una de alivio.

—¡Gracias a Dios! Estamos en un buen lío... Oh, Lambeth, ¿qué te ha pasado?

—Hola, Bucky. No te preocupes. Estoy bien. ¿Que es lo que ha ocurrido?

—Lady Ursula está aquí.

—¿Qué diablos está haciendo aquí? —preguntó Sebastian—. Se suponía que estaba con la condesa y con lady Buckminster.

—Y aquí están.

—¿Están? —preguntó Sebastian, alarmado—. ¿Todas?

—¡Todas! —exclamó Bucky—. La condesa, mi madre, lady Exmoor...

—Pero, ¿por qué...? —preguntó Nicola.

—Se les metió en la cabeza que tenían que unirse a nosotros. Decidieron que sería más divertido si todos estábamos juntos.

—¿Quién es lady Ursula? —preguntó Jack.

—Mi futura suegra —añadió Bucky con tristeza—. ¿Tú eres el salteador de caminos? Encantado de conocerte, aunque, bueno, supongo que ya te conocía de antes. Paraste mi carruaje hace unas pocas semanas, pero bueno, no nos presentaron oficialmente.

—Es cierto. Encantado.

—Bueno, ¿y qué les dijiste para explicar que no estuviéramos aquí? —preguntó Sebastian.

—Bueno, me quedé en blanco, pero Penelope nos sacó del apuro —explicó, orgulloso—. Es muy lista. Dijo que todos habíais ido a buscar a Alexandra y a Marianne porque llegaban tarde.

—Maldita sea —dijo Nicola—. Yo no quería que la condesa se viera metida en esto.

—¡Y Dios sabe lo que se dirán si Exmoor se presenta aquí buscando a los prisioneros! —gruñó Sebastian.

—La condesa no dirá nada que crea que puede ayudar a Richard —le aseguró Nicola.

—Bueno, para verlo tendremos que esperar —señaló Justin—. Es mejor que llevemos a nuestro amigo arriba. Nicola, encárgate tú de eso mientras nosotros nos cambiamos y vamos con los demás.

—Tenemos que meterte en el desván —explicó Nicola a Jack.

—Yo le enseñaré, señorita —dijo el mayordomo, pero Jack ya se dirigía a la escalera.

—Lo encontraremos nosotros mismos —replicó ella—. Además, estoy segura de que le necesitarán en el salón.

—Sí, señorita.

Cuando salieron al vestíbulo principal, Jack, sin dudarlo, empezó a subir las escaleras, seguido de Nicola. Al llegar al tercer piso, llegaron a las habitaciones de los criados. Había muchas puertas, pero no se veía ningún otro tramo de escaleras. Una vez más, Jack siguió avanzando con seguridad.

—Espera. Tenemos que encontrar las escaleras que llevan al desván.

—Están pasadas el cuarto de los niños —respondió Jack sin detenerse.

—¿Cómo dices? ¿Cómo lo sabías?

—Bueno, porque se ven —contestó él. Efectivamente, allí había unas estrechas escaleras que llevaban a una pequeña puerta.

—Pues debes de tener mejores ojos que yo. ¿Cómo sabías que eso era el cuarto de los niños?

—No sé —dijo él mientras subía las escaleras—. Es como si... de alguna manera... supiera dónde están todas las habitaciones. Me parece que será algo difícil encontrar a alguien aquí —añadió al ver la inmensidad y la oscuridad del desván.

—Eso es lo que dijo Penelope. Ella dijo que siempre tenía mucho miedo de subir aquí, dado que es tan grande y está todo llenos de baúles y muebles viejos.

—Oh, no. Es un lugar fantástico para esconderse —susurró él con una mirada peculiar en los ojos.

—¿Qué te pasa?

—No sé... Nada... Me siento un poco extraño... Como si hubiera estado aquí antes... Ahora visualizo en mi mente una zona más pequeña, detrás de un enorme baúl y también hay un viejo caballo de madera, al que le falta la mayor parte de la pintura y...

Empezaron a recorrer el desván, alumbrados con la vela que habían recogido en la cocina. Jack se movía unas veces con decisión y otras muy confuso. Entonces, vieron un gigantesco baúl y, al lado, un viejo caballo de madera, con la pintura descascarillada.

—Jack, ¿cómo sabías que...?

—No lo sé. No sé cómo pero parece que conozco este lugar. Tal vez... tal vez mi madre solía trabajar aquí cuando yo era un niño, antes de que nos mudáramos, antes de que yo estuviera enfermo... No recuerdo nada de antes de esa enfermedad, como si la fiebre me hubiera borrado todos los recuerdos. Estuve en casa de la Abuela Rose cuando estuve enfermo, de eso sí me acuerdo. Tal vez mi madre trabajó para la condesa antes de eso, tal vez yo venía a verla. Tal vez incluso vivía aquí con ella...

—No es muy corriente que una doncella viva aquí con su hijo, pero tal vez la condesa, que es una mujer muy compasiva, hizo una excepción. Bueno, quiero que sepas que no quería llevar a Richard hasta tu escondite, te lo juro. Richard me engañó. Me hizo pensar que estabas en peligro, por eso fui a avisarte. Nunca se me ocurrió que fuera una trampa...

—Lo sé. Nunca pensé que me hubieras traicionado.

—¿Cómo? ¡Pero si ni siquiera querías verme en la cárcel!

—Estaba intentando protegerte.

—¿Qué?

—Sí. Se me ocurrió que, si les hacía creer que me habías traicionado, el alguacil creería que no eras una de los nuestros. Y, por supuesto, Richard estuvo encantado de apoyar mi teoría, aunque solo fuera para hacerme más daño. Nunca dudé de ti.

—Entonces, ¿me crees también por lo de hace diez años?

—Sí, empecé a escuchar con mi corazón, no con mi cabeza, y supe que te amo. Si no me hubiera dejado llevar por la autocompasión, podría haberlo aclarado todo hace muchos años.

—¿Me amas?

—Te amo.

—¡Jack! —exclamó Nicola, rodeándole con los brazos—. ¡Yo también te amo!

—Dime que me perdonas —dijo él, estrechándola entre los suyos.

—Claro que te perdono.

Los dos enamorados se fundieron por fin en una largo y dulce beso. Nicola tembló de felicidad entre sus brazos.

—Es mejor que vuelvas con los otros —susurró él, con un suspiro.

—Sí. Ya tendremos luego tiempo para esto. Richard no tardará en venir a por mí.

—No me gusta esconderme y dejar que te enfrentes a él...

—No seas tonto. Si él te ve, demostrará que hemos sido nosotros los que te hemos ayudado a escapar. Lo mejor que puedes hacer es quedarte aquí y no dejar que te vea. Yo volveré tan pronto como pueda.

—De acuerdo. Te amo —musitó Jack, besándola de nuevo—. Dios, fui tan necio por tanto tiempo...

—Eso ahora no importa. Lo único que me preocupa es que estés libre.

Entonces, con un último beso, Nicola se apartó de él y se dirigió hacia la puerta.

CAPÍTULO 19

Nicola bajó corriendo a la habitación de Penelope para cambiarse de ropa y ponerse el elegante vestido que había llevado puesto de Buckminster House para la «cena» que iban a celebrar y que había dejado en la habitación de su amiga. Rápidamente, se quitó las ropas masculinas y las botas.

En aquel momento, la puerta se abrió. Era Marianne.

—Pensé que te vendría bien que te ayudara a vestirte.

—Sí. ¿Cómo va todo abajo?

—Algo confuso, pero sin problemas. Sé que la tía Ursula va a empezar con una andanada de preguntas en cualquier momento. Cuando Alexandra y yo le contamos nuestra parte de la historia, me pareció que no se lo creyó del todo. Creo que, si nadie comete un error, podremos salvar la situación. Además, creo que Thorpe le da un poco de miedo. Bueno, ya estás —añadió, cuando hubo terminado de abrochar los botones del vestido de seda verde.

—¿Estoy bien?

—Guapísima, como siempre. Nadie diría que te has pasado la tarde entre caballos.

—¿Cómo está Lambeth?

—Está perfectamente, muy elegante y tranquilo, pero creo que el brazo le duele un poco. Al menos, el vendaje no se le nota bajo la chaqueta.

—Solo era un arañazo. Estoy segura de que estará bien. Ya se lo curaré después.

—Sí. Espero que Richard no note nada.

—Estoy segura de que no lo hará. Bueno, ¿bajamos?

Las dos amigas entrelazaron los brazos y bajaron al salón. Las damas estaban sentadas y, a excepción de lord Lambeth, los caballeros de pie.

—Querida mía —dijo este, poniéndose de pie al ver que entraban Marianne y Nicola—. Ha merecido la pena esperar. Estáis preciosas.

—Siempre preparado para decir un cumplido —respondió Nicola.

—Nicola, no me puedo imaginar por qué tú tuviste que acompañar a Lambeth y Thorpe a buscar a las chicas —comentó lady Ursula sin preámbulos.

—Ya me conoces, lady Ursula. No soy de las que se sientan en casa a esperar —respondió Nicola. Luego, cruzó la sala y se acercó a su hermana para darle un beso en la mejilla—. Me alegro de que hayas venido, Deborah. No esperaba verte.

—Yo tampoco —admitió Deborah—, pero, cuando la condesa y la tía Adelaide lo sugirieron, pensé, ¿por qué no? Un juego de cartas y un poco de conversación sería agradable.

Nicola sonrió y respondió aunque tenía la cabeza en otra parte. No sabía si debían decirle a la condesa y a los otros lo que había ocurrido, esperando que la lealtad familiar los ayudara a mantener el secreto. Tal vez, si no lo sabían, cuando Richard y su magistrado Stone llegaran a la casa, podrían cometer algún desliz que diera al traste con todo. Nicola sabía que podrían confiar perfectamente en la discreción de la condesa, pero el caso de lady Ursula era diferente. Uno nunca sabía cómo iba a reaccionar. Sin embargo, tampoco tenía ningún aprecio por Richard, como le ocurría a la condesa y a lady Buckminster, que estaba sentada al lado de Deborah. Ella era en realidad la única de la que no podían estar del todo seguros. A pesar de lo que Richard le había dicho, Deborah era, después de todo, su esposa. Exmoor también era el padre de su hijo, por lo que no podrían saber qué pasaría si Richard volviera a ella con dulces palabras.

—A mí me parece un poco raro que... —empezó lady Ursula.

En aquel momento, se oyeron voces procedentes del vestíbulo. Nicola se puso muy tensa. Lambeth se levantó y se dirigió hacia la puerta, acompañado de Bucky y Sebastian.

De repente, las puertas se abrieron y el conde de Exmoor irrumpió en el salón, seguido por Stone, el alguacil y el magistrado local, el señor Halsey. El pobre mayordomo entró detrás.

—¡Milord! ¡No puede...!

—¡No me digas lo que puedo y lo que no puedo hacer! —le espetó Exmoor. Nicola vio que a sus espaldas había varios hombres armados.

—¿Qué diablos te crees que estás haciendo? —bufó Sebastian, mientras Lambeth, Buckminster y él salían a cerrarles el paso.

—¡Oh! —exclamó el señor Halsey—. Lord Thorpe, Buckminster, lord Lambeth... Siento mucho presentarnos así. Exmoor, no creo que debamos acosar de este modo a personas inocentes.

—¡Por Dios! Tienes derecho a estar aquí —exclamó Exmoor—. Solo queremos hablar con ella —añadió, mirando a Nicola—. Con el resto de vosotros no tenemos nada.

—Me temo que no es así —replicó Thorpe—. Si crees que te voy a permitir que saques a una dama de esta casa para interrogarla, eres más necio de lo que había pensado.

—Richard —bufó la condesa, que se había puesto de pie—, ¿te atreves a entrar en mi casa con hombres armados?

—No tiene nada que ver contigo, milady. Estamos buscando...

—¿Que no tiene nada que ver conmigo? ¿Entras aquí, con el magistrado Halsey y esos hombres, invades mi casa y dices que no tiene nada que ver conmigo? ¿Por qué estás aquí, Halsey? —añadió, mirando al pobre magistrado local—. ¿Has venido a arrestarme o te contentas simplemente con acosar a los que están bajo mi techo?

—Condesa... milady...

—¿Y bien?

—No queremos ser irrespetuosos, milady —susurró el hombre, secándose la frente con un pañuelo.

—Tal vez no, pero eso es lo que me has demostrado. ¿Acaso creías que podríais entrar aquí, con esos hombres, y tratarnos a mí y a mis invitados como si fuéramos delincuentes sin ser irrespetuoso? Diles a tus hombres que salgan de aquí y tal vez podamos hablar de este asunto como gente civilizada.

—¡Milady! —exclamó el pobre magistrado—. Esto es horrible... horrible. Lord Exmoor, haz que salgan tus hombres. Aquí no tienes autoridad. Esto es un allanamiento de morada...

—Deja de decir estupideces, Halsey —le espetó Richard, con desprecio—. Mandaré a mis hombres que salgan, pero detendrán a cualquiera que intente abandonar esta casa. Y yo no pienso marcharme de aquí hasta que consiga algunas respuestas.

Entonces, hizo una señal a Stone, que se volvió y salió de la sala para hacerles a los hombres una señal de que le siguieran. La condesa miró a Richard con desdén.

—Deshonras el nombre de Exmoor —dijo ella, secamente, tiñendo por primera vez su voz de rabia.

—Oh, abuela... —dijo Penelope, acercándose a ella para tomarla del brazo.

—¿No te parece que ya le has hecho bastante daño? —preguntó Alexandra—. ¿Tienes, además, que venir aquí y...?

—¡No, no! —exclamó el magistrado Halsey, completamente azorado—. No queremos hacer ningún daño a la condesa. El problema es que estamos tratando de encontrar a un prisionero. Eso es todo lo que queremos.

—¿Y tenéis que venir precisamente a casa de la condesa a buscarlo? —le espetó lady Ursula—. ¿Eh? Habla, hombre, y contesta.

—Queremos hablar con Nicola —dijo Richard.

—¿Nicola? —preguntó lady Ursula, asombrada—. Esa chica es un poco rara, lo admito, pero te puedo asegurar que no es una prisionera. ¿Es qué has perdido el juicio? Halsey, ¿cómo puedes ser tan necio como para escuchar todo esto?

—No, la señorita Falcourt no es una prisionera, milady —aseguró apresuradamente Halsey.

—Al menos, todavía no —apuntilló Richard.

—Entonces, ¿de qué diablos estáis hablando? —preguntó lady Buckminster, hablando por primera vez—. Halsey, ¿te das cuenta de que estáis hablando de mi sobrina?

—Efectivamente —afirmó Bucky—. Yo tendría mucho cuidado si fuera usted, señor, antes de ir diciendo ese tipo de cosas sobre mi prima.

—No... no, yo no quería...

—Cállate, Halsey —intervino Richard—. Están intentando distraerte. Todo el mundo sabe que Nicola no es una prisionera. Estamos buscando a ese bandido.

—¿Al bandido? —preguntó Penelope, con aspecto sorprendido y terriblemente inocente.

—¿El que hostigó a lady Thorpe y a la señorita Montford esta noche? —preguntó Sebastian—. Les dio un susto de muerte, Halsey. Yo diría que la delincuencia es un grave problema en esta zona. Iba a ir a verlo mañana para hablar con usted al respecto.

—No, no buscamos el que «hostigó» a las damas —dijo Richard con una expresión de incredulidad—. Buscamos al «El Caballero», como le llaman. Estaba en la cárcel, pero sus cómplices le soltaron esta noche mientras el carcelero estaba convenientemente distraído, casualmente, por lady Thorpe y la señorita Montford.

—¿Qué estás tratando de decir exactamente, Exmoor? —preguntó Sebastian con dureza.

—Parece muy extraño que dos damas anduvieran solas a esas horas de la noche.

—Mi esposa es muy competente con las riendas —dijo Sebastian—, y, cuando se marcharon, era todavía por la tarde. En cualquier caso, lo que mi esposa haga es asunto mío, no tuyo.

—Caballeros, por favor —dijo la condesa, sintiendo la tensión que había en el aire—. Mis nietas nos han contado el incidente y me pareció algo espeluznante. Sin embargo, podrán hablar con ellas mañana, estoy segura de que no podrán decirle nada que ayude a encontrar a ese evadido.

—Tal vez no —replicó Richard—, pero estoy seguro de que la señorita Falcourt sí podrá ayudarnos.

—No veo cómo podré hacerlo. Yo ni siquiera estaba con Marianne y Alexandra.

—Estoy seguro de ello. Tú estabas en la cárcel.

—¿Estás diciendo que la fuga de esos prisioneros fue llevaba a cabo por esta dama? Sinceramente, Exmoor... ¿no te parece que eso es algo descabellado? —preguntó lord Lambeth.

—No, si conoces a Nicola.

—Claro que la conozco. La conozco desde hace muchos años —replicó Lambeth—, y creo que puedo decir sin duda alguna que Nicola no ha estado en la cárcel esta noche.

—Claro que no —afirmó Penelope—. Ha estado con nosotros toda la noche.

Nicola esperó. ¿Y si alguno de los presentes declaraba que no había sido así? ¿Y si lady Ursula, o su propia hermana...?

—Creo que todos podemos atestiguar ese hecho —dijo la condesa—. Teníamos una pequeña reunión familiar y de amigos. Desgraciadamente, dos de mis tres nietas sufrieron un retraso, pero llegaron sanas y salvas, gracias a Dios. ¿Es eso lo que quería? ¿Que le dijéramos dónde hemos estado esta noche? Tal vez creas que he sido yo la que ha estado en esa cárcel, Halsey, en vez de estar en mi casa.

Nicola se relajó. Si la condesa había hablado en su favor, ni lady Ursula ni su hermana se atreverían a contradecirla.

—Milady —dijo Halsey—, no, no. Yo... yo tengo la mayor consideración por usted y por su familia.

—¿De verdad? Si eso es cierto, ¿por qué estáis invadiendo mi casa y preguntando a mi familia y amigos sobre una fuga de la cárcel con la que, evidentemente, no hemos tenido nada que ver?

—Bien dicho, madre —dijo lady Ursula, levantándose—. Esto ha sido un maldito atropello, magistrado Halsey. Todavía me estoy preguntando cómo has podido venir a insultar a mi madre de esa manera.

—¿Insultarla? No, no, milady, yo no quería insultar a nadie.

—Ya es suficientemente grave que tenga que soportar los insultos de algunos miembros de su propia familia —replicó lady Ursula, mirando a Exmoor—, pero que hayas tenido que añadir tu presencia a esta... a esta inquisición, es el colmo. ¿Acaso crees que ese bandido está aquí con nosotros? Tal vez querríais registrar la casa... hollar todas nuestras posesiones...

—No, no, señora, por Dios —musitó Halsey—, claro que no. No tenemos intención de registrar la casa.

—Me alegro, dado que no tenéis ningún derecho a hacerlo. Si vuestro propósito al venir aquí era alarmar y molestar a las damas —intervino Sebastian—, lo habéis hecho estupendamente. Además, ¿qué derecho tienes tú a meterte en esto, Exmoor? Yo hubiera dicho que es trabajo solo del magistrado local y del alguacil.

—Soy yo al que ha robado principalmente ese hombre, así que contraté a un detective de Londres para que intentara encontrarlo.

—¿El mismo que contrataste para seguir a mi prometida hace unos meses? —preguntó Lambeth.

—No sé de qué diablos estás hablando.

—Creo que sí. ¿Sabes una cosa? Creo que tengo muchas ganas de hablar personalmente con ese detective de Londres.

—Sin duda, podrás hacerlo.

—Ahora, creo que es hora de que te marches, Exmoor —dijo Sebastian—. Y llévate a tus mercenarios contigo.

—Enhorabuena, Nicola —dijo Richard—. Has conseguido implicar a muchos hombres ilustres en tu sórdido escándalo. Dada la antipatía que me tienes, milady —añadió, refiriéndose a la condesa—, estoy seguro de que has estado encantada de participar en esa farsa. Sin embargo, me pregunto cómo te sentirás cuando tu familia y tú tengáis que acudir a los tribunales por haber elegido ayudar a la señorita Falcourt a salvar a su amante, el salteador de caminos —prosiguió. Al oír aquella afirmación, hubo algunas exclamaciones ahogadas de sorpresa—. ¡Vaya! Veo que ella no os ha contado ese dato.

—¡Basta! —bufó Buckminster, acercándose a él—. Es mejor que te prepares para reunirte conmigo al alba mañana por la mañana si injurias a mi prima.

—Estoy seguro de que lord Exmoor sabe perfectamente las consecuencias que tendrá afrentar a una dama —añadió Sebastian.

—No es ninguna afrenta. Todo el mundo sabe que fue a avisarle. Así fue como conseguimos capturar a ese canalla. Evidentemente, sabía dónde tenía su escondrijo.

—Ya basta, Richard —interrumpió la condesa—. No pienso tolerar más amenazas. Es hora de que te marches. Magistrado Halsey, llévate a tu amigo y márchate. Y sugiero que no vengáis a menos que se os invite.

El hombre palideció y tiró a Richard del brazo, llevándoselo hacia la puerta. El grupo permaneció en silencio hasta que oyeron que se cerraba la puerta principal. Entonces, la condesa, se volvió a Nicola.

—Está bien, jovencita. Te sugiero que nos cuentes exactamente lo que ha pasado. Y quiero saber la verdad.

—¡Siento mucho todo lo que ha pasado! No debería haber implicado a nadie. Lo último que hubiera querido era causarte dolor.

—No hubieras podido hacerlo sin nosotros —afirmó Penelope.

—Es cierto —intervino Alexandra—. Además, todos le debemos mucho a ese bandido. No íbamos a dejar de devolverle el favor cuando lo necesitaba.

—¿Quién es ese bandido? ¿Qué quieres decir con que todos le debéis mucho? —preguntó Ursula.

—Di, Alexandra —dijo la condesa—. ¿Por qué le debes tú algo a ese hombre?

—Él fue quien nos ayudó a Sebastian y a mí cuando nos perdimos en ese globo —explicó la joven—. Ya recordarás que te lo contamos.

—Sí, claro. Esa actitud no parece propia de un bandido —admitió la condesa.

—Lo sé. Además, habla y actúa como un caballero. Por eso le han puesto ese sobrenombre.

—Por Justin y por mí hizo mucho más —añadió Marianne—. Si no hubiera sido por él, habríamos muerto en esa mina. Jack nos sacó de allí, así que, supongo que todos entenderéis que, cuando nos enteramos de que estaba en la cárcel, no podíamos dejar que le colgaran. Cuando Nicola nos pidió ayuda, todos insistimos en colaborar.

—¿Y no se os ocurrió hacerlo con un buen abogado? —preguntó la condesa—. ¿O en pedir el apoyo de familias importantes para que se le soltara?

—Primero tratamos de utilizar nuestra influencia —comentó Sebastian.

—Y la influencia no fue suficiente —afirmó Nicola—. Bucky, Sebastian y Justin trataron de ayudarle porque yo se lo pedí, pero ni el alguacil ni el magistrado Halsey se atrevieron a contradecir a Richard, que quiere vengarse de él.

—Umm. Y me parece que ese «Caballero» quiere vengarse de Richard —dijo la condesa.

—Es cierto —replicó Nicola—. Richard le hizo mal hace diez años. Casi le mató y, cuando descubrió que no lo había conseguido, ordenó que le secuestraran y se lo entregó a una patrulla de reclutamiento.

—¡Dios santo! —exclamó lady Buckminster.

—Eso parece muy propio de Richard —afirmó la condesa—. ¿Y qué tenía en contra de ese hombre?

—Entonces ni siquiera era un hombre. Solo un muchacho, pocos años mayor que yo. Y la razón por la que le odiaba... —añadió, mirando a su hermana.

—Díselo —susurró Deborah—. Sé muy bien lo que Richard sentía por ti.

—Richard me deseaba y había dejado bien claro su interés. Entonces, descubrió que yo estaba enamorada de Jack, que entonces se llamaba Gil y era un mozo de establo en Tidings. Sé que esto no te causará muy buena impresión, pero no pude evitar enamorarme. Para mí, Jack es el único hombre que he amado. Sé que, si lo conocieras, sentirías simpatía por él.

—Creo que me gustaría conocerlo, pero dime primero lo que pasó entre Richard y él.

—Un día, Exmoor nos encontró en el lugar donde nos solíamos reunir, en las cataratas Lady. Los dos se pusieron a pelear. Fue algo horrible, pero yo no pude conseguir que se detuvieran. Finalmente, Jack cayó al torrente. Richard me dijo que había sido un accidente, pero Jack me ha dicho que le empujó. No pude encontrarle y, como no tuve noticias de él, pensé que estaba muerto. Sin embargo, no había sido así. Lo recogió un campesino. Jack me envió una carta, pero yo no la recibí, sino mi madre, que se la dio a Richard. Este hizo que le sacaran de la casa del campesino, tras decirle que yo le había mandado. Todos estos años, Jack pensó que yo le había traicionado. Y yo creía que estaba muerto. No me quedó nada de él más que el anillo que me había dado.

—¿Un anillo de compromiso?

—No. Es un anillo de hombre. En realidad, no es muy bonito, pero para Jack significaba mucho. Era lo único que le quedaba de su padre —dijo Nicola, sacándose la cadena de debajo del vestido. Tras quitársela, se la entregó a la condesa—. Lo he guardado todos estos... ¿Qué es lo que pasa? ¿Milady?

Al tomar el anillo, la condesa lo había examinado y se había quedado inmóvil, palideciendo enseguida. No dejaba de mirar el anillo, sin decir ni una sola palabra.

—¿Madre? —preguntó Ursula, acudiendo al lado de la condesa—. ¡Dios santo! —exclamó entonces.

—¿Qué? ¿Qué es lo que pasa? —preguntó Nicola, sin comprender.

—¿Qué dices que Jack te dijo sobre este anillo? —quiso saber la condesa con ojos brillantes.

—Bueno, solo que no sabía mucho sobre él. Su madre le dijo que era de su padre, un recuerdo. Como nunca conoció a su padre, significaba mucho para él.

—¿Dónde está ese hombre? —inquirió la condesa—. Quiero verlo.

—¿Ahora?

—Sí, claro.

—Abuela, ¿qué pasa? —preguntó Alexandra.

—Nada —respondió la condesa—. ¿Dónde está?

—En el desván... Puedo ir a buscarlo.

—Hazlo. Deseo hablar con él.

CAPÍTULO 20

Jack no estaba en el desván. El pánico se apoderó de Nicola y, rápidamente, bajó por las escaleras hasta el piso inmediatamente inferior. Al recorrer el pasillo de las habitaciones de los criados, descubrió a Jack en el cuarto de los niños, sentado sobre una de las sillitas que allí había.

—¿Qué estás haciendo aquí? Me habías asustado.

—Lo siento. Ni yo mismo lo sé exactamente. Me siento... extraño. No sé por qué quería mirar todas estas cosas. Es una estupidez. Lo que debería estar haciendo es marcharme de aquí. No puedo seguir poniendo en peligro a todas estas personas. Ya han hecho más que suficiente con sacarme de la cárcel.

—Quieren ayudarte. Tú les salvaste a ellos la vida y sienten que te están devolviendo el favor. Además, nadie de los presentes en esta casa siente ninguna simpatía por Exmoor. Todavía no te puedes marchar. Exmoor acaba de estar aquí y él y sus hombres te estarán buscando por todas partes. Deja pasar un par de días y, cuando hayan dejado de buscarte, te podrás ir. Y yo te acompañaré.

—No, no puedo consentirlo. Es demasiado peligroso.

—¿Es que no quieres que esté contigo? Cuando dijiste que me amabas, ¿no lo decías en serio?

—Claro que sí. Te amo. Te amo desde hace diez años. Incluso cuando te odiaba, no dejé nunca de amarte, pero no te puedes casar con un bandido.

—¿Es que tienes la intención de seguir siéndolo?

—Claro que no. Me iré a casa... A Estados Unidos.

—Yo me marcharé contigo.

—Nicola, piénsalo. No soy pobre, pero no tengo las riquezas a las que tú estás acostumbrada.

—¿Todavía sigues pensando que eso me importa? ¿Es que no has aprendido nada? Te amo y quiero estar contigo. ¡Eso es todo lo que me importa!

—Mi hermosa y maravillosa mujer —murmuró él, poniéndose de pie—. ¿Cómo pude dudar de ti? Si es eso lo que deseas, nos casaremos y volveremos a los Estados Unidos. Sin embargo, me niego a que me acompañes ahora. ¿Y si no consiguiera escapar? ¿Y si te capturaran ayudando a un bandido? Peor aún, podrían dispararte.

—No ocurrirá nada de eso, porque esperaremos hasta que se calmen las aguas. Entonces, nos iremos y nadie nos detendrá. No te dejaré marchar solo. Te perdí una vez y no volveré a correr el riesgo.

—Nunca me perderás, aunque lo intentes.

—Entonces, ¿accedes a que te acompañe cuando te marches?

—Ya hablaremos de eso más tarde. Ahora, cuéntamelo todo sobre Exmoor. ¿Qué ha ocurrido?

Rápidamente, Nicola le contó lo que había ocurrido durante la visita de Exmoor y cómo la condesa le había echado de la casa.

—Deberías haberla visto, Jack. Estuvo magnífica. Ni un gesto que delatara que sabía que todos estábamos mintiendo. Tampoco se inmutó por las acusaciones de Richard. Parecía una reina cuando los echó a él y al magistrado local. Se veía que el pobre Halsey quería que se lo tragara la tierra.

—Parece toda una dama.

—Lo es. Y quiere conocerte.

—¿A mí?

—Sí. Después de que Richard se marchara, quiso saber lo que había ocurrido y nosotros le hablamos sobre ti. Entonces, dijo que quería conocerte. Por eso he venido a buscarte.

—No sé —dijo él, algo nervioso—. Nunca antes me habían presentado a una condesa.

—Venga —insistió Nicola, tirándole de la mano—. Nunca

te he visto achicarte delante de nadie. Además, es una mujer. Estoy seguro de que no te resultará difícil encandilarla.

Cuando entraron en el salón, la tensión era palpable. Jack se detuvo y, al mirarlo, Nicola vio una extraña expresión en su rostro mientras miraba a su alrededor. Entonces, se fijó en la condesa y Nicola sintió que se ponía muy tenso.

—Acérquese —dijo la condesa, poniéndose de pie.

Jack obedeció, acompañado de Nicola, y al llegar cerca de la dama, le hizo una profunda y elegante reverencia.

—Jack Moore, milady. A su servicio.

—Señor Moore. Espero que no piense de mí que soy grosera, pero necesito hacerle unas cuantas preguntas.

—Por supuesto, milady. Y yo las contestaré lo mejor que pueda.

—Este anillo —empezó la mujer, extendiendo la mano—, ¿dónde lo consiguió?

—Me lo dio mi madre. Perteneció a mi padre. Ella me dijo que tendría que guardarlo para siempre.

—Entonces, ¿no lo consiguió por otros medios? Le prometo que no me importa si lo robó o se lo encontró. Necesito saberlo.

—No, no lo encontré... ni lo robé. Se lo juraré si quiere. Mi madre me lo dio y esas fueron sus palabras, aunque no puedo jurar que sea verdad lo que ella me dijo. Creo que a menudo intentaba... no sé... que me sintiera mejor.

—¿Qué quiere decir con eso?

—De niño estuve muy enfermo.

Lady Ursula contuvo ruidosamente el aliento. Jack la miró fijamente durante un momento, frunciendo el ceño.

—¿Que estuvo enfermo? —preguntó la condesa, muy interesada—. ¿Cuántos años tenía?

—No... no lo sé con certeza. Ocho o nueve, supongo. No me acuerdo muy bien, pero esos son los primeros recuerdos que tengo. Estaba muy enfermo y mi madre y la Abuela Rose me cuidaban. Después, estuve débil durante mucho tiempo y estaba muy triste, supongo que porque no me dejaban salir a jugar. No estoy seguro. Solo recuerdo estar muy triste. No me gustaba estar confinado en aquella cama. Por eso, mi madre solía contarme historias. Una vez, me dio este anillo y me dijo que era de mi padre y que debía guardarlo.

—¿Le dijo... le dijo algo sobre su padre?

—Solo historias... Nada que fuera real.

Todo el mundo estaba tan absorto en aquel relato que no se percataron de los ruidos que venían del vestíbulo hasta que la puerta se abrió de par en par. Entonces, volvió a entrar Exmoor, con Halsey a un lado y Stone al otro. Exmoor llevaba una pistola en la mano y Stone un mosquete. Detrás, estaban el resto de los hombres.

—¡Te lo dije, Halsey! —exclamó Exmoor, lleno de satisfacción—. Te dije que estaba aquí. Sabía que lo estaban escondiendo —añadió, metiéndose la pistola en el cinto y avanzando para agarrar a Jack.

—¡No le toques! —le ordenó la condesa—. Si le pones una mano encima a este hombre o le haces algún daño, te juro que no descansaré hasta que te haya destruido completamente.

Todos se quedaron inmóviles, mirando a la condesa. Entonces, la voz de Alexandra resonó en la habitación.

—Lo tengo, abuela —anunció la joven, tras sacar una pequeña pistola que llevaba escondida en el bolso y apuntar a Richard.

—Stone —dijo lord Thorpe, también con una pistola en la mano—. Si levanta ese mosquete, es usted hombre muerto.

El detective Stone lo miró. Luego, observó a lord Lambeth, que estaba apuntando también a Richard con una pistola.

—Tú morirás primero, Exmoor —dijo Lambeth—. Ya sabes que soy un excelente tirador, y te aseguro que lo mismo le ocurre a lord Thorpe. Y lady Thorpe tampoco se queda atrás.

—No seas necio. Si me disparas, te colgarán.

—Al contrario —replicó Lambeth—. Me darán una medalla. En cualquier caso, pase lo que pase, tú no lo verás porque tendrás una bala en la cabeza y otra en el corazón. Tira el arma que llevas en el cinturón —añadió. Richard hizo lo que le pedía.

—Y tú también, Stone —insistió Thorpe.

Con una maldición, Stone dejó el mosquete en una mesa. Halsey suspiró y se dejó caer encima de una silla, secándose la frente.

—¡Vamos, Henry! —le dijo lady Ursula—. Intenta comportarte como un representante de la Corona. Además, creo que es mejor que escuches.

—Sí, claro, lady Ursula. ¿Qué es lo que tengo que escuchar?

—Ya lo verás —replicó la dama—. Bueno, ¿y vosotros que estáis haciendo aquí? —les preguntó a los hombres que habían entrado con los tres hombres—. Fuera de esta casa inmediatamente.

—Tiene razón —afirmó Thorpe—. Bajad vuestras armas y marchaos —añadió.

Cuando los hombres miraron a Stone y luego al conde, Lambeth amartilló la pistola.

—Richard... ya sabes que soy un hombre muy impaciente...

—¡Sí, de acuerdo! —gritó Exmoor—. Haced lo que dice. Stone, marchaos todos.

Todos hicieron lo que el conde decía. Entonces, Bucky se acercó a la puerta y echó el pestillo.

—¡Ya está! Ahora tal vez podamos tener un poco de intimidad.

—Sigue, condesa —dijo Thorpe—. Le estabas haciendo a Jack algunas preguntas muy pertinentes.

—Sí —respondió ella—. Sigamos, Jack. Nos estabas diciendo que tu madre te contaba historias sobre tu infancia. ¿Qué clase de historias?

—Bueno, como cuentos de hadas. Me decía que mi padre era un hombre rico y poderoso, muy admirado. Algunas veces, era un rey o un príncipe, otras un guerrero. Solo eran historias imaginarias.

—¿Te dijo cómo murió?

—También había varios modos. Unas veces, moría en una batalla, otras me decía que había sido por una traición. Fuera lo que fuera, siempre moría valientemente.

—Ahora piénsalo bien. ¿Nunca te dio un nombre o una pista que te indicara quién era?

—Milady, no lo comprendo. ¿Por qué está tan interesada en ese anillo o en las historias de mi madre?

—Por favor. Esto es muy importante para mí.

Nicola entendió de repente qué era lo que estaba pasando. Se llevó una mano a los labios y miró a Jack. ¿Sería posible? De repente, todo empezó a encajar.

—De acuerdo —dijo Jack—. Francamente, milady, no creo que mi madre supiera quién era mi padre. Ya más mayor, oí rumores y... bueno, creo que ella no era tan virtuosa como debería haber sido. Creo que inventó esas historias porque quería hacerme creer que mi padre era un gran hombre, no el cliente de una taberna al que le había dado sus favores. Incluso podría ser peor.

—¿Peor? ¿Cómo?

—Cuando se estaba muriendo, me dijo que debería buscar mi fortuna, que yo tenía sangre noble. En realidad, la mayor parte del tiempo estaba delirando. No hacía más que llorar y decirme que se había portado mal conmigo, aunque me aseguraba que me quería mucho. Yo intentaba calmarla, diciéndole que había sido una buena madre, pero ella solo me decía que había querido protegerme... Finalmente, me dijo que yo era hijo de un conde. Cuando me fui a vivir con mi abuela después de la muerte de mi madre, le pregunté lo que había querido decir con eso. Mi abuela me dijo que no volviera a hablar de ello. Me dijo que era mejor no sacar el tema. Creo... creo que es posible que yo sea el hijo bastardo de Exmoor... No es la sangre que yo hubiera querido tener.

—¡Ja! —exclamó Richard, con desdén—. ¡Como si yo hubiera tocado a esa ramera!

Jack trató de abalanzarse sobre él, pero Nicola se lo impidió.

—¡Jack! No. Olvídalo. Tienes que acabar tu historia. Es... es muy importante.

—¿Tu madre te dijo que eras el hijo de un conde? —preguntó la condesa.

—Creo que sí, o tal vez el heredero de un conde. No recuerdo exactamente.

—¡Abuela! —gritó Alexandra, con el rostro lleno de alegría—. ¡Es él! ¡Tiene que serlo!

Al mirar a Alexandra, Jack palideció súbitamente.

—¿Qué has visto? —le preguntó la condesa—. Parecías...

—Yo... lo siento. Por un momento me sentí algo mareado. Perdóneme, milady, tal vez estoy cayendo enfermo. Durante las últimas horas me he sentido algo extraño.

—¿Extraño de qué manera?

—No estoy seguro... Enfermo, pero alegre al mismo tiempo. Y también triste... Todo a la vez.

—¿Y cómo te sentiste cuando miraste a Alexandra? —insistió la condesa.

—No estoy seguro. Asustado... Estremecido. Ya conocía a la señora, pero, de repente, al verla en este salón... fue como si algo me pasara por la cabeza y no pudiera atraparlo.

—¿Y qué sentiste cuando miraste a Ursula? Vi que fruncías el ceño.

—Es una tontería.

—Por favor, dímelo.

—Solo pude pensar en unas palabras. «No lo rompí».

—¿Cómo?

—Eso fue lo que pensé —dijo Jack, encogiéndose de hombros—. «No lo rompí».

—¿Romper qué?

—Un caballito de cristal —contestó Jack, con aspecto más avergonzado que antes—. Lo siento...

En aquel momento, lady Ursula se levantó y exclamó:

—¡Dios mío! El unicornio. Era un unicornio de cristal. Lo compré para la niña. Se lo mostré a Simone y, cuando subimos a las habitaciones, lo dejamos en la mesa. En esta misma sala. Más tarde, lo encontré roto y estaba... estaba segura de que John había estado jugando con él y que lo había tirado al suelo. Sin embargo, él no hacía más que protestar que él no había sido. Y Chilton... Chilton decía que si su hijo decía que no lo había roto, entonces no lo había roto.

El salón quedó en un absoluto silencio. Parecía que la condesa estaba a punto de desmayarse. De repente, se echó a temblar y empezó a llorar.

—Eres tú, John. Estás vivo...

De repente, todos empezaron a gritar de alegría. Alexandra se echó a los brazos de un asombrado Jack, seguida de Marianne. Las dos jóvenes estaban llorando.

—¡Eres mi hermano! —exclamó Alexandra—. Nuestro hermano. El de Marianne y mío. Pensábamos que estabas muerto, pero...

—No entiendo nada —susurró Jack, volviéndose hacia la condesa—. Milady... esto no es posible. ¡Es absurdo!

—Por una vez ha dicho la verdad —dijo Richard, sarcásticamente—. Ese hombre no puede ser John Montford. Es simplemente un muchacho del pueblo, criado por una bruja y una ramera de taberna. Sin duda, oyó las historias de Chilton y sus hijos y se le ocurrió la idea de tratar de conseguir vuestro apoyo y simpatía.

—Tú no tienes voz en este asunto —replicó la condesa, fríamente—. Además, no ha sido Jack el que se ha empeñado en hablar de su historia. Es evidente que él no sabe nada de lo que estamos hablando.

—Pero condesa... —murmuró el magistrado Halsey—. No estoy seguro de lo que está pasando. ¿Está diciendo que cree que El Caballero es su nieto, el que murió a manos de unos asesinos en París hace veinte años?

—No murió. No murió ninguno de mis nietos. Hace dos meses descubrimos que Marianne era mi nieta en una fiesta en casa de lord Buckminster.

—Me acuerdo, pero creía que se dijo que el niño había muerto.

—Eso es lo que creíamos, pero ahora veo que nos equivocábamos. No sé si lo recuerdas, pero mi hijo, Chilton, vivió en esta casa desde que John tenía dos años. Como mi hija ha contado, hubo un incidente con un unicornio, que luego resultó que lo había roto una doncella, y este hombre lo recordaba.

—Sin duda otros le dieron la información —se mofó Richard—. Eso no demuestra nada más que es un gran actor.

—¡Claro que demuestra algo! —gritó la condesa, mostrándole el anillo—. ¿Lo reconoces, Richard? Es el anillo ancestral de los Montford. Este anillo era de mi hijo. Lleva generaciones en la familia y se le entrega, por tradición, al heredero al título, en este caso, mi hijo. Hubiera sido de su hijo cuando Chilton murió. Y tú tenías este anillo —añadió, refiriéndose a Jack.

—Pero... pero es imposible. ¿Cómo voy a ser yo su nieto? Mi madre trabajaba en una taberna.

—Lo siento —dijo Alexandra—. Creo que no nos hemos explicado muy bien.

Entonces, le explicó que la familia de su padre se había visto atrapada en la Revolución Francesa y que se creía que todos habían muerto, hasta que, recientemente se había sabido que los niños habían escapado y habían vuelto a Londres gracias a una amiga de su madre, Rhea Ward.

—Todo encaja, ¿no lo ves? —añadió Marianne.

—No tienes pruebas de lo que estás diciendo.

—La señora Ward me dijo que entregó a Marianne y a John a mi acompañante, Willa. Y Willa nos dijo que te los dio a ti, Richard —le espetó la condesa.

—La palabra de una lunática y de una muerta. Es impresionante...

—¡Rhea Ward no estaba loca! —exclamó Alexandra, furiosa.

—¿No te parece muy conveniente que todos los que pueden testificar en tu contra mueren? —preguntó Lambeth—. El señor Fuquay también murió, en tus manos, antes de poder decir nada.

Deborah ahogó un grito al oír todas aquellas acusaciones.

—Esto es una tontería. No hay ninguna prueba.

—¿Y las joyas? —preguntó Penelope.

—¿Qué joyas? —quiso saber Marianne.

—Las joyas que tu madre le dio a la madre de Alexandra cuando le entregó a los niños. Si te acuerdas bien, la señora Ward dijo que lady Chilton le había dado varias joyas de la familia y varias joyas de las que lord Chilton le había comprado a ella.

—¡Es cierto! —recordó Alexandra—. Rhea dijo que le dio las joyas a Willa. Y sospecho que Willa se las entregó también a Richard.

—Si esas joyas están en posesión de Richard, eso demostraría que se llevó a los niños —concluyó Sebastian—. ¿Qué joyas eran, Alexandra?

—Un colgante de zafiros —dijo la condesa, respondiendo por su nieta—. Recuerdo que Chilton se lo regaló a Simone. Un collar de diamantes, una gargantilla de perlas que llevaba en la familia desde el cuarto conde, un broche de esmeraldas, unos pendientes de azabache...

—... un anillo de topacios —continuó Deborah, poniéndose de pie—, una colección de rubíes, una pulsera, lacada en azul y oro...

—¡Sí! Todas esas joyas eran de Simone —exclamó Ursula—. ¿Cómo lo sabes tú?

—Porque las he visto —respondió Deborah, mirando a su marido—. Una noche, vi que las sacabas y las mirabas. Tú creías que yo estaba arriba, dormida, pero no era así. Te vi admirarlas y luego esconderlas en tu caja fuerte. Tenía curiosidad, así que una vez, cuando estabas en Londres, las saqué.

—¡Cállate, Deborah! No seas estúpida.

—No soy ninguna estúpida, aunque tú siempre lo hayas creído. Sin duda, no era tan estúpida como pensabas cuando sabía dónde estaba la caja fuerte y hasta dónde guardabas la llave. Vi más cosas de las que te imaginas. Entonces, saqué las joyas y las estuve examinando. Todas eran muy hermosas y me sentí muy triste porque nunca me las hubieras dado para que me las pusiera. No tenía ni idea de que fuera porque...

—Eso no demuestra nada —susurró Richard, palideciendo.

—Demuestra que lo que Rhea dijo era cierto —le espetó Alexandra—. Que lo que Willa dijo era cierto. Que te entregó a los dos niños y las joyas.

—Y tú le dijiste al señor Fuquay que me matara, ¿verdad? —dijo Marianne—, pero no tuvo corazón de hacerlo. Tal vez también tenía que matar a John, pero decidió entregárselo a alguien. El niño estaba muy enfermo. Tal vez Fuquay pensó que así no tendría la responsabilidad de su muerte. Y se lo dio a la madre de Jack, es decir, a la mujer que crió a Jack...

—Pero... —musitó Jack, muy confuso.

—¿Es que no lo ves? Todo encaja —afirmó Nicola—. Estabas enfermo, como el nieto de la condesa. Seguramente la fiebre se llevó tus recuerdos o tal vez porque todo era demasiado horrible lo olvidaste. Sin embargo, reconociste esta casa, y sabías dónde estaba el desván y el cuarto de los niños. Y no es de extrañar. Esta fue tu casa. Cuando Fuquay te entregó a Helen, esta te llevó a casa de su madre, sabiendo que ella podría curarte. Y así fue.

—Pero Exmoor hubiera descubierto que yo estaba vivo.

—No si Helen dijo a todo el mundo que habías muerto —comentó Alexandra—. Seguro que debió sospechar algo. Tal vez incluso te reconoció y también sabría qué clase de hombre era Richard. Por eso dijo que habías muerto.

—Por eso se mudó de casa, para asegurarse de que Richard no te viera nunca —añadió Nicola.

—¿Y por qué no me llevó a casa de la condesa y le dijo quién era yo? La condesa me hubiera reconocido.

—Era pobre e ignorante. Seguramente no tenía dinero para ir a Londres —sugirió Marianne.

—Tal vez incluso no quiso entregarte —observó Nicola—. Ahora comprendo por qué Richard reaccionó tan violentamente cuando vio el anillo que yo llevaba al cuello, el día en que nos sorprendió juntos. Entonces, comprendió quién eras y por eso intentó matarte. Cuando descubrió que seguías vivo, te envió a la Marina, para asegurarse de que nunca volvieras a Dartmoor. Ahora —añadió, volviéndose a Richard—, debes de estar furioso por ver que Jack está vivo y es libre. Por eso tenías tantas ganas de verlo en la cárcel y colgado.

—¿Acaso crees que tengo miedo de un mozo de establo? ¿O de ese anillo? No demuestra nada.

—¿No? Entonces, ¿por qué entraste en mi habitación para buscarlo?

—No sé de qué estás hablando.

—Creo que sí. Te hablo de la noche en que un intruso entró en el cuarto en el que dormía en Tidings y se puso a rebuscar en mi tocador. Yo sabía que no había sido Jack y siempre sospeché de ti, pero no entendía por qué lo habías hecho. Seguramente me viste el anillo y estabas intentando robarlo, pero no pudiste hacerlo porque lo tenía alrededor del cuello.

—Ese anillo no significa nada —le espetó Richard—. Cualquiera lo podría haber encontrado y no demuestra que ese bandido sea el hijo de Chilton. Eso lo refutaría cualquier tribunal.

—¿Tú crees? —le preguntó la condesa con una sonrisa triunfante en los labios—. Veamos qué te parece esto. John Montford tenía una marca de nacimiento. Está registrada en los libros de la familia. Era de color marrón y tenía la forma de una luna en cuarto creciente. La tenía en la espalda, sobre el omoplato derecho. Yo la vi y puedo identificarla. Me temo que tendrás que quitarte la camisa, Jack.

Jack, algo avergonzado, hizo lo que la condesa le pedía y le mostró la espalda. La pequeña marca de nacimiento se veía perfectamente.

—¡Dios santo! —exclamó Halsey.

—¡John! —susurró la condesa, con los ojos llenos de lágrimas—. Bienvenido a tu casa, John...

Todos estaban tan atentos, mirando a Jack y a la condesa, que no vieron que Richard se lanzaba hacia la puerta, tirando al magistrado al suelo. Lambeth le apuntó con su pistola pero, antes de que pudiera disparar, Jack se lanzó sobre Richard y lo tiró al suelo.

Los dos hombres se enzarzaron en una pelea, tirando sillas y mesas al suelo. Richard consiguió ponerse de pie y le pegó una patada a Jack, pero este se levantó y le pegó un fuerte puñetazo en la mandíbula, que le hizo tambalearse.

—¿Estás bien? —preguntó Nicola, acercándose a Jack.

Ella empezó a examinarle los cortes y marcas que tenía y luego empezó a besarlo y abrazarlo. Antes de que pudieran reaccionar, Richard se levantó y se lanzó a recoger la pistola que Alexandra había recogido del suelo y había dejado encima de una mesa.

Penelope se dio cuenta de lo que había hecho y gritó. Sin embargo, nadie estaba lo suficientemente cerca como para quitarle a Richard la pistola a tiempo. Entonces, Jack y Richard se miraron a los ojos. Un instante después, Richard levantó la mano y apuntó.

Se oyó un disparo. Richard se tambaleó, con un gesto de asombro en el rostro mientras una mancha roja le iba creciendo en la camisa blanca. Cuando cayó al suelo, todos se dieron la vuelta. La condesa, elegante y altiva, tenía en la mano la pistola de Sebastian.

—Ojalá te pudras en el infierno, Richard —susurró antes de tirar la pistola al suelo.

EPÍLOGO

Nicola ahuecó el velo de Penelope y dio un paso atrás.
—Estás muy hermosa.
—Gracias.
Las dos, se volvieron a Marianne, que estaba igual de radiante. Su hermana Alexandra estaba ajustándole el velo con lágrimas en los ojos.
—Dentro de dos meses, te estaremos haciendo esto a ti —le dijo a Nicola—. ¿No es maravilloso? ¡Seremos cuñadas!
—Hace unos pocos meses —musitó Marianne—, no tenía familia. Ahora, tengo abuela, hermanos, primos, tías... y muy pronto una cuñada. Estoy tan contenta...
—Yo también.
Había pasado un mes desde la muerte de Richard y mucho había cambiado desde entonces. Jack se había visto exonerado de todos sus cargos y vivía en Tidings, junto con la condesa y Ursula. Se había pasado el último mes corrigiendo los abusos de Richard contra los arrendados y los trabajadores y todos los habitantes de la zona lo adoraban. Además, se había llevado a Perry y a sus hombres a Tidings y todos trabajaban allí. Perry era el encargado de la mina.
Para Nicola también habían cambiado muchas cosas. Había recuperado el amor de su vida y era tremendamente feliz. Pronto se casaría con Jack y entraría a formar parte de una familia a la que adoraba. La vida no podía ser más perfecta.
—Bueno —dijo la condesa, que estaba observándolo todo—, estáis las dos muy guapas. Ahora creo que mi vida está

plena. Dos de mis nietas se casan hoy y teneros aquí después de tantos años...

Nicola pensó que la condesa nunca se había lamentado por haber matado a Richard. De hecho, había muy pocas personas que hubieran llorado su muerte. Solo Deborah lo había sentido, pero su tristeza había ido disminuyendo, debido en parte a las atenciones que le profesaba Perry, y en parte al hecho de que su embarazo estuviera progresando y que tuviera esperanzas de que aquel hijo naciera.

—Venga, es hora de marcharnos —anunció la tía Ursula—. Los carruajes están esperando y estoy segura de que la iglesia ya estará llena.

Todas salieron de la habitación y empezaron a bajar por la magnífica escalera de Tidings, donde se habían vestido las novias. Jack estaba al pie de las escaleras y les dedicó una elegante reverencia.

—Tengo la familia más hermosa de todo el mundo —dijo él con una sonrisa—. Y tú, abuela, eres la más hermosa de todas.

—Mi querido nieto. Siempre supe que serías un seductor.

Abuela, nietas y tía se dirigieron a la puerta. Entonces, Jack centró su atención en Nicola.

—No estoy seguro de que pueda esperar dos meses —susurró Jack, tomándole una mano para besarle la palma—. No te veo lo suficiente. Quiero dormir contigo por las noches y despertarme a tu lado...

—Yo también lo deseo, pero podremos hacer eso el resto de nuestras vidas.

—Cuento con ello —replicó Jack, inclinándose para besarla dulcemente en los labios—. Ha sido estupendo convertirme de repente en un conde, tener una familia... Todo eso. Sin embargo, lo mejor que me ha ocurrido desde que llegué ha sido recuperar tu amor.

—¡Es hora de marcharnos! —anunció la tía Ursula desde la puerta principal.

Jack y Nicola se sonrieron. Entonces, entrelazaron las manos y fueron a reunirse con los demás.

Últimos títulos publicados en Top Novel

La dama errante – KASEY MICHAELS
Secretos y amenazas – DIANA PALMER
Palabras en el alma – NORA ROBERTS
Brisas de noviembre – ROBYN CARR
El precio del honor – ROSEMARY ROGERS
Sin nombre – SUZANNE BROCKMANN
Engaño y seducción – BRENDA JOYCE
Una casa junto al lago – SUSAN WIGGS
Magnolia – DIANA PALMER
Luna de verano – ROBYN CARR
Amor y esperanza – STEPHANIE LAURENS
Secretos de sociedad – CANDACE CAMP
10 secretos de seducción – VARIAS AUTORAS
El legado Moorehouse – J. R. WARD
Tras la traición – BRENDA JOYCE
A merced de la ira – LORI FOSTER
Palabras prohibidas – KASEY MICHAELS
El regreso del rebelde – LINDA LAEL MILLER
Víctima de una obsesión – DEANNA RAYBOURN
Los Cordina – NORA ROBERTS
Tierras salvajes – DIANA PALMER
Algo más que vecinos – ISABEL KEATS
Sueños de verano – SUSAN WIGGS
Tiempo de traiciones – ROSEMARY ROGERS
Nuevos comienzos – ROBYN CARR
Pasión de contrabando – BRENDA JOYCE

www.ingramcontent.com/pod-product-compliance
Lightning Source LLC
LaVergne TN
LVHW030331070526
838199LV00067B/6229